王力全集 第二十四卷

王力译文集
（八）

王 力 译

中华书局

目　　录

恶之花

[法]波德莱尔　著

目　　录

译者序

为信诗情具别肠，生平自戒弄词章。
蜉蝣投火心徒热，鶗鴃鸣春语不香。
岂有鸿文传鵩鸟？羞将秃笔咏河梁。
深知遍体无仙骨，敢与骚人竞短长？

嗜饮焉能不爱诗？常将篇什当金厄。
青霜西哲豪狂句，醇酒先贤委宛词。
夜浪激成沧海志，秋风吹动故园思。
盲心未必兼盲目，蜂蝶犹寻吐蕊枝。

频年格物叹偏枯，偶译佳诗只自娱。
不在文辞呆刻画，要将神态活描摹。
移根漫惜逾淮橘，买椟犹存入郑珠。
莫作他人情绪读，最伤心处见今吾！

1940 年作

致读者

乞人养虮虱，吾辈养邪魔。
智慧供驱策，官骸随琢磨。
五步三失足，愆尤何其多！

业障强如虎，悔心怯如�薁。
热泪满衣襟，何由补昨非？
欣然循故道，仍复陷污泥。

撒旦①令人迷，赠人罪之枕。
终夜勤抚摩，恍惚得安寝。
善念坚似铁，熔化成流沈。

人心如傀儡，魔鬼牵其丝。
幽冥拟乐土，恶臭甘如饴。
行行近地狱，万劫无归期。

---

① 撒旦，基督教传说中的魔鬼，能引诱人作恶。

老妓瘪双乳，贫儿求怀抱。
慰情聊胜无，饥者易为饱。
众生趋淫乐，敝帚亦云宝。

群鬼集人脑，纷如万蛔虫。
死神据人肺，隐伏如潜龙。
呼吸出幽怨，悠悠靡有穷。

性恶常就下，奸淫肆杀戮。
天理宁复论？横流惟人欲。
人欲有未尽，只缘胆不足！

心田丛万恶，五毒无不有。
虎豹吼于前，豺狼嗥于后。
山魈杂魍魉，森然备群丑。

其中有一魔，凶恶尤称最。
不动亦不哗，祸害反为大。
悄然一欠伸，吸尽全人类。

此魔名"无聊"，蕴泪不自主。
存心欲杀人，作态故容与。
读者皆伪善，孰肯听斯语？

　　　　　　　　　　　　　1857 年

愁与愿

1.谢天曲

上苍降旨命诗人,小谪红尘作善因。
母氏凄惶怨造物,仰天戟指詈申申。

"薄命犹甘生蛇蝎,莫生诗人受轻蔑。
悔恨良宵片刻欢,构此祸胎偿宿孽。

裙钗唯我蒙奇羞,槁砧恩爱付东流。
犹念孱儿恩爱种,踌躇未作杀人谋。

我今既受天虐待,还将恶意酬真宰。
时时践踏不祥花,定教不得抽蓓蕾!"

詈罢含嗔意未平,天心深奥固难明。
世间尽使诗人苦,地狱难逃恶母刑。

母弃偏邀天使佑,阳春煦育如春柳。
下咽冷炙变珍馐,入口残羹成美酒。

喜偕云姊共论诗，遨游时复约风姨。
行歌谒圣陶然乐，野鬼相随不敢欺。

爱人偏被他人忌，恬静转遭他人戏。
欲赚诗人呼詈声，时将恶行来相试。

酒和涕唾使之饮，饭杂粪土使之吞。
所触之物无人取，所践之迹无人遵。

其妇当衢语下里：“吾夫爱我谓我美。
将令缱绻竭痴情，香花供奉如仙子。

日餍酒肉饫肥甘，闲居垂拱受朝参。
漫嘲僭享神仙福，聊试郎情果胜潭。

画眉事久终生倦，柔荑似铁加郎面。
春葱纤纤鹰爪尖，抓破郎胸肺肝见。

郎心赤如唇上朱，郎心弱如初生雏。
区区一心何足惜？ 剜来掷地饲狸奴！”

道高不为尘情染，心地晶莹无可掩。
虔诚伸臂向天庭，宝座灵光当眼闪。

“受苦应须谢上苍，常因磨折更纯良。
百炼身逢三昧火，转教遍体得清凉。

帝于诗人殊爱惜，忉利仙班留首席。
永生会上宴琼花，特约诗人为尊客。

地狱康庄路不难,天堂路上苦千般。
随时随地尝艰苦,博取天神万世冠。

天宫自昔饶珠玉,寰海奇珍并收蓄。
欲为诗人制一冠,用兹浊物嫌未足。

炎炎赤日辟鸿蒙,光铸神冠造化工。
肉眼瞢瞢浑不识,镜台黯黮被尘封。"

2. 安巴铎[①]

海上有大鸟,名曰"安巴铎"。
海客好事者,捕养以为乐。
长随万里征,共逐风波恶。

可怜天外王,局促系绳索。
委地曳玉翅,伶仃殊落魄。
空惭六翮坚,颓唐难振作。

昔日一何美! 而今丑且弱!
烟斗拨其喙,海客竞相虐。
时或效其态,蹒跚跛一脚。

诗人困浊世,命运正相若。
本是云中君,逍遥在碧落。
弋人复何篡? 焦明翔寥廓。
被谪堕尘寰,从此遭束缚。

---

① 安巴铎,法语音译,即信天翁,澳洲海上的一种蹼膜水鸟。

沾泥垂天翼,跬步受牵搁!

3. 逍遥游

吾心常患胸臆隘,出窍奋飞鹰隼快。
转眼山岳万丈高,顷刻江湖千里外。
直上层云犹未已,振翮忽复穿以太。
日月星辰皆在下,扶摇竟越三千界。
此时我心乐无穷,定非笔墨能描绘。

吾亦诏吾心,远此尘氛毒。
飘飘赴太清,濯垢得芬郁。
九霄有神火,炎炎炳天烛。
此是清凉散,饮之如醽醁。

尘世累,人间愁,重重黑雾压心头。
六翮健者天骄子,灵光圈里任遨游。
心思何幸如天鹨,高飞戾天得自由。

既擅冲天羽,复谙静物语。
尘谪亦何伤? 逍遥神仙侣。

4. 交 感

宇宙一兰若,楹柱皆有情。
偶然相攀谈,隐约笑语生。
行人此经过,森然见群形。
逢人如相识,凝视不转睛。

六合只一体,深邃而幽冥。

其阔如夜色,其远如光明。
色香与音响,千里相感并。
有如空谷音,迢迢寄回声。

世有极品香,鲜如初生婴。
其和如埙篪,其绿如郊坰。
又有腐朽香,浓郁迷性灵。
琥珀、檀、乳、麝,纷然难指名。
精神通感觉,互递芝兰馨。

5.

忆昔世洪荒,未有衣与裳。
费布①塑活像,喜用金光装。
男女皆天真,活泼无愁肠。
上苍保赤子,都令寿且康。
运彼鸿钧炉,铸此百炼钢。
当时西贝尔②,儿女已成行。
但求多孕育,不辞谋稻粱。
诜诜满大地,恩勤给乳浆。
猗欤古之人,都雅复健强。
一生无病疾,铁骨傲风霜。
肤坚不容手,曾无小毁伤。
得此应自负,应号美中王。

诗人慕前哲,伟大复纯洁。
男女不须衣,阳春映白雪。

---

① 费布,即阿波罗,艺术之神。这里指雕塑家。
② 西贝尔,天神的女儿,即地神。

盛世不可攀，怀此中肠热。
回首视斯世，怵目肝胆裂。
古今人相较，妍媸何迥别！
自失肌肤美，衣裳不可缺。
躯干丑突兀，人体疑妖孽。
抚育凭"有益"，襁褓硬如铁。
肥者腹便便，瘦者曳柴橛。
驼背浑无力，病犬步蹩躄。
少妇面似蜡，惨白乏鲜血。
淫乐久伤神，孤灯黯欲灭。
处女复何如？母传姿质劣。
百丑自先天，妇容讵堪说？

末世亦有美，其美在孱躯！
万虑蚀心肠，容貌特清癯。
病态以为美，诚哉古所无！
近代新发明，举目皆病夫。
幸有贤少年，众口交称誉。
胸中水镜清，颡额甚丰腴。
吐属出奇句，吟咏成天书。
琪花散芬馥，好鸟相传呼。
春风泛荡漾，无远不吹嘘。
清歌随口发，春意洽寰区。

6. 灯 塔

卢本斯①，遗忘之河，怠惰之园。

----

① 卢本斯（1577—1640），法兰德斯画家。

冰肌以为枕,欲爱且无缘。
生命常流荡,如水在海,如气在天。

芬奇①,镜黯而深。
悦人天使笑嘻嘻,满面神秘,现于浓荫。
冰山松柏掩其宅,夜沉沉。

伦勃朗②,医院满眼愁。
冬日片时经病榻,呻吟入耳声啾啾。
耶稣苦像只一帧,祷者哀哀双泪流,恶臭吐不休。

弥盖朗琪罗③,画模糊,希昆杂耶稣④。
强鬼黄昏裂襁起,屹立伸指长且粗。

布遮⑤,弱且黄,囚徒之王。
傲骨与侠肠。
流民拳士自有美,不惜丹青为表彰。

华多⑥,爱嘉会,喜盛筵。
玉楼光似昼,锦罽灿疑仙。
彻夜恣狂欢,蛱蝶舞翩翩。

---

① 芬奇(1452—1519),意大利著名画家。
② 伦勃朗(1606—1669),荷兰著名画家。
③ 弥盖朗琪罗(1475—1564),意大利著名画家、雕塑家和诗人。
④ 希昆,通译赫剌克勒斯,传说中的大力士。耶稣,这里指十字架上的耶稣。
⑤ 布遮(1620—1694),法国雕塑家。
⑥ 华多(1684—1721),法国画家和雕刻家。

戈雅①,梦魇事多奇。

妖巫集夜会,鼎镬烹胎儿。

老妇对镜,幼女无衣。

时时佯理袜,冀得鬼相思。

特拉克洛阿②,作品复如何?

赤松荫血池,往往邪神多。

天色黯抑郁,军乐常经过。

呜咽作异响,宛如华贝③歌。

遍地闻咒诅,冲天起怨气。

号泣于旻天,古今无二致。

言辞有千种,意义岂云异?

尘心独耽此,鸦片兴奋剂。

哨兵互传呼,响筒共发令。

灯塔悬千寨,指示安危境。

猎人迷深山,号角使知径。

怨天亦若是,宣播无究竟。

竭诚告上帝,请毋怪其然。

吾人此身分,云何不可怜?

痛哭历万祀,泪洒天阶前!

<hr>

① 　戈雅(1746—1828),西班牙画家。

② 　特拉克洛阿(1798—1863),法国画家。

③ 　华贝(1786—1826),通译韦白,德国作曲家。

7. 藐子^①有疾

嗟乎吾藐子,今朝何所苦?
昨夜定不安,双眸深如许。
容色异寻常,痴然冷不语。
时复存余悸,惕息如遇虎。

赤鬼蓝妖精,手持髑髅瓶。
欺汝使战慄,迷汝使有情。
梦魇逞淫威,处汝灭顶刑。
果如吾言否? 真相无由明。

愿汝饶精力,永葆金石质。
愿汝富想象,文思抽乙乙。
邃古有元音,常来萦汝笔。
大潘^②稼穑主,费布有韵律。
轮流为汝君,逸兴应无匹。

8. 藐子自鬻

腊尽风悲雪夜阑,孤灯寂寞褐衣单。
玉楼藐子娇生惯,可有残薪度岁寒?

凄然冷月照窗前,月色难温碧玉肩。
椟馨房空君觉否? 讵能云里拾金钱?

---

① 藐子,通译缪斯,主管文艺的女神,这里指诗神。
② 潘,传说中的社稷神。

饥肠辘辘佯为饱，热泪汪汪强作欢。
沿户违心歌下里，媚人无奈博三餐！

9. 劣　僧

昔有修道院，墙墉高无比。
墙上绘人物，所以状真理。
牖启善士心，油然自难已。
庄严近于冷，得此全其美。

耶教全盛时，名僧非一人。
各绘丧葬仪，寓意颂死神。
绘事失之简，自谓得其真。

死神谓劣僧："灵魂吾坟墓。
自从有天地，常游亦常住。
汝画曷云美？徒然惹厌恶。
何当觅机缘，亲手施丹艧。
吾生千万劫，一一着绢素。
聊以悦吾目，庸夫宁知趣？"

10. 仇

狂风暴雨躏青春，旭日稀疏雷电频。
艺圃收成佳果少，可怜辛苦灌园人。

情意萧条已入秋，伤心犹自把锄耰。
水痕深陷如坟墓，旧土翻新望岁收。

雨洗园泥瘠似沙，痴情枉自梦新花。
花根何处寻滋养？他日难偿意愿赊。

蚀人生命是光阴,仇敌潜来啮此心。
人血消时仇血长,空怀剧痛发哀吟!

11. 蹇 运

诗人仔肩重,当须存大勇。
时短艺术长,坚心毋摇动。

远隔名士墓,寒茔僻处独。
吾心如湿鼓,凄然奏葬曲。

明珠大如斗,埋没沮洳场。
琪花在幽谷,寂寞赏孤芳。
锹锄远莫及,永与世相忘!

12. 前 生

我尝久居大厦中,海日如火染阶红。
楹柱矗立摩苍穹,夜来恍惚疑天宫。

海波天镜相击冲,时有雅乐随神风。
斜阳光彩映双瞳,声色相配和雍雍。

尔时我心乐无穷,闲情聊寄蔚蓝空。
目送波涛逐游龙,佳景不与寻常同。

裸奴香露洒其胸,羽扇招凉入我躬。
惊奇见我憔悴容,人生到此苦何从?
殚思猜度莫能通!

13. 吉普赛人^①旅行

莘莘星者群,双睛蕴热情。
昨日束装发,负儿事长征。
阔胸垂大乳,时见铺宁馨。

男人沿车行,兵器照眼明。
妻儿在车上,拥挤蹲屏营。
倦眼望天涯,好梦惜已醒。

路旁有蟋蟀,尘沙掩其城。
凝视游子过,唧唧加倍鸣。

山灵爱旅客,草木亦弥青。
大漠见奇葩,旱麓水湛湛。
远处有天国,开门待游氓。

14. 人与海

凡是自由人,永将爱大海。
海波人之镜,纤毫照不改。
临波视灵魂,真相于焉在。
漫云海水苦,人心苦犹倍。

浮沉己影里,拥抱如有情。
波涛起汹涌,人心自不平。
时复啸澎湃,人心发怨声。

---

① 吉普赛人,法语称为波爱姆人。这个民族乘马拉的篷车流浪,随时露营,常以算命为
生。

拥波销永昼，人海各忘形。

人心虽云深，海水能相比。
海水虽云奥，人心亦若是。
谁识此中情？举世两知己。

惜哉人与海，万世不相容！
兄弟廿不亲，残杀一何凶！
好杀亦无悔，天地共始终！

15. 胡安①先生在地狱

胡安先生既畀沙朗②一小钱，乘舟降至孽海边。
一丐忽来阻其船，目光骄傲有如安地善③，一手夺桨不令前。

妇人裸体垂双乳，纵横挣扎在阴府。
宛如一群牛羊上祭台，将为牺牲哀鸣苦。

斯卡纳赖尔④带笑向之索佣值，唐路易⑤有子曾嘲其白额，
颤手指给徘徊岸上众游魂，一一使认识。

贞妇安维尔⑥，纤腰寒抖丧服里。
痴心偎倚薄情郎，似欲得其最后一微笑，藉此回忆当年山盟
海誓温柔乡。

---

① 胡安，通译璜，又译唐璜，西班牙的传奇人物。
② 沙朗，地狱的艄公，在孽海上摇渡，鬼魂们每人给他一枚小钱，他就把他们渡到彼岸。
③ 安地善，又译安提西尼，希腊哲学家。
④ 斯卡纳赖尔，莫里哀喜剧《唐璜》中的人物，是一个聪明的仆人。
⑤ 唐路易，莫里哀喜剧《唐璜》中的人物，唐璜的父亲。
⑥ 安维尔，拉马丁《沉思集》（Meditation）中的人物。

尔时一巨人,擐甲凭栏屹立海之漘。
引剑割黑波,专心看划痕。
默然无见亦无闻。

16. 骄傲之报

闻道神学最盛期,信士尽心求全知。
其中有一老博士,学识深邃冠当时。
讲道点化木石心,使之变成菩萨慈。
某日欣然适天国,偶经一处路途奇。
博士毕生未曾到,唯有野鬼此游嬉。
越过此处尤高峻,中心惴惴畏阽危。
撒旦忽令生骄傲,频呼耶稣发狂词:
"平日颂汝多溢美,曾无一言及瑕疵。
向使吾肯攻汝短,将令荣辱两相亏。
汝将永为世嘲笑,幼稚何异一胎儿!"

言罢智慧即远逸,顿时层纱掩赤日。
昔者庙宇何辉煌,左右廊庑皆秩秩。
楹柱跃跃如欲生,累累宝藏数难悉。
只缘此心偶逞强,遂令富丽一朝毕。
心中黑暗如地窖,诚以金钥已遗失。
沉沉长夜寂无声,但有秋风动萧瑟。
从兹蠢似路旁豕,龌龊丑陋如废物。
双眼瞠然无所睹,不辨春花与秋实。
博学多能成何用? 徒供小儿笑吃吃!

17. 美　神

冰肌玉质世无俦,神女酥胸摄众眸。

无语诗人唯解爱,含情脉脉自千秋。

高楼碧落孰相知? 雁翅冰心契合宜。
不为笑啼轻启口,恐离绳墨损容姿。

铜像巍峨意态骄,美神风度亦逍遥。
诗人尽日忙何事? 仔细推敲巧样描。

炯炯双眸映水晶,凭兹幻镜鉴幽明。
镜中万物皆增艳,不负诗人爱美情。

18. 理　想

浊世之物瑜不掩瑕,纷纷野草与闲花。
舞妓摇响板,优伶踏古靴。
以吾观之卑卑不足夸。

贫血诗人嘉华尼①,喜咏病体美。
吾今宁耽此?
吾不能从此浅色玫瑰丛中,寻得一花与我大红理想相比。

吾心深如渊,只有二人与我有善缘。
麦克白夫人②罪恶之强魂。
热风吹梦自南天,唯汝能邀爱斯希尔③怜。
夜神,弥盖朗琪罗之爱女,唯汝能媚诸提坦④。

---

① 嘉华尼(1804—1866),法国画家,诗人。
② 麦克白夫人,莎士比亚悲剧《麦克白》中的人物。
③ 爱斯希尔(前525—前456),希腊悲剧家。
④ 提坦,天地神的几个儿女。

腰肢袅弹作奇态,情趣胜如凌波仙。

19. 巨　人

由今上溯万千年,造物兴致尚盎然。
每日巨人造无数,身长直欲手擎天。
闲思窃愿生斯世,游息常依少妇前。
亦如当时好色猫,美人裙下常流连。

我愿静观造化工,心灵肢体长芊绵。
我愿试猜眼中雾,深处可有明灯悬?
官骸匀称名山水,我来其上赋游仙。
巨膝高处如斜坡,暇时我亦喜攀缘。

偶值盛夏赤日烈,美人倦卧百亩田。
我来乳峰之麓陶然眠,宛如小村静傍崇山边。

20. 面　具

——文艺复兴风格的寓意塑像
赠雕塑像家克利斯托弗

名家衣钵君传受,神品塑成凭老手。
雪肤荡漾筋络浮,隐隐如见血脉走。
风度大方远鄙倍,体魄壮旺得天厚。
雅健二字乃秘诀,谓予不信视此偶。
当入王宫据象床,清闲豪贵常相守。

迷人浅笑意扬扬,别有深情凝睇长。
销魂粉面飘轻縠,沾沾自负非寻常。
极乐之乡此为主,爱情之国此为王。

吾侪不妨试瞻仰,评头品足细衡量。
妙处一一从头数,愿为神品颂荣光。

嗟乎艺术真无赖! 详审之余出意外。
玉体晶莹貌憔悴,可怖犹如双头怪!

眉飞色舞笑春风,此乃面具非真容。
憔悴清癯真面目,但凭假面作幪幪。
嗟汝泪河成胜景,灏灏直达我心胸。
苦神使汝泪波涌,我将以之养性聪。

堪夸体态天仙好,裙下人人应拜倒。
珠泪何因常簌簌? 健躯何故渐枯槁?
曾生斯世阅沧桑,遂使美人泪瀼瀼。
去日苦多未为酷,荡魄惊心来日长。
明朝重上人生道,前途坎坷多羊肠!

21. 美神颂歌

美神何自来? 奥妙难指名。
岂升自地狱? 抑降自天庭?
媚眼如醽醁,善恶不分明。
既能活血脉,亦复乱性灵。

汝目何所蕴? 斜阳与朝暾。
当汝散清芬,暴雨袭重门。
汝口如酒瓶,汝吻迷人魂。
小儿有立志,英雄勇不存。

汝升自幽渊,抑降自星斗?

“命运”被汝迷，从汝如家狗。
灾乐随意播，祸福出一手。
权威唯汝尊，杀人不任咎。

嗟汝于死人，践踏不关怀。
髑髅入眼美，“恐怖”当金钗。
凶神腹上舞，珠宝为朋侪。

明烛照蜉蝣，蜉蝣趋明烛。
葬身火窟时，满口犹祝福。
倾心美人者，至此心悦服。
弥留梦温馨，荒坟比华屋。

奇哉汝美神，怪物大无伦！
可怖汝称最，亦复率天真。
我心慕“无极”，无由一问津。
愿凭大法力，为我披荆榛。
媚眼加微笑，吸引远嚣尘。
天堂与地狱，何必苦追询？

汝或为天仙，实奉上帝旨。
汝或为女妖，曾受撒旦使。
仙妖何足辨？但求绝代美。
睫毛天鹅绒，双睛鉴清泚。
举步中音律，吹气播兰茞。
宇宙减其丑，光阴逝流水。
猗欤吾美后，吾生赖有尔！

22. 异域之香

初秋夜热闭双眼,嗅汝胸怀气息暖。
忽见南天极乐土,芳村傍海骄阳煊。
异卉奇花鲜果甜,不烦耕耘无潦旱。
男子健壮不痴肥,村姑美目人间罕。

气息导我去益遥,山水钟灵胜景娆。
樯帆掩映承朝日,洲渚岫颓带暮潮。
遍地青葱罗望子①,奇香扑鼻冲云霄。
情意飘飘心已醉,何堪更听船家谣!

23. 发

吾发鬈如羊,上有坐忘香。
旧事劳追忆,模糊入睡乡。
今夜搔氋氃,助我静思量。

炙热有非洲,相思有东方。
念此忽已远,心影浑渺茫。
鬖鬖香林深,一切此中藏。
他人爱琴瑟,我爱汝芬芳。
常愿走天涯,不惮道路长。

异域有君子,得暖怀热肠。
树木感和煦,参天蠹千章。
愿汝兴狂波,挟我赴彼疆。

---

① 罗望子,一种热带植物,果实为荚,果肉供药用,为清凉剂。

嗟汝青丝海，簇簇多帆樯。
海港暮潮来，冲击声泱泱。
香气与光彩，亦复恣汪洋。
我心患奇渴，此波当琼浆。
艅艎荡金碧，巨臂揽穹苍。
穹苍永温暾，不感人情凉。

嗟汝棕色发，还我青天阔。
种种异域香，薰染到颠末。
我心为之醉，我魂为之夺。

我心爱清酤，汝为醽醁壶。
我心喜美梦，汝为逍遥庐。
何以酬汝劳？宝石与明珠。
时时勤播植，使我愿不虚。

24.

美人含愁静无言，嗟我爱汝如爱夜之天！
赖汝点缀我长夜，避我弥远爱弥坚。
我今伸臂立汝前，纵汝去我万里云烟亦徒然。

我欲冲锋陷阵，我欲斩将搴旗。
犹如虫蛆随腐尸。
任汝忍情仇意，我心甘如饴。
貌若冰霜添媚态：汝愈冷，我愈痴！

25.

缺德妇，汝将置全宇宙于汝床第间。

无聊使汝心残忍，每日咬牙切齿方开颜。
双眼通明如夜市，又如佳节花灯耀火山。
汝何尝识得顾盼之真美？徒僭威权逞野蛮。

汝乃机器瞽且聋，残酷之事出无穷。
汝岂不觉风情减？汝胡不曾有惭容？
造物密计诚伟大，用汝磨折天才施陶镕。
嗟汝作孽之干后，自以为对于罪恶其精通。
罪恶积如山，汝犹无动于中。
呜呼！
汝诚秽浊中之伟人，伟人中之元凶！

26.

奇哉汝女神，棕发夜苍茫。
发上何所有？烟草杂麝香。
汝乃浮士德①，魔迷在牧场。
汝乃怪女巫，乌木为脊梁。
汝乃午夜儿，漆黑无微光。

我不爱鸦片，亦不爱夜凉。
独爱汝之吻，吾心此徜徉。
"欲望"结队发，大漠历蛮荒。

汝目承雨井，"闲愁"得壶浆。
深黝耀双睛，此乃汝心窗。
目光炙手热，苦苦烧我肠。

---

① 浮士德，德国传奇中的人物，出卖灵魂给魔鬼。歌德著有剧本《浮士德》。

梅遮尔①,忒荒唐!
嗟乎我非斯提史②,不能地狱搂汝九次如疯狂。
我亦不能变汝母,挫汝勇气,使汝偃蹇病在床。

27.

裙耀珠光袖漾波,闲行犹似舞婆娑。
神仙棒拨长蛇动,韵协霓裳步调和。

极目荒沙大漠天,海波起伏万山连。
波沙不识人间苦,彼美芳心亦漠然!

可爱双睛剪水清,美人奇性竟无情!
目中神秘如金玉,无用星光万世明。

28. 舞　蛇

吾爱懒惰蛇,浑身何其艳!
汝皮如明星,闪烁光可鉴。

汝发深隐藏,中有刺鼻香。
海气吐芬馥,波光乱青黄。

骁彼晨风发,惊醒万里船。
顾我非非魂,整装赴远天。

风度何飘逸! 孰能美似汝?
步调甚和谐,宛如棒头舞。

---

① 梅遮尔,地神之女,她的使命是惩罚有罪孽的人。
② 斯提史,地狱的一条河,环绕地狱七周。

汝如三月婴,惰性压汝头。
汝如初生象,蠕蠕体态柔。

汝如巧制舟,时俯时引长。
逍遥赴彼岸,海水浸帆樯。

汝山倒汹涌,入海添波涛。
忙汯亦若是,齿际溢滔滔。

饮此流浪酒,虽苦亦自豪。
我将如歔溶解之青天,群星浸润吾心如春膏!

29. 死　兽

清晨步晨曦,一事最惨目。
死兽横歧路,碎石为茵褥。

皮肤热如焚,满身流汁毒。
坦腹卧泰然,朝天翘双足。
有如淫贱妇,放浪不检束。

骄阳炙腐败,似欲使之熟。
将身还造物,偿彼百倍肉。

上帝视此尸,东篱开秋菊。
恶臭薰蒸烈,刺鼻欲昏仆。

薨薨苍蝇群,来集泥泞腹。
蛆发臭皮囊,流动如污渎。

尸体庞然肿，众虫纷起伏。
恍疑血肉躯，蕃衍成巨族。

如水亦如风，合奏成怪曲。
又如簸箕声，反复簸嘉谷。

轮廓皆漫灭，浮生一梦促。
画稿久未成，委在遗忘幅。
画师不关怀，留待忆中续。
饿犬舍肉去，含怒匿岩谷。
眈眈伺机会，冀遂饕餮欲。

——嗟乎吾魂灵，吾心之日星。
汝将有一日，亦如此兽形。

临终圣事讫，负草入寒茔。
泥水毁汝容，秽臭涸汝清。
脂膏蒸发尽，枯骨带霉青。

虫蛆来吻汝，汝亦毋庸惊。
吾体虽分解，吾心保精英。

30. 深谷怨

寄语天庭乞帝恩，千寻幽谷陷灵魂。
周遭黯黮凄凉甚，惟有森森丑象存。

年年半载日无温，余月尤悲夜色昏。
林壑不存禽兽绝，争如两极有城村！

冰冷曦微浑沌天,愁肠寸断日如年。
伤心尤羡诸虫豸,懵懵无知自在眠!

31. 吸血鬼

吾心方懔懔,汝如利刃入。
汝力胜群魔,侵我一何急!

吾心为汝床,吾身汝采邑。
我汝相连结,如囚被拘絷。

博者趋樗蒲,酒徒就醨汁。
又如蝇与蛆,死兽身上集。

吾尝请利剑,助我寻自由。
又尝请鸩毒,救我脱重牢。

嗟乎剑与鸩,不允为我谋。
我若得解脱,将往吻吾仇,僵尸借此复活寿千秋!

32.

一夜风流母夜叉,恍疑白骨卧荒沙。
身依枕上摇钱树,魂傍天涯解语花。
绒眼神清传媚力,云鬟香远透轻纱。
只今追忆心犹荡,无那关山苦自嗟。

好梦难圆剩泪痕,频年结想枉销魂。
天生丽质花相妒,人抱冰心德自尊。
既有姿容昭日月,争教眉目吝温存?

瓣香若许妆台献,直吻青丝到脚跟!

33. 黄泉悔

美人既长眠,墓碑树黑石。
何以为床寝?深坑雨水积。

腰软舞春风,胆小不禁吓。
今为石下囚,寂寞谁怜惜?

芳心已静止,不复为形役。
双足亦僵冷,胜地余陈迹。
黄泉无倦眼,萧然度永夕。

茔墓诗人友,相知最清晰。
隐隐语美人,措词简而直:
"汝于死者苦,不肯早认识;
而今苦自尝,忌讳复何益?"
——虫蛆啮肌肤,徒劳悔夙昔!

34. 猫

来!吾美丽之小猫,偎倚吾多情之心胸。
汝有美目,内蕴玛瑙与青铜。
毋肆汝利爪,任我沉湎于汝目光之中。

我随意以指抚汝头与汝弹性之背。
尤喜摩挲汝电气之躯,令我心醉。

当是时,我如见我妻在我旁。

妻亦似汝,目光深而冷,且能斩棘如刀枪。
其棕色之身,自顶至踵皆有灵气与危险之香。

35. 决　斗

二士虓然竞短长,龙泉点血斗光芒。
钑铮声里求宣泄,此是青年气正刚。

剑折仇存岁月过,只今牙爪代干戈。
秋阳晒透园梨熟,年事弥增恨更多。

千寻深谷走山猫,堕谷仇人怨未消。
搏扼不教生并世,腐尸积处棘荆饶。

人间地狱此深沟,亲友纷纷结伴投。
自是豪情何足悔,留将怒焰炳千秋!

36. 阳　台

相思寸寸总关卿,南面非荣德业轻。
缱绻良宵闺阁乐,摩挲旧梦有余情。

雪夜红炉艳似梅,照将绯色掩阳台。
酥胸神女心肠佛,不朽言从肺腑来。

夜热浑疑见午阳,乾坤深奥此心强。
并肩温语神情往,久倚如闻血脉香。

情意浓时夜更浓,澄神暗处赏芳容。
兰吹醉我如醇酒,倦抱纤腰听晓钟。

良晨美景我能招，心境常留酩酊宵。
妙处不烦天外觅，无非蜜意与纤腰。

斜阳入海浴黄昏，翌日千家仰晓暾。
热吻香衾消逝后，深渊那得有还魂？

37. 魔　迷

天上日既蚀。
汝乃吾生命之月，亦当遍体衣深黑。
睡眠吸烟如汝意，但求阴郁与沉默。
汝其置全身于无聊之渊，深莫测。

汝能如斯堪慰我。
虽然，若今朝汝欲如既蚀之日，
脱离黑暗，逍遥于狂妄之宫，亦未尝不可。
汝乃可爱之匕首，岂能永埋宝匣遭封锁？

汝眼可如千烛悬，汝心可放野人欲焰熊熊然。
病容与狂容，以我观之总似仙。

任凭汝为黑暗之夜，或为鲜红之晓天，
在我颤巍巍之身体中，无一细胞不送爱慕之词到唇边：
"啊！我亲爱之别西卜①，我将爱汝亿万年！"

38. 一个幽灵

（1）黑暗

命神闭我入重阴，地窖穹窿莫测深。

---

① 别西卜，《新约》中的鬼王。

苦脸夜神延我坐，骄阳不入闷沉沉。

糊涂罚我一仙翁，惨淡丹青黑暗中。
堪叹悲哀成食欲，解馋烹煮我心胸。

忽然出现一幽灵，遍体金光熠燿明。
玉体颀长躯干阔，灿然伟大复多情。

静婉神凝若梦思，东方神态引惊奇。
暗中还有真光照，熟视芳容竟是伊！

（2）香

问君曾否偶闻香？心醉炉馨在教堂。
堂庑乳檀芬馥甚，麝囊千载尚留芳。

过去风流再现今，神奇醉我旧情深。
情郎偎倚横陈体，畴昔琪花取次寻。

香炉喷出野花香，浓郁氤氲满洞房。
柔软青丝载情重，我来其上任徜徉。

鹅绒轻縠透芳馨，玉体浓香檀麝成。
哪得芳馨浓若此？青年纯洁有深情！

（3）画框

美人入画复加框，妙笔生花挂画廊。
广阔自然胥隔绝，居然美妙亦端庄。

辉然珠宝杂金银，璎珞庄严称美身。

完善清光无障碍,诸珍环绕为伊陈。

众庶夸她她自夸,一切有情都爱她。
玉体裸裎轻縠裹,微寒抖擞一娇花。

美人矫健似猿轻,缓急随心步伐精。
手足低昂头俯仰,天真动作似童婴。

(4)画像

吾生似火本熊熊,灭火存灰刹那中。
试问是谁施毒手?病魔残忍死神凶!

方寸深潜汝口中,温柔魅力有双瞳。
从来热吻为灵药,暖我心房火样红。

零落今兹何所存?嗟乎寂寞我灵魂!
模糊画像两三笔,丑恶干枯不足论。

时神伤艺亦伤生,巨翼创伤我性灵。
快乐光荣渠所赐,焉能抹杀我宁馨!

39.

烦汝传我诗,迢遥百代后。
人脑如巨船,狂风驱之走。
终将有一夜,我诗入人脑。

世人厌我诗,视之如湿鼓。
我诗格调高,世人不我顾。

只缘友好情,悬挂在廊庑。

最下至深谷,最高至九天,
我诗被咒骂,无人为一言。
惟我抱不平,捍卫我诗篇。

汝是暂时影,步轻视脉脉。
汝是雕塑像,塑汝以黑石。
汝是大天使,青铜铸汝额。
痴人不懂诗,谤汝何足责?

40. 常如是

深愁似海啮岩隈,见问愁情何处来。
一自灵魂收获后,须知生活即悲哀。

吾辈凄凉总一般,愁情显露似君欢。
莺喉檀口休相诘,此苦寻常识岂难?

终日欢娱乐似婴,何曾参透死生情?
漫云生活缠人急,惟死缠人法最精。

不计愁情似海深,且凭虚幻醉吾心。
欲从美目寻佳梦,恕我怡然卧睫阴。

41. 太　一

魔鬼今朝来相见,会谈在我上议院。
存心常欲寻吾短,故将巧语来相难:

"宇宙之美不胜收,媚人孰为尤?
天地之体红与黑,悦人孰为极?"

嗟乎吾灵魂,汝其还答以此言:
"一切皆芬馥,吾无所偏欲;
一切皆怡情,吾无所偏倾。
慰人如长夜,炫人如黎明。

美人甚谐和,处处臻美妙。
难将人间智,分析高低调。

诸觉交融太一成,化为神秘非常形。
不但呼吸出音乐,亦且声音吐芳馨。"

42.

寂寞灵魂萎谢心,忽因美盼得甘霖。
诗肠底事劳搜索? 仙貌神恩取次吟。

特将傲笔颂芳徽,艳骨仙香世所稀。
妙处固知难尽识,只从眼里挹清辉。

热闹通衢冷静宵,无非倩影舞苗条。
玛瑞①䫉子家家有,访美何须上九霄?

43. 活　炬

神眼通明导我行,光如钻石撼吾睛。

———————————

① 玛瑞,意大利人指称圣母玛利亚的小塑像。

高才天使施奇术,玄秘双瞳磁化成。

避险趋夷赖掖扶,殷勤引我美之途。
永世一心遵活炬,汝为真宰我为奴。

堪称玄秘亦庄严,伟大神睛百美兼。
恰似烛光煊白昼,骄阳不掩太虚炎。

谢他仙烛荣吾死,赖汝神睛唤我醒。
大悟灵魂随妙曲,日光难灭永明星!

44. 逆反应

嗟汝天使实优游,可曾见到人间愁?
惭悔与无聊,纷纷上心头。
长夜梦魂惊,如纸被搓揉。
嗟汝天使实优游,可曾见到人间愁?

嗟汝天使仁且善,可曾见到人间恨?
双拳黑里捏,苦泪眼中溅。
魔鬼奖报仇,频向人心煽。
嗟汝天使仁且善,可曾见到人间恨?

嗟汝天使实旺盛,可曾见到人间病?
泪洳养济院,仰屋延残命。
沿壁曳弱足,当窗觅余映。
嗟汝天使实旺盛,可曾见到人间病?

嗟汝天使美且秀,可曾见过容颜皱?
作态像圣贤,存心学禽兽。

高义口舌宣,凉德眉目漏。
嗟汝天使美且秀,可曾见过容颜皱?

嗟汝天使何其臧!满怀愉悦满身光。
大卫①临终日,羡汝健体香。
我非畏死者,乞汝祈祷方。
噬汝天使何其臧!满怀愉悦满身光。

45. 心腹语

青娥温且粲,玉臂挽吾臂。
心中景历历,至今犹省记。

夜深月正圆,有如新勋章。
月色淹巴黎,大江流汪洋。

时见猫过街,门下侧耳静。
亦或缓相随,可爱如阴影。

卿如富贵琴,但有欢愉声。
又如军乐队,喧阗耀黎明。
月光伴雅奏,自由表衷情。
忽然变一调,凄婉作奇鸣。

恰似孱弱儿,艰难蹩躠行。
丑秽乏光彩,不肖辱门庭。
早当置秘窟,免玷宗族名。

----

① 大卫,古以色列王。

此调亦有歌,歌中语如是:
"世事变沧桑,一切非可恃。
饰词虽堂皇,人人只为己!
女子已难为,那堪更貌美!
狂舞冷佳人,含情启皓齿。
此乃机械笑,受宠何足喜?
心上筑楼台,愚人而已矣。
情爱与红颜,终将成敝屣。
'遗忘'掷背兜,持还'无终始'。"

吾常忆当时,皓月伴清幽。
相倚意态慵,无言有泪眸。
心中神功架,静听诉咻咻。
此是心腹语,荡魄令人愁。

46. 心灵之曙光

滔滔浊世蚀心灵,旭日东方昧爽明。
巧借复仇神秘力,半眠天使蘧然醒。

遥隔情天远蔚蓝,心灵扑地最难堪。
欠伸梦寐无聊甚,邪魔吸引入深潭。

神女通明纯洁心,人间邪恶岂能淫?
历历旧情萦梦寐,晴明方寸辟浓荫。

晨曦明处烛光微,爱汝幽灵似曙晖。
终古太阳沉复起,贞魂永久耀清徽。

47. 夜之谐和

银瓶玫瑰吐芳馨, 赤瓣摇摇倚弱茎。
良夜浓香传妙响, 霓裳舞罢不胜情。

霓裳舞罢不胜情, 肠断提琴泣诉声。
天色含愁仍自美, 此心何必怨幽冥?

此心何必怨幽冥? 陈迹如新照眼明。
赤日只今凝碧血, 犹从心镜见卿卿。

48. 香　瓶

世有极浓香, 无物不能渗。
沆瀣透坚密, 玻璃难拘禁。

小箧来东方, 启时锁键鸣。
闲时偶搜检, 中有旧香瓶。

或在荒废屋, 偶见一古柜。
尘埃掩其上, 奇辣刺人鼻。
亦藏旧香瓶, 能忆千年事。
魂魄复归来, 依香散灵气。
心思有千种, 如蛹眠三冬。
镀金绣玫瑰, 着色象苍穹。
常常微颤抖, 如怯夜霜凇。
忽奋扶摇翼, 高飞入太空。

旧事上心头, 直入五里雾。

双眸虽紧闭，无以宁思绪。
灵魂铄羽鸟，瞑眩驱之去。
推陷千年谷，拉撒①旧坟墓。
枯骨积既多，毒气纷四布。
下有灵异尸，恋墓如亲故。

他年人与我，百代永相忘。
亦如旧香瓶，委弃不祥箱。
身秽尘埃满，口缺裂痕长。
吾将为药瓶，专盛毒质浆。
助其毒更烈，使其力更强。
天神躬炮制，啮蚀我肝肠。
嗟乎！吾心因此以死，亦赖此以还阳！

49. 毒

酒有惊人术，灵异颇足夸。
醉中起小筑，陈设极豪华。
红沫吐赤金，渲染帝王家。
恰似斜阳好，从容倚晚霞。

鸦片非常物，妙用亦云大。
能令无垠者，更拓其疆界。
闲者益优游，乐者更愉快。
心享黑籍欢，溢出能力外。

凡此何足赞？未若汝双眸。

---

① 拉撒，《福音书》中的麻风病人。

汝眸有毒汁，在我心中流。
吾心颤迷惘，不复辨明幽。
魂梦纷然集，饮此润干喉。

凡此何足矜？未若汝津液。
汝津擅神奇，含毒能侵蚀。
蛊我每悔心，一切不复忆。
颓然惘悗魂，日趋死之域！

50. 混沌天

忽然冷酷忽多情，浓雾迷蒙神秘睛。
恰似天公慵倦态，欲晴欲雨不分明。

皭皭微光淡淡阴，入魔深者泪盈襟。
只因染得无名苦，烦躁还嘲止水心。

暧昧颜如混沌天，疏林带雨弱光燃。
玉容美似三冬色，无力斜阳映暮烟。

霜稠犹自慕严冬，冰冷仍将爱玉容。
欲借穷阴寻乐趣，寒于白雪与青锋。

51. 猫

(1)

美猫游吾脑，如在室中行。
形貌强而和，温温动人情。
当其呦呦时，静若不闻声。

问渠何能尔,音柔响自轻。
低吟固可悦,咆哮亦动听。
媚人有妙诀,此猫得其精。

猫声如石砲,亦复如滤布。
除我心粗浊,直到最深处。
允我如佳诗,娱我如甘露。
愈我最剧病,生找最妙趣。
不用着一词,洋洋抵千句。

吾心如良琴,猫声如良弓。
良弓弹良琴,其妙乃无穷。
猗欤神奇猫,谪降自天宫。
一切如天使,灵变而和雍。

(2)
其裘黄而紫,其香浓而美。
随手一抚摩,浓香遍吾体。

此乃本地主,有土亦有民。
裁判而领导,俨然群物君。
岂其是地仙?或当是天神!

含情视吾猫,怜惜如性命。
徐徐转吾睛,自顾相参证。
猫眸无鲜色,但有火光迸。
其灵如宝石,其明如神镜。
奇哉猫视我,脉脉双睛定!

52. 美　舟

少女仙姿美且清,贱子歌颂君请听。
美人何时美最多? 未达中年离童婴。

长裙窸窣随微风,宛如海帆事长征。
从容起伏协音律,偶添惰态更轻盈。

粉颈圆阔双肩肥,眉目顾盼多奇情。
态度安详步伐骄,所过人人仰尊荣。

鸡头欲穿电光縠,有如宝椟耀晶莹。
椟面隆起紧如鼓,又如银盾缀繁星。
银盾之端玫瑰红,美人挑战凭短兵!

宝椟之中富神秘,满贮美物尽芳馨。
佳酿奇香不胜数,一一皆能迷性灵。

玉腿举时裙带飞,多情吉士私心倾。
有如妖巫施蛊惑,搅动黑汁在深瓶。

双臂力大敌巨蟒,能驯虎将戏群英。
他日搂得情郎紧,好将所爱印胸膺。

53. 劝游曲

劝汝整行装,共作汗漫游。
天涯有仙乡,性质与我侔。
苍天色抑郁,赤日怀深愁。
汝目正如此,幽光透泪眸。

吾心爱神秘,平素颂阴幽。
愿携掺掺手,相恋天尽头。
居彼即终老,何须念故丘?

仙乡无地不整洁,仙乡无物不可悦。
仙乡之丽如天宫,仙乡之静如明月。

明窗并净几,年远增辉光。
有物无非古,井然饰我房。
奇花希世珍,珠杂琥珀香。
床上鸳鸯枕,屋脊玳瑁梁。
凡此东方物,一一异寻常。
将与我私语,宛转东方腔。

仙乡无地不整洁,仙乡无物不可悦。
仙乡之丽如天宫,仙乡之静如明月。

请观此大船,现舶运河边。
来自天一角,不取载客钱。
专载流浪者,万里赋游仙。
斜阳耀今衾,覆盖城与田。
大地阳光暖,居民自在眠。
欲得仙乡乐,但须一念虔。

仙乡无地不整洁,仙乡无物不可悦。
仙乡之丽如天宫,仙乡之静如明月。

54. 不可治

(1)

悔吝依人活,摇动复转扭。

如蛆在死尸,如虫在榆柳。
已结不解仇,尚能驱遣否?

忍耐既如蚁,贪狠复如娼,
此是老仇人,伺隙食人肠。
醉之以何酒? 治之以何汤?

战马奋铁蹄,践踏垂死人。
伤者递相压,不得稍翻身。
吾心亦若是,愁情蹂躏频。

豺狼已来嗅,鸦鹊已来窥。
伤兵残喘促,自分作野尸。
既无十字架,亦无墓与碑。

漫天惟黑云,浓厚如沥青。
既无晨与夕,亦无日与星。
谁能施奇术,使之复光明?

"希望"如明烛,照耀逆旅客。
魔鬼来吹之,全室变阴黑。
无月亦无光,凄然度永夕。

一言问巫姊:汝可爱地狱?
罪孽亦已深,百劫不可赎。
悔吝如毒矢,吾心为之鹄。

悔吝啮人心,深入不可治①。
白蚁蚀宫室,先蚀其础基。
可怜金碧辉,颓圮草离离!

(2)

乐队有光明,炳耀大舞台。
偶然见一仙,施术显奇才。
妙手造晨曦,照到地狱来。
面目金光装,衣服绮罗裁。
撒旦虽魁梧,揪倒在尘埃。

嗟乎吾之心,从未生妙思②。
虽亦一舞台,情形与彼异。
观众翘企劳,不见神仙翅!

55. 闲　谈

仙貌怜卿红艳秋,海波灌我一腔愁。
吾唇留得千年苦,未逐降潮下白洲。

妇人牙爪逞奇凶,方寸常遭劫掠空。
久矣此心膏兽吻,徒劳纤手索残胸。

吾心徒筑玉楼高,楼上难堪万众骚。
酗酒杀人相捽搏,无时不见闹嗷嘈。

美人胸际吐清香,汝是连枷我稻粱。

---

① "治"读 chí,平声。
② "思"读 sì,去声。

冒火明眸何所毁？豺狼啮剩旧衣裳！

56. 秋　兴

（1）

炎夏骄阳何处寻？距今几日到穷阴。
枯枝坠处庭除响，侧耳愁听荡魄音。

冬来将见苦难胜①，满腹悲哀杂怨憎。
赤日谪降寒地狱，吾心亦冷似红冰。

堕梗声声入耳哀，伤情如听断头台。
吾心已遇雄羊棒②，撞击无休壁垒摧。

只因单调更辛酸，刺耳如钉急葬棺。
夏日辞尘秋执绋，同歌薤露赴冬寒。

（2）

美发柔长泛绿光，佳人静对亦神伤。
闺房尽有千般爱，不及熊熊海上阳。

仍乞恩情厚似妈，休将薄幸怨冤家。
温馨日蹙知何似？秋色阑珊夕照斜。

将头偎膝惜芳菲，寂寞寒茎待我归。
白热骄阳今已逝，徒从秋日恋残晖。

---

① "胜"读 shēng，平声。
② 雄羊棒，古代攻城用具。

57. 献给一个小圣母像

(仿西班牙风格的许愿词)

嗟乎我玛瑞①,汝是我娘娘!
我将在我悲哀之灵魂深处,为汝建筑一祠堂。
又在我心坎最黑暗之角落,用宝贵之黄金与青色之玖瑰,
远离轻蔑之眼神与尘世之欲望,为汝造一小圣房。
嗟我敬仰之尊神,从兹可以立堂皇!

我诗光滑如纯金,我诗清明如水晶。
纯金为冠水晶饰,王冠献汝显尊荣。

嫉妒之中裁汝衣,疑虑之中制汝襦。
何以蕴藏汝魅力? 野人衣裙重且粗。
何以妆饰汝衣裙? 不是明珠是泪珠。

我之欲望汝长袍,巍巍摇荡似波涛。
时而小憩在山脚,时而翻腾万仞高。
爱汝玉躯绯且白,热吻为袍将汝包!

神圣之脚染尘埃,我之景仰汝缎鞋。
鞋似铜模适汝脚,似我紧抱汝胸怀。

银月为梯上天庭,艺术虽勤造不成。
蝮蛇啮我肝肠断,暂借此蛇送汝升。

---

① 玛瑞,见 3060 页注。

此蛇浑身都是恨,胜利王后踏蛇精。
堪笑毒蛇休放肆,而今镇压有神灵。

我心熏汝如乳麝,我心仰汝如昆嵩。
雷雨侵心化云雾,直上灵台白雪峰。

黑心犯罪以为乐,存心要犯七大罪①。
为汝制造七钢刀,七刀锐利应无比。
匕首刺汝病悸心,汝心流血如流水。
对汝悲剧要完成,不辞罪孽犯累累。
爱汝恨汝存一心,虐汝长期我岂悔!

58. 下午之歌

汝似有奇情,愀然双眉蹙。
不若女中仙,销魂凭美目。

吾心甚爱汝,热情不可遏。
有如虔念僧,一心皈菩萨。

林漠吐浓香,润汝干涩鬓。
汝头秘密多,神秘此中蕴。

玉肌泛芬郁,恰似炉香飘。
神女黑且温,媚人如良宵。

惰态最动人,胜于迷魂汤。
纤手一抚循,死者可还阳!

---

① 基督教以骄傲、贪婪、色欲、愤怒、饕餮、嫉妒、怠惰为七大罪。

汝臀亦多情,爱汝胸背艳。
只因姿势佳,倾倒白绫垫。

有时情欲狂,狂中念神秘。
庄重不轻佻,热吻偏浪费。

汝笑如带嘲,使我心肠裂。
忽然变温柔,悦人如明月。

我有大欢乐,寄于汝美脚。
我有命与才,寄于汝缎鞋。
汝是色与光,疗我灵魂伤。
汝身热且炽,照我冰洲黑。

59. 西西娜

君不见狄燕①出猎众女从,英姿飒爽搜林丛。
云鬟飘飘胸㛹旋,骑士甘心拜下风。

又不见缇鸢②儿戏视搏战,火冒双眸血溅面。
大声激励无鞋民,提剑直上君王殿。

今有西西娜③,威风不相差。
其勇固可称,其仁尤可嘉。

战鼓喧阗枪炮发,芳心勃勃恣冲杀。
惟有温语善哀求,青锋之下得苟活。

---

① 狄燕,通译狄爱娜,天神之女。天神允许她不嫁,赐给她弓箭与扈从,行猎于山林中。
② 缇鸢(1762—1817),法国大革命时代的女英雄,她参加了摧毁巴斯底狱的战斗。
③ 西西娜,诗人幻想中的女英雄。

嗟乎佳人酷而慈,心中亦有蓄泪池。
每逢值得矜怜者,辄如慈母慰孱儿!

60. 颂我佛兰莎①

我歌为汝谱新声,弦索悠扬款款情。
自是吾心寂寞甚,轻歌曼舞总凭卿。

佳人盛饰有繁花,细腻柔情不涉邪。
罪孽虽深终获释,皇天怜汝女儿家。

惠我梨堤②感大恩,多情劳汝吻千番。
缠绵吸引如磁铁,汲汝朱唇灌我魂。

重重罪孽似风雷,道路阴霾扫不开。
谢汝女神相拯救,专程救我自天来。

显现明星作救星,船沉人活赖卿卿。
祭坛十丈神相佑,高挂吾心献赤诚。

女神贞德满深渊,永远青春赖此泉。
汝口有声皆美意,我唇无语味卿言。

一生秽浊赖卿清,道路崎岖赖汝平。
嗟我孱躯赖卿健,争教对汝不深情!

---

① 此诗原文为拉丁文。此处佛兰莎似指罗马圣女佛兰莎(1384—1440),她既是个贤妻良母,又把自己的一生奉献给罗马受苦受难的穷苦人,因此,死后被尊为圣女。
② 梨堤,通译忘川,地狱中的一条大河。依照旧传说,鬼魂饮此河水,就会忘记尘世的苦乐。

我饿汝为吾饭店,夜临汝是我灯光。
迷途汝是吾先导,随汝逍遥入乐乡。

即今汝力加吾力,力量相加力更强。
浴罢兰汤偎倚久,共欣遍体有浓香。

懿欤贞洁是卿腰,腰带缠身耀永宵。
天液浸身愁夜短,光阴易逝福难消。

玉林熠耀伴清歌,海错山珍美味多。
神醴千钟常不醉,终身膜拜佛兰莎!

61. 赠土生白种女子

艳阳煦煦抚香国,棕榈为亭繁花饰。
摩挲倦眼见佳人,生长蛮乡人不识。

热风吹得雪肤黄,容仪幽雅亦端庄。
长身轻盈如猎士,笑靥娴静眼安详。

天姿应置王侯府,何不一游光荣土?
塞纳罗儿①河畔青,亦有繁荫幽静所。

碧眼诗人仰玉容,胜如黑族尽归从。
新诗千首为君作,方见佳人启发功!

62. 苦闷与流浪

阿嘉②容我问一语:汝心可曾思高举?
远此重阴污秽城,适彼光明干净土。

---

① 塞纳,法国河名,流经巴黎。罗儿,通译卢瓦尔河,法国河名,横亘法国中部。
② 阿嘉,处女殉道者。

天色苍苍碧海深，一切贞洁如处女。

大海潋滟歌喉喑，海风飔飔如巨琴。
为慰吾侪终日苦，天魔教与催眠吟。

速乘舟车驶飞箭，远离浊世无留恋。
罪疚满心惨痛多，泪珠化作泥泞溅。

吁嗟香国隔千山，蔚蓝天下乐安闲。
凡所爱者皆可爱，人心沉湎莫愁湾。

乐园惟有童心爱，赠花唱和皆天籁。
山隈奏出琴韵幽，月夜小林樽酒醉。

思乐园兮道路赊，恐非印度非中华。
焉能痛哭使之返吾土，清歌使之仍生异卉与奇花！

63. 夜归魂

我如红眼仙，悄然登汝榻。
偎傍无音响，黑影摇残蜡。

我亦频吻汝，唇吻冷如月。
我亦抚循汝，如蛇绕圹穴。

曈昽天欲曙，见我眠处阒。
自从我去后，衾冷直到夕。

尘世青春侣，殷勤媚所欢。

我爱别有在,使汝心胆寒!

64. 秋之诗

汝眸如水晶,询问我心情:
"汝乃一奇士,于我何所喜?"

嗟乎吾美人,请勿苦追询。
但求垂青盼,与我永相亲。

吾心于尘世,一切感烦恼。
唯有邃古人,于我为至宝。

惟汝能消愁,纤手邀我睡乡游。

因此,吾心不愿以地狱之秘密相示,
亦不愿以火焰写成之惨史相寄。

我所恨者情怀,我所难堪者思惟!

吾侪相爱不宜过于热烈。
爱神匿于暗陬,悲哀之弓矢已为吾侪而设!
我已知其兵工厂之所造:风狂、恐怖与罪孽!

嗟乎! 汝肤何其白! 汝容何其凉!
汝乃黄菊傲寒霜。
汝亦似我,为三秋之阳光!

65. 月 愁

今夜月更愁,深思意态慵。

宛如倦美人，倚衾带惰容。
神情已远注，信手抚酥胸。

明月在山巅，含愁视积雪。
白气上青天，月心更凄绝。

偶然泪一滴，飘堕到尘寰。
时有一诗人，愁重未成眠。
伸掌承此泪，置之胸臆间。

月泪如明珠，色彩明且鲜。
诗人之心离日远，得此光辉意盎然。

66. 猫

美猫和善复威严，端坐看家怯暮寒。
炽热情郎严谨士，爱猫常喜共盘桓。

好学何妨情欲深，猫耽恬静爱阴森。
美猫肯减三分傲，可作埃来①送葬骖。

夜蝶翩翩寂寞园，似将长睡梦频繁。
美猫效蝶非为戏，欲保情怀寂寞尊。

双眸藏珍幻术精，细沙金屑迸繁星。
矇眬猫眼无常态，羡汝迷人神秘睛。

---

① 埃来，地下的黑暗层，在地狱的上面（神话）。

67. 鸥

扁柏垂繁荫,其上匿群鸥。
有如异域神,来此借栖枝。

但见红睛闪,常作深长思。
不鸣亦不动,直到黄昏时。

红日已西沉,方从暗里飞。
此中有至理,非关愚与痴。

吾人生斯世,切忌有施为。
眼前黑影过,恬然勿顾之。
好动无善果,鸥鸼是我师。

68. 烟　斗

我乃一烟斗,常在作家手。
试观吾容色,即知烟癖厚。

方其伤心时,吾烟为良友。
有如农夫归,吾为备樽酒。

绿烟动轻网,缭绕出吾口。
将其寂寞魂,拥抱入吾肘。

我又发浓香,功效如天授。
心动为我迷,神疲复何有?

69. 音　乐

琴笙常作海潮听，以太迢迢大雾青。
独荡扁舟上天去，寻吾黯淡命中星。

膨脖两肺似帆张，直挺胸怀权作樯。
银浪堆山高峻甚，掀天倒海势难当。

声声琴韵逗深愁，痛苦心情烦恼舟。
时见风波时见静，从知无日志能酬！

70. 被诅咒诗人之墓

夜色阴且重，诗人潦倒死。
偶逢好教徒，废墟藁葬尔。

贞星闭倦眼，群小欺孤鬼。
既见蜘结网，复睹蛇生子。
狼狸叫凄清，饥巫啼不已。

风流老翁狂，阴谋贼党诡。
周年不祥音，入汝天谴耳。

71. 幻想之雕刻像

此鬼之奇世罕见，竟将髑髅为头面。
头上金冠深可嗤，有如傀儡坐金殿。

无鞭无镫骑驽骀，此马之状亦怪哉！
有如多年病癫痫，纷纷白沫鼻中来。

上天下地恣驰骤,铁蹄任情踏宇宙。
手中火剑斫群头,蹄下血尸堆死兽。

寒茔万里广无边,骑士信马巡冈阡。
阳光惨白乏佳色,下有古今千载人长眠。

72. 逍遥死

汍地蜗牛场,我欲掘深圹。
他日老骸骨,此处可埋葬。
长眠世相忘,鲨鱼沉巨浪。

我恨遗嘱词,我恨碑与坟。
哭我无真泪,吊我皆虚文。
宁以污浊躯,生饲鸦鹊群。

嗟乎虫与蛆,无目亦无耳。
汝乃莫愁君,汝乃腐败子。
为我地下友,证我逍遥死。
不必存疚心,请访此废址。
老肉无灵魂,腐尸没狗矢。
尚有苦痛否? 或当消逝矣!

73. 仇恨之桶

"仇恨"是达娜依德①被投入之大桶,桶中死人血泪滚滚。
桶黑而空,千寻无底,"报复"徒然投入,无法充满。

---

① 达娜依德,神话中埃及国王达奈尤斯的五十个女儿。其中四十九人,在婚礼的晚上
都杀死了她们的丈夫。她们被罚每天挑水填满无底的大桶。

魔鬼窃凿此桶成深渊,汗水力气浪费万千年。
彼甚至能令死里复生,使之继续流血成喷泉。

"仇恨"是酒柜旁之酒鬼,为酒流涎为酒渴。
"仇恨"有如九头蛇①,无人能将九头同时割。

——然而幸福酒仙认识"仇","仇"之命运亦可怜。
"仇恨"之桶既无底,永将无处可安眠!

74. 破　钟

红炉烈火炙严冬,爱听和鸣雾里钟。
此际尘心甘杂苦,远年旧事忆重重。

古钟永世擅金喉,布道年年未肯休。
宗教营前勤守望,老兵千岁健于猱。

惟吾心作破钟嘶,愁绪难祛夜雨凄。
恰似伤兵藉尸卧,临终挣扎血湖堤!

75. 愁

雨月②沉沉促我生,泼将巨浪浸寒茔。
阴森寒冷凄凉甚,鬼籍还从雨月增。

可叹灵猫癫且孱,遍寻藁荐把身安。

---

① 　九头蛇,一说七头蛇。据古代寓言,这是一种怪物。如果人们不把它的九个头同时
砍掉,你砍掉一个头它会再长出一个头来。
② 　雨月,法国共和历的第五月,等于今公历 1 月 20、21 或 22 日到 2 月 19、20 或 21 日。
即中国大寒节到雨水节一段时间。

诗人愁似惊寒鬼,檐下徘徊泪不干。

冒烟柴炭木悲鸣,钟摆哀传嘀嗒声。
秽物漫夸香气盛,命中注定病缠萦。

郎官美貌有真心,贵妇黑桃伤感深。
已死情人难再会,两情互诉动哀吟。

76. 愁

　　吾生未四十,往事忆千年。
　　臣楼抽屉多,堆积深情笺。
　　账单裹重发,案牍杂诗篇。
　　吾脑比此楼,愁绪更纷然。
　　斯乃金字塔,大窟广无边。
　　又如公共冢,尸骸累万千。

　　明月照寒茔,见者双泪泫。
　　长蛆纷蠢动,啮人如罪愆。
　　嗟我诸所亲,肉尽骨不全。
　　我乃老闺阁,玫瑰亦已蔫。
　　衣裳不合时,拉杂堆床前。
　　古画无光彩,蒙尘壁上悬。
　　有如拔塞瓶,香气欠清鲜。

　　长日如跛脚,缓步过蹒跚。
　　天寒雪雾霏,岁暮雨连绵。
　　灰心生无聊,闲愁寿若仙。

　　嗟汝本有生,此后将长眠。

化为花岗石,上有恐怖烟。
浓雾掩大漠,万里无水泉!
寂寞史芬斯①,与人乏善缘。
举世已相忘,野性无由宣。
何时发狂歌? 惟有夕阳天!

77. 愁

我恰似多雨之国少年王,富而无势,年少而发苍苍。
渠厌恶师保卑躬屈节,有如厌恶哈巴狗与绵羊。

不爱猎鹰与野兔,怕看杀人坐包厢。
可笑丑角滑稽诗,难疗君王抑郁肠。

绣床枉用琪花饰,渠以坟墓视此床。
妃妾淫态施百媚,君王淡然对靓妆。
博士金言劝为善,金言难救灵魂伤。

罗马君王浴血浆,至尊以此逞豪强。
白痴之尸难还阳,少年王不浴血,而把梨堤当兰汤。

78. 愁

吾心方为愁所蚀,乾坤亦变凄怆色。
天低云重掩大地,白日阴沉如永夕。

"愿望"而今陷重牢,有如蝙蝠扇墙壁。
头触朽腐面粪土,此身播弄凭鬼蜮。

---

① 史芬斯,通译斯芬克斯,狮身人首的怪物。

雨丝笼罩山与川,为此狂犴造铁栅。
脑中无数哑蜘蛛,要将愁网重重织。

忽然钟声震天响,宛如怒雷吼霹雳。
又如无家众游魂,引吭呻吟鸣冤抑。

吾心白有殡葬仪,凄然无鼓亦无笛。
"愿望"战败双泪垂,"牢愁"直上降服之脑树黑帜!

79. 鬼　迷

我今不喜大树林,恰如不喜教堂琴。
吾心永作临终咽,时时响应《深谷吟》。

我亦不喜海风啸,吾心奔腾同此调。
坎坷屈辱余啜泣,海音伴我作苦笑。

我所喜者夜阴幽,不用银河耀斗牛。
星月之乐人人识,黑暗虚空我所求。

漫将黯黮嘲长夜,黑暗本身即是画。
常眼视之无所见,吾眸自见万象光四射!

80. 虚无之乐

昔者吾心喜争先,"愿望"促我着先鞭。
今也颓唐如病骒,神情沮丧步不前。
老马步步遭障碍,不如索性卧槽边。

太息吾心如兽眠,灰心安命不怨天。
吾心已是战败者,无心恋爱不鸣冤。

笙歌笛怨永诀别,欢乐难动病心弦。

春花不香秋月暗,时间蚀我如蚕然,
又如雪压万顷田。居高观看地球圆,
无心托庇求安全。愿得雪崩埋我万千年!

81. 痛苦之炼丹术

乐者开颜,歌颂江山;
愁者酸鼻,诅咒天地。
同一物也,乐者见之则呼为生命与光明;
愁者见之则呼为丧服与寒莹。

汝乃未曾相识之黑迷斯①,助我而常令我心怯。
汝使我成为最苦之炼丹人,与米达②为同业。

吾赖汝之力,化黄金为黑铁,变天国为泥犁③。
取亲爱之尸于白云之襁,建高大之榔于碧落之堤。

82. 丑恶之同情

"苍天郁阴霾,似汝命运乖。
汝心甚空虚,天公令汝何所怀?"

黑暗与渺茫,生平所企望。
未若奥维德④,嗟叹乐园丧。

天破如沙滩,我以寄吾傲。

---

① 黑迷斯,又译赫尔墨斯,希腊神名,称雄辩之神。
② 米达,古弗利基亚国王,从天神狄俄倪索斯学会了点金术,所触之物都变黄金。
③ 泥犁,即地狱。
④ 奥维德(公元前43—公元18),罗马诗人。

黑云带深丧，我以为梦想中之棺罩。
天光乃地狱之反映，而地狱乃吾心之所好！

83. 自惩之人①

——赠 J.G.F.

嗟我挞汝不怒汝，有如屠夫不恨猪。
摩西登山不恨山，登上名山望远都。

汝眼涌出悲哀水，灌我此心沙漠干。
汝眼深如沧海咸，浮我愿望如巨船。

汝之呜咽醉我心，汝之呜咽振我神。
汝之呜咽如鼙鼓，鼓我上阵扫千军。

我于神圣交响乐，奏出不谐之和声。
幸有强烈之反嘲，摇我咬我唤我醒。

我血有如黑毒汁，化作歌喉出恶声。
我血有如倒霉镜，照出泼妇丑恶形。

我是创伤亦刺刀，我是耳光亦是颐。
我是车裂亦四肢，我是刽子亦死尸！

我是我心吸血鬼，永遭嘲笑天地间。
此心永留千古恨，何能有日笑开颜！

---

① 自惩之人，原文是 l' Heaulontimoroumenos。这是罗马喜剧作家泰伦斯的一部喜剧，剧中主人翁自己决定放逐他的不受教诲的儿子，事后又十分痛心。

84. 不可救药

（1）

魂灵高谪自蓝天，地狱深深陷九泉。
泥淖斯提①坚似铁，可知天眼不能穿！

糊涂天使爱畸形，梦魇轰隆撼性灵。
恰似没人惊灭顶，奋身战水冀全生。

含悲饮恨战漩涡，浪大渊深可奈何！
竞舞芭蕾阴影里，群狂相与发狂歌。

鬼迷心窍可怜虫，摸索搜寻黑暗中。
何曾觅得光明路？遍地蛔蛇与毒龙！

香气氤氲掩邃渊，罪魂深陷最堪怜。
恰似楼梯缺扶手，无灯黑夜万千年。

狱中守者众妖精，瞪起黄磷大眼睛。
鬼火翻教夜更黑，磷光只为鬼头明！

水晶陷阱在天边，北极南来有大船。
寻觅从何阴海峡，竟然堕入地深渊！

明显象征完美图，命途多舛疗方无。
从知魔鬼猖狂甚，不许人寰改命途。

---

① 即斯提史，见 3050 页注②。

(2)

吾心如镜照真容,明暗同时入镜中。
黑白并存真理并,银灰星斗晃朦胧。

路灯招引地牢魂,炬照深衔撒旦恩。
唯一光荣除苦痛,从今认识恶为尊!

85. 时　钟

时钟狠狠如凶神,气势汹汹无比伦。
戟指大声威胁我,要我从头忆前尘。
苦痛如箭穿我胸,使我无计定惊魂。

欢乐化烟走天涯,风伯躲避海峡中。
分秒蚕食我欢乐,及时行乐总成空。

一时三千六百秒,秒秒传来唧唧声。
"吹嘘畴昔多欢乐,而今寂寞打孤城!"

时钟诲我忆前尘,宜从欢乐爱光阴。
时间原是无价宝,稍纵即逝惜黄金。

贪婪赌徒夸常赢,光阴善博术最精。
白日潜消黑夜长,铜壶滴漏岁月惊。

嗟乎汝妇尚童贞,命运之神懊恼情。
不久当闻时钟鸣,彼等对汝语同声:
"丈夫死耳何屏营! 死已晚矣毋滞行!"

巴黎图

86. 风　景

欲寻净土养诗才，居近云霄不染埃。
闲傍钟楼痴侧耳，高凭脊阁静叉腮。
神歌清彻随风远，人语喧豗出厂来。
市景何如天景好？无终仙国梦徘徊。

常倚高楼览古城，望穿重雾更怡情。
疏星乍现经天碧，银烛初燃照室明。
炭气成河千道直，月光如水万心倾。
三时景尽余冬雪，夜闭窗扉造玉京。

漫将凝闭惜冬天，意境犹存景物妍。
好鸟恋花歌呖呖，清泉滴玉泪涓涓。
心田种火生红日，思路涵春起暖烟。
窗外喧嚣关底事？低头澄念写诗笺。

87. 日

烈日照城村，熊熊炙百谷。
负郭有古街，旧窗挂破屋。
窗户虽残破，其中藏淫欲。

我来此街游，茕茕行喜独。
为欲觅诗料，四隅徐踯躅。
韵味久推敲，佳句偶然触。

阳精养众生，强光祛百疾。
庭除盛花草，田野醒虫蛭。
人脑与蜂窠，处处皆甜蜜。
忧思被蒸晒，化汽即消失。
残废亦欣欣，嫩如少女质。
世有不朽心，常望得葱郁。
时时向日倾，繁花覆茂实。

诗人与众异，美丑皆可珍。
太阳亦如是，一视而同仁。
医院与宫殿，无非日为君。
不用盛扈从，万类尽称臣！

88. 赠赭发女丐

白女披赭发，褴褛曳鹑尾。
即此见汝贫，亦以显汝美。
我乃瘦诗人，爱汝多病体。
满面现赭斑，要亦自可喜。
羡汝步调和，蹁跹踏敝屣。
胜如绝代后，足下丝绒履。
汝虽着短衣，娴雅有容止。
胜如朝服长，玎玲及踵趾。
美腿袜虽破，犹惑登徒子。
昔日系金刀，光辉今未已。
上衣结偶松，酥胸袒然启。

双乳艳似眸，令人邪念起。
裙带不轻解，香肩岂易倚？
无赖枉垂涎，不得稍染指。

设想汝得志，光景大不同。
逢迎岂乏人？礼物献何穷？
佳诗饰书架，明珠缀房栊。
诗人得新作，题名赠闺中。
瞻仰阶梯步，讴歌裙带风。
往来皆贵胄，交接尽王公。
争觅仙乡乐，竞谒蓬莱宫。
腕上友吻多，床头鲜花红。
皇族供驱使，兢兢执役恭。

今也汝何如？饥寒常相逼。
白昼乞残肴，黑夜卧冷阈。
首饰廿九苏①，偷窥恋不释。
我愿购相赠，惜乎无此力！
劝汝掉头去，毋庸珠宝饰。
裸汝清瘦躯，即此美无敌！

89. 天　鹅

——赠雨果

（1）

我念安罗麦②，烦忧此小河。

---

① 苏，法国货币名，一法郎的百分之一。
② 安罗麦，一译安德洛玛刻，希腊英雄赫克托耳的妻子，特洛伊城沦陷后，她被虏为爱丕尔国王皮罗的妻子。皮罗死后，又为其弟赫赫里内所占有。

当年寡妇泪,西梅①水涌波。
泪添西梅美,今日复如何?
我过新加鲁②,记忆忽增多。

巴黎此古城,变迁何其速!
心变已嫌快,城变更怵目。
碎砖堆错杂,木棚撑破屋。
野草侵街道,石路添苔绿。

当年动物园,风凉空气鲜。
清晨晴朗日,"工作"正惊眠。
道路震巨雷,干扰静穆天。
忽睹一天鹅,脱笼竟颓然!

足蹼擦燥石,秽地曳白翼。
临河苦无水,张嘴空叹息。
展翅浴尘埃,清泉不可得。
回忆天鹅湖,仰天语愤激。
"天汝何日雨? 何日雷霹雳?"

神话奇且惨,天鹅殊可怜。
深怀奥卫③愁,仰首奈何天。
天汝蓝且酷,人汝正而偏。
鹅颈忽痉挛,鹅眼亦泫然。
抬头怨上帝,上帝亦无言。

---

① 西梅,一译西摩伊斯,河神。
② 加鲁,广场名,在巴黎,近卢浮宫。
③ 即奥维德,著有《哀怨集》。

（2）

莫道巴黎变，我心仍烦恼。
莫道宫殿新，争奈市郊老。
一切象征我，心烦不能好。
重如千钧杵，直向心头捣。

卢浮宫前立，我念我天鹅。
汝如流放人，可泣亦可歌。
汝貌似疯癫，汝心实巍峨。
遗恨在终身，愿望逐逝波。

顾汝安罗麦，英雄怀里坠。
身落皮罗手，卑贱如畜类。
英雄赫托妻，竟配赫里内！
泥首空坟前，默然心已碎！

顾彼非洲女，瘦瘠兼肺痨。
伶仃孤苦身，脚踏泥泞高。
病眼视模糊，椰树无由遭。
浓雾似重墙，遍觅总徒劳。

我念天下人，既失不复得。
亦念伤心者，饮泣不能拭。
感彼慈善狼，哺人痛苦液。
念彼众孤儿，个个病瘦瘠。
病容如落花，憔悴无鲜色。

我心如号角，旧情呜呜呜。

我魂迷森林，不复识归途。
我念航海手，远岛寄微躯。
我念败军将，亦念缧绁俘。
嗟我所念多，屈指能穷乎？

90. 七老翁

　　　　——赠雨果

古城居民如蚁集，鬼魅白昼侵人急。
梦魇之多满城郭，神秘横流如树汁。
像座承溜犹有此，更知无孔不能入。

晨雾黯然罩层楼，小街尤有漫天愁。
左右房屋如二堤，中间小河直奔流。

雾色黄秽如洪水，嗟我心情亦若是。
脑筋已弛强使张，灵魂已疲思未已。
重车辚辚撼石路，我亦废然曳破履。

忽逢老翁在我前，鹑衣黄如久雨天。
倘非双目含凶恶，穷态应博千家钱。

眼珠曾经胆汁炼，眼光寒冷如霜霰。
须坚如箭向前伸，犹大①铁髯今复见。

身折岂但腰背隆，直角岂但如弯弓。

---

① 犹大，耶稣十二弟子之一，叛徒。

爬地竟成四脚兽，倚杖亦似三足虫。

冲泥踏雪行连蹇，破靴欲得死人践。
直与宇宙结深仇，岂独无心复为善？

又一老翁紧相随，眼瞀杖履不差池。
应是同一地狱出，宛如孪生两期颐。
怪鬼齐步上前途，所赴何地无人知。

不知何人恶作剧，抑或否运来相厄？
顷刻之间七老翁，从我眼前去络绎。

君莫笑我自多愁，如斯同类钬吾眸。
七丑衰颓虽若此，恐将挣扎寿千秋。

可恶传灰费尼史①，自为父兮亦为子。
疑是一人化七身，丑态丝毫皆相似。
我若不死仍守候，第八老翁将莅止！
怕见地狱鬼排场，吾终掉臂不复视。

愁肠如醉嗒然归，心寒手颤掩吾扉。
神志昏昏方寸乱，只存丑象影依稀。

嗟我理智空防守，疾风暴雨侵窗牖。
吾心恰似无樯舟，四顾无岸浪滔滔！

———————————

① 费尼史，神话中的一种怪鸟，或称长生鸟，它在阿拉伯沙漠中生活数千年。它在烈火中自焚死，然后又在死灰中重生。

91. 小老妇们

(1)

古城弯且曲，虽丑亦悦目。
我秉造孽心，猎奇饱眼福。

昔日莱伊斯①，当年爱波宁②。
今日小老妇，其丑无比伦。
嗟汝驼背者，头低齐下身。
我仍爱汝曹，为汝有灵魂。

裹头冷破布，蹩躠艰难步。
罡风刺骨寒，苦况凭谁诉？
辚辚公共车，摇摇高低路。
绣花小香囊，徒劳忆平素。

嗟汝步蹒跚，有如舞木偶。
颓然曳两腿，又如负伤兽。

汝如可怜铃，汝舞非所愿。
恶魔太狠心，悬挂当汝面。

佝偻汝曹形，锐利汝曹睛。
池水静夜梦，池面耀眼明。

---

① 莱伊斯，古希腊的高等妓女。
② 爱波宁，高乐族的女英雄，高乐族首领沙比努斯的妻子。沙比努斯为了民族解放同
罗马进行战争，兵败，与爱波宁匿居地窖九年。后来沙比努斯被叛徒出卖，罗马皇帝
下令把他处死。爱波宁辱骂了皇帝，也被杀。

汝曹神秘眼，宛如小女婴。
对于一切光，既笑亦复惊。

多数老人棺，宛如孩儿枢。
死神真聪明，异想君知否？
老幼棺一般，象征死速朽。

嗟汝孱弱鬼，步过巴黎市。
脆弱此群魂，将化新生子。
走向新摇篮，轮回而已矣！

何当觅巧匠，妙手出神奇。
改变棺枢形，纳此老妇尸。

泪泉千叠涌，坩锅淬热铁。
泪眼神秘睛，于神为可悦。
蹇运天所嘉，赞汝长泣血。

（2）

古老佛拉城①，贞女患相思。
泰莉②今已死，哀我女祭司。
盛名何炫赫，今日无人知！
舞台道汝名，全靠人提词。
回首忆当年，誉满梯倭离③。
名园飞瀑布，美花映艳姬。

---

① 佛拉城，意大利的一个城市，其地有许多别墅。
② 泰莉，神话中的美神。
③ 梯倭离，意大利的一个城市。郊区多名胜，以瀑布闻名。

陶然醉我心，芳容与丽质。
其中亡艳姬，苦泪为甘蜜。
忠诚感上苍，假汝冲天翼。
默默向天祷："天马有神力，
携我穿层云，直上九天碧。"

一姬悲薄命，被逐坎坷乡。
一姬遇不淑，受苦怨太郎。
一姬生玛瑞①，反受其创伤。
热泪流成河，滔滔恣汪洋。

（3）

我随一老妇，相伴送斜阳。
西天色鲜红，如受战斗伤。
公园军乐队，弦管正悠扬。
老妇坐板凳，侧耳细思量。
莫惜金乌坠，激发英雄肠。
仿然歆军乐，神态何昂藏！
张目如老鹰，锐气谁敢当？
宛如待桂冠，桂冠何堂皇！

（4）

嗟汝斯多噶②，坚忍不叫苦。
城市闹嚷嚷，汝曹横过路。
汝曹在当年，贞女或淫妇。
大名天下扬，沥血在肺腑。

---

① 玛瑞，见 3060 页注。
② 斯多噶，这里指坚强的人。

汝曾称都雅，汝曾为光荣。
嗟乎到而今，无人知汝名！
醉汉过汝旁，向汝表爱情。
实为嘲弄汝，无礼出淫声。
顽童恶作剧，随汝跳屏营。

偷生自觉丑，弯腰循墙走。
影碎人觳觫，谁复怜老朽？
凄凉命注定，永恒不可守。

我独爱怜汝，远随不惮劳。
嗟汝步不稳，两步一低高。
我目视汝步，随汝走周遭。
俨然为汝父，殷勤护汝曹。
秘密忠于汝，我心乐陶陶。

我见汝青春，熊熊有热情。
汝是向阳花，亦暗亦光明。
我亦赞汝淫，汝淫亦是贞。
贞淫一切事，我心与共鸣。

嗟我诸姑姊，头脑举相同。
八旬老夏娃①，潦倒遭闵凶。
上帝顷刻来，利爪抓汝胸。
明日汝何在？毁灭随罡风！

---

① 夏娃，《旧约圣经》说是原始时代第一个女人。这里原文用复数，指小老妇们。

92. 群　盲

吾心素好奇,瞻仰此群盲。
有如活模型,可笑亦堪伤。
又如梦游者,摸索魍魉场。

当年目如炬,今日渠丧明。
举头静向天,凝视彼苍冥。
低头悄向地,不见石路形。
俯仰皆徒然,头重脚不轻。

横度无穷黑,永恒此沉寂。
嗟汝巴黎城,歌笑无虚夕。
欢乐至于狂,疾苦谁怜惜?
我亦效群盲,曳脚行踟蹰。
如醉亦如痴,疑团不能释:
"群盲梦升天,天上何所觅?"

93. 为过街女客作

市嚣震耳曳长雷,少妇深丧过户来。
素手雍容褰彩带,悲怀虽惨亦豪哉!

圆腓如塑态轻盈,天晦风狂电闪晴。
我踞层楼何所饮,杀人乐趣惑人情。

电光一闪夜沉沉,走马仙姝何处寻?
美盼顿教吾复活,重逢须待几光阴?

此后萍踪两不知，天涯会合苦无期。
刹那应已心相印，方寸终留百岁思。

94. 髑髅耕

（1）

凄凄解剖室，下临多尘堤。
何以为书籍？即此千具尸。

——寂然眠，状如木乃伊。
枯骨有全形，鲜躯无寸皮。

谁制解剖图？博学一名医。
题材虽寒心，其美亦在兹。
尤有神秘者，髑髅善耘籽。

（2）

嗟嗟汝贱农，夜台应徭役！
推犁抽汝耕，挥锄折汝脊。

作何稻粱谋？供谁仓廪积？
否运压双肩，不容不竭力。

须知圹穴中，长眠未必得！
"虚无"不可凭，死神枉结识。

一旦被征发，远赴不毛域。
永抱千钧锄，强耕万顷瘠。
裸足血淋漓，百劫无休息！

95. 黄　昏

常人恋黄昏，恶人望日暮。
夜色助其虐，悄然来狼步。
天低云为床，人凶狮搏兔。

双臂终日劳，借此可小休。
精神受剧痛，入夜亦温柔。
学者脑已疲，抛书养倦眸。
工人腰久屈，喜得倚床头。

邪魔待时动，空中开夜目。
忙忙漫天飞，纷向门窗扑。

风摇银烛光，中杂倚门香。
遑遑如群蚁，各觅逐臭场。
处处秘密路，街街夜度娘。
毒如仇人手，殷勤挽玉郎。
古城多淫秽，荡妇故猖狂。
有如蛇与蛆，窃食吾人粮。

侧耳听远近，如闻庖厨啸。
乐队呜呜鼽，歌女哑哑叫。
圆桌聚赌徒，赏心亦云妙。
布局念秧谋，充室淫娃笑。

偷儿无休息，亦将赴良机。
蹑足撬门入，扬眉挟宝归。

以供数日粮，以制情妇衣。

值此严重时，吾心宜自敛。
由他百种嚣，守我双耳掩。

病人痛益剧，夜神扼其咽。
各耗其天禄，同趋无底渊。
医院延残喘，呻吟苦难宣。
其中多有不复能返私宅，傍炉边啗香饭倚情肩。
吁嗟乎！
其中尚有泰半未得尝家庭之醇酒，闺阁之甘泉！

96. 赌

胡床色衰老妓萎，媚眼长眉衬蜡纸。
胁肩谄笑弄风情，金石丁当摇瘦耳。

青毡桌畔面无唇，龈陷牙残发似银。
苦将发热拘挛手，搜索胸前锦袋贫。

承尘秽黑如涂炭，其下高悬灯烛灿。
光照阴霾名士额，诗人来此输血汗！

夜梦依稀见此图，梦中慧眼判群愚。
淡然静坐销金窟，忽起奇情羡赌徒。

兴浓如此诚难得，男女风狂戏不息。
墨客矜夸昔日名，徐娘卖弄衰年色。

万众争投大泽中,吾心虽羡亦哀恫。
倘教饱饮吾腔血,总觉生灾胜死空!

97. 骷髅舞

——赠克里斯托夫①

身材高贵似生人,浓艳花环洁白巾。
杨柳蛮腰纤细甚,婆娑舞态妙传神。

蹁跹舞榭瘦身材,拂地宫裙巧样裁。
轻划花鞋扬只脚,盈盈仙步踏云来。

双肩承带恣飘扬,欲海波涛拂岸狂。
只为提防无赖犯,强将媚态暗收藏。

双目深深陷且空,天灵花饰巧玲珑。
脊椎摇曳纤腰软,弱柳迷人澹荡风。

红尘肉欲世人情,白骨嶙峋俗士惊。
盔甲骷髅无限美,卿应怜我我怜卿!

汝凭鬼脸扰欢场,汝借骷髅入睡乡。
应羡骷髅神力大,狂欢安息汝相帮。

烛光琴韵尽欢娱,痴愿能将梦魇驱。
烈火焚心沉地狱,狂欢能得暂凉无?

---

① 克里斯托夫(1827—1892),法国雕塑家。

无恨愆尤无限狂,千年劫数旧创伤。
汝身骨骼虚空处,窥见食人枵腹狼。

巧笑徒劳美盼空,凡人岂识汝娇容?
销魂唯有顽强客,恐怖能温勇士胸。

汝目深藏恐怖情,令人晕眩使人惊。
皓齿瓠犀三十二,徒教舞侣战兢兢。

人生孰不抱骷髅? 滋养谁非墓里求?
服饰衣冠香遍体,令人欲呕亦堪羞。

塌鼻佳人陷眼精,冷嘲舞侣隐真形:
"胭脂粉黛夸香馥,实是骷髅装饰成!

凋萎佳人油漆尸,花花公子白须髭。
骷髅摇摆为前导,导汝他乡幻境奇。

遥从塞纳达恒河,狂热腾欢跃且歌。
天使喇叭张口阔,不祥朕兆送音波。

死神瞻仰汝尊容,热带寒区无不同。
鬼亦薰香香似汝,痴癫笑汝可怜虫!"

98. 虚幻之爱

绕梁妙响协笙歌,爱汝姗姗缓步过。
小立浑身呈惰态,闲愁倾泻入秋波。

病骨堆成绝代姝,灯光泛彩掩黄肤。
芳容夜炬生初日,脉脉双眸似画图。

憔悴佳人别样鲜,泪痕盈臆苦中仙。
身心苦透蟠桃熟,风致应邀识者怜。

汝乃三秋异味柑,或为香枕与花篮。
若非乐土招魂麝,恐是愁乡待泪坛。

亦知世有假愁容,未必奇珍蕴此中。
宝匣辉煌无佛骨,到头终似九霄空。

吾心避实慕空虚,幻象销魂已有余。
襁褓无情仍自美,真愁假怨总相如。

99.

去城不数里,有我旧乡井。
犹忆白垩墙,屋小房栊静。
石膏古梵奴①,疏林匿清影。
窗镜折斜晖,庭砖流晚景。
晚餐乏盛馔,蔬蓏在粗皿。
人少语无哗,时长肴不冷。
太阳视我食,九霄双目炯。
反射成烛光,布帏灿然炳。
何用夸金碧,即此是仙境②。

---

① 梵奴,通译维纳斯,罗马神话中的美神。
② 境,读 jǐng。

100.

女仆忠诚汝所慕,只今已入黄泉路。
须知死者苦无穷,尽心聊把花堆墓。

十月愁风绕墓碑,声震荒郊折老树。
应觉生人最无情,拥衾觅梦温馨处。

枯骨凝冰聚虫蛆,静听严冬滴冷露。
夜眠无伴昼无朋,怨气成烟凭谁诉?
百年更无亲与邻,来为铁栏易破布。

设想魂归来,暂离万年榻。
静坐吾室中,炉火正飒沓。
又或倚室隅,瑟缩怯岁腊。
凝睇长成儿,愀然泪盈颔。
对此可怜魂,吾将何以答?

101. 雾与雨

春眠吾爱雨纷纷,尤喜三冬惨淡云。
心脑不愁无葬处,雾为衾褥气为坟。

旷野狂飙撼弱晖,辛勤长夜嘎风旐。
愁肠不恋春光暖,常效寒鸦冒雪飞。

此心久已满秋霜,惨景能医寸断肠。
赏识吾邦真气候,千重雾里漫翱翔。

休将无月怨阴霾,漆黑千年正自佳!
除却并头偎倚夜,静眠危榻遣悲怀。

102. 巴黎梦

——赠君士坦丁·珪士①

(1)

昨夜见奇景,肉眼所未见。
今朝忆依稀,境远心犹恋。

梦寐多灵迹,吾心生妙想。
为此修罗场,芟除榛与莽。

自负绘事才,铁石建楼台。
结构虽单调,心醉久低回。

高阁直参天,崇楼广无边。
喷泉与瀑布,日夜滴金砖。

金墙挂激湍,下地千钧重。
宛如水晶帘,十丈波光涌。

铜柱绕瑶池,清水安眠静。
巍峨众水仙,临池怜倩影。

汪洋蓝海水,四面红绿堤。
掩盖亿万里,欲与天涯齐。

---

① 君士坦丁·珪士(1802—1892),法国画家,以第二帝国时代风俗素描著名。

奇石希世珍，神波凭法力。
明湖千顷水，映物生诸色。

恒河自无心，无底流泱渺。
常将仙瓶露，倾入翡翠窟。

吾乃建筑师，仙宫随意造。
海底可通车，宝石为隧道。

一切黯淡色，到手皆光明。
淡如东流水，尚犹嵌水晶。

既非恃众星，亦非凭神日。
惟我热心肠，生死惊人术。

凡此诸灵迹，为目不为耳。
万象虽运行，寂然含静理。

(2)
启我烈火睛①，重见凄凉屋。
嗟我百劫心，仍遭烦恼镞。

时钟鸣哀哀，犷然报中午。
苍天降阴霾，掩此多愁土。

103. 侵　晨

军笳响彻众兵营，飒飒晨风吹路灯。

---

① 启我烈火睛，指梦醒。前段讲梦境，后段讲梦醒后的心情。

缠扰青年邪恶梦,埋头枕上蘧然醒①。

睡眼惺忪带血丝,晨曦照得小灯微。
浑身重担灵魂弱,勉效残灯战早晖。

西风吹得泪痕干,往事难温晓梦残。
妇女无心谈恋爱,男人意懒赋诗难。

闾阎远近起炊烟,荡妇犹然自在眠。
蓝睑严封呈倦态,朱唇大启现痴颜。

女丐生涯迥不同,瘦胸瘪乳战寒风。
残薪火细难持暖,呵冻频频叹命穷。

为富不仁悭吝成,临盆贫妇可怜生。
从知分娩人间苦,不料严寒痛苦增。

重重迷雾掩楼台,一唱雄鸡晓雾开。
贫士弥留济贫院,临终一息亦哀哉!

千斤重担压工人,纵酒能医愤世筋。
彻夜盘桓春瓮侧,入门始觉是清晨。

旭日冲寒红绿袍,朝晖踯躅在江皋。
巴黎黯淡强睁眼,老弱勤劳运斧刀!

---

① 醒,读 xīng。

酒

104. 酒　魂

红蜡严封黑漆瓶，玻璃狱锁酒魂灵。
良宵偶唱多情曲，敬请莘莘众士听。

洪炉山畔艺葡萄，汗雨淋漓赤日熬。
赐我灵魂生我命，知恩敢不报君劳？

小子能医尽瘁躬，葬身喉下乐无穷。
迁乔弃我冰寒窟，卜圹投君火热胸。

每逢主日①唱团圞，我亦欣然愿佐餐。
揎袖横肱寻一醉，增吾荣耀尽君欢。

内子星眸带浅醺，娇儿桃靥泛红晕。
漫愁缺乏生存力，醇酒加强奋斗筋。

怡情甘露出仙家，造物神工实足夸。
人酒相成诗更妙，光冲帝座献奇葩。

---

① 主日，指礼拜日。法语 dimanche，来源于拉丁语 dìsdominìcus，天主的日子的意思。

105. 拾破布者①之酒

红光闪闪颤街灯,风摇玻璃肆侵陵。
古城老街泥泞满,万民嘘气云霞蒸。

常见窭人拾破布,颠顿触墙如无路。
心中筹划光荣策,警士当前非所顾。

誓维正谊定人伦,惩戒凶顽济赤贫。
苍穹高悬如华盖,自赏清高有德身。

君不见妻儿累重双肩折,又不见昼夜辛勤精力竭。
鞠躬走遍大巴黎,涕唾堆中觅残屑!

归途带得浊醪香,战侣相随意气扬。
铁髯长悬如古帜,鲜花朵朵缀弓枪。

醉乡自有惊人术,笳鼓喧阗噪红日。
盛筵庆贺酒中仙,佳肴满桌光满室。

泊丹神水涌黄金②,流遍尘寰德泽深。
酒帝丰功难尽纪,黎民感戴共归心。

贫人颠沛由来久,常存怨气冲牛斗。
上帝内疚慰之以睡眠,人类更添赤日之子其名酒。

---

① 拾破布者,就是捡破烂的。
② 泊丹,小河名,在小亚细亚利迪亚。古代泊丹流出黄金,利迪亚国王克列素思(约公元前?—546)因此致富。

106. 杀人犯之酒

我妻已死我自由，开怀痛饮无忧愁。
忆昔入门无一苏，我妻发怒肆咆哮。

我妻已死我幸福，空气清新天悦目。
忆昔我俩热恋时，携手踏青春草绿。

无酒令我渴欲死，有酒令我醉当歌。
试问几斤满足我，妻坟贮酒不嫌多。

我已推妻坠井底，我妻下井更落石。
记忆犹新心尚悸，情景在目今历历。

夫妻恩爱盟誓坚，情深似海意缠绵。
夫妻反目寻常事，醉约良辰缱绻言。

我与妻约黄昏后，小径苍凉垂弱柳。
可怜我妻惠然来，痴狂无独竟有偶！

我妻半老风韵存，惺忪倦态立踟蹰。
只缘我爱吾妻甚："死矣我妻莫怨夫！"

无人了解我情怀，有一醉鬼胡乱猜。
谓我夜深逞病态，竟凭美酒作棺材。

嗟彼醉鬼铁石心，一生不识真爱情。
无论严寒与溽暑，彼心总是冷冰冰。

爱此邪魔诱惑术,爱此新坟腐尸骨。
爱此毒药与热泪,爱此锁链声窸窣。

——我今孤独且自由,今宵醉死自风流。
怡然无惧亦无悔,熟睡如狗无忧愁。

货车重轮载土石,我卧路上当车迹。
车碎我头断我腰,死矣匪犯不堪惜!

我于死神横眉对,藐视死神如上帝。
生平不喜圣事桌①,区区魔鬼何足畏?

107. 独居者之酒

湖波潋滟月光摇,出浴姮娥玉体娇。
佳人善睐正如此,蒙青眼者心情美。

心情美,乐有穷,何如良夜醉黄封?

赌徒孤注虽云重,未若酒一桶;
处女热吻虽云甜,未若酒一坛。

琴韵悠扬泣且诉,争似酒香浸透诗人渴心绪?

惟酒赐我生命泉,惟酒送我返青年。

贫士无财有傲骨,酒后傲骨尤突兀。

---

① 圣事桌,教堂里信徒领圣事的地方。

下视凡俗隔云泥，此身直与天神齐。

108. 情侣之酒

今日天气清，山川呈佳色。
我有曲蘖驹，不用鞍鞯饰。
携卿作远游，逍遥神仙域。
汝我双谪仙，中心热已极。

晴空蓝水晶，蜃楼远可即。
狂风亦多情，助我双飞翼。
并肩泳天际，矢志不稍息。
弃此浊人寰，同趋极乐国。

恶之花

109. 破 坏

魔鬼在我前，时时来相袭。
绕我如空气，浮动不可执。
侵寻入我喉，煎我肺肝急。
使我生邪念，为恶如不及。

时或化佳人，亭亭玉树立。
知我爱美癖，遂尔乘隙入。
时或出甘言，诱我嗜毒汁。
既陷淫邪道，从兹成积习。

恶魔导我游，远离上帝眸。
气喘筋骨折，万里不稍休。
行抵"无聊"国，大漠无河洲。
泥涂满衣履，创伤血横流。
投我破坏机，予我千古愁！

110. 女殉道者

——一幅不知名画家之画

宝瓶铁甲淫荡床，翠玉名画绉裙香。

房枕温暖似温室，气氛郁律似殓房。
花束凋萎玻璃棺，最后一息命不长。

女尸一具惨无头，鲜血淌出似河流。
布枕吸血似旱苗，血在枕上被吸收。

珍宝簪钗饰秀发，发似堆云殊可悦。
身首分离可奈何，触目伤心哀永诀！

夜壶箱上置头颅，头既安息思想无。
双目不瞑白眼翻，定睛看人视模糊。

腰肢全裸卧床上，昔何矜持今何荡！
天生丽质想当年，昔日荣华今尽丧！

袜饰碎金留永念，想见当年红菱艳。
袜带轻垂似汝目，当年炯炯双睛闪。

嗟汝奇态惯离群，巨幅姿容瘦损身。
汝目隐含挑战意，有情深恨无情人。

佳节狂欢罪孽深，孽海狂吻诲汝淫。
罗帏摺处隐天使，享汝热吻诱汝心。

瘦肩雅韵此翩翩，瘦臀承腰稍稍尖。
纤腰袅娜如蛇蟒，爬虫被刺舞蜿蜒。

牺牲怜汝尚年轻，闷损心灵寂寞情。
游丝意绪流离愿，走狗无能逐饿鹰！

冤家难解是仇冤，欲海汪洋不易填。
汝体温柔心满爱，负心送汝入黄泉！

汝郎手颤举汝尸，汝尸僵硬漫置之。
汝头仰放汝齿冷，死后谁吻汝唇皮？

远离尘世一身单，不见法官严峻颜。
祝汝从今无烦恼，祝汝静谧入土安。

汝夫畏罪走天涯，汝魂随夫入梦来。
祝彼缱绻情似汝，海枯石烂葆情怀！

111. 孽妇们

老牛惯冥想，仰卧沙场上。
群妇似群牛，联袂天边望。
时而肩并肩，时而背接项。
形容何憔悴！神情何沮丧！

或者倾肺腑，童心今欲诉。
我亦爱河流，我亦爱丛树。
哀情诉不尽，谁识我心苦？

或者如修女，曳足步跚跚。
路经岩洞侧，鬼魅舞蹁跹。
袒胸复露乳，吐焰似火山。
荡妇死为鬼，能惑圣安端①。

---

① 圣安端(251—356)，宗教隐士。传奇式的人物，他曾经抗拒了各种诱惑。

亦有呼救者,呼声殊凄绝。
昔年异教徒,深掘此洞穴。
树皮黯淡光,照此人呜咽。
巴古①迷魂香,悔恨何由灭?

亦有爱肩衣②,衣长藏暧昧。
此是窝藏者,皮鞭在其内。
寂寞森林暗,良夜孰晤对?
嗟汝枕席欢,杂以辛酸泪!

贞女兮魔鬼,殉道兮妖孽。
伟大此心胸,现实皆轻蔑。
无终追求者,信徒或变节。
狂呼山岳震,痛哭心肠裂。

可怜诸姊妹,我心随汝行。
行行入地狱,亦爱亦哀矜。
汝渴无止境,汝哀不自胜③。
小小骨灰盒,汝爱此充盈。
伟大此心胸,懿欤仰慕情。

112. 二贤姊

淫神与死神,可人二少女。
疾病永不染,唇吻随意予。
腰肢常贞洁,身体裹褴褛。

---

① 巴古,希腊神话中的酒神。
② 肩衣,修道士披在肩上的一块布。
③ 胜,读 shēng。

虽未产婴孩,事业殊辛苦。

潦倒之诗人,家庭之仇雠。
地狱之宠臣,颂德不获酬。
坟墓与淫窟,殷勤引之游。
棺椁与衾枕,轮流诱其眸。
爱此二贤姊,无悔亦无忧。
斯乃可怖之乐趣,可喜之深愁。

嗟乎淫神,汝欲何时用汝秽手为我造坟墓?
嗟乎死神,汝将何时用彼淫花接汝黑柏树?

113. 血　泉

一腔热血涌狂波,呜咽山泉节奏和。
摸索创伤终不得,只闻长叹发悲歌。

满城奔注竟成渠,裕血围场尚弗如。
遍饮人人皆解渴,红披草木染阶除。

欲将醽醁息忪营,稍避跟前丑恶情。
不料瓮头春睡足,耳尤聪敏目尤明!

亦从情爱觅遗忘,情爱偏如芒刺床。
可恨仙班残忍女,直将吾血作流觞!

114. 寓　意

有女貌倾国,胸际富缀饰。
美发曳酒中,曾不一顾惜。

爱神非无爪,奈彼肤如石；
淫神非无毒,彼以为仙液。
死神与淫神,常受其讥刺。

邪魔破坏手,时时喜剽击。
对此金玉躯,不容不辟易。

蹁跹神女步,雍容国母色。
虽嗜尘寰乐,还守回教德。

两臂送衷情,双乳盈胸臆。
常将剪水眸,召唤寻香客。

处女虽不育,人间缺不得。
美貌世所稀,仙容天所锡。
纵有诸秽行,亦将蒙恩释。

炼狱与泥犁,生平素不识。
黑夜死神来,凝神视脉脉。
恰似初生婴,无恨无悔惕。

115.

烧灰赤地无青草,罡风吹给我烦恼。
悠悠我思黯淡地,利刃徐向我心捣。

正午头上现乌云,狂风暴雨降魔群。
淫野毒狠如野兽,如此凶神罕所闻。

恶煞冷眼观察我,有如路人看狂人。
群魔时笑时耳语,指手画脚递眼神:

"消闲且看此小丑,头发蓬松眉目丑。
哈姆莱特①是其影,欲效其愁双眉皱。

放眼看此可怜虫,善揣剧情演技工。
落花流水哀情曲,感动蟋蟀与飞鸿。

吾侪总算善演剧,不及此人善痛哭。
听者销魂且断肠,凭被哀吟动世俗。"

嗟乎我傲高云山,不屑计较群魔喧。
本欲掉头浑不顾,德高何必听烦言?

孰料遮阳黑朦胧,吾心之后在其中。
我后巧笑兼美盼,居然嘲我如群凶。
竟是魔鬼同情者,嘲我悲歌众口同!

116. 西提岛②之游

吾心如鸟乐飞翔,自由盘旋傍帆樯。
晴空无云舻舻滚,恰似神仙醉艳阳。

满目凄凉此何岛?谓是西提名誉好。
歌谣盛道黄金邦,如此愁人何足宝?

---

① 哈姆莱特,莎士比亚悲剧中的主人公。
② 西提岛,爱琴海中的一个岛。

见说岛中祀仙姬，梵奴懿德久钦迟。
逍遥海上散芳馥，启人情爱牖相思。

花有清芬天气爽，美岛千秋人共仰。
信士春心受熏陶，常发情香与爱响。

今兹目睹竟如何？大漠荒瘠沙石多！
尖声刺耳尘迷眼，令人觖望作悲歌。

无复高林荫古庙，妙龄美尼含浅笑。
无复娇娃趁热风，云裳半启腰肢俏。

翱翔微掠大海边，白翼惊扰沙鸥眠。
突见绞人三叉架，宛如黑柏挂青天。

架上死者肉已败，鸷鸟纷纷来破坏。
竞将锐喙作刀叉，分享佳肴与美脍。

双睛剜去剩空眶，腹破肠流委腿旁。
群鹰饱饫珍馐后，利爪为骗臭皮囊。

架下羡煞诸野兽，绕架徘徊仰鼻嗅。
其中一兽巨且凶，有如刽子之领袖。

汝乃西提美岛民，竟有奇灾及汝身！
补赎一生罪孽重，横死不得勒贞珉。

嗟乎汝苦即吾苦，愁见汝尸架上舞。

旧恨多如胆汁河，直上咽喉频欲吐。

吾肌曾遭虎豹牙，吾肤曾逢长觜鸦。
禽兽纷来争碎肴，有如蜂蝶恋残花。

天朗气清沧海静，吾心但存丑恶景。
如裹厚襚葬深渊，永伴血腥与黑影！

嗟乎梵奴！来汝岛中，
只能发现一象征之绞架，而其所绞者即吾之真容！
嗟乎上帝！请赐我以力量与勇气，
俾得观察吾之身心，而无所嫌弃！

117. 爱情与脑盖

古老卷头语

爱神坐脑盖，宝座即人脑。
此是渎圣者，狂笑吹圆泡。

圆泡上天庭，狂神心如醉。
直入以太层，重新集人类。

明亮兮易破，圆球浮太空。
有似黄金梦，冲击柔弱胸。

每泡皆人脑，颤声向天祷：
"悲剧忒残忍，演唱何时了？

嗟汝杀人妖，汝口散多泡。
此泡非他物，血肉与吾脑！"

叛逆

118. 圣丕耶尔①之否认

民怨沸腾冲帝阍,上苍何以慰烦冤?
竟似昏君餍酒肉,卧听元元负痛喧!

殉道遭刑纷痛哭,此是娱天合奏曲!
天神喜见人血流,冤骨如山犹未足!

嗟乎耶稣请忆橄榄园,汝以诚实之心祷苍天。
当时刽子钉汝之活肉,汝所祷者正在天上栩栩然!

兵士庖人唾汝面,嗟汝圣躬何其贱!
脑中仁道虽恢弘,荆棘刺入脑浆见。

十字架上双臂张,腰折筋疲遍体伤。
血汗淋漓流颊辅,竟如靶子悬广场!

忆否当年心境乐? 特来人世践金诺。

---

① 圣丕耶尔,通译彼得,耶稣十二门徒之一。他曾经三次不认耶稣,见《圣经》。

骑驴踏春赏佳景,野花吐馥穿林薄。

满心希望与勇气,奋臂鞭笞奸商膊。
而今可有悔恨刺心头? 痛苦甚于腰腹遭枪槊!

我于人世则何如? 尘浊不可一日居!
与世长辞大佳事,但愿腰间利剑送我入清虚!
圣丕耶尔诚有理:不认耶稣!

119. 亚伯与该隐①

(1)

亚伯之子孙,饮、食、眠,上帝对汝笑蔼然;
该隐之子孙,贫、病、徙,泥中挣扎街头死。

亚伯之子孙,祭神神降临,格且歆;
该隐之子孙,苦刑无天日,何时毕?

亚伯之子孙,稼穑维臧,畜牧繁昌;
该隐之子孙,难谋升斗,枵腹如狗。

亚伯之子孙,古圣祖之灶火熊熊,煦汝躬;
该隐之子孙,无日光之洞冰洌洌,如豺穴!

亚伯之子孙,相爱且荣滋,金银亦生儿;
该隐之子孙,烈火烧心烫,当心大饭量!

---

① 亚伯,亚当与夏娃的次子,他的哥哥该隐由于妒忌上帝偏爱他,把他杀了。

亚伯之子孙,繁殖随东风,如虱在木中;
该隐之子孙,全家无生路,困苦凭谁诉?

(2)

嗟乎! 亚伯之子孙,沃土得汝尸以益肥;
该隐之子孙,汝虽终日劳顿,不能免于饥!

亚伯之子孙,铁棍为木棒所败,是汝所愧;
该隐之子孙,汝其升天,掷上帝于平地!

120. 告撒旦文

嗟乎汝撒旦,最美亦最博。
只缘命运乖,人人谥汝恶。

嗟乎撒旦,请怜我一世辛酸!

嗟汝谪仙王,不畏人陷害。
屡仆亦属起,声势更浩大。

嗟乎撒旦,请怜我一世辛酸!

癞子与贱民,汝所不鄙弃。
赐之仁与德,使知乐园味。

嗟乎撒旦,请怜我一世辛酸!

汝复教世人,死中生希望。
希望何其甜! 死神何其壮!

嗟乎撒旦，请怜我一世辛酸！

汝又教罪犯，目光静而傲。
刑场环观者，将受泥犁报。

嗟乎撒旦，请怜我一世辛酸！

天地嫉人富，窖藏连城玉。
惟汝知识高，善能发其覆。

嗟乎撒旦，请怜我一世辛酸！

秘密兵工厂，深埋金与铁。
惟汝具明眼，千寻能识别。

嗟乎撒旦，请怜我一世辛酸！

惟彼冒冒者，徘徊崇楼边。
汝伸巨灵掌，不令见深渊。

嗟乎撒旦，请怜我一世辛酸！

惟彼醉如泥，卧道遭马蹄。
赖汝运神术，为之施刀圭。

嗟乎撒旦，请怜我一世辛酸！

为怜弱者苦，使合硝与硫。
苦况虽千般，得此可全瘳。

嗟乎撒旦，请怜我一世辛酸！

为富常不仁，凶残多劣迹。
惟汝秉公道，铁笔志其额。

嗟乎撒旦，请怜我一世辛酸！

赖汝善熏陶，人间有淑女。
明眸敬创伤，芳心爱褴褛。

嗟乎撒旦，请怜我一世辛酸！

充军者之杖，发明家之烛。
罪犯与叛徒，向你诉衷曲。

嗟乎撒旦，请怜我一世辛酸！

天父发淫威，逐人出乐土。
尘世伤心客，奉汝为继父。

嗟乎撒旦，请怜我一世辛酸！

祷语

懿欤撒旦！听我颂汝：
天堂巍然高，昔者汝常为其主；
地狱窎然深，汝今败后静思默无语。

将来请汝使我灵魂憩于"学树"之荫，汝身之旁；
枝叶扶疏如新庙，永荫汝之颡[1]。

---

[1]　颡，读 sāng。

死

121. 情侣之死

长榻高深恰似坟，满床兰麝散清芬。
劝君莫漫愁归宿，更艳奇花更美云。

尽放心中最后光，千寻火炬恣辉煌。
胸怀自有鸳鸯镜，行见双双情焰长。

花夕天颁神秘蓝，电光交感两心参。
长辞即此高千古，何必叮咛语再三？

翌日房门半启轻，天尊含笑慰多情。
双心借得神仙力，尘镜重光死炬明。

122. 贫人之死

尘寰凛冽夜台温，唯死能医垂绝魂。
此念提神如曲蘖，犹堪生活到黄昏。

死是阴天动荡光，横穿风雨贯冰霜。
千秋逆旅驰名甚，食息安眠胜四方。

可敬高明磁手仙，催人美梦诱人眠。
常怜贫士无衾枕，为易新床软似棉。

库藏充盈廪不虚，仙邦贫士旧乡间。
欲知世外桃源乐，速趁仙槎觅故居！

123. 艺术家之死

手把铃铛摇不休，吻颜察貌寄深愁。
一生心血消磨尽，嗟我投枪失鹄候！

机关用尽巧阴谋，压体兜鍪一旦休。
朝天枉自存奢望，涕泪阑珊地狱囚！

漫夸塑巧与雕工，媚世无能艺术穷。
雕塑徒然遭咒骂，莫雕君面塑君胸！

死神所管是生涯，惟死能生艺术家。
死似骄阳照寰宇，能教①大脑产新花。

124. 一日之末

尽日天光微，生命奔且舞。
嬉笑皆无谓，俯仰徒自苦。

及至夜神临，乐事赏幽昏。
一切皆宁静，饥肠不复喧。

一切皆消灭，羞耻不复存。

———————

① 教，读 jiāo。

诗人睹此景,欣然发狂言:

"吾心与吾脊,渴望得休息。
心中恶梦多,何如得深黑。
我将泰然仰天眠,长拥黑衾乐永夕。"

125. 求知者之梦

——赠 F.N.

自谓是奇人,痛苦当美酒。
君亦奇人也,颇有同感否?

吾将死矣。
死,在吾多情之心中,
乃杂有恐怖之一种愿望,亦即一种特殊之疾病。

时而焦灼难堪,时而望眼欲穿,
我终不敢违抗死神之命令。

生命之漏壶渐罄,吾之痛苦渐加剧烈,
然而其味亦渐加甘旨。
我之整个灵魂,亦渐与此熟识之世界分离矣。

我如儿童,酷嗜观剧。
我恨戏幕,甚于旅行者之恨荆棘。

卒之,无情之真相已露:
我已酣然死去,极强之晨曦裹我如缣素。
——何耶? 仅此而已欤?

幕启矣，我犹拭目以须。

126. 旅　　行

——赠杜刚①

(1)

儿童何所爱？纸牌与积木。
不识宇宙大，仅如其食欲。
世界最大时，华灯照满屋。
世界最小时，记忆犹在目。

清晨整装发，烈焰满头脑。
满心愁与怨，一腔是烦恼。
沧海一摇篮，摇我东西倒。
沧海有穷期，吾生无终了。

或者心悦怿，欣然离浊世。
或者厌摇篮，单调无滋味。
或如观象家，凝神美妇视。
或如魔术家，毒雾都能制。

为免轮回苦，免堕畜牲道。
炎天明且旷，倾心甘醉倒。
严冬冰雪啮，溽暑骄阳烤。
热吻已成灰，泯灭当年好。

真正旅游者，为游而旅游。

---

① 　杜刚(1822—1894)，法国作家、旅行家，法国作家福楼拜青年时代的朋友。

我心甚轻松,飘飘如气球。
命运既如此,乐天复何求?
每日话"行矣!"泰然无所谋。

另有旅游者,浮云为心愿。
幻想何其多? 新奇兮多变。
淫欲有种种,称名谁能遍?
有如议会决,临行犹恋恋!

(2)

我效彼陀螺,回旋作圆舞。
我效彼小球,滚滚不自主。
即当我熟睡,求知扰我寐。
有如天使酷,群星遭夏楚。

命运甚稀奇,常换目的地。
趋向无定所,方面随所至。
哀我薄命人,终身多希冀。
狂奔求休息,所得是疲惫。

众心一帆船,寻找伊加利①。
甲板有人呼:"快来张目视!"
帆台有人呼:"爱情兮福祉!"
地狱即彼岸,群情相庆喜。

水手指诸岛,岛岛可淘金。
命中所注定,送穷继自今。

---

① 伊加利,土耳其西边的一个岛。

幻想千金宴,豪华感受深。
幻梦破灭后,晨光照石林。

嗟乎可怜虫,梦想乌托邦。
水手醉胡言,何处有仙乡?
赏他铁锁链,投他入沧浪。
海湾有苦水,其水苦非常!

衰年流浪者,赤脚踏泥涂。
仰天作幻梦,梦见天堂居。
双眼为鬼迷,发现一天都。
如豆彼灯光,照此一蜗庐!

(3)

嗟汝旅游者,汝目深似海。
汝目启示我,历史光荣在。
记忆甚丰富,宝匣隐光彩。
明星乃明珠,奇宝乃以太。

君欲游沧海,无帆亦无汽。
请述汝经历,慰我囹圄泪。
吾心平似纸,一一为君记。
消我万古愁,赖汝一生事。

(4)

语我何所见:"我见有群星。
波浪与沙滩,历历现众形。
冲击与灾难,袭我未尝停。
我亦如汝曹,烦恼常相撄。

碧海映红日，红日何光荣！
斜阳照街市，光荣在古城。
光荣照我心，我心有热情。
所虑夕曛诱，沉湎不能醒①。

最富彼城市，最大彼山水，
不如天际云，神秘迷天醉。
云中有风景，春光更明媚。
欲望比天高，我忧更十倍。

我愿强有力，欢乐与之俱。
愿望如老树，肥料是欢娱。
树皮日益坚，树身日益粗。
树枝愿参天，与日共天都。

汝是常青树，能如槲树不②？
——谨为集标本，供汝之所求。
汝求不厌多，所集不厌稠。
汝爱远方物，此美不胜③收。

我辈拜偶像，宝座珠玉饰。
珠玉闪明光，我心乐已极。
宫殿郁巍峨，仙境美奕奕。
汝等银行家，破产非所惜。

---

① 醒，读 xīng。
② 不，读 fóu。
③ 胜，读 shēng。

服装何辉煌，眩目令人醉。
妇女指甲红，染齿如编贝。
博学行吟人，蝮蛇抚其背。"

(5)
请君毕其言！

(6)
"童心殊可怜。

要事有一桩，令人不能忘①。
此事随地见，不须发隐藏。
循彼悲惨梯，从高到下方。
嗟彼造孽人，一一入刑场。

女性卑贱奴，愚蠢而骄傲。
相爱不知憎，崇拜不知笑。
男性饕餮人，专横而残暴。
奴隶之奴隶，点滴之行潦。

时见刽子笑，常闻死人哭。
鲜血作香料，调味成风俗。
膑刖彼独夫，肆此权威毒。
百姓性情奇，偏爱鞭笞酷。

各教如吾教，总是求升天。

————————

① 忘，读 wáng。

圣者滚钉板,犹如床上眠。
床上铺鹅绒,鹅绒软如绵。
圣者虽受苦,其心仍泰然。

人类本多言,常为天才醉。
昔日甚风狂,今兹亦不异。
临终发狂怒,高声骂上帝:
'汝枉为天主,我说汝不配!'

亦有不甚愚,大胆爱癫狂。
命神追捕急,脱身逃慌忙。
避难何所之? 鸦片洞天藏。
——举世永如斯,哀哉不能忘①!"

(7)

世人爱旅游,渐识旅游苦。
世界既单调,狭小不足取。
昨日复明朝,形相永如许。
沙漠烦恼多,绿洲更可怖!

当去时即去,当留时即留。
有人急急奔,有人亦小休。
小休何所为? 专为迷吾仇。
时时奔驰急,去去不回头。

流浪犹太人,忠诚传教徒。

----

① 忘,读 wáng。

舟车虽载远，不足事长途。
命网兮恢恢，人人难逃遁。
或在摇篮里，竟是命呜呼！

时间不停留，踏足在我肩。
我等存奢望，高呼"齐向前"。
当年赴中国，举目望远天。
乱发迎海风，今日亦云然。

大海黑森森，我在此登船。
我心甚喜悦，欢畅如少年。
请听葬仪曲，悦耳如管弦。
"汝爱忘乡果，请来此尝鲜。

此乡多仙果，累累满树枝。
愿君多采食，可以疗心饥。
斜阳不下山，行看景物奇。
以此醉汝心，陶陶遂忘归。"

此声最熟闻，能知此鬼魂。
彼乃丕拉特①，迎我话寒暄。
"会汝伊丽特②，心冷得温存。"
当年吻伊膝，今伊出此言。

---

① 丕拉特，通译皮拉得斯，斯特洛菲俄斯的儿子，俄瑞斯忒斯的朋友，厄勒克特拉的未婚夫。
② 伊丽特，通译厄勒克特拉，阿伽门农和克吕泰涅斯特拉的女儿，俄瑞斯忒斯的姐姐，曾帮助他为父报仇。

(8)

死神兮船长,请汝速起航。
此邦我所厌,启锚游远方。
蓝天黑如墨,碧海黯茫茫。
吾心汝所知,充满太阳光。

灌我毒药浆,使我心更强。
烈火焚我脑,我愿适他乡。
深渊无所择,地狱与天堂。
异域不知名,所望是"新疆"!

新恶之花

127. 罪书卷头语

君如恬静爱牧诗，请君掷此断肠词。
君如为善循规矩，请勿阅此淫邪语。

未从撒旦学辩才，决无慧眼识鸿裁。
或谓此书不可解，或云作者狂且呆。

不冀地狱能迷尔，但求君心解凝视。
视彼地狱读吾诗，自然爱此非常理。

好奇心，痛苦魂，前途寻觅极乐园。
敬请对我表矜怜，否则我将赠汝诅咒篇！

128. 子夜之省察

时钟报子夜，一日又断送！
试问此一日，以之作何用？

今日星期五,十三日最凶①。
吾侪虽信教,教义未尝从。

耶稣无可诬,我则加指摘。
不仁克莱苏②,吾为其食客。

主人事魔鬼,食客不敢逆。
唇吾心所爱,谄吾心所斥。

弱者非可轻,我反施侵陵。
愚魔大如牛,信奉如神灵。
"物质"无可慕,竭力献忠诚。
丑恶无佳色,颂之如光明。

吾侪违正道,拜星尊北极。
诗歌颂悲哀,吾侪之天职。
今日病瞑眩,欲求稍休息。
不渴亦已饮,未饥亦已食!
——从速灭灯光,俾得黑中匿!

129. 愁苦之恋歌

贤惠何尝足重轻?
爱卿美貌与愁情。
泪痕更助芳容艳,河水能添风景清。
繁花得雨更年青。

---

① 据传耶稣死于犹太历第一月十三日或十四日,当日是星期五。迷信的人因此以十三
为凶数,星期五为不吉利的日子。
② 克莱苏,利迪亚最后一个国王。

喜看^①欢乐逝眉端，
爱汝愁情刺骨寒。
沉湎深潭频战栗，缅怀过去欲忘^②难。
抚今追昔泪潸潸。

大眼涓涓滴热泉，
浑如热血洒潺湲。
徒劳我手勤安抚，竟似临终气奄然。
汝愁太重岂能捐？

颂歌绝妙尽销魂，
深厚清商美味存。
我嗅汝胸闻啜泣，汝心明朗若秋痕。
泪珠滚滚有余温！

汝心留有旧深情，
宛若洪炉熠耀明。
在汝酥胸偎倚处，静心听我倔强声。
纵遭天谴不须惊！

沉沉长夜梦迷离，
地狱阴森怨鬼悲。
恶梦纷纭刀剑锐，安排毒药世长辞。
怕生爱死起深思。

①　看，读 kān(刊)。
②　忘，读 wáng(亡)。

次第开门陆续惊，
重重苦痛意难明。
悲哀抵抗终何益？大限来时性命轻。
怜汝沉冤恨不平。

汝为王后亦为奴，
问汝惊魂爱我无？
值此凄凉阴郁夜，可能汝向我高呼。
"汝是吾王亦我夫！"

130. 赠马拉巴①女子

汝眼之黑如汝肤，汝手纤纤脚不粗。
臀阔犹胜西方美，腰细应入名师图。

天令汝生蓝热土，当燃烟斗事汝主。
鲛绡帐里驱蚊蚋，净水瓶中实香乳。

清晨旭日浴枝柯，往市香蕉与菠萝。
闲来赤脚踏青草，信口低吟野老歌。

天卸红袍日已夕，倦体悠然卧凉席。
小鸟纷纷入浮梦，不识人间有悲戚。

法国人满多烦忧，何因万里欲往游？
捐弃香甜罗望子，舟人怀里觅温柔？

彰身半体袈裟薄，怎耐吾邦霜与雹？

---

① 马拉巴，在印度德干高原。

裂衣紧紧困纤腰,何如此土逍遥乐?

泥中残炙慰饥肠,穷来须售肌肤香。
雾里难寻椰树影,徒瞪愁眼忆仙乡!

131. 警　告

凡是"真"人不可无,黄蛇盘踞我胸脯。
有似君主施诰令,余曰"行乎?"蛇曰"毋!"

诗人讽刺写诗成,沙底雷斯①闪闪睛。
汝目正看沙底目,蛇云:"应念汝忠诚!"

种树生儿莫漫图,吟诗塑玉总成虚。
黄蛇据腹高声语:"知汝今宵能活无?"

图谋希望总成空,生活难堪一毒龙。
若不凛遵龙警告,岂能再活五分钟!

132. 颂　词

彼姝者子,锡我光明。
美神不死,予我永生。

美于吾生,如乳在水。
吾心调饥,饫我甘旨。

锦囊维新,其香满室。

①　沙底雷斯,神名。在希腊讽刺剧中,他们在合唱中吹奏乐器。

寂寞炉烟,彻夜郁律。

爱不朽兮,靡言可宣。
心藏麝兮,亿万斯年。

我怀大德,乐且康兮。
美神佑我,得永臧兮。

133. 语　音

昔我在摇篮,常卧青橱旁。
橱中富书籍,种种杂收藏。
小说与童话,科学亦多方。
拉丁与希腊,灰尘与秕糠。
时我尚婴孩,身仅如书长。

忽闻二人语,其言亦各异。
其一语我云:"可爱哉大地!
大地如糕饼,其味甚甜美。
我能使汝尝,饱尝而后已。
毕生享厚福,永世常欢喜!"
甘言如陷阱,何尝能如此!

另一语我云:"请汝随我来。
来作梦中游,梦境实美哉!
'不能'变可能,'不知'变可猜。"

此言得我心,如歌如鬼叫。
不知何自来,有如海风啸。

娓娓甚悦耳,使我神出窍。
余曰:"善哉言! 汝言亦甚妙!"

创伤与宿命,嗟乎从此始。
大地饰繁华,深渊而已矣。
人群亦甚奇,我心常察视。
无端心镜明,脚被群蛇噬!

即从此时始,我如预言家。
我爱苍茫海,我爱戈壁沙。
含笑看殡仪,垂泪吊繁华。
苦酒于我甜,爱之如琼花!

坎坷事常有,我不信为真。
仰天张吾目,堕渊陷吾身。
语音安慰我:"永与梦相亲。
美梦无贤愚,愚人如圣人!"

134. 叛　徒

天使降自天,矫矫如雄鹰。
猛揪叛徒发,摇撼作恶声:
"我是汝天使,汝其听分明。
汝应识教规,否则不容情!

宗教讲博爱,此义汝须知。
贫穷与凶恶,伛偻与白痴。
博爱无差等,圣教此庶几。
他日见耶稣,敬献奏凯旗。

此是人性爱,最大之爱情。
汝心未停跳,应放此光明。
人生能如此,上帝以为荣。
此是五官娱,真正娱心灵。"

天使谈"爱"乎? 威胁加老拳。
叛徒遭刑罚,天使心安然。
叛徒愤然曰:"吾不从汝言!"

135. 喷　泉

乐事使汝惊,翻教入倦态。
美目一何慵! 尽心敛眉黛。
院中有喷泉,昼夜响沆瀣。
情深神益远,悠然与泉会。

清泉溅处千花开,明月照将诸色来,泪下如雨呜咽哀!

汝心含极乐,烈焰如神炬。
奋飞勇且捷,扶摇上天府。
忽然悲欲绝,化为泪波苦。
隐隐沿阶梯,直入我肺腑。

清泉溅处千花开,明月照将诸色来,泪飞如雨呜咽哀!

入夜汝更美,芳容比明月。
将身偎酥胸,爱听池声咽。
月色照鸣泉,夜树影摇曳。
怀我尽清愁,我心自凄绝!

清泉溅处千花开,明月照将诸色来,泪飞如雨呜咽哀!

136. 贝特[①]之目

清眸浓黑拟深宵,更有阿谁似汝娇?
倘有殷勤施美盼,阴霾罩我福难消。

金星闪烁两眸粗,仙洞神山妙不殊。
谁识重重阴影后,光辉隐约耀明珠。

迢迢夜色暗而明,炯炯睛光黑且莹。
信念爱情双结合,从教心境荡兼贞。

137. 仇　恨

报仇消恨雪沉冤,全赖深耕两亩田。
公理为锄勤垦殖,田园花木自芊芊。

一朵琼花岂易求? 几根麦穗也难收。
泪珠滚滚从头落,浇向心田不肯休!

一田艺术一田情,两者兼施大事成。
等到他年严酷日,伸冤雪恨在公庭。

麦穗满仓花满丘,稻粱饱满牡丹娇。
天神赞赏欣投票,使我沉冤积恨消。

---

① 贝特,约生于 964 年。她是布尔干的公主,先后嫁给法国国王 Eudes 第一、Blois 伯爵和法国国王 Robert 第二,最后 Robert 和她离婚。

138. 远隔此地

此乃神圣之房,中有少女艳装。
安静,时时准备。
酥胸,羽扇招凉。
玉肘,倚于枕旁。
静听,池泉滴泪。

此乃桃乐丝①之闺。
风与水,远处痛哭,
以哽咽为歌曲,娱此宠儿。

小心濯嫩肤:自上而下,
涂香油,浴兰麝。
——瓶花醉倒室隅。

139. 反　省

漫嗟苦痛泪双流,黑夜来临汝所求。
夜幕阴沉裹城市,有人安谧有人愁。

欢乐钢鞭造孽人,凶残刽子贱奴身。
"苦神"伸手相援救,莫与伧夫作比邻。

绿袍陈旧倚天轩,死去流年栩栩然。
莫道人生沉湎苦,"悔神"含笑在深渊。

---

① 桃乐丝,即圣桃乐丝,处女,第三世纪末的殉道者。

太阳临死睡蒙眬，斜照楼台面向东。
良夜宵行安静甚，请君倾耳听清风！

140. 深　渊

圣哲有深渊，人动渊亦动。
嘉言兮懿行，良愿兮美梦，
——是深渊，使我毛骨耸。
有如罡风来，使我千番恐。

处处是深渊，直到天尽头。
万籁此俱寂，一切静幽幽。
夜梦无底渊，种种多烦忧。
上帝赐恶梦，多样且无休。

我心畏夜寐，如畏无底渊。
导我知何处？凛凛心惘然。
我从窗棂间，窥见无终泉。

我羡无知人，碌碌心麻木。
我心患瞑眩，时时多感触。
何时能逃出：物类与数目！

141. 伊嘉①怨

挟妓自有乐，称心且快意。
我则欲凌云，遂遭折双臂。

---

① 伊嘉，建筑师 Dedale 的儿子。Dedale 为克里特国王 Minos 建筑迷宫，用来囚禁牛魔。
Minos 把 Dedale 也囚禁在迷宫里。伊嘉和她的父亲用蜡做成翅膀，飞出迷宫。伊嘉
飞得太近太阳，翅膀上的蜡溶化了，坠海死（神话）。

幸有无敌星,九天耀明烛。
犹令日月光,历历在病目。

奋飞穷九垓,此望亦已绝。
明眸炳烈火,使我双翼折。

爱美以焚身,深渊为墓穴。
吾名难以名此渊,失此荣名增凄咽。

142. 镬　盖

火岛与冰洲,无地不生愁。
居海或居陆,无人得全福。

耶稣徒,西提①臣,
乞丐兮富人,乡老兮市民,流浪兮隐沦,
——皆有其痛苦之原因!

脑筋钝,神经敏,
亦莫不各有其难言之隐。
处处人人皆感受一种神秘之凄惶,仰首含泪视上苍。

上苍!
愁窟之围墙。
滑稽之歌剧形成其承尘之光。
每一个坏演员皆在此践踏流血之广场!

----

① 西提,见 3125 页注。

天府！

修士之期望终成虚语！

淫邪之徒则明知其为丑恶与痛苦！

吁嗟乎！

此穹窿者无非鼎镬之盖，刑人之所；

无形中乃有广大之人群，在此受千万年之烹煮！

瓦砾

143. 浪漫之落日

朝日一何美！新浴出东方。
有如放喜炮，向人祝吉祥。
黄昏亦可悦，比梦更荣光。
世间有福者，含情送夕阳。

犹忆日当午，晔晔晞原野。
如受美人顾，中心动奔马。
惜今日已斜，瞬息即西下。
疾驰赴崦嵫，好景莫轻舍！

落日终不返，徒劳远追寻。
夜神之御宇，冷湿伴穷阴。
墓气浮林泽，兢兢足不禁①。
蟾蜍触破屦，蜗牛寒素心。

---

① 禁，读 jīn。

144. 赠庞维勒①

君曾手揪神女发，心意藐藐如不属。
疑是浪子虐情妇，大肆淫威使颠扑。

神慧漫云嫌早熟，君显大才建华屋。
结构新奇矩矱严，落成将见人皆服。

吾辈诗人血为宝，胡为逃窜如斯速？
南极星君有妖衣，能含血脉成沟渎。
昔者希昆在襁褓，扼杀二蛇余液毒②。
此衣三染毒蛇液，恐将借此图报复。

145. 题杜米耶③画像

羡君画像巧传神，神态容颜尽逼真。
笑貌宛如嘲笑我，知君真是大才人！

此画真如讽刺诗，笔穿纸背力称奇。
恶神姿态能如此，足见灵魂美可知。

笑容不是假装成，"三怒"④逢人严厉惩。
神炬焚人炎似火，我心遇炬冷于冰！

---

① 庞维勒(1823—1891)，法国诗人。
② 希昆，又译赫克勒斯，神话中的英雄人物，曾在摇篮里扼杀二蛇。
③ 杜米耶(1808—1879)，法国画家、雕刻家，以政治漫画、社会漫画闻名于世。
④ 三怒，希腊神话中复仇三女神的总称，正译应为厄里倪厄斯。她们是地神的女儿，生活在鞑靼族中，专门惩罚有罪的人。

笑容未必尽心欢,笑里仍教苦痛存。
笑是仁慈真信号,冬阳照暖万家村。

146. 华伦斯①

——马奈②画幅题记

名画竞神奇,美景处处在。
我知选择难,众情方摇摆。
忽睹华伦斯,珍宝耀光彩。
璎珞红与黑,堪称最可爱!

147. 题马奈《塔索③在狱中》

诗人病倒小牢房,诗稿纷陈跛脚旁。
恐怖焚心张病眼,深渊梯级细衡量。

狱中充满众人嗤,忩恿多吟混账诗。
诗若如斯何足取? 令人恐怖使人疑。

天才被困秽牢笼,鬼脸狂嘲鬼影幢。
耳后嗡嗡不可耐,扰人安睡似群蜂。

恐怖牢房梦不长,象征汝我亦神伤。
无情现实惊残梦,窒息灵魂四面墙!

---

① 华伦斯,西班牙东部的一个城市,地临地中海。
② 马奈(1832—1883),法国画家,自然主义和印象主义的大师。
③ 塔索(1544—1595),意大利诗人。

148. 和平之长烟斗①

仿朗费罗②

(1)

马尼都③,生命主,降自九天到原野。
旷野四周多峰峦,红河④浩浩向东泻。

天神屹立河边峰,金光闪闪护其躬。
万里山川归控驭,昂藏神态何其雄!

天神准备召黎首,其多如沙亦如草。
巨手折取岩一块,造成精致大烟斗。
岸上芦苇择一根,用为烟管长无偶。
何以为烟树之皮,天神剥尽山前柳。

巨手乃将烟斗燃,宛如神炬光烛天。
神身巍峨浴光芒,屹立独吸和平烟。
此是和平之信号,欲令万国受宣传。

晨曦暖暖天初晓,神烟徐升香缭绕。
方升但见一线黑,其后渐绿渐夭矫。
最终稍白漫长空,磅礴如欲穿云表。

---

① 长烟斗,北美印第安人所用的长管烟斗。
② 朗费罗(1807—1882),美国诗人。
③ 马尼都,北美印第安人信奉的神。
④ 红河,今译雷德河,美国中南部的大河。

落基山脉①蜿蜒长，北国之湖波汪洋。
泰华仙沙之谷美无比，都嘉卢萨②之林多妙香。
处处皆见和平烟，朝日光中杂绿光。

"先知"见象对众语，为此气者生命主。
黑氛贯日影动摇，将有良言诏万户。
所盼四方好战者，齐集红河恭听取。

不辞霜雪冒风波，不畏长途跋涉多。
四方战士受神召，虔念兼程赴红河。

十万貔貅踵相接，盔甲遍野光烨烨。
壮士雄姿如虎虎，战衣杂色如秋叶。
屡世深仇积未消，直教怒焰溢眉睫。

怒火烧睛积怨深，深感天神恻隐心。
天神万国之慈父，肯令诸子自相侵？

空中忽现巨灵掌，警戒世人褊狭想。
欲令战士心中火，掌阴之下得清爽。

其时乃闻有大声，洪钟震响激湍鸣。
隆隆及地益奔放，山谷传音麋鹿惊。

(2)

"嗟乎芸芸吾子孙，其来谛听神明言。

---

① 落基山脉，北美山脉，从阿拉斯加到墨西哥。
② 都嘉卢萨，美国亚拉巴马州的城市。

吾乃纪泽马克都，亦即生命之泉源。
吾以鱼鸟置薮泽，复将麋鹿放高原。

渔猎从此既方便，汝曹何事不如愿？
麋鹿不猎猎同群，竟与邻人结深怨！

我心深恨战与争，汝祷愈多罪愈盈。
相侵相杀祸所伏，共存共荣力所凭。
汝当相处如兄弟，各畅生机乐和平。

我将特遣一贤哲，敷陈利害与汝说。
汝曹如肯听良言，人生处处逢佳节。
汝曹如不听良言，即令一一皆绝灭！

汝曹应即脱征袍，洗涤战色凭清涛。
消闲不患无烟斗，岩石甚厚芦苇高。
从今共吸和平烟，相亲相爱乐陶陶！"

(3)

顿时兵器尽抛掷，临河更将战色涤。
战色在昔何辉煌！而今但余慈祥额。

竟捏泥土为烟斗，河边犹复抽长荻。
造成美管吸氤氲，浓烟直上九霄碧。
吸烟既毕赋归来，人人心中静且怿。

天神睹此含笑升，直上天门归天庭。
战争已除大功成，太阳煜煜祥云呈。

但有芬芳与光明。

149. 异教徒之祷语

吾心冷已僵,请速添汝火。
嗟汝淫乐神,不妨炮烙我!

汝乃地下光,汝乃天上娥。
惟我结冰魂,献汝佞僭歌。

嗟汝淫乐神,请常为我后①。
或借肉与绒,乔装为荡妇;
或将催眠药,置于神秘酒。
懿欤弹性鬼,谁复谓汝丑?

150. 意料之外

悭吝阿巴干②,倚奉临死父。
父唇已惨白,犹自暗考虑:
"尚有几块板,贮藏在仓库!"

慧黠赛丽曼③,嘟哝开口语:
"心好貌自美,上帝所嘉许。"
——彼心坚似铁,烈火炼千古!

---

① 后,王后。
② 阿巴干,又译阿尔巴贡,莫里哀喜剧《吝啬鬼》的主人公,为吝啬鬼的典型。
③ 赛丽曼,又译色里曼纳,莫里哀喜剧《恨世者》里的人物,为秀外慧中的妇女的典型。

嗟彼报业人,自诩光明烛。
嗟彼贫苦人,贬入黑地狱:
"骑士打不平,汝何尝属目!"

嗟汝纵欲者,呵欠朝与夕。
终日双泪流,仰天长叹息。
"我愿循规矩,节欲在片刻!"

时钟低声语:"罪孽已成熟。
纵欲已陷渊,徒然进忠告①。
白蚁啮高墙,罪人无耳目!"

忽然一人来,嘲笑兮骄傲。
笑彼纵欲者,造孽终有报。
"参加黑弥撒②,结果并不好。

各在汝心中,有我庙宇存。
汝实崇拜我,暗暗吻我臀。
魔鬼嘲笑汝,应识撒旦尊!

嗟汝伪善者,嘲主助主偷。
自然获双奖,幸福与仙侣:
为善登天堂,巨富敌王侯。

猎人窥伺久,狐兔应就擒。
汝我同道人,欢乐杂愁心。

---

① 告,读 gǔ。
② 弥撒,天主教的领圣餐礼。

我将挟汝游,行行入纵深。

踏过汝灰堆,踏过崔嵬山。
进入一宫殿,巍峨如我颜。
盘盘柱石粗,恢恢玉堂宽。

此是光荣宫,罪孽为建材。
骄傲为栋梁,痛苦为楼台!"
——忽闻九霄中,天使传谕来。

真正胜利者,其心如此语:
"祝福天使鞭,汝赐我痛苦。
灵魂落汝手,由汝为我主。
谨慎加小心,诚哉天主谕!"

呜呜小喇叭,其声甚和柔。
静夜何庄严!天麦正丰收。
默坐想天恩,高歌颂天麻。

151. 被冒渎之明月

蓝天高挂月宫明,世代相传爱月情。
灿烂群星随月去,照君退却是明灯。

象床柔软睡鸳鸯,齿露瓠犀口半张。
伏案诗人思绪涌,长蛇卧草亦成双。

掩体衣裳脚步轻,潜然来吻旧时情。
当年自是多情种,腻意黄昏吻到明!

"——我见勤劳汝母亲,肩挑重担不堪贫。
乳浆喂大亲生子,我是高空见证人!"

罪我篇

152.^① 瓔 珞

多情为我赋无衣，瓔珞撩人意绪飞。
银铠铿锵增士气，青锋闪烁壮军威。
金珠乐伴纤腰舞，琼玖欣添玉臂辉。
素爱声光双配合，良宵相赏莫相违。

佳人含笑倚香衾，涵泳春光喜不禁^②。
情重海波朝岭峤，神凝家虎恋山林。
心旌已觉高低荡，身势偏劳反复寻。
学得销魂新妙诀，三分天籁七分淫。

试凭慧眼赏奇观，玉臂圆腓仔细看^③。
鸿雁一身流雪浪，葡萄双簇映冰盘。
怜卿巧借邪神媚，笑我重温槁木欢。
岩穴藏心幽静久，何图古井起波澜！

国色天香世所无，名师绘出美人图。

---

① 原书此下不编号，今加编号。
② 禁，读 jīn。
③ 看，读 kān。

粉敷红颊弥增艳,臀衬纤腰不厌粗。
桌上灺残垂死烛,床前炽透向荣炉。
火光爆发如长叹,鲜血匀流琥珀肤。

153. 梨堤河

山精野兽意中人,汝自无情我自亲。
爱此青丝深似海,好教十指久沉沦。

乳麝清芬染绛裳,吾头负痛此中藏。
旧情已死应难觅,嗅取当年葬谢香。

纵使长眠未必宁,仍贪梦寐胜于醒①。
玉躯光泽如铜像,吻寄蒙眬养性灵。

热泪都从枕上收,象床深处可忘忧。
朱唇内有梨堤在,掬饮能消万古愁。

从今当奉命为尊,受苦如承预简恩。
心热更添炮烙火,怡然殉道不呼冤。

酥胸双凸耀红尖,未有心灵受绁箝。
我吮鸡头消积恨,尼班西黉②一般甜。

154. 某女士欢乐过甚,诗以赠之

芳颜何所似?悦目名山川。
巧笑复何如?凉风在晴天。

---

① 醒,读 xīng。
② 尼班,古希腊传说中治悲哀的灵药。西黉,一种毒药。

闲愁偶然遭,身强愁自掩。
玉臂与圆腓,处处光芒闪。

粉黛映钗钿,有色亦有声。
照入诗人心,变为群花形。

汝衣纷陆离,汝心狂如许。
我则畏汝狂,爱汝更恨汝。

名园偶散步,体弱不禁风。
赤日如相戏,熊熊裂我胸。

春来芳草绿,吾心如受辱。
我尝惩一花,借此为报复。

我如无赖徒,每起恶心肠。
欲待思淫时,悄然登汝床。
惩汝欢愉容,毁汝肌肤光。
刺汝纤细腰,予汝深广创①。
美艳双新唇,注以毒质浆。
我心乐欲眩,素愿得以偿!

155. 雷波岛②

风流希腊与拉丁,
火热朱唇忽似冰。
慰我烦忧添我乐,靓装昼夜足光荣。

---

①　创,读 chuāng。
②　雷波岛,一译来兹波斯岛,在爱琴海中,属希腊。

风流希腊与拉丁。

雷波热吻似飞泉,
泻入深深无底渊。
时似伏流时暴雨,忽呈狂态忽潜然。
雷波热吻似飞泉!

名岛丽姝相引行,
美人长哨有回声。
沙芙①应被梵奴妒,巴府②雷波并著名。
名岛丽姝相引行。

名城夜暖是良时,
少女春心人岂知?
凹陷双睛情脉脉,摩挲熟果念婚期。
名城夜暖是良时。

何劳圣哲皱眉头?
热吻频繁汝自由。
此是名城堪爱处,柔情永不逐东流。
何劳圣哲皱眉头。

苦痛长存情可原,
心高不敌奈何天。
明眸巧笑终难觅,远在天涯路万千。
苦痛长存情可原!

----

① 沙芙,古希腊女诗人,生于雷波岛。
② 巴府,塞浦路斯岛的旧名。岛上有著名的维纳斯庙。

谁是雷波审判神？
积劳眉蹙永难伸。
汝将泪雨倾沧海，正直当怜受苦人。
谁是雷波审判神？

法律无平无不平，
守贞处女在名城。
天堂地狱皆堪笑，信仰崇高属爱情。
法律无平无不平。

雷波选我颂贞媛，
神秘贞媛我独传。
我自童年知秘隐，狂欢声里泪涟涟。
雷波选我颂贞媛。

当我巡逻柳葛峰①，
目光敏锐耳尤聪。
哨兵日夜勤监视，属目千帆望远空。
当我巡逻柳葛峰。

茫茫沧海果仁慈？
岩石回声哽咽悲。
怒涛汹涌雷波岸，浮出沙芙美艳尸。
茫茫沧海果仁慈？

情种诗人共一身，
梵奴不及断肠人。
蓝天不及乌珠眼，愁绪纷如惨淡云。

———————————
① 柳葛，地中海岸的一座山。

情种诗人共一身!

绝世佳人胜梵奴,
风和日丽世间无。
海洋爱汝金黄发,反映朝阳似汝肤。
绝世佳人胜梵奴!

渎圣沙芙竟丧生,
不遵教义骂神明。
投将玉体豺狼食,不敬终当受痛惩。
渎圣沙芙竟丧生!

从此雷波悼念深,
纵然举世尽倾心。
怯闻夜夜冤魂哭,野岸频传远送音。
从此雷波悼念深!

156. 孽妇们

无力繁灯吐焰微,氤氲香气袭罗帏。
希波①幻想多情手,撩拨青春意绪飞。

风霾迷眼觅天真,望断天涯幻梦人。
游客徒劳回首觅,蓝天早已过清晨。

任凭懒泪湿双睛,如病如痴荡妇情。
卸尽武装肢体弱,佳人美貌更轻盈。

---

① 希波,全译为希波吕忒,神话中阿马孙族之王后。

玉体横陈静且欢,田芬①凝视最销魂。
狐狸衔得鸡雏去,犹自眈眈未肯吞。

强人长跪弱人前,汝似天神我似仙。
美酒半酣欣胜利,美人腻语谢周旋。

狂欢已极唱无声,面对娇娃眉目情。
感激深恩长太息,娇娃爱语对牺牲:

"嗟乎吾爱汝希波,乡入温柔意若何?
初蕊不堪风肆虐,牺牲宜少不宜多。

我唇轻接似蜉蝣,澄澈明湖静夜幽。
我吻如轮如耒耜,能从汝吻挖深沟。

马蹄牛角足伤身,吻似车轮压汝唇。
汝我一心还一体,汝应回首好相亲。

双瞳剪水足销魂,中有神浆圣水存。
欢乐深藏吾揭幕,赐卿甜梦万年温。"

希波仰首诉衷情:"不负深恩不悔盟。
肠断更添心忐忑,夜餐凄惨亦堪惊。

阴风飒飒撼楼台,络绎阴魂盖顶来。
导我天边临血海,天边处处总堪哀。

奇哉胆战复心惊,所为何因疑莫明。
汝吻我唇增我怖,汝呼天使我怔营。

---

① 田芬,斯达尔夫人小说中的女主角。

情人凝睇我何堪？念我深情永似潭。
纵使汝身为陷阱，我今落井也心甘！"

田芬摇首鬈云飞，悲剧已成谁敢违？
宛似降乩三脚座①，扬眉致语最权威：

"情深谁敢说阎罗？汝莫徒劳幻梦多。
莫把爱情加道德，邪神能去鬼能傩。

纵变宵寒为昼温，漫夸魔术可通神。
爱情炽热如红日，犹是难温瘫痪身。

行行汝往觅痴郎，苦吻贞心枉自伤。
满腹悲哀兼悔恨，满怀烙印诉衷肠。"

孩儿苦痛惨无边，倏忽狂呼复泫然。
"顾我此心深且广，窅然深陷似深渊。

欲使重帏隔地球，疲劳使我得全休。
汝胸是我新茔地，但愿埋身在汝喉。"

沉沦怜汝众牺牲，迢递征途地狱行。
孽妇深渊宁有底？罡风吹汝冷于冰！

暴雨乘风似沸羹，群趋欲望集狂形。
痴心妄想何曾达？欢乐收场是孽刑。

---

① 古希腊风俗，巫师坐在三脚座上，传达阿波罗的神谕。

可怜洞穴乏阳光，瘴疠强侵透气墙。
毒瘴熏蒸如烛焰，汝肤渗透害人香。

堪叹欢娱不久常，汝喉增渴汝皮僵。
西风劈拍旌旗响，肉欲弥深情更狂！

157. 吸血鬼诸色相

妇人对我扭腰股，宛如长蛇炭上舞。
胸衣铁上揉双乳，口中宣传兰麝语：

"我有樱唇润且红，我能令汝醉春风。
旧愁忘却象床中。
鸡头善医涕泪容，老翁欢笑如儿童。

迨我裸体更玲珑，可代星月与晴空。
床笫之乐我精通：拥抱臂耀天鹅绒，
任人牙齿啮酥胸；怯而荡，弱而雄。
多情裯褥动惺忪。
神仙亦将甘心为我入地狱，弃天宫！"

我既被她吸骨髓，四肢瘫痪神委靡。
回头犹欲赠情吻，忽见丑女脓遍体。
吸血已多成积粮，腰间黏液可糊纸！

我心恐怖闭双睛，重启复见满室明。
妇人丑女皆已杳，但见髑髅残碎形。
枯骨东西摇飒飒，恰似信旃店帜冬夜随风鸣。

译后记

一、译文大部分是 1940 年的旧译，略加修改，并补译了四十三首。

二、译文根据巴黎 Alphonse Lemerre 出版社的版本，诗的次序也依照这个版本。

三、译文纯用意译。我认为诗只有意译才能把诗味译出来，不必以字字比对为工。

四、我把《恶之花》译成旧体诗，这是一种尝试。这并不妨碍别人把它译成白话诗。

五、译文略加注释，以帮助读者了解诗的内容。

译者

1980 年 3 月

社会分工论

[法]涂尔干 著

目　　录

再版原序

——关于职业集团的几个观察点

在这书再版的时候,我不肯把原文的内容修改。每一部书自有它的个性,这个性是应该保存的,所以我们不宜改变它出世的时候的面目①。

但是,在初版的时候,这书便暗藏着一个意思;现在我觉得有把这意思抽出来而且更明确地申说的必要,因为这可以把本书的某几部分表彰,甚至于可以表彰从前我所发表的几种著作②。这意思乃是关于现代社会组织里的职业集团应有的任务。关于这问题,在起初的时候我只隐隐地提及者③,这因为我预备再提,而且预备特别做一篇研究的文字。然而我忽然有了别的事情缠扰着,不晓得什么时候才能够做这一篇文字,倒不如趁这再版的机会,说一说这问题与本书的论点是怎样粘连着的,这可以表明问题的关系,尤其是想要令许多人懂得这问题的急迫与其关系的重大;因为有许多理由可以阻止人们懂得,我要努力打破这些理由。这就是我这新序文的对象。

---

① 我仅仅在绪论里大约删去了三十页,因为我觉得那一段在今日是用不着的了。在下文删改了的地方我再加以说明。

② 参看《自杀论》(Le Suicide)的结论。

③ 参看下文。

一

在本书里，我再三地提及现代经济对于道德上、法律上，都有无定的状况①。在现代的种种职务里，实际上，职业的道德只存在于初步的状况。律师、官吏、军人、教员、医生、神父，都有他们的职业上的道德。但是，至于雇用人与被雇人的关系、工人与监督的关系、工业家与他们的同行或与民众的关系，假使我们要用稍为明确的字眼去下一个说明，结果一定是只获得一个笼统的解答！社会上只有一个含糊的通论，譬如说被雇人应该怎样尽忠于雇用人，说雇用人怎样不该滥用经济的最高权，此外还责备那些太明目张胆的不正直的商战，与那些太显然的剥蚀消费者的行为；职业界对于道德的观念，大约就只有这几点了。再者，这些戒条有一大半是不带法律的性质的，犯条的人只受舆论的惩戒，不受法律的制裁；而且舆论对于尽这种含糊的义务的行为是非常宽待的。世上最可责备的行为往往因成功而受社会的原宥；舆论容许不容许，事情公平不公平，是没有一定的界限的，只由各人把界线挪移，去凑合他们的私见。这样不明确的无定的一种道德是没法子成为一种规条的。因此之故，这种团体生活的权限有一大部分是逃出规律的制裁之外的。

如下文所述，经济界给我们看见的惨现象，例如种种的紊乱与不停止地发生的种种冲突，都该归罪于这种无定的状况。因为既然没有什么能够管住社会上的种种势力，也没有什么界限是指定给人们遵守的，所以这些势力就倾向于无限的发展，甲乙互相冲突，以至互相压迫，互相摧残。当然，那些强者就能压倒那些弱者或管领他们。但是，那被征服者虽则不得已而受人隶属，忍耐一时，然而他们并非情愿，因此，那隶属的地位没法子不受动摇②。强

---

① 参看下文。
② 参看卷三第一章第三节。

力所迫成的休战始终只是临时的,人是休战了,心却不肯罢休。人类的热烈的心情只有其所尊重的道德的权威能够遏止。如果没有这种权威,那就只有最强者的法律当权,然而战争——无论是潜伏的或急剧的——却是永远不能免的病症了。

这种紊乱乃是一种病态,毫无疑义,因为这是与社会的目的恰恰相反的。社会的目的在乎消除——至少还该节制——人与人之间的战争,把最强者的物质上的规律隶属于一种更高的规律之下,却不在乎紊乱。人们往往替这紊乱的状态辩护,今说这可以奖励个人的自由的进展,然而这是徒然的。人们往往要说个人的自由与法律的权威是不相容的,这乃是最不通的论调。恰恰相反,自由(我说的是正当的自由,是社会应该令人尊重的自由)的本身就是法律的出产品。我们要自由,除非先禁止别人利用他们的物质上或经济上或其他的优胜点来臣服我们的自由;而且只有社会的规律能禁止他们滥用这种权力。所以现在我们晓得某种繁复的规则是需要的;有了这规定,个人经济的自由就有了保障,否则自由不过是虚名罢了。

但是这状况到了今日更成了非常严重的现象,这因为在大约二百年以来,经济上的职务发展得很厉害,是从前所未见的。从前经济上的职务只占次要的地位,现在却在首要的地位了。当初人们不屑谈经济,把它委托给下级社会,但那时代离我们的时代很远了。现在我们看见军事、行政、宗教上的职务,都一天一天的向经济上的职务退让,仅仅有科学上的职务还能同它争这首席;然而现代的科学除了供给社会的实利就没有权威,换句话说,科学的大部分只是替经济上的职务效劳。所以人家能说我们的社会是或将是绝对的实业的社会,这也不是没有一些道理的话。一种活动的形式在社会的生活全体里占了一个这么重要的地位,假使长此没有规律,显然会发生最大的纷扰的。这尤其是普通社会的道德破产的源泉。正因经济的职务把最大部分的公民吸收了去,就有许多个人的生活是完全在工界或商界里过去的;这么一来,既然他们的环境里的道德观念不深,他们的生活就有一大部分溢出了道德的范围之外。我们如果想要义务的观念深深地印入我们的脑筋,非得我们所处的环境常常把这观念提醒我们不可。我们是不能自然而然地妨碍我们或压制我们的;那么,假使没有一种东西时时刻刻叫我们压制某种不道德的行为,我们怎能养成这种习惯呢? 我们的时间都支配在职务上,假使我们除了关于我们自己的利益的规律之外并不遵守其他的规律,我们怎能知爱、大公无私、忘我、牺牲……种种美德呢? 所以,经济上的规律不存在,其影响乃超出经济界自身之外,民众的道德也一定会被引入漩涡,同趋下流了。

但是,疾病证明了,病源是什么呢? 应该怎样下药呢?

在本书里,我曾经尽量地申说社会的分工对于这种病态是不负责任的;人家有时候说这是分工的弊端,这话是不对的。我曾经说过,社会的分工不一定产生散漫支离的结果,而且各种职务在甲乙互相充分地接触的时候,它们本身就倾向于求一个平衡,而且求一个规律。但是,我这一个解释乃是不完满的。因为虽则各种社会职务在规则地互相有了关系的时候自然而然地会求一个相互间的适合,然而在另一方面说,这适合的方式如果没有一个团体把权力去维持它,它就不能变为一种行为的规律。实际上,一种规律并不仅仅是习惯上的一种行为的样法,而是一种义务的行为的样法,换句话说,就是不徇个人私见的一种样法。只有团体能具有物质上与精神上的最高权,所以要个人遵守规律,非建立一个团体不可,因为在各个特别的个性之上的唯一的道德上的个性乃是团体所造成的。而且,除了每天的短时期的交际可以形成规律之外,也只有团体能有连续性甚至于能有永久性去维持那规律。还有一层,团体的任务不仅仅限于把各个人相互间的条约的最普通的结果造成一种命令式的规律,它还积极地干涉一切的规律的创立。

先说,它是一个公正人,被指定来解决那些利益上的纠纷,而且决断各人应守的界限。再说,首先是它需要秩序与和平;无法律所以是一种毛病者,首先就因为社会由此受苦,因为社会要生存就不能缺少了连贯性与规则性。所以,道德上或法律上的一种规定乃是社会的种种需要的表示,也只有社会能认识这需要。这种规定固然建立在舆论之上,然而一切的舆论都是团体的同化的结果。如果想要医好这无法律的病态,就须有或须造成一个团体,然后在这团体内建立现代所缺乏的一种法律制度。

无论是政治社会的全体或国家,都不能负担这种任务,这是毫无疑义的,因为经济的生活是很特别的,而且天天向特别的路上走,所以政治社会或国家的权限都不能范围它。一种职业的活动,非与它颇为相近的一个团体就不能很有效地去规定它,因为要相近才能好好地认识它的作用,才能感觉它的一切的需要,才能追随它的一切的变化。合于这些条件的唯一的团体,便是那些结合在同一的实业而且同一的组织之下的人们所建立的团体。这就是所谓同业组合或职业集团。

然而在经济上,非但职业的道德不存在,连职业的团体也不存在。自从前世纪取消了——也取消得有理——那些旧组合之后,并没有怎样从新的基础上重建一些组合,有的仅仅是零碎的不完全的尝试。当然,从事于同一职业的各个人因为事务相似之故就互相发生关系。甚至于他们的竞争也是发生关系的媒介。然而这种关系并没有什么规则;这只是偶然遇合而发生的关系,而且往往是纯然的个性的表现。甲实业家与乙实业家相接触,这并不是甲种或乙种特别的实业团体自身联络起来取一致的行动。间或偶然有些时候,我们看见同一职业的支体都集合起来开一个会,为的是讨论公共利益的某问题,然而这会的寿命是一时的,它因为某种特别情形而产生,等到那特别情形消灭时它也不能不跟着消灭。因此之故,这种集会虽则曾经造成团体生活的机会,等到那些集会告终了的时候,团体的生活也就完全告终了,或差不多告终了。

只有几种集团大约是不中断的,这就是今日所谓资本家联合会或工人联合会。在这上头,当然有一个职业上的组织的起点,然而这还是草创的,还没有一定的模型。先说,一个联合会乃是一个私立的团体,并没有法定的权威,因此也就没有一切合规则的能力。这种会的数目,依理是没有定限的,甚至于在同一类的实业界的内部也是如此;甲会与乙会是分立的,假使它们不相联络,不求统一,那么就没有什么可以表现那职业的全体的统一性。还有一层,非但资本家联合会与工人联合会是显然有分别的——其实这也是合法的,必要的,——而且资本家与工人之间也没有规则的接触。本来应该有一种共同的组合,这种组合并不使劳资两方失了他们的个性,同时又令他们能做一种共同的规定,确定了他们相互间的关系,叫他们两方都受同一的权力的制裁。然而这种组织并不存在,所以始终只是强者的法律去解决各种纠纷,而战争的状况仍旧完全不曾消灭。除了从公共道德出发的行为之外,资本家与工人的关系恰像两个自治国家的地位,只是一强一弱罢了。他们两方可以成立些条约,也像两国的人民借国家的名义去订相互间的条约一般。然而那些条约仅仅是双方现有的经济能力的表现,也就像两个战争的国家的条约只是双方的军事能力的表现。这种条约只表示一种事实,却没法子表示权利。

如果要一种职业上的道德与一种职业上的权利能在经济界种种不同的职业里成立,并非一种紊乱的不统一的团体所能达到目的,必须那团体变为——或说重新变为更妥些——一种确定的有组织的团体,一言以蔽之,就是民众的组织。然而这类的一切计划都与某几种成见相抵触,所以我们首先要避免或消除这些成见。

先说,这种组合有它的过去的历史做它的对头。它确是被认为与我们从前的政治制度密切地相关联的,现在那老制度既然消

灭了,大家也就认这种组合是不能更存在的了。若替工业与商业
要求一种同业组合,是似乎是要回溯从前的历史;这种向后退的计
划是被人家认为不可能的或反常的了。

假使我提议把中世纪的旧式组合用人工去恢复起来,人家当
然有反对我的理由。然而问题却不在这里。我们并不在乎晓得中
世纪的旧制是否切实地与我们的社会相宜,而在乎晓得当年的旧
制所适应的需要是否没有时代性的,——虽则环境变了的时候制
度也不得不更变以适应环境。

在那些组合里,我们看不出　种暂时的、只合一时代或某一期
文化的组织来,这因为它们的来源太远了,而且它们在历史上发达
的情形也不容许我们说它们是有时代性的。假使它们仅仅发生于
中世纪,那么,我们的确可以说它们既然与一种政治制度俱生,也
就该与那制度俱灭。然而事实上并不如此,它们的来源是比中世
纪的制度古了许多的。就普通说,自从有职业以来就有同业组合,
换句话说,自从实业不是纯农的实业之后就有同业组合了。在古
代希腊——至少是直至被罗马征服时期——人们似乎不知道有同
业组合,然而其所以如此者,只因希腊人轻视技艺,一切的技艺差
不多完全由外人包办,因此也就没有政府的法定的组织①。至于罗
马方面,至少在共和的初期就产生了同业的组合;有一种传说还以
为这种组合是国王努马所创的呢②。当然,在一个很长的时期内,
这种组合大约不能怎样大放光辉,所以历史家与古代的碑文都很
少述及;因此我们也就很不明了它们是怎样组织成的。但是到了

---

①　参看 Herrmann 的 Lehrbuch der griechischen Antiquitäten,4erB. ,3eéd. ,p398。有时
候,工人们因为职业的关系竟被剥夺了公权(ibid. ,p392)——我们不晓得那时候虽
则没有政府的法定的组织,是不是还有秘密的非法的组织。只有一层是可以断言
的,就是那时候有许多商人的同业组合。参看 Francotte 的 l'industrie dans la Grèce
antique, t. Ⅱ, p204 et suiv。

②　参看 Plutarque 的 Numa,ⅩⅦ; Pline 的 Hist. nat,ⅩⅩⅩⅣ。这大约只是一种传说,但
这可以证明罗马人以为他们的同业组合有很长久的历史。

西赛龙时代,同业组合的数目增加了许多,开始在社会上占一个位置。依华尔清说:在那时候,"一切的工人阶级都似乎希望把那些职业上的集会增加"。这种向上的运动继续下去,到了帝政时代,竟达到很大的扩张。"如果我们注意在经济上的种种不同点,也许可以说至今还不曾超过当时的扩张的程度"①。那时的工人的种类很多,然而他们似乎终于建立了一个会,还有那些以商业谋生的人也是如此。同时,这些集团的性质也就改变了;它们终于变为真正的行政的机关。它们充当了政府的许多任务;每一种职业被认为民众的一种职务,而这种职业里的组合是对于国家尽义务的,负责任的②。

　　这就是同业组合破产的原因。原来这种隶属于国家的制度不久就变坏了,一变而为令人难堪的奴隶制度,而这种制度须待皇帝们的压迫然后能够维持。他们采用种种的手段去阻止工人们逃避那些从职业本身所发生的艰重的义务,甚至于以强迫当兵为最后的手段。这样的一种制度显然只能在政权尚有强迫施行的力量时存在,所以帝政被取消了之后这制度也就跟着消灭了。再者,内乱与外人的侵略已经摧残了商业与实业;工人们利用这机会就离了城市,分散在乡村之间。因此之故,纪元后的前几个世纪就发生了一种现象,这现象在第十八世纪末期还依样地重演了一回。什么现象呢? 就是:组合的生活差不多完全消灭了。在哥尔与日耳曼的几个原属罗马的城市里,仅仅尚留存着若干痕迹。在那时候,假使有一位学理家认识了那境地,大约他一定会像后世的经济家一般地断说那些组合没有——至少可以说曾经有过,而现在没有——存在的理由,说它们是一去不复返的,而且他会

① 参看 Etude historique sur les corporations professionnelles chez les Romains, t. I, p56—57。
② 有些历史家以为自有同业组合以来,它们就与国家联络。但无论如何,在帝政时代,同业组合的政府化的性质是特别发达的。

骂试行重新建立那些组合的人们是开倒车、是做梦呢。然而这种
预言的荒谬,试看不久以后的事件就可见得了。

　　原来那些同业组合在隐灭了一时之后,又在欧洲一切的社会
里开始它们的新生命。在 11 与 12 世纪之间,它们便复活了。依洛
怀素说:自从那时起,"工人们开始感觉有互相联络而成立会社的
必要"。总之,到了 13 世纪,同业组合重新又到了兴盛的时期了,
而且他们渐渐发达、直到衰落的起点之日为止。这样的一种富有
持久性的组织是没法子归纳入偶然与不定的特别情形里去的,更
不容我们假定它是一种团体的什么谬误的产生品。自从政府的起
源直到帝政的最盛时期,自从基督教的曙光直到近代,同业组合乃
是必要的;其所以如此者,就因为它能适应那些又深又久的需
要。尤其是我们试看它们曾经消灭了一次,仍旧凭着自力,换了一
个新形式便重新建立起来,因此我们晓得人家所谓它们在前世纪
的末期猛然消灭了就是它们不能与现代的团体生活的新条件适合
的证据,这一说是没有一点儿价值的了。再说一层,今日一切的开
化的大社会都感觉得有恢复那些同业组合的必要,这就是一个先
兆,可以确切地证明根本的取消不是灵药,而杜尔戈的变法还不
行,还需要再变一变,而且这一变是没法子做无定期的延宕的。

二

　　但是,同业团体的组织在历史上固然不一定是不合时宜的东
西,我们能不能相信在现代的社会里它可以胜任我们所支配给它
的任务呢?原来我们所以认为现代需要它者,并非要它帮助经济
的发达,却是要它能够在道德上发生影响。在职业集团里,我们首
先看见的就是一种道德上的权力,要这权力能压制个人的自私,要
在工人们的心里维持着一种互助的热诚,要禁止最强者的淫威像
这样凶暴地在工商界实施。但是职业集团是被认为不适宜于这种
任务的。因为它是适应有时间性的利益而产生的,它似乎只能为

达到营利的目的之用;而且因为大家回忆从前的组合制度,越发有这种感想了。人们当然会设想将来那些组合制度的结果也不外是当年所经过的结果,换句话说,就是专谋维持或扩充他们的优先权或专有权,所以也难怪人们不明白这种纯然职业上的企图会对于团体或各分子的道德发生一种很好的影响。

但是我们不该把某几种组合在发达的最短期间内的可能的真相扩充到组合制度的全体上去。固然因制度本身的关系致令它受了一种道德废弛的结果,然而在未废弛以前,在它的历史的一大部分当中,它曾经有了很多道德上的作用。这种情形,以罗马的同业组合为最显明。华尔清说,罗马的工人的同业组合很不像中世纪那样有职业的色彩:那时节并没有方法的规定,也没有强迫的学习,也没有专享的权利;而且他们的目的也不在乎集合必需的资本去开办一种实业①。当然,因为有了会社,遇必要时,他们便更有力量去保护他们的共同的利益。然而这只是那种组织所产生的一种有益的影响,而不是组织存在的理由,也不是主要的作用。我们首先要知道同业组合乃是一个宗教式的会社。每一个组合里有它的特别的神;而且,假使有法子想的话,他们还在一个特别的寺院里举行崇拜他们的神的典礼。一家有一家的家神,一城有一城的城神,同样,一个会社里也有它的保护神,就是所谓社神。有了这职业上的宗教,自然也就有些节日,大家共同地祭祀,共同地宴饮。再者,种种的节日都只供给娱乐的集社的机会;而且往往分发些食物或金钱,费用在公款内开支。人们也曾考究这种组合里有没有救济金,会里的各分子遇着匮乏的时候是否很规则地受公款的救济,但是关于这一层,考究的结果,大家的意见并不一致②。但是有一件事可以把这争点的兴味与其价值消除了,这就是那些有定期或无定期的公共宴饮,加之以食物或金钱的分发,已经往往是间接

---

① 　Op. cit. , Ⅰ ,p194。
② 　有一大部分的历史家以为有些会社至少是互相救济的团体。

的救济了。总而言之,那些穷苦的人们都知道他们可以依靠这种无形的津贴。——因为有了宗教的性质,所以工人的会社同时也就是葬仪的会社。那些分子像 gentiles① 一般地在同一的宗教里团结了一辈子,所以也就想要一块儿长眠。一切的颇富的组合都有一种团体的 columbarium②;至于会社没法子购买一所葬地的时候,至少它也担保它的各分子有些很体面的葬仪,费用在公款里开支。

宗教是共同的,宴饮是共同的,节会是共同的,墓地是共同的,这一切综合起来,还不是罗马人的家庭组织的显明的特征吗? 所以人家能够说罗马人的组合就是一个"大家庭"。华尔清说,"没有一个名词比'大家庭'三个字更能表现那些分子相互间的关系的性质;而且有许多特征可以证明在他们的内部有一种很大的友爱维持着"③。原来利益的共同就代替了血统的共同。"会社里的各分子相视如兄弟,所以他们有时候竟以兄弟相称"。他们最普通的称呼乃是 sodales 一字④,然而这一个字的本身就表示是精神上的亲眷,包含有很密切的友爱。会社里的男女保护人往往用父母的名称。"有一个证据可以证明各分子对于会社的忠诚,这就是他们对于本社的捐赠或把遗产留给本社。还有一个证据就是他们的墓碑,我们在墓碑上可以看见 pius in collegio⑤,足见他们对于会社的虔诚,犹如说 pius in suos⑥ 一样"⑦。这些家族性的生活是那样发达,所以布瓦西耶说这就是罗马人的同业组合的主要目的。他说:"甚至于在工人的组合里,他们进社首先就为的是共同生活的乐趣;为的是要在自己的家庭之外找着些消遣,好忘了自己的疲劳与

① 拉丁文,"亲属"的意思。
② 拉丁文,"葬室"的意思。
③ Op. cit Ⅰ,p330。
④ 拉丁文,"朋友"的意思。
⑤ 拉丁文,"敬社"的意思。
⑥ 拉丁文,"敬家"的意思。
⑦ Op. cit. ,Ⅰ,p331。

麻烦；为的是找一个比家庭宽些而比城市狭些的团体去过亲密的生活，好教他们的生活变为更容易些、更可喜些。"①

　　基督教的社会所归属的社会方式与古罗马的社会方式很不相同，所以中世纪的同业组合不十分像罗马的同业组合。然而中世纪的同业组合也曾为它的分子而创造道德的环境。洛怀素说："同业组合把同一职业的人们联络起来，而联络的媒介却是很狭小的。它往往在一个教堂或一个特别的小教堂里成立，成立时请一个圣，这圣便变为这会社的全体的主保……他们在这教堂里集合，做些很堂皇的弥撒，然后这圣会的诸分子一块儿去开一个快活的宴会，算是完成这节日。在这一点，中世纪的同业组合与罗马时代的同业组合很是相似的。"②再者，组合里往往预备一部分的基本金以为慈善事业的用途。

　　此外还立了些章程给每种职业，规定了资本家与工人两方的义务，同时还规定了资方对于工方与工方对于资方的义务。当然，在那些规定里可以有许多条是不合现代的思想的；但是我们应该依照当时的道德去评判它们，因为它们是表现当时的道德的。只有一层是不容有异议的，这就是：那些章程的规定并不以甲种或乙种的个人的利益为前提，却只顾及团体的利益；至于他们是否了解这利益，那是我们所不必管的。依理说，凡是把私人的利益隶属于公众的利益的时候，无论如何，才有一种道德性③，因为这确实可以表示某种牺牲的精神。再者，有许多章程是从情感上出发的，这与我们现在的章程还是一样的，譬如仆人受团体的保护，好教他的主人不能因一时的喜怒便任意辞退了他。义务固然是彼此都有

① 看 La Rel gion romaine，Ⅱ，p287—288。

② Op. cit.，Ⅰ，p217—218。

③ Op. cit.，Ⅰ，p221。参看关于同业组合的道德性的两部书。关于德国的有 Gierke 的 Das Deutsche Genossenschafts wcsen，Ⅰ，p384；关于英国的有 Ashley 的 Hist. des Doctrines économiques，Ⅰ. p101。

的,然而这种相互性非但本身是公正的,而且它能证明当时的工人
应享的重要的特权。所以章程规定不许主人找些邻人帮助做工,
以致占了他的佣人做工的权利;甚至于用妻子帮工也是不许的。
一言以蔽之,洛怀素说得好:"这些对于学徒们与工人们的章程在
历史家与经济学家看来,并不是可鄙的。这并不是野蛮时代的出
产品,而且还可以表现一种有条理而有意义的精神,是毫无疑义地
值得注意的。"①总之,一切的规定都是为维持职业上的正谊而立
的。他们还立了种种提防的方法,阻止商人或技艺人欺骗购买人,
强迫他们做好的、不骗人的作品②。——当然,到了某一个时期,那
些规律都变了扰人的了。做主人的一心只顾自己的特权,不很顾
及那职业的名誉与诸分子的道德了。但是,凡是一种规律的成立,
经过了若干时期,没有不渐渐变坏的。或因那法子一成不变,以致
后来不合时宜;或因它成了畸形的发达:这样一来,把它变得太笨
了,不能再胜任它所负担的任务了。我们可以根据这理由去改造
它,但我们不该宣告它是无用的而把它毁灭了。

　　在这一点,尽有各种说法,然而从前的种种事实已经很够证明
职业集团并不是不能发生一种道德作用的了。罗马时代与中世纪
的生活里,宗教既然占了这样重要的位置,它的真性质也就非常显
明,因为那时一切的宗教团体都建设一个道德的环境,同样,一切
的道德的信条也不得不倾向于采用宗教的形式。再者,这种团体
组织的性质是由一种普通原因的行为出发的,而这种很普通的原
因又是在别的环境里常常可以看见的。我们既然晓得在政治团体
里,有某一部分的人们觉得大家的意见、利益、情感、任务相同,而
且其他的人们的意见、利益、情感、任务相异;那么,在这同性的影
响之下,他们难免互相吸引,互相寻觅,互相交际,互相联络,以致
渐渐造成一个狭小的团体,在普通的社会里另有它的特别的面目。

①　Op. cit. , I ,p238。
②　Op. cit. , I ,p240—261。

但是,那团体成立了之后,就会发生一种道德生活,这生活既在一些特别条件里产生,也就带有这些特别条件的标识。因为凡是同在一块儿生活的人们,在很规则地互相交际的时候,就不能不对于他们借会社而造成的一切发生感情,不能不关心于这一切,不能不顾它的利益,不能不计及他们的行为。这系念那超济个人的某事物的心理——这把各个人的利益隶属于公众的利益的心理正是一切道德规律的源泉。如果这心理变明显了,变确定了,如果它变成了一定的程式,施于生活上最平常而最重要的情形里,这就是有道德规律的一个团体正在建设的特征了。

自然而然地,加之以各事物的力量,这结果就会产生,同时这结果变为有用的,大家觉得它有用,越发可使它的根基巩固了。社会利用那些特别团体,因为那些团体如果不成立,社会的活动没有了规律,就会弄成混乱的状态;然而非但社会本身有利;在个人方面,也可以找着快乐的源泉。原来混乱的状态对于个人也是痛苦的。每逢个人与个人相互间的关系没有任何的权力裁制的时候,就有冲突与紊乱的状态发生,各个人也就因此受苦。在有直接关系的伴侣之间的战争里生活,谁也不觉得这是好的。这对于普遍的敌忾的感触,这由敌忾而成的相互间的疑忌心,这由疑忌而生的紧张的精神,越是慢性的,越是令人受苦;我们虽则爱战争,也爱和平的幸福,而且因为人类团结的程度越高——换句话说开化的程度越高(因为团结与开化有同等的价值的),和平的幸福也就越有价值。共同的生活是强制的,同时也是有兴味的。固然,社会需要强制力使人们超过自身,从自身的物质上的自然加上另一种自然;然而人们渐渐尝着这新生活的好滋味,也就渐渐感觉这需要,每逢一种活动,大家都热烈地去寻找那好滋味了。由此看来,当各个人感觉得利益相同就互相联络的时候,这并不仅仅为的是保障那些利益,而是为联络而联络,为的是离开了仇敌的念头,为的是感受痛痒相关的乐趣,为的是把众人合为一体。再明确地说一句,为的是一致地去过一种同样的道德生活。

家庭的道德也不外是这样造成的。我们因为看见惯了家庭的幻象,似乎觉得家庭所以曾经是而现在还是尽忠与牺牲的地方,还是道德的无上的发源地者,这因为家庭有好些特别而优胜的性质是别的地方所没有的。人家很喜欢相信在父族里有一种非常的大力可以养成道德上的联络。但是我曾经往往有机会说明[①]人家的话是错的,父族并没有那样非常的效验。我可以说一个证据:在许多社会里,非父族的人们是杂在家庭里的,然而这些所谓人造的亲眷是很容易互相结交的,而且有父族的一切的效果。反过来说,往往有许多父族里最亲的人在道德上或法律上是互相不管的,譬如罗马家族里所谓血族就是一个例子。所以家族的性质并不是由血统形成的:这不过是在政治社会里的一个个人集合的团体。这些个人觉得相处很近,意见更相同,情感更相同,利益更相同,所以聚在一处。靠着父族的缘故,这种集合就容易了许多,因为有了血统关系,各人的心理也就倾向于相同。然而此外还有许多的元素,譬如物质上的接近,利益的连带,与为着抵御一种共同的危险而感觉得的联络的需要,或仅仅是为联络而联络,这些元素都是非常能够使各人互相亲近的。

再说,这些元素并不是家庭所特有的,同业组合里也有这些元素,只不过变了一个形式罢了。那么,这第一个团体——家庭——既然在人类道德史上占了这样重要的位置,为什么第二个——同业组合——就不能如此呢?当然,其间还有一个分别:一家的诸分子是把生活的全部公共了的,至于同业组合的诸分子仅仅把职业上的企图公共了而已。家庭是一种完全的团体,这团体的作用非但伸展到经济作用方面,还可以到宗教、政治、科学各方面。我们所做一切的颇重要的事情——甚至于在家庭之外做的,都在家庭

---

① 尤其是请看 Année sociologique,Ⅰ,p313 et suiv。

里有了回声，惹起了好些相当的反动。至于同业组合的势力范围，在某一意义上说，就狭了些了。然而我们还应该看清楚：社会越趋向于分工，职业生活的位置越是重要；因为各个人只担任一种很特别的职务，我们活动的地域渐渐只限于那职务所圈定的范围之内了。再说，家庭的作用虽则扩张到一切上头，却只是很普通的，并没有详细的作用。尤其是家庭自从失了古代的统一性与难分性之后，同时已经失了它的一大部分的效力。在今日看来，每隔一代，家庭就分散了许多，人们的生活的一大部分竟可以在家庭势力范围之外过去了①。至于同业组合却没有这或断或续的状态，它是与生活一同继续下去的。所以它与家庭比较，虽则在某方面看来比不上家庭。而它的好处也可以相抵了。

　　我所以认为应该把家庭与同业组合相提并论者，这并不仅仅为的是做一个比较来增一增见识，而是因为这两种组织很有几个同源的地方。罗马时代的同业组合的历史最能证明这一层。我们确实看见同业组合是按照家庭的组织的模型造成的，只不过形式新了些，大了些而已。这样看来，假使二者之间没有什么同源的关系，职业集团怎能令人这样联想到家族集团呢？实际上，在某一意义上说，同业组合乃是家庭的承继者。当实业是纯农的时代，在家庭里与村乡里（村乡也只是一种大家庭），同业组合就直接寄托在家庭的机关上，用不着另立一个机关。当交易不曾或不很发达的时代，农人们只在家庭范围内交易也就够了。经济作用在家庭之外没有影响时，家庭就尽足以支配经济作用，而家庭的自身也就算是职业团体。但是自从有了种种技艺以后，事情就不相同了。要以技艺谋生，先要有主顾，所以应该出了家庭之外去找主顾，又须出了家庭之外去同那些同行的人们发生关系，同他们竞争，同他们妥协。再者，技艺与城市有直接或间接的关系，而城市的成立的要

---

① 关于这意见，我在《自杀论》第433页上申说。

素乃是移民，这就是说各个人离了他们生长的故乡到来形成一个城市。这样一来，一种新的活动形式从此成立，超过了家庭的旧范围。为着要这种活动离了无组织的状态，就该创造一种新的、与它适宜的范围；换句话说，须要成立一种新式的副团体。因此就产生了同业组合：在某一种职务上，起先是由家庭施行的，后来家庭不能再管得及，便由同业组合替代了家庭。它有了这样的一个来源，是不容人们轻易地说它成立的时候是没有道德性的。在家族的内部，家庭的道德与权利从此发生；同理，同业组合的环境里自然也该发生职业上的道德与权利的。

三

然而，为着打消了一切的成见，为着说明同业组合的制度不仅是过去的陈迹，我们应该令人晓得这制度应该而且能够怎样变更，然后可以适合现代的社会；因为这制度在今日的形式显然不能再像中世纪的形式了。

为着要用科学方法去研究这问题，我们首先应该证明同业组合的制度在过去的历史上是怎样进化的，而它所遇着的那些进化的主要点又是什么来由。经过了这手续，然后我们可以大约地断说现代的组合制度应该变化到怎样，因为我们已经知道现代欧洲社会是建立在什么条件之上了。但是，想要达到这目的，必先需要许多的比较研究，而这类研究还没有人做，而我又不能在这里就做。然而也许此刻我们就可以隐约地说出那组合发达的真相，只不过就大纲上说一说罢了。

由上文看来，我们已经知道罗马时代的同业组合不像后世基督教的各社会里的同业组合了。二者之间的不同点，非但是罗马时代的同业组合里宗教性多些，职业性少些，而且它在社会上所占的地位也不相同。它实是——至少在起源的时候是超出社会性的组织。在担任把罗马的政治组织的各元素分析的历史家，他在分析的途中,不能遇见一个事实可以证明那时有同业组合的存在。它既然有了被承认了的而且确定了的单位,所以并不归入罗马宪法里。无论在任何选举的集会,在任何军事的集会,工人们并不用同业会社的名义去召集;无论在什么地方的政治生活里职业的团体并不参加,并且全体不参加,而且并不派正式的代表。至多只有三四个会社是成为问题的,因为人家以为能证明这三、四个会社同时就是 Servius Tullius① 所建立的几个百人团(这四个百人团名叫 tignarii、oerarii、libicines、cornicines);然而这一个事实也还没有确实的证据②。至于其他各种同业组合,是一定不在罗马人民的官方的组织范围之内的了③。

这种奇异的地位,我们在同业组合所以成立的条件的本身上就得了解释。原来同业组合出现的时候,就是技艺开始发达的时候,然而在罗马时代的社会活动里,技艺仅仅是附属的次要品,经历了不少的时候。罗马原本是农业的与战争的社会。以农业社会而论,他们把社会区分为"庄特"与"古里";那些百人团的集合便差不多是军事组织的背景。至于说到工业,因为规模太简陋了,不能影响到政治上的组织④。再者,直到罗马的历史里的最盛时期,各种技艺还没有道德上的信用,所以不容它们在国家占一个正式的位置。当然,到了某一时期,它们的社会上的地位已经变好了。但是在博取

① Servius Tullius 是罗马的国王,生于纪元前 578 年,殁于纪元前 534 年。
② 另有一说比较地可信:这样称呼的几个百人团并不包括一切的木匠与铁匠,只仅仅包括那些制造或修补军用品的木匠与铁匠而已。Denys d'Halicarnasse(希腊的历史家)明白地告诉我们,说这样集合的工人们有一种纯然军人的任务 εις τòν πολεμον;由此看来,这并不是实际上所谓会社,却只是军队里的某几部分而已。
③ 我们对于同业组合的地位所说的一切都可以引起一种争论:我们不晓得在起初的时候国家是否干预同业组合的成立。纵使在最初的时候同业组合就隶属于国家(这一说似乎是靠不住的),它也仍旧不是政治组织的形式。这是我们所注意的要点。
④ 如果我们把工业进化降下一等,各种工业的地位越发奇异了。雅典的工业非但是超出社会的,而且是超出法律的。

这较好的地位的时候,工人们所用的手段的本身也是很有意义的。为着要达到令人尊重他们的利益的目的,为着要在民众生活里占一席位置,那些工人们竟采用了些不规则而且超出法律范围之外的手段。他们是社会所藐视的对象,他们运用了许多阴谋、许多秘密的非法运动,然后能免社会的藐视①。最好的证据乃是:罗马的社会不曾对他们开放。后来他们终于被国家收纳,成为行政机关里的机件,然而这地位并不是光荣的胜利品,却是痛苦的隶属地位。他们虽则进了政治组织里,然而并不为的是占取他们对于社会效力后所应获得的位置,却仅仅为的是给政府看管得周到些。洛怀素说:"同业组合变了工人们的枷锁,使他们成为俘虏,而且皇帝的手搂紧了链条,工作越苦,国家的需要越急,链条搂得越紧。"②

在中世纪各社会里,他们的位置就大不相同了。自从同业组合出现了之后,第一着它就占了一个重要的位置:这是国家里三部分人民之一部分,就是所谓优待民③,或称"第三国体"。在很长的时间内,优待民与技艺人只是一样东西。洛怀素说:"13世纪的优待民纯然是技艺人所合成的。在那时候,官吏与法律家的阶级仅仅开始成立;学者们又还归入教士一类;收年金的人的数目还很少,因为那时的地产还在贵族的手里;不是贵族的人们只好在工场里或柜台上工作,而他们所以能在帝国里占一等级者,就因他们是工界或商界中人。"④在德国也是这样的。"优待民"与"市民"乃是同一意义的名词;再者,我们晓得德国的城市乃是在一些常开的市场的周围,而这些市场却是一个贵族把他的土地腾出一部分来开办的⑤。由此看来,聚集于这些市场的人们便变了市民,而这些市

① Waltsing, op. cit. , Ⅰ, p85 et suiv。
② Op. cit. , Ⅰ, p31。
③ 译者注:此字通常译为"布尔乔治亚"。
④ Op. cit. , Ⅰ, p191。
⑤ 看 Rietschel 的 Markt und Stadt in threm rechtlichen verhältniss, Leipzig, 1897, passim, 与 Sohm 的一切书籍关于这一点的文字。

民也就纯然是工人与商人。所以在拉丁文里,forenesses 与 mercatores 二字都当作"市民"解释,毫无分别;而且 jus civile(城市权)也往往被称为 jus fori(市场权)。所以工商的组织很像是欧洲的市民的组织的起源。

因此之故,当城市脱离了贵族的保护之后——自治区成立之后,那预备这运动的职业团体就变了自治组织的基础。事实上,"在差不多一切的自治区里,政治的制度与官吏的选举都是以职业团体的分配为基础的"①。人们往往依着职业团体去选举,职业团体的首领与自治区的首领是同时选出的。例如在阿米阳,工匠们每年开一个会选举各组合或各群的主席;那些被选出的主席们便委任十二个邑吏,这十二个邑吏又委任另十二个邑吏;然后由邑吏团推出三个人给各群的主席们从中选择一个做自治区的主席……在有些城镇里,选举的章程还更复杂些,但是,在所有一切的城镇里,自治区的政治的组织都是与工作的组织密切地相关连的②。反过来说,自治机关既然是职业团体所合成的,同理,职业团体也就是自治机关的缩小,因为它是一个模型,自治组织只依这模型扩大发展而已。

我们是晓得自治机关在我们的社会史上是怎样的,它渐渐变为社会的基础了。由此看来,它既是同业组合的扩大体,又是依照同业组合的模型造成的,那么,我们最后分析起来,同业组合竟是一切的政治制度的基础,因为政治制度是从自治运动而来的。同业组合在进化途中特别地渐渐有势力,占了重要的位置了。在罗马时代,它开始差不多是在常规的范围之外的东西;然而到了我们现代的各社会里就恰恰相反,它是社会成立的要素了。这又是一个理由可以令我们不肯相信同业组合是一种陈旧的组织,是应该与此后的历史不再发生关系的东西。在过去的历史上,工商业越

①　Op. cit. , Ⅰ, p193。
②　Ibid. Ⅰ, p183。

发达,同业组合的任务越成为必需的,由此看来,若说今日的经济的新进步可以使它没有再存在的理由,这乃是十分令人难信的话。倒是反面的假定似乎更能令人相信些①。

但是,在上面所叙述的情形之外,还有其他的历史上的教训。

先说,我们可以约略地看见从差不多两个世纪以来同业组合是怎样暂时失了信用的;再说,我们也可以知道它若要在现代的民众组织里重新占它的位置,应该变成怎样才行。刚才我已经说过,在中世纪它的形式之下,它是与自治组织密切地关连的。在技艺与自治区的性质相同的时候,这种关连性是可以通行无碍的。在大纲上说,只要工人与商人的主顾们纯然是或差不多纯然是本城或离城很近的居民的时候,换句话说,只要市场还是只带地方性的时候,职业团体与自治组织相连起来,也就足以应付一切的需要了。然而一到了大工业发生了之后,情形就不相同;因为大工业是没有城市性的,所以它不能适合于一种不是为它而设的制度。先说,它的活动地点并不限于城市;它甚至于能在一切先有的集体之外成立,不属于城市,也不属于乡村;哪一个地点可以令它最能好好地生长,令它很容易地放光辉,它就找这地点。再说,它活动的范围并不限于一定的地方,四面八方都有它的主顾。这样的一种团体活动的形式是与自治区的生活完全没有关系的,而旧时的同业组合恰是完全适应自治区的需要,那么,当年的组织这能适用于现代呢?

实际上,自从大工业一出世之后,它自然而然地出了同业组合制度之外,所以也怪不得技艺团体努力要想种种法子去妨碍大工

---

① 固然,当技艺团体组织成为阶级的时候,它在很早就占了社会组织里的重要位置,譬如印度的各社会就是这种情形,然而阶级并不算是同业组合。阶级原本只是宗教的与家族的团体,却不是职业的团体。各阶级有它自己的信仰。社会既是从宗教的基础上组织的,那归属于种种不同的原因的信仰心就把一个阶级指定它在社会制度的全体里该占哪一个确定的等第。但是,在这行政的地位上,它的经济不发生丝毫的关系。见 Bouglé 的 Remarques sur le regime des castes,Année sociologique,Ⅳ。

业的进步。然而它并不因此就脱离了一切的规定：在起初的时候，国家对于她的直接关系很像各种同业组合对于小商业与各种城市的技艺的关系。皇权虽则允许各大工厂有某几种特别的利益，同时又由政府监察这些利益，所以那时那些工厂只许叫做皇家工厂。但是国家是与这任务很不相宜的，所以这种直接的保护不久就变成压制式的了。后来大商业发展与分歧到了某程度的时候，皇家的保护差不多竟是不可能的了；所以当时的经济家要求废止了这制度，实有他们的道理。但是，当时的同业组合虽则不能适宜于这种新式的工业，虽则政府不能替代了同业组合的老规律，我们不能就说一切的规律在此后都是无用的了。只一层，旧式的同业组合应该变更一个形式，好在经济生活的新条件里继续地施行它的作用。可惜它不很灵活，未能乘时变更形式；所以它就被摧残了。因为它不能与那时发生的新生活同化，所以生活就与它分离，它也就像革命以前一般地成为死物，成为一种外体，它在社会的机体里只靠一种很微弱的力量维持着。所以也怪不得有一天它被猛然地迸出了社会机体之外了。然而我们想要适应它所不能适应的需要，把它废除了也不是一个法子。所以我们跟前还摆着这问题；而且因为现代各种试验都没有效果，大家正在暗中摸索的时候，这问题更加严重了。

　　社会学家的工作并不是政治家的工作，所以我们没有把变法的计划详细报告的必要。我们只须把从前的事实所显示给我们的途径的大纲说明就够了。

　　过去的经验告诉我们的，最首要的就是：职业集团的组织应该常与经济生活的组织发生关系。同业组合制度所以消灭者，就因为它缺少了这条件。因此之故，从前那自治区性质的市场既然变了国家的或国际的市场，同业组合也该跟着扩张。它不该再限于一城的工界，却该扩张至于包括在同一政权管辖之下散处的同一职业的各分子①;因为无论他们在什么地方执业,又无论居城市或居乡村,他们都是互相关连,过的是共同的生活。既然这共同的生活在某几点说起来是不归属于任何的区域的,我们就该创立一个相当的机关来表示这共同的生活,而且把它的作用弄成有规则的。因为范围推广了,这一个机关势必与团体生活的中央机关相接触而发生直接的关系。因为这些事件很重要,尽可以影响全国的工业,所以一定会发生些最普遍的反响;国家不能不感觉到,也就不会不来干预的。所以当大工业一出世的时候,皇家就倾向于把它收入自己权力的范围,这也怪不得他。这种活动的形式,就本身说,始终是能影响到社会的全体的,国家怎么能够不管呢? 但这管理的作用虽则是必需的,却不可流为一种窄狭的隶属式像17与18世纪的一般。这两个有关系的机关应该是分别的,是自治的:各有各的任务,而且只由自己管自己的任务。工业界的法制大纲是由政府的立法团体制定的,但政府不能依照种种不同的工业去立种种不同的原则。这立种种不同的原则的工作乃是同业组合的自身的责任②。这种全国的统一组织并不妨碍那些附属的机关成立。那些附属机关包括同一地方而且同一职业的工人们,它们的任务在乎依照地方的需要作种种特别的规定。这样一来,经济生活可以规定了,同时又不失了它的繁杂性。

---

① 我们用不着谈及国际的组织,因为市场既成了国际性,有了国家的组织自然会发展到国际的组织了。在现在看来,只有国家组织能成为法律上的组织。依照欧洲现在的法律状况,国际组织只能得到各个国家组织的自由协定而已。

② 这种专门的工作,须先选举出些议会,由这些议会代表同业组合去制定章程。在现代工业的状况之下,那些议会——那些执行职业上的规定的委员会也是一样——显然应该包括被雇人的代表与雇用人的代表,像工事仲裁委员会的情形一样;这要看众人的意见以为某一种工业的工、资两方的重要是否相等,然后按比例办理。但工、资两方虽则务必在同业组合的行政会议上相遇,然而同时又必要他们在组织的基础上各成立一些有分别的独立的团体,这因为工、资两方的利益往往对敌的。若要他们自由地认识他们的利益,必先令他们分头去辨认;所以先该创立工、资两方的团体,然后由两方各指定代表出席于公共的议会。

　　在过去的历史上,人家往往怪同业组合制度自然地倾向于一成不变,其实也怪得有理,但这么一来,却不是一成不变的了。从前的同业组合带有很狭的自治区性质,所以有这缺点。当它只以一个城市为界限的时候,它就像城市本身一样,须受传说的束缚。在这种狭小的团体里,生活的条件差不多是没有变化的,习惯对于人或物竟是没有反抗力的天王,大家甚至于怕新的事物侵进来。由此看来,同业组合里的守旧性恰是自治区的守旧性的背景,有的乃是同一的存在的理由。其后到了它的风俗毒中得太深了之后,这守旧性就永远存在;起初它出世是有原因的,后来那些原因消灭了,而它却还不曾消灭。因此之故,在一国的精神物质都集中了之后便生出大工业,在大工业出世了之后就令人们的心倾向于新的愿望,感觉新的需要,他们的嗜好与行为的样法都是非常善变,不像从前;然而同业组合还死守着它的老习惯,也怪不得它不能应付人类的新要求了。至于国家的同业组合,因为范围扩大而组织复杂的缘故,决不会遇着这种危险。既然有种种不同的心理在那里活动,所以决不会有一种固定的齐一性能够存在。在分子繁多而复杂的一个团体里,一定会不停止地发生许多重新整顿的事件,而这些事件却是从新潮流来的[1]。这样的一种组织的平衡性不会带有一点儿坚硬性的,因此它就能与人类的思想与需要的变动的平衡性相谐和了。

　　再者,我们不要以为同业组合的任务该是在乎规定些章程而且施行那些章程。固然,在一个团体成立的地方同时就有道德上的一种规律成立;但是团体的全部活动的表现方式有许多种,这种规律的成立仅仅是许多方式中的一种而已。一种团体并不仅仅是道德的权力所在,并不仅仅靠这权力制御它的诸分子,而且它也就是"生活本身"的源泉。在这团体里发出了一种热气,这热气便烘

────────────

[1]　见下文,I. II. Ch. III. § 4。

热了、煽活了各人的心,使人人各表同情,使人人消除了自私的心
理。所以在过去的历史上,家庭乃是一种道德与一种法律的创造
者,它的规律之严,甚至于流于酷烈;但同时人们在这环境里第一
次尝到感情流露的好滋味。同样,无论在罗马时代或中世纪,我们
也看见同业组合怎样感觉这种需要而设法适应这种需要。至于将
来的同业组合的职权便会更加复杂,因为它的范围扩大了的缘故。
现代的自治区与私团体的任务在将来便会加入了纯粹职业性的任
务。这些任务就是互助的任务;想要好好地履行这任务,必须那些
助者与被助者之间发生了连带性的感觉,而且须有精神上的齐一,
这是同业的人们所容易做到的。还有许多教育事业(例如专门教
育、成年教育等等),似乎也该在同业组合里有它们的自然的环境。
再如有些美的生活也该在同业组合里备有的;因为消遣与游戏的
高尚的形式应该与那庄重的生活并行发展,然后有所调剂,有所弥
补,这都是合乎事理的。我们试看现代的许多工团,它们固然是互
助的团体,同时也有些工团里建立了些公共的房屋,在那里组织了
些学校、音乐会、戏场。由此看来,同业组合的作用竟可以在最复
杂的形式下活动了。

　　我们甚至于可以假定同业组合可以适应现在的潮流,而成为
我们的政治组织的基础,或基础中的一个要素。实际上,我们曾经
看见它在开始时候虽则在社会制度范围之外,后来经济生活渐渐
发达,它也就渐渐混进了社会制度范围里来。一切的事实都容许
我们预料它继续地向同一的方向前进,将来还要在社会里占一个
更中心的、更重要的位置。从前它是自治区的组织的元素。现在
呢,当年的自治机关已经混入了国家机关里,也像自治区的市场混
入了国家市场里,我们不是应该设想将来同业组合也跟着变了形
式,成为国家的元素,成为政治的基本单位吗?今日的社会,还是
许多并列的地方裁判区所合成的团体;然而将来它会变为一种国
家的同业组合的广大的制度。现在各方面都要求把那些选举会的

组织法更改,不再按地方区分,却按职业区分,换句话说就是每一种职业自成一个选举会;这么一来,我们相信那些政治会议更能确切地表现各团体的利益的复杂性与相互间的关系;因为这样的会议才是社会生活的全部更忠实的缩影。但是,我们既然说国家为着认识自己起见就应该由各职业集合而成,这岂不就是承认那同业组合——有组织的职业——应该是民众生活的主要机关吗?

我在下文说及欧洲的各团体组织法——尤其是法国的——有很重要的缺点①,假使这么一来,那缺点就可以弥补了。将来我们一定可以看见我们在历史里一天一天的前进,那以地方为单位的团体组织(村镇或城市、州县、省,等等)就会一天的消灭了。固然,我们各自归属于某一自治区,归属于某一州,但是那系属我们的绳子却一天一天的变为脆的松的了。这些地理上的区分有一大半是人工的,不能引起我们的深切的情感。爱省的心理已经一去不返了;恋乡的心绪已成陈迹,令人不能如意地挽回。现在自治区或本州的事情并不再能十分打动我们的心,除非那些事情同时也就是与我们的职业上的事情有关的。这些团体太小了,我们的活动范围太大了;再者,在地方上所发生的事情有一大半是不能令我们关心的。这情形竟是社会的旧组织法的自然的衰落。然而这种内部的组织消灭的时候是不能不有替代它的东西的。一个由无数的没有组织的个人所集成的社会,由一个变态发达的国家勉强维持着,在社会学家看来,真是十分可怪的现象。原来团体的活动始终是很复杂的,太复杂了,便不是国家的唯一的机关所能表现;再者,国家与个人相隔太远了,二者之间的关系是表面的,是时断时续的,所以不能深切地透进了各个人的心坎,因此也就不能使他们在心灵的内部团结起来。因此之故,国家既然是人们的共同生活的唯一的环境,就免不了他们要与这环境脱离,而且个人与个人互相脱

① 见下文。

离,同时社会也就解体。如果为维持一个国家,必须先在政府与个人之间加上了一类从属的团体,这些团体与个人们较为接近,就能把他们用力地吸引进了团体活动的范围里,也就能因此把他们引进了社会生活的全潮流里。刚才我们已经说过职业集团是怎样适宜于这任务的,而且一切的现状都把职业集团催到这任务上去了。因此我们知道职业集团必须逃出了一世纪以来它所处的不确定的、没有组织的状况,尤其是在经济的秩序上说,因为这一类的职业在今日是能吸收团体力的一大部分的了①。

由上文所论,我们也许能更确切地申说我的《自杀论》篇末的结论了②。自杀的进步与其他的症候关连,成为现代生活的不宁;我在《自杀论》里曾经提出一种有力的组织做医治的一个方法。有些批评家觉得我的药方并不与那病症的范围相当。这因为他们误会了同业组合的真性质,误会了它在现代的团体生活里所占的地位,而且不明白它所以消灭的那种非常不逻辑的状况。他们只看见一种专讲利益的会社,会社的效力仅在乎好好地整顿经济上的利益,其实它却该是我们的社会组织的主要元素。在这现代的民众组织里没有任何的同业组合,就可以令社会成为空虚的,其关系的重要不是言语所能形容的了。我们所缺少者,乃是共同生活的很规则的作用上所不可缺少的机关的一种制度。这样的一种关于组织上的毛病显然不是一个地方的病症,不是限于社会的一部分

---

① 再者,我们不是说地方的区分应该完全消灭,只不过退在次要的地位而已。新制度来的时候,旧制度决不会消灭至于不留一点儿痕迹。旧制度的留延,不仅为的是苟延残喘,而且还因为它能适应某几种需要。物质上的邻近始终是能在人与人之间成立一种联络的;因此,以地方为基础的社会的与政治的组织当然还能存在。不过,将来这种组织不会像现在这样重要了,这恰恰因为地方的联络力渐减了。再者,在上文我们说过,甚至于在同业组合的基础上,我们还可以找见地理上的区分。还有一层,在同一的地方上的种种不同的各同业组合之间,将来当然还有一些连带性的特别交际是时时需要有相当的组织的。

② 参看《自杀论》第434页及其下各页。

的；却是一种普遍的病症，能影响到社会组织的全部的。所以如果我们只向一处投药，结果也必至于牵动最大的范围。因为这是社会全体的健康的普遍的关系了。

　　然而我并不是说同业组合是一种万应灵丹，可以适用于一切的。我们所患的病症并非仅仅有一个病源。想要社会的病痊愈，单靠把任何的一种规定应用于那该应用的地方还是不行的；此外还要那规定是当然的，换句话说就是公平的。然而像我在下文所说的："只要世上还有一出世就穷与一出世就富的人们存在，世上就不会有公平的规定。"也就没有社会地位上的公平的分配①。但是，同业组合的改造虽则不能脱离他种改造而成为良药，然而治病的第一条件却是同业组合的改造。我们试假定：我们理想中的公平的根本条件实现了，人类在生活上是进了完全经济平等的好状况里了，换句话说，财产完全不再受遗产制的支配了。然而我们所争论的种种问题并不因此就得了解决。实际上，将来一定还有一个经济的机关，有种种人员去助成这机关的作用；那么就应该确定他们的权利与义务，而且每一个工业的形式之下该另有一种权利与义务的分别。在每一种职业里应该有一个立法的团体，由这团体规定工作的数量，各部职员的公平的报酬，以及他们相互间应尽的义务与对于团体应尽的义务等等。那么，将来的时候，我们还会像现在一般地只看见一种尚待整理的状况。在财产不按今日的原则去传授了之后，社会并不因此就免了紊乱的状态；因为关系并不仅仅在乎把事物由甲处移至乙处或由某甲的手里移到某乙的手里，乃在乎那以这些事物为根据的一种活动力不曾受了规定；而且将来到了有规定的必要的时候它也不会凭着魔术自己规定的，除非在事前先把那规定所必需的力量养成而且加以组织不可。

　　还有一层：将来到了那时候，会有种种新的困难发生，假使没

────────────

① 参看卷三第二章。

有同业组合的组织,这些困难便无从解决。实际上,从古代直至现在,是家庭凭着团体的产业制度或遗产制度保存着经济生活的连续性:若不是由家庭用一种不分彼此的方式去管领与经营那些产业,就是——在家族共产的老制度被推翻了之后——由最亲的亲属在产业的主人死后代表家庭去接收那些产业①。在第一个情形之下,甚至于不因人死而有接替的手续,那些事物与人们的关系仍如从前,竟不因世代更新而有所改变;在第二个情形之下,接替乃是机械式的接替,我们并不看见在某一时间内那些财产是空闲的,是没有人利用的。现在的家族团体虽不该再执行这任务,我们是应该有另一种社会机关代它执行这必需的任务的。因为只有一个法子可以使财产的作用不致一时中断,而这法子就是由一个像家庭一般地永存的团体自己把那些财产管领与经营,或在每一个人死亡的时候把财产接收而传授于某个人,由那人经营这些财产。然而我曾经说过——我还要再说——国家是怎样不能胜任这经济上的任务的,因为这事太属专门了。然则只有职业团体可以很有利地执行这任务了。实际上,职业团体可以适应两种必需的条件:它与经济生活的关系太密切了,不能不感觉到一切的需要;同时它又至少有像家庭的永久性。但是,要执行这任务,先要有这团体的存在,而且要它已经有了足量的恒久性与成熟性,然后能胜任这压在它身上的新的而且复杂的任务。

由此看来,同业组合问题虽则不是民众所该注意的唯一问题,然而再也没有其他的问题会比这问题更重要的了;因为除非等到这问题解决了之后才能开始讨论其他的问题。我们想要建设新法律,便需要一个新机关,否则稍为重要的任何变法的工夫都没法子进得法律的范围里。因此之故,如果现在我们就很确切地研究新

①　固然,在遗嘱存在的时候,财产的主人可以自己确定他的财产该传授给谁。但是,遗嘱只是主人所有的对于遗产律的违反权;而这遗产律却是传授财产的正则。再者,那些违反权往往很有限制的,而且都只算是例外罢了。

法律该是怎样的,这是徒劳无功的事情;因为在此刻我们的科学知识的状态之下,我们如果先着手制法,结果一定只得到很粗的而且始终可疑的估定而已。所以最重要的乃在乎即刻开始从事于建设道德的力量;只有道德的力量能使新法实现而加以确定啊!

初版原序

这书乃是用实证科学方法去研究道德生活的事实的一种努力。然而人们用"实证科学方法"这名词的时候已经失了它的真意义，不是我所谓的实证科学方法。在平常的伦理学家，他们演绎他们的学说的时候，不是从定义推到实际，却是从一种或几种实证科学像生物学、心理学、社会科学之类里，借取一些理论来把他们的伦理学弄成科学化。这一种方法却不是我所采用的。我不想在科学里抽出伦理学来，却想在伦理学里求科学，这就是很不相同的了。道德上的种种事实也是自然界的现象，与其他各种现象一般；它们存在好些行为的规律里，而这些规律乃是有些明显的特征的；所以我们应该能够观察它们，描写它们，区别它们，同时还可以找些法则来解释它们。我就按照这方法去对付道德上的事实中的某几种。我晓得人家会用有自由的存在来非难我。但是自由固然包括有对于一切的定律的否认，然而它并不仅仅对于心理上的与社会上的科学是一种不可克除的障碍，却是一切科学的障碍；因为人类的意志常与外境有关连，所以一有了自由为障碍，则关于我们心内与身外的因果一定说皆成为不可解。但是，这并不能否定自然科学的可能。同样，这也不能否定我们这科学的可能，而我就有用这科学方法的权利①。

　　这样解释起来,这科学并不与任何的哲学对立,因为它另占一个地方。伦理学上尽可以有些超越点是经验所不能达到的,那就要归形而上学家去研究了。然而最可信的乃是:伦理学在历史上是发展的,而且是受历史的因果的影响的;它在我们这有时间性的生活里是有一种作用的。它在甲时代是甲种样子,在乙时代是乙种样子,这就因为那时代的人类所赖以生存的条件不容它成为其他的样子。我们试看条件变时它就跟着变,而且它只在这情况之下才变,这就是一个确证了。我们在今日决不能相信那初民时代的含混不明的思想仅仅跟着日月迁流便自然而然地渐渐发展为明了的思想,而成为今日的道德上的进化。古罗马人对于人道主义的观念所以不像今日我们的观念更广者,这并不因为他们的聪明有限以致有那谬误的观念,而是因为这样的思想是与罗马时代的政治性质是不相容的。我们的世界大同主义不能在那时代产生,就好像一种植物不能在那不足以滋养它的土地上发芽;再者,如果那时候发生了这主义,却是致死的主义。反过来说,后来这主义所以出现者,这也并不是哲学上的发明,只是我们的心灵里发现了他们所不认识的真理,这因为社会的组织上起了变化,以致风俗非起变化不可。由此看来,伦理学所以成立、所以变化、所以维持,都是人类的经验的理由之所致;而伦理学所担任的工作也就仅仅是确定这些经验的理由。

　　但我们虽则说首先要研究事实,这并不是说我们就放弃了改良的责任:我们以为假使这研究仅仅是理论方面的关系的,那就不值得我们用一小时的工夫。我们所以很小心地把理论的诸问题与实践的诸问题分开者,这并不因为我们忽略了实践的问题;恰恰相

---

① 人家曾经怪我把自由问题看得太小了(Beudant, Le Droit individuel et l'Etat, p214),其实我并不轻视这问题。我所以撇开这问题者,只因人家无论怎样解决它,也不至于妨碍我的研究。

反,我们以为这么一来,才更容易把实践的问题解决了呢。然而在人们的习惯,往往是责备那些担任以科学方法去研究伦理学的人没有建设一种理想的能力。人家说他们尊重事实就不能超过事实;说他们只很能够观察现在的事物,而不能供给我们在将来的行为的标准。我希望这书至少可以推翻这一种成见,因为人们可以在这书里看见科学能助我们找着我们所该趋向的路途,而且能助我们把现在我们模糊地倾向的理想加以确定。不过,我须在观察了事实之后才能提出这理想,而且我随即撇开不提,然而我能够不这样办吗?纵使是最无节制的理想家,他们也不能采用另一种方法,因为如果他们不以事实为根本,他们的理想就无所寄托。我与那些理想家的区别仅是:他们研究事实是用很简略的方法的,甚至于往往只建立他们的一种感触——一种心灵上颇强烈的愿望,这却不是一种事实。他们把他们的理智倾向在一种命令式之上,同时又叫我们也把我们的理智倾向在那上头。

　　人家非难我,说观察的方法缺少了用收集来的事实判断的规律。然而这规律乃是从那些事实的自身上显现出来的,在下文我还有机会说出证据来。先说,有一种道德上的健全状态是唯有科学能够很适当地确定的,然而这健全状态并未完全实现,我们要达到这状态时,已经是一种理想。再者,社会的组织变时,这状态的种种条件也就起了变化;我们所急待解决的重要的实践问题恰在乎重新依照环境的变化而确定这状态。科学这东西,它把那状态所经过的变化的规律告诉我们,同时还能使我们预先知道现代正在发生的变化——也就是新事物所需要的变化。如果我们晓得社会变为更广大更稠密的时候财产权的进化是向哪一方面的,又如果广大与稠密的分量增加以至于有新的变化的必要,我们就可以预料那些新的变化,因能预料之故,我们就可以预先要那样做去。总之,在我们以常态的方式与那方式的本身比较——这是严格的科学方法——的时候,我们可以发现它并不完全与它自身相适合,却包含有些矛盾性,换句话说就是包含有些不完善的地方,因此我们就会设法淘汰或矫正那些不完善的成分。这就是科学贡献给意思的一个新目标。——但是有人说:科学虽有先见之明,却不能发命令。真的,不错;科学只告诉我们生活上的需要而已。但是,假定人类是愿意生存的,我们怎能不看见一种很简单的工夫即刻就把法律改变了而成为行为上的命令式的规则呢? 这么一来,它固然会变为艺术,然而由这改造的工夫以至于艺术,其间并没有中断的余地。只有一个问题应该晓得的,这就是:我们该不该愿意生存? 然而我以为关于这问题,科学也不是不能告诉我们的①。

　　但是,伦理学虽则不令我们成为对于事实不关心或忍耐的旁观者,同时它又教我们非常谨慎地对待事实,使我们的精神成为持重的保存的精神。人家怪有些自称科学的理论只是破坏的、革命的,其实也怪得有理;然而这就因为那些理论只有科学的虚名。实际上它们是建筑的,却不是观察的。它们在伦理学并不看见那些应该研究的事实的全部,却只看见某一种的法制可以由思想家任意掉换的。那么,人类实际上的伦理却被看做种种习惯的集合,或种种成见的集合;而这些习惯与成见如果不适合于主义就算是没有价值的;而且,这主义所从来的原则既然不是从种种道德上的事实的观察里绅绎出来,而是从其他的科学里挪借了来,所以它不能不与现存的道德的许多点发生冲突。然而我们是决不会犯这危险的,因为我们眼里的道德乃是世上已实现的种种事件的系统,是与全世界的全系统相连的。我们须知,一个事件是不能一转手就变了的,纵使在值得希望它变化的时候。再者,它与其他的事件既是有连带性的,它一受了变动,其他的各事件也非受变动不可;这一套的影响的结果是很难预先计算的。所以在这样的种种危险之

————————
① 见下文卷二第一章。

前,最有胆量的人见了也不得不谨慎。总之,尤其是一切的关于生活的事件——道德的事件——如果不能为某种的用途,或应某种的需要,往往就不能持久;所以,在它还能存在的一天,我们就应该尊重它。固然,到了某时候它不是它所当然的样子,我们就该干涉,这话刚才我已经说过了。但是在这情形之下,干涉是有限制的:我们干涉的方法并不在乎把在那当权的道德部分的下面或旁边的诸部分造成一种道德,却在乎把那当权的加以矫正或加以一部分的改良。

人们往往要在科学与道德之间创立一个相对论,这是可怕的议论,在这议论里那些神秘论者时时要把人类的理智埋没了。然而依上文所说,这议论就不能成立了。要规定我们与人的关系,我们不需要找别的方法,只用那规定我们与物的关系的方法就是了。我们的思索,如果能很有方法地应用,尽够对物,也尽够对人。能把科学与道德调和的乃是伦理学;因为伦理学在教我们尊重道德的事实的时候,同时就供给我们许多方法去改良道德。

所以我以为读我这书的人应该不怀疑,不必口是心非。不过,读者应该预备在这书里遇着好些与社会上的成见冲突的议论。我们既然觉得须要了解我们的行为的理由,所以我们对于道德的思索就远在道德变为科学的对象以前了。因此,关于表示或解释道德生活上的种种主要事件的一种方式竟成了习惯上的,并没有什么所谓科学方法了;因为那方式是偶然成立的,没有方法的,是由粗浅而简略的试验而成的,再说苛刻些就是过路的。如果我们不能超出这类的成见,我们就显然不会晓得以后的种种观察点;因为科学无论在这里或在别处都需要精神上的完全的自由。这类由久远的习惯养成了的观察的方式乃是我们所应该矫正的;我们应该严格地受"有方法的怀疑"的训练。而且这怀疑乃是没有危险的;因为我们并不是怀疑道德的事实——这并不在问题内,却是怀疑一种不着实地的一种思索所生的说明。

　　我们应该不容许任何的说明不建立在切实的证据之上。我在这书里用了许多方法,都为的是尽量地使我的说明更加确切。要把一类的事件归在科学里研究,并不是细心地观察、描写、区分就算了的;而且还有最难的一种工夫是应该做的,这就是笛卡儿所谓找着"科学所在的斜线",换句话说就是在事件上发见某种客观的元素,而这元素乃是有确定性的,最好是有分量的,如果可能的话。我已经努力实践这一切科学所应具的条件。读者尤其是可以看见我怎样从法律的系统上研究出社会的连带性来;而且,在寻找原因的时候,我又怎样撇开了一切个人的私见与主观的批评,这为的是达到社会组织里的一些很深藏的事实,因为深藏的恰可以是观念的对象,再申说就是科学的对象。同时,我决定放弃了社会学家所常用的方法;原来他们为着要证明他们的议论,就仅仅乱七八糟地把有利于他们的学说的事实——无论重要不重要——都援引了来就算了;至于那些与他们的学说相反的,他们便不管了。我却不然,我注意到建设真的实验,换句话说就是做种种有方法的比较。但我尽管用了种种的提防,这一些尝试当然还是很不完善的,然而无论缺点怎样多,我还以为有尝试的必要。实际上,治科学只有一个法子,这就是"用方法去大胆地尝试"。固然,如果原料缺乏,就没有尝试的可能。但是,如果我们以为做尝试的工夫的最好的方法乃在乎先耐心地收集一切的材料,那么我们的希望始终只是希望;因为我们要晓得我们所需要的是哪几种材料就先须知道那方法是怎样的与那些需要是什么需要,进一步说,就先须有方法的存在才行。

　　至于说到这书的根本问题,这就是人类的个性与社会的连带性的关系。为什么个人一天一天的变为自治的,同时又一天一天的更密切地隶属于社会呢? 为什么个性渐渐发达,同时连带性也渐渐发达呢? 这两种活动力虽则像是矛盾的,然而它们并肩前进竟是不容反驳的事实。这就是我所提出的问题。我似乎觉得关于这一种表面上的矛盾的解答就是社会的连带性的变化,而这变化也就根据于社会的分工一天比一天发达。因此之故,我就以社会分工为我的研究的对象了①。

①　我不用说,大家都知道社会连带性的问题已经由 Marion 先生在他的《道德的连带性》(Solidarité Morale)一书的第二篇里论及了。但是 Marion 先生是在另一方面研究的,他尤其是要证明连带现象的真相。

导　言

——问题之所在

　　虽则社会的分工不是昨天才发生的,然而直到前世纪的末期社会上才认识了这一个规律;从前的社会分工,差不多是不知不觉地做了的事。固然,自从很古以来,许多思想家就看见了分工的重要[①],但只到了史密斯才把它立为理论。再者,这名词也是他创立的,后来社会科学便把它借用到生物学上去了。

　　在今天,这现象已成为很普遍的现象,以致人人的眼睛都看得见了。我们再也不会误会了现代的工业的倾向;它渐渐倾向于有力量的机器与有财有势的大团体,因此也就倾向于极端的分工。非但各小工厂内部的种种职务是专门的,是分而又分的,而且每一个大工厂的自身也就对于其他的大工厂成为专门。史密斯与穆勒还希望至少农业还在例外,而且他们认农业为小资产的最后躲藏所。在这样的一个问题上,我们虽则不该过量地把它普遍化,然而我们在今日似乎很难否认农业上的各重要部分都渐渐被引入普遍的趋势中了[②]。最后说到商业的自身,它也努力要追随而且在种种不同的颜色里反映那些企业上的无限的殊异性;在这趋势自然而然地进化的时候,那些经济家察验它的原因,估定它的结果,非但不非难它、不攻击它,而且说我们有这种需要。他们还在这上头看

---

①　见 Ethique ā Nicomaque, E,1133,a, 16。
②　见 Journal des Économistes, Novembre 1884, p211。

见人类团体的最高律与进步的条件呢。

　　然而分工并不是经济界所特有的情形,我们在社会上那些最不相同的环境里都可以看见分工的发展的趋势。政治上的、行政上的、司法上的种种职务也一天一天的趋向于专门。此外如艺术上的与科学上的职务也是如此的。我们的时代,早已不是以哲学为唯一科学的时代了;科学已经分散为许许多多的特别规律,而这些规律各有各的对象、方法、精神。"每隔半个世纪,科学上的重要人物更变专门了些"①。

　　甘朵尔先生在研究最近两世纪以来那些最著名的大学者的学问的性质的时候,他注意到来布尼疵与牛顿的时代每一个大学者"差不多总须有两三个头衔,例如天文学家兼物理学家,或数学家兼天文与物理学家,否则就须用普通的名词把他们称做哲学家或自然科学家。而且这样的称呼还不够用。那些数学家与自然科学家有时候又是博物家或诗人。甚至于到了18世纪的末期,福尔夫、哈列尔、查理·波奈诸人,都在科学界与文学界的许多门类里有大贡献,我们还需要许多头衔才能很恰当地称呼他们。到了19世纪,这困难不复存在了,至少可以说很少遇见了"②,学者们非但不再同时治几种不同的科学,而且他们的学问甚至于不包括一种科学的全部了。他们的研究范围只限于某一类的诸问题的确定范围里,甚至于只研究唯一的问题。从前的科学上的职务差不多总要兼另一种可以赚钱的职务——例如兼医生,兼神父,兼官吏,兼军人;然而现在的科学上的职务却渐渐可以自足了。甘朵尔先生甚至于预料今日的学者与教授两种职业虽则还很密切地相连,将来不久终有一天会永远地分开了的。

　　最近的生物学上的种种新发明已经使我们发见关于分工的一种事实。这事实是那些经济学家所不能料到的,后来他们才第一

---

①　见 De Candolle, Histoire des Sciences et des Savants, 2e édition. , p263。

②　Loc. cit。

次说起。自从福尔夫、王俾尔、爱都阿斯的工作以后，我们晓得分工的定律非但适用于社会，而且适用于生物的机体；我们甚至于可以说某生物的种种器官的任务越分得细微，则这生物在动物的阶级上越占很高的地位。这种发明的结果，一则把分工的作用扩大至于无涯，二则把分工的来源追溯至于远古，因为在世界有生物的时候差不多就有分工的定律了。由此看来，分工并不仅仅是从人类的意志与智慧里发生出来的一种社会上的制度；而是普通生物学上的一种现象，而且这现象的种种条件须在有机体的元素里才找得出来。所以我们现在只觉得社会的分工是这普遍的发达里的一种特别的形式，而社会凑合这一个定律只算是顺了一种潮流，这潮流比社会先存在，而且要把全世界的生物都吸引到同一的路上去。

在这样的一个事实发生的时候，显然不能不深切地影响到我们的道德上的组织；因为人类的发达将有两条大不相同的路途：我们顺着这潮流，是一条路；我们逆着这潮流，另是一条路。那么，一个紧急的问题便发生了：这两条路，我们应该要哪一条呢？我们的责任是应该努力变成一个完成的、无求于外的整个生物呢，抑或应该变成整个中的一部分、机体中的一个机件呢？简单说一句，分工虽则是自然界的定律，而是不是人类的行为的标准？如果是的，为什么是呢？而且界限如何呢？我们用不着细说这实践问题的重要了；因为无论人们对于分工的意见如何，人人都觉得它是而且渐渐变为社会的基础了。

这问题往往被关心于国家性的道德意识的人提起，然而他们把问题弄得太含混了，而且不能达到解决的目的。两种倾向都存在，却没有一种倾向是能对于另一种倾向占一种十分确实的优势的。

固然，我们似乎觉得社会的舆论渐渐倾向于把分工做成我们的行为上的带命令式的规律，而且把它看做一种义务。凡是逃出这规律之外的人们,虽则不受法律规定的一种明确的惩罚,却受社会的责备。我们的时代不像从前了。从前我们觉得所谓完善的人乃是晓得关心于一切的事物而不泥守着任何一事一物的,能够玩味一切、了解一切的,能够把世界最美妙的文化收集在他一人身上的。这种普遍的学问,在昔日是那样受人推尊,在今日我们只觉得是废弛无力的规则①。为着要对自然界奋斗,我们需要更健的才能与更能生利的力量。我们希望社会的活动再也不像从前那样分散在很宽的面积上,却集中起来,把它在面积上所失的在强度上收回。我们不信任那些太活动的天才;他们是无分别地适应各种的任务的,并不肯选择一种专门的任务而紧紧地守着。我们觉得我们不能表同情于那些万能的人们,他们唯一的念头乃在乎利用他们的一切的天资,不肯牺牲一些,同时也就没有什么确定的用途,这竟像各人应该无求于外,应该自成为一个独立的世界似的。我们似乎觉得这种分离的、无定的状态是有多少反社会性的。昔日所谓良善的人在我们看来只是以学问为消遣的人,我们并不承认他们的道德上的价值。而我们却赞成那些内行的人,他们并不求为完善的人,却求为生利的人,他们的工作是有定限的,他们是把全力用在这工作上的,他们尽他们的职务,他们用他们的恒心慢慢地去成就他们的事业。赛克列丹先生说:“求为完善的人,就是学会了自己的任务,也就是养成担任那任务的能力。我们的完善的程度不再在乎我们自己满意自己,也不在乎群众的喝彩或一个博学者的赞成的微笑,却在乎我们所尽了的职务的总数与我们再在职务的能力”②。因此之故,从前的道德上的鹄的在乎纯一,在乎简单,在乎非个性的;现在却一天一天的向繁杂的路上走了。我们不再以为一个人的绝对的责任在乎把普通人的一切美德都集在自己

① 人家有时候误解了这一段,以为我绝对地排斥一切的普遍学。其实按上下文看来,我只指古典学而言。古典学固然是一种普遍学,却不是唯一的普遍学。
② 见 Le Principe de la Morale,p189。

身上,却以为一个人尤其是应该具备对于自己的任务的种种美德。在种种事实之中有一种事实可以令人感觉得这意见的真确,这就是教育上的一天比一天专门的状况。我们渐渐以为必不可把我们的孩子们一个个都放在同一的教育之下,因为他们并不应该过同一的生活;我们却以为必须把他们造成种种不同的人才,好教将来他们能适应社会的要求而任种种不同的职务。简单说一句,在某一方面看来,道德认识上的绝对命令在今日乃是:"你应该养成很有益地担任一种确定的职务的能力。"

但是对于这些事实,我们还可以叙述其他的种种事实以致成为矛盾的论调。社会的舆论虽则赞成分工的定律,却有一种顾虑与踌躇。社会一面叫人们向专门的路上走,同时又似乎害怕人们成为太专门的了。除了夸奖强有力的工作的言论之外,还有指示分工的危险的言论,而且这些言论也一样地能够传远。谢逸说:"一个人永远只能做一枚扣针的第十八部分,这是多么伤心的事情;我们不要以为一个人只是一个工人,一辈子只该拿一把锉子与一把铁锤,因此就把人类的高尚的天性弄坏了;我们须知一个人是能锻炼自己所有的最灵变的天资的。"[1]到了本世纪的初期,勒蒙特把现代的工人生活与野蛮人的自由而宽展的生活相比较[2],他以为野蛮人的生活比现代的工人的生活可爱得多了。托克威尔(Tocqueville,1805—1859)也有严重的批评。他说:"分工制越能完全实行,技艺越进步,而技艺人越退步。"[3]在普通的情形里,每一个格言教我们向专门的路上走,同时也就好像与另一个相反的格言相连,而这格言却教我们一个个都趋向同一的鹄的,并且它在社会上还不曾失了它的权威。固然,依理说,这一种冲突并不足怪。道德生活也像肉体或精神的生活一般地能适应种种不同的需要,甚至于

---

[1] 见 Traité d'économie Politique, liv. I, Chap. VIII。

[2] 见 Raison ou Folie, Chap. sur l'influence de la division du travail。

[3] 见 La Démocratie en Amérique。

适应种种相反的需要；所以它的一部分由种种相矛盾的元素构成，而这些元素各守界限，互相平衡，乃是自然的道理。然而这一种显然的冲突也就够摇撼我们的国家性的道德意识了。无论如何，我们至少还应该能够解释这样的一种矛盾性是从何处发源的才好。

为着要确定这一种不确定的状态，我不肯用那些伦理学家的普通方法；当他们想要确定一种规律的道德上的价值的时候，他们就先把那道德的普通程式陈说一番，然后把他们所不赞成的言论拿来对质。然而今日人们是知道这种简略的普通说明的价值的了[①]。普通的说明被放在一种研究的开端，在种种事实的一切观察之前，它的目的并不在乎说明这观察事实的结果，却只在乎解释一种抽象的原理——用这原理去建立一种理想的法规。由此看来，某社会或某一种确定的社会模型所表现的主要的特征，并不由那普通的说明而给我们一个简单的概念；却仅仅表现那伦理学家对于道德的观念的方式。固然，在这一点，它还不失为教训的，因为它能教我们认识在其所论的时期内所发生的道德上的种种倾向。然而它只有关于一个事实的兴味，却没有科学的观点。在那一个思想家所感受到的个人的种种心愿里，哪怕那些心愿是怎样真切，我们决不能在那上头看见关于道德的真相的相当的说明。它只表现一些永远只是部分的需要，它只适应某种确定的而且特别的缺憾；这因为人心里习惯于一种幻想，便以为那缺憾是我们最后的而且唯一的目标。甚至于有许多时候，那普通的说明竟是病态的！我们实在没法子相信那种言论，至于那些客观的叙述却可以令我们估定实践道德的价值。

我们应该避免这种种的演绎，因为它们往往只被用来作为论据而证明一些成见与个人的感想。客观地审定分工的价值的唯一方法乃在乎先用纯然整理的工夫去研究分工的自身，先考求它的

[①] 在这书第一版的时候，我曾经反复地申说了许多理由，依着我的意见去证明这方法的无用。现在我觉得可以省略了些，因为有些辩论是不必无限的延长的。

用处如何,它是归属于什么的;简单说一句,乃在乎尽量地造成一种最确切的概念。经过了这手续之后,我们才能把它与其他种种道德上的现象相比较,然后看它与它们的关系如何。如果我们觉得它的任务是与那些在道德上与规则上都不曾被人批驳的某种成法的任务有相同的性质,如果我们觉得在某几种情况之下它所以不能任这任务者,只因发生了不规则的变迁,又如果我们觉得它的成因恰是其他某几种道德上的规律所赖以成立的条件,那么,我们就可以断定它是可以归入那几种规律的一类的了。这样一来,我们也不想要替代了社会的道德认识,也不敢夸说替它立法,然而我们可以给它一点儿光明而且减少了它的许多不知所从的苦。

我这书因此就划分为三个主要部分:

第一,我们考求什么是分工的作用,换句话说,就是它与社会的何种需要相当。

第二,我们然后去确定它所归属的种种原因与种种条件。

第三,假使它不常常逸出了常轨,它就不会被人们把这样大的罪归在它的身上,所以我就要把它所表现的种种变态的主要形式分别出来,以免变态的与常态的相混。这书再加上了这种兴味,这因为也像生物学一般,病态学可以帮助我们更易懂得生理学。

再者,人们对于分工的道德上的价值,所以有这许多争论者,与其说是因为大家对于道德的普通程式意见不同,倒不如说是因为人们忽略了下文所论的种种事实问题。人们在推想的时候,始终好像以为那些问题是显明的了,好像只须把我们各个人所有的概念分析起来就足以认识分工的种种原因、任务与其性质了。然而这样的一种方法所得的结论并不是科学的,所以自从史密斯以来,分工的学说并没有什么大进步。勘莫拉先生说:"继续史密斯的人们很少惊人的见解,他们只固执地找他们的例子,陈述他们的观察点直至于那些社会主义者扩充了他们的观察的范围,把现代工厂的分工制与 18 世纪的工场的分工制相比较的时候。甚至于在这一点看来,分工的学说发达的样子并不是有秩序的,深切的;其间有几个经济学家对于平常的真理有些观察或有些专门的观察,但这也不能特别地帮助这些思想的发展。"[①]为着要客观地认识分工制,并不是把我们对于分工的意见的内容发挥透彻就算了事的,我们还应该把它认为一种客观的事实,然后去观察与比较。这么一来,我们将见这些观察所得的结果是往往与我们的情感所启发的结果不相同的[②]。

---

①　见 La Division du travail étudiée au point de vue historique, in Revue d'économie politique 1889, p687。

②　自从 1893 年以后,有两部书出世——或可说是在那时方给我们知道有那两部书。我这书所研究的问题是与那两部书有关系的。第一部是 Simmel 先生的 Sociale Differenzierung(Leipzig, VII-147 p);在那书里,他并不特别地研究分工问题,却只用普通的眼光去观察个性的发达。第二部是 Bücher 先生的 Die Entstehung der Wolkswirtschaft,最近译成法文名为《政治经济与历史的研究》(Etudes d'histoire et d'économie politique, Paris, Alcan, 1901),其中有几章是研究经济上的分工的。

卷一　分工的作用

第一章　对这作用下定义的方法

"作用"这一个字有两种颇不相同的用途。有时候它是指生活必需的种种动作的系统而言，这是不管那些活动力的结果的；有时候它却是指那些动作与机体上的几种需要之间的相当关系而言。因此之故，人家常常说"消化作用、呼吸作用"等等，但是人家也说消化的作用在乎把那些滋补的固体与液体同化在机体里；又说呼吸的作用在乎把生活必需的养气输入生物的机体的各元素里等等，在本书里，我对于"作用"一字是用第二个意义的。在我自问什么是分工的作用的时候，我就是研究它与什么需要相当；等到了这问题解决了之后，我们就可以知道这种需要的性质是否与那些在道德性质上不受排斥的其他各种行为的规律所适应的种种需要的性质相同了。

我所以采用这名词者，因为其他的名词都有不恰当或不清楚的毛病。我不能用"目的"或"对象"两名词去陈说分工的终点，因为这么一来，就假定分工的存在的目标只在乎我们所要指定的几个结果了。"结果"或"效果"两名词也没法子更令我们满意，因为它们并不能表示相通的意思。反过来说，"任务"或"作用"两名词却很有包含这意思的好处，然而并不在事前就要晓得的这相通的状态是怎样成立了的，也不管它的结果是事前有意的适合呢还是事后的凑合。我们须知,最要紧的乃在乎晓得这相通的状态是否存在,存在什么地方,我们并不问它是否在事前被人感觉着呢还是在事后才被人感觉着的。

一

在起初的时候,我们觉得要确定分工制的任务乃是世上最容易的事情了。它的努力不是人人所已经知道了的吗? 因为它增加生产力量,同时又增加工人的技巧的缘故,所以它是社会的精神上与物质上的发达的必需条件,它是文化的源泉。再者,人们既然颇甘心给予文化一种绝对的价值,也就不想到要在分工制里再找另一种作用了。

若说它真有了这效果,在这一点,我们是不能辩驳的。但假使它没有其他的效果,没有其他的用处,我们就没有什么理由把一种道德上的性质加在它的身上了。

真的,在这一点,它的效果差不多完全与道德生活不发生关系,至少可以说只有很间接的而且很疏远的关系。虽则今日大家习惯了把相反的意义的诗歌去对答卢骚的诗歌,这却丝毫不能证明文化是道德上的一种东西。要解决这问题,我们不能满意于用观念去分析,因为那些观念势必是主观的;我们应该认识一种事实,要这事实是足使我们能够测量那中庸道德的水平线的,然后我们观察它在文化进步的时候怎样变迁。不幸我们缺少了这测量的单位,然而我们却有一个测量的单位去测量团体的不道德。在某一社会里,自杀案与一切的罪案的平均数实在可以用来表示社会不道德的高度。我们须知,我们虽则做实验的工夫,而这实验并不怎样能增进文化;因为艺术、科学、实业一天比一天发达,这些病态的现象的数目也就一天比一天增加①。固然,假使我们根据这事实

---

① 见 Alexander von OEttingen, Moralstatistik, Erlangen, 1882, §§ 37et suiv. —Tarde, Criminalité comparée, ch. Ⅱ (Paris, F. Alcan.)。又关于自杀,见本书卷二第一章第二节。

就断定文化是不道德的,这也未免轻易下断语了;然而我们至少可以相信文化对于道德生活虽则有实际上的好影响,而这影响却是很微弱的。

再者,如果我们用这定义不恰当的一种复杂性——人家所谓文化——分析起来,我们就可以发见那些合成这复杂性的诸元素里是不带任何的道德性的。

这一层,在那常随文化的经济活动力里更是真相。虽则它能助道德的进步,然而罪恶与自杀案发生最多的地方却是实业最发达的中心点。总而言之,我们不能在这活动力里找着些表面的特征去证明些道德上的事实,这是毫无疑义的了。我们曾经把火车替代了公共马车,把轮船替代了帆船,把大工厂替代了小工场;这一切活动力的发达在普通是被认为有用的,然而在道德上看来,竟没有一样是强迫的。技艺人与小实业家,他们逆着这普遍的潮流,死守着他们的小规模的企业,比之一个大资本家把些工厂掩盖了全国,把成群的工人都收集在他一人的命令之下,在道德上看来,这两种人是一样地能尽他们的义务的。国际的道德意识是不会错的:全世界一切的工业上的大进步还比不上小小的一点儿公理。固然,工业的活动力不是没有存在的理由的,因为它能适应许多需要;然而那些需要却不是道德上的需要。

最有力的理由乃是:艺术是与一切相似于强迫的东西绝对相反的,因为它是自由的领土。这是一种奢侈品,获得也许是好的,然而我们却没有务求必得的义务:凡不是生活所必需的东西也就任人有要不要的自由了。至于道德却恰恰相反,它是必不可少的最低限度,它是必要的义务,它是每日的面包,少了它呢,社会就不能生存。艺术所适应的需要乃是我们无目的地就我们的活动力扩张的一种需要,我们只为扩张的快乐而扩张;至于道德呢,它却强迫我们沿着一条确定的路途去达到一个确定的目的,所以说义务的人同时就说强迫。因此之故,艺术虽则可以被一些道德思想激发或混入那些纯然道德上的现象的进化里,终不算是本身带有道德性的。甚至于观察的结果也许可以证明——在个人或社会都是一样的——美术的能力的过度发达在道德上看来却是一种重大的病态。

在文化的一切元素当中,仅有科学在某几种条件之下是表现一种道德性的。实际上,社会渐渐倾向于借那些已成定论的科学上的真理去发展个人的智慧,大家认这是个人的一种义务。自从现代起,世上有某几种知识是我们所该完全具备的。我们不一定要投入大工业的战团,我们不一定要做一个艺术家;然而现代人人都认为不该永远做无知识的人了。大家十分感觉得这是一种义务,所以在某几种社会里它非但受舆论的批准,而且还受法律的规定。再者,要约略地看见科学所以特具道德性的来由,并不是不可能的事。原来科学只是提到了最高点的光明上的意识罢了。我们须知,若要社会能在现代所需要的生活条件里生存,就须使个人与社会的意识范围都更加扩张,更加光明。吾人生活所在的环境既然渐渐复杂,因此也就渐渐善动,为着要社会的生命延长,就非常常变化不可。再说,意识越暧昧,就越不善变,这因为它不能很快地看见变化的必要与变化的方向。反过来说,光明的意识就晓得在事前预备适应变化的方法。因此之故,由科学领导的智慧是必须在团体生活的潮流里占一个最大的部分的。

不过,一切的人们这样被要求去获得的科学并不怎样值得叫做科学。这不是科学,至多只算是共同部分的科学与最普通的科学。实际上,它被减为很少数的一些必需的知识;而这些知识所以被一切的人们要求者,无非因为这是一切的人们的能力所及的。真所谓科学乃是绝对地超过这庸俗的水平线的。科学的范围,非但包括"不知道就可耻"的,而且包括一切"可以知道"的。在治科学的人们当中,它非但要求一切的人们所具备的普通能力,而且要求一些特别的天才。再说,它既是俊杰才能接近的,就不是义务的了;这是一种美的而且有用的东西,然而它并不是重要到令社会像命令一般地要求它的地步。有了它,固然是有利益的;没有它呢,也并没有不道德的地方。这是一个行为的园地,人人都可以进去的;然而没有一个人是被强迫进去的。一个人非但不一定要做一个艺术家,而且不一定要做一个学者。由此看来,科学也像艺术与工业一般地是在道德范围之外的了①。

在文化的道德性上,所以有这许多的争点者,这因为那些伦理学家常常没有客观的标准去分别那些道德事实与非道德事实。人们习惯了把一切稍为有高尚性的或稍为有价值的事实与稍为高超的心愿的对象都称为道德;因为道德这一名词有了这过量的广义,所以人家就把文化放进了道德的范围里。然而伦理学的范围并不是这样不确定的;它包括一切行为的规律,这些规律是用命令式施于品行上的,而且是有制裁跟随着的,除此之外,没有更远的范围了。由此看来,在文化里既然没有什么可以表现这标准的,可见文化与道德是无关系的了。再推论下去,假使分工制的任务仅仅在乎使文化成为可能的,那么,它也就与道德不会发生关系,而只处在中立的地位了。

这因为人们在普通并不看见分工制有其他的任务,所以人们关于这一点的理论就这样不固定了。实际上,纵使道德上有中立界线的存在,分工制也不会在这界线内的②。如果它不是好的,它就是歹的;如果它不是道德,它就是道德的破产。由此看来,如果它没有其他的用处,它就堕在不可解决的矛盾论里,因为这么一来,它所表现的经济上的种种利益都会被道德上的种种障碍抵消。在这同性的而且不可比较的两种数量当中,我们既然没法子以甲减乙,就不会晓得甲种利益多呢还是乙种利益多,因此我们就不晓

---

① Janet 的《道德论》(Morale,P. 130)里有云:"与真比较起来,善的主要特征乃在乎是义务的。真的本身没有这特征。"

② 因为它与道德上的一种规律是矛盾的。

得怎样打主意了。人们固然可以借口于道德的重要而根本地排斥分工。然而这"最后的论据"终是滥用科学的权威,而且社会既显然需要专门人才,这一个论据的地位就是不可维持的了。

　　还有一层:如果分工制并不履行其他的任务,它非但没有道德性,而且我们看不见它能有什么存在的理由。实际上,我们因此就可见文化并没有固有的而且绝对的价值;其所以有价值者,只因它能适应某几种需要罢了。在下文我再详说这意见①,现在先说那些需要的本身恰是分工的结果。因为分工制越发达,人们的劳苦越增加,要补救这劳苦,吾人就不能不寻找文化;文化的增加也就是补剂的增加,否则文化对于人类有什么关系呢? 由此看来,假使分工制除了适应这些需要之外并不适应其他的需要,那么,它的作用仅仅在乎减轻了它自己所产生的效力,在乎敷搽它自己所造的伤口而已。在这种情形之下,遭受分工制也许是不得不然的,但我们再也没有希望要分工制的理由,因为它所贡献的功劳却为补救它自己所致的损失而抵消了。

　　这一切都令我们不得不替分工制另找一个作用。我们只观察几个事实,就可以解决这问题了。

二

　　人人都晓得我们爱与我们相似的人;无论是谁,只要他的思想感觉与我们相同,我们就爱他了。然而与此相反的现象也不是少见的。有许多时候,我们觉得我们的心倾向于那些与我们不相似的人们,恰恰因他们与我们不相似,所以我们爱他们。这些事实,在表面上是这样矛盾,以致那些伦理学家常常踌躇,不能决定情谊的真性质,时而以为是这一种原因,时而以为是那一种原因。希腊人早已提出这问题了。亚里士多德说:"情谊引起了不少的争论。

----

① 　见卷二第一章与第五章。

依甲方面的人说,情谊是在某种相似点发生的,相似然后相爱;所以谚语有云'相似者相近',又云'桦鸟找桦鸟',还有其他同类的谚语。然而依乙方面的人说,一切相似的人们相视如制陶器的人。还有些说明是从较高的地方找出来的,而且是观察自然界所得的。所以爱里丕特说干燥的土地爱雨水,同时那天上的黑云也就大发爱狂,奔向地下。爱拉克利特也说相对才能相合,说最好的和谐乃是从不同之处生出来的,又说不和乃是'变成一切'的定律。"①

　　这两种学说对立的证据乃是:甲种情谊与乙种情谊都存在自然界里。不相似也像相似一般地是互相倾向的原因。不过,寻常的不相似是不足以发生这效果的。假使我们遇见一个人,他的性情仅仅与我们的性情相异,我们就并不觉得一点儿快乐。浪费的人们并不找些悭吝人做伴侣,正直坦白的人们也不找虚伪奸诈的人做伴侣。客气的而且温和的心情对于不客气与狠硬的气质是不觉得有任何的滋味的。由此看来,世上只有某一类的相异性才能互相倾向;那些相异性非但不相反对,不相排斥,而且互相完成。贝纳先生说:"世上有一类相异性是排斥的,另有一类是吸引的;甲类倾向于把人引入仇敌的地位,乙类却倾向于把人引入友谊的地位。如果两个人当中,某甲有一件东西是某乙所没有的,然而却是某乙所想要的,从这一点出发,就有一种积极的引诱力了。"②所以一个深思的而且伶俐的理论家往往特别地表同情于那些心直口快的实践家,一个胆小的人往往表同情于刚毅善断的人们,一个弱者往往表同情于那些强者;反过来说,实践家对于理论家,刚毅的人们对于胆小的人,强者对于弱者,也往往有同情。我们哪怕是富有天才的人,总不免缺少了些什么,我们当中的俊杰也不免有才能不足的感慨。所以我们在我们的朋友身上找我们所缺少的东西,因为我们若同他们联络起来就颇能分受他们的性质,而我们就觉得

---

①　见 Ethique ā Nic. , VIII , I , 1155a , 32。

②　见 Emotion et Volonté , tr. fr. , Paris , F. Alcan , p135。

缺憾少些。因此就成立了些朋友间的小会社,每人各就性情所近而担任他的任务,他们就真能互相效劳。某甲是保护的,某乙是安慰的;某甲是献策的,某乙是实行的。这就是任务的分担,若用一句习用语说起来,这就是确定这些友谊上的交际的一种分工制。

如上文所述,我们不得不用另一种眼光去观察分工制了。在这情形之下,把它在道德上所发生的效力比较起来,它在经济上所能贡献的功劳却不算什么一回事了;它的真作用却是在两人或许多人之间建立一种联络的精神。无论这结果是怎样得到的,这些朋友的团体总算是为分工而生,因此这些团体里就尽是分工的痕迹。

夫妇的结合的历史更给我们一个关于这现象的例子,而且这例子更能动人。

固然,在同类的个体当中才能使我们感觉"性的倾向",而且往往须有思想与情感的谐和然后能发生爱情。然而还有一层也是真的:这倾向的特别性质与特别力量的根源并不是相似性,却是它所结合的两性间的相异性。恰因那男子与那女人不相似,所以他们互相热烈地追求。不过,在上述的情形之下,这并不是单纯的一种矛盾性能使二者之间的感情发生:只有那些相需相成的相异性能有这种效力。实际上,男与女离开了的时候只是一个具体的两个不相同的部分;他们合起来的时候才成为整个的具体。换句话说,性的分工乃是夫妇连属的源泉,所以那些心理学家说得很对:在情感的进化里,两性的分离曾经是一个重大的事件;这因为在一切的不含利益的倾向里的最强的倾向已经被两性的分离弄成可能的了。

还有一层,性的分工①乃是可大可小的;它可以——或仅能——在性的器官与其他附属于性的器官的几种性质里存在,然

––––––––––––––––––

① 译者注:性的分工就是说男女分工。

而也可以扩张至于一切的机体作用与一切社会作用。我们须知，在历史上我们可以看见它发达的方向与状态是与夫妇结合的发达的方向与状态相同的。

我们越远溯过去的历史，越觉得性的分工的作用很小。在远古时代的女人并不像现代那些跟着道德的进步而变成了的弱女们，有史以前的髑髅可以证明远古的男女的体力的差别比之今日的男女的体力的差别小了许多①。就说现代吧，自童年以至成年，两性的骸骨并没有很大的差别；骸骨的结构总是女性的结构。如果我们相信个体的发达乃是全种类发达的缩影，我们就有权去猜想人类进化的初期也有这样的同质状态，而且可见女性的形体与原始时代的人类共同的唯一的模型相近，后来才从里头变化出一个男性的形体来。再者，有些旅行的人们报告我们说，在南美洲的某几个部落里，男女的形体结构与普通的外观都很相似，不像别处的男女相差得那样远②。末了，还有洛邦博士，他曾经直接地而且用数学上的确切方法去证明精神与形体生活的最高器官——脑——的两性间的原始相似点。他在种种不同的人类与种种不同的社会里挑选了许多脑盖来相比较，而达到下面的一个结论："男女的脑盖的体积，纵使在我们把同年龄、同身材、同重量的男女相比较的时候，总是差了许多的，而且是男性占胜的；这不平等的状况是跟着文化增长的，所以从脑的质量一点——再申说就是聪明的质量——看来，女性是倾向于渐渐与男性相差别的了。例如现代的巴黎男人的脑盖与巴黎女人的脑盖的平均差别比之古埃及的男女脑盖的差别，几乎大了一倍。"③有一个德国的人类学家——

---

① 见 Topinard，Anthropologie，p146。
② 见斯宾塞的 Essais Scientifiques，tr. fr.，Paris，F. Alcan，p300。又 Waitz 在他的 Anthropologie Naturvcelker(Ⅰ，p76)里报告了许多这一类的事实。
③ 见 l'Homme et les Sociétés，Ⅱ，p154。

Bischoff 先生——关于这一点也得了同一的结论①。

　　跟着这些解剖学上的相似点就有职务上的相似点。在这些社会里,实际上女人的职务并不很显明地与男人的职务有差别;两性的生活差不多是一样的。今日还有许多野蛮的民族里的女人是混进政治生活里去的。尤其是在美洲的印度民族像伊罗古瓦人与那者斯人②。还有夏威夷的女人在种种方面都是分享男人的生活的③;此外又如在新赛兰特、萨莫亚,都是一样的情形。同样,人们也常常看见许多女人跟着男人上战场去激他们奋斗,甚至于她们自己参加,很激烈地打起来。在古巴,在达贺美,女人们也像男人们好战,在他们的旁边战斗④。今日妇女的显明的特性之一种乃是温柔,然而在原始时代,温柔二字似乎并不归属于女性方面。在某几种动物当中,我们还注意到雌牝的特征恰恰与温柔相反呢。

　　我们须知,在这些民族里,婚姻只是雏形的。有一件事很像是真的,甚至于可以说是有了证据的,这就是:在家族史上曾经有一个时期是没有婚姻的。性的关系是任意离合的,并没有法律上的义务去结合夫妇两方。总之,我们知道有一种家族制度是比较地与我们相近的,而且在那制度里婚姻只还是模糊的萌芽;这就是母族制度⑤。在母族制度里,母子的关系是很确切的,至于夫妇的关系却是很松的。在当事人要脱离夫妇关系的时候立刻就可以脱离,甚至于婚姻只是一种有定期的结合⑥。夫妇间的贞操也不曾被认为必要。婚姻——这是我们暂定的称呼——在那制度里只是很

① 见 Das Gehirngewicht des Menschen, eine Studie. Bonn, 1880。

② Waitz, Anthropologie, III, p101—102。

③ Waitz, op. cit. , VI, p121。

④ 见斯宾塞的《社会学》(tr. fr. Paris, F. Alcan, III, p391)。

⑤ 母族制度一定是在日耳曼民族里有过的。——看 Dargun 的 Mutterrecht und Razoeke im Germanischen Rechte, Breslau, 1883。

⑥ 这一说是史密斯说得最详,见 Marriage and Kinship in Early Arabia, Cambridge, 1885, p67。

狭小范围的义务,而且往往只在很短的时期内借此把那丈夫联结于那妻子的族里,所以婚姻竟不算什么一回事。我们须知道,在某一个社会里,那建立婚姻制度的法律的全部,只是那社会里的夫妇间的连带性的状况的象征。如果夫妇间的连带性很强,如果那联络夫妇的条件很多很杂,那么,婚姻的法律既然为的是确定那连带的关系,它的自身当然也就是很发达的。反过来说,如果夫妇团体缺少了黏合力,如果男女的关系是不固定的而且时断时续的,那么,这些关系的形式就不能确定,而婚姻制度因此也就减为很少的、没有力量的、不确定的一些规律。所以,在男女两性的差别很微的社会里,婚姻的状况就可以证明夫妇间的连带性的本身也是很微弱的。

反过来说,我们一天一天的向现代史前进,我们就看见婚姻制度一天比一天发达。婚姻所生的关系渐推渐广,婚姻所制定的义务也就渐渐增多。结婚的种种条件与离婚的种种条件的界限一天比一天确定,离婚的作用也就一天比一天确定。贞操的责任也成立了;起初只放在妻子身上,其后却变为夫妇相互的责任了。到了嫁奁制度出世的时候,更有很繁杂的规律去规定夫对于妇的财产的权利与妇对于夫的财产的权利。再者,我们只须放眼一看我们的法律,就知道婚姻在法律上占什么重要的位置了。夫妇的结合已经不是暂时的了;这不复是表面的、过渡的、部分的一种契约,却是密切的、长久的、甚至于往往是二人的全生活里不能分剖的一种组合了。

然而我们须知,同时,男女的工作也就一天比一天分开了。从前仅仅限于性的作用,后来却渐渐扩张到别的作用去了。妇女早已不再参加战争与公众的事务,她们的生活完全集中于家庭的内部了。自从那时以来,她们的任务只晓得一天一天的向特别的路上走。今日在开化的民族里,妇女的生活是与男子的生活完全不同的了。精神生活的两大作用竟像分散了似的,我们似乎可以说男女两性当中,其一垄断了情的作用,其一却垄断了智的作用。在某几个社会阶级里,我们看见妇女们也像男子一般地治艺术,治文学,因此我们似乎觉得两性的事务倾向于仍旧变为同质的了。这是真的,然而甚至于这行为的范围里,妇女还把她们固有的性质带了来,她们的任务仍旧是很特别的,一是与男子的任务很不相同的。再者,艺术与文学虽则开始变为妇女的事情,而男性却似乎要丢了艺术与文学而特别地去研究科学。由此看来,表面上虽则似乎回到初民的男女同质的状况去,其实却是一种新差别的开端,这是很可能的。还有一层,这些任务上的差别已经由它们所致成的形体上的差别而更得物质方面的明证了。男女之间,非但身材、重量、普通的形态都是很不相同的,而且如上文所述,洛邦博士说过,两性的脑也跟着文化的进步而一天比一天有差别了。依他所说,这越离越远的原因乃是男性的脑盖特别发达,同时女性的脑盖并不进步,甚至于是退步的。他说:"在一方面,巴黎男性的脑盖的平均数竟与我们所知道的世界最大的脑盖相衡;而在另一方面,巴黎女性的脑盖的平均数却与我们所考察得的最小的脑盖相类。非但很比不上中国妇女的脑盖,而且比之新加列多尼的妇女的脑盖也大不了许多呢。"①

　　在这些例子里,我们看见分工制的最大效果并不在乎增加那些分任的职务的出息,而在乎把那些职务弄成了相依为命的连带物。在这一切的情形之下,分工的作用并不仅仅在乎改良现存的社会,而在乎使社会存在,因为没有分工的作用的时候社会就不会存在了。假使性的分工退到了某地步之外,夫妇团体就消灭了,只剩下一些极短时期的性的关系;再说,假使两性绝对地不曾分离,社会生活的一切形式决不会产生。若说分工制对于经济上是有功劳的,这是很可能的事;但是无论如何,它总绝对地超过了纯然经

---

① Op. cit. p154。

济的利益的范围，因为它是存在社会的而且道德的范围的本身以内的了。有了分工，各个人就互相联络，否则就是各不相属的；有了分工，各个人的力量就合起来，否则只是分离的发达。总之，分工制能令各个人之间有了连带性，而这连带性非但在互相效劳的短期间内发生效力，而且扩张得很远。譬如在今日的最开化的民族里，不是时时刻刻有夫妇的连带性表现吗？这连带性不是在生活的一切事物上令人感觉到它的作用吗？再者，这分工制所创造的社会是不能没有分工的象征的。社会既有这特别的来源，就不能像那些"由相类似而相倾向"而成的社会；它应该成立在另一种方式上，建筑在另一些基础上，而且求助于另一些心理。

人们往往把分工制所产生的种种社会关系归入唯一的交换范围里，这就因为人们并不曾认清"交换"所包括的是什么，又其结果是什么。所谓交换者，先要两个人互相连属，因为他们每人都是不完全的；所以交换的作用只在乎把这相互的连属性表现到外面来。由此看来，交换只是更深的内部的一种状态所表现的外观罢了。正因这状态是有恒的，所以许多意象的一种组合由此产生，而这组合的作用是绵延的，这乃是交换所没有的作用。与我们相完成的那人的意象与我们自己的意象是变为不可分离的了，这非但因为它很有恒地来会合我们的意象，而且尤其因为它是我们的意象的"自然完成者"；所以它就变为我们的意识里的不间断的而且完全的一部分了，以致我们不复能缺少了它，而且还找种种方法去增加它的力量。因此之故，我们爱那意象所表现的那人；这因为它所表现的对象恰在我们跟前，为我们此刻的感觉力所能及，就更把它显露得真切了。反过来说，凡是能阻它回来或减少了它的精彩的事情——例如别离或死亡——都能令我们痛苦。

这一段分析虽则很短，已经足以证明这种组合有异于那给从相似点出发的同情心做基础的那一种组合了。固然，若要我们与他人之间发生连带性，就先须他人的意象与我们的意象相合。然而假使那两个意象只因为相似而相合,这就只算偶合。这只因为那两种意象是完全相似或有一部分相似,所以它们混而为一,就成为连带的了;但它们须在"相混"的情形之下才有连带性。反过来说,在分工的情形之下,那两个意象却是各别的,它们必须互相有差别然后能相联络。由此看来,在两种情形之下的心理不会是一样的,而从每个情形里生出来的社会关系也不会是一样的。

到了这里,我们就要自问:在更大的一些团体里,分工制是否有同样的作用? 它在现代社会里的发达是我们所晓得的,但它的作用是不是在乎把社会的各个体弄成很微细的差别,同时又维持社会的合一呢? 我们可以很适当地去假定刚才我们所观察得的种种事实还可以放在这里,只不过那些事实的规模大了些;政治上的大团体也不能不靠专门的工作去维持它的平衡;分工乃是社会连带性的主要源泉,假使不是唯一的源泉的话。从前孔德的观点已经在这上头。在我们所知的社会学家当中,他是第一个说,在分工制里,除了纯然经济的现象之外还有别的东西。他在这上头看见了"社会生活的最要条件",不过要我们把它看做是"在它依理该有的全范围内的,换句话说,就是要我们把它应用在一切种种不同的举动上头,不可像普通只把它限定在物质上的几种简单的用途上"。如果我们在这一点上认定了它,"非但各个人与各阶级,而且从许多方面看来,各种民族因此也就被我们认为人人依照非常确定的专门的方法与特别的阶段去同时参加一种极大的共同的工作;这工作是一定逐渐发达的,发达的结果可以把现代的合作者与前代的合作者联络起来,甚至于与后代种种不同的合作者联络起来。所以人类的种种工作的分配继续下去,就是社会连带性继续下去的主要原因;而社会的机件一天比一天繁杂,一天比一天扩张,主要的原因也在乎工作的分配"①。

---

① 见 Cours de Philosophie Positive, IV, p425。又在 Shæffle 的 Bau und Leben des Socialen Koerpers, II, Passim, 与 Clément 的 Science sociale, I, p235 et suiv 也有类似的意见。

如果这一个假定被证明了,那么分工的作用是很重大的,不像普通人所说的那样小了。它的作用非但在乎供给社会的奢华,——奢华也许是可羡慕的,却不是必需的,——而且它将是社会存在的一个条件。社会的黏合性是全靠它——至少可以说特别地靠它——维持的;社会组织的要点是靠它确定的。我们虽则未能严格地解决了这问题,然而从今就可约略地知道:如果分工的作用真是如此的,它就该有一种道德性,因为秩序的需要,谐和的需要,社会连带性的需要,在普通都是被认为有道德性的。

但是,在未考究这普通的意见能否成立以前,我们须先证实了刚才我们对于分工的作用所设的假定才行。现在我们试看:在我们所处的社会里,那社会连带性是不是根本地从分工出发的。

三

但是我们用什么方法去证实呢?

我们不仅要研究在这种的社会里是否有从分工出来的社会连带性。这是很显然的了,因为分工制在社会里是很发达的,而且产生连带性。但是,我们尤其是要确定它所产生的连带性在社会的普通积分里的作用是怎样的。这样一来,我们才可以晓得它是重要到什么程度的,它是社会黏合的主要元素呢,抑或仅是次要的附属条件。那么,为着答复这问题起见,就须把这社会关系与其他种种的社会关系比较,然后可以测量它在总作用里所占的部分。在这一点,我们非先把社会连带性的许多种类分别叙述不可。

然而社会连带性乃是纯然道德上的现象,不容我们有确切的观察,尤其是不可以测量的。那么,为着要分别叙述与比较,我们就该撇开了那观察所不及的"内的事实",而把那象征它的一种"外的事实"去替代了它,然后从"外的事实"去研究"内的事实"。

这可见的象征就是法律。实际上,社会连带性虽则是非物质的,然而它所存在的地方并不仅仅有纯粹的能力,而且有可以感觉的实力去表现它。它在强的时候就很强烈地使人类互相倾向,使他们常常接触,而且增加他们发生关系的机会。严格地说,我们初研究的时候,实在难说是它产生了那些现象呢,抑或是那些现象产生了它;也不晓得是因为它有力量以致人类互相接近呢,抑或是因为人类互相接近以致它很有力量。但我们此刻并没有说明这问题的必要,我们只须证明这两种事实是互相联络的,是同时变化的,而且是同方向进步的就够了。一个社会里的各分子越富于连带性,他们就越能维持人与人之间的种种不同的关系或与某团体的关系;这因为如果他们相逢的机会太少,他们就只能时断时续地而且很微弱地互相连属罢了。再说,这些关系的数目当然是与那些确定它们的法律上的规条的数目成为正比例的。实际上,社会生活在很绵延地存在的时候,就不免倾向于采取一种确定的形式而成为有组织的机体,而法律并不是别的东西,它只是这组织的本身里的最固定而且最明确的部分罢了①。凡遇社会的普通生活扩张到某一点的时候,那法律的生活势必同时扩张到那一点,而且其关系也是相同的。所以我们就能决定在法律里可以找着社会连带性的一切主要的变化的背景了。

　　真的,人家还可以批驳我,说那些社会关系尽可以自己成立,不必因此就采取法律的形式。世上有好些社会关系的规定是不达到这样固定而明确的程度的;它们虽则不因此就成为毫不确定的,然而并非由法律去规定,却由风俗去规定。由此看来,法律只是社会生活的一部分的背景;因此它就只能供给我们一些不完备的实据,还不够解决这问题。还有一层:风俗是往往与法律不相适合的。人家说风俗是调剂法律的严厉性的,是矫正那些泥守程式的毛病的,有时候甚至于是被另一种精神激发的。这样说起来,风俗不是尽可以表现其他种种的社会连带性,不与确定的法律所表现的相同吗?

----

① 见下文卷三第一章。

然而这反对的现象只能在十分特别的情况之下产生。除非法律不复与社会的现状相适合,已经没有存在的理由了,却由习惯的力量去维持着,然后会有那现象的。在这情况之下,各种新关系不受法律的束缚而成立了;因为社会的关系如果不常常求坚固就不能持久。不过,它们既然与仍旧存在的旧法律相冲突,它们就不能超过风俗的范围而走进那真所谓法律生活的范围里了。这么一来,就有反对的现象发生了。但这现象只能在很罕见的病态的情况之下产生,而且甚至于一延长下去就有危险。至于就常例上说,风俗是不与法律相反对的;非但不相反对,而且它是法律的基础。有时候,在这基础之上并没有什么法律成立,这是真的。世上尽可以有些社会关系是只具有从风俗出发的一种散漫的规定的;然而这就因为那些关系是不重要的,不永久的,否则就是刚才所说的例外的情形了。由此看来,纵使有几种社会连带性是只由风俗去表现的,它们一定是很不重要的了;反过来说,法律所表现的乃是一切那些主要的,而我们也只需要认识那些主要的社会连带性的形式就够了。

我们是否更进一步而说社会连带性的可以观察的表征——法律——是不足以包括社会连带性的全体的?是否说法律只能表现它的一部分而不能表现全部分?是否说在法律与风俗之外还有社会连带性所从来的状态;为着要真的认识它,就该不假借媒介,直达它的本身?——但是,我们要很科学地认识事物的原因,只能先认识事物的结果;而且,如果要好好地确定那些原因的性质,科学只能在那些结果当中挑拣那些最客观的、最可测量的去做证明。它从各物体的温度的变化所表现的变量去研究体温,它从物理化学上所得的电气结果去研究电气,它从动作上去研究力量。为什么社会连带性能在例外呢?

再者,如果人家剥去了它的社会上的形式,还有什么剩下来呢?能够给它的种种固有性的乃是它所维持统一的团体性,所以社会的形式变化的时候它也跟着变化了。它在家庭的内部与在政治团体里是不同的;现在我们系属于我们的国家,却不像昔日罗马人系属于他们的城府,或日耳曼人系属于他们的部落了。但是,既然这些差别是从社会上的原因生出来的,我们就只能从连带性的社会上的结果所表现的种种差别里去找寻那些差别了。如果我们忽略了结果所表现的差别,则一切的变化都成为不可分辨的,而我们就只能看见种种差别里的共同点,换句话说就是只能辨认社交能力的普通倾向,这倾向是无论何时何地都是一样的,因此也就不与任何的特别的社会形式相关。这种种差别里的共同点只是抽象的东西;因为社交能力的自身是无论何处都不能遇见的。世上真能存活的乃是连带性的种种个别形式,例如家庭的连带性、职业的连带性、国家的连带性、昨日的连带性、今日的连带性等等。各有各的本性;因此之故,无论如何,普通的观察一定只能对于这现象加以一种很不完全的解释;而关于具体的与生动的地方势必不是普通观察所能及的了。

所以这连带性的研究乃是属于社会科学的。要好好地认识这一个社会上的事实,非从那事实所生的社会上的效果入手不可。许多伦理学家与心理学家所以能不用这方法而研究那问题者,这因为他们避难就易。他们在那现象里撇开了一切特别带社会性的东西,只取了那现象所从发达的关于心理学上的原子。固然,连带性虽则是最重要的一个社会事实,同时它也归属于我们各个人的机体里。要它能够存在,必先要我们的精神上与形体上的组织里能容纳它。所以充其量说起来,我们原可以只在这一点上研究它就算了。但是,在这情形之下,我们只能看见那最无差异而且最不特别的一部分;严格地说,这竟不是它,只是那使它成为可能的一个东西罢了。

而且这抽象的研究也不会有很丰富的结果的。因为我们的灵魂里的倾向还只是一种倾向的时候,那连带性还只是太不确定的东西,不是我们所容易研究的。这是一种不可捉摸的可能性,不是观察所能及的。若要它成为可捉摸的形式,就需要一些社会上的结果把它表现到外面来。再者,就说在这不确定的状态里吧,它还连属于社会的种种条件,靠那些条件去解释它,因此我们就不能撇开那些条件。所以,在这些纯粹心理学的分析里,很少是不杂有社会科学上的几个观点的。譬如有人约略地说及群性对于普通的社会心理的成立很有影响[1],又有人很匆匆地说明社交能力所关的社会上的各种主要关系[2]。这些补足的观察点乃是无方法地加进书里去的,著者只顺着偶然的起意去找它们来当做例子,这当然不足以说明连带性的社会上的性质了。他们这些观察点,至少可以证明社会学上的观点竟是心理学家所不能采用的。

这么一来,我们的方法已经是显然的了。既然法律能表现社会连带性的种种主要形式,我们只须把各种的法律分别叙述,然后去找那些与法律相当的各种的社会连带性就行了。我们在此刻就可以说,有一层是很可能的,这就是:各种法律当中,会有一种是象征那分工制所造成的社会连带性的。经过了这手续之后,若要测量分工的一部分,只须把那些表现那分工制的法律上的种种规定的数目与法律的总数相比较就行了。

在这研究里,我们不能用法学家所惯用的区分法。他们那些区分法是在实际上想象出来的,在这一点,尽可以是很方便的方法;然而以科学的眼光看来,我们不能满意于这些约略的而且专恃经验的区分。最普通的一种区分法乃是把法律分为公法与私法两种;公法是被认为规定个人与国家的关系的,私法是规定个人与个人的关系的。但是如果我们试把这两个名词仔细地观察,起初觉得权界很分明,其后却渐渐觉得模糊了。从甲种意义上说,一切的法律都是私的,因为随时随地都是各个人在那里活动;从乙种意义上说,一切的法律都是公的,因为这是社会的作用,而且一切的个人虽则名义各有不同,大家都是社会里执事的人员。那些军事的

---

[1] 见 Bain, Emotion et Volonté, p117 et suiv., Paris, F. Alcan。

[2] 见 Spencer, Principe de Psychologie, VIIIe Partie, Ch. V, Paris, F. Alcan。

作用,父族的作用等等并没有一定的界限,其组织的方法与行政作
用、立法作用等等的组织方法也没有什么差别,所以在罗马法里人
家把保护权叫做 munus publicum①,也不是没有道理的。再者,国家
是什么? 国家是从何处来的? 从何处止步的? 这问题是多么能引
起争端的啊! 在这样的一种暧昧的而且分析得不妥当的观点上去
建立一个基本的区别,那真不算科学方法了。

　　为着要有方法地去着手研究,我们应该找着一个特征,要这特
征是法律上的种种现象里的要素,同时又是跟着那些现象变化的。
我们须知,一切法律上的规定都是可以下定义的,这定义就是:受
制裁的行为标准。再者,制裁显然是有变化的,它随着某法规的轻
重,与其在民众心理里所占的位置,及其在社会里所任的任务,就
可以有许多变化了。所以我们就该按着系属于法律的种种不同的
制裁去区别那些法律上的规条。

　　制裁共分两种:第一种制裁是建立在一种痛苦之上的,否则至
少是惩罚原动人的一种减损作用。这些制裁的目的乃在乎剥夺那
原动人的财产、名誉、生命、自由,总之,是在乎剥夺他所享受的一
些什么。人家说这些制裁乃是带压制性的;刑律就是这一种。固
然,系属于纯然道德上的规律的那些制裁也有同样的性质;不过,
那是由众人不分别地用一种散漫的方式去分配那些制裁;至于刑
律上的制裁只由一种确定的机关做媒介才能施行,所以是有组织
的。至于说到第二种制裁,它并不一定包括原动人的痛苦,只在乎
"把事物弄妥",换句话说就是某几种关系在常规的形式之下被扰
乱了的时候由它来恢复常态;或用强力去把那有罪的行为挽回正
道上来,或把那行为取消,换句话说就是剥夺了那行为在社会上的
一切价值。由此看来,我们应该把法律上的规条分为两大类,第一
类是那些有组织的"压制性的制裁",第二类就仅仅是"恢复性的制

---

① 拉丁文,"公共的义务"的意思。

裁",第一类包括一切的刑律;第二类包括民律、商律、诉讼律、宪法与行政律等等——只须除了其中关于刑事的规条不算。

现在我们可以研究这两种制裁各与哪一种社会连带性相当了。

第二章 机械的连带性

——或名相似性里发生的连带性

一

与压制性的法律相当的社会连带性关系乃是"关系断了就构成罪恶"的一种关系;我们用这名称,是指一切的行为在某一程度上确定了对于那行为人的一种有特性的反动力——这就是人家所谓刑罚。所以,我们若寻找这关系,就是自问什么是那刑罚的原因;再说明白些,就是那罪恶是根本地成立在什么上头的。

世上当然有种种不同的罪恶;但是,在这一切罪恶当中,也一定不会没有一个共同点。证据乃是:罪恶在社会方面所确定的反动力——即刑罚——是随时随地相同的,仅仅有等级上的不同罢了。结果的一律就可以显示原因的一律。非但在同一社会的法制所预料的种种罪恶当中是有相似之点的,而且在古今的种种不同的模型的社会里所认定而且惩戒了的种种罪恶当中也一定有根本上相似之点。那些犯罪的行为在骤看的时候虽则像是很有差别的,然而我们断不能说根本没有相同的地方。因为那些罪恶是到处一样地影响及于国际的道德观念而且到处产生同一的结果。这些行为都是罪恶,换句话说就都是被那些确定的刑罚压抑着的。我们须知,一件事物的特性须是:在有那事物存在的地方我们就可以观察到的,而且是仅仅归属于那一件事物的。所以如果我们要知道那罪恶是根本地成立在什么上头的,我们就该在种种不同的模型的社会里的一切罪恶的变态当中抽出那些共同的条理来。这些变态是没有一种是可以忽略了的。最下流的社会里的法律概念比之最上流的社会里的法律概念是一样地值得我们注意的;这都是一样地令人增见识的事实。假使我们除了下流社会的法律不算,我们就有"从没有罪恶的根源的地方去找罪恶的根源"的危险。譬如一个生物学家,假使他不屑去研究单细胞生物,那么,他对于生命上必需的现象所下的定义就不会是确切的;因为如果他只观察生物的机体组织——尤其是高等的机体组织——他就会冒昧地断定生命是根本地存在机体组织上了。

　　寻找这普遍而永久的要素的法子显然不在乎把那随时随地都被认为罪恶的行为一一地查算,去观察那些行为所表现的特征。因为无论怎样说来,世上虽则有些行为是古今中外所认为有罪的,然而它们只是最少数;那么,这样的一种方法只能令我们对于那现象得到一个非常片段的观念,因为这方法只用在一些例外上头①。这禁止性的法律的种种变化同时可以证明那永久的特征是不会在那些刑律所禁止的种种行为的固有性里面可以找出来的,因为那些行为太繁杂了;我们要找那永久的特征,只该在那些行为以外的某条件与它们的关系里寻找。

　　人家以为在这些行为与社会上的大利益两相冲突的当中可以

---

① 然这却是 Garofalo 所用的方法。固然,当他承认把古今中外所惩罚的行为列成一表——这原是做得太过的——是不可能的事情的时候(Criminologie, p5),他似乎已经放弃了这方法。然而后来他又回到这方法上来,所以他以为自然的罪恶乃是冲犯了以刑律为基础的种种心理的,换句话说就是冲犯了道德上的不变的一部分。而且仅仅冲犯了这一部分但是,冲犯了某种特别的心理的一种罪恶为什么在甲种模型的社会里便轻些,在乙种模型的社会里便重些呢? 因此 Garofalo 先生就只好否认在某几种社会里所公认为有罪的行为是有罪恶的特征的,这么一来,他就索性用人工去把罪恶性的范围缩小了。缩小的结果,就弄到他的罪恶的观念非常不完全。这观念又是很缥缈的,因为著者并不把一切的社会模型拿来比较,却把一大部除外,叫它们做变态的。我们可以说一个事实对于一类的事实的模型是变态的,而我们却不能说一类事实是变态的。因为既说是一类,就不能谓之变态。Garofalo 先生虽则很努力去求对于犯法的一种科学的观念,可惜他不曾用一种十分确切的方法。试看他用"自然的犯法"一个名词就可见了。有哪一种犯法不是自然的呢? 这大约是他要回到斯宾塞的学说上去,因为在斯宾塞看来,只有工业的社会里的社会生活乃是自然的。可惜这学说乃是最荒谬的。

找着这一种关系，于是说每一个模型的社会里的刑律就表现那社会里的团体生活上的基本条件。说那些刑律的权力是从它们的需要来的；再者，这些需要既然是跟着社会变化的，那压制性的法律的变化可能性也就得了解释了。但是，关于这一层，我在上文已经讨论过了。这样的一个理论非但把计算与思量在社会进化的方向里的地位扩充得太大了，而且我们须知，世上有许多曾经被认为有罪而现在还被认为有罪的行为在它们自身却并不有害于社会。譬如不许摸着圣物，不许摸着一个邪秽的或圣用的人或禽兽，不许任凭圣火熄灭，不许吃某几种肉，不许不在祖宗的坟墓上循例杀牲致祭，不许不字字确切地宣读祭文，不许不庆祝某几种的节日；这种种的事实，会与社会上哪一种危险有关系呢？然而我们知道祭礼与庆祝礼以及宗教上遵守的种种仪式的规定是在许多许多的民族的刑律上占一个很重要的位置的。我们试打开《圣经》的前五卷一看，就可以深信不疑了；而且，在某几种的社会里，这些事实是很有常态地遇见的，我们绝对不能在那上头看见什么变态或病态，因此我们也就没有权利去忽略它们。

纵使在那犯罪的行为势必损害及于社会的时候，我们也不能说那行为所表现的损害程度与它所受的压制的强度常常相当。在最开化的许多民族的刑律里，命案乃是普通所认为最大的罪案了。然而若就扰乱社会说起来，一次的经济恐慌，或一次的交易所的纷乱，甚至于一间店子的破产，都比个人的命案来得凶。固然，杀人总算是一种损害，但却没有什么可以证明这是最大的损害。在全机体里失了一个细胞，算得什么一回事？人家说，如果杀人不受刑罚，则将来的公众的安宁就会保不住了。但是，无论那危险真确到了十分，我们试把那危险的重大程度与那刑罚的重大程度一比，我们就觉得太不相称了。再说，刚才我所举的几个例子也可以证明某一种行为尽可以大大的损害社会而不至于受一点儿的刑罚。所以，无论从哪一方面说来，这对于罪恶的定义乃是不充分的。

　　我们可否把那定义稍为改一改，说犯罪的行为乃是那些似乎损害及于社会而被社会压制的行为；可否说刑律虽则不表现社会生活上的主要条件，却是在团体认为好像是社会生活上的主要条件呢？但这样的一个解释并不能解释一些什么；它不能使我们懂得为什么在这许许多多的情况之下各社会竟误认了罪恶，而把那些"本身竟没有用处的"法度去强制人们。老实说，这一个对于本问题的解答真所谓无聊的真理；我们须知，社会所以强迫各个人遵守这些法律者，这显然因为它认定——无论是有理或无理的认定——这种有规则而且应时的服从在社会里是必不可少的；显然因为它努力要这样办的了。如果我们这样解答，岂不好像说"社会认这些法律是必要的，因为它认为必要的"吗？我们所应该说的乃是为什么社会这样认定法律。如果这一个社会心理是从刑律上的客观的需要里——至少是在刑律的用处里——出发的，那才算是一个解答。然而这一个解答却与事实相违；所以那问题仍旧完全地存在。

　　但是，这最后的一个理论并不是完全没有根据的；他们在题内的某几个状况里寻找罪恶性的基础条件，并不是没有道理的事情。实际上，世上一切罪恶的唯一的共同性乃是：除了下文所述的几个显然的例外不算，罪恶乃是各社会里的诸分子所同声排斥的行为。今日人们自问这种排斥是不是合理的，如果把罪恶只看做一种疾病或一种错误是不是更妥当些。但是我们用不着参加这一种辩论；我们只求确定现在与过去，却用不着研究将来该是怎样。我们须知，上文所述的事实是不容否认的；这就是说：罪恶是触犯人们的情感的，而这些情感须是在同一的模型的社会上的一切无病态的良心里的。

　　我们不能用别的言语来确定这些情感，也不能由它们的特别对象去确定它们的作用；因为那些对象曾经不断地变化而且还可以变化呢①。今日乃是"爱他"的情感把这特性表现得最显明；但是，在最近的时代里，曾经有一时，宗教的情感，家族的情感，与其他千万种的传统的情感都确实地有同一的效果。就说今日吧，我们也不能跟着加罗法罗先生说只有那对于他人的消极的同情心能产生这一种结果。譬如，甚至于在和平的时代，我们对于一个卖国的人，不是至少也像对于一个强盗或骗子一般地有仇视的心理吗？又如，在君主制度的情感还热烈的国家里，行刺君王的罪恶不是能煮起众怒吗？又如，在民主国家里，外人对于本民族的侮辱不是能引起同一的愤慨吗？所以我们没汔了替这些"被触犯了就构成罪恶的行为"的种种情感列为一个表；这些情感与别的情感之间只有一个差别点，这就是：它们在同一的社会的大多数的个人心理里是共同的。这么一来，人们才可以把那法律上的一句名言"谁也不能被认为不懂法律"应用到那刑律所制裁的而且禁止那些罪恶的行为的种种规条上去，不致成为荒唐之言。因为这些规条都深刻地印进了一切人们的良心里，所以一切人们都懂得，而且都觉得它们是合理的。这一层至少在常态里是真的。世上固然有些犯奸通案的人们是不知道有这些规条的或是不承认这些规条的权力的，但这一种蒙昧性或顽梗性只是精神不健全的象征；再者，间或有某一种刑律已经被一切人们否认了之后还能存在，这就因为有些例外的情况去协助着它，这些例外的情况当然是变态的，所以这一类的事情必定不能长久地存在。

由上文看来，我们就可以明白编纂刑律的特别方法。一切的成文法律都是有一个重复对象的：宣布某种的义务，同时就确定那归附于某种义务的一种制裁。在民律里——最普通是在各种恢复性的制裁的法律里，立法人把这两个问题分别地研究，解决。他先

---

① 我不看见 Garofalo 先生有什么科学的理由去说现代人类的开化部分所有的道德上的情感是"不会再失，只会不住地发达的"（p9）。变化的方向是没有一定的，他凭着什么去划定变化的界限呢？

是很明显地确定了那义务,然后说那制裁的方法。譬如,在法国民律关于夫妇两方的义务一章里,权利与义务是非常确实地说明了的;然而这一章里却不曾说如果这些义务被夫方或妇方违犯了就该怎样。我们如果要知道这种制裁,却须在另一章里去找。有时候这制裁竟是意会的,例如民律第214条命令妻子与丈夫同居:人们就演绎出来,说丈夫可以强迫妻子仍旧同居,然而这种制裁是在任何一章里都没有明文规定的。至于刑律却恰恰相反,它仅仅指定一些制裁,却没有一句话说及与那些制裁相当的那些义务。它并不叮嘱人们尊重别人的生命,却只把杀人的凶手判决死刑。它并不像民律一般地先说这是义务,而它即刻就说这是刑罚。固然,某种行为受了惩戒的时候势必因为这行为与义务相反;然而这义务却没有明确的条文规定。在这上头只有一个理由,这就是:那义务的规条已经是一切人们所认识而且承认的了。当一种习惯法变为成文的法律而编入法典里的时候,这就因为有些惹起争端的问题须得一种更明确的解答;假使那习惯仍旧能悄悄地施行下去,不敢惹起争端或难关,那么,它就没有变为成文法律的理由了。试看刑律里仅仅规定刑罚轻重的阶级,就可知仅仅有这刑罚的阶级是可以惹起疑问的罢了。反过来说,那些"如果违犯了就有刑罚"的规条所以不待法律上的解释者,这就因为它们不是任何否认的对象,人人都感觉得它们的权力了①。

　　固然,如下文所述,《圣经》的前五卷里虽则只有刑罚的处分,间或有些时候是不规定制裁的。例如十诫,在《圣经》第二卷第二十章与第五卷第五章里都是这种情形。但是,《圣经》的前五卷虽则有法律的作用,却不是纯然的法律。它的目的并不在乎把希伯来人所遵从的刑律编为单一的条理,以便人们实行;这甚至于不是编成的法典,所以它里头所包含的各部分似乎不是在同一时代写

---

① 参看 Binding 的 Die Normen und ihre Usbertretung, Leipzig, 1872, I, p6 et suivantes。

定的。总之,这只是种种习俗的概略,犹太人借此依他们自己的样法去解释世界的起源、他们的社会的起源、与他们的主要的习俗的起源罢了。由此看来,《圣经》里所以陈述某几种义务而加以刑罚的制裁者,这并不因为希伯来人不知道或误认了这些义务,也不因为有把这些义务提醒他们的必要;恰恰相反,那书既然是各国的传说所合成的,我们就可以断说书中所载的一切都是铭刻在一切人们的心上的了。主要的原因乃在乎切实地摹写民众对于这些训诫的来源的信仰,对于这些训诫被认为公布了的法律的历史上的情况的信仰,对于它们的权力的根源的信仰;那么,我们须知,在这一点说起来,刑罚的规定竟成为附属的东西了①。

为了同上的理由,压制性的法律的作用是始终倾向于滞留在散漫的状态上的。在有些非常相异的模型的社会里,压制的法律并不是由特别的法庭执行的,却是由全社会参加,而且其限度是或大或小的。在初民的社会里,如下文所述,法律完全是刑罚的,是由民众的会议去判决案件。在古时的日耳曼人就是这种情形②。至于罗马呢,民事属于法官,而刑事却归民众去裁判;先是由居厘会议裁判,后来从十二铜柱法的时代起,便由百人团会议去裁判;直到共和时代的末期,虽则民众把裁判权委托给了常备的法律委员会,然而关于这一类的诉讼的裁判最高权依理还是归属于民众的③。至于雅典,在苏龙的法规之下,刑事的裁判有一部分是归属于 Hλaίa 会的,这会在名义上是包括三十岁以上的一切公民的④。末了,说到日耳曼、拉丁的各国里,社会举出裁判委员会为代表,去干预这一类的职务的执行。假使民众的观察的标准以及与这些标

---

① 只在那法律是民众的权力所造成的时候这刑律的特性里才有一些真的例外。在这情形之下,那义务往往是与那制裁分别地规定的。至于这例外的原因,下文再说。
② 看 Tacite 的 Germania,Ch. XII。
③ 参看 Walter 的 Histoire de la Procédure Civile et du droit criminel chez les Romalns,tr. fr.,§829;又 Rein 的 Criminalrecht des Roemer,p63。
④ 参看 Gilbert,Handbuch der Griechischen Staatsalterthümer,Leipzig,1831,I,p138。

准相当的情感不是人人的心里所固有的,那么,这一部分的法权所形成的散漫状态岂不是不可解释的吗? 固然,在其他的情形之下,这职务是归属一个受优待的阶级或一些特别的法官的。但是这些事实并不能贬减了上述诸事实的显明的价值;因为纵使在那些团体的情感的反动须待某几种媒介而后能表现的时候,我们也不能说那些情感已经不是团体的,却只限于少数人的心理中。这代表制度可以有两个原因:一因事务增繁,必须创立特别委员会然后可以办理;二因某几个大人物或某几个阶级在社会上占了重要的地位,所以民众就特许他们代达团体的情感了。

　　然而,如果我们只说罪恶是因为触犯团体的情感而成的,还不能对于罪恶下一个定义;因为世上有许多团体情感是可以被触犯而不构成罪恶的。譬如亲属通奸乃是颇普通的憎恶的对象,然而这仅仅是不道德的一种行为罢了。又如女人们在婚姻的情况以外而对于性交不尊重,再如完全地卖了本人的自由或完全地买了人家的自由,也都是被人憎恶的,却不构成罪恶。由此看来,与罪恶相当的团体情感与其他的团体情感相差之点就该是在乎某种显明的特性:他们该有某一种平均强度。它们非但是铭刻在人人的心里的,而且是很厉害地铭刻在人人的心里的。这并不是些游移而浮浅的意志,却是在我们心里深深地生了根的一些倾向与一些感触。证据乃是:刑律的进化是慢极了的。它非但比风俗更难改变,而且它在积极的法律里乃是最不受变化的一部分。譬如我们试看自从本世纪的初期以来,立法人在法律生活的种种不同的范围里曾经做了些什么;关于刑律方面的革新乃是很罕见的,反过来说,在民律里,在商律里,在立法行政律里,都插进了许多许多的新规条。我们试把十二铜柱法所规定了的刑律拿来与古典时代的状况相比较,我们所察得出来的变化比之同时那民律所遭受了的变化算不算一回事。依万殊先生所说,自从十二铜柱法以来,主要的重罪与轻罪都被规定了:"历十代之久,公众的罪恶的条目里仅仅增加了几种法律,例如惩罚侵吞公款,惩罚谋反,也许还惩罚那'卖他人的奴隶'的行为。"①至于私人的罪恶,我们只知道有两种新的:其一是劫掠,其二是非理的损害。这种事实是到处可以找着的。如下文所述,在下流的社会里,法律差不多绝对是刑罚的;因此它就是很固定的。就普通说起来,宗教上的法律总是压制性的;因此它也就是富有保守性的。这刑律的固定状态就可以证明那与刑律相当的团体情感的抵抗力。反过来说,那些纯然道德上的标准的可型性,与它们进化的相对的速度就可以证明那做民律的基础的团体情感是很没有力量的;这个若非因为那些情感是新来的,还不曾深深地印入人人的心里,就因为它们正在失去了它们的根,而从底面浮到人心的表面来了。

在这里我还需要增加最后的一段话,好教我所下的定义成为确切的。就普通说,那纯然道德上的制裁——即散漫的制裁——所维护着的情感比之那纯然的刑罚所维护的情感固然是弱些,比较地不很有固定的组织,但是也有一些例外。譬如我们决没有任何理由说那中等的孝心与那对于最显明的穷苦所生的同情的主要形式乃是一些浮浅的感情,还比不上尊重别人的所有物或尊重公众的权力;然而那些不肖的儿子与最狠心的自私者却不被人认为有罪的人。由此看来,情感强了还不够,还要明确的情感才行。实际上,这些情感每一种都是与一种很确定的实施相应的。这实施尽可以是简单的或复杂的,积极的或消极的,换句话说就是在行为上的或在禁戒上的,然而总是很确定的。关系在乎做甲事与乙事,或在乎不做甲事与乙事,例如不杀人,不伤人,或读某种祭文,或行某种祭仪等等。反过来说,譬如孝顺与慈悲只是很浮泛的心愿,是倾向于一些很普遍的对象的。所以刑律是非常干脆、非常明确的,而纯然道德上的标准就往往是浮泛的了。这些标准是那

---

① 见 Esquisse historique du droit criminel de l'ancienne Rome, in Nouvelle Revue historique du droit français et étranger, 1882, p24 et 27。

样不明，所以我们往往难于用明文去规定。我们可以很普通地说一个人应该工作，应该怜悯他人等等，然而我们不能规定什么方式或什么程度。因此就会有变化与差别的余地了。反过来说，那刑律所寄托的那些情感却是确定的，它们很有更大的齐一性；人们既然不能用种种的方式去解释它们，所以它们到处都是一样的。

现在我们可以下结论了。

在同一社会的诸分子的平均数里的种种共同的情感与信仰的总体是成为一个确定的系统的，这系统是有它自己的生命的；我们可以把它叫做团体的意识或共同的意识。固然，它的本体并不是纯一的组织；严格地说，它是散漫在社会的全范围内的；然而它总还有许多固有的性质，这些性质就形成一个分明的实际。它实在是与各个人所处的种种特别情境没有关系的；所以各个人过去了之后它还存在。它在北方或南方，在大城里或小镇里，又在种种的职业里，总是一样的。再者，它并不随着世代变迁，恰恰相反，它却把前后相承的各世代联络起来呢。所以它虽则仅仅能在各个人的心里实现，却与各个人的特别意识大不相同。它是社会的精神上的模型，这模型有它的特性，有它的生存条件，有它的发明方式，这也像个人的模型一般，不过是方式不相同罢了。在这一点说，它就有享受一个特别的名称的权利。老实说，我在上文所用的一个名称还不免带有两可性。因为"团体的"与"社会的"这两种字眼往往被人们认为同一的，所以人们就会以为团体的意识就是社会的全意识了。换句话说，就是以为团体的意识的范围与社会的精神生活的范围一样宽了，其实它只是社会的精神生活里的一个很小的部分，尤其是就高等的社会而言。法庭的作用，政府的作用，科学的作用，工业的作用——总而言之，一切特别的作用都是属于精神的范围的，因为它们寄托在代表或行为的系统上，然而这些作用是显然在共同的意识之外的了。若要避免上文所犯的两可性①,最好的法子也许是创造一个专门名词去特别地指定社会上种种相似性的全体。然而在非绝对必要的时候,我们不该创造一个新名词,因为新名词的用途并不是没有不便之处的;所以我就把比较地通行的名词——团体的意识或共同的意识——保留着,只常常把我所用的狭义唤起读者的注意就是了。

把上面的分析总括起来,我们可以说一种行为在触犯了团体的意识里的确定而且强烈的情感的时候就是犯罪的行为②。

这定义并不怎样容人否认,然而人们往往不懂它的真意义,却用一种很不相同的意义来解释它。人们以为它并不表现罪恶的主要的特性,却只表现罪恶的种种反响里的一种反响。人们都很晓得罪恶触犯了一些最普通而且最有力的情感;然而他们以为这共同性与这力量是从那行为上的罪恶性里来的,因此那罪恶性就完全地还待确定了。一切的罪恶都是人人所排斥的,这一层他们并不否认;然而他们都以为那以罪恶为对象的一种排斥是从那罪恶性来的。不过,这么一来,如果要问这罪恶性寄托在什么上头,他们就很难答复了。寄托在一种特别厉害的不道德性上头吗?我是愿意这样说的;然而这只是以问题去答复问题,把一个字眼去替代另一个字眼,因为我们恰恰要知道不道德性是什么,尤其是要知道那社会借编定的刑罚去压制的,而且构成罪恶的那一种特别的不道德性是什么。这不道德性显然是只能从一切的犯罪学上的种种状态里的一种或数种共同的性质里来的;我们须知,合于这条件的只有一种性质,这就是那罪恶——无论是何罪恶——与某几种团

----

① 这两可性并不是没有危险的。譬如人们有时候自问个人的意识是否像团体的意识一般地变化;这一切都要看人们怎样解释那名词而定。如果这名词是代表社会的相似性的,那么,变化的关系乃是成反比例的,这在下文再说;如果这名词是指社会的精神生活的全部而言,那关系都是直接的了。所以有办别的必要。

② 团体意识与个人意识是不是一样的意识,我们可以不管。我这名词只是指社会相似性的全部而言,并不武断地主张这现象的系统应该归在哪一类。

体情感之间的一种相反性。由此看来，原是那相反性生出罪恶，绝对不会是那相反性从罪恶里生出来。换句话说，我们不该说一种行为因为是犯罪的然后触犯了共同的意识，只该说因为触犯了共同的意识然后成为犯罪的行为。我们并不因它是犯罪的然后排斥它，而它却因我们排斥然后成为罪恶。至于这些情感的固有性却是没法子确定的；它们的对象很繁杂，我们没法子用纯一的标准去规定它们。我们不能说它们的关系在乎社会的生活必需的利益或在乎公理的最低限度；这一切的定义都是不妥当的。但是我们只能说：某一种情感——无论它的来源与去向如何——存在一切人们的意识里，而且到了某种强度与某种确定的程度的时候，无论哪一种行为触犯了它，都算是一种罪恶。现代的心理学家渐渐回到斯宾挪莎的意见上去了，斯宾挪莎说，世上的事物为我们所爱然后是好的，并不因为它们是好的然后我们爱它们。倾向与仰慕乃是根源；快乐与痛苦只是枝叶。在社会生活里也是如此的。某一种行为在社会上是不良的就因为它被社会排斥。然而人们可以问我：世上不是有些团体情感是从社会与事物接触时所感受的痛苦或快乐里来的吗？是的，不错，但团体情感并不都是有这种来源的。其中有许多——也许就是一大部分——是从别的原因出发的。凡是能令活动力成为一种确定的形式的，都可以产生一些习惯，而由这些习惯便生出一些意向，此后就非满足这些意向不可了。再说，只有这些最后的意向乃是真确的基本的意向，其他的意向只是特别的而且更确定的形式罢了；因为若要在甲对象或乙对象上找着一些情趣，必先要团体的感受力已经达到了能感受那情趣的程度才行。如果那些相当的情感被消灭了，那么，那最不利于社会的行为非但可以受人宽容，而且受人嘉奖而引为模范。快乐是不能创造一种倾向的一切部分的；它只能维系那些有某种特别目的的倾向，而还要那目的与那些倾向的原始性质相当才行呢。

然而有些情形似乎不是上面的解释所能说明的。有些行为是被社会压制得很严的,却不是舆论所排斥得很厉害的。例如职工的同盟,司法侵入行政的权限,宗教的职务侵入非宗教的职务的范围,这些行为被压制的程度并不与其所引起的众愤的程度相当。又如偷窃公文的行为在我们看来没有多大关系,然而关于此项的刑罚却是颇重的。甚至于有些被罚的行为并不直接地触犯团体情感的,譬如在禁止的时期内捕鱼或打猎,又如把太重的车辆推在公路上经过。这些行为并不与我们的任何情感相抵触,然而我们没有一点儿理由去把这些罪恶与别的罪恶分开。根本的区分乃是武断的①,因为一切的罪恶虽有种种不同的程度,而它们的表面的标准都是一样的。当然,在这些例子里头刑罚不像是不公平的;但是,舆论虽则不反对这刑罚,如果只凭舆论自身,就不会要求这刑罚或不至于这样苛刻。由此看来,在一切这类的情形之下,那犯罪性不从——或不完全从——那些被触犯的团体情感的强度上出发,却另有一种原因。

我们须知,实际上,一个政府的权力成立了之后,它自身很有力量,足以把一种刑罚的制裁自然地系属在某几种行为的标准上。在它自身的行为上,它能创立某几种罪条,或加重其他几种罪恶在犯罪学上的价值。所以我在上文所述的种种行为都是有这共同的性质,而这性质就是:那些行为是与社会生活上的指挥机关不相容的。那么,我们是不是应该假定有两类的罪恶归属于两种不相同的原因呢?我们是没法子归宿在这一个假定上的。罪恶的花样虽多,而在根本上说来,到处都是一样的,因为它到处产生了同一的结果,换句话说就是到处惹起了刑罚,这刑罚的强度虽有等差,而它并不因此就变了性质。我们须知,一个事实不能有两个原因,除非这二元性只是表面的,其实还是一元。所以国家所固有的反动力也该与那散在社会里的反动力的性质相同才是道理。

_____

① 我们试看 Garofalo 先生把他所谓真罪恶与别的罪恶区分(P.45);这是他个人的估量,并没有任何的客观的基础的。

　　实际上,这反动力是从哪里来的呢? 因为国家所管理的利益很重大,非用一种特别的手段去保护不可吗? 然而我们晓得仅仅对于利益的损害,哪怕是重大的利益也不足以确定刑罚的反动力;还要这损害被人感觉到了某程度才行。再说,为什么那对于政治机关的最轻微的损害也被惩戒,而在其他的社会机体里那些更可怕的纷扰却只能在民事上去补救呢? 对于路政局的章程的最小的违犯也被罚金;至于违犯契约——甚至于是屡犯——或在经济关系上的屡次不慎重却仅仅被处赔偿损失呢? 固然,统治机关在社会生活里负有重大的任务;然而其他种种机关的利益也不是非生活必需的,而其任务却不由这方式去保障。脑固然是重要的,胃呢,也是重要的机关,胃有了病,也会像脑有了病一般地使生命上发生危险。人家有时候把政府叫做社会的脑,为什么“社会的脑”就该特别地受优待呢?

　　这难关是容易解决的,我们只须注意到:凡是统治力所在的地方,它的首要的任务乃在乎使人们尊重各种信仰与各种团体上的传说,换句话说就是在乎维护共同的意识而抵抗那些内外的仇敌。这么一来,它就变成了普通意识的象征,在人人的眼里都把它看做共同意识的表现。所以那意识上的生命就与它相通,像那些观念的和合性与代表它们的各名词相通一般,所以它才有这一种特性以致令它成为无敌的。这已经不是重要或次要的一种社会作用了,它竟是团体模型的化身。团体把权力施行在各人的意识上,而它就分享这权利,所以它才有它的力量。不过,当这力量成立了之后,虽则不曾脱离了它所从来的源泉,而且仍旧在那源泉里继续地生长,然而它却变了社会生活的独立元素,能凭着自力产生一些自身的动作,是外面的任何冲动所不能确定的,这恰因为它获得了这最高权的缘故。又在另一方面说,这力量只是共同意识所固有的力量所生出来的,所以它当然有同一的个性与同一的方式,甚至在那普通意识的反动不十分谐和的时候也是如此。它排斥一切的反抗的力量,也像那社会的散漫的灵魂排斥相反的力量一般;甚至在社会的灵魂不感受着那反抗的力量或感受不厉害的时候,这统治力也要去排斥它的,换句话说就是:统治力把那些触犯统治权的行为认为罪恶,然而这些行为触犯团体的情感却不曾厉害到同一的程度。但统治力却从团体情感里接受了一切的力量然后能创立那些轻重的罪名。它不能从别处来,而它又不能不从一个地方来,所以我这书的下文就尽量地阐明好些事实,以证实这一个解答。政治机关所施于种种犯罪行为的名与数之上的作用的范围是与它所包含的力量成正比例的。至于这力量呢,我们也可以测量它,或看政府所施于公民们的权限的大小,或看那些触犯政府的罪恶程度的高低而定。如下文所述,我们就可知那最大的权限与最重的罪恶乃在那些下等社会里;又从另一方面说,最有权威的团体意识也是在这种模型的社会里①。

所以我们始终应该回到团体的意识上来;一切的犯罪性都是直接地或间接地从团体意识里出发的。罪恶不仅是对于利益的损害——纵使是重大的损害,而且是对于最高权力的触犯。我们须知,依经验上说,除了团体的力量之外,再也没有什么道德力能比个人更高超了。

再者,刚才所述的结果,我们还有方法去检查它。罪恶的特征乃在乎它能确定那刑罚。所以如果我对于罪恶所下的定义是切当的,这定义就该把刑罚的一切特征显示出来。我们现在就要做检查的工夫了。

但在未检查以前,我们该先证明这些特征是什么。

二

先说,刑罚是寄托在一种热情的反动作用上的。越在未开化

---

① 再者,在把罚款为一切的刑罚的时候,它既然只是款额有定的赔偿,就是在刑律与恢复性的法律二者的交界之上了。

的社会里,这特征越是显明。实际上,原始的民族为惩罚而惩罚,使罪人受苦只为的是使罪人受苦,他们在施痛苦给那罪人的时候并不希望任何利益。证据乃是:他们并不求罚得公平或罚得有用,只管要罚罢了。所以他们惩戒那些犯了他们所排斥的行为的动物①,或甚至于惩戒那些无机物,因为它们做了罪恶的被动的工具②。至于刑罚就只施于人的身上,它往往超过了罪人的本身而达到一些无辜的人们,例如他的妻子、他的儿女、他的邻人等等③。这因为那刑罚的灵魂——即热情——非到了全消的时候是不能停止的。因此,那热情已经把那直接地惹它的人铲除了之后还有余力,便完全机械地把它这余力散布得更远些。甚至在那力量不很过度、仅仅施及于罪人的时候,它还倾向于把它所反抗的那行为的犯罪性加重,以显它是还未全消的。那些在最后的刑罚上还增加的苦刑,都是从这上头生出来的。在罗马时代还是这样,做贼的非但应该把所偷的东西交还人家,还要被罚比那东西的价值大两倍或四倍的款子④。再说,那最普遍的报复刑不是借此以满足报仇的热情的吗?

　　但是人们可以说:今日的刑罚的性质变了;社会罚人并不为的是报仇,只为的是自卫。它所处分的刑罚只是保护人民一种有法则的工具罢了。它施刑罚,并非因为刑罚的自身能给它一种满意,却因为想使人人畏惧刑苦,好教那些作恶的意志潜藏下去。所以这压制的作用并非寄托在愤怒上头,却只寄托在熟思的先见上头。所以我在上文所述的种种观察恐怕不能成为通例;因为那些观察只

---

① 看 Exode, XXI, 28; Lev. , XX, 16。

② 例如杀人的刀, 看 Post, Bausteine für eine allgemeine Rechtswissenschaft, I, p230—231。

③ 看 Exode, XX 4 et 5; Deutéronome XII, 12—18; Thonissen, Etudes sur l'histoire du droit criminel, I, 70 et 178 et suiv。

④ Walter op. cit. , ... 793。

是关于刑罚的原始形式的,却不能扩充到现代的刑罚的形式上来。

然而如果我们仅仅证明这两种刑罚的目标是不同的,我们还没有权利去说它们是根本不同。一种成法的性质,并不一定因为那些履行那成法的人们的意向改变了就跟着起变化的。实际上,它尽可以在古代已经有了同一的任务,不过人们不觉得罢了。在这情形之下,为什么在人们觉得它产生了好些效果的时候它就会变了形呢?它在新时代,自然有新的条件;它适应那些新条件,并不须有根本上的变化。刑罚也是这个道理。

实际上,如果我们以为报仇只是一种无用的残酷,那就错了。若说它寄托在一种机械的而且无目的的反动上,寄托在无智的而且热情的行为上,寄托在不经考虑的一种破坏的需要上,这都是很可能的;然而它倾向于破坏已经是对于我们的一种威吓了。所以它在实际上已经成立了一种真正的自卫行为,虽则是本能的,不加考虑的。我们只对于那些损害我们的东西报仇,而损害我们的东西总不免是一种危险。报仇的本能只是保守的本能被危险激怒了的罢了。所以人们在人类史上把一种无用的而且消极的任务归于报仇的行为,这是很不对的。这是自卫的一种工具,它有它的价值;不过,这是野蛮的工具罢了。它既然不知道它机械地所产生的益处,因此它就不能很逻辑地规定自己;所以它有几分是随便散布的,它只凭着盲目的本能驱使,而它的怒气也就没有什么可以节制。今日呢,我们更能认识我们所欲达的目的,因此我们就更晓得利用我们所用的方法;我们自卫的方法是更科学的,同时也就是更有效验的了。但是,自从有刑罚以来,这效果就得到了的,不过所得到的效果不算很完满罢了。今日的刑罚与古代的刑罚之间并没有一个鸿沟,所以今日的刑罚并不须要变化然后才能适合于它在我们的开化的社会里所负的任务。一切的差别乃在乎它产生效果的时候它自己很能知道。我们须知,个人的意识或社会的意识虽则对于它所显示的真相不是没有影响的,然而它并没有能力去变换那真相的性质。无论是有意识的或无意识的,那些现象的内部结构还是如前一样。所以我们可以料定刑罚的主要元素与古代的完全相同。

实际上,刑罚仍旧是报仇的工作,至少是一部分如此。人家说我们使罪人受苦并非为的是使他受苦;然而我们觉得他受苦是应该的,这也是不可否认的事实。也许我们错了,但问题并不在错不错。此刻我们只求确定现在或过去的刑罚,却不必问刑罚该是怎样。我们须知,法庭里所常用的“公诉”一个名词并不是一个虚字眼①。我们既假定刑罚真能为我们做将来的保障,我们觉得它也应该是过去的补偿。证据乃是:我们在事前很小心谨慎地把刑罚的轻重与罪恶的轻重尽量地弄成正比例;假使我们只以为罪人作恶就该受苦而且该受同样的苦,那么,这些谨慎的规定都成为不可索解的了。实际上,如果刑罚只是自卫的一种方法,这刑罚的等差就不是必要的了。固然,假使最重大的谋杀案也混在一些轻罪里办理,社会上就会发生危险;但是,假使那些轻罪也混在最重大的谋杀案里办理,在许多地方说起来,却是有益无害的。为着抵抗一个仇敌,提防的手段越严越好。人们会说:犯小罪恶的人的性情并不很坏,我们若要制止他们的不良的本能,只须用一些不很厉害的刑罚就够了。但是,他们的倾向虽则少带一些恶性,却不因此少带一些强度。贼子对于偷窃的倾向是与凶手对于杀人的倾向一样地强烈的;贼子的抵抗力并不比凶手的抵抗力更弱,所以如果我们要制胜他们就该用同一的手段才是。假使像人们所说,关系只在乎把一种相反的力量去压制那损害力,那么,那相反力的强度就该纯然以那损害力的强度为标准,至于那损害力的性质却不成为问题,这么一来,刑罚的阶级就只能包括很少的等差;而刑罚的轻重只跟着那罪人凶恶的程度而定,却不跟着犯罪的行为的性质而定。那么,

---

① 译者注:“公诉”在法文是 Vindicte publique,在拉丁文是 Vindicta,原是报仇的意思。

一个屡戒不悛的贼子就该与一个屡戒不悛的凶手受同一的处分了。然而我们须知,实际上,纵使我们证明了一个罪人是不能矫改的,我们也觉得不该把一种过分的刑罚加在他的身上。这可以证明我们还守着古代报复刑的原理,不过我们把更高尚的意义去理会它罢了。我们对于罪过的限度与刑罚的限度都不像古人那样物质地而且野蛮地去测量了;然而我们始终以为二者之间该有一个方程式,无论我们立那比较的标准有没有利益,我们总不免存这念头。所以我们心目中的刑罚还是我们的祖宗的心目中的刑罚。这既然还是一种补赎,那么,就还是一种报仇的行为。我们所报复的与罪人所补赎的就是那对于道德上的冒犯的举动。

世上有一种刑罚尤其是能表现这热情的特征的;这就是:在大部分的刑罚里,有耻辱去加重那些刑罚,而且耻辱跟着刑罚增加。这耻辱往是没有益处的。一个罪人,他已经不再该在社会里生活了,而且他的行为已经可以充分地证明那些最可怕的威吓还不足以吓倒他了,我们羞辱他又有什么用处呢? 如果在没有其他的刑罚的时候,或物质上的刑罚还颇轻微,不足以示惩戒的时候,加以耻辱还有可说,否则耻辱就是赘物了。我们甚至于可以说社会非遇别的刑罚不够用的时候还不肯就用法律上的刑罚,然而这样说来,为什么要维持这一类的刑罚呢? 它们只是一种补足的而且无目标的刑罚,其处罚的原因只是"以害偿害"的一种需要罢了。这实在是本能的而且不可抗的情感的一种出产品,所以这些惩罚往往扩充到无辜的人们身上。譬如有时候,犯罪的地点、借以犯罪的工具、罪人的亲属,都分担了我们所罚的一个人所受的耻辱。然而我们须知,那些确定这种散漫的刑法的原因也就是那伴随在这刑法之后的有组织的刑罚的原因。再者,我们只须看法庭里的刑罚是怎样活动的,就可知刑罚的动机纯然是热情的了。追究案情的法官与辩护的律师都是向一些热情上去争胜的。律师努力要替罪人博得同情,法官却努力要用那犯罪的行为所触犯了的社会情感唤起人们的注意,而那裁判官也就在这两种相反的热情的影响之下去判决那案件了。

　　这样说来,刑罚的性质并不曾根本地改变。我们所能说的仅是:报仇的需要在今日是比昔日更处理得宜了。自从人们有了先事提防的精神之后,那热情的盲目的行为就不像昔日一般自由;它把那热情管束在某某界限之内,不许做无理的剧烈行为,也不许做没来由的蹂躏。这热情已经不是盲目的,也就不很像从前任意乱来;纵使在求满足的时候,也不至迁怒于无辜的人们了。然而热情总不免仍是刑罚制度的灵魂。所以我们可以说刑罚是寄托在强度有等差的热情的反动作用上的①。

　　然而这反动作用是从哪里来的呢? 从个人来的呢,还是从社会来的呢?

　　人人都晓得是社会去处罚,然而它尽可以不负责的。我们所以不怀疑刑罚的社会性者,这因为刑罚一经宣布,就非由政府用社会的名义不能取消。假使这是博取个人的满意的,各个人就始终该有赦免的权;因为如果一种特权是不能不要的,而且是那受权的人所不能放弃的,这还能叫做特权吗? 其所以只由社会去支配刑罚之权者,因为它被害的时候各个人也就同时被害,而刑罚所压制的就是那损害社会的行为。

　　但我们也可以找出些例子来说刑罚的处分是归属于各个人的意志的。在罗马时代,有些罪恶是被罚款给那受损害的当事人的,而那当事人却可以放弃那款子或借此讲和:例如不显明的偷盗、劫掠、侮辱、非理的损害等等皆是②。这些罪恶是所谓私罪,与纯然所

---

①　在那些觉得补赎的思想为不可索解的人们,他们也承认这一点。因为他们的结论乃是:为要适合他们的学说起见,该把人们对于刑罚上的传统观念从头至尾完全地改造一番,那么,他们所攻击的原理显然就是昔日与今日的刑罚所凭借的基础了(看Fouillo 的 Science Sociale p307 et suivantes)。

②　Rein, op. cit. , p111。

谓罪恶相对而言,至于那些纯然所谓罪恶的刑罚却是由政府的名义去处理的。在希腊,在希伯来人,都有这一类的区别①。在更不开化的一些民族里,有时候刑罚似乎更完全是私的东西,譬如哥尔斯岛的族仇就倾向于证明这一种事实。这些社会是由许多基本团体集合而成的,那些基本团体差不多是家族的性质,我们因为方便起见,可以叫他们做"族党"。在甲族党里的一个分子或几个分子谋害了乙族党里的一个人的时候,乙族党就认为全族受了侮辱而对于甲族党加以刑罚②。若就学理上说,还有一点至少是在表面上能显得这些事实更重要的,这就是:人们往往认定那族仇在原始时代曾经是刑罚的唯一形式;这样说来,刑罚大约是先寄托在私人报仇的行为上了。今日的社会虽则有了惩戒的法律做工具,也许我们只能说社会仅是代表各个人去执行刑罚。它只是他们所委任的执行者。它代替他们管理他们的利益,大约是因为它管理得妥当些,然而这并不是它自己的利益。在原始的时候,他们自己报自己的仇;现在是它为他们报仇。但刑律既不能因为这简单的交替而变了性质,也就不会有纯粹的社会性。社会所以好像负有重大的任务者,这只是代理个人们的任务而已。

　　但是,这理论虽则是很流行的,而那些更可证明的事实却与这理论相反。我们不能引据一个社会就说族仇是刑罚的原始形式。我们可以断定原始的刑律乃是以宗教为根本的。这在印度在犹太,都是显然的事实,因为印度、犹太的法律在昔日是被认为神示的③。在埃及,那《哈尔迷十书》(Les dix livres d'Hermés)内载犯罪法,连同关于政府的一切律例,都被称做神父的书,而且爱里阳说:

① 在希伯来人,偷盗、侵夺存放物、顶冒、殴打,都被认为私罪。
② 特别看 Morgau 的 Ancient Society,London,1870,p76。
③ 在犹太的裁判官不是牧师,然而一切的裁判官都是上帝的代表,是上帝的人(Deutérnome,Ⅰ,17;Exode,ⅩⅩⅫ,28)。在印度,是国王任裁判,然而这职务是在根本上被认为宗教的(Manou,ⅩⅢ,Ⅴ,p303—311)。

在古代的埃及完全是由牧师们执行法律上的职务①。在古代的日耳曼也是如此②。在希腊,法律是被认为朱丕台(诸神的主宰)所颁发的,而刑罚的情感也就被认为神的报仇③。在罗马,刑律也是以宗教为来源的,最显明的证据第一是那些旧习俗④,第二是后来还存在的上古成法,第三就是法律名词字典的本身⑤。我们须知,宗教乃是根本上带有社会性的东西。它非但不追随个人的意向,而且时时刻刻把一种压制力施于个人的身上。它强迫个人去守那些妨碍个人的教规,去做大大小小的许多牺牲。个人应该在自己的财产里拿出多少来奉献神明;又应该在自己工作或消遣的时间里抽出相当的时间去履行那些祭礼;又应该遵守上帝所吩咐的戒条,甚至于牺牲了生命,如果是上帝的命令的话。宗教完全是牺牲与大公无私的精神,所以如果原始的刑律乃是宗教上的一种法律,我们就可以断定那刑律所保障的利益乃是社会的利益了。诸神因为自身受了触犯而借刑罚报仇,并不因为个人们受了触犯而替他们报仇;我们须知,对于诸神的触犯也就是对于社会的触犯。

因此之故,在下等的社会里,最多数的罪恶乃是损害公物的罪恶:例如触犯宗教、触犯风俗、触犯政府等等。我们只须打开《圣经》一看,又试看印度的《摩奴戒律》(les lois de Manou)与埃及的老法典里所剩下的碑文,我们就知道那些关于保护个人的法律所占的地位是比较地小,而反过来说,那些关于亵渎神圣的种种不同的形式、不守宗教上的规则或仪礼等的禁条却发达得非常厉害⑥。同

---

① 看 Thonissen 的 Etudes sur l'histoire du droit criminel, I, p107。

② 见 Zæpfl 的 Deutsche Rechtsgeschichte, p909。

③ 爱西约德说"是沙杜尔纳(朱丕台的父亲)给我们人类的裁判权"(Travaux et jours, V, 279 et 280, édition Didot)。"当人类放纵于邪恶的行为的时候,朱丕台居高临下,一定看见了,而且即刻惩戒的"(Ibid., 266. 又参看 Iliade, XVI, 384 et suiv)。

④ Walter, op. cit., § 788。

⑤ Rein, op. cit., p27—36。

⑥ Thonissen, passim。

时,这些罪恶乃是被惩罚得很重的。在犹太民族里,最被人痛恨的谋害罪就是对于宗教的谋害罪①。在古代日耳曼民族里,依泰西特说,只有两种罪恶是被处死刑的:第一叛逆宗教,第二脱离宗教②。又依孔子与孟子说,不敬天的罪比杀人的罪更大③,在埃及,最小的渎神罪也被处死刑④。在罗马罪恶的等差上,最高的也是违反宗教罪⑤。

　　但是,依上文所举的例子,这些私刑究竟是什么? 它们的性质是混杂的,同时有压制性的制裁与恢复性的制裁。所以罗马法里的私罪竟是在纯粹的刑事罪与纯粹的民事损害二者之间的。它有刑事的形态,也有民事的形态,所以它漂浮在二者的边界上。在某种意义上说,这是一种刑事罪,因为法律所规定的制裁的目的并不仅仅在乎把事物恢复固有的状况;那犯罪的人不但该负赔偿损失的责任,而且他还要受某种处分,就是所谓补赎。然而这也不完全是一种刑事罪,因为虽则是由社会宣告刑罚,而它却不能作主去执行刑罚。这是它授与那被害人的一种权利,只由那被害人自由地处置⑥。同样,族仇也显然是社会所认为合法的一种刑罚,然而它却任凭个人们去自由施罚。所以这些事实只能更证明我所说过的刑事的性质。这一种中性的制裁虽则有一部分是私的,同时却不是一种刑事的惩罚。刑事的特性少些,则它的社会性就少些;反过来说,刑事的特性显明些,则它的社会性就显明些。我们不能说私人的报仇乃是刑事的原始形式;恰恰相反,这只是一种不完善的刑罚。非但那些对于个人的谋害罪不曾是首先被压制的罪,而且在

_____

① Munck, Palestine, p216。

② Germania, XII。

③ Plath, Gesetz und Recht in alten China, 1865, 69 et 70。

④ Thonissen, op. cit. , I , 145。

⑤ Walter, op. cit. , § 803。

⑥ 但是,最能显示私罪的刑罚的特性的,乃是它涉及于耻辱,这就是真正的公刑了(V. Rein, op. cit. , p916。。Bouvy, De l'infamie en droit romain, Paris, 1884, p35)。

王力译文集

原始时代它们才仅仅到了刑律的门阈上呢。它们须待社会渐渐感觉着有它们为害的时候然后渐渐升上犯罪性的阶级;这一种变动,我们用不着详述,但决不是简单的一种交替。恰恰相反,这刑罚性的历史恰是社会不停止地侵占个性的历史,更说严格些便是侵占它所包含的各基本团体,而这侵占的结果乃在乎渐渐用社会的法律去替代私人的法律①。

　　然而上述的种种特征非但是那追随那些仅是不道德的行为的散漫的制裁所有的,而且也是法律上的刑罚所有的。我在上文说过,法律上的刑罚所以异于那散漫的制裁者,就因它是有组织的;但这种组织又寄托在什么地方呢?

　　当我们想起了现代社会里所施行的刑律的时候,我们就想到那法典里的罪名是非常确定的,那系属于罪名的刑罚也是非常确定的。固然,裁判官在把这些普通的刑条施用于每一个特别情形的时候尽有某种伸缩的自由;但是,在根本的大纲上,每一类缺载的犯罪行为都有刑罚在那里暗暗地确定了的。然而这无所不备的组织却不是刑罚的基础,因为有些社会里虽有刑罚,却不是预先规定了的。在《圣经》里,有许多禁律是尽量地用命令式的,却没有明文规定违禁的该受的任何刑罚。然而刑罚的性质并不是可怀疑的;因为经文虽则绝口不提刑罚,同时它却表现那禁止的行为可怕到那地步,以致人们不能有一刻设想那行为是不会被惩戒的②。所以我们尽可以设想这不提及刑罚的原因只在乎那刑罚的方法不曾确定。实际上,《圣经》的前五卷里有许多叙述的文章都只告诉我们说有许多行为的罪恶价值是无异议的,至于刑罚却还待裁判官去决定施行。那社会分明知道眼前就是一种罪恶,然而那应该系

---

① 无论如何,我们总该注意到那族仇乃是根本上有团体性的东西。这并不是个人报仇,只是族党报仇;后来那和解的款子还是给那族党或那家庭的呢。

② Deutéronome, Ⅵ, 25。

属于那罪恶的一种刑罚的制裁却是不曾确定的①。再说，甚至于在立法人所制定了的各刑罚当中，也有许多是不曾确切地规定的。所以我们晓得当时有许多不相同的刑罚是不能一例执行的，然而在一大部分的情形之下，那经文只普遍地说及死刑，却不提及应该怎样处死。依照孙末楠说，在原始的罗马也是如此；犯罪的人们被告到民众的会议里，由民众证明了犯罪的事实，同时才用一条法律去规定刑罚，这是民众的最高权②。又甚至于16世纪，刑律的大纲乃是："刑罚的施行是由裁判官专断的。不过，只不许裁判官在习用的刑罚之外再创造其他的刑罚。"③这裁判官的权力的另一个作用乃在乎连犯罪行为的价值也完全由他估定，所以那罪名的本身也是不曾确定的了④。

由此看来，这一类刑罚的有分别性的组织并非寄托在刑罚的规定上头了。这也不是寄托在刑事诉讼律的一种组织上头，上文所述的诸事实尽可以证明在很长的时间内刑事诉讼律是没有组织的了。所以凡在有纯粹的刑罚的地方就有的唯一的组织只能是法庭的设立了。无论法庭是怎样组合的，无论它包含人民的全体成员、包括一部分的精英，无论它在审判的时候与施刑的时候是否遵守一种有规则的诉讼法，我们都可以不管；我们只看那犯罪的行为不复由各人去裁判，却设立一个团体去裁判，我们只看那团体的反动力借着一个确定的机关做媒介，我们就可以知道那反动力已经不是散漫的了，而是有了组织的了。那机关在将来可以成为更完

---

① 人们曾经遇见一个人在安息日拾柴，"他们就把那人领去交给摩意斯与阿龙以及裁判会全体，结果是把他放进监牢里，因为人们从前还不曾说明应该怎样处治他"（Nombres，XV，32—36）。又有一次是一个人咒骂了上帝的名字，那些在场的人们把他捉住了，却不晓得怎样处治他。摩意斯自己也不晓得，所以他去请教于上帝（Lév.，XXIV，12—16）。

② Ancien Droit，p358。

③ Du Boys，Histoire du droit criminel des peuples modermes，VI，p11。

④ Du Boys，ibid.，p14。

备些,然而在这时它已经存在了。

所以刑罚是根本地寄托在那强度有等差的热情的一种反动作用之上的,社会借着一个有组织的团体为媒介去把那反动作用施于那些违犯了某几种行为标准的社会分子的身上。

我在上文对于罪恶所下的定义已经很容易地把这一切的刑罚的特性表现出来了。

三

意识里的一切强的状态都是生活的一个源泉,这是我们普通的生活力的要素。因此之故,凡是倾向于把那状态弄弱的东西都能弄弱我们的生命;我们因此就会感觉不安或纷扰,恰像我们身上的一个重要的器官停止了作用或迟滞了的时候我们所感觉的不安或纷扰一般。所以当在一件事由使我们觉得有被弄弱的危险的时候我们就不免于起反动,也就不免努力排除那事由,好保存我们的全意识。

在那些能产生这结果的种种事由当中,第一就该数到一种相反的状态所给予我们的意象。一种意象并不仅是事实的照片,也就不是那些事物所影射给我们心里的一个死的影子;它是一种力,而这力就能在它的周围引起了关于机体上的与灵魂上的各种现象的波澜。非但那伴随想象的神经流在那外壳带里它所从生的一点的周围巡绕,又非但从甲神经丛渡过乙神经丛里,而且它在那运动带里震动以确定了些动作,又在感觉带里唤起了些意象,有时候还激发了幻想的开端,甚至于影响到那些生长的官能呢[1]。那意象本身的强度越高,那感触的元素越发达,那震动力也就越厉害。所以那与我们的情感相反的一种情感的影像在我们的脑里进行的方向与样子恰与那影像所代表的情感进行的方向与样子一般,竟像那

----

[1]　见 Maudsley 的 Physiologie de l'esprit, tr. fr. , p270。

情感的本身进了我们的意识里。实际上,那影像也有同一的和合力,虽则弱了些;它倾向于唤起同一的思想,同一的动作,同一的感触。所以它就用一种抵抗力去障碍我们本人的情感的运行,后来就把我们的情感弄弱了,同时把我们的力量的全部分牵引到一个相反的方向去。这好像一种外力混进了我们的意识里,阻止我们的灵魂上的生命自由地进行。因此之故,一种与我们相反的信心一在我们的意识里显现了之后就不能不扰乱了我们的心怀;这因为它攻进了我们心里的时候,与它所遇的一切都不能相容,以致形成真正的纷扰。固然,只在两种抽象的思想互相冲突的时候,并没有什么很痛苦的现象,因为并没有什么很深的印象。这种思想在意识里的位置是高超的,同时也是浮浅的,所以虽则突然受了变化,并没有很大的反响,也就只能对于我们发生一些微弱的影响而已。但是,至于关涉到我们所爱的一种信仰的时候,我们就不许而且不能容许人家任意地触犯我们了。一切对于我们的信仰的触犯都惹起一种情感上的反动,这反动的强度虽有等差,却总是反向那触犯的人进攻的。我们生气了,我们对他动愤了,我们恨他了,这样惹起的情感是不能不借行为以表达的;所以我们就有逃避他,远离他,把他驱逐出我们的社会之外各种行为。

我当然不说一切的强烈的信心都一定是不能与其他的信心相容的;只普通的观察已经足以证明是有相容的可能了。但如果能相容,就因刚才我所述的结果所从来的原由已经被外来的一些原由弄成中性的了。例如两个仇人之间可以有一种普通的同情,而这同情就包容了那仇敌性而且把它减轻了。然而须得这同情心比那仇敌性更强些才行,否则同情心还是不能存在的。要不然,就是两个对手方都知道奋斗是没有结果的,于是双方都放弃了战争,只各守各的地位就算了,这因为他们不能互相摧残,所以不得不互相容忍。两个宗教战争的结果,有时候是以互相容忍收场,就往往是这一种性质。在这一切的情形之下,情感的冲突所以不产生它的自然的结果者,这并不因为它不包含有这些结果,只因它受了阻碍,以致不能产生罢了。

再说,这些结果是有益的,同时也是必要的。它们非但是势必从那些产生它们的原因里出来的,而且要它们才能维持那些原因。实际上,这一切的热烈的情绪都能唤起好些增补的力量,这些力量就把那相反的情感所排除了的力量还给那被打击的情感。人们有时候说愤怒是没用的,因为它只是一种破坏的情绪;但这因为他们只看见愤怒的各种面目之一种罢了。其实它的作用乃在乎激发那些潜伏的而且待用的力量,这些力量就来帮助我们个人的情感去应付那些危险。在和平的状态的时候,这状态并没有很足量的兵力以为战争之用,所以假使没有情绪上的后备队在必要的时候上战场来,则它就有失败的危险了。愤怒并不是别的,只是这些后备队的动员令。甚至于有一层是很可能的:当那被召的后援超过了需要的时候,非但不足以动摇我们,而且争持的结果竟可以使我们的信心更坚呢。

我们大家都知道一种信仰或一种情感的力量的强度是多么高的,这只因为那些互相接触的人们共同地感觉得这种信仰或情感的缘故;这现象的种种原因在今日乃是大家都知道的了①。我们须知,意识上的各相反的状态乃是互相弄弱的,同理,意识上的各相同的状态在互相交换的时候却是互相弄强了的。相反的状态相消的时候,正是相同的状态相加的时候。如果有人在我们跟前陈述一个观念是与我们的观念相同的,那么,那观念在我们的心里所形成的意象就加进了我们自己的观念里,层叠起来,混合起来,把自身所有的生活力都与它相通了;经过了这一次混合之后,就生出了一种新的观念,这新的观念就吸收了上述的那些观念,此后它就比从前各观念单独存在的时候更强烈了。因此之故,在那些人数众

---

① 看 Espinas, Société animale, passim, Paris, F. Alcan。

多的会场里,一个人的感动竟能引起那么厉害的回声;这因为那在一人的意识里所发生的情绪的强烈性已经震动了其他一切的意识了。我们甚至于不必由我们个人的性质去感觉着一种团体的情感然后那情感在我们心里才能有那么的强度;因为我们所加于那情感上的东西真不算一回事了。只要我们不是太硬的地皮,那情感从它的来源所得的力量已经够攻进我们的心坎里了。在同一的社会里,罪恶所触犯的那些情感既然是最有团体性的,它们既然是共同意识里特别强烈的状态,它们就势必不能容忍那相反的事实。尤其是在那相反的事实不纯然是理论的时候,在非但以言论表示相反,而且以行为表示相反的时候,这事实就到了最高限度,我们就不会不挺起身子来,热烈地反对它。对于这种扰乱秩序的行为,仅取恢复原状的手段,我们觉得还不够;我们要一种更强烈的满意。那罪恶所触犯的那一种力量太强了,是不能很有节制地反动的。再者,假使它不用强,就会衰颓下去的,因为它所以能自己恢复而且在同一的力量的程度上自己维持者,恰恰亏它有了这反动的强度呢。

这么一来,我们可以把这一种人家往往说是不合理的反动的一种特性加以说明了。我们可以断定说在补赎的概念的深处总不免有满足某种强权的一种观念,这强权无论是实际的或意象的,总是比我们高超的。在我们要求压制罪恶的时候,我们并不是要替我们自己报仇,我们只模糊地觉得我们的身外与我们的顶上有某种神圣的东西,我们要替这神圣的东西报仇。我们对于这神圣的东西的概念是随时随地变化的;有时候只是简单的一种观念,例如道德、义务等等;然而在最普通的时候我们把这东西设想成为一种或数种具体的实物的形式,例如祖先、神明。因此之故,刑律非但在根本上是宗教的,而且始终还保存着某种宗教性的标识;因为刑律的惩罚的行为好像只是对于某种高超的东西的损害,无论这东西是实物或是概念。根据这同一的理由,我们就可以明白:若依人类的纯然的利益说起来,我们尽可以采取恢复性的制裁就算了,而我们要求一种更高的制裁者,就因为那些行为是触犯了更高超的东西的。

这意象当然是虚幻的;在某种意义上说,这显然是我们替我们自己报仇,是我们自己求个满意,因为那些被触犯了的情感显然只是我们自己的东西。然而这幻象却是必需的。因为这些情感有它们的团体性的来源,有它们的普遍性,有它们的永远的绵延性,有它们的固有的强烈性,所以它们就有一种非常的力量,它们根本地与我们的意识分离,因为我们的意识上的各种状态都远不如它们那样强烈。它们驾驭我们,它们有些"超人"的什么性质,同时,它们把我们牵连在一些对象上头,而这些对象却是在我们的有时间性的生命之外的。所以我们似乎觉得它们好像一种外力在我们的意识里发生回声,而这力却是比我们的力更高超的。这么一来,我们就不得不把它们放到我们的身外去,把与它们有关系的东西附属于某种外物之上;这个性上的部分的放弃,在今日人们是知道怎样的了。这幻象是那样不可避免的,所以无论在甲种或乙种形式之下,只须有了刑罚的制度,这幻象就会产生。若要它不如此,除非我们的意识里仅仅有一些强度平常的团体情感,然而在这情形之下也就不会有刑罚存在了。我们岂不可以说等到人们醒悟了之后那错误就会自然地消灭了吗? 然而我们徒然晓得太阳是一个很大很大的星球,我们始终只能看见它好像几寸的圆镜子。在我们了解了某事物之后尽可以借此解释我们的感觉,然而我们却不能改变了我们的感觉。再说,错误也只是部分的罢了。这些情感既然是团体的,那么,它们在我们的意识里所代表的并不是我们,而是社会。所以在报仇的时候,我们显然是替社会报仇而不是替我们自己报仇,而且社会乃是高超于个人的东西。由此看来,人们把这补赎作用上的"差不多是宗教"的特性看做一种不关重要的赘物,这就错了。恰恰相反,这才是刑罚的不可缺的元素呢。固然,它只用象征的方式去表现刑罚的性质，但这象征也不是没有真相的。

　　从另一方面说，我们懂得那刑罚的反动作用并不是在一切的情况之下都是一样的，这因为确定刑罚的那些感触也不始终是一样的。那些感触的强度是跟着那被触犯了的情感的强度与那触犯的强度而异的。一种强的状态比一种弱者状态反动得更厉害些；就说同一强度的两种状态吧，如果触犯的强度不同，它们的反动力也就不同。这些花样是势所必然的；而且是有用的，因为须使那些救援的力量与那危险的重要程度成正比例才是好事呢。太弱了，就不够用；太强了呢，却是滥用了。既然那犯罪行为的重度是跟着犯罪的元素而变的，我们到处观察着的罪恶与刑罚之间的正比例就是很机械地成立了的，并不必要我们费了许多高明的心机去计算了。罪恶的等差的元素也就是刑罚的等差的元素；因此之故，这两种等差就势必相当，而这相当性非但是必需的，同时也是有用的。

　　至于说到这反动作用的社会性，它是从被触犯的情感的社会性里生出来的。因为这被触犯的情感乃是人人的意识里所共有的，所以每次有人犯罪的时候，无论是亲眼看见的或知道那事的都起了同一的愤怒。一切的人们都受了触犯，所以一切的人们都挺身反抗。那反动的作用非但是普遍的，而且是团体的。"普遍的"与"团体的"并不一样；那反动的作用并不在各个人的意识里单独地发生，都是共同的、齐一的，而且跟着各种情形而变的。实际上，相反的各情感是相拒的；同理，相同的各情感是相吸引的，情感越强烈，它们相吸引也就越厉害。因为那触犯的行为是一种令它们发怒的危险，所以它们的吸引力也就增加。一个人到了外国，就特别感觉得再见同国的人们的必要；在自己的宗教被虐待的时代，就特别觉得倾向于同教的人们。固然，我们时时刻刻都喜欢有那些思想相同、感觉相同的人们做伴侣；但是，在一个辩论会里，我们的共同的信仰受了强烈的打击之后，我们出来寻找同志，就不仅仅怀着欢心，而且怀着热情了。所以罪恶能把那些善良的意识弄得更亲密，更集中。我们试看——尤其是在一个小城市里——有人犯了某种丑事的时候会发生甚么情形就可以证明了。大家在路上停了脚步，大家互相拜访，大家在适当的地点相会，为的是谈论那事件，而且大家一致地抱不平。在这些交换的相似的感想里，在这些互相表示的愤怒里，有一种统一的愤怒生出来，这种愤怒的确定的程度要看情形，然而它是一切人们的愤怒，已经不是各个人的愤怒了。这所谓公怒。

只有它自己有些用处。实际上，这些当事的情感因为是人人所共有的缘故就尽量地把它们的一切力量放出来；因为它们是无异议的，所以它们就勇不可挡了。人们对它们所以特别尊重者，就因为它们是人人所尊重的。然而我们须知，如果它们真是被人人尊重，那么，世上便不会有罪恶；所以罪恶二字就包含有"它们并不绝对是团体的情感"的意义，于是就把那"一致性"——它们的权力的源泉——损害了。因此之故，在罪恶发生的时候，假使那些被罪恶触犯了的意识不联合去互相证明它们始终还是一致的，去证明那特别的情形只是一种变态，那么，它们岂不会渐渐被动摇了吗？然而它们尚须互相保证它们始终是一致的，借此互相给予力量；而达到这目的的唯一方法乃在乎一致反动。简单说一句：既然被触犯的乃是共同的意识，就该是由共同的意识去抵抗，因此，那抵抗力就是团体的了。

我们现在只还该说那共同意识为什么有了组织。

我们要明白这特性，只须注意到那有组织的压制与那散漫的压制并不是对立的，它们二者之间的区别只在乎程度的不同：在有组织的压制里，那反动作用更有一致性。我们试看那纯然的刑罚所为报仇的那些情感的性质更确定些，强度更高些，我们就可以很容易地知道那一致的作用更完善的原因了。实际上,那被否认的状态如果是弱的或仅仅被轻轻地否认了的,那么,就只能惹起那些被触犯的意识的很弱的集中作用罢了;反过来说,如果那状态是强的,如果那触犯的行为是厉害的,那么,那被犯的全团体就收缩起来,团结得很紧很紧,去对付那危险。人们不复满足于遇着有机会的时候才交换感想,在偶然的时候或有相遇的方便的时候才随便地互相接近;这因为那渐迫渐近的感动作用很猛烈地把那些相似的人们推拉,令他们互相倾向,集合到同一的地点。这团体的物质上的集中作用在把各人的精神迫得互相透入得更深的时候,同时也使那公共的一切动作更容易些;因此,各人的意识里所发生的感触的反动作用就有了取一致行动的种种可能条件了。不过,假使这些反动作用在质上或在量上是很分歧的,那么,在那些不可约小的而且是部分地相异的元素之间,一种完全的混合作用竟是不可能的了。但是我们晓得惹起反动作用的那些情感乃是非常确定的,因此也就是很一致的。所以这些反动作用也有这一致性,而它们自然也就互相浸渍而成为一种唯一的合成力,这合成力就是它们的替身。施行这合成力的并不是那些单独的个人,有是有组织的社会团体。

　　有许多事实倾向于证明这在历史上乃是刑罚的根源。我们晓得,在原始的时代,是全体人民的会议去执行法庭的任务的。如果我们参考上文所述的《圣经》前五卷的那些例子,我们就可见那些事实的经过是像刚才我所描写的一般了。自从那犯罪的消息一传出去了之后,民众即刻集合起来;虽然当时的刑罚不是预先确定的,然而反动的作用还是一致的。甚至在某几种情形之下,民众宣告了判决文之后,即刻就由团体去执行那判决文①。再者,凡在那会议寄托在一个首领的身上的时候,这首领就成为刑罚的反动作

①　依 Thonissen 说,有时候乃是罪恶的见证人们担任一种很重要的行刑的职务。

用的机关的一部分或全部分，而且机关的组织乃是依照一切的进化的组织上的通例的。

　　由此看来，这显然是团体情感的性质形成了刑罚，再申说起来，也就形成了罪恶。再者，我们又可见自从有了政府之后，政府所用的反动的权力只是从社会上的散漫的权力里变化出来的，因为它是从那里生长的。甲种权力只是乙种权力的反映，甲种的范围的变化也像乙种的一般。再说，这权力的成立只为的是维持那共同意识的本身。因为假使那代表共同意识的机关没有那意识的尊严与其所施行的特别权力，那么，那意识的本身就会衰弱下去的。然而我们须知，那机关要维持它的尊严，就非使那些触犯它的行为也像触犯团体意识的那些行为一般地被打倒了不可；甚至在那团体意识不是直接地受了影响的时候，那些触犯的行为终是该被打倒的。

四

　　这样看来，这个对于刑罚的分析已经证明我对于罪恶所下的定义了。我先用归纳法去证明了罪恶是根本地寄托在与普通意识里的一些强烈而确定的状态相反的一种行为上的；刚才我又说明刑罚所有的一切特性都是从罪恶的这种性质产生的。因此，刑罚所定的标准就表现那些最根本的社会相似性了。

　　我们从此就知道刑律所象征的是哪一类的连带性了。实际上，人人都晓得有一种的社会黏合性的原因乃在乎一切各个人的意识所凑合的一种共同的模型，而这模型不是别的，只是社会的灵魂的模型。在这些条件之下，团体里的诸分子非但因为相似而个别地互相倾向，而且他们还粘着于这团体模型的生存条件上，换句话说就是粘着于他们集合而成的社会上。非但那些国民相爱相求，胜于外人；而且他们爱他们的祖国。他们爱国也像他们相爱一般，他们务求国家长寿而昌盛，因为如果没有国家，他们的灵的生活的一部分的作用就会受了牵制了。反过来说，社会也务求他们把那些基本的相似性显现出来，因为这是它的黏合性的一个条件。我们是有两种意识的：甲种只包括我们各人的那些个别状态，由此显出我们的个性；乙种所包括的那些状态却是全社会所共同的①。甲种只代表我们的个性，成立我们的个性；乙种却代表团体的模型，因此也就代表社会，因为社会没有它就不会存在了。当在乙种的意识里的一种元素确定了我们的行为的时候，我们行为并不为的是我们个人的利益，却是跟着团体的目标做去。然而我们须知，这两种意识虽是有分别的，却又是互相连系着的，因为严格地说它们只是一体，它们两个只共有唯一的而且同一的有机的本体，所以它们是有连带关系的。从这里生出了一种"固有"的连带性；这连带性既从相似性里生出来，就把个人直接地系属给了社会。我为什么提议把它叫做机械的连带性，这在下章我还可以说得更透彻些。这连带性的作用非但在乎普遍地、无定地把个人系属于社会，而且它又把各人的动作弄成谐和的。实际上，这些团体的动机既然是到处一样的，所以它们就到处产生同一的结果。因此之故，每次它们起了作用的时候，各个人的意志就自然地不约而同，而且往同一的方向去了。

　　压制性的法律所表现的就是这连带性，至少可以说是这连带性所有的生活力。实际上，刑律所禁止而且认为罪恶的行为共有两种：若不是这些行为在施为的原动人与团体的模型之间直接地显示一种太厉害的相异性，就是它们触犯了普通意识的机关。无论在甲种情形或乙种情形之下，那侵犯了刑律的罪恶所触犯着的力量始终是一样的。这力量乃是最根本的社会相似性的产物，它的作用在乎维持从那些相似性里生出来的社会黏合性。刑律的作

----

① 为着简单些说明，我只假定个人是仅仅属于一个社会的。其实我们是许多团体的分子，因此我们就有许多的团体意识；但这种复杂的作用并不能改变了我此刻所证明的关系。

用就在乎保护这力量以免一切他力的摧残，一方面要求我们各人守着相似性的最低限度，因为没有这最低限度的一些相似性，之后，个人就会损害及于社会团体的统一性；另一方面又在保障那些相似性的时候，同时强迫我们尊重那表现相似性的一个象征。

这么一来，我们可以明白为什么有些行为往往被公认为有罪，因此受了惩罚，然而这些行为的本身对于社会却不是有害的。实际上，团体的模型也恰像个人的模型一般地是由很繁杂的原因——甚至于由偶然的遭遇形成的。团体的模型既是历史上进化的产品，所以社会在历史上所经历的一切种种的境况都在它的身上留下了标识。假使一切都是合于有用的目标的，那当然是不可思议的妙事；可惜那里头有许多元素插进了去，却是与社会的利益不发生一点儿关系的。在个人承受于祖父的或自己经世所得的种种倾向当中，当然有许多是毫无用处的，或得不偿失的。固然，这些倾向是不会占大多数的，因为在这条件之下人类就不能生存了；然而终有许多没有用处的倾向支持着，又有许多倾向的用处是不容否认的，而它们的强度却往往不与它们的用处相当，因为它们的强度有一部分是从别的原因里来的。团体的情感就是如此的。那些触犯团体情感的行为并非无论哪种的自身都是危险的，至少可以说危险的程度不及人们排斥的程度。然而人们对于那些行为的排斥终不免有存在的理由；因为无论这些情感的来源如何，如果它们成为团体模型的一部分的时候，尤其是在它们成为基本的元素的时候，凡是摇撼它们的东西都不免同时摇撼及于社会黏合性，因此就连累了社会。我们本来用不着它们出世的；但到了它们出了世而且寿了若干时期之后，我们就不管它们是无理的，我们务必需要它们继续地存在。所以就普通说，我们对于触犯它们的那些行为，应该不宽容才好。固然，在抽象的理论上，我们尽可以证明一个社会毫无理由去禁止人家吃某种肉，因为肉的本身是不触犯什么的。然而一到了这对于那肉的厌恶成为普通意识里的全分的时候,如果它一消灭了,社会就会解体——这乃是那些健全的意识所隐隐地感觉到的①。

至于刑罚也是如此。它虽则发源于非常机械的一种反动作用,这作用是情感的,而且有一大部是不待考虑的,然而它终不免负有一种有用的任务。不过,这任务不是在人们普通所看到的地方的。它的用处不在乎——或只很次要地在乎矫改那罪人与威吓那些学样的人们;在这两点上,它的效验是很可疑的,总而言之,是没有多大价值的。它的真正的作用乃在乎在普通意识里维持着它的一切的生活力,同时也就维持了社会的黏合性,不使有一点儿缺欠。这普通意识在明明白白地被人否认的时候,假使没有共同的一种情感上的反动作用来补救这损失,那么,那意识势必丧失了好些力量,结果是使社会的连带性松懈了。所以当在普通意识被人否认的时候,这意识就该轰轰烈烈地自己是认,而是认的唯一方法乃在乎表示一致的仇视,这仇视的心理被那罪恶继续地惹起,于是那表示仇视的正式的作用只能寄托在对于原动人所处分的一种痛苦之上。所以这痛苦虽则是生它的原因的必然的产物,同时也不是无理的残忍行为。这一种表示可以证明团体的情感始终是团体的,众心对于同一的信仰的一致性仍旧完全存在,因此,它就把那罪恶所结予社会的损害补救了。因此之故,人家说罪人所受的痛苦应该与他的罪恶成为正比例,实在说得有理;而那些反对刑罚带有补赎性质的理论,在许多人的心理上都似乎觉得是破坏社会秩序的了。实际上,除非某一个社会里的普通意识差不多都被毁灭了,否则这些理论是不可实行的。假使没有这必需的满意,人家所

① 这并不是说我们看见某一种刑律在某时期曾经与某种团体情感相当我们就应该永远保守着。那情感应该还是生动的、有力的,然后那刑律才有存在的理由。如果那情感已经消灭了或衰弱了,我们还想用人工而且用强力去维持那刑律,这非但徒劳无功,甚至于是有害的。更进一步说,某一种成法在从前乃是普通,现在不是普通的了,而且妨碍一些新的而且必需的规则的成立,那么,我们甚至于应该把这成法推翻了才行。但这是关于立法的问题,我们用不着涉及。

谓道德上的意识就不能保存了。我们可以说刑罚尤其是预备施行在善良的人的身上的,这并不是不近人情的话;因为刑罚的作用既然在乎医治团体情感所受的创伤,那么,它只能在这些情感所存在的地方履行它的任务,而且只能在这些情感还生动的时候。固然,我们在那些已经被摇撼的心理里防备对于团体的灵魂的一种新打击,尽可以阻止那些谋害案增加;但这结果虽是有用的,却只是特别的一种反响罢了。简单说一句,若要对于刑罚得一个正确的观念,就该把人们对于刑罚的两种相反的理论融为一炉:甲种说刑罚是一种补偿,乙种说刑罚是保护社会的一种利器。实际上,刑罚的作用当然在乎保护社会,但却因为它是补赎的然后能保护;从另一方面说,刑罚所以该是补赎的者,这并不是凭着什么神力把痛苦去赎罪过,而是因为它要在社会上产生有益的结果就非依着这条件不可①。

这一章的结论乃是:有一种社会连带性存在。而这连带性所以存在,是因为意识里的某几种状态是同一的社会的诸分子所共同的。在物质方面刑律所表现的乃是这连带性,至少可以说是这连带性里所有的基本部分。它在社会的普通积分里,所有的分子显然是属于共同意识所规定与包含的社会生活的或大或小的范围。越有种种不同的关系,这意识在那些关系里显示它的作用,那么,它就越发把个人紧紧地系属于社会;因此,那社会黏合性也就越发完全地从这原因生出来,而且带有这原因的标识。但是,从另一方面说,那些关系的数目也与那些压制的规条的数目成为正比例的。我们如果确定了在法律机关里是哪一部分代表刑律,我们就可以同时测量这连带性的重要的程度了。固然,我们用这方法,不会知道共同意识里的某几种元素,因为这些元素太弱了,或太不

----

① 在我们说某种刑罚有存在的理由的时候,我们并不是说它是完善了的,是不可改良了的。恰恰相反,我们显然觉得刑罚是从一大部分的非常机械的原因里生出来的,所以它对于它的任务是很不恰当的。关系只在乎就大多数去证明。

确定了,所以它们虽则能助社会的谐和,却不免与刑律是没有关系的。这就是那些纯然没有组织的刑罚所保护的那些元素。然而在法律的其他各部分也是如此;没有一部分不是由风俗去补足的。但是我们既然没有理由去假定法律与风俗的关系在这些种种不同的范围里不是一样的,那么,我这样撇开不提,也不至于弄坏了我们的比较所得的结果的。

第三章　由分工而成的连带性

——或名有机的连带性

一

恢复性的制裁的性质的本身已经足以证明与这法律相当的连带性乃是纯然另一类的了。

这制裁所以区别于压制性的制裁者,因为它并不是补赎的,只是"把事物弄妥"的。违犯这法律或否认这法律的人并不受一种与他的罪恶成正比例的痛苦;他仅仅被判决去服从法律。如果已经有了完成了的事实,那裁判官只把那些事实恢复到它们应该成为的样子。他只说法律,却不说刑罚。那些赔偿损失的处分并没有刑罚的性质;这只是回到过去的历史上,尽量地把那过去的事实恢复到常态的一种方法。泰特先生以为在民事诉讼里,诉讼费始终是由败诉人负担,这就是一种刑罚性。真的,不错。但若就这意义上说,刑罚这名词只是借意的了。若要有刑罚存在,至少须在惩戒与罪过二者之间有某种比例;若要有比例,就非先严格地建立罪过轻重的阶级不可。然而实际上,败诉的人一定要负担诉讼费,哪怕他的用意怎样纯洁,哪怕他只是因为不知法而犯了法的,这都不管。所以这规则的理由似是完全两样的:既然裁判不能不需费用,所以把那诉讼费用归那惹起诉讼的人负担似乎才是公平的道理。再者,因为人们畏惧负担这费用的缘故,也许可以遏止那些胡乱的诉讼,然而这并不足以成为一种刑罚。譬如一个商人,在懒惰或忽略以致有破产的忧虑的时候,尽可以变为勤快些,专心些;然而依纯粹的字义上说,破产并不是他的过失所致的刑罚上的制裁。

不遵守这些规律的行为甚至于不是受没有组织的刑罚处分的。败诉的人并不受了耻辱,他的名誉并不受了污点。我们甚至于可以设想这些规律变了别的规律也不至于令我们不平。我们一想到一个凶手被赦,心中顿觉不平;然而我们尽可以容许那承继法稍有变更,甚至于有许多人觉得承继法是可以取消的。这至少是我们不怕辩论的一个问题。同样,我们也不反对地役权与使用收益权的组织另变一个样子,买卖人的义务另变一个方式,或行政上的种种职务另依其他的原理去分配。这些规条既然不与我们的任何情感相当,我们又往往不能根据科学去认识它们存在的理由,因为这种科学并未成立;所以我们的意识里并没有这些规条的根源。固然,这上头不免有些例外。譬如一种与风俗相反或由强力与诈术获得的契约是不能由两方订立的,因为我们一念及这些行为就觉得不能宽容。所以在舆论遇着这类情形的时候,就不像我刚才所说那样不关心,而且因为责备之故也就加重了法律上的制裁。这因为道德生活上种种不同的区域并不是根本上互相分离了的;这些区域是相连的,所以就有许多交界的地方,而种种不同的性质都混杂在那交界上。不过,上文所述的定理在普通大多数的情形之下乃是真的。证据在乎那些恢复性的制裁的规律并不归属于团体意识的范围,或在团体意识的范围里只是很弱的状态。压制性的法律与心相当,与共同意识的中心相当;至于纯然道德上的标准就已经是不很居中的意识部分;又说到恢复性的法律,则更在离中心很远的地方发生,而且扩张到普通意识的范围以外了。它越变为真的它自己,也就越远离了共同意识了。

再者,由它的作用的方式看来,则这特性便更显明。压制性的法律倾向于仍旧在社会里保存着散漫的状态;至于恢复性的法律所组织的机关却一天比一天专门:有商务法院,有工事仲裁委员会,还有种种的行政法院。甚至在它的最普通的部分说起来,换句话就是在民律说起来,它也亏了专门的职务然后能施行它的作用:譬如法官、律师等等,他们也亏了专门的学识然后变为能胜任这些职务的人呢。

但是,这些规律虽则差不多是在团体意识的范围之外的,然而它们并不仅仅与各个人发生关系。假使是仅仅与各个人发生关系,那么,恢复性的法律竟与社会连带性毫不相关,因为这么一来,它所处置的只是个人与个人之间的关系,便不会把个人们系属于社会了。那么,这岂不也像友谊的关系一般地只是私人生活上的简单事件吗?但是,在这法律生活的范围里,社会是决不会没有关系的。固然,在普通的时候,社会并不把自身的动作去干预;它要等待各有关系的人们先去要求它。但是,它既受个人的要求,它也就是机体里的主要机件,因为只有它能使法律发生作用。是它借着它的代表的机关去宣说那法律。

然而人们说这任务并没什么纯然的社会性,只是调解私人利益的一种任务罢了;因此,无论哪一个个人都能任这任务,其所以由社会去担任者,仅仅为的是方便的理由。但是,把社会看做当事人之间的第三仲裁人,这是最不对的。当它被要求出来干预的时候,并不为的是把个人的利益调停;它并不寻求一个在仇敌两方为最有利益的一个解决,也不提议一个仲裁;它只把法律上的传统的而且普通的那些规条应用在由它处分的一个特别情形之上。我们须知,法律乃是富有社会性的东西,除了诉讼人的利益之外还有其他的目的。那审判一件离婚案的裁判官并不管这次的离异是否真的于夫妇两方有利;他只问那被引用的理由是否归入法律所规定的种类里罢了。

但是,为着要好好地评定社会作用的重要,非但该在那制裁实行的时候或在那被扰乱了的关系被恢复了之后加以观察,而且我们应该在那关系成立的时候就加以观察了。

　　这种法律所统治的，当事人两方的同意不能创立而且不能变更的许多许多的法律上的关系，必待社会的作用去创立或变更。尤其是两个人的情况的关系是如此的。譬如婚姻虽是一种契约，然而夫妇两方并不能随便缔结了这契约，也不能随便取消。一切家属的关系都是如此；尤其是行政法所规定的一切关系。固然，纯然契约性的义务是可以仅仅由当事人的同意而创立或取消的。但是我们不要忘记了：那契约所以有连系的能力者，却是社会传达给它的能力。假定社会不把缔结了的契约加以制裁，那么，这些契约只变成了简单的约言，而这些约言就仅仅有道德上的权力了①。所以一切的契约的意义都是：在缔约的当事人的后方还有一个社会在那里时时刻刻预备干涉，好教他们尊重那些缔结了的契约；因此，社会也就只肯把这强迫的力量用在那些自身有一种社会价值的契约上头，换句话说就在那些依照法律的规条而缔结的契约上头。下文我再说有时候它的干涉作用还是更积极的呢。所以，在恢复性的法律所确定的一切关系里，甚至在那些好像完全是私人的关系里，还是有社会存在的。它的存在，虽则是人们所不觉得的——至少是在平常的情况之下是人们所不觉得的，然而却还是一个要素②。

　　恢复性的制裁的规条既然是与共同意识没有关系的，那么，它们所确定的关系就不是无分别地达到一切人们的那些关系了。这些关系并非在个人与社会之间直接成立的，却是在社会上它们所连系的一些特别的而且有限的部分之间直接成立的。但是，在另一方面说，这里头既然还有社会存在，它就不能不发生多少的关系，它就不能不感受到多少的反响。于是它随着它感受的热度的

①　而且这道德上的权力也是从风俗上来的，换句话说就是从社会里来的。
②　我在这里只能作普通的说明，只能说恢复性的法律的一切形式的共同点。在下文（同卷第七章）我再举无数的证据，证明那与分工制所产生的连带性相当的恢复律。

高低,以定它干涉的远近强弱的程度,而且是由代表它的那些特别机关做媒介去干涉的。由此看来,这些关系就与压制性的法律所规定的关系大不相同;因为压制性的法律所规定的关系并不用媒介,却是直接地把个别的意识连系于团体的意识,换句话说它就是把个人连系于社会。

然而恢复性的法律所规定的关系却可以有两种很不相同的形式:第一种是消极的,而且以纯然的禁戒为止境的;第二种是积极的,或是有合作性的。因有这两种的形式,就生出了两类的规条,而这两类的规条又与两种的社会连带性相当,这是我们所不可不辨别的。

二

在消极的关系里可以做模型的便是那把事物与人连合的一种关系。

实际上,事物也像人们一般地是社会的一部分,也在这里头任一种特别的任务;所以它们与社会机体之间的关系也非确定不可。因此我们可以说世上有一种事物的连带性,而这事物连带性的性质颇为特别,很可以由一些很有特性的法律上的结果去显现出来。

法学家把权利分为这么两种:第一种叫做对物权,第二种叫做对人权。所有权与抵押权属于第一种,债权属于第二种。对物权的特征乃在乎只有这一类的权乃是有偏爱的,有次序的。在这情形之下,我对于某物有了权利,就绝对不容任何后来的人对于那物再有权利。譬如一种财产先后被抵押于两个债权人,那第二次的抵押绝对不能损及丝毫那第一次的抵押权。再从另一方面说,如果我的债务人把已经抵押给了我的某物卖给了别人,我的抵押权毫无损失,而那第三占有者倒反应该赔偿我,或失了他所获得的东西。我们须知,事情所以能如此者,必须以那法律的关系不用他物为媒介,而直接地把该物连合于我的法律上的人格才行。由此看来,这优先的地位乃是与事物相宜的连带性的结果了。反过来说,当权利是对人的时候,那对我负债的人尽可以另订其他的契约,替我造成了一些共债权人,而这些共债权人的权利是与我的权利相等的。虽则我的债务人所有的一切财产都是我的抵押品,但是如果他把那些物品变卖,他的财产变少了,因此我的抵押品也变少了。这理由乃在乎这些财产与我之间没有关系,只是它们的主人的个人与我自己的个人之间发生关系罢了①。

　　由此我们可以知道这物的连带性寄托在什么上头了:它把物直接地连系于人,却不把人连系于人。充其量而言,一个人尽可以设想世上只有自己一人存在,而行使他的对物权,不顾及世上还有别的人们。由此看来,物所以能成为社会的积分者,全靠人为媒介,因此,由这积分生出来的连带性就是纯然消极的了。这连带性并不能使各人的意志齐向共同的目标进发,只能各物在人们的意志之间顺着秩序倾向于某一点。因为对物权是这样有界限的,所以相互间没有冲突;仇敌的行为是避免了,然而没有主动的互助,没有合作的功能。我们假使那些对物权是完全可以相安的,又假定只有这相安的情形存在社会里;那么,这只好像一个很大很大的星团,星团里每一颗星都循着自己的轨道走,不扰及邻星们的动作。这样的一种连带性并不能把它所连接的各元素合成一体而取一致的行动;它对于社会团体的一致性是丝毫没有帮助的。

　　依照上面所说,我们就容易确定那与这一种连带性相当的恢复性的法律的一部分是什么了:这乃是对物权的全体。我们须知,依上文的定义看来,所有权乃是这里头的最好的模范了。实际上,在物与人之间的最完全的关系莫若把物完全地归属于人。不过,这种关系的本身也就是很复杂的;它所由成的种种不同的元素可

————————

① 人家有时候说父亲的资格与儿子的资格等等都是对物权上的对象(看 Ortolan, Instituts, I, p60)。然而这些资格只是种种不同的法律的一些抽象的概念,有些是对物的(例如父亲对于未成年的儿女的权利)。有些却是对人的。

以变为种种不同的附属的对物权,例如使用收益权、地役权、使用权、住居权等。所以我们毕竟可以说对物权所包括的所有权有种种不同的形式(文学所有权、艺术所有权、工业所有权、动产所有权、不动产所有权),而且有种种不同的特别方式,例如法国的《民律》第二卷所规定的。除了这一卷之外,法国的法律还承认其他四种的对物权,但这四种只是对人权的偶然的替代者或补助者而已:这就是动产抵押权、使用抵押权、优先权、不动产抵押权(第2071—2203条)。此外我们还该加上一切与承继权有关系的及与遗嘱权有关系的,因此当然又要加上一切与失踪有关系的;因为当失踪被宣告了之后就有一种暂时的承继权发生了。实际上,遗产乃是一件事物或许多事物的全体,那些承继人与那些奉遗嘱承继人对于这些事物都有一种对物权,无论这权是在物主死后由那些当然承继人获得的,或待经过了法律的手续然后取得的,例如不直接的承继人与特别名义的奉遗嘱承继人都归此类。在这些情形之下,法律的关系并非直接地成立于一人与一人之间,却是直接地成立于一人与一物之间。遗嘱的赠与也是同一的理由;这只是物主对于他的财产使用他的对物权,至少是对于财产里的得赠部分使用他的对物权。

但是还有一些人与人的关系并不能说是对物的,而它们却比上述的那些关系是一样消极的,而且表现同一性质的一种连带性。

先说那些纯然对物权所致成的那些关系吧。实际上,特物权发生作用的时候往往使那些有权的人们成为对人的关系,这是难免的。譬如在乙物添加于甲物之上的时候,甲物是被认为主要的,于是甲物的主人同时也就变为乙物的主人;不过,"他应该把那被连合了的乙物的价值偿还那乙物的原主"(第566条),这一种义务显然是对人的了。同理,在一个地主要建筑一道界墙的时候,他应该向那共所有权者赔偿损失(第658条)。一个特别名义的奉遗嘱承继人应该向那普通承继人取得那遗赠的东西,虽则自从那立遗嘱人死后他对于那东西已经有权了(第1014条)。但这些关系所表现的连带性与我刚才所说的那连带性并没有什么不同：实际上，这些关系的成立，也为的是补偿或避免一种损害。假使每一对物权的所有者都能始终使用他的权而不至于逾限了他的权限，那么，各在各的地方，也就不会发生法律上的任何缪辖了。但是，事实上，这些种种不同的权利往往是错综到了极点，若要行使某一种权利，往往就不能不僭及那些交界的几种权利。在这里，我对于这东西有一种权利，而这东西却在另一人的手里；这是在遗嘱案里往往发生的情形。在那里，我要享受我的权利就不能不损害及他人的权利；这是在某几种地役权的案子里往往发生的情形。所以必须有一些关系去补偿那损失（如果成了损失的话），或避免那损失；但这些关系并不是积极的。它们并不使它们所联络的人们互相协助，它们并不包含有任何的合作的功能。在新发生的种种条件之下，它们只能补偿或维持那被环境扰乱了作用的消极连带性。它们非但不去连合，反把那被事物的力量连合了的东西好好地隔开，为的是把被侵犯了的界限重新建立，把各人仍旧放回他自己的权力范围里。它们非常地像那些物与人之间的关系，所以编制法律的人们并不另给它们一个位置，只把它们与对物权放在一块儿。

　　末了说到从犯法行为或准犯法行为生出来的那些义务也纯然是同样的性质的①。实际上，它们强迫着各人去补偿因为过失而致成的对于他人的法定利益的损害。由此看来，它们是对人的了；然而与它们相当的那种连带性显然还是消极的，因为它们的目的并不在乎取利，却只在乎免害。它们所判分离的那一个关系纯然是外部的。这些关系与上述的那些关系之间的分别仅是：在甲种情形之下，关系的断绝乃是从一种过失上来的，在乙种情形之下，却是从法律所预先规定了的案情里来的。然而被扰乱了的秩序乃是

――――――――――

① 见《民律》第 1382—1386 条。关于分外取财的律例也可归入此类。

一样的;所以结果并不是一种协助,而是纯粹的一种禁戒①。再者,从这种损害里生出了那些义务,而受损害的那些权利的本身已经是财物的了;因为我是我的身体的所有者,是我的健康的所有者,是我的人格的所有者,是我的名誉的所有者,比之那些归属于我的物质上的东西,名义上、方式上岂不是一样的吗?

总而言之,与对物权有关系的那些规律,以及与对物权所致成的那些"人的关系"有关系的那些规律,共成一种确定的系统;这一系统的作用非但不在乎把社会上的种种不同的部分合拢来,倒反在乎把它们 　　隔开,替它们立了显明的界限。由此看来,这一系统的法律并不与积极的社会关系相当;就说刚才我所用的"消极的连带性"一个名词也不是十分确切的名词。这连带性并没有一种自身的生命与一种特性,所以并不是一种真正的连带性;它所有的只是一切种种连带性里的消极一方面罢了。若要一个全体是黏合的,第一条件就是:那些构成全体的各部分不起不谐和的动作,不互相冲突。然而这外部的谐和并不发生黏合作用,恰恰相反,它还需要黏合作用呢。凡有消极的连带性存在的地方必有另一种积极的连带性存在,消极的连带性乃是那积极的连带性的结果,同时也是它的成立条件。

实际上,个人的权利,无论是对人的或对物的,苟非借着妥协与双方让步便不能确定;因为若把这权许给了某甲,则某乙势必放弃了这权。人家有时候说个人发展的平常的范围是由人格的概念致成的(康德的主张),或说是由个体组织的概念致成的(斯宾塞的主张)。这是可能的,虽则这些推论充其量说起来却是很可反驳的。无论如何,我们可以断定,在历史的事实上,道德并不是以这些抽象的理由为基础而成立的。事实上,吾人承认了他人的权利,非但是在理论上承认,而且不去使用他人的权利,这非吾人先愿意

① 不实行契约的立约人也被判赔偿对手方的损失。但是,在这一种情形之下,那些损害的赔偿却是积极关系上的制裁。这并不因为损害了然后那违犯契约的人被款罚,却只因为他不曾实行他的约言。

划定了自己的权限不可;若要互相划分权限,就非有谐和的而且谅解的精神不可。我们须知,如果我们假定各个人们群聚着,是没有先发生的关系在他们相互间的,那么,什么理由能令他们有这些相互间的牺牲呢?说他们需要和平相处吗?然而和平的本身并不比战争更值得人们希望。战争也有它的任务与利益。从前不是有过许多民族是热心于战争的吗?现在不是时时刻刻还有些个人是热心于战争的吗?战争所满足的本能并不比和平所满足的本能弱了些。固然,疲倦可以使仇敌两方停战一时,然而那有时间性的疲倦一去了之后,这简单的休战状态也就不能长久。有一个理由更可以证明:由强力制胜所致的解决也是如此;这些解决是暂时的,靠不住的,恰像国际间休战的条约一般。除非由社交可能性的某种关系去连合个人们,否则人类是不需要和平的。在这情形之下,那使人类互相倾向的情感自然会把自私心节制着,不许它发作;又从另一方面说,那包含个人的社会若要生存,就先须各个人不相冲突以致时时刻刻摇撼着它,所以它就用全力压着他们,迫他们作必要的让步。固然,我们有时候看见有些独立的社会互相磋商,要确定它们各方的对物权,换句话说就是要确定它们的地界。然而这些非常不固定的关系恰恰是一个很好的证据,可以证明那消极的连带性的本身是不够用的。在今日的开化的各民族中间,它所以似乎更有力量者,那借以规定欧洲各社会的对物权的国际法所以也许比古时更有权威者,这恰因欧洲各国已经很不像古时那样不相连属了;这因为在某几方面说,这些国家都变了同一社会的分子;这社会固然还没有黏合力,但它已经渐渐认识自己了。人们所谓欧洲的均势就是这社会的组织的开端。

人们习惯了很小心地把公理与博爱分别清楚,换句话说就是把那对于他人权利的尊重心与那超过了这纯然消极的作用的一切行为分别清楚。人们把这两种实施看做道德上的不相附属的两层:只有公理自己是道德的基础,博爱只是道德的冠冕。这区别既是这样彻底,所以依某一种伦理学的信徒们说,若要社会的生命好好地施展功能,只有公理是必需的;至于无私的美德却只是一种私人的德行,这德行在个人实行原是好的,而社会却并非少不了它的。甚至于有许多人看见这种德行插进了公共的生活里未免担心。然而依上文看来,这见解与事实是多么不相符合的啊。其实若要人类互相承认各人的权利,互相保证各人的权利,就先须他们相爱,就先须他们为着某一个理由而接近他人,而接近他们所属的社会。公理里完全是博爱。若仍旧用刚才的名词说起来,消极的连带性只是另一种积极的连带性所生出来的一种结果:这是从另一个源泉出来的社会情感在这对物权的范围里所起的反响。所以它没有一点儿什么是它所固有的;这只是一切种种的连带性所应有的附属品罢了。凡是人们过共同生活的地方势必有它,无论是共同生活的来源是由于社会分工抑或由于人类因相似而相倾向。

三

如果我们把刚才所说的那些规律除开不算,那么,恢复性的法律里所余的另成为一个确定的系统,这系统就包括家庭法、契约法、商法、诉讼法、立宪行政法。在这上头被规定了的关系与上文所述那些关系的性质完全是两样的,这些关系表现一种积极的协助,表现一种根本上从分工制里生出来的合作。

家庭法所解决的那些问题可以分为下列的两种模型:

(一)家庭里的种种任务是谁负担? 谁是丈夫,谁是父亲,谁是嫡子,谁是保护人? ……

(二)这些任务与它们的关系的平常模型是什么?

答复第一问题的乃是确定缔结婚姻所必需的条件与资格的那些条文,又使婚姻有效的必要程式,法定父子关系的条件,私生子、继子的条件,保护人当选的方式等等。

第二问题恰恰相反,解决第二问题的乃是规定夫妇两方的权利与义务的那些条文,又遇离婚时他们的关系的规定,婚姻无效的规定,夫妇别居与夫妇分产的规定,父权的规定,继子制的效力的规定,保护人的管理权以及他与那被保护人的关系的规定,家族会议对于保护人与被保护人的任务的规定,又遇褫夺用财权时或遇需要裁判辅助人时亲属所应有的任务的规定等等。

这一部分的民律的目的乃在乎确定家庭里的种种任务分配的方式与这些任务相互间的关系应该怎样,这就是说它表现一种特别的连带性,这连带性连合一家的诸分子,因此也就连合了家庭分工的诸分子。当然,人们不很习惯于把家庭这样观察,大家往往以为家庭的黏合力是绝对地从情感的相似与信仰的相似而成的。实际上,在家族团体的诸分子之间有这许多共同的事物,以致各个人所任的工作的特性是容易被我们忽略了的;因此孔德家庭的结合是没有"趋向任何目标的继续的而且直接的合作思想"的①。但是,我在上文已经大略地把家庭里的裁判机关的要点说过了,这机关就可以证明这些任务上的区别与它们的重要了。自从原始以来,家族的历史甚至于只是一种不停止地趋向于分解的状况;这些种种不同的职务在起初是混而不分的,后来却渐渐分离,渐渐独立,依照亲属里各人的年龄、性别、互属的关系等去分配职务,好教每人在家族团体里成为一个特别的职员②。这家族的分工非但不是附带的次要的现象,而且它还是家庭发达的要素呢。

分工与契约法的关系也是一样显明的。

实际上,契约就是合作的功能在法律上的最显明的表现。固然,世上有些所谓恩惠的契约,这上头只有一方面是受契约束缚的。譬如我无条件地把一件东西给了别人,又如我不受报酬地受人寄托钱财或寄托权力,因此我的义务乃是显明而且确定的。不过,在立约人两方之间并没有纯然的协助,因为只有一方是负责的。然而在这现

---

① 见 Cours de Philosophie positive, Ⅳ, p419。
② 看下文对于这一点的几处说明(同卷第七章)。

象里并非没有合作性的;不过这合作是片面的而且不受报酬的罢了。赠与是什么? 岂不是一种没有相互间的义务的交换吗? 由此看来,这一类的契约只是真正合作的契约一种变相罢了。

再者,这是很罕见的;恩惠的行为由法律去规定,这只是个例外。至于其他的契约,乃是居大多数的;它们所生出来的那些义务乃是交互关系或相互义务,或已经实行了的约言的关系。甲方的约言由于乙方已经有了约言,或由于乙方对于甲方已经效劳①。我们须知,须在有合作性的地方然后这相互义务才能发生;而且有了合作就同时有了分工的作用。实际上,合作就是把共同的工作分担。如果这共同的工作里所分的各工作虽则是互相需要的,而在性质上却是相似的,那么就有简单的分工,或第一等的分工。如果这些工作是性质不相同的,那就有组合的分工,也就是纯粹的分门别类。

再说,这合作的最后形式也就很是契约所常常表现的形式。世上只有一种契约是有另一种意义的,这就是会社的契约;也许婚姻的契约也归此类,因为婚约是确定夫妇分担家庭的费用的。但是,其所以能如此者,先须那社会把各社员放在同一的水平线上,又须他们的关系是同一的,他们的任务也是同一的;而在婚姻关系里,这情形决不能确切地表现,因此也就不能在夫妇分工制里表现。在这很少的种类的跟前,我们应该以大多数的契约来相比较,那些契约的目的都在乎把种种不同的个别的任务互相适合,例如买卖人之间的契约、交换的契约、资本家与工人的契约、租借人与借主的契约、放债人与借款人的契约、存款人与受存款人的契约、旅馆主人与旅客的契约、委托人与受委托人的契约、债权者与借债人的保人的契约等等。从普通上说,契约乃是交换的象征,所以斯宾塞先生能说一个生物的机体里种种不同的器官之间时时刻刻发生的交换材料的作用乃是生理上的契约②。然而我们须知,交换就始终需要稍

① 例如取息的借贷。
② 见 Bases de le morale evolutionniste,p124,paris,F. Alcan。

为发达的分工作用。固然,刚才所说的那些契约的性质还颇普通;但是我们不可忘记:法律所表现的只是社会关系的普通的轮廓,而这些轮廓在团体生活的种种范围里都是一样的。所以这些契约的模型当中每一个模型都包含有许多更特别的模型,那大模型就算是那些小模型的共同的标识,同时它又规定它们;然而在许多更特别的任务之间又成立了一些特别关系。由此看来,这大模型虽则是相对地简单,而它已经足以把它所包括的事实的非常复杂的形态表现出来了。

再说,这任务上的分门别类,在商法里便更显明。商律尤其是规定特别与商业有关的契约的,例如买办人与委托人的契约、运货人与寄货人的契约、持汇票人与出票人的契约、船主与他的债权人们的契约、船长与船员们的契约、租船人与租主的契约、保险人与被保险人的契约等等。然而就在这上头说吧,那法律上的规条的相对普通性与那些规条所规定的种种个别任务的复杂性相差很远,我们只须看习俗在商法里所占重要的地位就可证明了。

当商法不规定那些纯粹的契约的时候,它就确定某几种特别任务应该如何施行,例如证券买卖经纪人、掮客、船长、遇商店倒闭时的公断人等等的任务,这都为的是保全商业机关里的一切部分的连带性的。

诉讼法——无论是刑事诉讼、民事诉讼、商务诉讼——在法律机关里也有同样的作用。无论哪一种的法律上的制裁,非赖某几种职务就不能实施,而那些职务就是:法官、律师、代言人、陪审员、原告、被告等等。诉讼法乃是规定这些职务应该怎样发生作用与应该怎样发生关系的。它说明这些职务是怎样的职务,又说明每一职务在那机关的普通生活里是占哪一部分的。

我们似乎觉得:如果要把法律作合理的分类,诉讼法就只该被认为行政法的一种变相。我们不看见司法上的行政与其余的行政在根本上有什么差别。无论如何,纯粹的行政法规定那些所谓关于行政的而其实是不确当的种种任务①,也恰像诉讼法规定那些裁判上的任务一般。它确定了那些任务的平常的模型,以及甲任务与乙任务的关系或与社会上的无组织的诸任务的关系;我们只应该扣除了若干规条,因为那些规条虽则有刑事的性质,也还插在这一栏里②。末了说到立法上的法律对于政府的种种任务也是如此的。

我这样把行政上与政治上的法律与平常所谓私法合在一起,人们也许觉得可怪。但是,如果我们以制裁的性质做分类的基础,就不能不把它们合在一起;而且如果我们从科学方法着眼,似乎也就不能用别的法子去分类。再者,若要把这两种的法律完全地隔开,就须先承认真有私法的存在;然而我以为一切的法律都是公的,因为一切的法律都是社会的。社会上一切的任务都是社会的,也像机体里一切的官能都是机体的一般。经济上的种种任务也像其他种种任务一般地有这特征。再说,甚至在很散漫的任务当中,也没有不受政治机关所管辖的。在这一点看来,这一切种种任务之间只有程度的不同罢了。

总而言之,恢复性的制裁里带有合作性的法律所处置的关系,与其所表现的连带性,都是从社会分工生出来的。由此我们可以懂得普通有些合作的关系是不能有他种的制裁的了。实际上,特别工作的性质恰在乎逃出了团体意识的作用之外;因为若要一件事物成为共同意识的对象,第一条件就是要那事物是普通的,换句话说,就是要它存在一切的人们的意识里,而且一切人们都能对于它有唯一的而且同一的印象。固然,只要各种任务还有若干普通

---

① 我在这里还保存着通用的名词,把这些叫做"行政法";其实该另下一个定义,然而我们还不能做到这一层。我似乎觉得这些任务乃是直接地跟随着中央政府的任务之后的。但这上头还需要许多许多的区别。

② 关于行政范围的各个人的对物权规的条也归此类,因为那些规条所确定的关系也是消极的。

性,一切人们都可以感觉着几分;然而它们越变专门,那些特别认识一门的人们就越划分区域,同时也就溢出了共同意识的范围。所以那些确定这种任务的法律就不能像刑律一般地有一种最高的权威,遇着被触犯时就要求一种补赎了。这种法律的权力当然也从舆论来的,也像刑律的权力一般;然而这舆论乃是局部的,只限于社会上的一些狭小的区域了。

再说,甚至在这些法律发生作用的特别范围以内,甚至于各人的心里都有它们存在的时候,它们也不能与一些很猛烈的情感相当,甚至于不与任何的感触状态相当。因为在世上发生的环境的种种不同的组合里,各种不同的任务应该互助,而这些法律就是规定那互助的方式的;既然是规定那互助的方式的,所以它们所向的对象并不一定常常存在人人的意识里。我们并不常常做保护人或未成年人的财产管理人①,也不常常使用我们的债权或买受权,尤其是不常常在某一条件之下使用这些权。然而我们须知,若要意识的状态是强的,先须这些状态是常有的。所以在人们违犯这些法律的时候,这违法行为并不触犯着意识里的强的部分,也不触犯着社会的共同的灵魂,而且甚至于——至少可以就普通上说——不触犯着那些特别团体的灵魂;因此也就只能引起很有限的反动。我们所要的仅是:那些任务很规则地互助;所以如果这规则被扰乱了,我们只须恢复就够了。当然,这并不是说分工的发展不能影响及于刑律。我们晓得有些行政上的与政治上的任务里头有若干关系是由压制性的法律去处置的,因为它们带共同的意识的特征而且与它发生一切的关系。又在其他一些情形也是如此,社会上有若干任务被连带性连系得那么紧,所以那关系一断,就能引起颇普通的反响,以致发生一种刑罚的反动。但是,依上述的理由,这反响乃是例外的。

---

① 所以那处置家庭任务相互间的关系的一种法律不是刑律,虽则这些任务是颇普通的。

确切地说,这法律在社会里所发生的作用很像神经系在机体里所发的作用。实际上,神经系的作用乃在乎处置身体上种种官能,好教它们很和谐地合作:它自然地表现机体的集中,再申说就是表现生理上的分工。所以,在生物阶级的种种不同的阶段上,我们可以依照神经系的发达而测量这集中的程度。这就是说我们也可以依照恢复性的制裁里的带有合作性的法律而测量社会的集中的程度,再申说就是分工的程度。我们可以预先料到这征证所给予我们的益处了。

四

既然那消极的连带性本身不产生任何的积分,而且它没有一点儿什么是它所固有的,所以我们只承认两种积极的连带性,就是下面的几种特征所区别的:

(一)第一种连带性不用媒介,直接地把个人连系于社会。在第二种连带性里,个人所以属于社会者,因为他属于那些合成社会的各部分的缘故。

(二)在甲乙两种情形之下,人们所看见的社会并不是同一的外观。在甲种情形之下,所谓社会者,乃是团体的一切诸分子的共同的情感与信仰所合成的有组织的合体:这就是团体的模型。反过来说,我们在乙种情形之下与社会发生连带关系的时候,社会乃是一些确定的关系所连合的那些特别的而且不相同的种种任务的一个系统。然而这两个社会只是一个。这是唯一的而且同一的实体的两面,然而这两面却是必须辨别的。

(三)从这第二个区别里又生出了另一个区别,这另一个区别可以帮助我们发现这两种连带性的特征而且把它们命名。

若要第一种连带性是强的,先须社会里的一切诸分子所共有的观念与倾向在数上与在量上都超过了各个人所自有的观念与倾向才行。这超过额越高,那连带性就越有力量。然而我们须知,我

们所以有人格者,就因我们各人都有一种个性,一种特征,才好与
别人有分别。所以这连带性是不能不逆着个性而发展的。我在上
文说过,我们每人的意识里有两种意识:第一种是我们与我们的团
体全部所共同的,引申说起来这意识并不是我们自己,却是社会在
我们的身上活动;第二种恰恰相反,它所表现的是我们,是使我们
有人格的,使我们与别人有分别的,是把我们形成个人的①。当那
团体意识完全地掩盖了我们的意识而与它处处相逢的时候,那从
相似性里生出来的连带性便达到了它的最高限度;但是此刻我们
的个性就完全没有了。除非那通性在我们身上少占一些地位,否
则我们的个性就不能发生。这上头有两种相反的力,一种是向心力,
另一种是离心力;这两种力是不能同时发展的。我们决不能向相反
的方面同时发展。如果我们强烈地倾向于顺着我们去思想,去行事,
那么,我们就不能强烈地倾向于像别人一般地思想行事了。如果我
们的理想在乎显现我们个人的本色,我们就没法子与人人相同。再
者,在这连带性发生它的作用的时候,我们的个性就确切地消灭了;
因为我们已经不是我们自己,只是团体里的一个东西罢了。

　　靠着这种方式然后能互相黏合的那些社会分子如果要一致活
动,先须它们没有自己的动作,好像无机体里的诸分子一般才行。
所以我提议把这一种连带性叫做机械的连带性。这名词的意思并
不是说它是由人工或机械产生的。我所以把它这样称呼者,因为
它恰像那连合无机物的诸元素的一种黏合力,而与那造成有机物
的一致性的一种黏合力相反。最后还有一说可以证明这一个名
称,这就是:那把个人连合于社会的关系与那把物系属于人的关系
完全相像。在这一个表面上观察,个人的意识隶属于团体的模型
而跟随它的一切动作,也像一物跟随着它的主人的一切动作一般。
在这种连带性非常发达的社会里,个人并不是自己所有的,这在下

---

① 　然而这两种意识在我们身上并不像地理上划分的区域那样分明;而它们是处处互相
　　穿插的。

文再说;总之,这实在是社会所支配的一物。因此,在这些社会模型里,对人权与对物权并没有分别清楚。

至于分工所产生的一种连带性就完全不同了。上文所说的那一种连带性是因为各个人相似而后成立的,而这一种连带性却是因为各个人相异而成立的。若要第一种能够存在,先须团体的个性吸收了个人的个性;若要第二种能够存在,却先须各人有他自己所固有的势力范围,引申说起来就须先有个性。所以须使团体的意识留着个人的意识之一部分不加掩盖,让它所不能规定的那些特别的仕务能在这地位上成立;而且这地位越宽,则这连带性所产生的黏合力就越强。实际上,从甲方面说,工作越分开,个人系属于社会就越紧;又从乙方面说,各人的活动力越是特别的,也就越是个人的了。固然,个性虽则是这样有分别的,但它并非完全是奇特的;甚至在我们执行职业的时候,我们还依照我们的同业组合全体的成法与习惯做去。但是,甚至在这情形之下,我们所承受的轭子已经不像社会把全身压在我们身上的时候那样沉重,它还留了许多地方给我们自由地进行。在这上头,"全体的个性"与"部分的个性"同时发展;社会变为更有能力作一致的活动,同时它所有的各元素也就更有它们的个别的动作。这种连带性恰像我们在高等动物的身上所观察到的连带性。实际上,在高等动物的身体里,每一个器官都有它的本色,都有它的自治力,然而各分子的个性越显现,则那机体的一致性越强。因为那由分工生出来的连带性恰像高等动物的机体的组织,所以我就提议把它叫做有机的连带性。

同时,本章与上章也给了我们许多法子去计算这两个社会关系在那共同的而且完全的结果里应得的部分,因为它们是由两个不同的路途去协力产生这结果的。我们由此晓得这两个连带性是在哪几种外形之下表现它们的象征,换句话说就是晓得与每个连带性相当的裁判上的规律的团体是什么团体。所以若要认识每个连带性在某一个社会模型里的重要关系,我们只须把表现这两个连带性的那两种法律的权限互相比较,因为法律的变化始终是像它所处置的社会关系的变化是一样的①。

第四章　上文的另一证据

但是,因为上面各种结论太重要了,所以在未往下讨论以前,最好是先将上面的结论再加一番证明。这一次的证明是很有用处的,因为我们可以有机会证实一个定律,这定律非但可以做证据,而且可以使下文一切都更显。

如果我们在上文所分别的两种连带性都有我们所说的一种裁判的表现,那么,团体的模型越显明,分工的制度越草创,则压制性的法律应该对于合作性的法律越占优势。反过来说,在个人的模型渐渐发达,工作渐渐分开的时候,这两种法律的领域的比例又渐渐反过来了。我们须知,这种关系的真相,我们可以用实验方法去证明的。

---

① 为着要把意思弄明白些,我制成下面的一个图表,把上章与本章所隐隐地包含的法律作更显明的分类:

(1)有组织的压制性的制裁上的法律(在下章再分类)。

(2)恢复性的法律它们所确定的是:

消极的关系或名禁戒的关系

物与人的关系{在种种不同的形式之下的所有权(动产,不动产等等)／所有权的种种不同的形态(地役权、使用收益权等等)}

人与人的关系{在平常使用对物权时生出来的／在误犯对物权时生出来的}

积极的关系或名合作的关系

家庭里的诸任务相互间的关系

无组织的经济上的诸任务相互间的关系{普通契约的关系／特别契约的关系}

行政上的任务的关系{行政上的诸任务相互间的关系／行政上与政治上的关系／行政上的任务与社会里无组织的任务的关系}

政治上的任务的关系{政治上的诸任务相互间的关系／政治上与行政上的关系／政治上的任务与无组织的政治上的任务的关系}

一

社会越是初民的,则社会所由成的个人与个人之间越有相似性。伊波克拉德在他的书里①已经说西特斯人只有人种的模型,没有个人的模型。汉波也说②在野蛮的民族里,人们很容易找得出那部落所特有的一种面貌;却很难找得出个人特有的面貌,这种事实,给许多留心观察的人承认了。"从前罗马人觉得那些老日耳曼人相互间有好些很大的相似点,同理,文明的欧洲人对于所谓野蛮的人们也有同样的感想。实在说,旅行的人所以有这样一种判断,其主要原因往往是因为没有实地试验……但是,假使文明人在他自己的环境里所发现的人与人之间相异之点不真确地比他在初民里所遇的相异之点更大了许多,那么,纵使没有实地试验,也不会说出这样一个结论来。吴洛亚有一句话是许多人知道的,而且往往有人援引的,他说:如果你看见了一个美洲土人,就可以说看见了一切的美洲土人了。"③反过来说,在文明的民族里头,两个人彼此有别,一眼便看得出来,不必先有什么暗示的。

洛邦博士曾经客观地证明,说我们越上溯初民,越可以发见更多的相似性。他曾经把好些不相同的种族与不相同的社会里的人的脑盖拿来比较,他觉得"同一种族的人的脑盖的体积虽然互有差别……但那种族越是进化的,则属于那种族的人的脑盖越是差别得厉害"。他以屡进法把每一人种的脑盖的体积都搜集好了,同时又注意到颇多的种类然后拿来比较,使比较的各项成为一种递进的形式,如此之后,他就知道成年的男子的脑盖最大的与最小的比

---

① 见 De Aere et Locis。

② 见 Neu spanien,I,p116。

③ Waitz, Anthropologie des Naturvœelker, I, p75—76。

较差:猩猩类相差 200 立方生的米突,印度的巴利亚人相差 280 立方生的米突,澳大利亚人相差 310 立方生的米突,古埃及人相差 350 立方生的米突,12 世纪的巴黎人相差 470 立方生的米突,近代的巴黎人相差 600 立方生的米突,德国人相差 700 立方生的米突。"①此外甚至于有些部落是没有这种比较差的。"安达门人与多达人都是互相类似的。克罗安特人差不多也可以说是如此。伯罗加先生的实验室里所有的五个巴达干人的脑盖乃是完全相同的"②。

　　这些机体上的相似性与精神上的相似性相应,这是毫无疑义的。怀资说:"当然,土人们的生理上的大类似性的主要原因是在乎缺乏精神上的强有力的个性,是在乎普通的智识修养太低劣了。在黑人的一个部落里,性情之相同,是不能否认的事实。埃及的贩奴人专从事于详细调查黑奴的产生地,而不过问黑奴个人的性情,因为他们经过了长久的经验,知道同一部落里各个人的差别不算一回事,只把种族的差别弄得清楚就够了。所以奴巴人与加鲁人有尽忠之名,北亚比斯人有负义之称,其余的人,大多数被认为好的家奴,但是不很可用来做体力的工作;至于费尔第人却被认为野蛮的,而且是急于报仇的。"③在黑奴里,非但可以说少特性,竟可以说特性是"无地容身"的。一切的人们都承认而且实行同一的宗教而毫无争端;所谓宗派与异教是那时代所不见的,因为假使有了宗派与异教,决不为大众所容。我们须知,在那时候,宗教是包括一切的,而且是范围很广的。除了狭义的宗教信仰之外,还有道德、法律、政治组织原理以至科学原理——至少可以说是科学原理的替代者——都包括在内,成为一种混杂的状况。这宗教甚至于规定生活的种种细节。所以我们说那时各人的宗教意识是完全相同

①　Les Sociétés,p193。

②　Topinard:Anthropologie,p393。

③　Op. cit. ,I,P. 77. —Cf. ibid. ,p446。

的,而且是绝对的相同,就等于隐约地说除了关于机体及关于机体状况的各种感觉之外,一切的个人意识差不多都是同样的元素构成的。就说感觉的本身,也不会有很大的差异,因为各个人的身体的相似点也太多了。

然而还有一个相反的意见,而且这意见也颇占势力:大家以为恰恰相反,文化的结果,适足增加社会的相似性。泰尔特先生说:"在人类渐渐结合的时候,同时意见也渐渐融洽。"①又依哈尔的意见②,人们不该说初民的性情有某种一致性;他又举了一个证据,说太平洋的黄种人与黑种人相处很近,而他们相互间的差别,比欧洲两民族之间的差别更大。同理,我们试看,今日法国人与英国人或德国人相异的地方不是比昔日更少吗?差不多在一切的欧洲社会里,法律、道德、风俗以至政治组织的大纲,几乎可以说是完全相同。又有一点也是普通人所认为要注意的:在同一的国度里,昔日所遇的龃龉现象,今日已经没有了。从甲省至乙省,社会生活不复起变化,或不复像昔日那般变化得厉害;在像法兰西一般的统一国家里,在一切的地方的社会生活差不多都是一样的;至于受教育的阶级,社会生活更达到普遍相等的最高度了③。

但是,这些事实丝毫不能动摇我的议论。当然,各个不相同的社会倾向于渐渐相同;然而每一社会中的各个人却不如此。若就普通的法国人与普通的英国人比较,今日的距离当然比昔日近些;但是,今日的法国人与法国人之间的相异点不妨比昔日更多。同理,各省固然倾向于失了它的与众不同的面目;而每一个人却不妨渐渐更表现他的个人面目。诺尔曼人与加斯干人不很有分别了,加斯干人与洛兰人及勃罗旺斯人也不很有分别了:他们每一民族

① Lois de l'imitation, p19。

② Ethnography and Philology of the Un. States, Philadelphie, 1846, p13。

③ 泰尔特先生因此就说:"经过欧洲许多国家的人可以观察到那些固守旧俗的平民相互间的殊异点较多,而上流社会的人们相互间的殊异点较少。"Op. Cit., p59。

所有的共同点就是全法国人所有的共同点;但是,就全法国而言,各个人互相歧异的现象却一天比一天更甚。因为昔日所有的外省模型虽则渐渐交融了,渐渐消灭了,然而却有更多数的个人模型去替代了它们。现在各大区域已经不像昔日那般地各自不同,而每一个人却差不多各有特色。反过来说,在每一省各有个性的地方,每一个人就少了个性。它们相互间尽可以大不相同,而它们所由成的原子却是相类似的,这在政治团体里也是如此。同理,在生物学里,微生物类相异到那地步,竟致没法子把它们分类①,然而每一微生物所由成的原质却是完全同类的。

　　然则人们所以有此意见,是因为把个人模型与团体模型混淆了;不是把国家模型就是把省区模型与个人模型混为一谈。当然,文化倾向于消灭了国与国之间及省与省之间的差异,这是不能否认的;然而人们因此就说文化对于个人模型也有同一的影响,说统一性已经变为普遍的现象,那就错了。这两种模型非但不同样地变化,而且下文还要说甲种模型之消灭恰是乙种模型之出现的必要条件②。我们须知,在同一社会里,始终只有很少数的团体模型;因为一个社会只能包括少数的种族,而且区域要有相当的殊异点,然后生得出这样的团体模型殊异点来。反过来说,个人乃是能分歧以至于无穷的。所以个人模型越发达,则人与人之间的分歧越大了。

　　上述的理由,在职业模型里可以完全适用。我们尽有许多理由去假定各种职业已经渐渐失了好些特色,而各种职业——尤其是其中某几种——相互间的鸿沟正在渐被填平。但是还有一种事实是不容否认的,就是每一职业里的个人歧异点却渐渐增加了。每人更有他的思想样法与其行为样法,并不像昔日那般地完全受

---

①　看 Perier:Transformisme, p235。

②　看下文卷二第二、第三章。在那两章里,我们说的话可以解释而且证明本章所举的事实。

团体的公共意见的支配了。再者,从甲职业至乙职业,其差异点虽不像昔日那般显明,却比昔日更为繁多;因为在工作渐渐分开了的时候,职业模型本身的数目也自增加了。这些职业模型虽则仅有一些简单的微异点以为差别,然而至少可以说那些微异点是更有变化的了。就在这一点看来,职业与职业之间虽不像从前有剧烈的龃龉,而其分歧性却不曾减少。

所以我们可以断定说,我们越上溯历史,则类似性越大;从另一方面说,我们越近最高的社会模型,分工的制度也越发达。现在我们要看:在社会进程的种种阶段里,我们所说过的两种法律形式是怎样变化的。

二

完全下等社会里的法律状况,就我们所知者而言,似乎完全是压制性的。卢波克说:"野蛮人到处都是不自由的。在全世界上,野蛮人的日常生活是受许多很复杂而且往往不方便的风俗所支配的(这种风俗的权威与法律一样),又有许多无理的禁戒与优先权。许多很严厉的规律,虽则不是成文的,却支配了他们的生活里的一切行为。"①事实上,我们知道,在初民社会里,行为的样法很容易结晶而成为传统的规矩,再者,在他们看来,传统的力量是多么大。祖宗的成法既受人尊敬到那地步,违反的人没有不受惩戒的。

但是,这类的观察势必缺乏确切性,因为这般浮动的风俗乃是最难捉摸的。我们若要作有科学方法的证明,就非从那些成文的法律去实验不可。

在《圣经》前五卷里,后四卷能代表我们所有关于这一类的最

---

① Lubbok:Les Origines de la civilisation, p440,Paris, F. Alcan。Cf. Spencer;Sociologie, p435,Paris, F. Alcan。

古的史迹①。在四五千段的文字里头,只有很少数的规律可以勉强认为非压制性的。这些规律的对象如下:

所有权法:退休权;五十年大祭权;教士权(Lévitique, XXV, 14—25, 29—34, et XXVII, 1—34)。

家庭权:婚姻权(Deut., XXI, 11—14; XXIII, 5; XXV, 5—10; Lév, XXI, 7, 13, 14);承继权(Nombres, XXVII, 8—11, et XXVI, 8; Deut., XXI, 15—17);土著及外籍奴隶权(Deut., XX, 12—17; Exode, XXI, 2—11; Lév, XIX, 20; XXV, 39—44; XXXVI, 44—54)。

借款与领工资权:(Deut., XV, 7—9; XXIII, 19—20; XXIV, 6 et 10—13; XXV, 15)。

准犯罪:(Exode, XXI, 18—33 ee 33—35; XXII, 6 et 10—17)。

公共职务的组织:神父的职务(Nombres, X);教士的职务(Nombre, III et IV);旧教士的职务(Deut., XXI, 19; XXII 15; XXV 7; XXI, 1; Lév., IV, 15);审判官的职务(Exode, XVIII, 25; Deut., I, 15—17)。

由此看来,恢复性的法律——尤其是合作性的法律——总算是很少很少的了。况且在刚才所引的规律当中,有许多还是与刑律有关系的。我们初看去似乎觉得没有关系,其实那些规律都带宗教性,带宗教性就与刑律相近了。因为它们都从神圣出发的,犯了它们,就是犯了神圣;而这类的触犯乃是大过失,应该被赎的。圣经里并不把甲命令与乙命令分开,一切命令都是神圣的话,人们若不遵从,就不能不受惩戒了。"如果你不留心,不遵照这书中的规律去做事,就是不敬你的上帝,不畏他这光荣而可畏的名,那么,上帝就惩罚你,以及你的子孙"。如有不合书中任何规律之事,纵

① 我们对于这书的真时代不必深究,只要知道它是很下等的模型的一个社会的产品就够了,也不必深究这书各部分的时代,因为就我们所要研究的着眼点言之,各部分显然都是表现同一的特性的。所以我们就把各部分一律援引了。这些章段合计起来(除了于关公共职务者不计外)共有135条。

使是误犯,也成为一种罪孽,非补赎不可。有些规律是被我们归入恢复性的法律里的,却有上述那种威吓作为制裁,它们的刑律性质不是毫无疑义了吗?圣经里说妻子改嫁之后,如再离婚,则不许再嫁前夫,跟着就说:"如有犯此者,等于在上帝跟前做可鄙之事;你的上帝既把乡土做传给你的遗产,你就不该把罪孽遗害乡土。"同理,有一段是规定支付工资的规则的:"工人做了工之后,在日落以前,你就该把当日的工钱给他,因为他是穷人,他的灵魂所期望仅此一点;你若不如此做,当心他呼天咒你,以致你有罪孽。""准犯罪"所生出来的赔偿似乎也是些真正的补赎。《圣经》里说:"杀人者处死罪,不管他所杀的是谁。打杀畜牲偿命;命偿命,……伤偿伤,眼偿眼,牙偿牙。"① 损失的赔偿俨然与偿命同一根源,都被人们认为一种报复法。

固然,在某一些戒令里,制裁并未特别指出,然而我们已经知道必是刑律的制裁了。戒令中所用的语气已经足以证明了。再者,传说告诉我们,纵使法律不正式指出刑罚,谁违犯了某一否定的戒令,谁就得受一种体罚② 。总而言之,依《圣经》前五卷看来,希伯来的一切法律都是根本带有压制的性质的。在甲处显明些,在乙处隐晦些,但到处我们都觉得有这性质的存在。《圣经》里所有的戒条既然都是上帝的命令,可以说是受上帝保障的,所以它们因这来源的关系都有一种非常的权威,以至成为神圣的信条;在它们被违犯的时候,公共的意识不仅仅是要求一种简单的赔偿,而要求一种补赎以替民众雪恨。我们须知,刑律的固有性在乎它所制裁的那些规律的非常的权威,而人类理想中最高的权威就是人类信仰所赋予上帝的那一种,所以那被认为上帝的言语的那种法律的本身就必是具有压制性的。在上文我们甚至于说刑律是多少总带

---

① Lèvitique, XXIV, 17, 18, 20。
② 看 Munck:Palestine, p216。Selden:De Synedriis, p889—903。书中依照 Maïmonide 把这类的一切戒律一一列举。

有宗教性的,因为刑律的主脑在乎一种尊敬的心情,尊敬的心情是高于个人的一种力量,是一种超越一切的权威;这个力量或权威无论令人心中感觉到任何的象征,总算是引起了人类的一种尊敬的心情,而这个心情也就是以一切宗教性为基础的。因此之故,就普通说,下等社会里的一切法律都受压制性支配:这因为在那些社会里,一切的法律生活都被宗教侵入,也像一切的社会生活都被宗教侵入一般。

因此,在《马奴法》(Lois de Manou)里,这性质还很显明。只须看他们的国家的法律的全部里,刑事裁判占了很大的部分,就可以知道了。马奴说:"上帝为着帮助我王执行职务起见,特在原始时代就产生了刑罚之神,这神乃是一切有生的保护者,是正义的执行者,是上帝本人的儿子,所以他的本体乃是非常神圣的。动物与不动之物,皆因怕刑罚之故而得保其所固有,又因怕刑罚之故而免于与其天职乖离……刑罚制治人类,刑罚保护人类;一切人们睡着的时候,刑罚在旁守着;圣人说,刑罚就是公理……假使刑罚不执行它的责任,一切的阶级就要崩坍了,一切的藩篱就被推翻了,而宇宙就成为混沌的了。"①

《十二圆桌律》的时代的社会,已经比希伯来民族进步了许多②,是比较地与我们相近的了。证据乃是:罗马社会先有了犹太社会所固守的模型,后来超过那模型,然后得达到"西提"的模型;关于这一层,下文还有证据③。再者,还有其他许多事实可以证明

---

① Lois de Manou, trad. Loisolenr, Ⅶ, Ⅴ. p14—24。

② 当我们说某一社会模型比另一社会模型更进步的时候,并不是说许多社会叠成一个直柱形,后来居上。恰恰相反,假使社会模型的诸系可以完全成立的话,它就像一棵多枝的树,树根虽只一株,树却是分歧的。但是,虽则如此分配,两个模型的距离还是可以测量的,我们可以知哪一个高些或低些。尤其是乙社会先有甲社会的形式而后超过甲社会,我们更可以说乙社会的模型高于甲社会的模型。这必是因为乙社会的模型属于较高的一枝的缘故。

③ 见第四章第二节。

那时的社会模型与我们的社会模型比较地相近。先说,在《十二圆桌律》里,我们可以找得到现行法律的一切主要的根芽;至于希伯来的法律与我们的法律之间,就没有丝毫的共同关系了①。再说,《十二圆桌律》乃是绝对世俗的。固然,在罗马的初期,有些立法家——例如奴马——被认为受神圣的暗示,而且那时代宗教法还与法律混合得很密切,但是,在《十二圆桌律》编成的时候,这种关系一定没有了,因为这律书一出世之后,就被认为一种纯粹人道的作品,而其对象也只在乎人与人的关系了。我们在《十二圆桌律》里仅仅找得出关于宗教典礼的几个条文,但似乎它们是以"禁奢法"的资格羼进去的。我们须知,法律的元素与宗教的元素的分离,乃是社会发达的现象;所以我们如果要知道乙社会是否比甲社会发达,最好是看它们的法律与宗教分离的程度就可以知道了②。

因此之故,刑律已经不占法律的全部分了。这一次,由刑罚所制裁的规律与仅仅有恢复性制裁的规律是互相分别得很清楚的了。在起初的时候,压制性的法律埋没了恢复性的法律,这时恢复性的法律已经从压制性的法律里挣脱了身,自立门户了。现在它有它所特有的性质了,有它的个别组织了,有它的个性了。它独立而为显然另一类的法律,有了特别的机关与一种特别的诉讼程序了。合作性的法律在此时也已出现了:在《十二圆桌律》里,我们发见一种家庭法,及一种契约法。

但是,刑律虽则比原始时代失了若干优势,而它在法律里仍占的是大部分。在吴华所考证出的《十二圆桌律》中 115 零简里头,只有 66 条是可以归入恢复性的法律内的,其余 49 条的刑律特征很是显明③。由此看来,在我们所知的《十二圆桌律》当中,刑律几乎

---

① 契约法、遗嘱法、保护人法、承继法,都是《圣经》前五卷中所没有的。
② Cf. Walter, Op. Cit. , §§ 1 et 2;Voigt:Die Ⅻ Tafeln,Ⅰ,p43。
③ 其中有十条禁奢法并不明白提出制裁,但它们的刑律特征乃是毫无疑义的。

要占一半;至于初编定的原本里的刑律所占的优势,尚非我们根据现存零简所能知。因为关于压制性的法律的各部分是比较地容易消失了的。我们所以得见那些零简,差不多全赖经典时代的法学家保存之力;然而我们须知,他们是特别关心于民律的问题而不很关心于刑律的。自古以来,法学家酷爱争论民律问题,而于刑律问题却不甚顾及。普通一般人既不关心于它,结果就会把罗马的旧刑法遗忘了一大部分。再者,就说《十二圆桌律》的完整的原文,也一定不曾完全载着一切的律刑。《十二圆桌律》不提及宗教罪与家庭罪,因为这二者另有特别法庭;至于违犯风俗罪也不在内。末了,我们还该知道,那刑律可以说是<u>懒</u>入法典里的。一切人们的意识里都铭刻着它,就觉得没有把它写出来的必要。根据上述种种理由,我们尽可以断定说,甚至第四世纪的罗马,刑律还是可以代表裁判规律的大部分的。

如果我们不把恢复性的法律全部来与刑律比较,只把与有机的连带性相当的一部分恢复性法律来比较,那么,更可以断定刑律的优势了。实际上,在这时候,只有家庭法的组织算是稍为进步些的:诉讼法徒然累赘,却甚呆板,并不复杂;契约法则仅仅开始。吴华说:"古法律所承认的少数的契约,与从犯罪生出来的许多许多的责务相比较,就显得十分矛盾。"①至于说到公法,非但还颇简单,而且大部分带有刑律的色彩,因为那时的公法还保有一种宗教性的缘故。

从此时期以后,压制性的法律一天比一天失去它的相对的优势。纵使我们假定它在许多立脚点上不曾退步,又假定原始时代所认为罪恶的许多行为并不曾渐渐免于受处分——其实关于宗教罪我们可以得到有力的反证——至少可以说它没有显然的进步了。我们晓得,自从《十二圆桌律》以后,罗马法的主要的犯罪模型

---

① XII Tafeln, II, p448。

就成功了。反过来说,契约法、诉讼法、公法,只能做到渐渐扩张的地步。我们把历史读下去,看见《十二圆桌律》所包括的关于这几点的少数条文渐渐发达,渐渐增加,到了经典时代,然后成为洋洋大观的系统。家庭法的本身也渐渐复杂,渐渐分歧,这因为原始的民律渐渐掺进罗马法里去了。

基督教的社会的历史也可以给予我们对于这现象的另一例子。米纳已经说过,我们如果把种种野蛮人的法律互相比较,就可知道在越老的法律里刑律所占的地位越大①。这种猜说,已经给各种事实证明了。

沙利克法律的时代的社会还比不上第四世纪的罗马那样发达。它虽则像第四世纪的罗马一般地超过了希伯来所不能超过的社会模型,但还比不上罗马那样完全与那模型脱离。在沙利克法律里,希伯来社会的痕迹显明了许多,下文还有事实为证。所以沙利克法律里的刑律有更大的关系。据华资所印的本子②,沙利克法律原文包括 293 条,其中仅有 25 条——即大约 9%——是没有压制性的;而这 25 条就是关涉及法郎克的家庭组织的③。至于契约,还没有脱离刑律的范围,所以在约定工作的日期而拒绝工作者就被罚金。而且沙利克法律里只包含法郎克人的刑律的一部分;因为其中的刑律仅仅是关于可以罚款的罪恶与侵权行为而已,然而我们须知,那时候一定有些罪恶是不容取赎的。我们试看其中并没有一个字提及危害国家及违犯军纪等罪,又没有一句话说到反对宗教的罪,就知道那时候压制性的法律所占的优势是更大的了④。

在布尔冈特人的法律里,因为时代较近,压制性的法律所占的

___

① Ancien Droit,p347。

② Das alte Recht der Salischen Franken,Kiel,1848。

③ Tit. XLIX,XLV,XLVI,LIX,LX,LXII。

④ Cf. Thonissen:Procédure de la loi salique,p244。

优势已经小些了。在 311 个条文当中,有 98 条——已近三分之一——是没有丝毫刑律的色彩的。但只有家庭法特别发达;对物权与对人权,在那时候都变复杂了。至于契约法,比之沙利克法律时代还不曾怎样发达。

末了说到魏斯哥人的法律。这法律的时代更近,而且当时的民族的智识也开通些,所以它表现同方向的一种新进步。虽则刑律在那里还占优势,但恢复性的法律在那里已经差不多能一样地被重视了。实际上,我们在那里发见一种诉讼法(卷一和卷二)、一种婚姻法、一种家庭法,都是已经很发达了的(卷三第一至第四章;卷四)。至于卷五,全卷都为商约而设,这算是空前的了。

因为法典缺乏的缘故,我们在此后的历史里,不能处处把这双重的发达观察得如此详确;但发达的方向没有变更,这是不能否认的。实际上,自从这时代以后,关于罪恶与侵权行为的一种法律上的目录已经是很完备的了。反过来说,家庭法、契约法、诉讼法、公法,却不停止地发达。这么一来,所以当我们把这法律的两部分互相比较的时候,其比较差却是反过来的了。

由此看来,压制性的法律与恢复性的法律的变迁情形,完全是由我们所证实的理论可以推测得到的。固然,人们有时候说下等社会的刑律占优势是有另一个原因的;说是那些初造法律的社会因为习惯于强暴,所以造成这样的法律。说当时的立法人依照野蛮生活的某几种犯罪的次数而定他们的各种法律的比较差①。米纳先生根据这个解释,却也觉得它解释得不完全;其实这种解释非但不完全,而且是错误的。先说,它把法律看做立法人所手造的东西,以为法律之设,为的是反抗民众的风俗。我们须知,这样的一个观念,在今日是不行的了。法律正是表现风俗的东西;纵使它反抗风俗,而反抗的力量还是向风俗借来的力量。越是屡见的强暴

---

① Ancien droit, p348。

行为,越为大家所宽恕;犯罪的程度是与人民犯罪的次数成反比例的。在下等社会里,对人的罪恶比之文明民族更常见些,所以这种罪恶在他们的刑律里是归最后一级的。我们差不多可以说,越少见的犯罪行为,则其被惩戒越重。再说,原始刑律之所以繁多,并非因为其中有许多条文是以我们现代的罪恶为对象的,只因那些社会特有一种丰富的犯罪性,而这犯罪性却不是所谓强暴行为所能解释的,例如违犯宗教信仰,违犯祭仪,违犯典礼,违犯一切的传统行为等。由此看来,压制性的规律发达的真原因乃是这时候的团体意识变为广大而且有力,同时工作又不曾分开的缘故。

知道了这些原理,结论自然从此出来了。

第五章　有机连带性之渐占优势及其结果

一

实际上,我们只消把眼看一看我们的法令,就能知压制性的法律所占的地位比合作性的法律所占的地位小得多了。家庭法、契约法、商法,共成一个大系统,相形之下,压制性的法律真不算什么一回事。由刑律所支配的种种关系的全部只能代表普通生活的一小部分;引申说起来,把我们维系于社会的那些关系与从共同信仰及共同情感生出来的那些关系实在很比不上分工制度生出来的关系繁多了。

固然,上文也说过,刑律并不能完全表现共同意识及其所产生的连带性;共同意识所造成的关系,除了由刑律禁止断绝的那些关系之外,还有其他种种关系。团体意识里有许多较弱而且较模糊的状态,只由风俗及舆论为媒介而使人们感觉着它们的作用,并没有任何法定的制裁维系着;而这些状态却助法律去保障社会的黏合性。但是,合作性也不能完全表现分工所生的一切关系,因为在这社会生活的一部分里它也只具有一个粗形。在许多许多情形之下,联络既分的各职务的那些互属关系都只靠成例维持,而这不成文的规律的数目一定比那些为压制性法律的附录的规律更多;因为社会职务本身既有种种不同,规律也应该跟着社会职务有同数量的变化才是道理。由此看来,不成文的刑律与不成文的合作律之比例完全等于成文的刑律与成文的合作律的比例,所以我们尽可以撇开不成文的不谈,而计算的结果也不至于有变化的。

话虽如此说,假使我们只就现代社会作此比例,或只就刚才我们所说到的时代作此比例,那么,我们还可以自问是否带有时代性的原因,或甚至于有病态的原因。但是刚才我们说过,一个社会模型越接近我们的社会模型,则其合作性的法律越变为占优势的;反过来说,人们与现代社会组织距离越远,则其刑律所占的地位越大。由此看来,这种现象并非由于或种偶然的原因,也非病态,却是我们的社会的结构中之主要部分与这现象有密切关系;因为社会结构越显明,则这现象越发达。所以我们在前章所立的定律在本章里越发用得着了。它非但已经证实了我们的结论所依据的那些原则,而且它还能使这结论能有普遍性呢。

但是,只就这种比较,我们还不能就推论社会的普通黏合性里有多少有机连带性。实际上,个人所以黏连于团体松些或紧些,并不仅仅在乎黏连的地点多些或少些,还在乎黏连他的那些力量之强度的变化。由此说来,分工所生的那些关系虽则很多,尽可以是比别的关系更弱;反过来说,别的关系的力最高超,也就足以抵偿数目寡少。但是,真相与此恰恰相反。

实际上,我们要测量两种社会关系的力量大小,就须看那些关系断绝得容易或艰难。最没有力量的,显然就是稍为被压迫就断了的。然而我们须知,在下等社会里,相似性的连带性是唯一的或差不多是唯一的,而社会关系之断绝却最为常见,最是容易。斯宾塞先生说:"在起初的时候,人们虽有归属于一个团体的需要,却无永远粘连于同一团体的必要。加尔模克人与蒙古人在觉得他们的酋长太专制的时候,便抛弃了那酋长,归属于其他的酋长。亚比波纳人离去他们的酋长的时候,并不必先请求其许可,而那酋长也不表示不快乐,于是他们举家到他们所喜欢的地方去。"①在南非洲,巴郎特人不停止地从甲地走过乙地。马古洛曾经注意到古基人也有同样的事实。在日耳曼人里,凡是喜欢打仗的人都可以随便选择一个酋长而做他的兵士。"这是最平常而且最合法的事。一个男人在会场中起立;他宣言他要出征某地方,与某敌人作战;于是信仰他而且想要得些战利物的人们就拥戴他做酋长,跟他出征……他们喜欢飘泊的生涯与战利物,社会的关系太弱了,不足以维系他们的心"②。怀资就普通论及下等社会说,甚至在统治权成立的地方,每个人还有充分的自由,可以暂时离开他的酋长;如果他有充分的能力,还可以反抗酋长,而不至被认为犯罪的行为③。又说,甚至于政府是专制的,各人还有与家族脱离的自由。罗马人被敌人俘虏之后,不再隶属于罗马的西提政府,这个规律不是也能证明社会关系之容易断绝吗?

自从工作渐渐分开之后,情形就完全不同了。一个群体里的各分子,因为有各不相同的职务,所以不容易分离。斯宾塞先生说:"假使我们把米特赛斯的周围地方与米特赛斯隔断了,地方的种种工作在数日内就非停止不可,因为没有材料的缘故。假使我们把制棉的一个州县与利物浦或其他商业中心点隔断了,则那州县的工业就不得不停止,而其居民亦因之而衰败不堪。假使我们把开煤矿的居民与邻居的镕铁的居民或以机器制呢的居民隔断了,不久以后,我们就可以见那开煤矿的社会衰败,跟着又是个人

① Sociologie, III, p381。
② Fustel de Coulanges:Histoire des Institution politiques de l'ancienne France. ler Partie。
③ Anthropologie,etc.,ler Part.,p359—360。

衰败了。固然,在一个开化的社会被分裂,以至其中一部分缺乏了施行权威的中央原动力的时候,这一部分跟着就另造一个中央;但是它很有涣解的大危险,等不到重新组织一个充分有力的中央,先要受长时间的混乱状态与孱弱状态。"①因此之故,强暴的吞并,在今日是困难的事情,而且是不一定能成功的事情。在今日,如果从一个国家里占取一省,就等于从一个机体里抽去一个器官。如果那地方是机体是主要器官,则被并吞之后,越显混乱状态;我们须知,这样的残废状态与混乱状态势必酿成长久的痛苦,是人们的回忆里所不能磨灭的。纵使就单独的个人说,虽则各国的文化更相仿佛,要改变国籍还不是容易的事情②。

　　反面的实验也是很显明的。连带性越弱——换句话说就是社会的组织越松——则外界的分子越应该容易掺进社会里来。我们须知,在下等社会里,入籍法乃是世上最简单的。在北美洲的印第安人里,族党的任一分子都有权引起一些新分子,名为养子。"战场中的俘虏,若非处死,便是族党中的养子。被虏的妇人与小孩照规例乃是宽恕的对象。承嗣的作用非但给予入教权(族党权),而且准予入籍。"③我们晓得,在罗马的初期,无依的人们与被征服的人们是多么容易入罗马国籍而取得西提政权④。再说,初民社会已靠这种入籍作用,然后能够发达。初民的社会既是这样容易混进去的,可见他们对于社会的一致性与个性并没有一种强烈的情感⑤。在职务分工的地方,就有相反的现象。固然,外人还可以暂

---

① Sociologie, Ⅱ,p54。

② 在第七章里有同样的说明:家庭的工作越分开的时候,个人与家庭的关系越强,越难断绝。

③ Morgan:Ancient Society,p80。

④ Danys d'Halicar. ,Ⅰ,9.—Cf. Accarias:Précis de droit romain,Ⅰ,§51。

⑤ 在这些社会里,外人乃是驱逐的对象;但这事实与上面所举的事实并不是不能相容的。在外人有一天未入籍的时候,便引起排斥的情感。我们所要说的,乃是外人很容易失去其外人之资格而入籍。

时加入社会里,但是,他加入的手续——即入籍的手续——是更复杂的,而且需要的时间更长了。若要入籍是可能的,先须得团体同意,而且这种同意是属于在一些特殊条件之下的,而且是堂皇地表示的①。

　　人们也许觉得奇怪,以为个人与社会的关系既能令社会吸收个人,何以如此易断易解。但是,一个社会关系的坚硬性并不就是一种能够支持的力量。一个群体的诸分子在必待共同而后有所动作的时候,我们不能因此就说他们不能不永远联合,不联合就非衰败不可。恰恰相反,他们既不互相需要,而且每人自己具有社会生活之一切,那么,他们尽可以把这生活移到别的地方去;而且他们之分离往往是成群脱离的,所以更是容易的事情了。因为那时的个人是那样的结构,所以只能在团体之下活动,纵使到了与团体脱离的时候,也不是单人的行为。从另一方面说,在诸分子尚属于那社会的时候,那社会就要各个人有一致的信仰与一致的实施;但是,它尽可以失去了若干分子,而它的内生活的经济却不至于动摇,因为那时的工作并不曾怎样分开,所以社会并不反对分子之减少。同理,当连带性只从相似性里生出来的时候,无论是谁,只要与那团体模型违背得不很远,总可以插进群体里来的。他们没有理由排斥他,甚至在有空位置的时候还有把他拉进来的必要。反过来说,如果社会是由分工的分子组合而成的,各分子互相完成,那么,新分子一插进来,就非扰乱这谐和状态不可,非把它们的关系弄坏了不可;所以那机体不得不反抗那些外界的分子之加入,以免产生好些骚扰的状态。

二

　　就普通说,机械的连带性非但比不上有机的连带性那样能强

---

① 在第七章里还说到家庭越不分工,则外人之羼入越易。

烈地联络人们,而且,在社会渐渐进化的时候,机械的连带还一天比一天松弛了呢。

实际上,同此根源所生出的社会关系的力量是依着下列的三个条件而变化的:

(1)共同意识的体积与个人意识的体积的比例。共同意识越能完全包孕个人意识,则社会的关系越有力量。

(2)团体意识的种种状态的平均强度。假定体积的比例是平等的,团体意识越有生活力,则越能支配个人。反过来说,如果团体意识成于微弱的冲动,就只能很无力地把个人拉到团体的路上去。这么一来,个人很容易做到走自己的路径,而那连带性就会变为不很强的了。

(3)同上状态的确定程度高不高。实际上,信仰与成法越是确定的,则个人越没有分道扬镳的余地。譬如一些形式相同的模型,我们的思想与行为都从那些模型中溜出来;所以"公共的意见"差不多是到了最高限度的;一切的意识都作同声的颤动。反过来说,行为思想的规律越是普通而不确定的,则个人越会反省,把那些规律用到特别的情形上去。然而我们须知,个人一反省,思想就不能不分歧,因为思想就质说或就量说都是随人而异的,所以思想所产生的一切也都是随人而异的了。这么一来,离心的倾向渐多,而社会的黏合力与动作的谐和因此就大受影响了。

从另一方面说,共同意识里的确定而且强烈的状态乃是刑律的根源。然而我们须知,今日的刑律的根源的数目比昔日少些,而且是在社会渐渐接近我们现代的模型的时候才渐渐少了的,关于这一层,下面就有说明。由此看来,岂不是团体状态的确定平均程度与其平均强度自身已经减小了吗?固然,我们不能因此就断说共同意识的全疆域已经缩小了;因为与刑律相当的那一部分尽可以缩小,而其他部分却尽可以扩张。确定而强烈的状态尽可以少了些,而其他的态度也尽可以多些。但是,这种发达状态纵使是真的,至多也只能与个人意识里所生的发达状态有同样价值;因为个人意识的发达至少可以说是相等的比例。社会里虽则增加了些与众有关的事物,同时也增加了些只与个人有关的事物。我们甚至于可以相信与个人有关的事物比之与众有关的事物更增多些,因为在人们渐渐开通的时候人与人之间那些相异点也就渐渐显明了。上文说过,特别的活动已经比共同意识更发达了;所以大约——至少可以说大约——在每一个个别意识里,个人的范围比共同的范围增大得多了。无论如何,二者之间的比例至少是仍旧的,所以就这一点看来,纵使机械连带性不曾失去什么,却也不曾赚得什么。所以从另一方面说,如果我们证明了团体意识已经变为更弱而且更模糊的了,我们就可以断定这连带性也是变弱了的;因为在机机连带性的能力所依赖的三个条件当中,已经有两个失了若干强度了,纵使第三条件不曾变动,也不中用了。

要做这个证明,若把种种不同的社会模型里的压制性的规律互相比较,这是不中用的,因为压制性的规律的变迁并不与其所代表的情感完全相符。实际上,同一的情感尽可以受种种的方式的触犯而生出许多规律,但那情感并不因此就分为许多种。譬如现在有了许多取得所有权的方式;也就有许多侵占所有权的方式,但是,尊重他人所有权的那种情感并不因此就变为许多种。又如个人的人格发达了,所包括的元素增加了,因此对于人格就有种种侵犯的可能;但是,其所侵犯的那种情感却始终只是一种。所以我们不该计算那些规律的数目,只该把它们分为若干大类,由大类再分若干小类。大类的分法,要看它们系与一种情感相当或与多种情感相当;小类的分法,要看它们在同一情感里与哪一部分相当。这么一来,那些犯罪模型给我们整理出来了,各犯罪模型的主要部分也给我们分出来了;而且它们的数目势必与共同意识里那些确定而且强烈的状态的数目相等。这些确定而且强烈的状态越多,则犯罪的种类应该也越多;每一种罪恶的各部分当然也与每一意识状态的各部分相对照。为求明显起见,我曾经把这些模型里的几个主要模型及这些主要模型里的一些主要部分列为一个表;它们都是各种社会所曾经承认的。当然,这样的一个分类,不能说是完全,也不能说是十分严格;但是,若就我们所欲得的结论而言,这个分类已经算是够准确的了。实际上,它已经包括了一切现代的犯罪模型;我们只怕在已经消灭了的模型之中漏了若干个罢了。但是,我们正要证明犯罪模型的数目已经减少,所以这些漏洞恰足以增加我的议论的一个论据。

对于与团体情感相反的行为的禁止律

(一)有普通的对象者

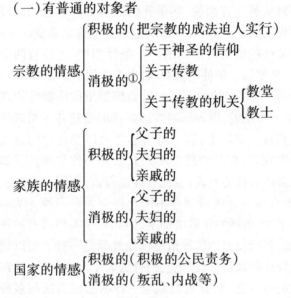

---

① 所谓积极的情感乃是使人有积极行为的那些情感,例如信仰的实施;消极的情感只能生出一些禁戒的行为。所以积极与消极之间,所差的只是程度。然而这种差别却是重要的,因为它能表示那些情感的两个发达期。

两性间的情感
- 被禁的结合
  - 乱伦
  - 男色
  - 门第不相当
- 卖淫
- 公众的廉耻
- 不成年人的廉耻

关于工作的情感
- 乞食
- 流氓
- 酗酒①
- 工作里的刑罚规定

种种传统的情感
- 关于职业的若干成例
- 关于埋葬
- 关于饮食
- 关于衣服
- 关于典礼
- 关于其他种种成规

关于共同意识的机关的情感
- 直接触犯的
  - 弑君
  - 阴谋推翻合法的权力
  - 凌辱或威迫政府——抗命
- 间接触犯的②
  - 个人僭占公众的职务——霸占位置 ——假民众公意
  - 公家职员的罪恶与职业上的种种过失
  - 舞弊而害及政府
  - 种种不遵命令的行为（行政上的犯法）

---

①　我们之禁止酗酒，大约还有其他种种动机，尤其是醉后失仪之令人憎恶。
②　凡犯罪行为，其犯罪性质发生于对共同意识的反动力，或对共同意识一部分的反动力者，都归此栏。其实这两个子类的分界是很难划定的。

（二）有个别的对象者

关于个人人格的情感 { 个人的自由 { 杀人、伤人——自杀
　肉体的
　精神的（在公民权施行时受压制）
　名誉 { 侮辱、毁谤
　假伪的见证

关于个人所有物的情感 { 盗贼——诈骗取财，负托行为
　其他种种诈骗行为

关于许多个人的人格与所有物的情感 { 造假币——有罪的倒闭商业
　放火
　结群劫路——劫掠
　公共卫生

三

我们只须在这表上看一看，就晓得大多数的犯罪模型是逐渐消灭了的。

在今日，家族生活的规定几乎全部都失了一切的刑事性。仅仅有通奸罪与重婚罪是例外。但通奸罪在罪恶表中居例外的地位，因为妻子受了处分之后，丈夫还有赦免之权。至于家庭其他分子的义务，已不复有压制性的制裁了。古时却不如此。《摩西十诫》把孝道认为一种社会责务。所以殴打尊亲①或诅咒尊亲②，或不遵父命③，都被处死刑。

雅典的西提政府虽与罗马的西提政府属于同一的模型，却表现一种更原始的形式；所以雅典法制在这一点上也有同样性质。不尽家族的义务就引起一种"特别的告诉"。"凡虐待或侮辱父母

---

① Exode, XXI, 17. —Cf. Deutér., XXVII, 16。

② Exode, XXI, 15。

③ Ibid., XXI, 18—21。

或尊亲属,不供给他们生活的需要,不依照家庭的体面而为他们治丧……都可以引起'特别的告诉'"①。尊亲属对于孤儿孤女,若有类似上述的行为,也须受制裁。但是,这些罪恶所受的刑罚显然稍轻,可见与此相当的那些情感在雅典已经比不上在犹太那般有力量了②。

在罗马,又有很显著的新退步。法律所规定的家庭责务仅仅有贵族与贱民间的关系③。至于其他的家庭过失,只由家长以家法处罚而已。固然,家长既具有权力,尽可以严厉地压抑;但是,当他这样用他的权力的时候,并不是以公家职员的资格,也不是以法官的资格使人们在家庭里尊重政府的普通法律,只算是以个人的资格施行④。由此看来,这类的犯法行为已经倾向于变为一些纯然私人的事情,与社会脱离关系。这样下去,家族的情感渐渐从共同意识的中心里退出来了⑤。

两性间的情感关系也是这样进化的。在《圣经》前五卷里,伤风败俗的罪恶占一个很大的地位。有许多许多的行为是当时认为罪恶而为现代法律所不禁的:例如对于未婚妻的诱淫(Deutéronome, XⅫ, 23—27)、与奴隶结合(Lévitique, XIX, 20—22)、破身的女子假冒处女而结婚(Deutéronome, XXII, 13—21)、卖淫(Lévitique, XIX, 29),尤其是教士的女卖淫(ibid., XXI, 19),至

① Thonissen:Droit pénal de la République athénienne, p288。
② 刑罚在当时是不确定的,大约是剥夺公权(Thonissen, Op. Cit.. p291)。
③ 在西提政府的初期,家族生活与刑法的关系还深些。有一种家族法——相传是Romulus时代的——还诅咒虐待父母的儿女(Festus, p230, S, V, Plorare)。
④ 看Voigt:Ⅻ Tafeln, Ⅱ, 273。
⑤ 人们也许觉得奇怪:罗马是族长制的地方,为什么能说它的家族情感退步呢? 但我们只能以事实做根据;试看族长制的家庭成立了之后,结果是从公众生活里抽出了许多分子,造成了私人的势力范围,形成一种"内的裁判"。这么一来,就开了分化的源泉,这是自古所没有的。到了家族生活离了社会的支配而归入家庭里的一天,家族生活就随着各家庭而有殊异,于是那些家族的情感就失了若干一致性与若干确定性了。

于乱伦,则《圣经》第三卷里(Lévitique, Ch. XVII)竟举了十七种情节。再者,一切这些罪恶都须受严厉的刑罚:其中有一大半是死刑。在雅典的法律里,这一类的罪已经少了些,只有受财的男色、牵线,及不用婚姻式而与良家女子交通、乱伦,才是被禁的——虽则我们不很知道当时所谓乱伦的行为是哪几种性质的。就普通说,刑罚也比较轻了些。在罗马的西提政府,虽则法制里关于这一部分是比较地不确定的,但是我们可以说情形差不多没有变化,只失了若干轮廓罢了。赖纳说:"在西提的初期,男色罪虽不经法律明文规定,而犯此罪者必受民众、督察官或家长的处分,或处死,或罚款,或使其名誉丧失。"①与贵妇人有不合法的交通,也差不多受同样的处分。父亲有权处分他的女儿;同样的罪恶,经市官告发之后,人民便把犯罪的人罚款或驱逐出境②。我们很觉得关于这类罪恶的处置似乎已经有一部分是家庭或私人的事情了。到了今日,这些情感在刑律里已经没有回声,除非有了下列的两个例外的情形:在公众的地方犯这类的罪恶;在未成年的人不能自卫的时候③。

　　在"种种传统的情感"一栏里,我指出了一类的刑律;其实这些刑律可以代表许多许多不相同的犯罪模型,与许多不相同的团体情感相当。然而我们须知,它们都——或差不多都逐渐消灭了。在简单的社会里,传说是有无上权威的,而且差不多一切都是共同的,所以最儿戏的成例借了习惯之力竟变为强制的义务。在安南东京,有许多规矩是不能违犯的,违犯者所受的惩戒,比损害社会的大罪的惩戒还更严厉④。在中国,医生不依规矩开药方者须受惩

---

① Criminalrecht der Roemer, p865。
② Ibid., p869。
③ 我不把抢亲、强奸归入此类,因为此等罪恶含有其他的成分。与其说是无廉耻,不如说是强暴行为。
④ Post:Bausteine, I, p226。

戒①。《圣经》前五卷已满载着同类的戒律。有大多数的"半宗教性"的实施的来源显然是历史的,而其一切力量都从传说而来,这姑勿论;单就饮食②、衣服③及种种经济生活细则④而言,也是由一种很广阔的规定所支配的。在希腊的西提社会里,截至某限度为止,还是这个情形。古兰芨先生说:"希腊政府之专制,直至于很小很小的事情。在洛克列思,法律禁止人们喝纯粹的葡萄酒。就平常说,衣服是由各城镇的法律规定,不容变化的;斯巴达的法制规定妇女的发髻的装束;而雅典却禁止妇女携带三份以上的衣服去旅行。在洛特,法律禁止人们剃须;在早桑斯,家里有一张剃刀的人须受罚款的处分;在斯巴达恰恰相反,法律要求人们剃上唇的胡子。"⑤但是,这些罪恶的数目已经少些了;在罗马,除了对于妇女的几条禁奢法之外,已经没有什么关于这一类的法律。在今日,我想在我们的法律里找不出一条关于这类的禁令吧。

但是,刑律的最大损失还不在乎此,乃在乎宗教的罪恶之完全消灭或差不多完全消灭。这么一来,这一大类的情感已经不算是共同意识里的确定而且强烈的状态了。固然,当我们只把我们现行的法律里关于这方面的规定与一切下等社会模型的法制作一个总比较,退步的状态太显明了,以至我们怀疑它不是常态而且未必永远如此退下去的。但是,当我们细察事实的进展情形的时候,就证明关于远方面的法律是很有规则地被逐渐排除了的。在人们从甲社会模型升到乙社会模型的时候,这一类法律必定少了若干条,由此看来,这并不是一种偶然的或暂时的事实了。

___

① Post:ibid。在古埃及也是如此(看 Thonissen:Etudes sur l'histoire du droit criminel des peuples anciens,I,149)。

② Deutér. ,XIV,3 et suiv。

③ Ibid. ,XXII,5,11,12,et XIV,1。

④ "你在你的葡萄田里不许栽种种种不同的植物(ibid. ,XXII,9)。你耕田的时候不许用一驴一牛并驾而耕"(ibid. ,10)。

⑤ Cité antique,p266。

　　一切的宗教上的罪恶,为《圣经》前五卷所分别禁戒的,实在多到不可胜数。希伯来人应该遵从法律所规定的一切命令,否则须受殄灭的处分。"凡举手违犯法律者,吾民共歼之"①。就这种名义而言,人们非但不可做违禁的事情,而且还须做法律所命令的事情,例如自己行割势礼,教家人行割势礼,庆祝安息日与其他节日等。不再说,这些命令的数目当然是很多,而犯命者所受的刑罚当然是很厉害的了。

　　在雅典,宗教上的犯罪性所占的地位还是很大的;有一种"特别的控告",是预备追究国教的罪人的。这种罪恶的范围当然是很大的。"就一切的表面看来,雅典的法律对于所谓'特别的控告'的大小罪恶,并没有明白的定义,所以法官尽有以自己的意思去批判的余地"②。但是,雅典关于这类的法律,一定没有希伯来的那么繁多。再者,这差不多都是"做"的罪恶,而不是"不做"的罪恶。实际上,人们所援引的主要罪恶乃是:否认对于神圣的信仰,不信神圣的存在与其对于人间万事的主持;对于圣诞、牺牲祭、游戏、庙宇、祭台等等事物的亵渎,对于"避匿法"的违犯,对于死人不尽应尽的义务,又教士对于祭典改坏了或遗漏了,授予俗人以神秘的教义,又如拔了圣榄树,与无权入庙之人擅入庙宇等等③。由此看来,所谓罪恶,并不在乎奉行宗教,而在乎以积极的行为或言语去扰乱宗教④。至于新神圣之引入,不见得一定须受批准,也不见得被认为不敬上帝;固然,这种事的解释是很活动的,有时候仍可以惹起一种控告,但我们没法子证明他们一定控告⑤。再者,在诡辩学派与苏格拉底的国度里,宗教意识总该比希伯来民族的神权社会的宗

---

①　Nombres, XV, 30。

②　Meier et Schœmann: Der attische Process, 2e édi., Berlin, 1883. p367。

③　这是依照 Meier et Schœmann 所叙述, Op. cit., p368. —Cf. Thonissen, Op. cit., Ch. II。

④　固然,古兰茇先生也说,依照 Pollux 的一篇文字(VIII, 46),圣诞的庆祝乃是必然的责务。但原文所论的仍是一种积极的亵渎,而不是一种消极的不干。

⑤　Meier et Schœmann, op. cit., 369. —Cf. Dictionnaire des Antiquités, art. Asbeia。

教意识稍为宽恕了些。哲学能在那里发生而且发达,岂非因为传统的信仰不够强烈,所以不能阻止哲学的萌芽吗?

在罗马,个人意识里的传统信仰更轻了些。古兰芨先生反复申说罗马社会具有宗教色彩,这是不错的;但是,把罗马以前的民族来比较,则罗马政府所含的宗教性却少了许多①。政治的职务早就与宗教的职务离开,而且把宗教职务作为隶属于政治的。"幸亏政治原则占了优势而罗马宗教带了政治色彩。所以除非危害宗教的行为间接危害及于政府,否则政府不肯为宗教出力。外国政府的宗教信仰或人民的宗教信仰在罗马帝国之下活动是不禁的,只要它们谨守自己的范围,不很侵及政府的权限就行了"②。但是,如果有些公民转移信仰于外神,因而害及国教,政府就出来干涉了。"然而这一点与其说是被认为权限问题,不如说是高级行政的利益问题;在干涉这些行为的时候,须看当时情形,或提出警告,或下禁令,或施惩戒,而惩戒之重者可至于处死"③。在罗马的法庭里,宗教的诉讼决不像雅典那样重要。我们在罗马法里决找不着一条规定是与雅典的"特别控告"相似的。

宗教上的罪恶非但变为更确定些,更少些,而且降低了一等或数等。实际上,罗马人并不把一切宗教罪认为同等的,所以分为可赎罪与不可赎罪二种。前者只须赎罪,所谓赎罪乃是对于神圣做一次牺牲祭④。固然,这牺牲祭算是一种刑罚,政府可以强制执行;因为罪人所造的孽传染于社会,恐怕神圣因此迁怒于社会。但是,这刑罚的性质与死刑、流刑或没收财产的性质完全不相同。我们须知,这些如此容易取赎的过失,在雅典的法律里却是最受严厉制

---

① 古兰芨先生自己也承认雅典社会里的宗教色彩更为显明(La cité,Ch. XⅧ,dernieres-lignes)。

② Rein,op. cit. ,p887—888。

③ Walter,op. cit. ,p804。

④ Marquardt:Rœmische Staatsverfassung,2e édit. ,t. Ⅲ,p185。

裁的大罪,例如:

　　(1)对于一切圣地的亵渎;

　　(2)对于一切宗教地的亵渎;

　　(3)"宗教结婚"后的离婚;

　　(4)"宗教结婚"所生的儿子的发卖;

　　(5)在日光下曝露尸体;

　　(6)误犯"不可赎罪"中的任一条。

　　在雅典,对于庙宇的亵渎,或是对于宗教典礼有丝毫的扰乱,有时候甚至于偶犯祭仪等①也须受极刑。

　　在马罗,只有对于宗教施行最大的损害而且是故意的行为,才受真正的刑罚。实际上,"不可赎罪"只有下列的几种:

　　(1)宗教职员因故意不尽职而不行鸟占,不做圣事,或对于上述二事有亵渎行为;

　　(2)大牧师在凶日行圣事,而且出于故犯;

　　(3)对于安息日的亵渎,而且其行为是违禁的;

　　(4)与女教士的乱伦行为,或女教士与人的乱伦行为②。

　　人们往往怪基督教太宽恕了,但是,就这一点看来,基督教比以前的宗教进步得多了。基督社会里的宗教意识,纵在信仰达到最高程度的时候,也不能形成一种刑罚的反动;除非人们公然反抗宗教、否认宗教,或正面攻击宗教,然后成了罪名。那时的宗教比罗马的宗教更完全离开世俗的生活,所以它再也不能有从前那种权威去强人施行,只好更自封闭,以取守势。它并不像刚才所说的那般干涉那些细节的违犯行为,只在它的主要教义当中某一条受了危害的时候才要求政府加以压制;而且教义的数目并不很多,因

---

① 看 Thonissen,op. cit. ,p187。

② 根据 Voigt;Ⅻ Tafeln,Ⅰ,p450—455。Cf. Marquardt;Rœmische Alterthümer,Ⅵ,248。我撇开了一两种"不可赎罪"不提,因为它们虽有宗教性,同时也有世俗性。凡直接侵犯神圣事物者才算数。

为信心渐渐变为精神的、普通的、抽象的，所以同时也变为简单的了。从此以后，仅有亵渎神圣行为——侮辱宗教只算亵渎神圣的变相——与邪说（包括种种形式）是宗教上的罪恶了①。由此看来，宗教罪的数目继续地减少下去，可以证明那些确定而强烈的情感自身也没有从前那么多了。事情能不如此吗？人人都承认基督教是自有宗教以来最唯心的一个宗教。所以与其说宗教是由一些个别的信仰与一些确定的实施做成的，不如说是由很旷达而且很普遍的信仰做成的。因此之故，基督教里的自由思想之兴起乃是比较地提早的。自从基督教的初期，就有种种不同的学派，甚至于有相反的宗派成立。在中世纪，基督社会刚刚开始组织，而经院派就出世；这是自由思考的第一次有方法的努力，是宗教分歧的第一源泉。宗教的辩论权在原则上是为社会所承认的。不用说，这么一来之后，这种趋势就一天比一天显著了。所以宗教里的犯罪性到了结果只好与刑律完全分离，或差不多完全分离了。

四

那时节，犯罪性里的许多细节都渐渐消灭，而且没有抵偿；因为后起的一些细节都不是绝对新的。现在我们固然禁乞食，但雅典人不是已经惩戒游手好闲的人了吗②？对于国家情感或国家组织之违犯或破坏，无论在哪一个社会里都不曾得赦免过；我们甚至于觉得古代的压制性似乎更严厉些，因此，我们可以相信与刑律相当的那些情感已经变弱了。叛弑罪在昔日是那样重大，现在却倾向于消灭了。

---

① Du Boys, op. cit., Ⅵ, p62 et suiv。我们还应该注意，对于宗教罪的严厉惩治，乃是很后起的事情。在第九世纪，亵渎神圣罪还可以拿三十个银厘佛取赎（Du Boys, Ⅴ, p231）。直到了1226年，才有一道命令，要把宣传邪教的人处死刑。由此看来，我们可以相信关于这些罪恶的刑罚增重乃是一种病态的现象，由于例外的情形而成，不能代表基督教发展的常态。

② Thonissen: op. cit., p363。

　　但是,有时候人们还说下等民族不曾承认那些对个人的罪恶,而且甚至于奖励盗贼罪与杀人罪。龙伯洛索先生在最近还想做这样的主张。他以为"野蛮人的罪恶不是一种例外,而是一种普遍的规律……没有一个人认为罪恶"①。然而他只举了几个罕见的事实,只加解释,不问来源,便拿来做肯定的证据。所以他弄到把共产的实施或国际的侵掠认为与盗贼同科②。我们须知,在团体诸分子的财产无可分性的时候,我们绝对不能因此就说古人承认盗窃权;我们甚至可以说除非先有了个人财产,否则不会有盗窃罪发生③。同理,在某一社会不把侵掠邻国认为可恨的事的时候,我们不能因此就断说那社会纵容本社会里诸分子互相侵掠而不加以保护。所以我们须知,若要拿证据,就只须看内地的抢掠罪是否不受处分。固然,狄乐多与阿鲁该尔④各有一篇文字可以令人相信古埃及曾有这种放任行为。但是,依我们所知道的埃及一切文化看来,都是与这两篇文字相反的。杜尼桑先生说得有理:"在一个地方,法律规定凡以不合法手续得到财物的人是被处死刑的;只在度量衡稍为变小,也受斫除双手的刑罚;我们还能说他们会有赦免窃盗罪的事实吗?"⑤人们又可以用猜度的方法⑥去就古著作家的文字里证出一些事实,然而那些著作家的叙述原是不真确的,又怎能作为证据呢?

---

① L'homme criminel, tr. fr., p36。
② 龙伯洛索先生说(p36, in fine):"甚至在已开化的民族里,私人的财产是要待许久才能建立的。"
③ 要批评初民对于盗窃罪的某几种观念,先应该记得这一个道理。在共产主义初起的时候,物与人之间的关系还是很弱的,换句话说就是,个人对物权还不像今日这样弱,因此,犯这权的罪也不像今日这样重。这并非古人特别纵容盗窃罪;只因没有私人所有权的时候就没有盗窃罪的存在。
④ Diodore, Ⅰ,39;Aulu-Gelle:Noctes—Atticœ, Ⅺ,18。
⑤ Thonissen:Etudes,etc.,Ⅰ,168。
⑥ 这是很容易猜度的(看 Thonissen et Tarde:Criminaité, p40)。

　　至于龙伯洛索先生所说的杀人行为,这些行为总是在一些特别情形之下完成了的,例如战争的事实、宗教的牺牲,此外还有野蛮君主对于臣民或父亲对于儿女的绝对权威的结果,都是特别情形。然而我们须知,我们所该证明的不在乎这一点,而在乎原则上禁止凶杀的一切法律之有无。在这些非常的例子当中,我们找不出一个例子是可以证明当时没有禁止凶杀的任何法律的。杀人在特别条件之下可以免罪的时候,我们不能因此就证明禁杀法律之不存在。再者,在我们现代的社会里,不是也有这种例外吗? 一个总司令把一队兵士遣送于死地以救全军,与一个神父牺牲一个良民以消国神之怒,不是一样的道理吗? 在我们的战争里,难道不杀人吗? 当一个丈夫杀了他的与人通奸的妻子的时候,在某几种情形之下,纵使不得绝对的赦免,不是还得相当的宽宥吗? 凶手与盗贼,有时候却是人类同情的对象,这是最显明的事实。各个人尽可以佩服凶手的勇气,而凶杀的行为在原则上并不因此就受赦免的。

　　还有一层,这学说的根本观念是与事实不相容的。实际上,若要有这观念,必先假定初民是没有任何道德性的。然而我们须知,既由许多人合成了一个社会,无论那社会草创到什么地步,势必有些法律去规定人与人的关系,因此又势必有一种道德;这道德虽不与我们的道德相同,总算有道德存在。再说,在一切这些道德当中,如果有一种共同的规律,则这规律一定是禁止对个人凶杀的;因为相类似的人们如果要在一块儿生活,必须各人对于同类先有一种同情心,而这同情心乃是反对能使同类受痛苦的任何行为的①。

　　这学说里也有一些真理。先说,保护个人的法律不能及于全

———————

① 这一个议论与上文常提及的另一个议论并不冲突;上文说过,在这进化的时代,个人的人格是不存在的。原来当时所缺少的个人人格乃是精神上的人格,尤其是高等精神上的人格。但是各个人总有各不相同的一种有机生活,足以产生这种同情心,不过在个人人格越发达的时候这同情心就越显得强烈就是了。

民,有一部分人民——儿童与奴隶——在古时实是在法律保护范围之外的。再说,我们也应该相信这种保护作用在现代是更靠得住的,因此,可见与此相当的那些团体情感也已经变强烈了许多。但是,在上述两个事实里,也没有一些什么可以推翻我的结论。现代各个人以任何名义在社会里做分子,都受同等的保护;但这风俗的改良并不由于一种真的新刑律的出现,而由于一种旧刑律的扩张。在原始的时代,法律已经禁止伤害社会诸分子的生命;不过儿童与奴隶不得认为有社会分子的资格罢了。现在我们既不分别儿童奴隶与常人,所以当初不被认为罪恶的行为现在也须受惩戒了。但这仅仅因为社会里增加了若干人格,却不曾增加了若干团体情感。团体情感的数目仍旧,只它们的对象的数目增加罢了。我们尽可以承认社会对个人的敬意加重,却不能因此就说共同意识的中心点已经扩大了。这情感里并不曾掺进了新的元素,因为这情感始终存在,又始终有充分的力量,不至于赦免那些触犯它的人们。所以唯一的变迁只是一种旧元素变为更强的一个元素罢了。但是,上文所说过的那些繁多而重大的损失却不是仅仅这种加强作用所能抵偿的。

　　由此看来,就全部说,共同意识里渐渐没有强烈而确定的情感了;这因为像上文所说,团体状态的确定的平均程度与平均强度是一天比一天低减的。刚才所说的那加强作用,也适足以证实这一个结果。实际上,我们很应该注意,那些变为更强的少数的团体情感的对象并不是社会的事物,而是个人。事情所以如此者,必因个人人格在社会生活里已经变为更重要的一个元素;而个人人格所以能得到这个重要位置者,非但因为各人的个别意识在绝对价值上有所增加,而且因为它比共同意识更为发达。它必须先脱离了共同意识的羁绊,因此,可见原始时代共同意识所具的权威与其确定作用已经丧失许多了。实际上,假使共同意识与个人意识的比例如前一样,假使两种意识在发达程度中其体积与其生活力都相

等,那么,与个人有关的团体情感亦必仍旧一样;尤其是它们不会
独自扩大的。因为这些情感完全关于个人原动的社会价值,而这
社会价值并非由原动者的绝对发达而确定,却是由社会现象全体
中它所占的部分的相对范围而确定的。

五

我们还可以用一种方法去证实这个议论;下文只简略地说明
这种方法。

现在我们对于什么叫做宗教,没有合乎科学的一种概念;实际
上,若要获得这种概念,必须先用我们对于罪恶问题所曾用的那一
个比较的方法去研究这问题;这种尝试是不曾有人做过的。人们
往往说,在历史的每一阶段里,宗教乃是人类对于一种实体或许多
实体的种种信仰与情感,而且人类把这一种实体或几种实体认为
其性质是高超于人类的。这样的一个定义显然是不妥当的。实际
上,有许许多多思想的规律或行为的规律显然是带宗教性的,然而
其关系的性质却完全两样。犹太的宗教禁人吃某几种肉,又命令
人们穿一定的衣服;关于人物的性质与世界的起源等问题,都强迫
人们作某种见解;至于法律上的种种关系,道德上的种种关系,经
济上的种种关系,都须受宗教的规定。由此看来,宗教的权力范围
直扩充到人与神圣之关系以外。而且还有人坚说世上至少还有一
种无神的宗教;只要这唯一的事实能得证实,则我们便没有权把神
圣的观念去解释宗教了。末了再说,信仰者所承认神圣的非常权
力虽则可以解释一切宗教事物的特别尊严,我们尚须解释人类为
什么把这样一种大权力给予他们的幻想所产生的一个东西。——
因为人人都承认,在许多情形之下,神圣乃是幻想的产品,假使不
能说一切神圣都是幻想的产品的话。凡事是不会没有来源的;所
以神圣所有的力量必有一个来源,因此,这个解释的程式并不能使
我们知道这现象的根源。

　　但是,撇开了这元素不提,一切的观念与一切宗教情感所表现的唯一特性乃在乎它们是同在一块儿生活的若干个人所共有的,而且它们有一种颇高的平均强度。实际上,当一群人共有某一种颇强的信念的时候,这信念不免就有了一种宗教性,这乃是常见的事实;人们的意识对于这信念的尊重,比之于纯粹宗教性的信仰的尊重是一样的。这简略的说明大约不能做严格的确证,但至少可以说宗教多半是与共同意识里的最中心点相当的。当然,我们只须把这中心点指定,教它与那与刑律相当的另一个中心点有分别就是了,因为这两个中心点往往是全部相混或一部分相混的。这是待解决的一个问题,但我们既有了很近真相的一种猜说,已经用不着怎样解决了。

　　然而我们须知,历史所能证明而毫无疑义的一种真相乃是宗教在社会生活里的领域渐渐小了。在原始的时候,它的范围广大无边,包括一切;凡是社会的就是宗教的,社会、宗教两个名词的意义竟是相同的。其后,政治上、经济上、科学上的各种职务都脱离了宗教职务的范围,自立门户,而且那些职务的世俗性也一天比一天显著。在古代,人与人的关系里时时用得着上帝出头,后来上帝渐渐不管事了;他把世事交给人类,让他们去争论了。至少可以说,他虽则仍旧制驭世界,却已经是从高处远处制驭了;他的势力渐渐变为更普通的而且更不确定的,让人类力量有自由发展的余地了。这么一来,个人觉得有自己的存在了,他们实在是不很"被动"的了;他们更变为自然活动的一个源泉了。总说一句,非但宗教的领域不与世俗生活的领域同时同样的发展,而且它一天比一天缩小下去了。这种退步的现象不是在历史上某一时代开始发生的;我们从社会进化的初期就可以一步一步追寻它退步的痕迹。所以它是与社会发达的基本条件有关系的,而且这么一来,它可以证明那些颇强颇富团体性而能带宗教性的情感与信仰的数目是一天比一天减小的了。换句话说,共同意识的平均强度本身也一天比一天变弱了。

这一个证明比前一个证明另有一个好处：它可以证实同一的退步定律除了可以应用于共同意识里的情绪成分之外，还可以应用于表意的成分。在刑律里，我们只能寻着一些情感的现象，而宗教除了包含情感之外，还包含着一些意见与一些学说呢。

在社会渐渐发达的时候，谚语格言等物的数目渐渐减少，这也是团体表象自身渐变不确定的另一证据。

实际上，在初民社会里，这一类的语式是很多的。伊利思说："在廿洲西部的种族里，人多数是保有许多许多的谚语的；生活的每一情况至少必有一个谚语，这是文化没有多大进步的诸民族所共同的特点。"[1]至于比较进步些的社会，就只在成立的初期具有颇丰富的谚语罢了。后来非但不曾产生新的谚语，而且旧谚语渐渐消灭，渐渐失了它们固有的意义，甚至终于听不见人家说起了。这可以证明它们只能在下流社会里为人们所爱，至于今日，它们只能在不很上等的社会里维持着了[2]。然而我们须知，谚语乃是一种团体意见或团体情感的结晶，有的是确定的对象。我们甚至可以说有了这种性质的情感或信仰之后就非结晶成为这种形式不可。一切的思想都是倾向于得到一种适当的表语的，所以如果这思想是若干个人所同有，势必终于变为一种语式，亦为他们所同有。一切有延长性的官能都是有一个器官以表现它的形式的。所以有些人解释谚语衰落的原因，以为我们有了现实的嗜好与科学的精神就用不着谚语，这话是不对的。在言谈间，我们并没有顾及缜密或轻视意象的意思；恰恰相反，我们觉得古人传下来的旧谚语非常有味。再者，意象并非谚语的必然的成分；这是团体思想结晶的一个方法，却还不是唯一的方法。不过，这些简短的语式终于变为太狭

---

① The Ewe-Speaking People of the Slave Coast. Londnes, 1890, p258。

② Wilhelm Borchardt: Die Sprichwœrtlichen Redensarten. Leipzig, 1888, Ⅻ. —Cf. V, Wyss: Die Sprich wœrter bei den Rœmischen Komikern. Zurich, 1889。

小了,不足以包含个人情感的分歧。谚语之统一性,敌不过个人情感之分歧性。所以它们除非变为一种更普遍的意义,否则不能自保;而且变了更普遍的意义之后,也还不免于渐渐消灭。因为官能不生作用,器官就渐渐废弛;换句话说就是确定的团体表象太少了,不能为一种确定的形式所包含了。

　　由此看来,一切都可以证明共同意识所走的乃是我刚才所说的路向。说一句最近理的话,共同意识是比不上个人意识进步的;总之,就全体说,它是变为更弱而且更模糊的了。团体模型失去了若干轮廓,其形式是趋于抽象的而且是不明显的了。固然,假使——人们往往有这种假定——这种衰落状态是最近的文化的特有的产品;是有社会史以来唯一的变化,那么,我们很可以自问这衰落状态是否有永久性的;然而就实际说,自从上古以来,这状态已经不断地表现了。个人主义与自由思想不自今日始,不自1789年始,不自宗教改造时期(16世纪初期)始,不自经院学派始,也不自希腊拉丁多神教的衰落时期或神人悬隔教的衰落时期始。这种现象是没有什么地方做起点的,而在整个历史中,它是不停止地发达的。当然,这发达情形也不是直线的。新的社会替代了那些衰灭了的社会模型之后,并不在旧社会停止工作的时候接着就来工作。这是不可能的。儿女所继续的并不是父亲的老年或壮年,而是他们自己的童年。所以我们如果要知道那衰落状态的历程,就须把相承继的那些社会的同等生活时期相比较,例如我们应该把中世纪的基督社会去比较罗马的初时,又把罗马的初期比较希腊的原始西提社会。这么一来,我们就知道那种进步——或可说退步——是不断地完成了的。所以这上头有一个不可避免的定律,不依照这定律说话就是不合理的了。

　　再者,这并不是说共同意识因此就有完全消灭的危险。不过,共同意识里的思想样法与感觉样法渐渐倾向于很普遍的,很不确定的了,让个人一天比一天更有分道扬镳的余地了。有一个地方

却是变为更稳固更明显了的,这地方就是共同意识所从窥见个人
的地方。当一切其他的信仰与一切其他的成例渐渐失了宗教色彩
的时候,个人就成了某一类的宗教的对象。我们对于个人人格的
崇拜也像其他强烈的崇拜一般地是有了迷信作用的。所以如果我
们愿意把这个叫做一种共同的规律,也未尝不可;然而这规律是待
其他规律破坏后才能成立的,所以它不能产生其他那些已经消灭
了的信仰所产生的结果。这么看来,就没有一个抵偿。再者,这规
律因为是大家共有的,所以是共同的东西;又因为它的对象是个
人,所以又是个别的东西了。它虽能使众人的意志倾向于同一的
目标,而这目标却是没有社会性的。所以在团体意识里所有的乃
是一个完全例外的地位。它的一切力量当然是从社会里取得的,
但它并不把我们系属于社会,却把我们系属于我们的自身。所以
它并不造成一种真的社会关系。人家责备那些理论家,以为他们
若把这情感当做伦理学说的唯一基础,就算解散了社会。这话是
不错的。所以我们可以断说一切从相似性生出来的社会关系都一
天比一天松弛了。

　　单就这一个规律说,已经足以证明分工制的作用之伟大了。
实际上,机械的连带性既然一天比一天衰弱,若不是纯粹社会性的
生活渐渐减少,就是另一种连带性渐渐起来替代了。所以我们非
在二者之中挑选一个不可。人家尽说团体意识是与个人意识同时
伸张而且同时强盛,这是废话。刚才我们已经证明二者的变迁路
向是恰恰相反的了。但是,社会的进化并非一种继续的涣散作用;
恰恰相反,人类越进步,社会对于自身与其统一性越有一种甚深的
感觉。所以总该另有一种社会关系,才能生出这种结果来;我们须
知,这社会关系决不是他种,只是分工制所产生的那一种罢了。

　　再者,如果我们记得在机械连带性最有反抗力的时候也还不
能像分工制那样能用大力去把人们联络,又如果我们记得现代的
社会现象有一大部分不属于它的范围,那么,我们更显然地知道社

会的连带性倾向于变为完全有机性的了。古代共同意识的任务渐渐由分工的制度去替代了；就大要说，上等模型的社会分子的统一性要靠分工制度去维持了。

分工制度的这一种作用特别重要，比之平常的经济学家所承认的分工作用重要多了。

第六章　有机连带性之渐占优势及其结果（续）

一

由此看来，机械连带性在当初是唯一的，或差不多是唯一的。后来却渐渐失势，而有机连带性又渐渐占了优势：这是历史上一个定律。但是，当人类所借以互相维系的那些样法有了改革的时候，社会的结构是不能不跟着变化的。当身体内诸分子的"爱力"起了变化的时候，身体的形式势必跟着变化。所以如果上文的议论是真理，那么，该有两种社会模型与这两种连带性相当才行。

如果我们推想某一社会的理想模型，以为那社会的结合力完全是由相似性生出来的，那么，我们就应该把它看做绝对同质的群体，这群体里诸分子是互相无分别的，而诸分子之间是没有安排的，总之，它们是没有任何固定形式或任何组织的。这么一来，真是所谓原形质的社会，由这个种子就生出一切种种社会模型。我提议把具有这色彩的群体叫做"聚居社会"。

真的，我们并不曾用严格的眼光观察世上是否有过完全与此理想相符的社会。但是，我们有权利相信它存在过，因为最近原始形式的那些下等社会是由这类的群体重复而成的。在北美洲的印第安人里，我们可以找得到差不多完全纯粹的关于这类社会组织的模范，例如伊洛古瓦斯部落里，每一部落是由某数量的分部合成的，最大的部落共有八个分部；我在上文所说的特色，都是他们所具备的。成年的男女是平等的。每一团体有好些酋长，公共事务由酋长会议取决,但酋长们并不享受任何的特别待遇。亲族关系的自身也还不曾组织好;因为我们不能把聚居的世代相传的人民称为家族。到了后来,人们注意到这些民族的时候,已经有好些责务是把子女与父母联络的;然而这些关系很微,与社会其他各分子的关系没有很显明的分别。在原则上说,年龄相同的人们就成为同等级的亲族①。就另一些情形说,则与聚居社会更相近似;费桑先生与何维特先生还说澳大利亚有些部落里只包括两级的亲族呢②。

有一种聚居社会已经不是独立的了,于是成为较大的团体里的一个成分,我们可以把它叫做族党;有些民族是由许多族党集合而成的,我们把它们叫做"以族党为基础的集段社会"。我们所以把这些社会称为集段的,因为它们是由许多互相类似的群体重复而成,像一条环节蛇由许多环节集合而成;我们又把这元素的群体叫做族党,因为这名称很能表现家族与政治的杂糅性。从某种意义说,这是一种家族,因为其所由成的诸分子互相视为亲族,而且事实上他们也有一大半是同血统的。血统相同所生的爱力就是团结他们的爱力。再者,他们所维持的相对关系可以认为家族关系,因为我们在有些被认为家族色彩显明的社会里也可以找得着这种关系的。所谓家族关系,我的意思是说团体的处分、团体的责任以及个人所有权开始出现以后的承继权。但是,从另一方面说,这并不是狭义的所谓家族;因为并不一定要血统相同然后能成为一家的人。只要表现一种外的征证便够了,而这外的征证就普通说就以同姓为标准。虽则这表号被认为同源的表示,其实这法定状态是不很能作证据的,而且是容易模仿的。这么一来,族党里就包括有许多"外人",所以它的大的程度乃是狭义的家族所不及的:一个族党往往有数千人。再者,这是政治的基本单位:社会的最高权力

① Morgan:Ancient Society,p62—122。
② Kamilaroi and Kurnai。再者,原始时代美洲印第安人的社会也是从这状态经过的(看Morgan,op. cit)。

只是那些族党的酋长所有的[①]。

所以我们又可以把这种组织认为政治家族的组织。非但族党是以血统为基础的,而且同一民族里的诸族党是互相视为亲属的。在伊洛古华民族里,他们依照情形互相视为兄弟或表兄弟[②]。希伯来的民族最富于族党组织的色彩(下文另有说明),所以部落所由成的每一族党的祖先都被认为那部落的创始人的后裔;而这个创始人本身也被认为本种族的始祖的一个儿子。但是,这一个名称对于前一个名称很不相宜,因为不能把那些社会的自身的结构表现出来。

然而无论人们怎样称呼,这种组织只是聚居社会的伸张,显然也没有别的连带性,只有从相似性生出来的连带性,因为那社会是由相似的片段集合而成的,而且这些片段也只包含了些同质的成分。固然,每一族党各有它的面目,因此而与其他族党有分别;但是,诸族党越相异,则其连带性越弱,反过来说,越相似则其连带性越强。若要片段的组织是可能的,先须诸片段互相类似,否则它们是不能联合的,同时又须它们互有分别,否则它们互相混淆以至于消灭了。依照种种社会的情形,这两要素的比例不同,而其组织也可以成立;但无论如何,它们的社会模型始终是一样的。

说到这里,我们已经脱离了史前的事实与种种猜想了。非但这社会模型丝毫不是假定的,而且差不多可以说下等社会里以这社会模型为最通行。而下等社会的数目现在还是很多的。上文说过,在美洲与澳洲,这模型是很普通的;波士特说,在美洲的黑人里,这模型也是最常见的[③];希伯来人还滞留在这上头,而加比尔人

[①]　依我设想,在起初的时候,族党是一个不可分的而且混淆的家族,后来却成为许多个别的而且界限分明的家族,不复是从前的相似状态了。但是,本文所述的族党组织的主要色彩并不因此而有所消灭;所以我们不能因此就取消了我们的议论。族党始终是政治的单位;而且这些家族既然是相似的、相等的,社会仍旧是由相似的片段集合而成;虽则在原始的片段当中另有新的集体,但那些新的片段却也是同类的。

[②]　Morgan, op, cit. , p90。

[③]　Afrikanische Jurisprudenz, I 。

也不曾超过①。所以怀资在想要就普通说明这些民族结构的色彩
的时候,描写了下面的一段文章,我们从此可以证实刚才所说的关
于这种组织的普通表号。他说:"就普通的规律说,许多家族相依
着生活,却是各自独立的,渐渐发达,以致成为一些小社会②。这些
小社会是没有确定的组织的,除非有了内部的冲突,或有了外来的
危险——即战争——的时候,才有一人或数人从人群里超升出来,
做了首领,然后其组织方能确定。他们的权势只寄托在个人的头
衔上头,所以扩充不很远,维持不很久,只在别人的信仰与忍耐的
范围之内。凡是成年的人,对于这样的一个首领,乃是有完全的独
立的自由的。所以我们看见这些民族在没有其他的组织的时候,
只能靠外界的环境的影响而互相结合,因此也就是靠共同生活的
习惯而结合了"③。

　　族党在社会内部的分配状态是可以变的,因此,那社会的外形
也是可以变的。有时候,它们只排列着,成为直线形:北美洲许多
印第安部落就是这个情形④。有时候——这可以表示较高等的一
种组织——每一族党都被包含在一个较大的团体里,而这团体由
好些族党联合而成之后,便有了一种固有的生活与一种特别的名
称;每一团体又可以与其他团体同被包含于一个更大的群体之内,
这样层层包含,便生出了全社会的单位。所以,在加比尔民族里,
政治的单位是族党,族党的形式是村镇;许多村镇合成一个部落,
许多部落合成一个联邦,联邦乃是加比尔人所有的最高政治社会。
同样,在希伯来民族里,族党往往被人译为家族,是译得不妥当的;

① 　V. Hanoteau et Letourneux: La Kabylie et les coutumes Kabyles, II, et Masqueray: For-
mation des cités chez les populations sédeutaires de l'Algérie, Paris, 1886, Ch. V。
② 　怀资以为族党是从家族生出来的,这是一个误解。恰恰相反,家族乃是从族党生出
来的。再者,这段文章虽则因为作者是个内行的人所以是一段重要的文章,但究竟
嫌他说得不很详细。
③ 　Antropologie, I, p359。
④ 　看 Morgan, op. cit. , p153 et suiv。

族党是一个大社会,包含数千人,依传说乃是同一祖宗的后裔①。某数量的家族合成一部落,十二个部落合起来,成为希伯来民族的全体。

这些社会是机械连带性发迹的地方,所以它们的主要的结构的特点乃是从机械连带性生出来的。

我们晓得,在这些社会里,宗教是侵入一切社会生活的,但这因为社会生活差不多完全是由共同信仰与共同实施造成的,信仰与实施既是共同的,就生出特别的强度。古兰芨先生从古典时代的书籍去分析,远溯到一个很类似于我们所论的时代,于是发现诸社会的原始组织是带家族性的,而且从另一方面说,原始家族的组织是以宗教为基础的。不过,他倒果为因了。他只提出了宗教观念,不曾说这宗教观念是从什么生出来的。就把他所观察到的社会安排状态认为发源于宗教②;其实恰恰相反,宗教观念的权威与性质却是因为社会有了那样的安排状态然后发生的。因为一切这些人群都是由相似的成分结合而成的,换句话说,就是因为团体模型是很发达的,而且个人模型是仅具雏形的,所以社会的一切精神生活就不免带一种宗教色彩了。

在这些民族里,人们往往指出所谓共产主义,其实共产主义也是从这里头生出来的。实际上,共产主义乃是这类特别的黏合作用的必然的产品,因为这黏合作用把个人吸收进社会里,把部分吸收进全体里。严格地说,所有权只是人对于物的一种伸张作用。所以在团体人格独存的时候,所有权的本身也只是团体的所有权。若要它能成为个人的,先须个人挣脱了社会的圈套,成为一个与众

---

① 所以依照《圣经》说(Nombres XXVI,7),鲁滨部落只包括了四个家族,已经有43000多个二十岁以上的成年人了(Cf. Nombres, ch. III, 15 et suiv.; Josué VII, 14. — V. Munck: palestine, p116,125,191)。

② 他说(Cité antique, fin):"我说把历史看做一个信仰。信仰成立,人类的社会跟着成立。信仰有所改变,社会跟着就起革命。信仰消灭,社会跟着就变了方向。"

不同的人格,罪但在机体里是个别的,在社会生活的原动力里也是个别的才行①。

这种模型甚至于可以改变,而社会的连带性不至于跟着发生变化。实际上,我刚才所说的不集中状态并不能概括一切的初民社会;反过来说,也有一些是受绝对的权力支配的。所以分工制就能在这些社会里出现。但是,在这种情形之下,把个人系属于酋长的那个关系恰恰与今日把物系属于人的这个关系完全相同。野蛮君主之于臣民,主人之于奴隶,罗马家长之于子孙,种种关系与所有权人对于所有物的关系没有什么分别。现代分工制所产生的相互性乃是当时所没有的。人家说那些关系是单方面的,其实说得有理②。由此看来,它们所表现的连带性乃是机械的;稍有分别的地方就只在乎这连带性并不直接地把个人系属于团体,却把个人系属于为那团体的影像的另一团体。但其整体的一致性仍旧是与各部分的个别性不两立的。

这原始的分工虽则重要,其结果却不能如人们所期望把连带性弄成有机的;其所以如此者,则因当时的分工乃是在一些特别条件之下施行的。实际上,全社会的超等机关与其所代表的团体的

---

① 斯宾塞先生说过,社会的进化已像普通的进化,是由完全或不完全的相似性开始的。但是,依他的意思去看他的议论,是与我们刚才所说的话毫不相同的。实际上,在斯宾塞先生看来,完全同质的一个社会就不能称为真正的社会;因为同质的东西是不固定的,而社会原是一个黏合的整体。相似性在社会里的作用是次要的;它尽可以替别的合作事业开辟先路(Soc.,Ⅲ,p368),但它却不是社会生活所固有的源泉。在有些时候,斯宾塞先生似乎在我刚才所述的社会里仅仅看见许多独立的个人暂时堆聚着,成为社会生活的零度(ibid.,p390)。恰恰相反,我刚才说过,那些社会有一种很强烈的团体生活,这生活非特在贸易契约里可以看出来,而且在许多许多共同的信仰与实施里可以证实。我们非但可以说这些群体虽则具有纯一性然而是有黏合性的,而且可以说因为有了纯一性然后能有黏合性。在这些群体里,共同性非但不太弱,而且可以说只有共同性存在。再者,它们有一种确定的模型,这模型也是从它们的纯一性里生出来的。所以我们不能忽略了。

② 看 Tarde:Loi de l'imitation,p402—412。

性质是相似的,这乃是普通的定律。社会有宗教的色彩与超人的色彩,其来源在乎共同意识之成立,上文已经说过;在社会有这种色彩的时候,这色彩势必传至指挥社会的酋长的身上,于是酋长便比其余的人们超卓多了。当个人们只是团体模型的附属品的时候,他们自然变为团体模型所寄托的中央权力的附属品。同样,共同生活对于所有权是不分彼此的,于是如此成立的最高人格就完全享有这种所有权。由此看来,这最高人格所尽的职业上的任务比之其所享有的非常权威,真不算一回事了。在这些社会里,指挥的权力所以有这么大的威势者,并非因为它们特别需要一种有力的指挥机关;不过,这权力乃是共同意识的整个结晶,而它之所以大,也是因为共同意识的本身也很发达的缘故。假定这共同意识是较弱的,或只假定它是包括社会生活里一小部分的,还是需要一个最高的支配机关;但是,社会的人们对于最高的支配者便不显得那么下等了。所以在分工不比较地更发达的时候,社会连带性还是机械的。甚至在这些条件之下机械连带性才能达到它的最高的强度:因为这么一来,机械连带性之施行作用不复是散漫的了,却是由一个确定的机关为媒介的,所以共同意识的影响也更大了。

由此看来,有一种社会结构的性质是确定的,与机械的连带性相当。它的特征在乎它是一系统的同性的片段,而且这些片段,是互相类似的。

二

至于有机连带性占优势的社会的结构,就是完全不相同的了。

这些社会并不是由同质而相似的许多片段集合而成,却是一系统的各不相似的机关,每一机关有它的特别任务,而这些机关的本身也是由许多殊异的部分集合而成的。社会的诸分子是不同性质的,同时,它们的组合样法也不相同。它们既不像环形蛇的骨节一般地直排着,也不互相包含着,它们只是好好地安排着,而且互相系属着,有同一的机关,而这机关对于机体的其他部分是有一种节制作用的。这机关的本身也与上述的机关的性质不相同;因为其他机关虽则系属于它,而它也是系属于其他机关的。固然的,还有一种特别的组织,或可称为特别享有的组织;但这组织是从它所负的任务生出来的,而不是从它的任务以外某事因生出来的,也不是由外面传来的某种力量所造成的。因此之故,它们所有的一切都是世俗的而且是人性的东西;它与其他机关之间仅有等级的差别而已。譬如在动物的机体里,神经系对于其他的体系虽则占了优势,而其权利只限于接受一些较好的滋养料,又比其他各体系先受滋养;但它需要它们的助力,也像它们需要它的助力一般。

这社会模型所根据的原则与上述社会模型的原则既然大不相同,所以非待上述社会模型发达了之后,这社会模型是不会发达的。实际上,各个人之成为团体,已经不复是苗裔的关系,而是依着他们在社会活动的特别性质而互相结合的。他们的自然的而且必需的环境已经不复是生长的环境,而是职业的环境。每人的地位,已经不复以血统——真的或假的血统——为标准,而以他们所尽的任务为标准。固然,当这新组织开始出现的时候,它还利用现存的组织,而欲令它与自己同化。所以职务的分配方式是尽量地模仿现在社会的分配方式的。于是那些片段——至少可以说是由若干特别爱力所联络的诸片段而成的若干团体——就变为若干机关。因此之故,烈维特部落所由成的那些族党在希伯来民族里就能与那些司铎的职务相宜。就普通说,阶级制度似乎没有别的来源,也没有别的性质:初出世的职业组织与先存的家庭组织相混合,就成为阶级制度了。但这混合的组织是不能持久的,因为它虽要调和两方,结果必致起了一种冲突,终于爆裂了。只有一种很草创的分工制才能适合于这种没有弹性的、确定的、不是为它而设的一些模型。这些模型围困着它,它非超脱了这些模型就没法子发达。当它超过了若干发达程度之后,一天比一天趋向于专门的那些职务与片段的不变的数目固然不复相当,而专门职务所要求的新能力也与片段社会里遗传的特性不相适合①。所以社会的物质必须放进全新的组合里,然后能组织在完全两样的基础之上。然而我们须知,旧结构存在一天,就与新结构反抗一天;所以非使旧组织先消灭了不行。

实际上,就这两种模型的历史看来,必须前一种渐渐退步,然后后一种才能渐渐进步。

在伊洛古华民族里,以族党为基础的组织是最纯粹的,在希伯来民族里也是如此,这在《圣经》前五卷里已经有了证明,不过如上文所述,稍有不纯粹的地方罢了。所以这两个民族都没有"有组织"的模型,虽则我们在犹太社会里也许可以瞥见有组织的模型的若干雏形。

在《沙里克》法律时代的法郎克人就不如此了:这有组织的模型在当时已经有了特别的色彩,完全不与他种组织混合了。实际上,我们在这民族里,除发见了一个有规则的而且固定的中央权力之外,还发现了一系统的行政上的与裁判上的职务;从另一方面说,契约法虽未发达,却已存在,可以证明各种经济职务的本身也在开始分工,而且开始有组织了。这么一来,政治家族的组织就被动摇得很厉害了。固然,社会的最后分子——即村镇——还是一种族党的变相。证据乃是,同一村镇的居民们相互间的关系显然还是家族性的,总之,还带有族党的色彩。在没有狭义的亲属承接遗产的时候,同一村镇的诸分子有互相承继之权②。凡遇村镇里出了凶手的时候,邻人们还须受连坐之罪(见 Capita extra gantia legis salicœ, art. 9)。再者,村镇是一个闭关的制度,并不像简单的地域分配;所以必须取得一切居民的同意——如赞成或默认,否则谁也

---

① 理由见下文卷二第四章。

② 看 Glasson: Le Droit de succession dans les lois barbares, p19。但 Glasson 虽则说得似乎证据确凿,而 Fustel de Coulanges 先生还否认这是事实。

不能随便到村镇里来居住①。但是,在这形式之下,族党的主要色彩已经失了多少:非但同源的回忆已经完全消灭了,而且族党几乎失去政治的重要关系了。怀资说:"民众住在村镇里,但他们与他们的田产都分配于若干百人团里,那些百人团为着战争与和平的种种事务,联合成为一个团体单位,而这团体单位就为一切关系的基础。"②

在罗马,这进退的两种趋势仍旧继续上去。罗马的族党叫做"金斯";而金斯显然是罗马的旧组织的基础。但是,自从共和国成立了之后,金斯几乎完全不复是公共的组织了。它并不像法郎克人的村镇一般地是确定的地域单位,却又不是一个政治单位。无论在地域的形式上,或在公共的议会的结构里,都没有它。在古里委员会的时候,金斯是有社会作用的③。后来或被百人团委员会替代了,或被部落委员会替代了,而这两种委员会却是依照其他的原则组织的。由此看来,金斯到后来只是一个私人的会社,由习惯的力量维持着,却是势必消灭的,因为罗马人的生活里没有一点儿什么与它相当了。但是,自从《十二铜柱律》时代以后,在罗马的分工制已经比在以前的民族里进步得多了,而有组织的结构也发达得多了:我们在那里已经发现了职务上的重要团体(例如议员、二等市民、教士会等)与一些技艺团体④,同时世俗的观念也发生了。

上文依着其他种种征证,证明了我们在上文所比论的两个社会模型的等级;现在更得了比较更科学的证明了。我们所以能说《圣经》时代的希伯来人的社会模型低于法郎克人的社会模型,又

---

① 看《沙里克》律 De Migrantibus 条。

② Deutsche Verfassungsgeschichte, 2e édi., Ⅱ, p317.

③ 在这种委员会里,委员是由古里选出的,而古里又是由许多金斯合成的。有一篇文字甚至似乎说每一古里的内部选举,也是以金斯为标准的(Gell., ⅩⅤ, p27, 4)。

④ 看 Marquardt: privat Leben der Rœmer, Ⅱ, p4.

所以能说法郎克人比不上《十二铜柱律》时代的罗马人者,因为就普通的规律说,以族党为基础的片段组织在某民族里越是显明而有力量,越是属于下等的民族;实际上,除非他超越了这一个第一过程,否则不能升为较高等的。同理,雅典的西提社会虽与罗马的西提社会同属一个模型,然而雅典终是一个较为原始的形式:这因为政治家族的组织在雅典消灭得较慢的缘故。差不多直到雅典衰败的时候,它还仍旧存在呢①。

但是,在族党消灭了之后,纯粹的有组织的模型决不能独自存在。实际上,以族党基础的组织只是片段组织之一种,不过范围较广罢了。甚至在新社会里,还有许多需要是与片段社会的分配相当的,但这些需要却在另一方式之下产生它们的效果。民众之分配,不复依照真或假的血统,却只依照地域的分配。那些片段已经不是家族的群体了,而是地域的区分了。

再者,从甲状态至乙状态,其间的进化颇缓。当同血统的回忆消灭了之后,其所生出的种种家族关系还暂时存在,这是上文已经说过的;直到那些家族关系的本身也消灭了的时候,族党对于自己的认识只等于同住某地域的一群个人而已。于是就变为狭义的村镇。这么一来,一切民族经过了族党的阶段之后就以区域之分配为标准(军区、民区等)。罗马的金斯归入了古里里,同样,这些区域也归入同性质而较大的区域里,这些较大的区域或称百人团,或称"邑区",这些邑区又往往归入更大的区域(府、省、县),一切区域合成一个社会②。再者,包含的状态可以分为全包含或不全包含;

---

① 直到 Clisthéne 时代(约纪元前五百年间)以前,它还存在;再过二百年,雅典已不能独立了。再者,就是在 Clisthéne 时代,雅典族党虽失了一切的政治色彩,还保存颇强的一种组织(Cf. Gilbert. op. cit. ,I,p142 et 200)。

② 我并不是说这些区域仅仅是旧家族分配的重演;恰恰相反,这团结的新样法至少有一部分是从好些新原因生出来的,而这些新原因就扰乱了旧样法。这些原因当中,最主要的乃在乎城市的成立,因为城市变为民众的集中点(看下文卷二第二章第一节)。但是,无论这种安排以什么为来源,总不免还是片段的。

0889

同样,维系诸区域的那些关系也有很紧的,好像现代的欧洲的中央集权的国家;也有较松的,只像现代的联邦。然而结构的原则是一样的,因此,即使在最高等的社会里,机械连带性仍旧是存在的。

不过,在这些社会里,机械连带性既不占优势了,同样,片段的安排也不复如前一般地成为唯一的骨架,甚至不能成为社会的主要骨架了。先说,区域的划分,多少总不免有人造的地方。由同居而生的关系究竟比不上由血统而生的关系在人心里有那么深的源泉。所以同居所生的关系的抵抗力小些。一个人在一个族党中生长,换了族党岂不等于换了亲属?至于换州换省,便不觉得什么了。固然,地域的分配,就普通说是与民众的精神上的分配有相当的地方的。每一省或每一区域总有一些特别的风俗习惯,换句话说就是有它的固有生活。这么一来,人民深受了区域的特性,区域就有了一种吸力,能使人民安土重迁,同时也排斥其他区域的人民。但是,在同一区域的内部,这些分别是不多的,而且不是分别得很清楚的。所以那些片段就比不上族党那般互相排斥了。实际上,自从中世纪以后,"城市既已成立,外邑的技人通行之容易而且遥远,与货物之通行无碍一般"①。在那时,片段的组织已经失了若干轮廓了。

在社会渐渐发达的时候,片段的组织所失的轮廓也渐多。实际上,部分的群体合成了一个更大的群体,则各小群的个性渐渐模糊,这是一个普通的定律。家族组织消灭了,同时那些局部的宗教也永远消灭了;不过,还剩有的是一些局部的风俗。但各处的风俗也渐渐融和,渐渐统一;各处的方言也熔为一炉,成为唯一而且同一的国语,地方的行政也失了若干自治性了。在这事实上,只是模仿定律的一个结果②。但是,这种交融作用似乎很像几个液体交通

① Schonoller:La division du travail étudiée au point de vue historique. Rev. d'écon. pol. , 1890,p145。

② 看 Tarde:Loi de l'imitation,passim,Paris,F. Alcan。

而生的水平作用。社会生活的种种不同的"蜂房"相互间的墙壁是比较地薄的,所以往往被穿过;越穿久了,越是容易穿过的了。此后它们失去了若干坚韧性,渐渐弱了,同时那些环境也互相混合了。然而我们须知,若要维持局部的分歧性,势必先有环境的分歧性存在。由此看来,地域的分配渐渐变为自然的,因此,也就失了多少意义了。我们差不多可以说:地域的色彩越是表面的,则民族越是进化的。

再说,在片段组织这样地自然消灭的时候,同时,职业的组织渐渐完全占领了它的范围了。固然,在原始的时候,职业的组织只在一些最简单的片段的限度之内,并不扩张到限度之外,每一城市——连带着附近的地方——成为一个团体,在这团体之内,工作是分开的,但这团体是力求自给而不待外求的。勘莫拉先生说:"城市尽量地变为附近诸村镇的宗教中心、政治中心、军事中心。它希望能发展一切的工业,以便供给乡村之用;它把交易与转运都集中于自己的区域"①。同时,在城市的内部,居民们是依照职业而合为若干团体的;每一技艺团体好像一个城市,有它的固有生活②。这状态乃是古代西提社会直至颇后的时代的状态,而基督社会就是从这里出来的。但是,基督社会很早就离了这个过程。自从 14 世纪起,局部通同的分工制已经发达了,"每一城市在原始的时候就有了足用的毡呢。然而在 1362 年以前,巴尔的灰呢商已经敌不过阿尔萨斯人的竞争而失败了;在斯特拉斯堡、法郎克福尔、列布兹三个地方,到了 1500 年,羊毛业已经衰败了……古代的城市的工业普遍性已经从此完了,不可救药了"。

自此之后,这种运动只有扩大。"中央政府的活动力、艺术、文学、信用事业等等都比古代更集中于首都,一切的入口货与出口货也比古代更集中于大口岸。千百的小商场,贩麦的,贩牛羊的,都

---

① 　Op. cit. , p144。

② 　看 Levasseur:Les Classes ouvrières en Francs jusqu'ā la Révolution, Ⅰ, p195。

扩大昌盛了。古代每一城市各有城壕,现在只剩几个大寨以为保护全国之用了。每省的大城市也像首都一般,因为省的行政、省的建设、学校等等都集中于大城市,所以大城市也渐渐发达了。各种营业,与某一类的病人,在古代是分散的,现在全省所有的或全府所有的都集中于一个地方了。种种不同的城市往往倾向于某种的专门事业,所以现在有所谓大学城、职员城、工业城、商业城、放利户的城市、以水著名的城市等等。大工业是集中于某几个地点或某几个区域的:机器厂、纺纱厂、织布厂、制皮厂、制铁厂、制糖厂等,都是为全国而制造的。人们在那里创立了好些专门学校,本地的工人是与那工厂相宜的,机器是在那里集中的;同时,信用的组织与交通都是适合于特别的环境的"①。

固然,在某限度内,这职业组织是努力求与比它先存在的组织相适合的,这与原始的时候它努力求与家族组织相适合是同样的道理;上文的叙述就显出了这一层。再者,新建设往往先在旧建设里经过,这是一个很普遍的事实。所以区域的分配方式是倾向于机关的不同的,这也与昔日的族党一样。但是,它也像昔日的族党一般地不能永远维持这方式的。实际上,一个城市总得包括一些机关或种种不同的机关的某几部分;反过来说,却没有什么机关是由某区域完全包括的;无论区域的面积广大到什么程度,那些机关总是溢出了那区域的范围以外的。同样,最有连带关系的机关虽则往往倾向于互相接近,但是,就普通说,它们的关系的界限到了什么地步,它们的物质上的接近也只仅仅到了那个地步。有些是很分清的,而是互相直接系属着的;有些是很邻近的,而它们的关系却是远的、有媒介的。由此看来,由分工生出来的人群结合的样法,是与空间的民众分配的样法大不相同的。职业的环境与家族的环境固不相当,与地域的环境也不相当。这是一个新环境,是代

---

① Schonoller: La division du travail étudiée au point de vue historique, p145—148。

替其他种种环境的;所以除非其他种种环境先消灭了,否则无从替代起。

由此看来,无论在什么地方,这社会模型总不是绝对纯粹的。同样,有机连带性也不是独自存在的,至少可以说这模型渐渐脱离了一切的混合状态,同时这连带性也渐渐占了优势。在这种结构渐渐显明而那种结构渐渐模糊的时候,有机连带性也跟着占了优势:优势之完全占得与迅速占得,须视这种结构的显明程度而定。族党所形成的确定的片段已经由区域替代了。至少在原始的时候,区域的分配是与民众精神上的实际分配相当的,虽则其分配的方式是模糊的、近似的,但它渐渐失了这种色彩,以至后来的区域只是武断的、照例的组合了。然而我们须知,在这些界墙渐渐降低的时候,就渐渐被若干体系的机关遮盖上了,而且这些机关是一天比一天发达的。由此看来,社会的进化虽则仍旧是由从前那些定因支配着——只有这一个假定是可信的,理由见下文——然而我们可以预料这进退两大趋势永远是继续地进退的,将来总有一天我们的社会政治组织的基础纯然是职业的,或差不多纯然是职业的。

再者,下文的讨论①可以证明这职业组织在今日并没有达到应有尽有的地步;有许多变态的原因障碍着它,不让它达到我们现在所需要的发达程度。就这一点看来,它在将来更应该占重要的地位了。

三

生物学上的发达情形也是依着同一的定律的。

在今日我们知道下等动物是由相似的许多片段合成的,这些片段或是乱堆着,或是直排着;而且,在最低级的动物里,这些成分

----

① 看下文,同卷第七章第二节;又卷三第一章。

非但是互相类似的,连它们的组合也是单性的。人们普遍把它们
叫做"聚体"。然而这个名词的意义颇嫌含糊,而且不能说明这些
集团不是由许多个别的机体合成的;原来"无论是什么聚体,只要
其分子是绵延的,实际上就是一个个体了"①。任何群体的个性的
特征乃在乎一切分子共同施行动作。然而我们须知,在聚体的诸
分子之间,养料是共同的,动作不一致的时候是不能有所动作的,
除非那聚体涣散了之后才不如此。还有一层:卵是由集合的许多
片段之一片段所成的,然而它并不重演这一个片段,却重演它所属
的聚体的全部,"在这一点看来,珊瑚式的聚体与最高等的动物并
没有什么分别"②。若要根本分离,这是不可能的,因为那些机体无
论怎样集中,没有一个不表现聚体的结构的,只有程度的差异罢
了。我们甚至在脊椎动物的骨节结构里或生殖排泄器的结构里发
见聚体的痕迹;尤其是脊椎动物的第一元素可以确切地证明它们
只是一些聚体的变相罢了③。

　　由此看来,在动物界里有一种个性"是在一切的机关组合以外
产生的"④。然而我们须知,这个性就与我们所谓的片段社会的个
性完全相同。非但结构的方式显然是同样的,而且连带性也是同
性质的。实际上,因为动物聚体所由成的诸分子是机械地互相黏
合的,所以它们必须共同然后能有所动作,至少可以说在它们不分
离的时候是如此。在此等聚体里,活动力乃是团体的。在珊瑚式
的社会里,一切的肠胃都是相交通的,一个个体吃什么,其余的个
体就不能不跟着吃;贝利耶先生说,这乃是全意义的共产主义⑤。
聚体中的一分子,尤其是当它飘荡不定的时候,每次发生收缩作

①　Perrier:Le Transformiome. p159。
②　Perrier:Colonies animales,p778。
③　Ibid.,liv. Ⅳ,Ch. Ⅴ,Ⅵ et Ⅶ。
④　Ibid.,p779。
⑤　Transformisme,p167。

用,势必牵连及于与它相联络的集体,于是这动作就由一个传一个
了①。在蚯蚓类的身体里,每一环节是呆板地与其他环节牵连着
的,虽则它可以离开它们而没有危险。

但是,在社会逐渐进化的时候,片段模型也逐渐消灭;同理,越
是高等的机体,越缺乏聚体的模型。在环节蛇类里,聚体模型虽则
还很显明,已经微有伤损;至于甲壳动物里,差不多已经看不见聚
体的痕迹;末了说到脊椎动物,就须待博学者的分析,然后能发现
若干踪影了。替代前模型的那个模型,与有机的社会模型有许多
相似之点,这是不待繁言而喻的。无论前者或后者,其结构都是从
分工生出来的,其连带性也是从分工生出来的。动物身体的每一
部分既变为一个器官,就有它的固有势力范围,它能独自活动而不
至于牵连及于其余的器官;但是,在另一点看来,它们比聚体更能
互相发生密切的关系。因为它们如果拆散了就活不成了。总之,
器官的进化与社会的进化是一样的,分工制开始是利用之片段组
织,后来却超脱了片段的方式而从自治的方式之下发达。实际上,
器官虽则有时候也是一个片段的变相,但这只算是例外了②。

总说一句,我们已经分别出两种连带性了;刚才我们又承认有
两种社会模型是与它们相当的了。两种连带性是背道而驰的,同
样,在甲种社会模型渐渐退步的时候,乙种社会模型就渐渐进步,
而乙种模型也就是社会分工制所形成的模型。这结论非但能证实
上文那些结论,而且证明了分工之重要。我们所从生活的社会乃
是由它黏合的,同理,也是它确定了社会结构的轮廓;而且我们可
以断定,就这一点看来,它的前途的任务是一天大似一天的。

四

以上两章所证明的定律有一点——仅仅有一点——是与斯宾

① Colonies animales,p771。
② 看 Colonies animales,p763 et suiv。

塞先生的社会学的定律相仿佛的。我们也像他一般地说社会里的个人在原始时代是等于零的,后来渐渐跟着文化而发达了。这虽是一个不容否认的事实,但我们的看法却与斯宾塞先生的看法大不相同,结果弄到我们的结论与他的结论相似的地方太少,相反的地方太多了。

先说,依他的意思,团体之吸收个人,乃是因为下等社会生活在慢性的战争状态之中,需要一种人造的组织或压制。实际上,尤其是在战争的时候,若要成功就不能不团结起来。一个团体除非一致行动,否则不能抵御或征服另一团体。由此看来,一切个人的力量必须集中,而且是不断的集中,成为不能分解的团体才行。然而我们须知,若要时时刻刻有这种集中作用,唯一的方法就是成立一个强有力的中央,一切个人都绝对地受中央支配。"譬如兵士的意志完全等于零,成为他的军官的意志的执行者;同理,有了政府的意志,公民们的意志也被消灭了"①。由此看来,消灭个人的乃是一种有组织的专制,而这种组织根本是军事的,所以斯宾塞先生就从军国主义去确定那些社会了。

我们的意思恰恰相反。上文说过,个人消灭的社会模型的特征乃在乎集中作用之完全缺乏。这是同质状态的结果,是初民社会的特色。个人所以与团体分不清楚者,因为个人的意识与团体的意识几乎是混而不分的。斯宾塞先生与其同派的社会学家似乎用最近代的思想去解释那些远代的事实。在今日我们每人都很感觉得有个性,所以他们就以为古代个人的人权减消到那种地步必是由于一种专制的组织。在今日我们把人权看得这样重,于是他们觉得古人也不是甘心放弃个人的权利的。事实上,下等社会里之所不曾留一个颇大的位置给个人的人格者,并非因为个人的人格被人压了下去,却是因为在那时代它并未存在的缘故。

---

① Sociologie, Ⅱ, p153。

再者,斯宾塞先生自己也承认,在那些社会当中,有许多的组织是不带什么军事性或集权性的;所以他自己也把它们叫做德谟克拉西的社会①;不过,他以为这是后世所谓工业社会的先声。如果依他的话,在那些社会里个人该有他自己的势力范围;然而实际上那些社会也像受专制政府支配的社会一般,个人是没有势力范围的,我们在共产主义的普通组织上可以证明。斯宾塞先生如此主张,岂非抹煞了这一个事实?再者,各种传说,各种成见,以及其他种种团体习惯之压在个人身上,不见得比有组织的专制政府的压力轻些。所以如果我们要把它们叫做德谟克拉西的社会,须先把德谟克拉西的平常的定义改变了才行。还有一层,假使那些社会真像人们所说带有早熟的个人主义,那么,我们势必至于断说社会的进化在原始时代就有了最完善的模型,因为"政府权力最初存在的时候只是团结的群众所表现的共同意志的力量"②。这么说起来,历史之运行岂不是循环的吗?所谓进步,岂不仅仅是开倒车吗?

就普通说,我们很容易懂得个人若受支配,则必是受团体的专制的;因为社会里诸分子只能受一种比他们更高的权力支配,而世上也只有一种权力是具有这资格的:这就是团体的权力。无论任何个人,无论他有多大的力量,决不能独自与全社会相抗衡;社会是不能勉强受制的。所以上文说过,中央政府的权力不是自来的,而是由社会的组织里生出来的。

假使个人主义是人类的先天所有物,为什么原始的民族在必要的时候是那样容易受一个酋长的专制呢?他们的思想,他们的风俗,甚至于他们的组织,都应该与这根本相反的改革是不相容的。反过来说,如果我们注意到那些社会的性质,就一切都得了解释了;因为这么一来,就不会像人们意想中那样大改革了。个人们

---

① Sociologie, Ⅱ, p154—155。

② Sociol. Ⅲ, p426—427。

虽不复隶属于团体,却隶属于代表团体的一个人;团体的权力在扩张的时候是绝对的,而酋长的权力只是由团体的权力组织而成,自然也带同一的性质而为绝对的了。

我们绝对不能说专制权力成立的时候就是个人开始消灭的时候;恰恰相反,人类在此刻才向个人主义的路上踏上第一步呢。实际上,首先从社会的人丛里超升出来而成为个人的人格的,要算是酋长们。他们的特别地位令他们成为唯我独尊的人物,于是他们有了与众不同的面目,由此也就有了个性。他们既统治社会,就不会被迫而追随社会一切的动作了。固然,他们的权力是从社会里抽出来的,但是,到了他的权力组织好了之后,就变为独立的,于是他们就能够作个人的活动了。由此看来,个人自动的源泉产生了,这是以前所未有的。从此以后,有人可以产生些新事物;而且在某限度以内还可以违反团体的习惯。于是那平衡性就被破坏了。

我们所以在这一点不惮烦言者,因为要证明两个重要的议论的缘故:

第一,我们每次遇着一个政府机关,而这机关又具有大权力的时候,我们不该在统治人的个别地位上探求理由,而应该在他们所统治的社会的性质上去探求。我们应该注意到是什么共同信仰或共同情感把这样大的权力寄托在一人或一家。至于元首的个人的高超性,只能在这步骤里为一种次要的作用;人格的高超只能解释团体的权力为什么集中在这人的手而不集中于别人的手,然而权力的强度却不是人格的高超所能解释的。这权力既不能永远涣散,迫不得已而求一个代表,当然是曾经显示高超人格的人占了便宜;但这高超性只能表示潮流的趋向,而这方向的本身却不是高超的人格所能创造的。在罗马时代,家长具有绝对的权力,并非因为他最老、最贤或最有经验,只因在罗马家族的种种情况之下,要他来代表家族的老共产主义。专制主义不是别的,只是一种共产主义的变相;至少可以说当专制主义不是病态的或衰落的时候是如此。

第二，由上文所述，可见人们说的自利主义是人类的出发点，而利他主义乃是新近的产品，是一种最荒谬的议论了。

这种假定在一些人的心里所以还占势力者，因为它似乎是达尔文学说的当然的结果。由物竞天择之说，人们就把原始的人类绘成一幅悲惨的图画，以为当时的人的唯一痛苦只在乎饥渴，而且往往不得充饥解渴；在这黯淡的时期内，人类没有别的挂念，也没有别的事干，只知道互相争吃。为着要对于18世纪哲学之迷古梦起反动，为着要反抗有些宗教的学说，又为着要尽量地证明我们并没有失了一个乐园，过去的一切都不值得我们可惜，所以人们努力把过去的历史弄得黯淡无光，以免令人留恋。然而矫枉过正，也成为一种偏见，乃是最不科学的。达尔文的学说在伦理学上虽有可取的地方，但比之其他科学，应保留的地方更多。实际上，达尔文把精神生活的主要元素抹煞了，换句话说就是把社会的节制力忽略了；其实为生活与天择而奋斗的野蛮行为都可以由社会的节制力调剂的。无论何时何地，有了社会就有了利他主义，因为有了连带性的缘故。

所以我们初有人类的时候就发现了利他主义，而且是过度的利他主义，譬如野蛮人有种种禁戒，为的是服从宗教的传说；又在社会要他牺牲的时候，他可以牺牲了他的性命；印度的寡妇固执地要从丈夫于地下，其志不可稍摇；古鲁华人的族长死后必跟着自杀；西尔特的老翁因为怕同伴中增加了一个能吃饭不能做事的人，情愿一死以减轻他们的担负。这一切不都是利他主义吗？我们把这些实施看做迷信的行为吗？迷信又怎么样，这些行为不是已经足以证明他们有牺牲一己的能力了吗？再者，迷信的界限是从何处起，至何处止的？我相信人们很难回答这问题，而且不能给予"迷信"一个科学的定义。我们对于我们所从生活过的地方，或对于与我们有了长久关系的人，都有一种爱恋的心理，这岂不也是迷信？然而这爱恋的力量岂非精神建设上的健全状态的特征？严格地说，一切感觉的生活都是由迷信造成的，因为感觉力受判断力支配的地方少，而支配裁判力的地方多。

科学地说，一种行为，如果由绝对个人的情感或意象形成的，就是自私的行为。如果我们记得上文所说，在下等社会里，个人的意识被团体的意识侵占到什么地步，那么，我们甚至于要说个人意识不是自我的，而是纯粹的一种利他主义。这是刚第亚克所要说的话。然而这一个结论却是矫枉过正的，因为无论团体模型发达到什么程度，总有一种精神生活的范围是为各人所固有，而且人人所不同的；这就是与机体及机体的种种状态有关系的那些情感、意象、倾向等等所形成的那个范围；这是那些内外的感觉以及与感觉直接关连的那些动作。这是一切个性的第一基础，是不可移动的，是与社会状态没有关系的。所以我们不能说利他主义是从自利主义生出来的；如果这么说，就等于无中生有。严格地说，在原始的人类的一切意识里就有了这两种行为的动机；因为在原始时代就有了若干事物是仅仅与个人发生关系的，同时也有了若干事物不是个人所有的，所以人类的意识里就有了这两类的事物的反映了。

只有一层是可以说的，在野蛮人里，自我的下部分在自我的全体中占有较大的部分，因为自我的全体的范围较小的缘故，而自我的全体的范围较小，又是因为精神生活的那些高超部分不很发达的缘故；由此看来，那自我的下部分更有相当的重要关系，而它对于意志更有权威。但是，从另一方面说，除了机体上的需要之外，正如爱斯宾那斯先生所说，初民的意识是完全离了自我的。反过来说，文明人的自我主义直达到最高的意象：我们每人各有自己的见解、信仰以及个别的愿望，而且我们坚持我们的见解、信仰、愿望。甚至自我主义混入了利他主义，因为在我们要做利他者的时候，我们也有我们的个别色彩，有我们的精神样法，我们不肯离了我们的个别色彩与样法而做利他的事情。固然，我们不该因此断说自我主义在生活的全部里已经变大了；因为我们要注意到我们的意识的全部也变大了。然而有一层也是真的，这就是个人主义在绝对的价值上发达了，冲进了从前它所不能进的地方去了。

但是，这个人主义是历史进展的结果，也还不是斯宾塞先生所描写的个人主义。他所谓的工业社会与我所谓的有组织的社会不相同，也像他所谓的军事社会与我所谓的以家族为基础的片段社会不相同。关于这一点，待下章说明。

第七章　有机的连带性与契约的连带性

一

当然，在斯宾塞先生所谓的工业社会里，也像在有组织的社会里一样，社会的谐和是根本从分工生出来的[①]。其特征乃在乎产生一种机械式的合作，由此合作得到谐和，于是各人去寻自己的利益。只须每一个人尽了一种特别的职务，就势必不能不与别人发生连带关系。这不是有组织的社会的显然的特征吗？

但是，斯宾塞先生在高等社会里所指出的社会连带性的主要原因虽则不错，而他对于这原因产生结果的方式却误会了，于是就认不清楚那结果的性质了。

实际上，在他看来，他所谓的工业的连带性呈现下面的两个特征：

这连带性既是自然而然的，便用不着什么压力去产生它或维持它。所以用不着社会的干涉，人们已经自然而然地合作了。"每人都能自食其力，把他的出产品与别人的出产品交换，为人出力而受人报酬，加入某一社会为的是营一种大或小的企业，而并不必受

---

① Sociol. , Ⅲ , p332 et suiv。

社会全体的指挥"①。由此看来,社会的活动范围一天比一天缩小了,因为它再也没有其他的对象,其对象仅仅在乎禁止各个人互相僭夺,或互相损害,换句话说,社会只是消极的裁制机关了。

在这些条件之下,人与人之间的唯一关系乃是绝对自由的交换。"一切的工业上的事务……都是自由交换的。在个人的活动力渐渐占优势的时候,这关系也就渐渐占优势了"②。然而我们须知,交换的通常形式乃是契约;所以"在军国主义衰落,工业主义发达的时候,中央的权力范围渐渐缩小了,自由活动力渐渐增加了,于是契约关系也就渐渐变为普通的了。到了后来,在充分发达的工业模型里,这关系竟成为完全普遍的了"③。

在这上头,斯宾塞先生的意思并不是说社会是寄托在一种正式的或非正式的契约之上的。恰恰相反,如果假定了一种社会契约,就与分工的原则不能相容;我们越着重了分工的原则,越不能不完全放弃了卢骚的主张。因为如果要这样的一种契约变为可能的,先须在某一定时期一切的个人意志都赞成了社会组织的共同基础,于是每一个个别的意识里都起了一个政治问题,而且是最普遍的政治问题。但是,若要达到这地步,先须每个人出了他的个别范围,人人都做同样的职务,换句话说就是政治家与立法家的职务。我们试设想社会有了约法的时候:如果是全体赞同的,则一切意识的内容就是完全一致的了。由此看来,社会的连带性从这样一个原因生出来的时候,它与分工是丝毫没有关系的。

尤其是斯宾塞先生所谓工业社会的特征是一种自然的、机械的连带性,这与分工更不相像了;恰恰相反,在这社会最后目的之有意识的追求途中,他看见了军事社会的特征④。要有这样一种契

---

① Ibid. , Ⅲ. , p808。

② Sociol. , Ⅱ , p160。

③ Ibid. , Ⅲ , p813。

④ Sociol. , Ⅲ , p332 et suiv。又看 L'Individu contre l'Etat, passim. Paris, F. Alcan.

约,先须一切个人们都能想象团体生活的普通条件,然后能作有意识的选择。然而我们须知,斯宾塞先生很晓得这样的一个想象乃是超越现在的科学的,因此也就是超越意识的。他非常深信对于这种问题的考虑乃是枉然的,所以他甚至于想要立法人也不去考虑,更谈不到给民众的意见去支配了。他以为社会生活也像普通一切生活,若要自然地组织起来,必须是无意识的,自然而然的;只受需要的直接逼迫,而不能依照人们的智慧所考定的一个计划。由此看来,他并不以为高等社会是可以依照民众正式论定的一种计划去建设的了。

因此之故,社会契约的概念在今日是很不容易辩护的,因为它已经与事实不发生关系了。观察社会的人,在路上遇不着它了。非但没有一个社会是有这样一个来源的,而且没有一个社会的结构是呈现契约组织的一线痕迹的。由此看来,这既不是历史上旧有的一种事实,也不是历史发展途中所现出的一种倾向。所以,为着把这学说刷新,给它多少信用起见,只好把每一个成年的个人加入他所由生的社会的一件事实叫做契约——其实他所以加入那社会,是因为他要继续地在那里生活。但是,这么一来,人类的一切活动,凡不是受压迫而成的,岂不都可以叫做契约的吗①?这样说下去,无论过去与现在,都没有一个社会不是契约的,因为没有一个社会是仅仅靠压迫的结果而存在的。关于这一点,上文已说明了理由。人们有时候以为古代的压力大于现代的压力,这因为他们有了一种幻想,以为下等社会里个人的自由很少乃是压制的结果。其实社会生活在常态的时候总是自然的;到它失了常态之后,就不能再延长了。个人是自然而然地放弃了自由的;甚至在没有什么可放弃的时候,我们说出放弃二字还是不对的。由此看来,假使我们把契约这名词的概念扩大,甚至于扩得太大了,那么,种种

①　这是 Fouillée 先生的意思,他把压迫与契约相对而言(看 Science sociale,p8)。

不同的社会模型都可以弄到毫无分别；如果我们把契约认为一种确定的法定关系，那么，我们可以相信自古以来，个人与社会之间，这一类的关系是绝对不曾存在过的。

但是，假使上等社会不寄托在一个基本的契约之上，这契约又不以政治生活的普通原则为标准，那么，依照斯宾塞先生的意思，这些社会就会把或倾向于把个别的契约的大系统为唯一的基础，这一系统的契约就把各个人互相联络着。由此说下去，各个人必须在互相系属的时候才能系属了社会，又必须在私人自由缔结契约的情形之下他们才能互相系属。这么一来，社会连带性并非别物，只是各个人利益上的自然的协和，而契约只是这种协和的自然的表现。社会关系的模型就是经济的关系，离开了一切的规定，纯是双方自由提议的结果。总说一句，社会只是各个人交换他们的工作产品的一个交通机关，并没有任何的纯粹的社会活动力去支配那交换作用的。

由分工制产生统一性的那些社会，真有这一个特征吗？假使是真的，我们尽可以有理由怀疑那些社会的固定性了。因为利益虽能使人们相接近，这只是片刻的事情；它所能产生的只是一种外的关系。在交换的事实中，各种主动力是合不拢来的；等到事情完了之后，每一主动力就完全回到原来的状态了。意识与意识之间，只有表面的接触；它们既不互相冲入，也不极力地互相系联。如果我们视察得彻底些，我们甚至于可以看见一切利益的谐和里还包藏着一种隐暗的冲突，或是仅仅延期的冲突。因为在利益独自当权的时候，没有什么东西去压制那些现存的自私心，所以每一个自我都与另一个自我站在战争的局面之上；这永远的冲突状态里，所有的休战状态是不能长久的。实际上，利益乃是世上最没有恒久性的东西。所以这样的一个原因只能生出一些过渡式的接触与短期间的协助。由此看来，这究竟是不是有机连带性的真性质，我们不能不加以审察了。

依斯宾塞先生所承认,无论何时何地,工业社会总不是纯粹的:这只是部分的理想模型,这模型在进化史中已经一天比一天更显露,却没有完全实现。因如之故,我们如果要有权利把刚才所说的那些特征归在这模型身上,先须有了科学方法的证明,证明除了退化的情形不算之外,社会越是高等,则其所呈现的那些特征越是完全。若不能如此证明,斯宾塞先生的议论就不能成立了。

人们首先要说,社会的活动范围已经渐渐缩小,而个人的活动范围因此渐渐扩张。但是,如果要用真的实验法去证明这一个议论,并非像斯宾塞先生那般,只举出个人脱离了团体的势力范围的几件事情做证据就够了的;这些例子尽管很多,也只能做幌子,而其本身并没有任何证明的力量。因为在某一点上,社会的活动尽可以是退步的,然而在其他诸点上,它却是扩张了的;到了后来,人们竟把一种变形误认为一种消灭的事实了。若要客观地找证据,并不在乎随便举些例子,唯一的方式乃在乎从古代一直追寻至于最近的时代,看社会活动力所赖的实施作用的那一个机关是什么机关,又看它的面积是否随着历史而增加或减小。我们晓得,这机关就是法律。凡是社会强迫其诸分子所行的责务,无论怎样不关重要或怎样短命,总有一种制裁的形式;因此,我们从这机关的相对面积就可以很准确地测量社会活动力的相对的领域了。

然而我们须知,法律的面积非但不减小,而且一天比一天更增加,更复杂,这是显然的事实。一种法律越是初民的,它的面积越小;反过来说,越是近代的法律,则其面积越大。在这一点上,我们是用不着怀疑的。固然,社会的活动范围扩张的结果,个人的活动范围并不因此而变为更小。实际上,我们不要忘记:规定的生活固然增加,而普通的生活也增加了。但是,社会的纪律不是一天比一天更松弛的,已经有了充分的证据了。固然,在它所建立的形式当中,有一个形式是倾向于退化的,连我自己也证明了这一层;但是,还有其他诸形式,更繁富的,更复杂的,却替代了它而发达了。压制性的法律虽则失了若干地盘,而恢复性的法律,在原始的时代是完全不存在的,现在却一天比一天发达了。社会的干预行为虽则不复在乎把某几种一律的成法强迫一切人们去实施,却在乎确定与规定种种不同的社会职务之间的特别关系。社会的干预行为并不因变了另一性质就变小了。

斯宾塞先生会答复我,说他并不曾以为一切的干预行为都减少了,他说的只是积极行为的减少。我们就承认了这一个分别吧。无论是积极的或消极的,这干预行为总不免是社会的;主要的问题乃在乎它是否扩大或缩小了。无论是命令式或禁止式,无论说的是"该做这事"或"不该做那事",如果社会更加干预,我们就没有权利说个人的自由意志渐渐足以应付一切了。确定行为的这些法律,无论是命令的或禁止的,都增加了;然而我们不能说这行为是渐渐完全从个人的意志出发的。

但是,这一个分别,在它本身就能成立了吗?所谓积极的干预,斯宾塞先生的意思是说强迫人们的行为;至于所谓消极的干预,只指强迫人们禁戒某种行为而言。"一个人有一块田地,我替他耕种一部分或全部分,或指示耕种方法之一部分或全部分而强迫他遵从:这就是一种积极的干预。反过来说,我对于他的耕种既不加以帮助,也不加以指示,我只禁止他侵占邻人的耕获物,或从邻人的田地经过,或在邻人的田地上堆弃泥土:这就是消极的干预。替一个公民求达目的,或指示那公民一些方法以求达其目的,比之禁止那公民阻碍另一公民自由地求达目的,这乃是显然不相同的两件事"[①]。如果这是"积极、消极"两名词的意义,那么,所谓积极的干预行为却不是正在消灭的了。

实际上,我们晓得,恢复性的法律是一天比一天扩大的;然而我们须知,在大多数的情形里,这法律若非指示公民所当求达的目

---

① Essais de morale, p194, note。

的，就是干预那公民所用以自由地达到目的的那些方法。在每一种法律关系之下，它解决下列的两个问题：（1）在常态的时候，这关系是在什么条件与什么形式之下存在的？（2）这关系所产生的责务是哪几种？确定形式与条件，这在根本上乃是积极的事情，因为须迫着个人遵从某种方式以求达他的目的。至于说到责务，假使其原则仅仅在乎禁止他人施行职务，斯宾塞先生的议论至少还有一部分是真的。然而事实上，就最普通说，那些责务乃在乎规定一些职守，是具有积极性的。

让我们详细讨论好了。

二

真的，关于契约的种种关系，在原始时代是完全不存在的，到了社会的工作渐渐分开的时候，它们的数目也渐渐增加了。但是，有一层似乎是斯宾塞先生所看不见的：非契约的关系的数目同时也增加了。

我们先审察一部分的法律，是人们所谓私法。其实这一部分法律还支配着一些散漫的社会职务上的关系；换句话说，还支配着社会机体里的脏腑生活。

先说，我们晓得，家庭法起初是简单的，后来渐渐变为复杂了，换句话说就是家族生活所生出来的各种不相同的法律关系比从前多得多了。然而我们须知，从某一方面说，些些关系所生出来的责务乃是极富于积极性的；这是权利与义务的交互性。又从另一方面说，它们并不是契约的，至少从它们的模型的形式上看去不是的。它们所属的条件与我们个人的规律相关连，而我们个人的规律的本身又与我们的身世血统有关系，因此，也就是由我们的意志所不能支配的那些事实去支配我们个人的规律了。

话虽如此说，婚姻与继嗣都是家族关系的源泉，而婚姻与继嗣却是一些契约。但是，我们恰恰见得，社会越是属于高等模型的，则这两种法定行为就越失去纯粹的契约性了。

非但在下等社会里,就说在罗马,直到帝国时代的末期,婚姻还是完全私人的事情。就普通说,这是一种买卖;在初民是真的买卖,到后来是假的买卖;但在双方同意,经过了相当的证明之后,就是有效的了。既用不着任何堂皇的仪式,也用不着任何政府的干预。到了基督教,然后婚姻变了性质。在很早的时候,基督教徒已经习惯于由一个牧师举行他们的婚礼。到了东方皇帝烈昂第六,他把这习惯定为东方的法律。从此以后,婚姻不能自由缔结,只能由一种公众的权力——即教会——做媒介;而教会的任务非但是见证,而且只有它能创造那法定的关系,不像昔日只有双方的同意就足以建立这关系了。我们晓得,此后宗教关于这事的任务是由公民政府替代了;同时,社会的干预行为及婚姻的必要手续也增加了①。

继嗣的契约,在历史上更有显明的证据。

上文说过,在北美洲的印第安诸族党里,继嗣的实施是多么容易,其范围又是多么宽。依那种继嗣法,亲属的任何形式都可以产生。如果继嗣人与立嗣人的年龄相仿,他们就变为兄弟或姊妹;如果继嗣人是已经做了母亲的妇人,她就变为立嗣人的母亲了。

在阿剌伯民族里,在谟罕默德以前,继嗣作用往往可以造成一些真的家族②。常有许多人是互相继嗣的,于是他们互相变为兄弟或姊妹,他们的亲属关系很密,竟像同出一源的一般。在斯拉夫民族里,我们可以发见同类的继嗣法。就最常见的情形说,不相同的许多家族的诸分子可以互相认为兄弟姊妹,而成为一个所谓"同胞"。这些社会是自由结合而没有仪式的:双方同意,就算缔约了。然而这些义兄弟姊妹间所赖以维系的关系甚至于比真同胞的关系还更密

---

① 当然,关于离婚也是如此的。
② Smith:Marriage and Kinship in early Arabia. Cambridge,1885,p133。

切呢①。

　　在日耳曼民族里,古代的继嗣大约也是一样地容易而常有的。很简单的一些仪式已经足以构成继嗣了②。但是,在印度,在希腊,在罗马,继嗣行为已经被一些确定的条件所支配了。立嗣人须有某一定的年龄,又须不是继嗣人的晚辈亲属;总之,这家族的变化已经变为一种很复杂的法定事件,需要官吏的干预了。同时,有立嗣权的人数也更有限制了。只有家长或真独身者才能立嗣,而且家长必须在没有法定的子女的时候才能立嗣呢。

　　在我们现代的法律里,限制立嗣的条件更增加了。继嗣人须是未成年的,而立嗣人又须是超过五十岁的,事前还须立嗣人已经把继嗣人当做亲生的儿童看待了许久才行。这样限制了之后,立嗣行为就变了很罕见的事件。在现代法律未纂定以前,立嗣法差不多完全失势了;就说今日吧,荷兰与南加拿大还完全不承认立嗣法呢。

　　在变为罕见的时候,立嗣法同时也失了若干效用。在原始的时代,继嗣式的亲属,无论在任何一点上都是与血统的亲属很相像的。在罗马,相似性还是很大的,但是已经不是完全相同的了③。到了16世纪,继父没有立下遗嘱,嗣子就没有承继权了④。我们的法律里已经建立了这种法律,然而继嗣所生的亲属关系是不能超出立嗣人与继嗣人的关系以外的。

　　依传统的解释,所为这继嗣的习惯在古代社会里只为的是祖先的祭祀的绵延,这是多么不充分的理由。在最宽的限度内最自由地实行立嗣法的那些民族,像美洲的印第安人、阿剌伯人、斯拉夫人,他们都不知道有这种祭祀;至于在罗马,在雅典,换句话说就

---

①　Krauss:Sitte und Brauch der Südslaven,Ch. XXXI。

②　Viollet:Précis de l'histoire du droit français,p402。

③　Accarias:Précis de droit romain,Ⅰ,p240. et suiv。

④　Viollet,op. cit.,p406。

是在家族宗教最盛的地方,立嗣法却第一次受社会的干预与限制。由此看来,立嗣法虽能应祭祀祖先的需要,而它并不是为须要祭祀祖先而成立;反过来说,当它倾向于消灭的时候,我们不能说是因为我们对于我们的姓氏与种族的绵延不像古人那样注重了。我们如果要寻找这变化的定因,必须在现代社会的结构与家族在现代社会所占的地位去寻找才行。

关于这真理的另一证据,乃是:到了后来,非但单靠私人的允许不能加入一个家族,而且要退出一个家族还更困难。亲属关系既非由契约生出来的,同理,也不能当做这类契约一般地取消。在伊洛古华民族里,有时候人们看见某族党的一部分出了这族党而另入邻近的族党①。在斯拉夫民族里,族党中有一分子对于共同生活厌倦了,可以脱离了家族,在法律上成为这家族的外人,同理,他也可以被家族摈斥②。在日耳曼民族里,每一个法郎克人如果想要完全脱离了亲属关系的一切责务,就可以用一种简单的仪式去脱离③。在罗马,为子者不能单凭着自己的意志而脱离了他的家族;在这一个表征上,我们可以承认罗马社会是一个较高等的社会模型。但是这关系虽则不是为子者所能断绝的,却是为父者所能断绝的;父子关系之解除就靠为父者的决定。到了今日,无论父子,都不能改变家族关系上的自然状态:诞生时的父子关系是永远存在的。

总而言之,在家族关系增加的时候,同时也就有了一种公众的性质。非但就原则说这些关系不是以契约为来源的,而且契约在家族里的作用也一天比一天减小了;反过来说,对于家族关系之成立、解除、改变,社会的干预却渐渐增加了。这理由乃在乎片段组织之逐渐退步。实际上,家族在很长的期间内真是社会的片段。

---

① Morgan:Ancient Society,p81。

② Krauss,op. cit. ,p113 et suiv。

③ Loi salique,tit. Ⅸ。

在原始的时候,它是与族党相混的;后来它虽与族党有了分别,却只像部分之于全体;它乃是族党的副片段组织的产品,这副片段组织与族党本身所由生的那种组织是完全相同的。到了后者已经消灭了之后,前者还以同样的资格而存在。然而我们须知,凡是片段的东西,都是渐渐被社会群体所吸收了的。所以家族就非改变形式不可了。在从前它是大社会当中的一个自治社会,后来却渐渐倾向入于社会机关的系统了。它自身也变为社会机关之一,负担着特别的任务;因此,在家族里所发生的一切事情却可以影响及于全社会。这么一来,社会就需要一些支配机关出而干预;这些机关有一种节制作用,又在某一些情形之下甚至于有一种积极的刺激作用,可以支配家族对社会所尽的职务的方式①。

　　然而我们非但在契约关系之外感觉着社会作用的存在,而且在这些关系本身的作用上也感觉着社会作用的存在。因为在契约中并非一切都带契约性。值得叫做契约的只有双方同意而且仅以自由意志为来源的一些约言。反过来说,一切非经双方同意的责务都是不带契约性的。然而我们须知,凡是契约存在的地方,必受一种规定的支配,这规定乃是社会的产品而不是个人的产品,而且这一类的规定总是渐渐扩大而变为复杂的。

　　真的,在缔约者双方同意之后,尽可以对于法律条文上的某几点不必遵守。但是,关于这一层,他们的自由权并不是毫无限制的。譬如不依照法定的有效条件所缔结的一个契约,并不因双方同意遂能有效。固然,在大多数的情形之下,现在的契约已经不受一些确定的形式的限制;不过我们还须记得在现代法律里还有一

---

① 　例如在保护行为与禁治产的情形之下,有时候公众的权力是可以干涉的。这支配作用的进步,与上文所述团体情感关于家族部分的退步,是不相冲突的;恰恰相反,必先有了后一种现象然后能有前一种现象,因为若要那些情感减小了或衰弱了,先须家族与社会不复混淆,脱离了共同意识的支配,建立一个独自活动的范围。然而我们须知,必须如此变化,然后家族能变为社会的一个机关,因为一个机关即是社会里的含个性的一部分。

些形式上的契约。但是,就普通说,法律虽则不像古代有种种形式上的要求,而他却把契约归属于另一类的责务之上。凡是无订约能力的,无对象的,或其原因是非法的,或卖物之人不该卖,或所卖之物不该卖,法律上都不承认其契约的责务。在法律所定的种种契约所生的责务当中,有许多是不容以任何其他契约替代的。譬如卖物人对于买物人负保证的责务,保证它个人的事实所生的一切"收夺"(第1628条),又在"收夺"的时候,无论来源如何,只要买物人不曾知道了危险,卖物人就有偿还原价的责务(第1629条),又对于他所缔约的物件有明白解释的责务(第1602条)。同样,至少在某限度以内,他不能不保证没有隐疵(第1641条与1613条),尤其是在他已经晓得有隐疵的时候更应负责。如果关于不动产,买者的责任在乎不利用责者的境遇而十分低抑物产的真实价格(第1674条)等等。再者,一切关于证据方面,例如契约所生的行为的性质,与那些行为的期限,都是绝对不受个人交易的支配的。

在另一些情形之下,社会作用之表现,非但在乎拒绝承认违法缔结的契约,而且在乎积极的干涉。譬如无论双方原约如何措辞,在某一些情况之下,法官可以允许负债人展期偿还(第1184条,1244、1655、1900条),或强迫借物人将所借之物在原定期间以前交还借主,如果借主急需此物应用的话(第1189条)。但是,若要知道契约所生出来的责务不都是立约时所约定的,最好的证据是:它"非但强迫人们实行契约中所表达的话,而且凡是习惯法律依照责务的性质而连带产生的一切责务也被强迫实行"(第1135条)。依照这一个原则,我们应该在契约中加上了"习惯上的种种成法,未言明者亦在此例"(第1160条)。

但是,纵使社会作用不在这种明文里表现,也不能说它不是真的社会作用。实际上,人们有这样违反法律的可能性,似乎把契约法的作用改为狭义的契约的或然的替身;然而就最普通的情形说,这种可能性乃是纯然学理的。若要加以证实，只须想象契约法是寄托在什么上头的就行了。

固然，当人们由契约而结合的时候，是因为在简单或复杂的分工之后，他们是互相需要的了。但是，若要他们很谐和地合作，单靠相互间发生关系，甚至于单靠他们觉得他们是生活在互相系属的状态之下的，还不行。还须合作上的一切条件在他们有关系的全时间内都有了规定。义务与权利之确定，非但要顾到立约时的现存状况，而且要提防可能的状况发生以致现存的状况受了影响。若非如此。就时时刻刻会有新的冲突。实际上，我们不要忘记：分工虽能使各方的利益发生连带关系，却不至于使它们互相混淆；让它们仍旧是有分别的，而且是敌对的。在个人的机体的内部，每一器官是与其他器官虽则合作，同时却是敌对的；同理，每一个缔约人，虽则需要另一个的合作，同时又想要以最小的代价得到他所需要的东西，换句话说就是要尽量地多得权利，又尽量地少尽责务。

由此看来，各方面的权利责务之分配，势必要预先确定，然而又不能依照一种预定的计划去分配。在那些事物的性质里，我们找不出什么是可以由此演绎而说双方的责务是应该到这限度而不应该到那限度。但是，一切这类的确定都只能由一种仲裁契约生出来，这乃是现存的利益的敌对性与连带性的折中点。这是一个平衡地位，须经过颇勤力的摸索，然后可以得到的。然而我们须知，在每次我们发生契约关系的时候，既不能重新摸索，又不能重新出代价以求充实这平衡性，这乃是显然的。无论就哪一方面说，我们都做不到这一层。我们不该待到种种困难发生的时候才去解决，然而我们既不能预料我们的契约将来会经过一些什么可能的状况，又不能依照心理推测将来在某情形之下双方就应该有某种权利与义务，除非关于那问题我们有了特别的成规。再者，生活上的物质条件也是不容这样的事情能够重演的。我们时时刻刻，而且往往在无意中，遇着了这些关系，例如买物、卖物、旅行、雇工、住客栈等等。我们与别人的关系,有一大半是带契约性的。假使每一次都要重新奋斗,作种种必要的磋商,好好地成立谐和的条件,以备现在,兼备将来,那么,我们岂不僵了? 为着这些理由,假使我们单靠我们所磋商而定的契约而发生连带关系,那么,只能生出一种无常的连带性了。

但是,有了契约法,我们所未确定的关于我们的行为的法律上的结果,都被契约法确定了。它所表现的是平衡性的通常的条件,这些条件是自己显现的,后来又渐渐由发生的情形的平均数确定了些。契约法是许多的变化无穷的经验的结晶,我们个人所不能预料的都被它预料到了,我们所不能规定的都被它规定了;这种规定虽非出于吾人之手,而出于社会的传说,然而它强迫我们实行。它所强迫我们实行的责务乃是我们所不曾约定的;这是依契约的狭义说,因为我们在订约时并不曾讨论到那些责务,有时候甚至在事前并不知道有那些责务,固然,起始的行为总是契约的;但是,这行为之后还跟着有些行为,甚至是直接跟着的,而这些行为却多少超出了契约的范围之外。我们合作,是因为我们曾经愿意合作;然而在我们甘心的合作里却生出一些义务是我们不曾愿意做的。

在这一点上看来,契约法就另有一种外观了。这并不仅仅是个人盟约的有用的补充品,实是契约的根本标准。它凭着传统的经验的力量强迫我们实行,就成为我们的契约关系的基础。我们若要离开它,只能离开一部分,或偶然地离开。法律赋予我们一些权利,强迫我们尽一些义务,竟像出自我们的意志。在某一些情形之下,我们可以放弃若干权利,或卸去若干义务。然而其所放弃的权利与其所卸去的义务终当认为立约的状况所应有的权利义务的通常模型,若要改变这模型,非有一种明文规定不可。因此,改变的情形是比较地很少的;就原则上,我们应用的是常规;改革只是例外的情形。由此看来,契约法对于我们有很大的支配力,因为它预先确定了我们所当做的事与所能要求的利益。这种法律只由双方协定就可以修改；但是，如果未经修改或变换，它就有全部的执行力；再者，我们要立法，也只能在断断续续的方式中做去。所以，契约所生的种种责务所赖以规定的法律，与公民的其他种种义务所由规定的那些法律，只有程度上的差别罢了。

末了再说，在法律所具有的这一种有组织的而且确定的压力之外，还有另一种压力是由风俗上生出来的。在我们论定我们的契约与实行我们的契约的时候，我们所用的方式不能不合乎习俗的规则；这些规则虽不是直接地或间接地为任何法律所规定，却一样地有权威。有些职业上的责务纯然是道德的，然而是很严紧的。尤其是在所谓高等职业界，这些责务更为显明。它们虽则也许不像契约法里的责务那样多，然而我们尽可以自问这是不是一种病态的结果。关于这一层，下文更有说明。我们须知，这种作用虽比上述那种作用散漫了些，总还一样地是一种社会作用；再者，契约关系发达到什么程度，这作用势必跟着扩张到什么程度，因为它是像契约一般地分化的。

总而言之，契约的自身是不够用的；幸亏有了以社会性为来源的一种契约规定，然后有成为契约的可能。有契约就有社会的规定，一则因为契约的作用不很在乎创造一些新规律，而在乎把那些预先规定了的普通规律分化于许多特别情形之下；二则因为契约没有而且不能有联络双方的能力，除非在某一些确定的条件之下才行。在原则上，社会所以给它一种强制力者，这因为就普通说，双方的个人意志的妥协，除了上述的那些特别情形之外，已经足以保障社会的散漫职务的谐和的合作了。但是，如果它违反它的目标而行，如果它的性质在乎扰乱各机关的有规则的活动，如果它是不公平的，那么，它既没有任何的社会价值，势必被剥夺去一切的执行力了。由此看来，无论在任何情形之下，社会的任务是不能仅仅在乎被动地执行那些契约的；其任务还在乎确定契约在什么条件之下才有执行性，又遇必要时，把契约恢复到通常的形式上去。

一个条文的本身如果不是公平的,虽经双方同意也不能使它变为公平;而且有些公道的规律是应该由社会提防其被违犯的,纵使有关系的各方面都赞成违犯,社会也非干涉不可。

这么一来,社会必须有一种规定,而且这规定的范围是可以预先限定的。斯宾塞先生说,契约的目的在乎保障工作人工作的消耗的代价①。如果这真的是契约的作用,那么,如果要它施行作用,就须更详细地加以规定,像今日这样还是不行的;假使它像今日这样已经足以产生这种代价,那真是不可思议了。事实上,有时候是代价不偿消耗,有时候是消耗不值代价,其比例之不相称,往往是很惊人的。但是,全学派的人都可以这样答复我:如果代价太小了,那职务就会被人抛弃而另就其他职务;如果代价太高了,那职务就多人要担任,于是竞争起来,利益又会减少了。其实他们忘了一层:民众的一部分是不能这样轻易离开他们的职务的,因为除此之外就没有他们所能接近的职务了。就说那些行动自由的人们吧,他们也不能一时就有了这自由;这样的改革是要长时期才能实现的。在这过渡时期,好些不公平的契约——严格说就是无社会性的契约——已经由社会的协助而执行了;再者,在某一点上成立了平衡性,也保不住在另一点上这平衡性不被破坏了啊。

我不用多寻证据,大家都可以明白,这种干涉作用虽有种种不同的形式,而其性质却是非常积极的,因为其结果在乎确定我们应该在何种方式之下合作。固然,合作的各种职务并不是由它发动的;但是,一经合作了之后,它就来支配了。我们才做到了合作的第一步,我们已经有了契约,而社会的支配作用已经加在我们身上了。斯宾塞先生所以把它称为消极的者,因为在他看来,契约只存在于交换之中,但是,纵使就这一点看,他的措辞也还是不恰当的。固然,在我已经收受某货物或已经利用了某人的助力之后,我不肯

---

① Bases de la morale revolutionniste,p124 et suiv。

给人家那言定了的代价，我占夺了人家所有的东西，于是社会就强迫我践约；在它强迫我践约的时候，我们尽可以说它只提防我损害社会，怕我对于社会有间接的打击。但是，如果我只答应了帮助人家，事前并未领受报酬，却也不能不实行我的契约；在这情形之下，我并未损人以利己：我仅仅不肯给人利用罢了。再者，上文说过，契约并不完全是交换；在合作的诸职务之间还有一种很好的谐和。这些职务并非仅仅在物件从甲手至乙手的短期间内发生相互的关系；而且势必生出了许多更扩大的关系来，而这些关系的连带性是不容扰乱的。

斯宾塞先生把自由缔约的学理与生物学相比较，然而他所比较的话与其说是他的证据，不如说是一个反证。他也像我们一般地把经济上的种种职务与个人机体的脏腑生活相比较，他说脏腑生活不是直接地系属于脑脊的系统的，它只系属于一个特别的机关，这机关的主要干部乃是大交感神经与肺胃公有筋。但是，由这种比较虽则可以仿佛地演绎，说经济上诸职务的性质在适宜于受"社会的脑"的直接影响，而他不能因此就说它们可以脱离了社会的一切支配力；在某限度内，大交感神经固然可以离了脑系而独立，然而它制驭脏腑的动作也像脑系制驭筋络的动作一般。由此看来，如果在社会里有像这类的一个机关，则它对于它所管属的那些机件也应有类似的支配作用才是。

依斯宾塞先生的意见，与此相当的，乃是"报告的交换"，这种交换乃是不停止地从甲地方到乙地方，报告"供"与"求"的状况的，这么一来，就能停止或催促货物的生产了①。但是，在这上头，并没有什么是与一种支配作用相类似的。传达一种消息并不就是命令一些动作。这种职务显然是"输入神经"的职务，而与神经节的职务毫无类似之处。然而我们须知，上文所述的制驭作用乃是由神

---

① Essais de Morale, p187。

经节施行的。神经节位置于种种感觉的途中,这些感觉纯然靠神
经节为媒介然后能反省而有所动作。假使这种研究更进步了些,
我们大约可以知道它们的作用无论是否中央的,总在乎保障它们
所支配的那些职务的谐和的合作;假使合作是时时刻刻随着刺激
的印象而变化的,岂不时时刻刻失了组织? 由此看来,社会的交感
大神经非但包括一系统的传达的道路,而且应该包括一些真能支
配的机关;这些机关的责任在乎组合一些内的动作,与神经节组合
外的动作一般,它们应该随着需要而有制止刺激的能力,或节制刺
激的能力。

由这种比较归纳起来,我们甚至于设想现代支配经济生活的
那种支配力还不是一种常态的支配力。固然,它不是完全没有的,
上文已经说过了。但是,它如果不是散漫的,就是直接由政府产生
的。在我们现代的社会里,很难找得着类似交感大神经的神经节
的一些支配中心。当然,如果这种怀疑的基础只在乎个人与社会
之间没有平均性,就值不得我们注意了。但是,我们不要忘了,直
到最近的时代,这些媒介机关还是存在的:这就是技艺团体。关于
技艺团体的利弊,我们用不着在这里讨论。再者,这种讨论很不容
易是客观的,因为如果我们要解决这些实利的问题,就非依照我们
个人的情感不可。但是,一种制度既为许多世纪的社会所需要过,
只这一层,已经可以证明社会不至于忽然就能缺少了它了。固然,
社会是变化了的;但是,我们尽可以不凭证据就假定社会的变化只
需要的是一种改革,并没有要求根本的破坏。总而言之,现代社会
在这些条件之下生活的时间还短,我们不能决定这状况是通常的
抑是偶然的,是确定的抑是病态的。自从这世纪以来,社会生活的
范围里令人感觉得种种不安状态,这似乎不能给予我们一个良好
的答案。下文还有许多事实是可以证明这一种假定的①。

──────────

① 看卷三第一章。尤其是在序文里,关于这一点,说得更明白些。

三

末了还有行政法。所谓行政法是指一些规律的全体,这些规律一则确定了中央机关的种种职务与这些职务的相互关系,二则确定了直接隶属于中央机关的那些职务与它们的相互关系,又与中央职务以及社会的散漫职务的种种关系。如果我们仍旧引用生物学上的话——这虽是譬喻,却很方便——我们可以说行政法是支配社会机体的脑脊系运行的方式的。这个系统,就流行的话说,就是政府。

若说在这形式之下表现的社会作用是积极性的,这是没人否认的话。实际上,它的对象在乎确定这些特别职务应该在什么方式之下去合作。甚至在某几点上看来,它还强迫合作;因为如果要维持这种种不同的机关,势不能不征收赋税,而赋税是每一公民所不能不缴纳的。但是,依斯宾塞先生的话,在工业模型渐渐离开了军事模型的时候,这支配机关渐渐退步了,到了最后,政府的职务势必只剩有司法方面的行政了。

不过,这议论所根据的理由是非常不充分的;斯宾塞先生只稍为把英国与法国比一比,又把昔日的英国与今日的英国比了一比,就以为能够从此归纳得人类发达史上的通律了[①]。但是,证据所需的条件无论在社会学里或在其他科学里都是一样的。要证明一个假定,并不在乎找一些事实来凑合这个假定,而在乎建立一些有科学方法的实证。我们既把一些现象联络起来观察,就应该证明那些现象是处处相当的,或其中缺少了一个就不能独存的,或是在同一方向与同一比例而变化的。至于零乱地陈列一些例子,就不能成立什么证据了。

再者,这些事实的本身对于这一方面也绝对不能证明什么;因

---

① Sociol. , Ⅲ , p822—834。

为它们所证明的只是个人的地位变大了与政府的权力比不上从前那样绝对了。但是,个人的活动范围扩张,同时政府的活动范围也扩张,其间并无矛盾之处;中央支配机关发达,同时,非直接隶属于中央支配机关的那些职务也发达,其间亦无冲突之处。再说,一种权力同时可以是绝对的而又很简单的。一个野蛮酋长的专制政府乃是再复杂没有的了,而他所执行的职务乃是草创的,而且是不多的。因为社会生活的统治机关尽可以把社会生活完全吸收在它身上,而不至于因此就很发达了,如果社会生活的本身还不曾发达的话。不过,这统治机关对于社会其余机关有非常的高超性,因为没有什么可以包括它或使它失了能力。但是,有一层却是很可能的:其他机关成立而与统治机关对峙的时候,同时那统治机关也尽可以增加其体积。要达到这地步,只须机体自身的全体积增加了就行了。固然,在这些条件之下,它所施行的作用已经不是同性质的了;但是,它所从施行的地点也增加了,而且它虽则不复像从前那样强烈,却仍旧是严格地强制执行的。不服从政府命令,虽则不复被认为亵渎神圣,也不像昔时受严刑的惩戒;但是,犯者并不就获宽赦,而且政府的命令却更繁多了,其所关涉的门类更有种种的分别了。然而我们须知,问题不在乎这支配机关所能运用的专制权力之强弱,而在乎这机关自身的体积是否变大了。

　　问题是这样提出了之后,答案就是无可怀疑的了。实际上,历史告诉我们,社会越是属于高等模型的,则其行政法越发达,这是没有例外的;反过来说,我们越上溯历史,则行政法越是草创的了。斯宾塞先生理想中的政府其实只是政府的原始形式。实际上,依照斯宾塞先生的话,平常属于政府的职务只有裁判上的职务与战争上的职务——至少是需要战争的时候是如此。然而我们须知,在下等社会里,实际上政府是没有其他职务的。固然,下等社会的裁判与战争的职务,与现代所认为裁判与战争的职务不同;却到底还是裁判上的职务与战争上的职务。斯宾塞先生在下等社会里所指出的一切专制的干涉也只是司法机关施行作用的种种方式当中之一方式。下等社会的政府禁止违犯宗教,违犯礼仪,违犯一切种种传说,今日我们的法官保护个人的生命财产,实际上是同一的任务。反过来说,越是属于高等模型的社会,其裁判上的职务越是繁多而且越有变化。裁判机关的本身在原始时代也是很简单的,其后渐渐分化了;渐渐不同的法庭成立了,种种有分别的官职也设置了,各法庭与各官职的任务与其相互关系也都确定了。许多职务,从前是散漫,后来都集中了。监察青年的教育,保护公共的健康,督理公共救济事业,管理交通,这些都渐渐归入中央机关的活动范围了。后来,中央机关因此也发达了,它渐渐在一切的地域上散布它的支部,这些支部渐渐繁多,渐渐复杂,便替代了前存的那些地方机关,或同化了它们。在全机体里所发生的一切事情,都由一些统计机关去报告中央。至于国际关系的机关的本身——我的意思是说外交机关——也比前渐渐扩大了。社会上种种组织——例如信托机关——因为面积大了的缘故,又因为与此有连带关系的职务很多的缘故,是为大众的利益所关的,所以在它们渐渐成立的时候,政府也逐一加以一种节制。末了,甚至于说到军事机关,依斯宾塞先生说是退步的,事实上似乎恰恰相反,它还在不停止地发达而且集中呢。

　　这种进化情形,在历史上是如此显明,我们似乎用不着更搜求要多详细的证据了。试把那些没有中央政府的部落与那些集中的部落比一比,又试把集中的部落与西提社会比一比,再把西提社会比封建社会,把封建社会比现代社会,我们就一步一步地寻见了人类发达史的主要步骤,而其普通的行程则已如上文所述。所以如果我们把政府机关的现有面积看做一种病态的事实,说它乃是一些偶然的环境所助成的,这就不是科学方法了。无论从哪一方面看来,我们都不能不把它看做一种通常的现象,而且是高等社会的结构的本路生出来的,因为在社会渐渐走近高等模型的时候,这现象是有规则地继续进步的。

我们至少还可以总括地证明这现象是怎样从分工的进步与社会的改造里生出来的。这改造的结果，就是使片段模型的社会变成了有组织的模型。

凡在每一片段有它的特别生活的时候，它就在大社会里成立了一个小社会，于是它也像大社会一般地有它所固有的种种支配机关。但是，这些机关的生活力势必与这个地方生活的强度成正比例；所以当地方生活自身变弱了的时候，这些机关也不能不变弱了的。然而我们晓得，在片段组织渐渐消灭的时候，它们就渐渐变弱了。中央机关因为环境所有的势力渐渐失了力量，所以当前少了许多抵抗力，就能渐渐发达了，也能把一些职务吸收了。这些职务类似的它所施行的职务；从前管有这些职务的那些机关现在再也不能支配了。这些地方职务不复能保存它们的个性与散漫性，于是都溶化于中央机关之中，中央机关因此扩大了，尤其是社会更大，溶化程度更完全，则中央机关更能扩大；换句话说，社会越是属于高等的，则中央机关的面积越增加了。

这现象是适应机械的需要而产生的，而且是有益的，因为它与事物的新状态相当。在社会不复由相似的许多片段层累而成的时候，支配机关也应该不复为许多自治的片段机关层累而成。然而我的意思并不是说在通常情形之下政府能把社会一切的支配机关吸收在它身上，我只是说它所吸收的仅是与它的机关性质相同的一些机关，换句话说就是支配大众生活的那些机关罢了。至于支配特别职务的那些机关，例如支配经济职务的，它们是在政府的吸收范围之外的。在那些机关相互间，尽可以产生同一类的连带关系，而那些机关与政府却是不相衔接的。至少可以说，它们虽则由高等中央的势力支配，而它们却是与高等中央显然有别的。在脊椎动物里，脑脊髓的系统是很发达的，它对于交感大神经很有影响，然而还让交感大神经有很大的自主的余地。

　　再说,只要有一天社会还是由片段集合而成的,在某一片段里发生的事情也还没有什么机会在其他片段里发生影响;片段的组织越强,则片段互相影响的机会越少。蜂房式的系统自然适宜于使社会事件局部化了。所以在珊瑚的聚体里,诸个体中有一个病了的时候其余的个体并不感觉得。到了社会由一系统的机关组织而成的时候,事情就不如此了。因为那些机关是互相隶属的,所以一个害病就连累其他各个都害病,稍为严重的一个变化已经是与全体发生关系的了。

　　还有两种环境可以使这关系更普通化。工作越分开,每一社会机关越不能包容种种不同的分子。在大工业渐渐替代了小工业的时候,不相同的企业的数目也渐渐减小了;每一种企业都有相当的重要,因为它在全体中所代表的部分更大了;所以其中发生的社会影响的范围也就更大。一个小工场关了门,所生的扰乱是很有限的,在小小范围之外就没有人感觉到了;反过来说,一个大工业社会倒闭了,全民众都受了骚动。再者,分工的进步既形成了社会群体的大集中,以致一团体、一机关或一小机关的各部分相互间有了更密切的接触,于是更容易有传染的现象了。在某一点发生的动作,很快地传达到其他各点上,例如我们试看今日在同一工艺团体里的罢工的普遍化是怎样快捷的,就所以明白了。然而我们须知,某一范围内有了扰乱发生,决不能不影响及于高等中央。高等中央受了影响的痛苦,势必不能不出而干涉;而且,社会越是属于高等模型的,则其干涉越是频屡的。但是,若要达到这地步,必须那些高等中央好好地组织起来:它们的支线必须扩张至于四方八方,一则好与机体里种种不同的机关发生关系,二则好把某一些机关——其扰乱足以生出非常的影响的——更直接地隶属于自己。总之,它们的职务变为更繁多而且更复杂了,所以做它们的实体的那一个机关势必发达,同时,确定它们的那些裁判团体也非发达不可。

人家往往责备斯宾塞先生，以为他说高等中央的发达在社会里与在机体里的方向是相反的，这是与他自己的学说相冲突的地方。斯宾塞先生回答说，机关的种种不同的变化是由职务里相当的变化生出来的。依他的意思，脑脊髓系的主要作用乃在乎规定个体与外界的关系，在乎组合那些动作，为的是获得战利品，或防敌来侵①。它是进攻与保守的机关，在最高等的机体里它自然是很广大的，因为那些外的关系的本身也很发达了。军事社会也是如此，因为它与它的邻近的社会所处的乃是慢性的敌对状态。反过来说，在工业的民族里，战争乃是例外的事；社会的利害关系总是属于内部的；外部的支配机关既没有同样的存在理由，势必非退化不可。

但是，他这种解释有两个误点：

第一，凡是一个机体，无论有无分明的侵略者，总在一个环境里生活着，这机体越是复杂，则与环境所发生的关系越多。由此看来，虽则在各社会渐渐变为和平的时候其相互间的仇敌关系渐渐减少了，却有其他种种关系来替代上了。下等的部落无论怎样好战，各部落相互间的关系未必能像各工业民族之间的接触关系更多。我说的并不是个人与个人直接的接触，而是社会团体的互相交通。每一社会总有公共的利益是要保护的，虽不必用兵器去保护，至少还要确商、订立条约等等才行。

第二，说脑系仅仅主持那些外的关系，这也是不对的。非但似乎有时候它还能够在内部上去改变那些器官的状态，而且甚至在关系及于外部的时候，它还只在内部施行它的作用。实际上，最内部的脏腑也须赖外来的物质的助力才能运用其官能；脑系既能绝对地支配那些外来的物质，它就时时刻刻对于全机体有一种势力了。人家说胃部之施行作用是不受脑系命令的；只要有了滋养料，

---

① Essais de Morale，p179。

就足以刺激肠胃的动作了。不过,滋养料乃是脑系要它来的;滋养料的数量与种类还是脑系所决定的。心脏之跳动,不是由它命令的,然而它可以由适当的方法,使心脏的跳动变缓或加速。没有一种筋络是不受它所给予的任何命令的;而且,越是属于高等模型的动物,脑系所用的威力越是博大而高深。实际上,它非但主持外的关系,而且主持生命的全部,这乃是它的真作用:由此看来,生命越丰富越集中的时候,这作用也就越复杂了。在社会里也是如此。政府机关所以大或小者,并非因为各民族和平些或好斗些;自从分工制发达以后,社会所包括的各不相同的机关渐渐增加,而这些机关都是互相密切地发生连带关系的,于是政府机关也跟着渐渐发达了。

四

下面几段议论是总括本书第一卷的。

社会生活有两个源泉:第一是意识的相似性,第二是分工。在第一情形之下,这人是社会化的,因为他既没有其所固有的个性就与他的同类都混在同一的固体模型里,以致分不出个人与团体了。在第二情形之下,他就有了个别的面目与个别的活动力而与众不同,但他在与众不同的限度内还是与众有连带关系的;社会既是个人们联合而成的,所以个人也与社会有连带关系了。

意识的相似性产生了一些裁判上的规律,这些规律借着压制的处分的威吓,把那些一致的信仰与一致的实施都强迫一切人们执行。意识的相似性越显明,社会生活越完全与宗教生活相混,而经济上的种种组织就越与共产主义相邻近了。

分工的制度者产生了一些裁判上的规律,这些规定确定了那些已经分开了的职务的性质与其相互关系,但对此种规律的违犯行为只能引起一种恢复性的处分,这种处分是没有补赎性的。

再者,这两群的裁判上的规律是各有一群纯然道德性的规律随着的。在刑律越多的时候,共同的道德的范围越广;换句话说就是有许多许多的团体实施是由舆论去维护着的。在恢复性的法律很发达的时候,每一种职业就有一种职业上的道德。在同一团体的工人们当中,有一种公共的意见是在这狭小的团体里散布着的,这公共的意见虽则没有法定的制裁伴随着,却能令人遵从。同门的职员们自有其公共的风俗习惯,无论是谁,若逾越了这风俗习惯,就不能不受同业的指摘①。然而这种道德与上述的那种道德是有分别的,其差别之点,与上述的两种法律之间的差别点是相仿佛的。实际上,这种道德乃是限于社会的某一地方的;再者,伴随着这种道德的那些制裁的压制性也没有那么显明了。职业上的过失所形成的责难行为,比之违犯公共道德所引起的责难行为,实在轻微得多了。

但是,道德上的规律与职业法也像其他规律一般地是有权威的。它们强迫个人的行为,而其所达的目的并非个人固有的目的,例如作种种让步,赞成种种仲裁契约,注意那些高于自己利益的利益,等等。因此之故,甚至在社会完全寄托于分工之上的时候,也不至于溶解而成为并列的一些原子,原子与原子之间仅仅有一些外的接触与暂时的接触。实际上,交换完成的期间虽短,而联络社会诸分子的那些关系却远超出了那交换期间之外。他们所执行的职务,每一种都是与其他职务有恒久的连带关系的,所以就与其他职务成为一个连带的系统。从此之后,由选定了的工作的性质里就生出了种种恒久的义务。因为我们执行某一种家庭职务或社会职务,我们就走进了一个义务之网里,再也没有跳出来的权利了。尤其是有一种机关,我们对它的系属状态是有加无减的:这就是政府。我们与它接触的关系点逐渐增加,而其唤起我们对于共同连带性的感觉的机会也逐渐增加了。

① 这种指摘也像一切道德上的处分一般,是由一些外的动作去表示的,例如惩戒、辞退、绝交等。

　　由此看来,斯宾塞先生的希望不能实现了,利他主义是不会变为我们的社会生活的一种可喜的点缀品的了。利他主义始终仍是社会生活的主要基础。实际上,我们怎么能离了利他主义呢? 人类若要一块儿生活,就不能不妥协,要妥协就不能不有相互的牺牲,以致相互间发生一种强而且久的关系。一切的社会都是道德的社会。在某几点上观察,这特征在有组织的社会里还更显明。因为个人不足以自给,所以他所缺少的一切都须仰给于社会,好像为社会而工作似的。这么一来,他对于他现在的系属状态,更有一种很强烈的感觉了:他习惯于估定自己的真价值,换句话说就是他只把自己看做全体的一部,看做一个机体中的一个器官。就这样的感觉的性质言之,非但能暗示那些日常的牺牲,以保障日常社会生活的有恒的发展,而且在有机会的时候,还能引起一些完全的牺牲与片面的放弃哩。就社会方面说,它对于其所由成的诸分子,也不复把他们看做它所有权支配的一些事物,而且把他们看做一些合作者,它不能缺少了他们,而且对他们还有许多应尽的义务。人家把共同信仰生出来的社会与以合作为基础的社会相比对的时候,往往以为前者有一种道德的特征,后者乃是一个经济的团体:这乃是错误的。其实合作也有它的固有的道德。不过,我们可以这样说:在我们现代的社会里,这种道德还没有发达到其应到的程度,而这应到的程度是从现在起就需要的了。关于此点,下文更有详细的说明。

　　但是,这种道德与那种道德的性质不同。那种道德必须个人不强盛而后能强盛。它是由众人一律遵守的规律所形成的,它就从这一致的普遍的实施里取得一种权威,这种权威就把它造成一种超人的东西,差不多是不容有所讨论的。反过来说,另一种道德必须待个人人格强盛而后它自己才能跟着发达。一种职务无论规定到什么地步,总有很宽阔的个人自由施为的余地。甚至职业上所制定的责务当中竟有许多是以个人意志之选择为起源的。我们的职业是由我们选择的,甚至家庭的某一些任务也由我们自己选择。固然,当我们的主意不复是内心的,已经发出来而成为社会的行为之后,我们就入了系属状态了:有许多义务不是当初我们所特意希望的,也强迫我们执行了。然而这些义务之产生还是由于一种有意志的行为。总之,因为这些行为的规律不复与共同生活的条件相当而与职业上的活动力的种种不同的形式相当,所以它们比较地多带一些世俗性;虽则一样地仍有强制力,却比较地是人类的行为所可转移的了。

由此看来,社会生活有两大潮流,而且这两大潮流相当的两种结构上的模型也是大不相同的。

在这两大潮流当中,先是以社会相似性为来源的那一种潮流独自当权,没有敌手。在那时节,它与社会生活的本身相混淆了;后来它渐渐变小了,变浅了,而第二潮流却一天比一天扩大增深。同样,片段的结构也渐渐被另一种结构掩盖了,不过永远不曾完全消灭罢了。

关于这相反的变化的真相,上文已经证明。下卷将讨论形成这种变化的种种原因。

卷二　原因与条件

第一章　分工的进步与幸福的进步

分工的进步所根据的是哪几种原因？

固然，我们如果要找唯一的程式去把分工制里一切可能的方式都显现出来，这是做不到的。这样的一个程式是不存在的。每一个别情形属于某几种个别的原因，而这些原因若非个别地考究就找不出来。然而我所提出的问题却没有这么大。分工制随着时间与空间而有种种不同的形式，但我们如果不计较这些花样，还剩有一个普通的事实是我们所知的。这事实就是：我们渐渐向历史前进，分工制就渐渐很有规则地发达。发达既然很有规则，那么，其所关的种种原因也一定是很有恒的，我们就该从这一点上去研究。

分工的作用在乎维持社会的平衡，但其所产生的效果决不会是分工的原因；那种原因是不能寄托在这效果的先现的表象之上的。这种反响太远了，不是人人所能懂得的；大部分的人的心里并没有这种意识。无论如何，除非到了分工制十分进步了之后，否则分工的效果是不会被人们感觉到的。

依照最普遍的理论，这原因没有别的来源，其来源只在乎人类要不停止地发展他们的幸福的一种欲望。实际上，我们晓得，工作越分开，则入息越优厚。它使我们所能措置的财富更丰饶；而且这些财富都是上等的财富。科学做得好些、快些,艺术品做得多些、精致些;工业的出产多些,而其出产品也更完美些。我们须知,人类是需要这些事物的;所以我们似乎觉得人类得到这种事物更多的时候就更幸福,因此,人类当然倾向于努力寻求这种事物了。

根据了这理论,人们就很容易解释分工的进步为什么像那样有规则;人家说,只须有环境的助力——这环境是容易想象得来的——把那些利益之中的某几种启示了人们,人们就会把分工制常常扩充,尽量地寻求一切的可能的利益了。由此说来,分工的进步,纯然是受了个人的心理的种种原因的影响。若要立为一个理论,竟不必观察社会与其结构:人心里最基本的而且最简单的本能已经足以解答了。由此申说,则是幸福的需要驱使个人一天比一天走向专门。固然,一切的专门事业都需要许多个人同时做去而且互相协助,缺少了社会乃是不可能的。但是,由此说来,社会便不是形成分工的原因,只是分工所由成的道路,或是分开了的工作的组织里的必需的物材而已。甚至于与其说它是原因,不如说它是分工现象的一种结果。人们不是常常说社会是从合作的需要里生出来的吗?申说起来,社会的成立为的是分工,我们怎能说分工的发达为的是社会的种种理由呢?

在经济学上,这一种解释竟成了经典。它似乎是很简单而且很显然的解释,所以许多许多的思想家都遵从这一说,由此就弄坏了他们的观念。所以我们非先考究这一种解释不可。

一

这种解释所根据的所谓真理乃是最没有确证的。

我们是不能合理地限定了工作的生产力的界限的。固然,生产力为专门科学所限,为资本所限,等等。但这些障碍总只是暂时的,这是经验所可证明的;而且,每一代的人们都把前代的人们所从止步的界限移开些。纵使将来有一天生产力达到了最高限度而

不能更前进——这乃是最渺茫的假定——至少我们可以断说现在
它还有很阔很阔的发达地域是不曾达到的呢。由此说来,如果像
人们所假定,幸福是很有规则地跟着它同时发达的,那么,幸福也
该无限地发达,或至少可以说幸福所能达到的地步应该与生产力
所能达到的地步成为正比例才是道理。假使种种的可悦的刺激物
渐渐增多而且渐渐加强的时候幸福也渐渐增加,那么,人类自然会
增加生产以求更享幸福。然而在事实上说起来,我们的幸福的力
量却是很有限的。

实际上,人类的快乐不与意识的或强或弱的状态相随,这已经
是今日大家所承认的真理。官能的活动力不够的时候有痛苦;然
而活动力过多的时候也可以产生同一的结果①。甚至于有些生理
学家相信痛苦是与脑筋的颤动力太强有关系的②。由此看来,快乐
乃是位置于这两极端的中间的。再者,这议论也就是魏贝尔与费
希奈的实验的结论。这些实验家所得的数学公式的真确性未尝不
是可以批驳的,但其中至少有一点可以毫无疑义,这就是:一种感
觉所能经过的"强度的种种变化"乃是包括在两个限度之间的。刺
激物太弱的时候,人们固然不觉得;但那刺激物超过了某程度之
后,也就渐渐失了效果,以至于完全不被人们感觉到。我们须知,
人们所谓快乐也只是一种感觉,也适用这一种定律。甚至在人们
不曾把这定律应用于其他的种种感觉以前已经先应用于快乐与痛
苦:俾尔奴衣即刻把它应用到种种最复杂的情感,拉伯拉斯也一样
地解释,而且把它认为肉体的偶然与精神的偶然之间的关系形
式③。由此看来,同一的快乐的强度所能达到的变化地步乃是很有

---

① Spencer:Psychologie,Ⅰ,283。Wundt:P,sychologie physiologique,Ⅰ,Ch. Ⅹ,§1。
② Richet 是主张这说的。看他的 Dictionnaire encyclopédique des sciences médicales 里的
　　douleur 条。
③ Laplace:Théorie analytique des probabilites. Paris, 1847, p187, 432。Fechner:psycho-
　　phisik,Ⅰ,p236。

限的了。

还有一层。在强度不过强也不过弱的时候意识状态虽则往往是可悦的,但这些意识状态并不呈现便于产生快乐的一切条件。在下等的限度之间,那可悦的活动力所经过的变化在绝对价值上是太小了,不足以形成一种强有力的快乐情感。反过来说,当那可悦的活动力走近了那惰性点的时候,即到了最高限度的时候,它所借以发展的力量的相对价值也是太弱的。一个人的资本很小的时候,不容易增加资财以至于足以达到大大地变动他的事业的程度。所以起初的贮蓄并没有许多快乐相随:这因为财富太小了,不足以改良地位。它所供给的利益是不算一回事的,不足与它所费的种种牺牲相抵。同理,一个人的财产太多了的时候,除非遇着特殊的利益,否则不会发现快乐,因为他把其所已得的财产与现得的财产比较其重要关系的缘故。至于说到中等的财产,就完全不同了。在中等的财产里,变化的相对大或绝对大都非常能使快乐发生,因为这些变化很容易成为颇重要的,而且不必是非常的变化然后其价值才被人察知。测量它们的价值的标点并不很高,不至使其价值减低。由此看来,可悦的刺激物的强度若要有用地发达,尚须在比我们刚才所说的界限更相接近的两种界线之间发达才行,因为除非与可悦的活动力的平均部分相当的距离内,否则那刺激物是不会发生一切效力的。快乐还散在一些地方,但它与产生它的那一个原因并不成为正比例,至于这平和的地带就不同了:小小的一些变动都被人赏识,被人估价。刺激的力量完全变为快乐,丝毫不曾失去呢[1]。

上文所说每一刺激物的强度也可以就数目上说。刺激物太多或太少的时候已经不是可悦的了,这也像刺激物超过或不及活动力的某程度的时候一般。依人类的经验,大家在"平庸"中看见幸

---

[1]　Cf. Wundt:loc. cit。

福的条件,这并不是没有道理的。

由此看来,假使分工的制度真的只为着发展我们的幸福而进步,那么,它该是早已到了穷尽的界限了,它所生出来的文化也该到了穷尽的界限了,二者都该停止前进了。因为中庸的生活最易招得快乐,若要使人类能有此生活,就不必无限地寻求一切种种的刺激物了。个人们所能享受的一切幸福,只须很平庸的一种发达就足以取得了。这么一来,人类不久就将达到了一种不进步的状态,永远不再脱离这状态了。动物就是这种情形:因为它们早已到了这平衡的状态,所以自从许多世纪以来,大部分的动物都没有变化了。

另外还有几个观察点是可以归到同一的结论的。

我们不能绝对地说一切的可悦状态都是有用的,也不能说快乐与用处的变化永远是同向一方面而且成为正比例的。但是,假使一个机体在原则上是以被害为快乐的,那么,这机体显然不能自己维持了。所以有一个真理是普通人所承认的,这就是:快乐是与损害的状态不生关系的,换句话说就是:就大体而论,幸福是与健康的状态并行的。世上只有被形体或心灵上的邪气所侵的人们才能从病态中发见快乐。然而我们须知,健康是寄托在中等的活动力之上的。实际上,若要健康,就先要一切的官能谐和地发达;若要官能谐和地发达,就先要它们互相节制,换句话说就是互相限制不得超出某某限度之外;超出了限度之外呢,疾病就发作了,快乐就完了。至于说到一切的官能同时发达,在个人的先天的状态里所表现的很有限的限度内是可能的罢了。

这么一来,人们就懂得了人类的幸福的界限了:这是人类的组织的本身,在历史上每一时代里取得的。说到人类的气质,与其所达到的精神上与形体上的发达,总有幸福的最高限度,也像活动力的最高限度一般地是不可超过的。这一说,假使只就机体而言,是没有什么人反对的:人人都承认人体的需要是有限的,因此,肉体的快乐是不能无限地发展的。然而人们却说精神上的作用是在例外，"世上没有什么痛苦能惩戒或禁止……忠诚与仁慈的大兴奋，对于真与美的热烈而愉快的研求。人们把有定的数量的食物去满足饥饿的需要，至于理智的需要却不是有定的数量的学问所能满足的"①。

这因为他们忘记了意识也像机体一般地是许多官能的一个系统，而这些官能乃是自成平衡性的；再者，意识系属于一种有机的本体，这本体的状态是与意识有关系的。人家说：光线到了某程度之后眼睛就不能忍受；至于理智呢，无论心灵中的光明怎样大，理智总能受得下的。但是，太多的学问，除非等到高等的脑中心过分地发达了之后才能得到，而且这种过分的发达也是势必有一种痛苦的扰乱跟着来的。由此看来，有一个最高的限度是不可随便地超过的；而且这限度既随中脑而变，所以在人类之初它乃是特别低的；因此，这限度很早就被达到了。再者，悟性只是我们的种种官能之一种而已。所以悟性的发达不能超过某一点，如果超过了就伤及那些实用的官能，同时也就摇撼了我们所从生活的种种习惯、信仰、情感等等，这样失去了平衡性总不免惹起了不妥之处。信奉最粗野的宗教的人们在创世说与雏形的哲学里总找得出一种快乐；假使我们忽然能把现代的科学的种种学说灌入他们的脑筋，无论学说高超到了什么地步，我们只能剥夺了他们的快乐，却不能给他们一个抵偿。在历史上的每一时代，在每一个人的意识里，关于明确的意象，深刻的意见，——总而言之，关于学问，都有一个有定的地位，而依常态说来，学问是不能扩充到这地位以外的。

关于道德也是如此。每一民族自有他们的道德，是出他们所从生活的种种条件形成的。所以假使我们把另一种道德令他们遵守，无论这道德高尚到什么地步，那民族的组织必致涣散；而这样

---

① Rabier:Leçons de philosophie，Ⅰ，p479。

的一种扰乱乃是个人们所不能不很痛苦地感觉到的。但是，每一社会的道德，它本身所嘱咐人们遵守的品行是不是有无限的发达的可能呢？不，这是不可能的。依着道德行事就是尽义务了，一切的义务都完了。一种义务是被其他种种义务限定了的。我们若为他人而牺牲太过，就不免自暴自弃；我们若过度地发展我们的人格就不免流为自私自利。再者，我们的种种义务的全体也是被我们的自然的各种需要所限定了的。命令式的规定固然是道德的特征，品行的某几种形式势必不能不受这规定的支配；但是，反过来说，另有某几种形式是自然地难更改的，却是主要的。假使道德过度地干涉工商业的种种职务，则那些职务必形停顿；但工商业的职务却是生活所必需的；所以如果我们把财富认为不道德，这与把财富认为很好的事同是一种大错误。由此看来，道德的过度，有时候尽可以是道德本身先受损害；因为它的直接目的在乎支配世俗的生活。所以它一扰乱了我们的生活的时候它自己已经摧残了它的对象。

真的，"审美的道德"的活动力因为不曾有了规定的缘故，似乎脱离了一切的羁勒与一切的仿效。但是，实际上，它是被"纯然的道德"的活动力限定得很紧的；因为如果它超过了某限度就不能不损害及于道德。假使我们为着"非必需"的事物而用了太多的力量，那么，就剩下太少的力量去应付需要了。当人们太注重想象的道德的时候，那些义务的工作势必被忽略了。人们如果自立一些标准，习惯了依着自己的标准行事，则世上一切的道德规律甚至于显得是难堪的呢。太唯心了，太把精神提高了，往往使人们没有尽日常的义务的兴致了。

关于普通一切的审美活动力，我们也可以如此说；如果它不是有节制的，它就不是健全的。我们需要游戏，需要只求快乐不存目的地做事，这种需要如果发达以至超过了某一点，那么，我们就会离开了正轨的生活了。一种太强的艺术感觉乃是一种"病的现象"，这现象如果变为普遍了，就不免危及社会。再说，过度与不过度的界线也是随着民族或社会环境而变的；社会越不前进，环境越不开通，则这界线越近。譬如一个农夫，如果他与他的生活条件相谐和，他就得不到而且不该得到文人所享的平常的"美的快乐"，野蛮人比之文明人也是如此。

精神的过度既然如此，物质的过度越发应该是如此的了。我们的智慧上的需要，道德上的需要，肉体上的需要，一切都有一种常态的强度，是不能超过的。在历史上的每一时代，我们的学问的饥渴、艺术的饥渴、安适的饥渴都像肚子里的饥渴一般地是有定限的，凡是超过了这定限的东西都是我们所不关心的或是令我们痛苦的。当人们把我们的祖先的幸福与我们的幸福比较的时候，实在忘了这一层道理。人们推想，竟像以为我们的一切快乐都曾经是我们的祖先的快乐；于是想到我们享受这样好的文化而我们的祖先未能享受，就倾向于可怜他们的命运。但是人们忘记我们的祖先是没有享受这样好的文化的能力的。由此看来，他们辛辛苦苦，增加了工作的生产力，并不为的是取得那些在他们认为无价值的种种好处。假使他们要赏识这些好处，势必先染受了他们所未有的嗜好与习惯，换句话说就是先变换了他们的自然才行。

他们实在是这样做了的；人类所经过的改革史可以为证。若要更大的一种幸福的需要生出了分工的发达，那么，人类的自然里既一天一天的变更，这种需要就该成为变更的原因，而人类也为着求更幸福而求改革才是道理。

但是，我们纵使假定那些变更到头来有了这样的一个结果，我们还不能说它们是为此目的而变的，所以我们知道它们另有一个原因。

实际上，生活的改变，无论是忽变的或让成的，总构成了一种剧烈的痛苦，因为那些原有的本能还在抵抗，就不免剧烈的冲突了。纵使在最好的希望在前面引诱我们的时候，过去的一切还在挽留我们向后。时间把习惯规定在我们身上,若要铲草除根一般地把习惯除尽,这乃是最艰难的事情。安定的生活比不安定的生活更有机会得到幸福,这是很可能的;但是,许多世纪以来,大家只过的是不安定的生活,所以很不容易改变。所以,这些变化变得并不很大,一种个人的生活是不足以完成这些变化的。一代的人决不足以彻底变更屡代的成绩,也不足以把一个新人去替代了旧人。在我们现代的社会状态里,工作非但是有用的,而且是必要的;人人都觉得它是必要,而且许久以来已经感觉到了。但是,在恒久而有规则的工作里发见快乐的人们在今日还是比较地居少数。在大多数的人看来,工作还是难堪的一种服役;原始时代的人以闲暇为有情趣,现在的人们还存着这种心理。由此看来,这些变化费了时间这样久,费了代价这样大,却还换不来一些什么。屡代的人们开始变化,还没有得到效果——如果有效果的话——因为效果来得太晚了。他们所得到的只是痛苦。因此,我们就不能说他们是为着等候更大的幸福然后倾向于这一类的事业了。

但是,在人类渐渐进化的时候,个人的幸福是不是也渐渐发达呢? 这乃是最可疑的。

二

当然,我们在今日有了许多快乐乃是比我们的自然更简单的人们所得不到的。但是,反过来说,我们尽可以感受许多痛苦是他们所能避免的;至于快乐与痛苦相权之下,我们所得的快乐是否比痛苦多些,这是我们绝对不敢肯定的。思想固然是快乐的源泉,而且快乐可以是很大的;但,同时,思想所扰乱的快乐也不少啊! 为着解决了一个问题,连带引起了的问题而找不着解答的是何等的多啊! 为着剖析了一个疑团,我们不晓得瞥见了多少神秘正在为难我们! 同理,野蛮人虽则不认识那非常活动的生活所给予我们的快乐;但是,反过来说,他们却没有愁闷来侵,愁闷只是开化的人们所受的苦。他们让他们的生活从容地流去,并不像我们永远地觉得需要把那些繁多而且急迫的事情去充满了他们的生活里的流水似的短时间。我们不要忘记,在大多数的人看来,工作只是一种痛苦、一种负担而已。

人家可以这样非难我:开化的民族的生活的变化多些,而快乐是寄托在变化的生活之上的;但是,社会的变动性虽则大了些,同时,文化也带来了更大的一致性;人类的单调的而且继续的工作乃是文化所强迫的。野蛮人顺着环境与需要的驱使,从甲种事务移到乙种事务上,至于文明人呢,他们只要身于一种工作,永远是那一种,而且,那工作的范围越小,则其变化也就越少。社会的组织劳必需要习惯上的绝对规则性,因为假使一个器官发生作用的方式一起变化,则其反响所及,整个机体必受骚扰。在这一点上说,我们的生活很不容易招得意外之喜;同时,因为它更没有固定性的缘故,它就缺乏了安定性,而快乐也就缺乏了多少安定性了。

固然,我们的脑系统既变为细致了些,就容易感受到那些微弱的刺激,不像我们的祖先的脑系统那么粗,须待强烈的刺激才行。但是,古代的可悦的种种刺激物在我们都觉得太强烈了,因此也就觉得痛苦了。我们虽能感受到更多的快乐,同时也能感受到更多的痛苦。从另一方面说,如果痛苦在机体里所发生的影响真能比快乐所发生的更大[1],又如果一种可恼的刺激物所给予我们的痛苦比之同强度的一种可悦的刺激物所给予我们的快乐的分量更多,那么,我们的更大的感受性非但不能给予我们更大的幸福,而且适得其反。事实上,最细致的脑系统是在痛苦里生活的,终于系属在痛苦里。有一层最可注意的:那些最文明的宗教的基本的崇拜不是崇拜人类的痛苦吗? 固然,今日无异于昔日,若要生活能够维持,就平均的情形说来,必须快乐掩盖了痛苦才行。但我们不能断

---

[1]　看 Hartmann:Philosophie de l'I conscient, II 。

说快乐的超过额在今日是比昔日更大的。

　　尤其是有一层不可不知：若说快乐的超过额可为幸福的标准，这更是没有证据的话。固然，关于这一类暧昧的问题，还没有人好好地研究过，我们是不能确切地肯定的；但我们总似乎觉得幸福是另一种东西，而不是各种快乐的总和。幸福乃是一种有恒而普遍的状态，是与我们的一切有机的官能及灵魂的官能的很规则的作用相随着的。所以，种种的有恒的活动力——例如呼吸与血脉的流通——虽则不给予我们的实际的快乐；然而我们的好脾气与我们的活泼精神却是与那有恒的活动力最有关系的。一切的快乐都是一种变态，它生了之后，持续了一个时期就死了；生命却是有恒地持续的。生活里的基本的妙趣应该也像它一般有恒地持续才是道理。快乐是有地方性的：这是机体里或意识里某一点上的有界限的感觉；至于生命呢，它不在此处，也不在彼处，却处处有它存在。由此看来，我们所以恋爱生命，也该由于同样普遍的一个原因。总说一句，幸福所表现的并不是某一个别官能的暂时的状态，却是精神生活与肉体生活的健康的全部。快乐既是由暂时的官能的常态作用而来的，自然也是幸福的一个元素；而且，这些官能在生命里越占地位，则这元素越是重要。然而快乐并不就是幸福；而且它也不能怎样变动幸福的水平线，就说能变动呢，也只在很有限的比例以内而已。因为快乐是由暂时的原因生出来的；幸福却是由永久的禀赋生出来的。若要带地方性的种种意外能够深深地影响及于我们的感受性的基础，先须这些意外是特别有恒而且持续的才行。在最平常的时候适得其反，却是快乐由幸福里发生：我们幸福的时候，世上一切都对我们笑；我们不幸的时候，一切在我们看来都是令人生愁的。人家常说我们与幸福相依，这是很有道理的话。

　　但是，如果事情是如此的，我们就不必问幸福是否与文化同时发达了。幸福只是健康状态的表征。然而我们须知，某类动物并不因为它是属于高等模型而它的健康就更完全些。健全的一个哺乳类并不比同样健全的一个下等动物更健康些。所以说到幸福也该是同样的道理。人类的活动力更大的时候幸福并不因此更大;凡是活动力健全的地方,幸福总是一样的。无论是最简单或最复杂的人类都享受同样的幸福,如果他们一样地实现他们的自然。无病态的野蛮人尽可以像无病态的文明人一般地幸福的。

　　所以我们可以满意于我们的命运,野蛮人也一样地可以满意他们的命运。这完全的满意甚至于是他们的个性的显著点。他们除了现有的东西之外丝毫不希望别的,也就无意变换他们的地位。怀资说:"北方的居民并不寻觅南方以求改良他们的地位,而酷热不洁的地方的居民也不想要迁居更好的地方。譬如达尔夫地方虽有许多疾病与种种灾害的危险,居民们仍旧爱他们的祖国,他们非但不能迁居,而且他们偶然到了外国去也忙着归国……就普通的定律说,一个民族无论生活在任何悲惨的物质环境里,他们总不免把祖国认为世上最好的地方,把他们那一类的生活认为最富于快乐的生活,而且他们自以为是世界第一的民族。这一种信心,在黑种的民族里似乎是很普遍的①,例如在美洲许多地方,被白种人来开拓了之后,那些土人们坚决地相信白种人离开他们的祖国,无非为的是来美洲寻求幸福罢了。人家也能举几个少年野蛮人为例,说他们被病态的忧虑所驱使,离了祖国去找幸福;但这只是很罕见的例外罢了。"

　　固然,有时候,有些考察家描写下等社会的生活又另是一种光景。但这因为他们以他们自己的印象当做土人们的印象。我们须知,某一种生活,在我们看来是难堪的,而在另一种精神肉体的构造的人们看来尽可以是甜美的。举一个例吧:一个人自幼就习惯于时时刻刻把生命去冒险,在他看来,生命不算什么,死也不算一

①　Waitz:Antropologie,Ⅰ,p546。

回事了。我们若要怜悯初民的命运,单靠证明了初民不注重卫生与警政,还是不够的。只有个人自己是会赏识他自己的幸福的;如果他觉得幸福,他就是幸福的人了。我们须知,"从火地至何当多的居民的生活,在自然的状态上是以他们自身与自己的命运为满足的"①。这一种满足,在欧洲是多么罕见啊! 因为有了这些事实,所以怪不得一个有经验的人说:"世上有这么一种的境地:思想的人自觉比只由自然养成的人更下等,于是自问他自己的最坚固的种种信心比之那些狭小的然而在心灵上是甜蜜的种种成见是不是更有价值些。"②

这里还有一个更客观的证据。

从实验所得的唯一的事实可以证明生命在普通看来是好的,这就是:大部分的人们都喜欢生而不喜欢死。其所以如此者,必因在人们的生活的平均数中,幸福是掩盖了不幸的。假使这比例恰恰相反,那么,我们就不懂人们根据了什么而爱恋生命,而且,这种爱恋的心情既时时刻刻被种种事实搏击,它怎能维持下去呢? 固然,厌世的人们以为这种现象的常存乃是希望的幻象的表现。依他们的意思,我们虽则遭逢了种种的失望,而仍旧舍不得生命者,这因为我们懵懂地希望把将来的幸福与过去相抵偿。但我们纵使承认"希望"足以解释"生命之爱恋",然而"希望"却不足以解释它自己。希望不是灵异地从天上坠到我们的心里来的;它也该像一切的情感一般地是由种种事实的影响而成的。由此看来,人类学会了希望,又在遇不幸时,他们习惯于转眼望着将来,希望将来有幸福以抵偿现在的痛苦,这因为他们发见这种抵偿是常有的,人类的机体太有可揉性了,同时又太有抵抗性了,是不容易被打倒的;他们知道祸事占胜的时期乃是例外的,而就普通说,祸福相抵的时期终会到来的。因此,在保守的本能的源泉里,希望所占的部分无

① Ibid. ,p347。

② Cowper Rose:Four Years in Southern Africa,1829,p173。

论是大是小,而此保守的本能总是生命的相对的好处的明证。同理,在这本能失了它的力量或它的普遍性的时候,我们可以断说生命的本身也失了情趣,而不幸的事也就增加,若非痛苦的原因增多,就是个人的抵抗力减少了。所以,假使我们有了一种客观的而且可测量的事实可以解释在某社会里这种心理经过了某种强度的变化,那么,我们就可以同时测量同样的环境里的"平均不幸"的强度的变化了。这种事实是什么? 是自杀的数目。在初民的社会里,甘心寻死的事实很是罕见,最可以证明这种本能的普遍性与其力量之大;同理,自杀渐渐增加,也就足以证明这种本能渐渐失了它的地位了。

我们须知,有了文明,然后有了自杀。至少可以说,我们在到了病态的下等社会里所能观察到的自杀是有很特别的种种表征的,这些表征形成了一个特别的模型,而这模型的"病的价值"也与文明社会的不同。在下等社会里,自杀并非由于绝望,却是由于牺牲。在古丹麦人、赛尔特人、特拉斯人,他们老到了某年龄的时候往往自杀者,这因为他们认他们的义务在乎避免他们的伴侣多养一张无用的嘴;印度的寡妇在丈夫死后不愿再生,哥路华人在族长死后也要自杀,佛教中人甘心被碾死于他们的偶像的车轮之下,这都不过因为有些宗教上或道德上的信条强迫他们就死罢了。在一切这些情形之下,人们所以自杀,并非因为他们认生命为不好的,只因他们所系属的理想要求他们牺牲生命而已。由此看来,这类的甘心寻死,与兵士或医生为着自己的天职而甘心冒险是同样的,并不是世俗所谓自杀了。

反过来说,真正的自杀,悲惨的自杀,却是文明民族的病态。它甚至于也像文化一般地随着地理上的分配。在自杀的地图上,我们看见欧洲的中部有大大的一点,纬度在 47 至 57 度之间,经度在 20 至 40 度之间。这一个空间乃是特别喜欢自杀的区域;若照莫西里的说法,这乃是欧洲的自杀区。然而这地方的科学、艺术、经济的活动力恰恰到了最高限度:这就是德国与法国。反过来说,西班牙、葡萄牙、俄罗斯、北斯拉夫民族都是比较地不很中了自杀的毒的。意大利初起,算是还受保护的,但它的文化渐渐进步,也就渐渐不免此病了。唯有英吉利是个例外;但关于它的自杀能力的程度我们还不知道得十分确切呢。就每一国的内部说,我们也可以证明同样的比例。无论何处,城市的自杀总比乡村来得厉害。文化集中于各大城市,自杀也集中于各大城市。有时候我们甚至于看见一种传染病以首都与重要的城市为策源地,然后传播至于其余各地。总之,除了挪威不计之外,欧洲的自杀的数目自从一个世纪以来是很规则地增加了的①。依照一个统计,自 1821 年至1880 年竟增加了三倍②。我们不能同样准确地测量文化的进步,但我们很晓得在那时期之内文化的进步是特别快的。

　　我们尽可以再找许多证据。每一阶级的人民的自杀也是按照文明的程度而成正比例的。无论何处,总之上流社会的人自杀的最多。而农夫们很少染及此病。再说性别,也是同样的道理。女人之参加文化运动比不上男人;她们既不很参加,也就不很享受文化的利益;她们比较地颇能保存着多少初民的自然的面目③,所以她们的自杀的数目比之男人,大约少了四倍。

　　但是,人家可以这样非难我:自杀的进步虽则表示人类的不幸在某几点上是进步的,然而幸福岂不也可以同时在其他几点上进步吗? 在这情形之下,此方的利益增加,也许足以抵偿彼方所受的损失了。在某一类的社会里,贫民的数目虽则增加,公众的财富并不减少。那财富只集中于少数人的手里罢了。

　　但这一个假定的本身也是不利于我们的文化的。因为我们就假定有了这一类的抵偿,我们只能说平均的幸福是不进不退的,却不能说别的什么话。就说幸福增加了吧,增加的数量也必很小,这

①　看 Morselli 的自杀图表。

②　Oettingen:Moralstatistik,Erlangen 1882,p742。

③　Tarde:Criminalité comparée,p48。

数量也不与文化所费的大力成正比例,也就不能表现文明。但这个假定的本身也是没有根据的。

实际上,当我们说甲社会比乙社会更幸福的时候,当然是指平均的幸福而言,换句话说就是指那社会诸分子的平均数所享的幸福而言。他们既然在相似的生活的种种条件之下生活着,只要他们受同一的社会上与生理上的环境的作用的支配,他们势必有某一种共同的生活样法,因此,也就有共同的享福样法。如果我们从个人们的幸福里抽出了个别原因与地方原因所致的一切,只留着普遍而且共同的原因的产物,那么,所余的恰恰是我们所谓平均的幸福。这是抽象的一种"量",但只是绝对的一种,是不能同时向两方面变化的。它尽可以进化或退化,却不能同时进化又退化。它的一致性与真实性比之盖特赉(比利时的统计学家)的社会平均模型与平均人类是一样的;因为它所表现的幸福就是被认为理想中的有福人所享的幸福。人类既不能同时变大又变小,或变为更道德的同时又是更不道德的,同理,人类也不能变为幸福的;同时又是不幸的。

然而我们须知,在文明的民族里,自杀的进步所关系的种种原因乃是有普遍性的一定的特征的。实际上,这种特征并不发生于独立的某几点,也非仅仅发生于社会的某几部分而不发生于其他各部分:我们到处可以观察得自杀的特征的。随着地方之不同,自杀的进步有缓有急,但同是进步,并无例外。农业界比工业界少受自杀的影响,但其自杀的数目总是向上升的。所以我们所看见的现象并不与某某特别的而且带地方性的环境有关系,却与社会环境的普遍状态有关系。这状态由种种特别环境(省份、职业、宗教等)的影响而发生种种不同的反映——因此它的作用并不在处处都有同样的强度——但它并不因此就变了性质。

这样说来,自杀的进步证明幸福的退步;这被证明的幸福就是平均的幸福。甘心寻死的潮流上涌的证据非但在乎有了更多的个人们太不幸了,不愿再活下去——还有大多数的人们愿意生存,所以这一层不能就做证据——而且在乎社会的普通幸福减小了。因此,这幸福既然不能同时增多而又减少,那么,无论如何,在自杀事件增多的时候,幸福必不能同时增多;从另一方面说,自杀事件所表示的生活上的渐进的不幸是没有什么可以抵偿的。自杀事件所关系的种种原因在自杀的形式之下仅仅耗了它们的一部分的力量;它们所发生的影响所及,比自杀的范围大得多了。当在它们不曾使人们完全放弃了幸福而自杀的时候,至少可以说它们在种种不同的比例之内把快乐对于痛苦的超过额减抵了。固然,尽可以有些特别的环境组合起来,在某几种情形之下可以使它们的作用不行,以致幸福竟能发达;但这些偶然的而且私人的变化在社会的幸福里是不生效果的。世上有哪一个统计学家,看见了某一社会的死亡的普遍性发达,而不断定这是公众的健康变弱的一种显明的症候呢?

我们该不该把这些悲惨的结果归罪于进步的本身与那为进步的条件的分工制呢?不,这令人失意的一个结论并非势必从上列的诸事实生出来的。恰恰相反,我们晓得这两类的事实很像只是并行的罢了。但这并行的状态足以证明文化的进步并不很能发展我们的幸福;我们试看,分工制的发达之迅速而有力为千古所未有,同时,我们的幸福却是退步的,而且形成了很大的反比例。我们纵使没有理由去假定分工制在实际上已经减削了我们的享乐的能力,我们再也不能相信它曾经把人类的幸福增加了许多了。

严格地说,我刚才所说的一切都是一种普通的真理的一种特别的应用,而这普通的真理乃是:快乐也像痛苦一般地根本上是相对的东西。世上并没有一种绝对的幸福,是可以客观地确定的,又是人类在渐渐进化的时候所能渐渐接近的;依照巴斯楷尔的说法,男人的幸福并不是女人的幸福,下等社会的幸福并不是我们的幸福,反过来说,女人与下等社会也不以男人与上等社会的幸福为幸福。同时,谁的幸福也不比谁的更大。因为如果我们要测量幸福的相对强度,就只能测量幸福把我们维系于普通生活的与我们这一类特别的生活的那一种维系力罢了。我们须知,最草昧的民族之爱恋他们的生命,比之我们之爱恋我们的生命是一样的。甚至于可以说他们还不像我们轻易地放弃生命呢①。由此看来,幸福的变化与分工的发达,是毫无关系的。

这一个议论是很重要的。由此申说,若要解释社会所经过了的那些变迁,我们不该研究那些变迁对于人类的幸福有什么影响,因为它们并不是由这种影响形成的。社会科学往往喜欢做这种功利主义的比较,这一个方法可是我们所务必放弃了的。再说,这一类的观察势必是主观的,因为每次人们把种种快乐或种种利益相比较的时候,既没有任何的客观的征证,人们就不能不把自己的意思与偏见掺在利害相权的天秤上头,把个人的情感当做科学的真理了。这乃是孔德所已经很显明地设立的一个原理。他说:“一个人根本上有了相对论的精神,势必有实验论的某几个概念,所以就应该撇开了人类的幸福随着文化的时代发达的一个问题,因为这是无用的争论……既然每人的幸福是必须与他的种种官能的发达的全部及支配他的生活的某几个环境的全系统有了充分的谐和才行,又既然这样一个平衡常常自然地倾向到某一程度,我们势必没法子用直接的感觉或任何合理的方法去处置个人的幸福问题,切实地把种种社会地位互相比较,因为若要把这些地位完全地拉拢来比较,这是绝对不可能的事情。”②

但希望更幸福的念头乃是个人的唯一动机,文化的进步由此才得了解释;如果我们撇开了它,再也没有其他的动机了。文化的

---

① 为着了信教、爱国等等情感而至恋生的本能失了作用的时候,那本能并不因此就弱了,所以这些情形当然算是例外。

② Cours de Philosophie positive, 2e édit., Ⅳ, p273。

变动,才不免费了个人们的多少代价,如果他们换不来更多的幸福,他们何苦变动呢?由此看来,形成社会的进化的那些原因乃是在个人之外,换句话说就是在个人的环境里发生的了。社会之所以变化,个人之所以变化,皆因环境变化的缘故。再说一层,生理上的环境既然是相对有恒的,那么,这永远不停止的变化也不能由生理上的环境去解释了。所以那些变化的原始条件是该在社会环境里去寻找的。社会与个人所经过的种种变迁乃是社会环境里的种种变迁引起来的。这是一个研究的方法,我在下文就有机会应用这方法而且证实这方法是合理的。

三

　　然而人们还可以这样自问:快乐在能持续的时候,它所受的某几种变化,其结果会不会自然而然地驱使人类变化?因此,分工的进步是不是可以由此得了解释?好,我在这里且先说人们是怎样想得出这一个解释来的。

　　快乐虽则不就是幸福,究竟还是幸福的一个元素。我们须知,它在连续下去的时候,同时就渐渐失了它的强度,某至于可以说它持续得太厉害之后就会完全消灭了的。平衡性倾向于成立,而时间却足以打断那平衡性;时间又足以创造许多新的生活条件,人类非再变化就不是适合于这些新条件了。我们正在习惯了一种幸福的时候,幸福却跑离了我们,我们不得已,只好投身于新的事业,以求再得幸福。已熄灭了的快乐,我们须靠着种种更强烈的刺激物然后能把它重新燃烧起来,换句话说就是把我们所能应用的刺激物增加些,弄强些。但若要这是可能的,先须工作更有生产力,因此,也就先须把工作更分开。这么一来,艺术上、科学上、工业上每一次实现的进步都迫着我们更找新的进步,唯一的原因只在乎怕失了从前的进步的结果。好,根据上面的说法,人们只把个人的动机的一种作用去解释分工的发达,并不涉及任何的社会原因。人们将说：固然，我们所以一天比一天倾向于专门者，并非为的是获得种种新的快乐，只为的是在时间对于我们所已得的快乐施行一种破坏的力量的时候随时加以补救而已。

但是，这快乐的种种变化虽则是很真确的，而人们所派给它们的任务却是它们所不能胜任的。实际上，有快乐的地方就有它们发生，换句话说，有人的地方就有它们。世上没有一个社会是不受这心理上的定律支配的；然而我们须知，世上却有许多社会里的分工制是不发达的。上文说过，有许多原始的民族还在不进不退的状态里生活着，甚至于不想要离开那状态。他们并不希望什么新事物。然而他们的幸福却受共同的规律支配。就说文明民族，在乡村里也是如此。乡村的分工制进步非常之慢，于是变化的嗜好几乎不被人感觉到。末了，就说在同一社会里，甲时代的分工制发达得慢些，乙时代的分工制发达得快些；然而我们须知，时间对于快乐的影响却是始终不变的。由此看来，并不是时间对于快乐的影响形成了分工的发达了。

我们实在看不见它怎样能有这么一个结果。我们若要恢复时间所破坏了的平衡性而在有恒的一个水平线上维持着我们的幸福，就非费了许多力量不可，而且，我们越走近快乐的高度，则我们用力越苦；因为到了最高限度的邻近地方的时候，它所得的发达的结果渐渐比不上那相当的刺激的数量了。到那时候，必须费了更多的苦力然后能得到同一的代价。从甲方得来的，从乙方却失去了；若要避免损失，除非多费几番新的劳苦。因此之故，若要事情是可以于中取利的，至少还须这损失是很重要的，而补救的需要必被人们深深地感觉到了才行。

然而我们须知，事实上，这种需要的力量有限，因为纯粹的连续并不能从快乐里减削了什么要素。实际上，我们千万不可把"变化的情趣"与"新的情趣"混为一谈。变化的情趣乃是快乐的必需条件，因为一种不停止的享受是会消灭了或变为痛苦了的。但是，时间独自并不能排除了变化，必须有持续性加上去才行。假使一种状态虽则屡屡发生，却是不持续地发生，那么，这状态尽可以是可悦的。持续性所以能破坏快乐者，或因它使快乐成为机械的了，或因一切的官能的作用都需要一种力，这种力如果不停止地延长，就会耗尽了而变为痛苦。所以如果那快乐作用虽则是习惯了的，然而时发时止，中隔的时间颇长，那么，人们仍旧继续地觉得快乐，而所耗了的劳力也可以在中隔的时间内恢复。我们试看，一个健全的成年人，虽则他天天吃饭、喝酒、睡觉，但他始终还觉得吃喝睡是快乐的事情。精神上的种种需要也是如此，与这些需要相当的那些灵魂上的官能既是分期的，精神的需要也就是分期的。音乐、美术、科学所给予我们的种种快乐尽可以完全地维持，不过须要轮流地享受就是了。

　　持续性虽则能有屡发性所不能的力量，但它并不能因此就引起了我们寻求意外的新刺激的需要。因为如果它在意识里完全取消了可悦的状态，那么，我们就不能知道从前系属于那状态的那种快乐同时也消灭了；再者，那可悦的状态已经被一种普通的舒服的感觉替代了，这感觉是伴着那些照常持续的官能所施行的有规则的作用的，而且是毫无价值的。所以我们并没有什么懊悔。我们曾经想要觉得心头跳动或肺脏发生作用吗？反过来说，如果有痛苦的话，我们也只希望另得一种，状态与这令我们疲倦的状态不相同的就算了。为着要休止了这痛苦，并不一定要我们自己设计。譬如一件我们已经认识了的物品，在平日是我们毫不关心的，而在这情形之下，如果它恰恰与那令我们疲倦的东西相反，我们竟可以因此而得到了很大的快乐。由此看来，时间虽能影响及于快乐的基本元素，但其影响的样法并没有什么可以催促我们进步的地方。固然，"新的情趣"就不如此，因为它却是有持续性的。但是"新"虽则润饰快乐，却不能创造快乐。"新"只是快乐里的一种副品；没有它，快乐尽可以存在，虽则情趣有减少的危险。所以，当"新"消灭了的时候,所余的空虚并不很易被人感觉得着,于是填空的需要也不很强了。

更能使这需要的强度降低的乃是:有一种更强了许多的,在我们的意识里更是根深蒂固的,与此需要相反的情感把它弄到失了作用了。这相反的情感是什么呢? 这就是:我们在享受上觉得需要固定,在快乐上觉得需要有常。我们虽则喜欢变化,同时我们也舍不得我们所爱的东西,我们是不能轻易离了它的。再者,也必须如此,然后生活可以维持下去;因为生活虽则不能不变,虽则生活越复杂越易受变化,但它到底是有常的而且固定的种种官能的一个系统。固然,在有些个人们的意识里,"新的需要"是达到了特别的强度的。现存的一切都不能令他们满意;他们渴望那些不可能的事物,他们希望把另一种"实在"去替代了自然界强给他们的那一种"实在"。但这些不肯改变的不满意者乃是一些病人,他们的情形里的病征恰恰足以证实刚才我们所说的话呢。

末了,我们不要忘记,这需要就本质说乃是很不确定的。它并不把我们系结于任何的确定的东西,因为其所需要的恰是世上没有的事物。所以这需要只算成立了一半;因为一种完全的需要乃是包括着两项的:要意志的一种伸张;要一个确定的对象。对象既不是从外面取得的,则除了想象所给予它的"实在"之外便没有别的"实在"了。这过程乃是一半表象的。它只寄托在意象的种种组合里,或在一种"内的诗意"里,而不在意志的实在动作里。它并不能令我们出了我们的意识之外;这只是一种"内的动摇"。这"内的动摇"要向外面找一个出路,然而还找不着。我们梦想新的感觉,但这只是一种渺茫的希望,不待结合成体已经自然地分散了。因此之故,纵使在这希望达到了最强度的时候,它并不能有确定而坚固的需要的那一种力量。原来确定而坚固的需要始终指挥着意志向同一的方面走,而且其所走的路乃是已经开得好好的。这一类的需要用命令的方式去激动意志,所以就没有摸索或讨论的余地了。

总说一句,我们不能假定进步只是烦闷的一种结果①。这分期的改进——在某几点上说乃是人类的自然里的持续的改进——只是人类在痛苦里辛辛苦苦地挣得来的一种成绩。我们绝对不能说人类甘心受了这许多劳苦仅仅为的是能够稍稍变化他们的快乐与保存那些快乐的原有的新情趣啊。

第二章　原因

一

由此看来,我们要找一个原因去解释分工的进步,就须在社会环境的某几种变迁里去找才行。这几种变迁寄托在什么上头,本书上卷所得的结论已经容许我们演绎出来了。

上文说过,在片段的结构渐渐消灭的时候,有组织的结构渐渐发达。因此,分工制也渐渐很规则地发达。所以,若片段的结构的消灭不是分工的发达的原因,则分工的发达必是片段的结构消灭的原因。但后一说是说不通的,因为我们晓得片段的安排对于分工乃是一个超越不过的障碍,若非这障碍先消灭了——至少消灭了一部分——则分工制是不会出现的。除非在片段的安排不存在的地方分工的制度才能存在。固然,分工制一存在了之后,就会催促片段的制度退步;但非待片段的制度开始了之后分工制是不能露面的。结果对于原因起反动,但它并不因此就失了"结果的资格";所以,它所施行的反动作用只是次要的罢了。由此看来,分工之发达,原因在乎社会的片段失去了若干个性,而隔离各片段的那些界墙渐渐变为可通透的了;总说一句,原因乃在乎各片段之间发生了一种连合性,把社会的资料弄得自由些,以便走进了种种新

_____

① 这是 Georges Leroy 的主张;这主张,我们只能在孔德的《实证哲学》里见到(Cours de Philosophie positive, t. IV, p449)。

的组合里去。

　　但这种模型之消灭，只靠着一个理由然后能有这个结果。因为这么一来，从前分开的个人们能相接近了，至少可以说接近的程度比前更高了；后来，社会里的诸分子互相交换动作，不像从前那样互相不生影响了。蜂房般的系统越发达，则我们每人所有的关系越被关阻在我们所属的蜂房的界限里。种种不同的片段之间自然有种种"精神上的虚空"。反过来说，这系统渐渐成为水平的时候，那些"虚空"自然渐渐被充满了。社会的生活不复集中成为互有分别而且互相类的许多小家庭的合体，却渐渐变为普遍的生活了。社会的关系——确切地说，当称为"内社会的"关系——的数目因此也变多了，因为它们超过了原始的界限而扩充到了各方面了。由此看来，个人们充分地相接触，互相发生影响，这类的个人们的数目越多，分工就越发达。如果我们赞成把这一种接近与其所生的有力的接触叫做精神的密度或力量的密度，那么，我们可以说分工的进步的直接原因乃是社会的精神或力量的密度了。

　　然而这精神上的接近必须待个人与个人的真距离减小了——无论是怎样减小法——然后能发生它的效果。所以精神的密度发达的时候，物质的密度不能不同时发达，而我们就可以用物质的密度去测量精神的密度。再者，我们用不着研究是甲密度形成了乙密度呢还是乙密度形成了甲密度；我们只须证明它们二者是不能分离的就够了。

　　在发达史的过程上，社会的累进的密度是在三个主要的方式之下产生的。

　　（一）诸下等社会所散处的空间，就它们所由成的个人们的数目言之，算是相对地很辽阔的；至于那些更进化的民族呢，他们的居处便一天一天的集中了。斯宾塞先生说："我们试把野蛮部落所居住的地方的人口，与欧洲的同一面积的地方的人口相比较；或试把英吉利七国的时代(Heptarchie,在第五、第六世纪)的人口的密度与英国今日的人口的密度相比较,我们就知道团体集合的发达是与距离的发达相随的。"①各国的工业生活里所陆续发生的种种变化已经足以表示这种改革的普遍性了。实际上,游牧之民——猎人或牧人的职业是表示一切的集中性的缺乏的,是尽量地在最辽阔的地面散布的。至于农业呢,它既然需要一种固定的生活,已经表示社会的经纬有了若干密度了,但这密度是很不完全的,因为每一家之间还有许多居中的地面②。到了西提政府时代,虽则密度大了些,但各家的房屋并不是仅隔一壁的,因为罗马的法律不承认"界墙法"的存在③。我们的地面上才有了界墙,而社会的经纬就变为更紧密了④。再说,欧洲诸社会自从原始以来,它们的密度就是继续地发达的,虽则在某几种情形之下有了暂时的退步⑤。

　　(二)城市的成立与其发达也是同一的现象的另一表征,而且这表征更是显明的了。平均密度的发达尽可以是生殖率的物质上的增加的唯一的结果,因此,也就尽可以与很弱的集中力相容,与片段的模型的十分显明的态度不相妨碍。至于城市成立的原因势必在乎个人们感觉得需要很有恒地互相尽量作密切的接触;社会收缩得比别处更紧,然后成为城市。所以如果精神上的密度不增加,则城市便不能增加,也就不能扩大。下文再说城市的聚居乃是由人民迁居而成的;若非社会片段的混合进步了,迁居怎能实现呢?

---

① Sociologie, Ⅱ,31。

② Tacite:German., ⅩⅥ。

③ 看 Accarias 的 Précis de droit romain(Ⅰ,p640)的市街地役表;参看 Fustel 的 La Cité antique(p65)。

④ 我们这样推论,并不是说密度的进步生出了种种经济上的变迁。这两种事实是互为条件的,这么一来,有了一种存在,就足以证明另一种也存在了。

⑤ V. Levasseur:La Population française,passim。

　　只要有一天社会的组织在根本上还是片段的,城市也还未能存在。在下等社会里是没有城市的;在伊洛古华与古日耳曼都找不着城市①。在意大利的原始居民也是如此。马尔嘉说:"意大利的人民在起初的时代并不居住城市,只住在家族的共区或村镇里许多田庄是散布其间的。"②但是,经过了颇短的时期之后,城市已经出现了。雅典与罗马都变了城市,而全意大利都完成了这个变迁。至于基督教的社会,在最初的时候就有了城市,因为罗马帝国亡后它的城市并不曾跟着它灭亡。自此之后,城市有加无减,而且一天比一天扩大。乡村变城市的潮流在文明社会里是很普通的③,而这潮流只是当时的趋势的下文而已。我们须知,这潮流并不从今日起:自从 17 世纪以来,一般的政治家已经关心于此了④。

　　因为社会在普通是以农业开始的缘故,人们有时候倾向于把城市中心的发达认为社会衰老的征象⑤。但我们不要忘记:社会越是属于高等模型的,则这农业时期越短,在日耳曼、在美洲的印度民族与一切原始的民族里,农业时期是与那些民族自身存在的时期一样长的,至于罗马与雅典,农业时期完得颇快;至于我们的社会呢,我们可以说始终不曾有纯粹的农业时期的存在。反过来说,城市的生活开始得较早,因此,也比较地扩张。这种发达的累进的速率足以表示它非但不是一种病的现象,而且是从高等社会的种类的自然里生出来的。由此看来,我们就假定这潮流在今日对于我们的社会中达到了可怕的面积,也许我们的社会没有充分的柔软性去与它适合了,但在这些社会里或在这些社会之后这潮流仍

① Tacite:Germ. , X VI—Sohm:Ueber die Entstehung der Städte。
② Römische Alterthümer, IV ,p3。
③ 关于这一点,看 Dumout:Depopulation et Civilisation,Paris,1890,Ch. VIII,又 OEttingen,Moralstatistik,p273 et suiv。
④ Levasseur:op. cit. ,p200。
⑤ 我似乎觉得 Tarde 先生在他的 Lois de l'imitation 里有这意见。

不免继续下去,而在我们的社会之后所成立的社会模型的特色似乎该是农业上的更快而且更完全的退步了。

(三)末了,还有交通与传达的道路的数目及其速度。它们消灭了或减小了隔离社会诸片段的那些虚空的时候,同时就发达了社会的密度。再者,我们用不着多说,大家都知道社会越是属于高等模型的,则它们的数目越多,而且越完善了。

既然这可见可量的表征反映着我们所谓精神上的密度①,那么,我们就可以用它代表了精神的密度,而用上文所提出的公式去范围它。再者,我应该把上文所说的话申说一番。社会在增加密度的时候形成了分工的发达,但后来又轮着分工的发达去增加了社会的密度。这一层我们可以不管;因为分工制总算是先由社会的密度里发源的一个事实,于是分工所经过的进步乃是由社会密度的并行进步的结果,至于社会密度的进步的原因是什么,我们尽可以不问。我们所要证明的都已经证明了。

但这原因并不是唯一的原因。

社会密度之增加所以有此结果者,因为这么一来,"内社会的"种种关系就增加了。但是,除此之外,如果社会的分子的总数变大了,"内社会的"关系岂不是更多吗?如果在个人们更密切地互相发生关系的时候,社会所包括的个人们能同时增多,其效果势必更有力量。所以社会的容积对于分工,也像社会的密度一般地有影响的。

事实上,就普通说,社会越进步,则其容积越大;申说起来,工作越分开,则社会容积越大。斯宾塞先生说:"社会也像活体一般,先由原子的形式开始,由非常细微的群体生成,末了才达到比较很大的群体。譬如在下等的种族里,先有了很小的许多群,然后从这

---

① 但有些特别的、例外的情形。在这些情形之下,物质上的密度也许不与精神上的密度完全相当。请看下文第三章我们的结论。

些群里出现更大的许多社会：这是我们没法子否认的一个结论。"①
我们上文所论的片段的组织足以证实这真理是不容批驳的了。实
际上，我们晓得那些社会是由若干片段构成的，而那些片段的面积
各各不同，而且互相包括着。然而我们须知，这些范围并非人工造
成的，尤其是在原始的时候；甚至于到了它们变成了循例的之后，
它们也尽量地模仿成重演前时的自然安排的形式。有许多旧社会
是在这形式之下维持着的。在这些分而又分的群体当中，那最大
的——即包括其他各群体的——就与那最近的下等社会模型相
当；同理，在那些群体所由成的诸片段当中，最大的几个片段乃是
那下等社会模型之下直接跟着的模型的几个影子，余可类推。我
们可以在最进步的民族里发现最原始的社会组织的遗迹②。所以
部落乃是若干群或若干族团结而成的；国家（例如犹太的国家）与
西提政府乃是若干部落团结而成的；后来轮着西提政府连合了它
所辖的许多村镇便成为更大的组合的社会里的一个元素。这么一
来，社会的容积是不会不扩大的；因为每一类的社会乃是由直接的
前一类的许多社会集合而成的。

但也有些例外。犹太的国家在征战以前，似乎比第四世纪罗
马的西提政府治下的社会的容积更大；然而它却是属于下等的种
类的。中国与俄罗斯的人口也比欧洲最文明的国家的人口多了
许多。所以若就这些民族说，社会的分工并不曾因为社会的容积
很大的缘故而发达。实际上，社会的密度若不同时按照比例而发
达，则仅仅容积的发达并不就算是高尚的表征。原来一个社会只
要包括了甚多的片段，无论那些片段的性质如何，尽可以达到很
大的面积；所以如果那些片段当中的最大的几个片段只能重演很
下等的模型的社会，那么，片段的结构仍旧是很显明的，于是社会

① Sociologie, II, p23。
② 村镇在原始的时候不过是一种固定的"族"罢了。

的组织也是很不高尚的了。由族集合而成的很大很大的一个群体甚至于比不上最小的一个有组织的社会,因为那群体所滞留的进化阶段已经被这社会超过了。同理,社会的单位的数目虽则对于分工有影响,但并非这数目自身有此影响,而且不必就有影响因为就普通说个人的数目增加的时候社会关系的数目也同时增加了。所以我们须知,若要达到这结果,社会的分子增加了还不够,必须个人们密切地接触,然后能互相发生行为上的因果。反过来说,如果他们被不通透的环境隔开了,他们就很不容易而且很少发生关系,于是一切事情发生只像在少数人的社会里罢了。由此看来,社会容积的扩大并不一定促成了分工的进步,必须待社会同时在同一限度内收缩了才行。所以我们可以说它只是一个附加的原因;但当它添上了正原因的时候,却能把它自己的作用去扩大了正原因的效力。因此我们必须把它与正原因分别清楚。

　　这么一来,我们可以设立下面的一个议论了:分工的变迁的直接原因在乎社会的密度与其容积。分工的制度在社会发达的过程中所以能继续地进步者,这因为社会的密度很有恒地增加,而且就很普通的情形说,社会的容积也扩大了。

　　固然,人们时时都很懂得这两类的事实之间是有一个关系的;因为若要各种职务更分开,先须有了更多的合作者,又先须他们互相接近,以便合作。但是,在平常的时候,人们在这社会状态里往往只看见分工的方法,却不看见分工发达的原因。于是人们把分工的发达归功于个人们对于安乐与幸福的愿望,说社会的密度与面积越大则这些愿望越容易满足。但我刚才所立的定律却与此大不相同。我并不说社会的加密与扩大容许分工更发达,只说它们需要工作更分开。这并不是分工所以实现的一种工具,却是分工的"定因"①。

但我们怎样能想象这双重的原因产生结果的时候的方式呢?

二

依照斯宾塞先生的意思,社会的容积之扩大所以能对于分工的进步有影响者,这并不因为它形成了分工的进步,只不过促成了分工的进步。这只是那现象的一个辅佐条件而已。一切同质的群体原来都是没有固定的性质的,势必变为异质的群体,至于群体的面积如何,却与此没有关系;不过,群体的面积大了些,则它们变为异质的时候就更快些、更完全些罢了。实际上,当群体里的种种不同的分子受了种种不同的力量的支配之后,才生出了这异质的状态,所以各分子越分歧,则这异质的状态越显。至于社会也是如此:"当一个共同区的人口变为繁多的时候,就分散在很大的区域上而成为一个更大的共同区,所以它的诸分子各在各的区域内生存死亡;它维持着那种种不同的诸片段在种种不同的物质上的区域里,同时,这些片段不能由它们的任务而仍旧相似了。散居的诸片段仍旧打猎、耕田;扩充而居于海滨的诸片段却从事于海上的生涯;某一个天择的地方的居民,大约是因为地点的适中,适合于做有定期的集会的缘故,就变成了一些商人,而城市便由此成立……

---

① 关于这一点,我们还可以依据孔德的主张。他说:"现在我只应该说明了我们这一类的社会的累进的密度,算是帮助支配社会趋势的实际速率的一种最后的普通元素。首先我们就很容易知道这影响——尤其是原始的时候——的作用很足以在人类的工作的全部里形成了渐渐专门的分工制,而这分工制势必少数的合作者所能胜任的。再说,这密度虽则更重大了些,然而更内藏了,更没人知道了,于是它直接地用大力去催促社会的更速的进化。其催促的方法或激使个人们努力用更妙的手段去保住他们的生活——否则他们的生活变为更艰难了——或迫使社会用一种更倔强更协助的力量去起反动,好教它能与个人们的更有力的分歧性相抵抗。无论依甲种或乙种方法,我们总可见这里的关系并不在乎个人们的数目的绝对增加,只在乎他们对于某一社会加以更有定的协助而已。" Cours de Philosophie Positive, IV, p455。

因为土地与气候有了差异，以致国中种种不同的地方的乡村的居民都有了一部分的专门的事务，甲地产牛，乙地产羊，丙地产麦，各各有了区别。"①总说一句，个人们所处的环境的歧异性能使个人们生了种种不同的能力，所以形成了他们趋向于歧异的各方面的专门事业；这专门的倾向所以跟着社会的面积发达者，因为那些外界的歧异性也同时发达的缘故。

若说个人们所从生活的种种外的条件在他们的身上留了痕迹，说这些条件既是歧异的，就能令他们超向于互相殊异，这一层乃是毫无疑义的。这殊异性固然不是与分工毫无关系的，但它是不是足以形成了分工的制度，却还是一个问题。当然，依照土地与气候的差异，此地的居民产麦，彼地产牛或产羊，这是我们所懂得的。但是，职务上的殊异并不一定像上面所举的两个例子那般地只凭着简单的几个微异之点；有时候，职务上的差别是这样截然，以致被工作分开了的个人们竟成了互有分别的人类，甚至于成了相反的人类。我们几乎要说他们在密谋互相分离，离得越远越妙似的。譬如思想的脑子与消化的胃二者之间有什么相同之点？同理，诗人整个地埋在梦里，学者整个地埋在种种研究里，工人一辈子只扭转扣针的头，农人一辈子只推着他的小车，商人一辈子只守着柜口，这些人又有什么相同之点？外的条件所变的花样虽多，其所表现的差别决不能像这般互相龃龉，因此也就不能与外的条件相当。纵使我们不把互相离得很远的职务相比较，只把同一的职务里的各种支部相比较，我们也往往绝对不能看见它们的分离是由外界的何种殊异生出来的。科学的工作一天比一天分开了。是什么气候的条件、地理的条件或甚至于社会的条件，能产生了数学家、化学家、自然科学等等学者的那样互相殊异的才艺呢？

但是，纵使在外的环境很猛烈地驱使个人们向确定的方面去

---

① Premiers Principes。

学专门的时候,这外的环境也不足以确定了这专门的作用。妇女因为身体的结构的缘故,在先天已经预定是须过一种与男子不同的生活的了;然而有些社会里的职务乃是男女一律的。做父亲的为了年纪的缘故,为了他所维持儿孙们的血统关系的缘故,他显然是应该在家庭里执行指挥的任务,因为这些任务乃是父权所寄托的。但一到了母权的家庭里,这指挥之权却不归属于他了。我们觉得家庭的诸分子各有各的职权,换句话说就是依着亲属的等级而有种种不同的职务,这似乎是很自然的事情;父亲与伯叔、兄弟与堂兄弟的权利固然不同,义务亦自不同。然而在有些家庭的模型里,凡是成年的人都有同一的任务,而且受同等的待遇,至于血统的关系如何,都可以不管。俘虏在战胜的部落里所占的地位既低,生命虽能保存,似乎被处分而负担最低的社会任务了。然而上文说过,俘虏往往是能与战胜者同化而与他们处于平等地位的。

　　这因为实际上那些殊异性虽则使分工成为可能,却并不须要分工。它们虽出世了,并不一定因此就被人利用。总之,人与人之间继续地表现着相似性,这相异性已经不算一回事了;这只是稍为明显的一个萌芽罢了。若要从此生出了活动力的特别化,先须它们发达了而且有了组织才行,而这种发达显然有其他的原因,不仅仅靠着外的条件的变化。但斯宾塞先生说,事情是自然会发生的,因为它所走的路途很少抵抗力,而自然的一切力量都勇不可当地向此方面进行。当然,如果人类趋向专门,势必向那些殊异性所指定的方面走去,因为这么一来,他们的劳苦可以少些,利益可以多些。但他们为什么趋向专门呢?是什么确定了他们,使他们倾向于互有分别的一方面呢?关于将来进化的样法,斯宾塞先生解释得很清楚了;但他并不曾说什么是进化的动机。老实说,在他看来,这是不成问题的。实际上,他假定了幸福是跟着工作的生产力发达的。由此说来,每逢出现了一个新方法,能把工作更分开的时候,在他的意思,我们是不能不忙着利用那个方法的。其实如果我们不觉得需要那方法,则它在我们看来就毫无价值。文明人所学得希望的一切这些出产品,在初民看来,并不觉得是需要,然而工作上的更复杂的一种组织的结果恰恰供给了人们这些出产品;所以,如果我们不知道这些新需要是怎样成立了的,我们怎能懂得分工的发达是从哪里来的呢?

三

虽则在社会的容积与密度渐渐增加的时候工作也渐渐分开,然而这并非因为社会的外的环境的变化更多,却只因为"生活的奋斗"更热烈了。

达尔文观察得很对:两个机体越相类似,则它们的竞争越烈。有了同一的需要,追求同一的对象,所以它们处处觉得互成仇敌。在它们的财富超过了它们的时候,它们还可以相傍着过生活;但如果它们的数目增加得太厉害了,一切的欲望不能充分地满足,则战争不免爆发,而且这不满足的状态越显明,换句话说就是竞争者的数目越多,则战争越剧烈。如果共同生活的个人们的种类不同变化不同,则情形也就大不相同了。他们既然不由同一的样法赡养自己,既然不过同类的生活,所以他们并不互相妨碍;某甲所赖以昌盛的,却是某乙所认为无价值的。这么一来相逢的机会减少,冲突的机会也跟着减少;而且种类或变化越不同,则冲突越容易避免。达尔文说:"在一个幅员很小的地方,任人来居,因此,个人与个人之间之竞争该是很剧烈的;然而我们在居住那地方的各种类里一定看得出一种很大的殊异性。我曾经注意到:某地面四尺之中有三尺是生草的,经历了许多年代,而生活总是在同样的条件之下,然而这地方能滋养二十种类的植物,是属于十八小类,八大类的。即此可见这些植物是互相很有差别的了。"[1]再者,人人都曾经

---

[1]　Origine des espèces, p131。

注意到,在同一的田地里,稻麦的旁边尽可以生长许多不良的草。说到动物,也是在越相殊异的时候越能免于竞争的。在一棵橡树之上,我们甚至于可以找着两百类的昆虫,它们相互的关系只像好邻居一般。这一类以橡实为养料,这一类以橡叶为养料,其他或食树皮,或食树根。哈克加尔说:"假使它们都属于同一的种类,都以损害树皮或损害树叶为生,那么,这样多的个体决不能在这树上生活的。"[①]同理,在机体的内部,种种不同的经纬所以减少了竞争力者,恰因它们以种种不同的原质为养料的缘故。

人类也是受同样的定律支配的。在同一的城市里,种种不同的职业可以共同存在,并不一定互相损害,因为它们所追求的对象也是互有分别的。军人追求军事上的光荣,教士追求道德上的威信,政治家追求权力,工业家追求财富,学者追求科学上的名誉;所以各人尽可以达到他的目的而不至于妨碍别人达到他们的目的。纵使在各职务尚未十分互相远离的时候,事情也是如此的。眼科医生不与医精神病者相竞争,而鞋商之与帽商,泥匠之与木匠,生理学家之与化学家,也无竞争的必要。他们所效的劳既是互有分别的,他们就可以并行效劳了。

话虽如此说,各种职务越相接近,则接触点越多,于是它们就有互相冲突的危险。在这情形之下,它们既由种种不同的方法去满足那些互相类似的需要,那么,它们多少总不免倾向于互相霸占。譬如官吏是永远不与工业家竞争的;至于制啤酒的与种葡萄的,制呢绒的与制绸缎的,诗人与音乐家,就往往力求互相抢夺地位了。说到在同一的职务里尽职的人们,他们若非损害别人,就不能昌盛了。由此看来,如果我们想象这些种种不同的职务乃是多枝的形式的,是同出于一个根本的,我们就可说树梢上的冲突到了最低限度,然而渐近中央,则冲突渐大。这种情形,非但在每一城

① Histoire de la création naturelle, p240。

王力译文集

市的内部是如此，而且社会的全范围内也是如此。在种种不同的地域上的相似的各职业乃是互相竞争的，它们越相似，则竞争越烈，不过还须交通上与转运上没有难关，不致缩短了它们的活动力的范围才行。

明白了这一层，我们就容易懂得社会的群体的一切密度之增加势必形成了分工的进步，尤其是在人口之发达跟着密度之增加的时候。

实际上我们可以想象一个工业中心点把一种特别出产品赡养国内的某一地域其所能达到的发达程度是受双重的限制的：首先是受其所该满足的需要的范围的限制，或称受商场的限制；其次是受其所能有的生产方法的力量的限制。就平常说，其所出产的必不超过需要，尤其是不超过它的能力。但它虽则不能超过了那受了这样限制的一个界线，它总努力要达到这界线，因为凡是一种力量，只要没有什么阻止着它的时候，它就会用全力去发展，这乃是自然的定律。一达到了那界线之后，它就适合了它那些外的条件；于是他处在平衡的地位，如果什么都不变，它也就不能变的。

但是，譬如有一个地方，自古是对于中央独立的，后来有了一种交通的道路把距离缩短了一部分，它就与中央连系着了。同时，限制它的力量前进的种种界墙中之一种已经降低了，至少可以说是退后了；商场扩大了，其所该满足的需要也增多了。固然，假使它所包括的一切种种的特别企业已经实现到了其所能达的最高的生产程度，那么，它既然没法子更扩张，诸事只好仍旧是原有的状态了。不过，这样的一个条件乃是纯然理想的。其实多少总不免有若干企业是不曾达到它们的界线的，于是它们还有它们的速率，可以再去远些。它们的前面既然还有空旷的地方，它们势必力求散布而且充满了那地方。如果这些企业还遇着些相似的企业是足与它们抵抗的，那么，那些企业就包括了这些企业而互相界限着，于是它们的互相关系并没变更。固然，竞争者增加了；但他们既分有了更大的商场,则双方的壁垒所占的部分仍旧是一样的。然而如果有些企业是有卑下的表现的,那么,它们势必让出了它们从来所占的地盘,因为在新的竞争里需要许多新的条件,而它们不复能在新的条件里维持着了。于是它们不能怎样,只能消灭,或改革,而这改革势必应该达到一种新的专门才行。因为假使那些弱者不即刻创造另一种专门的事业,而宁愿采用另一种已经存在的职业,那么,他们岂不是又须与那些本来执行这职务的人们竞争吗?这么一来,竞争并不停止,只不过换了地点,而在另几点上产生它的种种结果罢了。到了最后,岂不又须在某一点上有了淘汰或新的分别吗?我用不着多说,大家都知道如果社会在实际上增加了分子的时候,诸分子同时更互相接近,则竞争必更剧烈,而其所产生的专门必更迅速而且完全了。

从另一方面说,在社会的组织还是由片段而成的时候,每一片段各有它自己的种种器官是受它保护的,同时又由分隔各片段的那些界墙隔断了这些器官与其他类似的器官的关系。但在那些界墙渐渐消灭的时候,那些相类似的器官就不免渐渐互相接触,互相竞争,力求互相替代了。然而我们须知,无论是怎样替代法,在专门的道路上总会有多少进步的。一则因为那“胜利”的片段器官如果要能胜任此后的更大的工作,必须靠着更大的分工才行;二则那些“被战胜者”如果要能自己维持,就非把它们的力量集中于它们从前所任的全职务之中的一部分上不可。譬如小老板变为工头,小商人变为商店职员,等等。再说,这部分是可以随着那卑下性而变的;卑下性越显明,则这部分可以变为更大。有时候,初民的职务竟仅仅分解为同样重要的两部分。这相类似的两大企业并不竞争,却因分任了它们共同的工作而复得它们的平衡状态;它们也不互相附属,却只是互相关系的。但无论在什么情形之下,总有些新的专门事业出现的。

上面的诸例子虽则是从经济生活里借来的,然而这一种解释却可以适用于一切种种的社会职务而没有什么分别。科学上的工作与艺术上的工作等等,其所以分开的样法与理由都与此相同。如上文所说,中央的支配机关还是靠着这理由去把带地方性的诸支配器官吸收在自己身上而把它们贬在专门的辅佐的任务上头呢。

从这一切种种的变化里能不能生出平均幸福的发达呢? 若说是能够的,我们就看不出幸福的原因了。竞争的态度更大,则更惹起了新的而且艰辛的努力,而这些艰辛的努力乃是不能令人类更幸福的。一切的经过虽是机械地过去了的。社会的群体的平衡一断了,就有许多冲突发生,若非有更发达的一种分工,则这些新冲突就没法子解决:这乃是进步的动机。至于说到种种外的环境,说到承继权的组织的种种变迁呢,这好像土地之倾斜形成了流水的趋向,而流水却不是由土地之倾斜而成;同理,外的环境表示专门事业遇必需时所趋的方向,而专门的事业却不是外的环境所需求的。假使我们不是为着应付种种新的困难,迫不得已而把个人们的差异性表显而且发达,那么,外的环境所产生的个人们的差异性就仅在可能的状态里罢了。

由此看来,分工乃是为生活而竞争的一个结果:但它也是缓和了的一个收场。实际上,幸亏有了它,敌人们才不至于不得已而互相淘汰,而且他们还能在一块儿共同生存。在那些相似性更大的社会里,有许多个人们是预定须受淘汰了的,幸亏分工制渐渐发达,就给予这些个人们好些自保与图存的方法。在许多下等民族里,如果一个有机体一出世就坏了的,势必不免于灭亡;因为无论哪一种任务他都不能胜任。有时候,顺着天择的结果,法律竟把残废或孱弱的婴儿处死,而亚里士多德自己也觉得这习俗乃是自然的[1]。至于那些更进步的社会里就大不相同了。一个孱弱的个人

---

[1]　Politique, Ⅳ(Ⅶ), 16, 1335b, p20 et suiv。

尽可以在我们的社会组织上的复杂的许多范围里找着一个位置乃是他所能于中效劳的。如果他只有身体是弱的而脑子还是健全的,那么,他可以在局所里办事,或担任些劳心的职务。如果他只有脑子是弱的,"他自然应该放弃了智识界的大竞争;但社会在它的许多次要的蜂房里还剩有颇小的一些位置给他,不让他被淘汰了的"①。同理,在初民的部落里,被战胜的仇人是被处死的;但凡在工业上的职务与军事上的职务分离了的地方,则俘虏能与胜利者一块儿生存,不过是奴隶的资格罢了。

此外还有许多环境是种种不同的职务所能于中竞争的,譬如在个人的机体里,在许久未进食物之后,神经系就损害其他诸器官以自滋养;又譬如脑的活动力发达得太厉害了,也会发生这种现象的。在一个社会里也是如此。在饥荒的时候或经济恐慌的时候,生活必需的那些职务为着自保起见,不得不从那些不很主要的职务里去求供给。奢侈品的工业就危险了,这因为公众的财富的一部分从前是维持奢侈品的,而现在却被食物的工业或其他首要的物品吸收去了。又有些时候一个机体达到了变态的活动力的某一程度是与需要不相称的,于是它因为这过度的发达惹起了不少的耗费,若要补救这些耗费,就不得不在别的地方取偿了。例如有些社会里的公家职员太多了,或兵士太多了,或军官太多了,或居间人太多了,或教士太多了等等;其他的职业就不免受这"剩余病"的损害了。但这一切种种情形都是病态的;这因为机体的营养是不规则的,或因官能的平衡性断绝了的缘故。

然而一种非难又来了:

一种工业如果不能适应多少需要,就不能存在。一种职务如果要变为更专门的,也就先须这专门的职务与社会上若干需要相当。然而我们须知,一切新的专门事业的结果都在乎增加生产与

①　Bordier:Vie des Sociétés,p45。

改良生产。这种利益虽则不是分工的生存的理由，却是分工的必然的结果。由此看来，一种进步的成立如果要是永久的，就先须个人们真正地感觉得需要更多而且更好的出产物的才行。譬如在转运事业不曾成立的时候，人人都各尽所能以求转运，于是大家都在这状态之下生活惯了。后来转运所以能成为一种专门事业者，势必因为人们已经不复满意于其从前所满意的，大家变为更苛求的了。然而这些新的苛求又是从哪里来的呢？

实际上，分工的进化所由形成的原因恰就是这些新苛求的原因。刚才我已经说过，分工的进化的原因在乎竞争更热烈。然而我们须知，更剧烈的一种竞争势必与一种更发展的力量相伴而行，于是也不能不受更大的劳苦。但若要生命能够自保，必须所补与所耗成正比例才行。所以从前足以滋补有机体的平衡性的那些食物，此后却不足以滋补了。从今以后，需要更多而且更好的滋养料了。譬如一个农夫，他的工作比不上城市的工人的工作辛苦，所以他的滋养料虽则比较地少些坏些，也一样地能够支持。至于城市的工人吗，他们是不能满足于蔬食的；甚至在这些条件之下也还不行，那持续而强烈的工作天天在他的机体里造成了耗费的超过额，他尽管怎样滋养，还不足以抵偿呢[1]。

再说，尤其是中央的神经系受这承一切种种的耗费[2]；因为若要寻找竞争的方法，若要创造新的专门事业，若要使这些事业成为习惯，都非用脑子去筹划不可。就普通说，环境越容易变化，则智慧在生活里所占的部分越大；因为在一种平衡性不停止地断绝的时候，只有智慧能替它找得一些新的条件去把它补救。由此看来，脑的生活的发达与竞争变为剧烈是同时的，而且是同限度的。我们非但在社会的精英里可以证明这种并行的进步，而且在社会的一切诸阶级里都可以证明。在这一点，我们也只消把工人与农夫

---

[1] Bordier：Op. cit. , p166 et suiv。

[2] Féré：Dégénérescence et Criminalité, p88。

相比;谁都承认工人是比较地聪明了许多的,虽则他们往往置身于带机械性的种种工作。再者,我们怪不得精神上的种种病症与文化并驱,也怪不得这些病症喜欢在城市猖獗而不很在乡村施威,甚至于较大的城市也比较小的城市受祸更烈①。我们须知,一个广大的脑筋比之一个粗浅的脑筋更有其他的要求,譬如有些痛苦与捐舍,是粗浅的脑筋所感觉不着的,却能很痛苦地摇撼那广大的脑筋。同理,须有比较地不很简单的刺激物然后能愉快地影响及于这由粗浅变为细致的器官,而且刺激物的数量也须增加,因为这器官同时也发达了。总之,纯然智识上的需要之发达是比其他一切的需要更其的②;更受训练的心灵,不是粗浅的解释所能满足的了。人们要求许多新的阐明了,而学问在满足人们的心灵的时候同时还滋养着那求新的愿望呢。

　　由此看来,一切这些变化都是从一些必然的原因里很机械地生出来的。我们的智慧与我们的感受性所以发达而且自砺者,这因为我们更把它们练习着;而我们所以更把它们练习者,因为我们所需的竞争更加剧烈,以致我们不得不如此。因此之故,人类不知不觉地已经能够接受一种更强而且花样更多的教化了。

　　但是,假使没有另一种原因来干预,则这唯一的先天还没法子生出那自求满足的种种方法来,因为它只能成立一种享受的禀性,而依照邦先生的观察,"仅有种种的享受禀性不必就能引起愿望。我们尽可以一出世就有在音乐、图画、科学里找快乐的禀性,但我们尽可以不希望取得这快乐,如果有人始终妨碍着我们的话"③。甚至在我们被一种甚强的"承继遗产的冲动"驱使我们走向某一件东西的时候,我们必须待至我们与那东西发生了关系之后才能希望取得它。青春期的人们,如果他们从来不曾听见人家说起性的关系与

①　看 Dictionnaire encyclopédique des Sciences médicales 里的 alienation mentale 一条。
②　纯然智识上或学问上的生活的发达还有另一个原因,须待下章再说。
③　Emotions et Volonté p419。

性交所生的快乐，那么，他们尽可以只得到一种模糊的而且莫名其妙的不安状态；他们尽可以觉得欠缺了些什么似的，却不晓得所欠缺的是什么，因此他们就没有纯粹的性的欲望了；这么一来，这些不确定的愿望尽可以很容易地拐曲了它们的平常的方向而移变了它们的自然的目标。但是，恰在人类能玩味那些新的享乐而且不知不觉地把它们唤来的时候，就觉得那些享乐乃是他们的能力所及的，因为分工同时发达了，于是分工制就把那些享乐供给他们。在事前并没有一点儿的谐和成立，然而这两类的事实却相遇着，这只因为它们乃是同一的原因所生的两种结果罢了。

我们试想一想这两类的事实是怎样相遇的。新的情趣已经足以驱使人类去实验那些快乐了。那些新的刺激物是那样充裕，那样复杂，令人们觉得从前所满意的一切事物都成为无价值的，所以他们竟是自然地被新事物的引诱的呢。再者，在未尝试以前，人们尽可以在精神上先去迎合，而且，实际上，那些刺激物既与人类的体质中所有的变化相当，所以人们预先觉得能与它们相适宜了。后来又有经验来证实了这种预觉；睡着的需要也醒来了，确定了，自己认识了，自己组织起来了。我并不是说这种整顿在一切情形之下都是完善的；也不是说由分工的新进步生出来的新产物常与我们的自然里的真需要相当。恰恰相反，我们似乎觉得需要之养成往往只因人们对于需要所关的一件东西养成了习惯。这东西本来不是必需的，也不是有用的；但是人们既然做了许多次的实验，养成了很深的习惯，再也不能放弃了。纯然机械的原因所生的谐和永远只能是不完善的而且只能是相接近的；但这谐和已经足以维持普通的秩序了。分工的情形就是如此的。分工所有的进步乃是——我不说在一切情形之下，只就普通说——与人类所发生的变化相谐和的，因此，分工的进步就能持续下去了。

但是，再说一次，我们并不因此就更幸福。固然，那些需要一被激发了之后，如果不得满足，就不免有痛苦。但我们的幸福并不因需要被激发了而就大了些。从前我们所测量与我们的快乐相当的强度的时候所下的标点已经移动了；这么一来，一切的分度标准都有了变动。但这快乐的变动并不表现一种发达的现象。环境既不是从前的环境了，我们不得不变化以求适应环境，而这些变化更形成了我们享福的样法里其他种种的变化；但所谓变化未必就是所谓进步啊。

所以在我们的眼光看来，分工更有另一种外观，为其他经济学家所见不到的。在他们的意思，分工的主要原因只在乎生产增加。在我们的意思，这更大的生产力仅仅是一种必然的结果，是分工现象的一种反响。我们所以趋向专门者，并不为的是增加生产，却只为的是能在我们所遇的"生活上的种种新条件"里生存而已。

四

我现在对于上文下一个总结论：分工的制度只能在已经成立了的一个社会里的诸分子之间实施。

实际上，如果独立的个人们互相不生关系，则其间所生的竞争仅足以把他们隔开更远。如果他们能自由地应用空间，他们就互相逃避；如果他们不能走出了确定的界限之外，他们就互相殊异，而且越相殊异则他们越显得独立了。无论在什么情形之下，我们不能说纯粹仇敌的关系不待任何另一种原因而能变为社会关系的。譬如动植物的同种的诸个体之间就普通说是没有任何关系的，所以每次战争的结果只能使它们更相殊异，只能生出种种不同的花样以致它们相离更远。这渐进的分离就是达尔文所谓"个性分歧律"。然而我们须知，分工的制度能使人们相反亦复相连；能使其所歧异的种种活动力集中，能使其所分离的人们相接近。既然竞争不能形成了这接近状态，所以这状态必是在竞争之前就有了的；而竞争的个人们也必在事前就发生了连带关系而且感觉到了这连带关系，换句话说就是隶属于同一的社会。因此之故，如果在这连带关系的感觉太弱,不足以抵抗竞争的"拆散力"的时候,竞争所生的结果就与分工所生的结果大不相同了。有些国家因为人口的密度太高、生活太艰难的缘故,居民们非但不能趋向专门事业,而且永远地或暂时地退出了他们的社会,移到别的地方居住去了。

再者,我们只须想象分工是怎样的,就可以懂得事情是不能不如此的了。实际上,分工即是把从前共同的种种职务分担。但这职务的分配是不能依照一种预定的计划去实施的;我们不能预先就说在工作一分开了之后甲种工作与乙种工作之间的界限该在什么地方;原来在事物的自然里并不是这样显然有界限的,却须视许多光景而定。由此看来,工作必是自己分开的,而且是渐进地分开的。所以在这些情形之下若要一种职务确切地能分为互相补足的两部分,——这是分工的性质所要求的,——必须那分了门类的两部分当在这分解的时期内互相有恒久的交通才行;此外更无另一方法可以使甲方接受乙方所放弃的动作而使它们互相适合的。然而我们须知,在下等动物的集体里,那些在同一持续的经纬上的一切分子成立了一个个体,同理,那些互相发生持续的关系的一切个人们所成的集体者就形成了一个社会。在这一点上,我非但要说个人们在物质上应该互相连系着,而且在精神上也须有关系的。先说,仅仅有了物质上的持续性,这一类的关系就可以发生,只须那持续性是恒久的就行了;但这些关系乃是直接地必要的,假使在摸索的初期,种种关系开始成立的时候不曾受任何规律的支配,假使没有任何权力去节制个人利益上的种种冲突,那么,岂不成了一堆乱麻吗?还能生得出任何的新秩序来吗?固然,人们想象一切事情都是因私人的协议与自由的磋商而成的;似乎一切的社会作用都与此无关了。但是人们忘记了一层:如果不先有了一种裁判上的规定——申说起来,如果不先有了社会,那么,各种契约还是可能的吗?

　　所以人们有时候在分工里看见了社会的全生活的基本事实，这乃是不对的。若说那些已经分了门类的而且独立的个人们连合起来，成了会社，以求把种种不同的能力合在一块儿应用，而工作因此就分开，这也是不对的。各种殊异点既是从偶然的光景里生出来的，它们如果能如此确定地吻合而成为粘连的整体，岂不是灵异的事情？我们须知，它们并不是在团体生活之前就存在的，却是从团体生活里发源的。若非在社会里，若非有种种的社会需要与社会情感迫促它们，它们就不能发生；这么一来，所以它们根本上是谐和的。由此看来，在一切分工之外还有一种社会生活，但必须先有那种生活然后能有分工。实际上，关于这一层，我们在上文已经证明了：上文说过，世上有些社会的黏合力根本上是从共同的信仰与共同的情感里生出来的；而从这些社会里却生出了分工制所能保持其一致性的那些社会。上卷的诸结论与刚才的诸结论都可以互相阐发，互相证实。生理学上的分工的本身也是受一种定律的支配的。这定律乃是：必须先有了带有某种黏合力的许多众胞类的群体，然后分工才能实现。

　　在许多理论家的意思，一切的社会是根本寄托在合作之上的：他们以为这是显然的真理了。斯宾塞先生说："一个社会——依科学上的字义说——若非在个人们相挨排了之后加上了合作就不成其为社会的。"[1]然而刚才我们看见这所谓真理恰恰是真理的反面。倒是孔德所说的话不错，他说："合作并不能生出社会来；恰恰相反，必须社会自然而然地成立了之后合作才能发生呢。"[2]这才是显然的真理。能使人们互相接近的乃是一些机械的原因与一些自然冲动的力量，譬如血统的爱力、恋土的观念、祖先的崇拜、习惯的共同，等等。等到团体在这些基础上成立了之后，合作才有了组织。

　　而且原始的时候所能发生的合作是那样时断时续，又是那样

---

①　Sociologie，Ⅲ，p331。

②　Cours de：Philosophie positive，Ⅳ，p421。

弱，所以社会生活假使没有别的源泉，则生活的本身也会没有力量，没有持续性。还有一个更有力的理由：分工所生的复杂的合作乃是一种后来的而且拐了弯的现象。当群体成立了之后，许多"体内的动作"才能发达，而合作才能发生。固然，它一出现了之后，就把种种社会关系纽得更紧，使社会成为更完全的个体。但没有这整体以前必先有了另一整体，然后这整体替代了那整体。若要社会诸单位能趋向于殊异，先须它们呈现许多相似性以致它们互相吸引、互相团结才行。这改革的步骤非但在原始时代可以观察得到，就在进化的每一时期也可以观察得到的。实际上，我们晓得上等社会是由同一模型的许多下等社会连合而成的：先须那些下等社会混合在唯一而且同一的团体意识里，然后殊异的进程才能够开始或再开始。所以，更复杂的机体乃是由简单的而且互相类似的许多机体重复而成的，而那些简单的机体非待团结了之后是不会互相殊异的。总说一句，团结与合作乃是截然分明的两件事；合作虽则在发达的时候对团结起反动作用而改革了团结的形式，虽则人类的社会渐渐变为合作者的团体，但这两个现象的二元性并不因此消灭了的。

这重要的真理所以不为实利主义家所认识者，这乃是他们在思维社会的原始的时候所弄成的谬误。他们假定原始的个人们是独立的，是不相连属的，因此，若要互相发生关系，就非先合作不可；因为除此之外他们没有其他的理由去超越了那隔离他们的空间以求团结起来。但这理论虽则很流行，却不免是凭空立论。

实际上，这理论乃在乎从个人演绎出社会来；然而我们须知，在我们所知道的一切当中，没有什么容许我们相信这样一个纯任自然的世代是可能的。斯宾塞先生也承认：若要社会能在这假定里成立，必须初民里的诸单位"从完全的独立状态度过了互相连属的状态才行"①。但究竟是什么东西能形成了这样完全的一种改革呢？是因为人们预先看见了社会生活的利益吗？然而社会生活的利益已被失了独立状态的害处抵消了，因为就那些本性是爱自由与孤独的生活的人们看来，失了独立的自由乃是很大的牺牲，是最难堪的。再说，在最初的社会模型里，这牺牲乃是最绝对的，因为无论何时都比不上那时候的个人被社会完全吸收了。人们假定人类一出世就是个人主义者，依此说来，这样的一种生活是很剧烈地违反了个人们的基本倾向的，叫他们怎能忍受呢？他们想了一想失了自由的生活以后的前途，比了一比那尚在可疑的合作上的利益，岂不会趑趄不前吗？依人们的想象，当初乃是自治的个性的时代，但从自治的个性里所生出来还不免是个性的东西，因此，合作的本身既是社会的事实，既是受社会的规律所支配的，怎能从此生出来呢？譬如一个心理学家开始就把自己关闭在自我里面，此后就不能出来再找着非我了。

　　团体生活不是从个人生活里生出来的，倒是个人生活从团体生活里生出来。在这条件之下，我们才可以解释为什么那些社会的单位的个体能够成立，能够扩大，同时又不致解散了社会。实际上，在这情形之下，各单位的个性在"前存的"社会环境里酝酿着，地势必带有社会的表征；它既与团体发生了连带关系，所以在它成立的时候就不至于破坏了团体了。它一面挣脱了团体的拘束，同时又与团体适合。这已经不是游牧时代的绝对个性了；游牧时代的个性可以自足，可以离开了社会里其余的个体；至于一个器官或器官的一部分的个性就不相同了，它有确定的职务，但它如果离开了机体里其余的器官，就有死亡的危险了。在这些条件之下，合作非但变为可能的，而且是必然的了。由此看来，那些实利主义者竟把事实的自然次序颠倒了，而这种颠倒法实在令人诧异；原来世上

――――――――――

① Sociologie，Ⅲ，p332。

有一种普通的真理的特征乃是：先到我们的认识里的恰是后到实体里的。恰因合作是最近的事实，所以它就先被我们看见。如果我们也像普通的意见，只注重于外观，就不免在那些外观里看见社会的道德生活上的为首的事实了。

但合作虽不是道德的全部，我们却也不能像许多伦理学家一般地把它放在道德的外面去。原来那就唯心论者也恰像那些实利主义者一般地完全把它寄托在经济关系的系统上，但这乃是私人的妥协，自私主义乃是其中唯一的动机。其实道德生活从这一切种种关系里流过，它本身就是它们形成了的，因为假使在它酝酿的时候没有种种社会情感——申说就是道德情感——主持着，那么，它也就不能存在了。

然人们还会反对国际的分工，以为至少在这情形下那些分工的个人们不是属于同一社会的——这似乎是显然的事实。但我们不要忘记：一个团体在一方面固然保有它的个性，同时又可以被更大的一个团体包含着，而那大团体乃是可以包含同类的许多团体的。我们可以肯定说一个职务——经济上的或其他的——若要在两个社会之间分开，必须这两个社会先在某几点上分受了共同的生活，申说起来就是属于同一的社会才行。假定这两种团体意识不是在某一点上有了同一的基础的，那么，我们就不明白这两个群体怎样能有那必要的持续的关系，也不明白其中的一个群体能将它的种种职务当中之一种放弃给了另一个群体了。若要一个民族让另一个民族羼入，先须它不再把自己关闭在绝对的国家主义里，而信仰一种更能包容的国家主义才行。

再者，在历史上，国际分工的最显而易见的例子里，我们还可以观察得这些事实的关系。实际上，我们可以说，除了在欧洲，除了在现代，国际的分工并未真正地发生过。我们须知，只在前世纪的后期与本世纪的初期，欧洲各社会的一种共同意识才开始成立。苏烈尔先生说："有一种成见是应该改革的。这成见乃是：人们想

象旧制度之下的欧洲乃是很规则地成立了的一个国家合体,而在
这合体里,每国依照众人所承认的原理去行事,由对于已成的法律
的敬意去支配那些协约,去指示那些条款,由良心去指挥契约的实
施,由对于帝制上的连带性的感觉合着公众秩序的维持去保证王
侯们所缔结的条约的恒久性……现在的欧洲里,每人的权利是由
大家的义务里生出来的,这是旧制度之下的政治家所不知道的,所
以必须有了从古未有的二十余年的一场大战,然后能使他们有了
这种概念而且知道了这种需要。在维也纳会议与后来诸会议里大
家才作欧洲初次组织的一种尝试,这尝试只算一种进步,却不是复
古。"①反过来说,一切的狭隘的国家主义的复兴,其结果总不免促
成了保护的精神的发达,换句话说就是那些民族无论在经济上或
道德上都倾向于互相分离了。

    但是,如果在某几种情形之下,有些民族相互间并没任何关
系,有时候甚至相视如仇②,然而他们还颇有规则地交换许多物产,
那么,我们只应该把这些事实看做"交换主义",与分工完全没有关
系③。为什么呢? 原来这些不相同的机体恰有一些所有物是可以
互相补充而有利益的,却不一定因此就有了职务上的分工啊④。

————————————

① L'Europe et la Rèvolution française,Ⅰ,p9 et 10。

② Kulischer:Der Handel auf den primitiven Culturstufen(Ztschr. f. Völkerpsychologie,Ⅹ, 1877. p378),et Schrader:Linguistisch-historisch Forschungen Zur Handels-geschichte. (Iena,1886)。

③ 固然,交换主义之发生,往往是在种类不相同的个人们之间,但那现象总不免会完全相同的,纵使在同一种类的个人相互间也是如此(关于交换主义,看 Espinas:Socciètès:animales,et Giraud:Les Sociètès chez les animaux)。

④ 末了,我要唤起大家的注意:在这一章里,我仅仅研究了分工为什么往往是渐进的,同时说明了这进步的定因。但有一层也是很可能的:在某一特别的社会里,虽则片段的模型还很显明,而某一种分工的制度——尤其是经济上的分工——尽可以是很发达的。我很觉得英国就是这种情形。英国的大工业与大商业似乎比之全洲是一样地发达的,然而蜂房般的系统在英国还很显明,其地方生活的自主与传说所保存的权威都可为证(这事实的病态的价值待下章再加说明)。

原来分工既是有来源的次等现象——上文已经说明了，所以只在社会生活的表面上经过，尤其是在经济上的分工里真有这种情形。它是与皮肤相并的。然而我们须知，在一切的机体里，种种浮面的现象恰因浮面的缘故就更容易受外的原因的影响，纵使在那机体所属的种种内的原因不受变更的时候也是如此。这样一来，随便一种光景就足以惹起一个民族的对于物质享受的一种热烈的需要，于是不必待社会的结构改变了许多，经济上的分工已经发达了。模仿的精神与更精到的一种文化关系皆足以产生这结果。譬如妥协既是最顶上的一部分，申说就是意识的最表面，尽可以很容易地受外的影响——例如教育，而精神生活的最深处并不因此受了影响。人们因此创造了许多很充分的智慧以求保证成功，然而这些智慧却是没有深根的。所以这一类的才艺乃是不能遗传的。

这一个比较可以证明我们不应该根据文化的状态——尤其是经济上的文化——去判定某社会在社会等级上所处的地位；因为经济上的文化尽可以是一种模仿，还隐藏着下等社会的结构。这情形固然是例外的；然而世上总还有这情形。

只在这些遭遇里，社会的物质上的密度不很能确切地表现道德上的密度的状态。由此看来，就最普通的情形说，我在上文所立的原理乃是很真确的，这已经足为证据了。

第三章　副因

——共同意识之渐不确定与其种种原因

本书的前半已经说过，在分工渐渐发达的时候，团体意识就渐渐变为更弱的、更模糊的了。甚至于因为有了这渐不确定的状态之后，分工的制度才变为连带性的主要源泉。这两种现象既然在这一点上发生了关系，那么，我们若在这退步的状态里寻觅种种的原因，并不是没有用处的事情。固然，在我们令人注意到退步是怎样有规则的时候,我们已经直接地证明了这退步的状态一定与社会进化的几个基本条件有关系了。但是,假使我们能发见那些条件是什么,则本书上卷的结论岂不是更不容反驳的了吗?

再说,这问题与我们此刻研究的问题是有连带关系的。刚才我已经说过,分工所以进步的原因乃在乎社会的诸单位互相施用的压力更强,以致迫得它们一天比一天向更歧异的方面发展。但那一种压力时时刻刻被另一种相反的压力弄弱了,而这另一种的压力就是共同意识所施于各个人意识的。在甲种压力驱使我们倾向于我们的自然的斜陂的时候,乙种压力却挽住了我们,妨碍我们离开了团体模型。再从另一方面说,若要分工制能发生而且扩大,并不是个人们的身上有了专门的能力的种子就够了的,而且还须他们能有个别的变化才行。然而我们须知,在团体意识里有了某种确定的而且强烈的状态与那些变化作用相反的时候,则个别变化是不能发生的;因为一种状态越强烈,越足以抵抗那"能弄弱它的一切";越确定,越不让个人有变化的余地。所以我们可以预料到了那共同意识更有生活力与确定性的时候,分工的制度就更难进步。反过来说,个人越容易与自己的环境相谐和,则分工的进步越快;但若要达到这地步,单靠这环境存在还不够,还须每个人有适应环境的自由。换句话说就是,纵使在全团体不与他同时间同方向进行的时候,他也能独立地进行。但是,我们晓得,机械的连带性越发达,个人们所固有的动作就越少了。

我们若要能够直接地观察共同意识所施于分工制度的那一种减弱力,例子就多得很。只要有一天的法律与风俗还严格地禁止变卖或分割不动产,则分工制度出世所必需的条件还不曾发生。每一家庭形成了很密的一个群体;而且一切的家族都从事于同一的事务,都力求扩充遗产。在斯拉夫民族里,萨特鲁加的人发达到了那样的程度,以致他们的穷苦也到了极点;但他们的家族观念既是那样强烈,所以他们往往继续地在一块儿生活,并不到外边去像渔人或商人一般地谋一些特别的职业。又另有一些社会的分工制度是更进步了些的,但每一阶级还有一些确定的而且始终不变的职务,是永远不受革新的。在别处,也有许多种类的职业是正式地禁止公民们接近的。在希腊①、罗马②,工业与商业乃是被人轻视的生涯;在加比尔民族里,有些技艺——例如屠夫、鞋匠等——也受舆论的羞辱③。由此看来,专门的事业是不能向这些种种不同的方面发展的了。末了,就说到经济生活已经发达到了某种地步的民族,例如欧洲的旧式的同业组合时代,各种职务规定得那样严,所以分工也不能进步。总之,凡在人人不得不用同一的方式去制造物品的时候,个人的一切变化都是不可能的④。

在社会的"表象生活"里也有这样的现象。宗教乃是共同意识的高超的形式,它在原始的时候把一切种种"表象的职务"与实际的职务一齐吸收了。直等到有了哲学出现之后表象的职务才与实际的职务分开。然而我们须知,必须宗教先丧失一些权威,然后哲学才是可能的。这想象事物的新方式与团体的意见是相冲突的。人们有时候说宗教上的信仰所以退步的原因乃在乎自由的试验;但在这自由的试验以前,也必须先有了宗教上的信仰的退步才行。假使共同的信仰不容许的话,怎会有自由的试验发生呢?

每逢一种新学问成立的时候,必发生这样的一次冲突。基督教的自身虽则早就比之别种宗教更让个人有思考的余地,但还逃不了这一个定律。固然,在学者们仅仅限于研究物质问题的时候,学问与宗教的冲突就不十分厉害了,因为物质问题在原则上是任人辩论的。但宗教既然不曾完全放弃了这问题,基督教的上帝既

---

① Büsschenchütz:Bestz und Erwerb。
② 据 Denys d'Halicarnasse(Ⅸ,25)所说,在罗马的共和初期,没有一个罗马人是能做商人或技艺人的。Cicéron 还把一切牟利的事业认为卑鄙的技艺(De off.,Ⅰ,p42)。
③ Hanoteau et Letourneux:La Kabylie,Ⅱ,p23。
④ 看 Levasseur:Les Classes ouvrieres en France jusqu'ā la Révolution,passim。

然不是与地球上的事物毫无关系的，所以在某几点上，往往是信仰做了自然科学的障碍。然而尤其是到了人类变为科学的对象的时候那反抗力越发强烈了。实际上，一个信徒一想到了人类会被人家当做自然界的一样东西研究，与别的东西视为一律，又把精神上的事实当做自然界的事实研究，就不能不起憎恶之心了；我们晓得，那些团体情感，在种种不同的形式之下，曾经是怎样妨碍社会学与心理学的发达啊。

由此看来，如果人们只证明了社会环境里发生了种种变化之后分工的制度势必进步，那么，还不算是完全的解释。原来分工的进步还与好些副因有关系，这些副因尽可便利或妨碍，或完全阻止分工的过程。实际上，我们不要忘记，职务的专门化并非对于生活竞争的唯一解决方法：此后还有迁居，殖民，忍耐不固定的而且更启争端的生活，又由自杀的方法或其他的方法去完全淘汰了那些弱者等等。既然那结果在某限度内乃是或然的，竞争的人们并不一定倾向于一个出路而绝对不走别的路途，那么，他们的能力便于走哪一条路，他们就走哪一条路了。固然，如果没有什么阻止分工的发达，他们就趋向于分工。但如果环境使这结局成为不可能的或艰难的，那么，他们势必另走一条路了。

在种种副因当中，第一种乃是：个人们对于团体，他们的独立性更大了，容许他们自由地变化了。生理学上的分工也是受这条件的支配的。比利耶先生说："肉体结构的诸元素纵使在互相接近的时候还各自保守着它们的一切个性。无论在最高等的机体里或最下等的机体里，又无论这些元素的数目如何，它们各自滋养，各自发达，各自再现，并不管邻近的元素怎样。肉体结构的诸元素的独立律就寄托在这上头；而生理学家的手里就常常应用得着这定律。这独立性应该被认为成形细胞的最普通的能力上的自由运用的必需条件，也就是原形质的某几种固有力或种种外的环境所影响的可变性。因为它们有变化的能力而又有相互的独立性，所以甲种元素虽则是从乙种里生出来的,虽则在原始的时候是相似的,竟能向种种不同的方面变化,取得了种种不同的形式,以及种种新的职务与新的特性。"①

　　在社会里的情形却与机体里的情形相反,这独立性并非社会里一种原始的事实,因为在原始时代个人是被团体吸收了的。但上文说过,后来这独立性出现了,而且跟着分工的制度同时很有规则地进步,申说起来就是在团体意识退步的时候进步。现在我们只须研究为什么这社会分工制的一个有用的条件在渐渐成为必要的时候也就渐渐实现。固然,这因为它自身所属的原因已经形成了专门事业的进步。但是,为什么在社会的容积与密度发达了之后就能生出了这一种结果呢?

一

　　在一个小小的社会里,一切人们都显然是位置在种种相同的生活条件之上的,所以团体的环境在根本上乃是具体的。它是由种种的人们而成,而这些人们就充满了社会界。由此看来,代表这环境的种种意识状态也有同样的特征。起初的时候,人类的意识状态只管得着一些确切的对象,例如一个动物、一棵树、一根草、一种自然力,等等。再者,一切人们对于这些事物,其所处的位置既然相同,所以这些事物对于一切人们的意识的影响方式也就是一律的。一个部落如果幅员不太大,则凡关于太阳、雨水、寒气、暑气、某一条江河、某一个源泉的种种利益与灾害一都是全部落的人们所同享受或罹受的。由一切这些个人印象的混淆便生出了团体的印象,所以团体印象无论就形式说或就对象说都是确定的,于是共同意识也就有了确定的特征。然而到了社会的容积渐渐扩大的时候,共同意识也就渐渐变了性质。因为社会散布在一个更阔的

―――――――――――

① Colonie animale, p702。

表面之上,于是社会的本身就不得不超越了一切的地方殊异性,不得不更求制驭那更大的空间,因此,也就不能不变为抽象些。原来只有那些普通的事物才能在一切这些殊异的环境里成为共同的,所以共同意识的对象已经不是某动物,只是某一类的动物;已经不是某源泉,只是源泉;已经不是某森林,只是抽象的森林罢了。

从另一方面说,因为生活的条件已经不是处处相同的了,所以那些共同的对象无论是怎样的,总不复能处处形成像从前那种完全相同的团体情感了。那些团体结果不复像从前那样分明,而且那些组合的元素越不相似,则团体结果也越模糊。凡用以做成组合形象的那些个别形象越多,则组合形象越不确定。固然,各地方的团体意识尽可以在普通的团体意识里保存着它们的个性,而且它们所有的界限很小,就更容易仍旧是具体的了。但是,我们晓得,在与它们相当的那些社会片段渐渐消灭的时候,它们也就在普通的团体意识里渐渐消灭了。

有一个事实也许最能表现这共同意识的发达的倾向,这就是:共同意识的诸元素当中最主要的一种元素——我说的是神的概念——也同时上进了。在原始的时候,神与宇宙是没有分别的,甚至于可以说没有神,只有一些圣物,同等这些圣物所带的神圣性质并不与外面的任何本质——例如源泉——有关系。在某一类动物或植物能做人类的一族的"圣祖"的时候,这些动物或植物就是崇拜的对象了;但这并不因为有什么元素从外面来把它们的神性传达给它们。它们的性质乃是固有的;它们本来就是神圣的。种种宗教力在起初时候只是那些事物的象征,后来却渐渐离开了那些事物,于是神与物合为一体了。这么一来,"神"或"灵"的概念成立了;但这些神灵虽则爱住甲处或乙处,但那些与神灵特别有关系的种种事物却不是神灵之所在,神灵是寄托在那些事物之外的[1]。在

---

① 看 Révills:Religions des peuples non civilisés, Ⅰ,p67 et suiv.;Ⅱ,p230 et suiv。

这一点说起来,神圣未免是不很具体的了。但是,无论神圣是众多的或是归于一致的,他们在世上总算是恒久不变的。他们虽则是部分地与事物离开了的,然而他们还存在空间。由此看来,他们仍旧很与我们相近,恒久地与我们的生活关连。希腊拉丁的多神教,就形式而言,是比"生气教"更高尚、更有组织的了,在超人的道路上算是一种新进步了。神圣所存在的地方显然是与人类所存在的地方有分别的了。当时的神圣或升到了奥林伯的神秘的高处或降到了土地的深处,此后仅能断断续续地干预人类的事情了。但是,直到了基督教,上帝才永远离了空间;上帝的领土不复在此世界上了;自然界与神明界判别得那样完全,甚至于冲突起来。同时,神品的概念变为更普通了,更抽象了,因为这概念不复像原始一般地由感觉而成,却是由意象而成了。人间的上帝所包括的范围势必比西提国体里或族里的神圣的范围狭窄了些的。

　再说,在宗教普遍化的时候,法律也普遍化了,道德上的规律也跟着普遍化了。在起初的时候,这些规律是与地方的环境、人种的特性、气候的特性等等相关连的,后来它们渐渐超越了这些范围,同时也就变为更普通的了。试看"仪式主义"不停止地衰败,则这普遍性的发达就显然可见。在下等社会里,甚至于行为的"外的形式"也是预先确定了的,而且关于种种细节也不放过。人们应该怎样吃东西,在某情形之下应该穿什么衣服,应该做什么动作,应该宣读什么礼文,这一切都是很明显地规定了的。反过来说,我们越远离了原始时期,则道德上与裁判上的规律越失去了若干明显性与确切性。这些规律所规定的只是行为上的一些最普通的程序,而且规定的方式也很普通,只说明人们应该做什么,却不再说明应该怎样做。然而我们须知,一切确定的东西都是在确定的形式之下表现的。假使那些团体的情感能像昔日一般确定,则它们的表现方式也就会像昔日一般确定了。假使思想与行为的具体的细节也像昔日一般是人人一致的,也就会像昔日一般是不容不遵守的了。

我们已经常常注意到文化倾向于变为更合理的更逻辑的了；现在我们可以看见更合理的文化的原因了。世上唯有普遍的东西才是合理的，而能令理性入迷途的却是个别的与具体的东西。我们对于普遍的事物才能思想得透彻。因此，共同意识越与那些个别的事物相近，则它越确切地带有它们的痕迹，也就越是不可理解的。原始的文化所给我们的结果就是从这上头生出来的了。我们既不能把原始文化引回到一些合逻辑的原理上去，所以我们只能在那里头看见相异的种种元素的偶然的而且奇怪的组合罢了。其实那些组合毫无人工的痕迹，不过，我们如果要找它们的定因，就应该在一些感觉与一些可感性的动作里去找，而不该在一些概念里去找。事情所以如此者，这因为那些原因所适合的社会环境没有充分地扩大的缘故。反过来说，当文化在一个更阔的行为区域里发展的时候，当文化实施到更多的人物的身上的时候，那些普遍的观念势必出现，也就越占优势。譬如罗马人的概念，在法律上、在道德上、在宗教上，都被"人的概念"替代了；因为罗马人的概念是更具体的，因此就更与科学不相容。由此看来，这一种大改革的原因乃在乎社会的容积更发达与其密度更增加了。

然而我们须知，共同意识越变为普遍的，就越让个人有变化的余地。当上帝与人物距离很远的时候，他的行为不复是时时刻刻的，而且不复是施及一切的了。世上不复有固定的规律，只有一些抽象的规律，是我们所可以在种种很不相同的方式之下自由地应用的。而且这些规律也不复有昔日那种抵抗的力量与权威了。实际上，那些成法与程文在很明确的时候势必能像反光一般地形成了人们的思想与动作；反过来说，这些普遍的原则必须有了智慧的助力然后能由理论成为事实。但这思考力一起了之后乃是不容易制止的。当它有了力量之后，它就自然而然地发展到了人们所指定给它的境界之外了。于是人们开始把一些信条高高地放在辩论的界限之上，谁知后来辩论的范围扩大，竟侵进了那些信条的范围。我们要知道它们的究竟,追寻它们的存在的理由。这么一来,无论它们怎样受了这一类的考验,它们总失了一部分的力量了。因为反省的观念决不能像本能的观念那般地有强制的权威,所以经过了考虑的动作就比不上无意的动作那般地迅速了。共同意识既然变了更合理的,于是就失了若干命令性,而且它因此就不很妨碍个人的种种变化的自由发达了。

二

然而最能帮助产生这结果的一个原因却不是这一个。

那些团体状态之所以有力量者,非但因为它们在这现代人们的心中是共同的,尤其是因为它们当中有一大部分是前代遗传下来的。实际上,共同意识之成立与修改,都是要费很长的时间的。一种的行为形式或一种信仰若要达到了普遍而且结晶的程度,势必需要好些时间;它失了这程度的时候也不是转瞬间的事情。那么,它差不多完全是过去的产物了。然而我们须知,凡是古代留传下来的东西就往往是特别受人尊重的一种对象。人人一致遵守的一种习俗固然有了一种很大的权威;但如果这习俗又是祖宗所赞成了的,人们越发不敢不遵守了。由此看来,团体意识的权威有一大部分乃是由传说的权威造成的。但当片段模型渐渐消灭的时候传说的权威也就渐渐减少了,我在下文就要说明这一层。

实际上,当片段模型很显明的时候,那些片段就成了同数的许多的小社会,而这些小社会乃是各不相涉的。当它们以家族为基础的时候,倘若要变换它们,就像变换家族一样的艰难。又当它们只剩有地域为基础的时候,隔离它们的那些界限虽则不像从前那样不能超越,然而界限总还是存在的。到了中世纪,一个工人要离了本城,到另一个城市里去找工作,还是不容易的事情[①];内地的税

---

① Levasseur:op. cit., Ⅰ,p239。

关设立了,社会的每一局部的周围有了一道界墙,保护着本部,以免外界的分子羼入。在这些条件之下,个人被拘留在其所从生长的地方,一则因为有许多关系缠住了他,二则因为别处拒他进境;交通与转运的道路很少,就是每一片段闭关自守的证据。其影响所及,那些把人们维系在其所从生长的环境的种种原因也就把他们拘定在家族的环境里。在原始的时候,所从生长的环境与家族的环境乃是混而不分的;后来虽则有了分别,但当人们不能超过这环境的时候也就不能十分远离了那环境。由此看来,从血统生出来的吸力施行它的作用还是在最高限度的,所以每人一辈子只能在这吸力的源泉旁边过活。实际上,社会的结构越带片段的性质,则家族越形成了很密的、反抱的、不可分离许多大群体——这乃是没有例外的一个定律①。

　　反过来说,当隔离种种不同的片段的那些界线渐渐消灭了的时候,那平衡性也不免渐渐被打断了。个人们既不复被他们的生长地方所拘限,而且前面有许多旷着的空间引诱他们,他们就不会不向那空间散布的。儿女们不复永远依恋着父母的本土,却向种种方面撞命运去了。人口渐渐混合了,这么一来他们原始的相异点终于失去了。可惜统计学未能使我们在历史上追随这内部移民的步骤;但是有一个事实足以证明移民的关系渐渐变为重大,这就是:城市的成立而且发达了。实际上城市之成立并非自然而然地发展的,只是由移民而成的。城市的存在及其进步并非因为生殖率比死亡率有了常态的超过额,恰恰相反,若在这一点上说,城市的生殖率往往是敌不过死亡率的呢。由此看来,它们只向外面接受了许多分子,于是一天一天的靠着这些新分子而发达。依杜南所统计②,欧洲 31 个大城的人口每年增加的总数有 78.46‰ 是由移

---

① 读者可以自己寻找许多事实来证明这个定律,我在这里不能做十分显确的说明。我曾经研究家族问题,得了这个定律;但我希望在最近能把那关于家族的专书出版。

② Layet 所述,见 Hygiènes des Paysans 末章。

民而来的。在法国,依 1881 年的调查,人口比 1876 年增加了
765000;赛纳省与其他人口在 300000 以上的 45 个大城在这五年总
调查的数目上已经"占了 661000 的增加额,仅仅余下了 105000 分
配于各中小城市及乡村里"①。这些移民的大潮流非但倾向于大城
市,而且涉及于邻近的地方。贝特盎先生曾经计算过,在 1886 年,
就法国的平均数而言,居民只有 11.5% 是从外省生长的,然而就
赛纳省而言,却有 34.67%。而且省中诸城市的人口越多,则从外
面移来居住的人民也越多。罗奈省增加了 31.47%;罗奈河口省
是 26.29%;赛纳五华斯省是 26.41%②;北省是 19.46%;基朗特省
是 17.62%③。这现象并非大城市所特有的;在那些小城市里与小
乡镇里这现象也能发生,不过没有那么高的强度罢了。"一切这
些凝聚作用都是损害了许多小区域然后能发达的,所以我们在每
次的调查里头都看见了每一类的城市的数目增加了,市民也增加
了"④。

　　然而我们须知,这些移民的现象是由社会诸单位的更大的移
动性生出来的,而这更大的移动性就显得一切种种传说的力量渐
弱了。

　　实际上,传说所有的力量乃是把传说授与我们的那些人——
我说的是古人——的表征。他们是传说的"活相",只有他们亲眼
看见了我们的祖先所做的事情,只有他们是过去与现在的媒介。
从另一方面说,他们在他们所亲眼看见成长的,而且由他们指挥成
人的那些后裔的跟前有了一种很大的权威,是没有什么可以替代
的。实际上,孩子们被年长的人们环绕着,自知比他们低些,就觉
得自己是隶属于他们的了。因的尊敬他们的缘故,势必连带地尊

① Dumont:Dépopulation et civilisation,p175。
② 这是受了巴黎的影响。
③ Dictionnaire encyclop. des Sciences médicales,art. Migration。
④ Dumont:op. cit. ,p178。

敬他们所传下来的东西,所以他们的一切言语行为都是后代的尊敬的对象了。由此看来,传说的权威有一大部分是由年龄的权威生出来的。因此,凡是能够使这权力伸张到童年以后的一切都适足以巩固了那些信仰与传统的习俗。一个人继续地在其所从生长的环境生活下去,就是这个缘故;因为这么一来,他就仍旧与那些曾经看见他做孩子的那些人们往来,而且受他们的行为的支配。他对于他们的情感仍旧存在,因此就产生同一的结果,换句话说就是包含着懒于革新的毛病。若要社会生活里产生一些新事物,并不是新的世代相传就够了的,还要这些后裔不很被牵引以致追随祖先的老步伐才行。祖先的影响越深——而且越久越深,——则对于革新越有障碍。孔德说得好,假使人类的生活增加了十倍的生气,而各年龄的比例并不因此变更,则"我们的社会的发达不免迟缓了许多,——虽则这是不可测量的"①。

但如果一个人离了青春期就被迁徙到了一个新环境里,则其结果适得其反。固然,他在那新环境里也找得着年龄比他更高的人们;然而当他做孩子的时候并没有受他们的行为的影响。所以他对他们的敬意就小了些,而且那敬意也少了许多传统的性质,因为它与现在或过去的事实都不相当。他不隶属于他们,而且从来不曾隶属过,于是他所以尊敬他们者,不过一种相似性的影响而已。再者,文化越进步,则年龄的崇拜力越弱,这乃是大家晓得的一个事实。古代的年龄的崇拜是那样发达,今日只剩下一些礼貌,而这些礼貌还是由怜悯心生出来的呢。与其说人们畏惧老人,不如说他们怜悯老人。年龄的界限被人们铲平了。达到了壮年以后的一切人们差不多都以平等相待了。年龄的界限消灭了之后,祖先的风俗渐渐失了权威,因为风俗的代表们在壮年人的旁边已经失势了。人们对于它更自由了些,因为人们对于它的替身们也自

---

① Cours de:Philosophie positive,Ⅳ,p451。

由了些。时间的连带性不像古时被人感觉得着,因为在那些相继的世代的不断的关系里已经没有它的物质上的表现了。固然,初级的教育的效力还被人感觉到,但其力量减小了,因为这些效力已经没有什么来维持它们了。

再说,这壮年的时期恰是人们最不能忍耐羁勒而且最爱变化的时候。在他们身上流行着的生活还没有时间凝结成为一些确定的形式。而且它的强度太高了,也不能循规蹈矩,毫不抵抗。由此看来,这个需要越不受限制向外发展,则越容易满足,而且若要满足这一个需要就不能不很害及于传说。当传说渐渐失去了力量的时候就是它渐渐被打倒的时候。这孱弱的胚子一生出来,就世世代代孱弱下去;因为人们既然觉得那些道德风俗的权威很少,也就不努力传授给后代了。

有一个特别明显的实验可以证明年龄对于传说力的影响。

恰因那些大城市的人口尤其是靠移民而后增加,所以那些居民根本上就是那些在壮年离了家庭而且免了祖先的行为的支配的人们。这么一来,大城市的老人的数目就很小,反过来说,壮年的人们的数目就很大。依歇桑先生所证明,无论在巴黎或在外省,就每一年岁的人口表看来,只有从 15 至 20 岁与从 50 至 55 岁的弧线是可以相遇的。在 20 至 50 岁之间,巴黎的弧线高了许多,至于未满 20 岁或超过 50 岁就低了许多[1]。在 1881 年,人家曾经核算 20 至 25 岁的居民,巴黎与外省是 1.118 与 1.874 之比[2]。就赛纳省全境而言,千人之中有 731 个是从 15 至 60 岁的,未满 15 的只有 76‰。至于外省呢,从 15 至 60 岁的只有 618‰,未满 15 岁的却有 106‰。在挪威,依贝特益的统计,每千人中的比例如下:

	城市	乡村
自 15 至 30 岁	278	239

---

[1] La Question de la population, in Annales d'Hygiéne, 1884。

[2] Annales de la ville de Paris。

	城市	乡村
自 30 至 50 岁	205	183
自 45 至 60 岁	110	120
60 岁以上	59	87

由此看来,大城市里年龄的支配力到了最低限度;我们同时可以证明无论何处的人们都比不上大城市的人们不把传说放在心里。实际上,大城市乃是进步的策源地,这是大家所承认的;人类的新的思想、趋尚、风俗、需要等等都先在大城市里酝酿,然后散布于国内其余的地方。社会变化的时候总是跟着大城市学样子的。大城市的气质那样流动,所以一切从古代传流下来的东西都变为几分可疑;反过来说,凡是新的东西,无论如何,总有一种权威,而这权威差不多就与从前的祖先的习俗所有的权威相等。大城市的人心是自然地向前程进行的。所以城市的生活形式改变得非常地快:种种信仰、嗜好、情绪都在永远的进化的途中。无论什么地方都比不上大城市更方便于一切种种的变化。这因为社会单位的种种不同的底层既然必需互相替代,是那样没有持续性,所以在这情形之下团体的生活也不能有持续性了。

泰尔特先生因为观察到社会的青春期——尤其是成熟的时候——人们对于传说的崇拜比之社会衰老的时候更厉害了许多,于是他就以为可以把传说的衰微看做暂时的症候,说这只是社会的一切进化里的一种暂发的恐慌。他说:"人类逃脱了习俗的羁勒仍不免重新走入习俗的圈套里,换句话说就是人们把在暂时得了解放的时候所获得的新事物却拿来作为巩固习俗之用。"①我以为他这误解的原因乃在乎其所用的比较方法不妥当;至于怎样不妥当,上文已经说及。固然,如果我们把某一社会的末期与继起的另一社会的初期相比较,我们就可以证明传说的复兴;然而这整个的

① Lois de l'imitation,p271。

社会模型所从开始的一个变象毕竟比不上直接地先存的那模型里的变象那样厉害。在我们的社会里,大家决不像古罗马人那般地以祖先的风俗为迷信的崇拜的对象;而在罗马也决不像雅典的法律那般地反对一切的革新①。就说亚里士多德的时代吧,希腊的已经设立了的法律是否应该改良还成为问题,所以亚里士多德十分慎重,不敢完全肯定②。末了说到希伯来人,他们既然把违反传说认为不敬神明,可见不循旧俗乃是绝对不可能的了。我们须知,若要判断社会事件的步骤,我们不应该把相衔接的两社会的头尾相比较,只该把各社会生活里两相对当的时期比较。所以一切的社会虽则都倾向于固定而且倾向于养成习俗,然而它所取的形式究竟失了许多抵抗力,因此就容易变化了;从另一方面说,习俗的权威也继续地渐渐减少了。再说,事情是不能不如此的,因为形成了发达史的那些条件的本身就势必生出这衰弱的情形来的。

再说一层,既然种种信仰与种种共同的习惯的力量有一大部分是从传说的力量里取得的,我们就显然见得它们渐渐没有能力去妨碍个人们的变化上的自由发展了。

三

总之,在社会渐渐扩张而且渐渐集中的时候,它就渐渐不像从前把个人包裹得那样紧,因此,个人们的分道扬镳的倾向就不很是它所能制止的了。

我们若不相信,只须把大城市与小城市比一比就知道了。在小城市里,无论是谁超脱了祖传的成例就不免遇着一些阻力,有时候竟是很强烈的阻力。一切求自由的努力都是公众訾议的对象,而从此引出来的普遍的排斥很足以消磨模仿者的锐气。反过来说,在大城市里,个人比较地很能摆脱团体的轭子;这是实验上的

---

① Meier et Schömann:Der attische Process。

② Arist.,Pol.,Ⅱ,8,1268b,p26。

一个事实,是不容否认的。这因为民众把我们的一切行为监视得越紧,则我们越隶属于舆论之下。当一切人们的眼光都常常地注视在每人所做的事情的时候,稍有一点儿失轨,人家就瞥见了,就来干涉了;反过来说,我们越容易逃脱这种监视的时候就越容易走自己的路向。有一句古话说得好:人山人海里恰是世上最好藏躲的地方。一个团体越大越密,则团体的视线分散在一个广袤的表面之上,越不能追随各个人的行动;因为个人的行动变为更多了,而团体的眼力并不更强。它要同时顾到太多的焦点,所以不能集中于一人。团体所监视的人物太多了,监视的成绩就比不得小团体的了。

再者,注意的人动机——即利害关系——差不多是完全没有的。除非一个人的影像能在我们心里引起了一些回忆与一些联属于回忆的感触,否则我们是不希望知道那人的言语行为的;而且,这样引起了的意识状态越多越强的时候,则我们的希望越是热烈①。反过来说,如果我们所看见的人渐去渐远,而且是过路的,那么,与他有关系的事情在我们的心里并不起任何的回声,我们对此是很冷淡的,于是我们并不希望调查他的遭遇,也不希望监视他的行为。由此看来,个人与个人之间的种种个别关系越有恒、越密切,则团体的求知心越热烈;从另一方面说,如果每个人与更多数的个人们发生关系,则那些个别关系就更疏远了,更无恒了。

因此之故,在大城市里,人们就觉得舆论的压力小了些。这因为种种的方向太多了,每人的视线分散了;又因为大家不很熟识了。就说邻人们与同一家庭的诸分子吧,他们的关系也就不很有恒,不很有规则了,因为他们时时刻刻被一些外人或事务隔开了。

――――――――――

① 固然,在小城市里,面生的人并不比居民少受众人的监视;然而这只因为他乃是例外,发生了与普通居民相反的一种,结果,所以代表他的那影像也就很能令人注意了。在大城市里就不如此;熟识的人才是例外,面生的人恰是常例呢。

固然,如果人口多而不密,则生活分散于一个更大的范围里,每一地点的生活尽可以是更小了的。这么一来,那大城市就分为若干小城市,于是上文的几个观察点就不十分能够适用了①。但是,在聚居的密度与人口的数量成正比例的时候,个人们相互间的关系乃是疏远的,微弱的:在这情形之下,人们很容易看不见他人,甚至于身边相隔最近的人们也看不见;而且,在同一限度内,人们也是各不相顾的。这相互间的不关心的结果就使团体监视的力缓和了,于是在事实上每个人的自由行动的范围就扩大了,后来事实又变为法律了。实际上,共同意识若要保存它的力量,必须不容个人们与它相反才行;然而我们须知,自从这团体监视减少了力量之后,天天有许多人们的行为与它相反,而它却不曾起反动。所以虽则有些行为颇能有恒地而且一致地重演,然而它们终于因为违犯了团体情感的缘故而触怒了它,一种规律不为人们所尊重也不要紧的时候,那规律就不像从前那般庄严了;一个信条让人们常常不赞成了之后,就不像从前那般显然了。从另一方面说,我们一次应用了一种自由之后,我们就感觉得需要那自由;在我们看来,它比别的自由是一样地神圣,一样地必需。我们失了被监视的习惯之后,就认那监视的举动为不可忍的。于是我们从更大的自治权里得了一种权利之后就永远要享受这权利了。这么一来,个人的人格所犯了的僭权行为——当这人格不很受外面的限制的时候——终于被风俗承认为正当行为了。

　　然而我们须知,这事实虽则在大城市里是更显明的,却不是大城市所专有的;它在其他的城市里也能发生,只看城市的大小而异罢了。既然片段模型的消灭引起了城市的更大的发达,这就是这现象渐渐普遍化的第一个理由。但是还有另一个理由:在社会的精神上的密度渐渐增高的时候,它也就像一个大城,把全部人民都

---

① 　这上头有一个问题须待研究。我想我曾经注意到那些人口多而不密的城市里的舆论还是很有力量的。

包括在城墙里。

实际上，既然那些种种不同的地方相互间的精神上与物质上的距离倾向于消灭了，那么，它们的关系地位就渐渐与同一城市里的种种不同的区域的关系地位相似了。由此看来，在大城市里形成了共同意识的衰弱的那一个原因，在社会的全境里也该发生同一的结果。只要有一天那些种种不同的片段还保有它们的个性，各各闭关自守，则个人们的社会视线就被限制得很狭窄了。那些难超越的界栏把我们与社会里其他的片段隔开了，便没有什么能使我们超出了地方生活之外，于是我们的一切行为都集中于地方生活了。但是，到了那些片段渐渐完全混淆的时候，人们的视线渐渐扩张了；尤其是同时社会本身往往也扩大了。自此之后，小城市的居民也不像从前绝对地在与自己直接相关的那小团体的生活里过他的生活了。集中的趋势越进步，则他与远离的地方联结的关系越多。他的旅行渐渐频数了，他的交际渐渐活动了，他在外面所营的一切事务都能转移他的视线，不复仅仅注意到他的身边的事情了。他的生活的中心与他的心里的筹划已经不复完全在他所住的地方了。他不很关心于他的邻人们，因为他们在他的生活里所占的地位变小了。再者，那小城市对他也少了许多影响，唯一的原因乃在乎他的生活已经超出了这小小的范围之外，而他的利害关系与他的情感也扩张到外面去了。有了一切这些理由，地方的舆论压在我们各人的身上已经轻了些，而且，社会的普通舆论既不足以替代地方的舆论不能把一切公民们监视得很紧，所以团体的监视力就松弛了而不可补救，共同的意识丧失了许多权威，个人们的可变性便发达了。总说一句，若要社会的监视力很强而且共同的意识能自维持，必须将那社会分为若干颇小的局部，以求各局部能完全包括着个人。反过来说，在这些局部渐渐消灭了的时候，社会的监视力与共同的意识都会渐渐衰弱了的①。

但是人们会说：系属于有组织的刑罚的那些大小罪恶既然有了许多机关担任惩戒，那些机关就不会不管的。无论城市或大或小，社会或密或疏，法庭总不肯让罪人们逃出法网。所以人们似乎觉得那特别的衰弱状态——其原因已见上文——只限于团体意识的一部分里，而这一部分只能形成了一些散漫的反动，而不能扩张更大。其实这部分的界限乃是不可能的，因为团体意识里的两部分有了很密切的连带关系，所以一部分受了影响，另一部分就不能不感觉到。仅由风俗惩戒的那些行为，比之由法律惩戒的那些行为并不是两样的性质的；不过，风俗所惩戒的是比较地轻些的行为罢了。由此看来，如果在那些行为当中有了一部分是失了重大关系的，则其他种种行为里相当的级度也同时动摇；它们降低了一度或几度，于是人们觉得它们不很可恶了。当我们完全不感觉到那些小过失的时候，我们对于那些大罪恶的感觉也轻了些。当我们不复把宗教仪式里的小疏忽认为有重大关系的时候，我们也就不很痛恨那些谩骂或亵渎上帝的人了。当我们习惯了很客气原谅那些自由结合的行为的时候，通奸的罪恶也不像从前一般地受人唾骂了。当那些最弱的情感失了若干力量的时候，那些较强的情感既然与弱的情感是种类相同而且是对象相同的，也就不能完全地保存它们的力量了。这么一来，这种动摇的潮流就渐渐传到共同意识的全部了。

四

现在我们可以明白机械的连带性为什么与片段模型的存在有关，而本书前卷所证明的在这里更得了解释了。这因为那特别的

---

① 除了这根本的原因之外，还有大城市对于小城市及小城市对于乡村的传染式的影响。但这影响只是一个副因，而且须待社会的密度增加了之后这影响才有重大的关系。

结构能使社会把个人包得更紧，——叫他紧紧地与家庭的环境相依，因此也就与传说相依，——而且，使社会视线有了界限，同时也使它成为具体的、确定的①。由此看来，是一些纯然机械性的原因把个人的人格吸收进了团体的人格里；而且，在个人的人格脱离了团体的人格的时候，其原因也是同一性质的。固然，这种解放乃是有利的，至少可以说是被利用的。它使分工能够进步，而且它更往往能使社会的机体多了一些柔软性与弹性。但是，它并非因为它是有用的然后发生。它所以存在者，因为它不能不存在，一到了它存在之后，它有了许多用处，所以它的根基越发巩固了。

然而人们可以自问：在有组织的社会里，机关的作用是否不与片段的作用相同；同业组合的精神会不会替代了乡间的精神而有对个人们施行同一的压力的危险。这么一来，变化岂不是毫无用处？从前的加斯特制的精神曾经有过这种结果，而加斯特制都是社会的一种机关，所以越发怪不得人们怀疑了。而且人们也晓得古代的技艺团体的组织在很长的时间内曾经非常地妨碍个人变化的发达；我在上文已经举出许多例子了。

我们可以断说，那些有组织的社会若要成立，先须预先确定每一机关的职务的那些规则有了发达的系统。在工作渐渐分开的时候，就渐渐有了许多道德与许多职业上的法律②。但这种规定还是让个人的活动范围扩大的。

先说，职业的精神仅能在职业生活里发生影响。到了这范围之外，个人所享受的自由更大；其根源所在，上文已有说明。固然，加斯特制的作用扩张得远了些，但它还不是纯然的一个机关。这

①　这第三个结果只是部分地从片段的性质生出来的：这结果的主要原因乃在乎社会容积的发达。这么一来，只不晓得为什么密度增加的时候容积也往往同时增加。这乃是我所提出的一个问题。

②　见本书卷一第五章。

只是一个片段变成的一个机关①；所以它有机关的性质，同时也还有片段的性质。它虽则担任许多特别的职务，而同时它又在全团体里成立了一个显然有别的社会。它是一个"机关社会"，与我们在某一些机体里所观察到的"机关个体"很相像②。这么一来，它就比平常的同业组合更能绝对地包括个人了。

再说，那些规律既然只在少数的意识里有了根源而社会的全部对此还是不生关系，所以普遍性很小，权威也很小了。由此看来，它们对于变化也没有很大的抵抗力了。有了这个理由，所以纯然职业上的种种过失就比不上其他种种罪恶那般重大了。

从另一方面说，往往减轻了团体的轭子的那些原因，在同业组合的内部也像在外面一般地产生解放的效果。在诸片段机关渐渐混淆的时候，每一社会机关就渐渐变为更大的，而且，就原则上说，如果社会的全面积越大，则每社会机会的面积也越大。这么一来，职业团体里种种的共同习惯就变为更普通了，更抽象了，也像全社会的共同习惯一般；因此，就让个人们有分道而驰的余地了。同理，新世代所享受的那比之前代更大的自主权不免使职业上的传说力衰弱了；而个人因此更能自由地革新了。

由此看来，职业上的规定，因为它的本性的缘故，非但比之别的规定更不妨碍个人们的变化的前程，而且它一天比一天更不妨碍了。

第四章　　副因（续）

——遗传性

我在上文所论，好像分工所关系的原因只是一些社会的原因。

---

① 见上文。

② 见 Perrier：Colon. anim.，p764。

其实它与一些"机体灵魂"的条件也有关系。个人一出世就受了种种嗜好与能力,于是他对于某几种职务爱做而且能做,这乃是他的先天预定了的。所以工作的分配一定须受这先天的影响。依最普通的意见,甚至于应该在这种种自样的殊异里看见分工的第一条件;因为依普通人来说,分工的主要的存在理由乃是"依个人们的能力而分配"①。所以我们若把这原因所占的真正地位确定了倒是一件有趣的事情,因为这原因对于个人的变化将成为一种新障碍,申说也就是分工进步的障碍了。

实际上,这些与生俱来的禀赋既是我们的祖先传给我们的,它们就不与个人现在所从生活的条件有关系,却只与其祖先所从生活的条件有关系了。由此看来,它们就把我们锁在种族的圈套里,恰像团体意识把我们锁在团体里一般;这么一来,就妨碍及我们的动作上的自由了。我们的意识既有一部分转向过去,转向那不是我们所固有的时代,所以这一部分的意识就把我们调离了我们所固有的利益范围,于是在这范围里发生的一切变化也受了障阻。它越发达,越令我们不能变动一步。种族与个人乃是两种相反的力量,是向相反的方向变化的。只要有一天我们还重演而且继续祖先的行为,我们就倾向于像他们一般地生活,于是我们就与一切的新事物不相容了。一个人如果从祖父处传受了一份重大的遗传,差不多就简直不能有所变化了;动物们就是这种情形,所以它们的进步很是迟缓的。

文化从这方面所遇的障碍竟可以说是比共同的信仰与共同的习惯所生的障碍更难超越。为什么呢?共同的信仰与习惯只从外面强令个人遵从,而且仅仅是道德上的作用罢了;至于遗传的倾向乃是先天的,是与体质有关系的。由此看来,工作的分配里遗传性所占的部分越大,则分配越是永远不变的;申说起来,纵使分工的

---

① Stuart Mill:Économie politique。

进步是有用的,也是很难的了。在有机体里也是这种情形。每一细胞的职务乃是一生出来就确定了的。斯宾塞先生说:"在一个生存的动物的身体里,机体的进步非但先须各各包括许多不相同的部分的那些单位各能保存它们的地位,而且须要它们的后代也跟着处于原位才行。肝脏的细胞在施行作用的时候同时长大而且生出了好些新的肝细胞;当那些老细胞解体而且消灭了的时候,就把原有的地位让给新细胞。从肝细胞生出来的那些细胞,并不到肾脏、筋络或脑筋里去集合而完成它们的作用。"①但是,因此之故,生理上的工作组织里所发生的变化也就很少、很有限、很迟缓了。

然而我们须知,有许多事实都倾向于证明在原始的时候,遗传性对于社会的职务的分配是曾经有了一种很大的影响的。

固然,在纯然的草昧的民族里,遗传性在这一点儿是没有任何作用的。开始倾向于专门的几种职务乃是由选举而来的;但它们还不算成立。酋长与其所指挥的群众没有多大的分别,他的权力非但有限,而且是暂时的;团体里诸分子都是平等的。但一到了分工的制度很显明地出现了之后,就有了一个固定的形式而遗传于子孙;印度的加斯特制就是这样发生的。印度固然可以做这工作组织的最好的模范,但别处也可以找得着许多例子。犹太人的职务,显然与其他职务分离的仅有司铎一职,而司铎就是严格地遗传的。在罗马,一切的公众职务都包括着宗教的职务,而是贵族的优先权之所在,也是遗传的。在亚西里、波斯、埃及,社会的分配也是这样分法。凡在加斯特制倾向于消灭的时候,就被另一些阶级替代了,而这些阶级虽则对外关闭得不很紧,但其所根据的原则却是相同的。

固然,这一种建设并不仅仅是遗传的结果。还有许多许多的原因相助着,然后促成了的。但是,假使就普通说,这种建设的结

---

① Spencer:Sociol.,Ⅲ,p349。

果不能令各人得到其所应得的位置,那么,它也就不能普遍化到了
这地步,不能支持得这么久了。假使加斯特制是与个人的愿望或
社会的利益相反的,那么,任何的人工也不能维持它了。假使——
就平均的情形而言——个人们不真正是为着习俗或法律所指定的
一种职务而生的,那么,关于公民的那一种传统的分配法早已被推
翻了。证据乃是:一到了这不调和的情形发生了之后,马上就有推
翻的事件发生。由此看来,社会的范围的坚硬性恰足以表现当时
各人的能力分配的那一种永远不变的方式,而这不变性的本身也
只能在遗传律的作用里生出米。固然,当时的教育完全是在家庭
的内部的,许久以后才伸张到外面去——其理由已见上文——这
也能形成那种不变性;但是假使只有教育自身决小会有这样的结
果。因为教育必须与遗传性同向一方面进行然后能有效验,能有
利益。总说一句,除非在遗传性实际上施行了一种社会作用的时
候才能变为社会上的一种教育。事实上,我们晓得古代的民族非
常感觉到遗传性是怎样的。这种情感的痕迹,我们非但在刚才所
论的习俗与其他同性质的事物里可以发现,而且在许多古代碑文
里也有直接的表现①。然而我们须知,如果说这样的一种谬误只是
一种幻想,而不与任何的事实相当,这是绝对不可能的。李波先生
说:"一切的民族对于遗传的事物总有一种信仰——至少是模糊的
信仰。我们甚至于可以说这种信仰在初民时代比之在文明时代更
热烈些。教育上的遗传性就是在这自然的信仰里生出来的。固
然,社会上的、政治上的理由以及种种成见都应该是助成教育遗传
性的发达而且肯定了它的;但我们如果说人家发明了它,那就是没
有道理的话了。"②

　　再说,职业的遗传往往是属于常例的,甚至在法律不加以强制
的时候也是如此。因此之故,希腊的医学,在起初的时候是由少数

---

① Ribot:L'Héridité,2e,édit.,p360。

② Ibid.,p345。

的家族去研究的。"爱斯鸠拉伯的神父们自称医神的后裔……伊波克拉德乃是他家的第十六代的医生。占卜术、预言术——神明的宠儿——也往往是父子相传的"[①]。爱尔曼说:"在希腊,职业的遗传只在某几种职业或某几种任务上是受法律规定了的,而这几种职业乃是与宗教关系有密切关系的,例如在斯巴达,厨子与笛师就是这一类;但是,关于技艺界的职业,由风俗规定,其事实之普通,有非我们平常所能猜想者。"[②]。就说现代吧,许多下等社会里的职务还是按照种族分配的。在大多数的非洲部落里,冶铁工人的祖先是与其他的人民的祖先不同种族的。萨吴时代的犹太也是如此的。"在阿比西尼,差不多一切的技艺人都是外来的种族:泥水匠乃是犹太人,硝皮匠乃是马何美当人,军器匠与金银匠乃是希腊人与哥白特人。在印度,阶级的差异表示技艺的差异,而这种差异在今日还与种族的差异相当。在一切人口混杂的国家里,同一家庭的苗裔往往习惯于某几种职业;所以,在德国的东部,渔人们在许多世纪都是由斯拉夫人充当"[③]。这些事实与吕加斯的意见非常相似,他以为"职业的遗传乃是初民的模型,是以自然道德的遗传性为基础的一切种种教育的主要形式"。

　　但是,我们也知道,在这些社会里,进步是多么迟缓而艰难啊。经历了许多世纪,人类的工作的组织仍旧是一样的方式,大家并不想要革新。"我们在这里看见了遗传的通常的两种特征:就是保守性与固定性"[④]。因此之故,为着要分工的制度能够发达,先须人们达到了摆脱遗传的轭子的地步,而且先须文化打破了阶级制度才行。阶级的渐渐消灭倾向于证明这种解放的实现;因为假使遗传

---

① Ibid. , P. 365—Cf. Hermann:Griech. Antiq. , Ⅳ , p353, N. 3。

② Ibid. , p365, note 2, ch. Ⅰ , p33。关于事实,尤其是看 Platon:Eutyphr. , Ⅱ C3 Alcibiade, 121 A;Rép. , Ⅳ , 421 D;surtout Protag. , 328 A;Plutarque:Apophth. Lacon. , 208 B。

③ Schmoller:La Division du travail, in Rev. d'écon. polit. , p590。

④ Ribot:op. cit. , p360。

性不曾失了它对个人的权威,我们就不明白它为什么变弱了。假使统计学能统计至于上古,尤其是能够在这一点上统计,那么,我们大约会知道职业上的遗传情形是一天比一天变少了的。我们所能断定的乃是:遗传的信仰在古代是那么有力量,今日却被一种几乎相反的信仰替代了。我们倾向于相信个人的职业与地位乃是自己创造的,甚至于否认他与他的种族有什么关系,否认他的职业须视种族而定;——这至少是一种很普遍的意见,以致主张遗传性的心理学家几乎嗟怨起来。当遗传性几乎完全离了信仰的范围的时候才真的进了科学的范围,这竟是一件奇怪的事。再者,关于这一层也没有什么矛盾的。因为究竟共同意识所肯定的并非遗传性不存在,只肯定遗传的重量减了些;而且科学里头也没什么是与这情感相冲突的,关于这一层下文再有说明。

但我们应该先直接地证明了这事实,尤其是应该把它的种种原因发现了才好。

一

先说,在进化的过程中,遗传性已经渐渐失了许多权威;这因为同时有许多人类活动的新方式出现了,而这些新方式却是不曾受了它的影响的。

关于这遗传性的不进状态的第一证据乃是:人类的许多大种族也有不进的状态。自从远古以来,并不曾有新的种族成立。加斯尔法歇先生①把从三四个基本大模型里生出来的种种不同的模型也叫做种族,但我们不要忘了一层:这些模型与原始的出发点相离越远,则其所表现种族上的"成立的表征"越是模糊。实际上,人人都同声承认种族的特征乃在乎遗传的相似性的存在;所以人类学家就把种种生理上的特征做分类的基础,因为生理上的特征乃

———————

① U. L'espèce humaine。

是最富于遗传性的。然而我们须知，人类学上的模型越划分，则人们越难依照绝对的机体上的特性去确定它们，因为这些特性非但不多，而且不是显然有别的。于是人们借着言语学、考古学、法律比较学，去证明一些纯然精神上的相似点，倒是这些相似点很占势力；但我们没有什么理由去说它们是由遗传而来的。它们只能区别文化，却不很能区别人种。人们渐向历史前进，则人类的变化渐渐不是遗传的，也就渐渐不是属于种族的了。人类一天比一天没有能力去产生新的种族，与动物一天比一天更能产生新的种族，适得其反。这是什么缘故呢？岂非因为人类的教育越发达就越与这一类的传授不相容吗？自从许多世纪以来，这原始的基础已经固定在起首的那些种族的结构里，人类曾经增加而且还天天增加许多东西在这基础上，但其所增加的已经渐渐离开新遗传的作用了。在文化的普通潮流里固然如此，在造成那潮流的各支流尤其是如此——我所谓支流，是指每一职务的活动力与其所产生的事物而言。

　　下面所述的诸事实可以证明这一个推论。

　　精神上的事实的简单的程度常与其可传性的程度相当，这乃是一个已经证实了的真理。实际上，凡状态越复杂，就越容易涣散，因为那很大的复杂性已经生出了不固定的平衡性了。这好像那些很有讲究的建筑物，其建筑方法是那样精细，所以只要一经小小的摇撼，其结构的秩序就紊乱得很厉害，以致大厦倾颓，仅余赤地。所以在普通疯瘫症的情形之下，"自我"慢慢地涣解，直至于仅仅剩下其所处的有机的基础。就平常说，一种组织的解散乃是受了这疾病的影响的。但是人们以为精液的传授也该有类似的效果。实际上，在繁殖的作用里，种种严格的个别的性质都倾向于互相弄弱了；因为在父母当中有一个的固有的性质传授下来就不能不妨害及于另一个的，所以双方不免起了冲突，冲突之后不能无所损伤。但是，一种意识状态越复杂，就越是个别的，越带有种种个别的环境的表征,这些环境乃是我们在里头生活过来的,例如我们的性别与我们的气质。我们的实体的种种下的部分与基础的部分比之那些上的部分更能使我们互相类似;反过来说,恰是那些上的部分能使我们互有分别呢。由此看来,纵使这些上的部分在遗传性里不完全消灭了,至少可以说它们虽则还能活着,已经是没有力量的了。

　　然而我们须知,天赋的能力越是个别的,就越复杂。实际上,如果说在工作渐渐有了定界的时候我们的活动力也渐渐变为简单,这乃是一种谬误。恰恰相反,在我们的活动力分散于许多事物之上的时候它才是简单的;因为它既然忽略了事物的个性而仅仅看见事物的通性,于是它就减为很普通的几种动作,好教对于种种不同的环境都能相宜。至于我们若要适应许多个别的事物,要注意到它们的一切细微的相异点,那么,我们就该组合许多的意识状态,使每一状态与每一个别事物的形象相当,否则不能达到我们的目的。到了安排停当了之后,这些系统固然能够很容易地而且很迅速地施行它们的作用;但它们仍旧是很复杂的。我们试看一个印刷工人编排一页印刷品;一个数学家编排许多散乱的公式以求一个新公式;一个医生在一个眼看不见的表征里即刻认出了一种病症,而且同时预料到那疾病的步骤。他们的思想、意象、习惯,组合得多么不可思议啊!我们又试把古代的哲学家与今日的学者相比较:古代的圣人凭着他的唯一的思想力去担任解释世界,这是多么简单的学问;至于今日的学者,他们若要解决一个很特别的问题,势必很复杂地组合了许多观察与实验,看了许多外国文的书籍,同别人通了许多书信,辩论了许多次,等等,否则他们是不能达到目的的。只有那些博学者才完全保守着初民的简单性,他们的复杂性只是表面的罢了。他们的事业既在乎致力于一切,所以他们好像有许多种不同的能力与嗜好似的。其实这纯然是幻象罢了!请您把事物看个透彻,就可以看见一切都减为很少数的普通

王力译文集

而且简单的能力,然而它们完全没有失去原有的不确定状态,所以它们很容易地离开了它们所系属的事物而寄托在另一些事物之上。在外面,人们看见种种不同的事件在不停止地继续下去;但只是同一的伶人在稍为不相同的衣冠之下扮演一切种种的角色而已。表面上是五光十色,极尽变化之能事,至于底面却是单调得很。他们已经把他们的种种能力弄柔软了些,精致了些,但他们不曾晓得把它们变化而重新镕铸成为一种确定的新作品;他们并没有在大自然所给予他们的园地之上建立了什么个别的而且长久的东西。

因此之故,那些能力越是个别的,就越不容易传授;纵使它们能由甲世代传至乙世代,它们也不免丧失了若干力量与若干确定性。它们不比从前那般锐不可当了,而且比从前更可屈挠了;它们的不确定状态变为更大之后,它们就更容易受家庭、财产等等的环境的影响而发生变化。总说一句,活动力的诸形式越变特别了,就越不受遗传的作用的支配了。

然而人们往往还叙述一些情形,说有些职业上的能力似乎是从遗传而来的。依照嘉尔东先生的图表,似乎有时候实在有些世代相传的学者、诗人、音乐家。康多尔先生也证明了"学者们的儿子往往从事于科学"①,但这些观察却没有证明的任何价值。实际上,我们并不想来主张种种特别能力的传授乃是根本上不可能的事情;我们的意思只是说,这种传授在普通是不实现的,因为若要实现,非待偶然的平衡性发作不可,但这情形却是不常见的。所以我们用不着叙述在某种特别情形之下就有或似乎有了这种传授的事情发生;我们却应该在科学天才的全部里看这些情形就占的是什么部分。这么一来,我们才可以判定说它们是否可以证明遗传性对于社会职务的分配方式有一种很大的影响。

---

① Histoire des sciences et des savants,2e édit.,p293。

　　然而我们须知,虽则这一种比较还不算是科学方法的,但康多尔先生所证明了的一个事实却倾向于证实遗传性的作用在这些职业里是很有限的。在巴黎硕学院的一百个外籍院员当中,按照康多尔先生所做的谱系,有十四个是耶稣教的神父的后裔,仅有五个是内科医生、外科医生与药剂师的后裔。在 1829 年伦敦的皇家学会的四十八个外籍会员当中,有八个是牧师的儿子,只有四个的父亲是学医的人。但是,"在法国以外,学医的人的总数应该比耶稣教的教士更多。实际上,在信奉耶稣教的人口当中,如果我们分开来观察,则内科医生、外科医生、药剂师、兽医的数目几乎与教士的数目相等;而且,如果我们把法国以外的纯然天主教的国家加上去,则医生的总数比之牧师与耶稣教的神父的总数更多了许多。学医的人所研究出来的成绩与他们平日为着职业所该从事的工作,比之一个教士的研究与工作,在科学的范围所占的地位广大多了。假使科学的成功纯然是遗传的效果,那么,在我们的图表上,医生的儿子应该比教士的儿子更多才是道理了"①。

　　还有一层,我们也绝对不能一定说学者们的儿子的科学天才乃是真正地从遗传而来的。若要有权利去说这话,单靠证明了父子的嗜好相似还是不够的,还须那些儿子自从童年时代就离了家庭而在别处生长,在一个与科学教育完全不生关系的环境里生活下去之后,仍旧表现他们这些天才,才可以归功于遗传性。然而我们须知,事实上,人们所观察到的学者们的儿子都是在自己的家里生长的,他们所受智识上的熏陶比之他们父亲所受的好得多了。此外还有父亲的劝告,父亲的以身作则,儿子的希望跟着父亲学样,利用父亲的书籍,与其所搜集的材料,其所做的研究文字,其所用的实验室——这一切都是胸怀坦荡心灵锐敏的人的有力的兴奋剂。末了还说到他们完成他们的研究的那些学校里,学者们的儿

---

① Op. cit. , p294。

子与意志高尚的或大可造就的人们常常接触,这新环境的影响更足以助成家庭环境的影响了。固然,如果在有些社会里,儿子承继父亲的职业乃是一种规例的时候,这样的一种有规则的状态是不能仅仅把外的环境的助力去解释的;因为假使我们说在每一情况之下都有了这样的环境的助力,岂不是灵异的事吗? 但就今日的观察,父子职业相传乃是单独的情形而且差不多是例外的情形,就不能相提并论了。

固然,在嘉尔东先生所访问的英国科学家当中①,有许多个都说他们自从童年时代就感觉得一种先天的特别嗜好,而他们所嗜好的恰是他们后来所研究的。但是,康多尔先生叫人们注意到一层:他说我们很难知道这些嗜好"是与生俱来的呢,抑或是青春的热烈的印象与外界的影响去挑拨他们,指挥他们。再者,这些嗜好是变化的,只有关于职业的那些重要嗜好才是永远存在的。在这情形之下,某个人以某一种科学自显,或继续研究而很有兴趣,都不免自谓这是他的先天的嗜好。恰恰相反,在童年时代有了种种特别嗜好的人们到了年纪大了的时候已经不再想起,也就不说起了。我们试想:许多许多的儿童们捉些蝴蝶或种种昆虫做标本,然而他们长大了之后并不变为自然科学家。我也认识了许多学者,他们年纪轻的时候非常喜欢做诗或编戏剧,然而后来他们的事业却不同得很"②。

康多尔先生有另一个观察点可以证明社会环境对于人类的原始能力的影响很大。假使能力是由遗传来的,就应该在一切国家也都是由遗传来的才是道理;在同一模型的各民族里,学者所生的学者们的数目应该成为同一的比例。"然而我们须知,事实的表现却大不相同。在瑞士,自从两个世纪以来,由家族成群的学者比单独的学者多些。在法兰西与意大利却恰恰相反,每家只出一个的

---

① English men of science,1874,p144 et suiv。

② Op. cit. ,p320。

学者实在占了大多数。再者,我们也很容易懂得为什么这种影响在瑞士比之在许多国家更强。瑞士的人直到18岁或20岁还在同一的城市里读书,他们的环境恰像学生们在家里常常傍着父母叔伯生活一般。在前世纪与现世纪的前半期越发是这情形,尤其是在日内瓦与巴尔,换句话说就是由家庭关系所连合的学者们的数目最多的两个城市。至于别的地方,尤其是法国与意大利,少年们就是在他们所住的学校里抚养成人的,所以就离开了家庭的影响了"①。

由此看来,我们绝对没有理由去肯定"对于种种特别对象的那些强烈而且先天的禀赋的存在"②;至少可以说,纵使是有的,也不是常例的。邦先生也说:"一个大哲学家的儿子并不一定就承授了他父亲的天才,一个大旅行家的儿子在学校里的地理一课上尽可以被一个矿工的儿子胜过他。"③我们并不是说遗传性没有影响;不过,它所传授只是很普通的资质而不是关于某科学的一种特别的能力。儿子从父母处所传受的只是一些注意力,若干数量的坚忍性,健全的判断力、想象力等等而已。但在这些资质当中,每一种资质都适宜于许多不相同的特别事业而保证其成功。譬如有一个孩子在这里,他禀赋了一个颇强的想象力,他很早就与一些艺术家往来,将来他就变为画家或诗人;如果他在工业的环境里生活,他就变为一个富有发明的精神的工程师;如果命运把他放在财政的社会里,他将来也许有一天成为一个大胆的理财家。当然,无论到了何处,他总带着他所固有的性质与他的创造想象的需要以及他的革新的热情;但是,可以顺遂他的自然倾向与可以利用他的天才的职业却不止一种。再者,关于这一层,康多尔先生也有了一种直接的观察。他曾经把他的父亲所受于他的祖父的那些有益于科学

① Op. cit. ,p296。
② Ibid. ,p299。
③ Emotions et Volonté,p53。

的种种美德指了出来；这些美德乃是：意志、秩序的精神、健全的判断力、注意的能力，此外还有对于形而上学的抽象观念的远离与意见的独立。这固然是一种很好的遗传，但一个人有了这种遗传也可以成为一个行政官、一个政治家、一个历史家、一个经济学家、一个大工业家或一个很好的医生，不一定像康多尔先生一般地成为一个自然科学家。由此看来，环境对于他的职业之选择显然有很大的影响；实际上，他的儿子也是这样告诉我们的①。只有数学的精神与音乐的情感很可以常常是些与生俱来的禀赋，是祖父直接遗传下来的。但是，如果我们记得这两种才艺是在人类史的最早时期就发达了的，那么，这不规则的情形并不会使我们惊奇。原来人类最先所治的科学就是数学，最先的艺术就是音乐了；这两种资质是很普通的而且不复杂的，所以它们的可传性就大了。

　　还有一种禀赋是可以相提并论的：这就是罪恶的禀赋。泰尔特先生的观察很不错，他说罪恶里的种种不同的花样乃是一些职业，不过是有害的职业罢了：它们有时候竟有很复杂的专门学问在里头。骗子、私铸钱币者、假冒者，在他们的职业里，比之许多平常的工人更不得不发明他们的艺术与科学呢。然而我们须知，人家往往说非但普通的淫邪的道德是遗传的产品，而且罪恶的固有形式也是从遗传而来的；人家甚至于以为能把生而犯罪的人数列为罪人总数的 40%②。假使这百分比是有了证据的，那么，我们就只好断定遗传性有时候对于分业的方式——甚至于特别的职业——有很大的影响了。

　　为着证明这种影响起见，人家曾经用了两种不同的方法。人家往往只叙述了许多家族的情形，说某一家人累代全家都有意作恶。但是，这么一来，我们还不能在犯罪的禀赋的全部里确定了遗传性所占的相对部分；而且这一类的观察尽管怎样多，总不能成立

---

① 　Op. cit. , p318。

② 　Lombroso：L'Homme criminel. p669。

一些可为证据的实验。在盗贼的儿子本身也是盗贼的时候,我们不能就说他的不道德一定是他父亲传授给他的;若要这样地解释那些事实,除非我们能够先把遗传的作用与环境的作用及教育的作用等等分开。假使那一个孩子在一个完好的家族里抚养长成之后还表现他的偷盗的禀性,那么,我们才有权利去援引遗传的影响为辞;但是,这一类的观察,合于科学方法的却很少很少。人们说那些被牵引了罪恶的漩涡的家族有时候乃是人数很多的家族,但这话也逃不了驳难的。数目与这事情是毫不相关的;因为家庭的环境也就是全家族的环境——虽则家庭是家族的领域,——这环境已经足以解释地方的罪恶性了。

假使龙伯洛索先生所用的方法能得到他所预期的结果,那么,就比较地有证据了。他不一一指出了若干特别情形,却从解剖学与生理学里建立了犯罪的模型。解剖学上与生理学上的特性——尤其是解剖学上的——既然是传染的,换句话说就是为遗传性所确定的,那么,只须证明了罪人的百分比,去表现这样确定了的模型,就可以很确切地测量遗传性对于这特殊的活动力的影响了。

依据龙伯洛索先生,这影响乃是很大的。但他所述的数目只能表现普通的犯罪模型的相对的次数而已。所以我们所能断定的只是:就普通说,作恶的倾向往往是遗传的;但我们并不能从此归纳而断定罪恶的种种特别形式也是遗传的。再者,今日我们都知道这所谓犯罪模型在实际上并没有什么特别的地方。形成犯罪模型的种种形式有许多是别处也有的。我们所能看见的只是:它类似于变性的人们成神经衰弱的人们的模型[1]。然而我们须知,这事实虽能证明在罪人当中有许多神经衰弱的人,我们却不能说神经衰弱一定能令人犯罪而不可救药。神经衰弱的人虽则不是有天才的人,至少可以说还有许多是安分守己的人哩。

---

① 看 Féré:Dégénérescence et Criminalité。

　　由此看来,能力越是特别的,越少可传性;同理,社会的工作越不分开,则工作组织里的遗传性所占的部分越大。在下等社会里,各种职务是很普通的,就只需要一些同样普通的能力,而这些能力是很容易世代相传而且完全传授的。每人一生出来就承受了一切就业的要素;他所应该自己获得的比之他所传受的真不算一回事了。在中世纪,贵族要尽他们的义务的时候,并不需要许多很复杂的智识与实习,只需要勇气,而勇气却是血统相传的。列维特教士与婆罗门要尽他们的职责的时候也用不着许多学问,——我们很可以依据他们的书籍所包括的科学的面积去测量他们的学问,——而他们只需要与生俱来的一种高超的智慧,以致俗人所不能及的情感与思想都是他们所能接触的就行了。在伊斯鸠拉伯时候,若要做一个好医生,并不必研究一种很广的学问,只须自然地嗜好观察那些具体的事物。但这嗜好既然往往是容易传授的,它就不免永远存在若干家族里,于是医业就变为遗传的了。

　　在这些条件之下,我们很明白遗传性是变为社会上的一种建设了。固然,这一类纯然心理上的原因是不会生出了加斯特的组织的;但是,一到了这种组织受了其他种种原因的影响而产生之后,它所以能持续者,却因为它能完全适合于个人们的嗜好与社会上的种种利益的缘故。既然当时职业上的能力与其说是个人的不如说是种族的,那么,关于职务当然也是一样的了。既然当时职业的分配是永远地在同一方式之下而毫无变化的,所以法律规定了这分配的原则就是有利无弊的了。当个人在自己的精神与性质里仅仅占有小小的部分的时候,他在职业的选择上也不会有更大的部分;而且,假使让他有了更多的自由,他往往还不晓得把这自由怎样办呢。假使同一的普通能力可以适用于种种不同的职业,岂不是好?但是,恰因工作还不曾怎样专门化,所以仅仅有少数的职务,而且是被一些小沟隔开了的;因此,人们非在种种职务中择取一种就不能成功。由此看来,就这一面说,由个人支配的余地还是有限得很。实在说,职业的遗传也像财产的遗传的情形一样。在下等社会里,遗产是由祖先传下来的,而且往往是不动产,而这产业就代表每一个别的家庭的祖产里的一大部分了;至于个人呢,因为当时的经济上的职务所有的生活力太少,就不能在遗产之下增加些什么。所以占有财产的并不是个人,却是家族,是团结的一个实体,这实体非但是现代的诸部分所组合而成的,而且是屡代所组合而成的。因此之故,祖宗的遗产是不可以变卖的;家庭的实体里任何的"暂时的代表"都不能支配它,因为它不是他们个人的东西。它是属于家族的,也像职务是属于阶级的一般。甚至在法律减轻了原始的禁令之后,祖产的变卖还被社会认为一种罪过。人民里的一切阶级看这罪过,恰像贵族看门第不相当的婚姻一般。这是对于种族的叛逆,是对不住族党的行为。所以法律一面宽容这罪,同时又设了种种的妨碍,妨碍了许久;财产恢复法就是从这里生出来的。

在容积更大的社会里,工作更分开,情形就不一样了。种种职业既是枝外生枝的,所以同一的能力还能适用于许多不相同的职业。非但军人用得着勇气,矿工、航空家、医生、工程师,也都需要勇气。又如观察的嗜好可以使一个人成为小说家、戏剧家、化学家、自然科学家、社会学家。总说一句,个人的趋向已经不像昔日势必由遗传性去预先确定了。

但最能使遗传性减少了相对重要的关系的乃是:个人的获得物所占的部分更大了。为着利用遗传物,个人所该加进遗传物里的东西比昔日的更多了。实际上,种种职务渐渐专门化的时候,仅有普通的一些能力是不够用的了。还须把它们放在强烈的同化力的支配之下,须获得了许多思想、许多动作、许多习惯,而且加以排比,加以整理,把自然另加陶镕,给它一个新形式,新面目。我们试比一比——我们且就颇相近的比较点而言——17世纪的一个正人君子,心胸是开的,没有什么内容的,与一个现代的学者,他有了一切的经验与关于其所治的科学的种种必要的知识；又比一比昔日的贵族，只有自然的勇气与傲气的，与今日的军人，有他的辛苦的而且复杂的专门学问的；我们就晓得在原始基础上渐渐堆砌了许多组合物，而且是多么复杂、多么重要了。

但是，恰因太复杂的缘故，这些广博的组合却是容易破坏的。它们的平衡状态是不固定的，所以抵抗不得一种强烈的动摇。假使它们在父母二人身上都是完全一样的，那么，也许能够随着世代而变动。但这样的完全相同状态乃是例外的。先说，它们是随着男女两性而异的；再说，在社会渐渐扩大而且渐渐稠密的时候，那些交叉点就在一个更阔的表面之上，把气质不相同的个人们都拉拢了来。所以在我们死去的时候这意识的茂盛状态就跟着死去了，仅仅把不确定的一个胚子传给我们的子孙。应该由他们重新培养那胚子，所以遇必要时，他们更容易改变那发达的方式。他们已经不一定受限制而重演他们的祖父之所为了。固然，假使我们以为每一世代都另起炉灶完全做时代的产品，那么，进步岂不是不可能的了吗？岂不是荒谬的话吗？过去的事不由血统相传，我们不能因此就说它完全消灭了：它还固定在那些古迹与种种的传说，以及教育所给予的种种习惯里。但传说的关系比遗传性的关系弱了许多；它虽也预先确定人们的思想与行为，但比之遗传性却不很严格了，而且不很显明地确定了。上文说过，在社会渐渐变为更稠密的时候，传说的本身是渐渐变为可屈挠的了。这么一来，个人们就有了自由变化的余地；而且，在工作渐渐分开的时候，这余地也就渐渐扩大了。

总说一句，文化若要固定在机体里，必须先依据着最普通的一些基础。文化越超出了这些基础之上，因此也就越超出了机体之外；它渐渐不是有机物，而且渐渐变为社会的东西了。但是，到了这时候，它不复赖机体为媒介而永远存在；换句话说，就是遗传性渐渐不能保证文化的持续性了。于是遗传性失了它的权威，这并不因为它不复是我们的自然的一种规律；只因为我们为着生活所需要的种种工具已经不是它所能供给的了。固然，我们的事业是有来源的，遗传的本身所给我们的原料自有很大的关系；然而我们所加上去的原料的关系也不算小。遗传的祖产保有很大的价值，但它在个人的财产里所占的部分是一天比一天有限的了。在这些条件之下，我们已经可以明白遗传性为什么不复是社会的建设之一种，而平民既不复看见新加的事物所掩盖了的遗传的基础，也就不觉得重要了。

二

还有一层；遗传性所分有的部分非但在相对的价值上是减小了的，而且在绝对的价值上也是减小了的。遗传性在人类发达史里变为一种很小的原因，这非但因为一天比一天有了许多新的获得物是它所不能传授的，而且因为它所能传授的也不很能妨碍个人们的变化了。这一个假定，由下列的诸事实作证，很像能成为真理的。

我们可以依照本能的力量与数目去测量某一种动物的遗传性的关系之大小。我们须知，我们越上溯动物的阶级，则本能生活越弱，这已经是很可注意的事了。实际上，本能乃是一种确定的行为方式，是由很窄狭地确定了的一个目标限制的。它使个体做了许多永远相同的行为，而且，在必要的条件皆备的时候，这些行为是机械地重演的。它的形式是固定的了。固然，人们可以尽量使它离了它的形式，然而这一类离了本形的状态若要固定，非有长时间的发达不可；而且其结果只能使另一种本能替代了这本能，另一个特别的机械替代了这同性质的机械罢了。反过来说，动物越是属于更高的种类的，则其本能越变为随意的。比利耶先生说："这已经不是'形成各种不确定的行为的一种组合'的无意识的天性，而是随着环境而有种种不同的行为的天性了。"①若说遗传的影响更普遍了,更模糊了,不很有权威了,这不啻说它已经减小了。动物的活动力不复被它用坚硬的网子包罗住了,所以就有了自由发生作用的余地。比利耶先生还说:"就动物而言,在智慧增加的时候,遗传性的种种条件在根本上就被修改了。"

就动物说到人类,这种退化状态就更显明了。"凡是动物所做的一切都是人类所做的,而且人类还多做些;不过,人类在做事的时候晓得他所做的是什么,又晓得为什么做这事;这对于他的行为的唯一的意识似乎已经把他在一切本能冲动里解放了出来,不一定由这些本能驱使他去做这些行为了"②。在动物里是本能冲动的许多动作在人类已经失了遗传性的,真是数不清。甚至在本能存在的时候也少了许多力量,于是意志就比较地容易作主了。

但是,这向后退的动作既是不停止地从下等动物直到上等动物的,若说它一到了人类就忽然停止了,这岂不是毫无理由的假定吗?难道人类在进了历史中的那一天就已经完全超越了本能冲动吗?我们今日还觉得受本能的束缚呢。已经形成了这累进的超越状态的那些原因是有持续性的,上文已经说过,难道它们会忽然失了它们的力量吗?但有一层却是显然的:它们与形成了动物的普通进步状态的那些原因相混合;普通进步既是不停止的,它们也就不能先停止了。这样的一个假定,与一切类似律都相反。它甚至于与一些已经证明了的事实相反。实际上,我们已经证明了智慧与本能的变化,一进一退,所走的路向是恰恰相反的。此刻我们用不着研究这关系是从哪里来的,我们只要能够证明这关系的存在就算了。我们须知,自从原始以来,人类的智慧是不停止地发达的;所以,本能就应该退化才是道理。我们虽则不能积极地观察事实以求证明这一个议论,但我们

① Anatomie et physiologie animales, p201。Cf. la préface de l'Intelligence des animaux, de Romaines, p XXIII。

② Guyau:Morale anglaise, ler édit. , p330。

应该相信遗传性在人类进化史里已经失了多少地位了。

还有一个事实可以帮助为证。自从有史以来,非但人类的进化不曾产生了一些新的种族,而且那旧种族还一天比一天退化。实际上,一个种族的形成乃在乎若干个人因为属于同一的遗传模型之故而呈现一种相符状态,而这相符状态须是颇大的,以致个人们的变化都被忽略了才行。然而我们须知,个人的变化乃是一天比一天增加的。个人的模型一天比一天显现,以致损害及于种族的模型;因为种族所赖以成立的那些表征已经分散在各处了,与其他许多表征混淆了,变为非常复杂,再也不容易集成一体而有任何的一致性了。这分散状态与消灭状态甚至在很不开化的民族里已经开始了。因为单独生活的缘故,爱斯基摩人所处的地位似乎是很适宜于维持他们的种族的纯粹性的。但是,"他们的身材的变化已经超过了个人所不得超过的界限了⋯⋯在何当地方,一个爱斯基摩人确切地类似一个黑人;在斯巴法烈口岸,类似一个犹太人。鹅蛋形的脸孔,加之以罗马人的鼻子,也不是罕见的。他们的面色也有很黑的,也有很白的"[1]。在这些狭小的社会里既然如此,在现代欧洲的大社会里越发该有同样的现象发生,而且更显明些。在中欧,我们发见了种种不同的脑盖,种种不同的脸孔,极尽变化之能事。说到颜色也是如此。依照威朔夫的观察,在德国种种不同的阶级的一千万孩子当中,属于金栗色模型的——这是日耳曼族的特征——在北方仅仅有 33%—43%,在中部仅仅有 25%—32%,在南部仅仅有 18%—24%[2]。由此我们可以明白,在这些条件之下,既是愈趋愈下的状况,人类学就不能怎样建立非常确定的人种模型了。

嘉尔东先生最近的研究容许我们解释这遗传的影响的衰弱,

---

[1] Topinard:Anthropologie,p458.

[2] wagner:Die Kulturzüchtung des Menschen,in Kosmos,1886;1,heft,p27.

同时也能加以证明①。

　　嘉尔东先生的观察与统计似乎是很不容易推翻的。依他的意见，有常地而且完全地由某一社会团体里的遗传而来的特征只是平均模型所成成的结合的特征。所以，非常高大的父母所生的儿子决不会有父母那样的身材，却更与中等的身材相近。反过来说，如果父母的身材是矮小的，儿子的身材就会比父母高大。嘉尔东先生甚至于能测量这转变的关系——至少可以说他的测量法是近似的。如果我们赞成把真实的双亲的平均数所代表的一个复合个体叫做"平均父母"（把女人的种种特征颠倒次序，分其与父亲的种种特征能够相比，而且这些特征都是全体增加或分开的），那么，儿子转变的比例，与这固定的基数比较起来，就是父亲的转变关系的三分之二了②。

　　嘉尔东先生非但证明了这身材的定律，还证明了眼睛的颜色与艺术天才的定律。固然，他只观察到那些关于量的转变，而不曾注意到个人们与平均模型相比时的质的转变。但是若说这定律只适用于此而不得适用于彼，那就是不会有的事了。如果定律乃在乎遗传性所能传授的关于这模型的成立特性是与这些特性相当的发达程度相合的，那么，它所传授的特性也就该是关于这模型的特性才是道理。在常态的特征的限度里是真理的，在变态的特征里更应该是真理。这些变态的特征，就普通说，每从一个世代经过另一个世代的时候，应该是变弱了的，而且倾向于消灭了的。

　　再者，这定律是很容易明白的。实际上，一个儿子非但受父母的遗传，而且受祖先的遗传；当然，父母的影响大些，因为是直接的缘故；但祖先的影响也能在向同一方面施行作用的时候传到子孙的身上，幸亏这种积传的作用可以抵偿了远离的结果，它就能达到某力量的充分程度以减轻了父母的影响了。然而我们须知，一个

---

① Natural Inheritance，London，1889。

② Op. cit.，p104。

自然团体的平均模型就是与平均生活的条件相当的模型,申说起来就是与最平常的条件相当的。这平均模型足以表现个人们所适合的平均环境,——无论是物质上的或社会上的,总是许多个人所处的环境。而这些平均条件在现在既然是最普通的,同理,在过去也就是最屡见的。由此说来,就是我们的祖先当中一大部分所处的条件了。固然,它们尽可以随着时间而变化;但就普通说,它们只能慢慢地更改。所以那平均模型显然是经历很久而不变的了。此后,在从前的世代里,这平均模型是最屡见,而且其方式也是最一致的了,至少可以说在颇相近的世代里,以致它们的影响发生效力。幸亏有了这恒久性,然后这模型获得了一种固定性,而这固定性就成为遗传影响的重心。这模型所赖以成立的那些特性乃是最有抵抗力的特性,其传授的力量是很强的,其传授的方式是很明显的。反过来说,与这模型远离的那些特性就只能存在于一种不定状态之中,而且相离越远,测这不定状态越大。因此之故,从此发生的转变状态永远只是暂时的,而且暂时维持也是在一种很不完善的方式之下的呢。

话虽如此说,这一个解释的本身已经与嘉尔东先生自己所设的那一个解释有多少不同了;我们由此可以猜想到,这定律若要是十分确切的,还须稍为修正一下。实际上,必须在平均生活不曾变化的时候,然后我们的祖先的平均模型才不与我们这一世代的模型相混。然而我们须知,事实上,那些由前代至后代的种种变态已经把许多变化掺进了平均模型的组织里了。嘉尔东先生所搜集的事实所以似乎能证实他自己所立的定律者,这因为他只在比较地不变的一些形体上的特征——例如身材与眼睛——去证明罢了。但是,假使我们用他的方法去观察其他的种种特性——机体的或精神的——我们包管可以发见了好些进化的结果。因此之故,严格地说,可传性达到了最高限度的那些特征并不是某一世代的平均模型所由成的全体的特征,却须是在前后相承的世代的平均模型之间所取的平均数里得到了那些特征。再说,假使不是这样修正,我们就不晓得解释团体的平均数怎样能够进步了;因为如果我们把嘉尔东先生的议论细细推敲,前后两代纵使是相离的,其平均模型也会完全相同,这么一来,社会岂不是永远只归到同一的水平线上吗? 我们须知,这相同性非但不能成为定律,而且恰恰相反,有些像平均身材或眼睛的平均颜色一般地简单的生理上的特征也渐渐起了变化,不过很慢罢了①。实际上乃是:在环境里虽则发生了一些持续的变化,但从此生出来的那些精神上与机体上的改革终于固定了而加入那进化的平均模型之中,由此看来,在半途中发生的种种变化决不会与恒久地重演的事实的可传性是同一程度的了。

　　平均模型是由许多个别模型层积而成的,所以能表现那些个别模型的共同之点。因此之故,在同一团体的诸分子之间的个别模型在重演的时候越是完全相同,则平均模型所由成的种种表征越变为确定;因为到了完全相同之后,它们一切的特性,甚至于细微的相异点也相逢了。反过来说,当它们随着个人而殊异的时候,它们相逢的地点既然很少,所以平均模型里所剩有的只是一些很普通的表征,而且,殊异性越大的时候,这些表征越普通了。然而我们须知,个人们的殊异点是一天比一天增加的,换句话说就是平均模型所由成的种种元素一天比一天变为互相歧异的了。所以这模型的本身应该包括少些确定的表征,而且社会越是与众不同,则这模型所包括的确定的表征越少。平均的人的面目渐渐不很清楚了,不很显明了,却有了一个更成图形的外貌了。这是一个抽象的状态,渐渐不容易固定,不容易立界限了。从另一方面说,社会越是属于高等的,则其进化越快,因为传说已经软化,上文已经说过了。由此看来,平均模型是随着世代而变化的。因此之故,由一切这些平均模型层叠而成的双重组合模型比之每一模型更是抽象

_____

① 看 Arréat:Récents travaux sur l'néridité,in Rev. Phil.,avril 1890,p414。

了,而且一天比一天抽象了。既然是这模型的遗传性成立为常态的遗传性,那么,依比利耶先生的话,常态遗传性的种种条件就深自更改了。固然,这并不是说它绝对地少传授了好些东西;个人们虽则表现更多的殊异的特征,但同时他们的特征的数目也多了。不过,它所传授的渐渐是一些不确定的先天,是一些思想感觉的普通方式,而这些方式尽可以分别而成为千万不同的样子。这已经不像昔日的完全的机械,专向特别的目标而进行;却只是些很模糊的倾向,并不固定地趋向将来什么地方。遗产并不变为更穷的,但已经不完全是"现产"了。遗产所由集成的许多价值当中,有　大半是不曾实现的,还要看将来用途如何呢。

　　这些遗传的性质的软化性更大了,其原因不仅在乎它们的不确定状态,而且在乎它们在变化的过程中所受的动摇。实际上,我们晓得,一个模型越转变,就越变为不固定的了。加特尔法歇先生说:"有时候,这些有机件变了不固定之后,很少的原因已经足以很快地把它们改变形式了。瑞士的牛被运到了龙巴地之后,只经过了两代,就变成了龙巴牛。布尔干的蜂子原是小的、棕色的,但到了伯烈斯之后,只须经过了两代,也就变为粗大的、黄色的了。"根据了一切这些理由,遗传性始终让种种新的支配有发展的余地。非但它的影响所不及的事物一天比一天更多,而且由它保证持续性的那些特质也渐渐变为弹性的了。这么一来,个人被过去牵制得不很紧了;他比较地容易适应新发生的种种环境了,而分工的进步也因此变为更容易,更迅速的了[①]。

_____

[①]　Weismann 的理论里最可靠的地方可以拿来证明上文所述的一切。固然,Weismann 所主张个人们的变化根本上是可以遗传的,这一层还没有证实。但他似乎已经很能证明平常的可传的模型并非个人的模型,却是世系的模型。——这模型以生殖的元素为有机的实体。人们往往以为个人们的变化可以损害及于这模型,其实是没有这么容易的(看 Weismann：Essais sur l'héridité；trd. franç. , Paris, 1892,其尤是第三论。再看 Ball：Héridité et Exercice；trad. franç. , Paris, 1891)。这么一来,结论乃是这模型越是不确定的,弹性的,则个人的作用越发占地位了。

就另一个观点上说,这些理论也能引起我们注意。本书反复注重的许多结论当中,有一个结论就是他的意思;他说社会的种种现象是从社会原因里生出来的,而不是从心理上的原因里生出来的;又说团体的模型并不仅仅是由个人的模型普通化就成了的,恰恰相反,个人模型乃是从团体模型生出来的。在另一类的事实里,Weismann 也说种族并不仅仅是个人的延长;那特别的模型,就生理学与解剖学的眼光看来,并不是个人模型在时间上永远存在;它自有它的进化。个人模型从那特别模型里分了出来,却不是那特别模型生出了个人模型。我似乎觉得他的学说也与我的学说一样,大家都反对那些由繁趋简的理论,所以我们不赞成把复杂减为简单,把全体减为部分,把社会或种族减为个人。

第五章　上文的结论

一

依上文所述,我们对于分工在社会里发生作用的方式,已经懂得更透彻了。

就这一点说,社会上的分工是由一种主要的特征而与生理上的分工有分别的。在有机体里,每一细胞有它的确定的职务而不能变更的。在社会里,种种工作之分配方式决不是永远不变的。甚至在组织范围最不通融的时候,个人还能在命运注定他所在的范围里颇自由地活动。在原始的罗马,那些不是绝对地保留给贵族的种种职务,乃是庶民所能自由地都担任了的。就说在印度吧,归属于每阶级的种种职业也有充分的普遍性①,令人有选择的余地。在一切国家里,如果被敌人占了国都,换句话说就是占了国家的主脑,社会的生活并不因此就停顿了;但是,经过了比较地短促

---

① Lois de Manou,Ⅰ,p87—91。

的时期之后,另有一个城市能够担任这复杂的职务,其实这城市并未预先准备这职务啊。

在工作渐渐公开的时候,这柔软性与这自由也渐渐变大了。同是那一个人,昔日他所做的是些微贱的工作,今日却是些重要的职务了。一切公民都得担任一切的职务,这原理,假使不是有恒地应用的,怎会普通化到了这地步呢? 还有一个更屡见的事实,这就是:一个工作者往往离了他的职业而另就相近的职业。从前科学的活动力还不曾专门化的时候,学者几乎包罗了一切的科学,不能怎样变更他的职务,因为假使他一放弃了他的职务,同时就放弃了科学的本身了。在今日呢,学者们往往先后研究几种不相同的科学,从化学转到生物学,从生理学转到心理学,从心理学转到社会学。这先后取得很复杂的形式的一种能力,无论在什么地方都比不上在经济社会里更加显明。这些职务所适应的那些需要与嗜好既是最容易变化的,所以必须商业与工业永远处于一个不固定的平衡状态里,俾得顺从一切适应要求的种种变化才行。昔日的资本的不动状态,几乎是它的自然状态,而且法律也阻止它太容易变动;今日就不然了,资本被用于甲种企业,忽又退了出来,又被用于乙种企业,而其固定的时间又不久,其形式变化得这样快,我们几乎跟不上。所以一般工作者,就该预备追随资本的变动,因此,也就该预备担任种种不同的职务了。

社会的分工所属的种种原因的性质就可以解释这特征。每一细胞的任务所以能如此固定而永远不变者,这因为细胞生出来的时候就不得不担任这任务了;它被围困在遗传的种种习惯的一个系统里,而这些习惯就表现它的生命,于是它就不能再由此变化了。它甚至于不能把这些习惯修改得很厉害,因为它所由成的本体已经深深地被它们影响了。它的结构已经预先确定了它的生命了。但上文说过,在社会里却不是这个情形。个人并非一生出来就预先确定是就某一种特别的职业的;他的先天的组织并不一定限制他只任唯一的任务，也不令他无力担任其他的任务。他从遗传里得来的只是一些很普通的先天，因此也就是很柔软的，可以成为种种不同的形式的了。

　　真的，他自己确定了那些先天的时候，是由他应用那些先天而确定了的。他既然应该把他的天赋能力放在种种特别的任务里而使之专门化，所以他就不得不把他的职务所直接需要的那些能力更加磨砺，而且让其他的能力渐渐部分地失了力量了。这么一来，他要发达的脑子超过了某一限度，就不能不失了一部分他的筋力或他的生殖力；他要兴奋了他的分析思考的能力，就不能不弄弱了他的意志的力量与他的情感的活泼性；他要养成了观察的习惯，就不能不失了空论的习惯了。再说，由事物本身的力量所影响，他的能力自从变强烈了而且损害及了其他能力之后，就不得不成为一些确定的形式，于是这能力渐渐成为这些形式的囚徒了。它促成了若干实施的习惯，其作用仍是确定的，所以延长越久，则越不容易变化。但是，这专门的趋势既是由个人的努力而来的，它并没有长期的遗传性的那一种固定性或坚硬性。这些习惯是比较地柔软的，因为它们的来源是比较地近的。既是个人自己走进里头去，也就可以走出来，另立一些新习惯。他甚至于能把久睡而迟钝了的一些能力唤醒兴奋了它们的生活力，把它们重新放到前台上去，——不过，老实说，这一类的复活已经是比较地艰难的了。

　　在起初的时候，人们倾向于把这些事实看做退步的现象或某一卑下性的明征，至少也看做一个尚未成形的实体的暂时状态。实际上，尤其是在下等动物，集体里的诸分子很容易变换任务而互相替代。反过来说，在组织渐变完善的时候，这些分子就渐渐不能离了被指定给他们的任务了。因此之故，人们往往自问将来是否有一天社会的形式变为更固定些，每一机关，每一个人，都有一个确定的职务而不复变更。这似乎是孔德的意思①。这一定是斯宾塞先生的意思②。然而这归纳方法是不对的,因为这替代现象并非很简单的实体所特有的,我们在动物的最高级也可以观察到,尤其是在高等有机体的高等器官里。"脑膜的某几个地方截断了所生的连续的扰乱往往是经过了相当的期间就消灭了的。这一种现象只能把下面的一种假定去解释:它消灭了的元素的职务已经由另一些元素替代了。这一说就包含有那些替代的元素施行了新的职务的意思……一个元素在平常的关系里是实行视觉的,后来幸亏环境变了,就成为触觉的动机,或筋络的感觉与主动的神经作用的原因。而且我们几乎不得不假定:如果脑网的中网有能力把一些性质不同的现象转到同一而且唯一的元素里,这元素就有能力把多数不相同的职务集合在它的内部了"③。主动的脑筋也因此才能够变为"向心"的,而感觉神经却变为"离心"的了④。总之,虽则当传授的条件变更的时候尽可以有一种关于一切这些职务的新分配;但是,依照冯德先生的意思,我们还可以推测到:"甚至在常态里,也由个人们的各不相同的发达而生出了许多变化呢。"⑤

这因为实际上一种硬性的专门化并不一定是高等的一种表征。它并不是在一切环境里都是好的,所以恰要那器官固定在它的职务里才好。固然,在环境本身固定的时候,甚至于很大的固定性也是有益的,譬如个别的机体里的那些滋养的官能就是如此的。就同一的有机模型说,它们并不会起大变化;因此,在它们取得一种确定的形式的时候,非但没有不便之处,而且有一切的利益。试就珊瑚类的动物而言,它们的内经纬与外经纬很容易互相替代,所

①　Cours de:Phil. post. ,Ⅵ,p515。

②　Sociol. ,Ⅱ,p57。

③　Wundt:Psychologie physiologique;trad. franç. ,Ⅰ,p234。

④　看 Wundt 所述的 Kühne 与 Paul Bert 的实验(ibid,p233)。

⑤　Ibid. ,Ⅰ,p239。

以比不上更高等的动物更能有奋斗的利器,然而更高等的动物的这种替代作用恰是不完全的,差不多是不可能的。然而当器官所属的种种环境常常变化的时候,情形就大不相同了:它如果不自己变化,就不免趋于灭亡了。复杂的职务使我们适合复杂的环境,也是如此的。实际上,复杂的环境因为复杂的缘故,根本上是不固定的:这里头常常断绝了某种平衡性,生出了某种新事物。若要适合环境,职务的本身也该预备变化,与新的地位适合才行。然而我们须知,在世上所有的一切环境当中,最复杂的莫若社会的环境了;所以社会职务的专门化当然不能像生物学上的官能专门化一般地确定,而且,既然在工作渐渐分开的时候这复杂性也渐渐扩大,那么,这弹性也一天比一天变大了。固然,它还被关闭在有定的界限里,但这些界限已经一天比一天向后退了。

确定地说,这相对的而且一天比一天增大的可挠性的证据乃在乎官能渐渐对于器官成为独立的了。实际上,一个职务连属于一种太确定的结构,是最不能变动的了;因为无论怎样安排,总不会比这种结构更固定,更能妨碍变化。一种结构非但是行为上的某一方式,而且是需要行为上的某一方式的一种存在样法。这方式非但是指诸分子所特有的颤动方式而言,而且这是诸分子的一种安排样法,差不多可以使其他一切的颤动方式都变为不可能了的。由此看来,这官能所以柔软了许多者,这因为它与器官的形式已经没有很密切的关系了;这两项之间的关系已经松些了。

实际上,我们观察到,社会与其职务渐渐变为复杂的时候,这关系也跟着松弛。在下等社会里,工作是普通而且简单的,担任这些工作的种种阶级是由形式的特征而互相区别的。从另一方面说,每一机关与其他机关的分别也是结构上的分别。每一阶级,每一等的人民都有他们的吃饭穿衣的方式,于是这些制度上的相异点就生出了生理上的相异点。腓基人的酋长是高大的,体格端正的,筋肉很强的;下流的人民却很是瘦弱,因为工作辛苦,养料不足的缘故。在桑特维克群岛,酋长们是高大壮健的;他们的外貌比下等人民的外貌胜过了许多,以致人家会说他们另是一个种族。爱利斯证实了哥克的叙述,说达希田人的酋长们的地位与财富比农民高了多少,他们的体力也跟着高了多少。爱尔金也注意到东加群岛有类似的情形①。反过来说,在高等社会里,这种龃龉的现象就消灭了。有许多事实倾向于证明从事于种种不同的职务的人们并不像昔日那般地以身体的形式——轮廓与态度——去互相区别了。人们甚至于赌气说气概与职业不相称呢。依照泰尔特先生的希望,假定统计学与体格检查学能更确切地断定了种种不同的职业模型所赖以成立的那些特征,那么,我们大约可以证明它们已经不很像从前那样有分别了;尤其是注意到种种职务一天比一天趋向于越分越多,则更可以这样说了。

有一个事实可以证明这一个假定,这就是,职业上的衣冠制度一天比一天被废止了,实际上,虽则职务上的相异点曾经由衣冠而显明,但我们并不能把这作用看做它的唯一的存在理由,因为在社会职务渐渐更分别的时候衣冠也跟着消灭了。由此看来,制服应该与另一性质的一些相异性相当才是。再说,假使在这习惯未成立以前种种不同的阶级的人们不曾经表现肉体上的相异点,我们就不懂他们为什么有意这般地求其互相分别了。这由约定俗成而来的外的表征,在发明的时候,大约是由模仿那以自然为来源的外的表征而来的。我们似乎觉得制服并不是别的,只是职业的模型,这模型就把它的印象表现在衣冠之上,以求各有分别。这只是职业模型的补足物罢了。还有一个显明的证据:譬如人们习惯于把胡子剪成某种形式或完全剃去,又如把头发完全剃去或完全保留,这一切的区别作用都与衣冠的作用相同,而且一定是出于同样的原因的。这些职业模型的表征,起初本是自然而然地产生而且成

---

① Spencer:Sociol. ,Ⅲ. p406。

立了的,后来却由模仿而变为人工的了。由此看来,衣冠的殊异性的作用尤其在乎表示形态上的相异点;因此,制服所以渐渐消灭者,因为这些相异点也渐渐消灭了。种种不同的职业里诸分子所以不复觉得须要靠着可见的表象以求互有分别者,因为这种分别已经与事实完全不相符合了。然而官能上的殊异点却一天比一天增多而且显明;这样看来,却是形态上的种种模型已经变为水平了。当然,这并不是说一切的脑筋都毫无分别地适宜于一切的职务,不过,它们的官能上的分别虽则仍旧是有界限的,却变为更大的了。

　　然而我们须知这官能上的解放,并不是卑下性的一种表现,只是官能变为更复杂的了。脑的经纬所赖以成立的诸元素更不容易安排以求代表那官能,申说起来,就不能保留与围困它,这因为它所由成的种种布置太严密了。我们甚至于可以自问:到了复杂性的某限度以上,它是否永远地离开了它们的圈套,又它是否终于溢出了器官的范围,以致器官不复能完全吸收它了。若说事实上它是对于实体的形式独立的,这已经是自然科学家老早就证明了的真理了;不过,当它是普通而且简单的时候,它还不能在这自由状态里停留许久,因为器官很容易与它同化,同时也就锁住了它。但是,我们没有理由去假定这同化力是无定的。恰恰相反,一切都令我们猜想到:在某时期以后,分子的安排的简单性与官能的安排的复杂性之间的反比倒是渐渐变大了的。所以前者与后者的关系渐渐松弛了。固然,官能并不因此就能离了器官而自己存在,而且二者之间的一切关系也是不能缺少的;不过,那关系已经不很是直接的了。

　　由此看来,人类进化的结果能使官能挣脱了器官的圈套,——并不使它完全离开,——能使生活离开了物质的束缚,于是渐渐把生活变成精神的、更柔软的、更自由的,同时又使它成为更复杂的了。这因为精神主义者觉得这样才是生活上的高尚的形式的特征,所以始终不肯把精神生活看做脑筋的分子的组织的结果。事实上,我们晓得脑髓的种种不同的区域里的官能上的无异性,虽则不是绝对的,却是更大的。所以脑髓的诸官能却是最后才能有永久不变的形式了。它们比别的官能保留弹性更多,而且,它们越是复杂的,越能保留它们的弹性。这么一来,它们的进化在学者的脑筋里延滞了许久,在未受教育的人的脑筋里却比较地快了许多。社会上的种种职务所以表现这同样的特征而且更显明者,这并不是一个空前的例外,却是因为它们所适合的程度在自然进化里更是高超的罢了。

二

在确定分工进步的种种原因的时候,我们已经同时确定了所谓文化的主要原因了。

在社会的容积与密度里发生的种种变化的必然的结果就是文化的本身。科学、艺术、经济活动力所以发达的,就因为人类感觉得一种需要的缘故;他们要在新的环境里,不如此就没有别的生活样法了。社会关系所维系着的个人们的数目既是更多的了,他们若要维持自己,除非更趋向专门,更加工作,更激奋他们的能力;经过了这普遍的兴奋,就不免生出了更高程度的学术。就这一点说,文化的出现并不像一个目标能把它的诱惑力诱动人民,也不像一种财产为人民们所以预先看见而希望用一切种种方法去获得最大的部分,却只好像一个原因的结果,像某一定的状态的必然的归宿。这并不是历史上的文化所趋向的而且人类为着求更幸福或更善良而求接近的一个目的地,因为幸福与道德都不一定跟着生活的强度而发达的。他们向前走,只因为他们不得不走;而形成这走的速率的乃是他们互相间所施的压力,而压力之强弱乃是要看他们的数目多少而定的。

这并不是说文化完全没有用处,但它的用处并不能使它进步。

它发达，是因为它不能不发达；这发达状态开始了之后，就普通说乃是很有用的，至少可以说是被利用的；它适应一些同时成立的需要，因为那些需要也是属于同样的原因的。但这只是事后的安排罢了。还要说一层：它这样供给的利益并不算是积极的富裕，并不是我们的幸福增加，只算补救它自己所酿成的损失而已。因为这普通生活的活动力太盛了，弄辛苦了而且弄细致了我们的神经系，所以需要与消耗成正比例的抵偿，换句话说就是需要更有变化更复杂的满足。从这一点上，我们更明白人家把文化看做分工的作用乃是荒谬的见解了；文化只是分工的反响罢了。它既不能解释分工的存在，也不能解释分工的进步，因为它本身并没有一种绝对的固有的价值；恰恰相反，须待分工自身成为必要的时候它才有存在的理由呢。

　　如果人们注意到"数的原因"在有机体的历史上有了重大的作用，就不至于怪我把它认为这样重要了。实际上，世上只有两重特征形成了一个活体，所谓两重特征就是滋养与生殖，而生殖的本身又只是滋养的结果。因此之故，有机的生活的强度是与滋养的活动力成为正比例的。换句话说就是与有机体所能包容的元素的数目成为正比例。在某几种情形之下，比较地简单的一些有机体团结着而成为更大的一些团体，这么一来，杂复的有机体之出现非但是可能的，而且是必然的了，动物所赖以成立的部分既增多了，它们相互间的关系就不是从前的关系了，社会生活的条件变更了，后来又轮到这些变化形成了分工，形成了众多状态，形成了生活力的集中与其力量的增加。由此看来，有机体的发达是能支配动物的发展的全部的。怪不得社会的发展也受同一定律的支配了。

　　再者，纵使不倚靠这些比类的理由，这原因的主要作用也是很容易明白的。一切社会生活都是由一个系统的事实成立的，而这些事实就是在许多个人相互间的永远而且积极的关系生出来的。所以组合的诸单位的本身相互间所交换的种种反动越频屡，越有力,则社会生活的强度越高了。但是,这频屡性与这力量又是与什么有关系的呢? 与现存的种种元素的性质有关系吗? 在那些元素的生活力的大小有关系吗? 但是,我恰要在本章说明一层:与其说诸个人形成了共同生活,不如说他们是共同生活的产品。如果我们在每个人里头抽出了社会作用所形成的部分,则其所余的非但很少很少,而且不能呈现一种大变化了。除了他们所关系的种种社会条件的复杂性之外,把他们隔开的那些相异点将是不可解释的了;所以如果我们要寻找各社会的发达不相等的原因,决不能在人们的能力不相等的地方去找。那么,是不是该在这些关系的不相等的持续期间寻找呢? 但时间本身是不产生什么的,不过,慢性的力量之发现非靠时间不可罢了。此外再也没有别的原因,仅有那些有关系的诸个人的数目与他们精神上与物质上的接触,换句话说就是社会的容积与其密度。他们的人数越多,而且越互相影响,则他们的反动力越强越快;因此,社会生活越变为强烈的了。然而我们须知,这渐进的强度就形成了文化①。

但是,文化虽则是许多必要的原因所生的结果,却又尽可以变为一个目标,一个欲望的对象,总而言之乃是一种理想。实际上,在每一个时代,每一个社会总有团体生活的某种强度是常态的,这是依照社会的单位的数目与其分配而定的。固然,如果一切都照

---

① 我们在这里用不着根究是否那形成文化与分工的进化的一种事实——换句话说就是社会的容积与密度之增加——的本身就机械地对于自己有了解释,也用不着根究它是种种不同的原因的必然的产物呢,抑或是对于前途幸福的一种想象的方法。我们只立了这社会吸力的定律就算了,不再上溯了。但是,我似乎觉得无论在这里或别处都用不着一个追究到底的解释。社会里不相同的诸分子之间的界墙渐渐消灭了,这是事物的力量之所致,是自然消耗的结果,而且这结果还可以靠那些强弱的原因的影响而增加了效力。这么一来,民众的动作变为更多而且更快,于是有了一些经过的路线出现,这些动作就循着这些路线出发;这是所谓交通的道路。在许多路线交叉的地点上,这些动作更是活跃的;这是所谓城市。社会的密度就是这样增加了的。至于容积的增加,也是同类的原因。隔离各民族的那些界栏也类似于隔离同一社会里种种"蜂房"的界栏,也是在同一方式之下消灭的。

常地过去了,这状态自然也就会实现了;然而我们恰不能立意做到一切事物都照常地过去呢。健康固然是自然的,疾病也未尝不是自然的。况且,无论在社会里或在个别的有机体里,健康只是一种理想的模型,并不是完全实现了的。每一健全的个体总有多少的健康征象;但世上没有一个个体是能具备一切的健康征象的。由此看来,努力把社会接近这完善的地步,就是值得追求的一个目标了。

从另一方面说,为着达到这目标所走的道路还是可以缩短的。如果我们不让那些原因偶然地生出结果或顺着那些推它的力量而生出结果,却由我们的思虑去引导它流行,那么,就替人类省了许多辛苦的尝试了。个人的发达并不是完全把人类的发达状态重演一番,却是比较地缩短了的发达;人类所经历的诸阶段,个人并不都要经历过;有些阶段是他省略了的,有些却是他经过得比较地快些的,因为种族所已经有了的种种经验能令他个人获得经验更快了。然而我们须知,人类的思虑是可以产生类似的结果的;因为就方便将来的经验而言,思虑也是对于前时的经验的一种利用。再者,所谓思虑,并非专指对于目标与方法有了科学的认识而言。社会学,就现在的状况说,并不怎样能够很有效力地指导我们去解决这些实施的问题。在学者所钻研的种种明白的表象之外,还有许多暧昧的表象是与一些倾向有关系的。我们并不一定先须科学照耀明白了我们的需要然后那需要才兴奋了我们的意志。一些暗中摸索的举动已经足令人们知道自己缺少了什么,唤起了他们的愿望,同时又令他们觉得他们应该向哪一方面努力了。

所以社会的机械的概念并不排斥了理想,而且人们往往怪它把人类认为在自己历史里的一个不活动的见证人,这也是错怪了的。实际上,什么是理想?岂不是我们所希望的一种结果的先行表象吗?岂不是幸亏有了这先行的表象然后那结果才能实现吗?我们不能因为一切都是按着定律做的就说我们没有什么好做了。

人们也许觉得这样的一个目标是太小了的,因为目的只在乎使我们在健康的状态里生活罢了。但我们不要忘记:就受了教育的人说,健康乃在乎很规则地满足那些最高的需要,也像满足别的需要一般,因为在人类的自然里,最高的需要也像别的需要一般地是生了根的呢。固然,这样的一个理想界乃是很近的,我们的眼光所及并非没有边际的。无论如何,它决不会毫无限制地激发社会的力量,不过令那些力量在社会环境的有定状态所划定的界限里发展而已。一切的过度也像一切的不足状态同是有害的。但是,我们还能提出别的哪一种理想呢? 如果我们在环境的自然所要求的文化以外力求实现一种更高的文化,这就不啻想要在我们所属的社会里激发疾病;因为如果超过了社会机体的状态所确定的程度而激发团体的活动力,就不免累及健康了。事实上,在每一时代,文化进到了某限度就必有忧虑与不安状态相随着,其疾病的征象因此得了证明。然而我们须知,这疾病乃是值不得希望的。

但理想虽则始终是被人确定的,其本身却从来不是确定的。既然人类的进步是社会环境里所发生的种种变化的结果,我们绝对没有理由去假定它是应该在什么时候告终了的。若要它有一个期限,除非某时期的环境停止了变化才行。然而我们须知,这样的一个假定乃是与最正当的归纳法不相容的。只要有一天世上还有互相分别的诸社会,社会的单位的数目势必在每社会里常常起变化的。纵使我们就假定人类诞生的数目达到了能常在一个水平线上维持的时候,而从这一国到那一国,总未免有人口的变迁,譬如在强烈的征服之后,或潜然的慢性的移民之后都会有这情形。实际上,较强的民族是不能不倾向于把较弱的民族吸收进自己的团体里来的,较密的民族也势必流注于较疏的民族里;这是社会平衡性的一个机械的定律,与液体的平衡性的定律一般地是势所必然的。若要不如此,除非人类的诸社会的生活力完全相同,密度也完全相同才行;但这是不容设想的,就说在种种不同的部落里也不会如此的。

　　固然，假使全人类成为唯一而且同一的社会，这变化的源泉就会干涸了。但是，我们非但不知道这样的一种理想是否可以实现，而且，若要文化停止，还须社会诸单位之间的种种关系本身在这样大的社会里也逃脱了变化的定律才行。除非他们是在同一方式之下分配的；非但全团体保存了同样的面积，而且这团体所由成的那些基本小集体当中每一个也须始终保存着同样的面积。但这样的一种一致性乃是不可能的，这只因为那些支体并不都有同样的面积与同样的生活力。人民是不能在同一方式之下向各方面集中的；所以我们须知，那些最大的中心点——即生活最强的——就不免对于其他各中心点施行吸力，其吸力之大小是与他们的关系重要之程度成为正比例的。这样发生的移民作用的结果乃在乎把社会诸单位更集中到某几个地方去，因此就在那里形成了种种新的进步，而这些文化渐渐从它们所从生长的故乡传播到国内其他的地方去了。再者，这些变化还把其他的变化牵引进了那交通之路里，又轮着那些变化引起了别的变化，这种种的影响作用到什么地方为止，我们是不能说的。事实上，在社会渐渐发达的时候，非但不渐渐趋向于不进状态，而且恰恰相反，还变为更善动的，更有可塑性的呢。

　　但是，斯宾塞先生所以能说社会的进化有一个界限是不能超过的者①，这因为依他看来，人类的进步只在乎把个人适应社会环境。此外更无存在理由。依斯宾塞先生的意思，人类的完善乃在乎个人生活的发达，换句话说就是在乎机体与它的生理上的条件更完全相适合。至于社会呢，社会只是这相适合的状态所由成立的种种方法之一种，不算是特别的一种适合状态。个人并非独自生在世上，还有许多竞争者环绕着他，同他争他的生存之资，所以他就须在他的同类与他自己之间建立了些关系，令这些关系是有

---

① Premiers principes, p154 et suiv。

益于他的而不是妨碍他的；这么一来，就生出社会来了，而且社会的一切进步都在乎改良这些关系，好教它们更能完全产生人类所期望的结果。所以，斯宾塞先生虽则常常在生物学上去找类似之点，他并不把社会看做纯然的实有，不看做由自己而存在的而且由固有的必然的原因生出来的，因此，也就不以为社会把特有的性质去迫人类适合，不适合就不能生存，也像不适合自然界的环境就不能生存一般。他只以为这是个人们所建立的一种安排，好教个人的生活能向长的方面与宽的方面发展①。个人的生活完全寄托在合作之上，无论是积极的或消极的合作，二者的对象都只在乎把个人适应自然界的环境。固然，在这意义上说，合作很是这适合作用的辅助条件；它尽可以依照它被组织的那种方式把人们接近或离远了完善的平衡状态，但它自身并不是能形成这平衡的性质的一个原因。再者，社会环境既是常有相对的恒久性的，而且环境的变化既是非常长久而罕见的，所以那以把我们弄到与环境适合为目的的人类发展就势必是有限的了。总不免有一个时期来到，再也没有什么外的关系不是与内的关系相当的了。于是社会的进步势必停止了，因为它总有一天达到了它所倾向的目的地，这目的原是它的存在理由，到了它被完成了之后，岂不是没有存在的理由了吗？

但是，在这些条件之下，个人的进步自身也变为不可索解的了。

其实，为什么个人希望更完全与自然界的环境相适合呢？为的是更幸福吗？关于这一层，上文已经说明白了。我们甚至于不能因一种适合状态是更复杂的，就说它比别的适合状态更完善。实际上，我们说一个有机体有了平衡性，并不因为它能适应一切的外力，只是指它能很妥当地适应那些令它感觉得到的力量而言。

---

① Bases de la Morale évolutionnistes, p11。

如果有些外力是不影响及于它的，它就把它们当做不存在，因此也就用不着适应它们。它们在物质上无论是如何接近，总算是在它的适应范围之外，因为它们并不受它们的影响。由此看来，如果那主体的组织是简单的，同质的，就只有很少的外的环境可以支配它，因此，它就有能力应付一切这些支配作用，换句话说就是实现了一种完善的平衡性，而其所出的代价也很小。反过来说，如果那主体是很复杂的，那么，适应的条件就更繁多，更复杂，但适应的本身却不会因此而更完全。因为从前的人类的太粗的脑系统所未感觉到的许多刺激品都在我们的身上发生了作用，所以，我们为着适应这事，就不能不谋更大的发展。但这发展的产品——即发展以后的适应作用——并不能比在别的情形之下更为完善；只是情形不同了，这因为相适合的机体自身已经不同了。野蛮人的躯壳不十分感觉气候的变化，但比之文明人靠着衣服保护身体，也是同样的适应环境，并没有完善不完善的分别。

由此看来，如果人类不与一个可变的环境有关系，我们就看不出为什么他们须要变化；所以社会并非人类进化的次要条件，却是进化的定因。它是一个实体，也像外界一般地不是我们的作品，因此，我们就该顺着它然后能够生存；因为社会变化，所以我们不能不变化。若要文化停止，除非有一个时期的社会环境达到了不进的状态；然而依上文的证明，这样的一个假定乃是与科学上一切的假定不相容的。

所以，文化上的机械说非但不能剥夺了我们的理想，而且容许我们相信我们永远不会没有理想。恰因理想与社会环境有关，而社会环境又根本上是变动的，所以理想也就不住地变动。由此看来，我们永远不怕没有发展的余地，我们的前途决没有活动的界限，以致我们有不能再前进的一天。我们虽则永远只追求着有限的目的，但是，在我们所达到的极端与我们所趋向的目的地中间还有一个旷阔的空间有待乎我们的努力，而且这空间始终是存在的。

三

　　在社会变化的时候,个人们同时也变化,这因为社会的单位的数目与其相互间的关系已经起了变化了。

　　首先他们就渐渐脱离了机体的羁绊了。就动物而言,差不多完全是受物质的环境支配的;它们的生理上的组织预先判定它们的生活了。人类适得其反,却是受种种的社会原因支配的。固然,动物也形成一些社会;但这些社会既是很狭小的,其中的团体生活也就是很简单的了;这生活同时也是不进化的,因为这样狭小的社会的平衡性势必是固定的了。根据着这两个理由,动物的生活就容易固定在机体里;非但在里面生了根,而且全部寄托在机体上,连自己的个性也失去了。生活的作用全靠一系统的本能与反射性,而这些本能与机体生活所赖以发生作用的那些本能在根本上是没有分别的。关于团体生活的种种本能固然有它们的特别之点,因为它们是把个体去适应社会环境的,而不是适应物质环境的,而且它们的原因在乎共同生活的事件;但若就它们的性质而言,比之机体生活在某种情形之下,并不待预先的教导,就形成了飞翔与行走的必需的动作者,也没有什么不同之处。至于人类就不然了,因为他们所形成的社会大了许多了;就最小的社会说起来,也超过了大半的动物社会的范围。这些社会非但复杂,而且容易变化,这两种原因合起来,就使人类的社会生活不限于生理的形式之下了。纵使它在最简单的时候,它还保存它的个性。世上有许多信仰与许多成法乃是人们所共同的,而这些信仰与成法却不印在他们的筋肉上头。但是,在社会的容积与密度渐渐发达的时候,这一种特征还更显明。社会的分子越多,他们越互相发生影响,则这些反动的结果越超出了机体的范围。这么一来,人类就受了固有的原因的支配,而在这些原因里,关于人类性质的组织部分一天比一天更大了。

　　还说一层：这原因的影响之增加，非但就相对的价值说是如此，就绝对的价值而言也是如此。能令团体环境的关系变为更重要的那一个原因同时就摇动了那机体环境，以致机体环境渐受社会的原因的支配，分它隶属于自己。因为在一块儿生活的个人们增多了，即共同生活就更富裕些，花样更多些；但若要这变化性成为可能的，先须那机体模型变为不很确定，然后能够变出些花样来。上文说过，由遗传性生出来的种种倾向与能力乃是渐渐变为更普通，更不确定的，因此，也就渐渐变为不容易有与众不同的形式的。这么一来，其所产生的现象，与我们就文化初期观察所得的现象相比，实在是恰恰相反的。就动物而言，是机体能使社会种种事实与它同化而剥夺了它们的特质，把它们变为生理上的事实。社会生活因此就物质化了。至于人类却恰恰相反，尤其是在上等社会里，是那些社会原因替代了机体原因。这么一来，却是机体精神化了。

　　因为这支配作用变了之后，个人也就变了。激发社会原因的特别作用的那一种活动力既不能固定在机体里，于是一种新的固有的生活就添在身体的生活之上。这新生活更自由了，更复杂了，更对于维持它的那些器官可以独立了，于是在它渐渐进步、渐渐巩固的时候，它所借以自表的那些特征也就渐渐显明。在这一段话，我们可以看见精神生活的主要表征。固然，假使我们说有了社会之后才有精神生活，就未免说得太过了；但我们可以断说须在社会发达的时候精神生活才能扩张。因此之故，人们往往注意到，意识进步的时候就是本能退步的时候。但是，人们无论怎样说，意识决不会与本能相消；本能乃是历代经验的产品，它的抵抗力太大了，决不因为变为意识的而就消灭了的。实际上乃是：意识亦侵进了本能所已经不占领了的地域或本能所不能居住的地域。意识并不使本能向后退；它只占了本能所不住的空间而已。再说，本能所以退步而不跟着普遍的生活前进者，其原因乃在乎社会原因的关系

变大了。由此看来,人类与动物之间的大差别——换句话说就是
人类的精神生活更发达,——只在乎这一点:人类的社交性更大。
若要明白为什么在人类初步的时候精神生活的完善程度已经是动
物所不及的了,我们就先须晓得为什么人类并不过孤独的生活,也
不仅仅集成一些小小的团体,却形成了一些更大的社会。依古人
的定义,人类乃是理智的动物。但其所以为理智的动物者,正因人
类是社交的动物,至少可以说比之其他的动物的社交性丰富了许
多许多①。

　　再说一个道理:只有一天社会还不曾达到某种容积,也不曾达
到某种集中程度的时候,真的发达了的唯一的精神生活乃是团体
里一切分子所共同的,各人的精神生活完全相同。但一到了社会
的容积渐渐扩大,尤其是密度渐渐增高的时候,一种新的精神生活
就出现了。个人们的殊异性,起初还埋没在社会的相同性里,到后
来却渐渐露了头角,而且渐渐增多了。许多许多的事物,从前因为
与团体没有关系而在人类意识之外,现在却变为意识的对象了。
从前的个人们的行为,除了为物质上的需要而发的行为之外,总是
互相牵引的;现在呢,每一个人却变为自然活动的源泉了。个别的
人格由此成立,自己认识了自己,然而这个人的精神生活的发达并
不把社会生活弄弱了,只把它变化了而已。它变为更自由了,更广
大了;而且它既然只以个人的意识为本体,所以个人的意识受了反
响,就扩大了,渐渐变复杂了,变为有可揉性的了。

　　这样看来,人类与动物之间的区别所由成的原因也就是强迫
人类超越自己的原因。野蛮人与文明人的距离一天比一天更远,
这事并没有其他的来源。原始的时候感觉与理想相混。后来理想
的能力渐渐离了感觉的范围,人们学会了建立一些概念与法则,他

① 　依 Quatrefages 先生的定义,人类是宗教性的动物。但他这定义只是我所下的定义里
　　的一个特别情形。人类的宗教性就是他们富于社交性的结果。—V. supra. p142 et
　　suiv。

们的精神在空间与时间里渐渐包括更阔的地位,他们不以保留过去为满足,还要霸占了将来;他们的情感与倾向,起初是很少数的,后来却变为复杂的而且是多方面的了:这一切都因为社会已经不停止地变化了。实际上,除非这些变化乃是没有来源的,否则变化的原因一定在乎与环境相当的变化了。然而我们须知,人类只与三个环境有关系:第一,有机体;第二,外界;第三,社会。如果我们不算遗传性的组合所致成的偶然的变态(其实这些变态在人类进化里也没有很大的作用),则有机体决不自然而然地改变的;它自己也待外界的强迫然后变化。至于说到物质世界,自从有史以来,显然还是与初时一样,至少可以说如果我们不算那以社会为来源的那些新事物,则物质世界就始终不曾起过变化①。因此之故,只有社会的变化可以解释个人的自然的并行的变化罢了。

所以我们并非武断,由此敢说无论心理生理学进步到了什么程度,它只能表示灵魂学上的一小部分,因为大部分的灵魂现象并不是从有机体的原因里生出来的。这乃是那些精神哲学家所懂得了的;而且他们对于科学界所建的大功就是把从前一切的学说打倒,因为从前的人胡乱地把精神生活只认为肉体生活的开花期。他们显然觉得精神生活在最高的表现上是很自由很复杂的,决不会仅仅是肉体生活的一种延长。不过,我们也不能因为它有一部分对有机体独立就说它不与任何自然界的原因有关,于是也就不能把它放在自然界之外。但是,一切这些事实,凡是我们所不能在肉体组织上找得解释的,都是从社会环境的种种特性里生出来的;至少可以说,从上文看来,这是最近真理的一种假定了。然而我们须知,社会界也是比得上有机界一般自然的。因此之故,我们看见之意识里有一大段地方是心理生理学所不能解释的,不该就说这地方乃是自己成立了的,是不容许以科学去研究的。不过这地方

━━━━━━━━━━

① 例如土壤的变化、河流的变化,都是农人或工程师的艺术之所致。

属于另一种实验科学,我们可以把这科学叫做"社会心理学"。成立这科学的对象的那些现象实际上乃是混合性质的;它们的主要表征与其他灵魂上的种种事实的表征相同,不过它却是从那些社会原因里生出来的罢了。

由此看来,我们不该跟着斯宾塞先生把社会生活认为个人的自然的简单的结果,因为恰恰相反,可以说是后者从前者生出来。社会的事实并不仅仅是灵魂上的事实的发达作用,而灵魂上的事实都有一大部分是社会的事实在各人的意识内部所发生的延长作用。这一个议论是很重要的,因为那相反的观点时时刻刻可以令社会学家倒因为果,反果为因。举一个例:人们往往在家族的组织里看见了一切意识所固有的人类的情感的必然的表现,其实已经颠倒了事实的真次序了。恰恰相反,却是亲属关系里的社交组织形成了父母子女各方面的情感。假使社会的结构另是一个样子,则亲族的情感也便大不相同;证据乃是:在许多许多的社会里,父亲的爱乃是没有的①。此外关于这类误解,还可以找出许多例子②。固然,在社会生活里没有什么不是在个人的意识里的,这是显然的事;不过,差不多个人意识里所有的一切都是从社会里来的。假使是在离群索居的境况之下,我们的意识状态的一大部分决不会发生;又假使人类在另一种方式之下团聚,则我们的意识状态也不会是这样发生了的。由此看来,这些意识状态并不在普通人类的心理里生出来,却是由团聚了的人们依照人数之多寡与关系的浅深而互相发生影响,然后从那影响的样法里生出来的。这是团体生活的产物,也就只有团体的性质能够解释它们。当然,假使个人的

---

① 在母系的家庭里就是如此。

② 试仅仅举一个例,譬如人们以为宗教乃是个人的可感性的作用,其实这些作用只是个人的社会状态的一种延长,而这些社会状态就出生了宗教。我在 Revue philosophique(Etudes de science sociale, juin 1886, cf. Année sociologique, t. Ⅱ, p1—28)曾经发表过一篇文章申说这一点。

组织不相宜,它们也不能成立;但个人的组织只是很远的条件,却不是一些主因。斯宾塞先生有时候①把社会学家的工作与数学家的计算相比较,说数学家从若干球形演绎出它们该怎样组合才能得到平衡。这一个比较是不确切的,而且与社会事实不相容。就这里说,宁可说是全体的形式形成了各部分的形式。社会在个人的意识里所找着的它所根据的那些基础,并不是现成的;它是为它自己而创造那些基础的②。

---

① Introduction a la science sociale, chap. Ⅰ。

② 我以为这一段已经够答复那些倒果为因的人们了。他们以为社会既是只由个人造成的,所以社会生活里的一切无非个人的。固然,社会生活并没有其他的本体;但是,因为个人们形成了一个社会,就有了一些新的现象发生,这些新现象的原因就是集团作用,它们既对于个人意识起了反动,就形成了一大部分的个人意识。所以社会里虽则没有什么不是个人的,然而与其说各人是社会的创造者,不如说是社会的产物更妥当些。

卷三　变态的形式

第一章　无法律的分工

直到现在，我们研究分工，只把它认为常态的现象；但是，像一切的社会事实一般，又像一切的生物学上的事实一般，分工自有种种的病态，是必需分析的。就平常说，分工生出了社会连带性；但有时候其结果却大不相同，或竟恰恰相反。所以我们必须研究是什么使它的自然的途径拐了弯；因为只要有一天我们还不能证明这些情形是例外的，那么，分工的制度就会被疑为应有这样的结果了。再者，研究变态，同时我们更可以确定常态的存在条件。等到我们晓得分工制在什么情况之下才停止产生连带性的时候，我们同时就更晓得它必须如何才能有完满的效果了。无论在什么地方，病态学总是生理学上的宝贵的助手。

人们尽可以倾向于把犯罪的职业与其他害人的职业归入分工制的不规则的形式里。这些职业就是否定连带性的东西；而且它们是由种种特别的活动力造成了的。但是，严格地说，这上头并无所谓分工，只有纯粹而简单的分歧趋向；这两件事是不容混为一谈的。癌症与结核症都能令有机体的经纬增加了分歧趋向，然而生理作用并不能因此而发生了一种特别的官能①。在这一切情形之下,并无所谓公共职务的分担,不过,在机体里——无论是社会的机体或个人的机体——另成立一个机体,而这机体就损害那机体以图生存。甚至于毫无所谓官能或职务,因为若要一种活动方式值得叫做官能或职务必须它能协助其他官能职务去维持普通的生活才行。由此看来,这问题是在我们的研究范围之外的了。

我预备把我所研究的现象的种种例外的形式分为三个模型。这并不是说此外没有其他的形式,但下文所论的形式却是最普通的而且最重要的。

一

关于这一类,第一个情形就是工商业的恐慌,其破产就是机体连带性的断绝;实际上,这可以证明在机体的若干点上,有若干社会职务是不能互相吻合的了。然而我们须知,在工作渐渐分开的时候,这些现象似乎渐渐变为频屡的,至少可以说在若干情形之下是如此。自 1845 年至 1869 年,破产增加了 70%。但我们却没法子把这事实归咎于经济生活的发达,因为那些企业虽则集中了好几倍,其数目并不曾增加了好几倍。

工作与资本的冲突也是同一的现象的另一例子,而且是更显明的例子。在工业上的职务渐渐趋向于专门化的时候,虽则连带性增加了,冲突也更厉害了。在中世纪,工人到处与主人相依而生活,"在同一的店子里,在同一的桌子上分任工作"②。工人与主人同在一个集团里,同过一种生活。"双方差不多是平等的;无论是谁,只要已经学习过那职业——至少可以说许多技艺是如此,——

---

① 这两件事是斯宾塞先生所不曾分别的,他似乎把它们认为同意义的。其实分歧的趋向(例如癌症、微生虫、罪恶)与生活力集中的趋向(例如分工)乃是大不相同的。

② Levasseur:Les Classes ouvrières en France jusqu'a la Révolution. Ⅱ,p315。

假使他有了一些资本，他自己也可以立业的"①。因此之故，当时的冲突完全是例外的。自从 15 世纪以后，事情就开始变化了。"技艺团体已经不复是一个公共的所在；这只是工人们的绝对所有物，由他们决断一切事情。自此之后，主人们与伙计们之间就成立了一道很深的鸿沟。伙计们自为一类；他们有他们的习惯、他们的规律、他们自己的集会"②。这样分离了之后，冲突越发变为繁多了。"当伙计们以为有可埋怨的时候，他们就罢工以抵制一个城市或一个资本家，而且他们都必须服从团体的命令……团体的权威可以使工人们有法子与他们的主人作对等的争斗"③。但那时候的事情还与"现代我们所见的事情相差很远。伙计们造反，为的是取得更多的工钱，或更优良的工作条件，但他们并不曾把老板认为永远的仇人，没奈何才服从他。他们要他在某一点上让步，努力与他争持，但是那斗争并不是永远的；当时的工场并不包括二类的仇人，因为那时候社会主义还未出现"④。后来到了第 17 世纪，工人阶级的第三段历史开始了：大工业出现了，工人已更完全与资本家分离了。"他们好像成了队伍了。各有各的职务，分工的制度已经稍为进步了。在旺罗贝制造厂里共有 1692 个工人，厂中有许多特别作业室，例如制车子的、制刀子的、洗衣服的、染衣服的、织布的等等，都有他们自己的地方。又如织布一门也包括有许多种类的工人，他们的工作是完全有分别的"⑤。工业越趋向于专门化的时候，工人革命的事情越变为频屡的了。"稍为有一点儿不满意就足令他们抵制资本家，伙计们当中谁不遵从公众的决议，谁就倒霉"⑥。我

---

① Ibid. ,I,p496。

② Levasseur:Les Classes ouvrières en France juqu'a la Révolution。

③ Ibid。

④ Hubert Valleroux:Les corporations d'arts et de metiers. p49。

⑤ Levasseur:Ⅱ,p315。

⑥ Ibid. ,p319。

们晓得,自此之后,斗争就更激烈了。

　　真的,在下一章我就要说这些社会关系的紧张的原因有一部分在乎工人们并不真的愿意要现在的地位,却只往往是受压迫而接受了这种条件的,因为他们没有别的法子去取得其他的更好的地位的缘故。但是,单就压迫而言,还不能完全解释这现象。实际上,普通那些不得承受遗产的人们也都一样地受重大的经济压迫,但在工业社会里,这永远不停止的仇敌状态却特别显明。再说工业社会的内部,一切的工人都无分别地受这种压迫。然而我们须知,在小工业里,工作还不很分开,资本家与工人之间还有相对的谐和现象①;只到了大工业里这种分裂状态才十分显著。由此看来,工资分裂的原因还有一部分在别的地方了。

　　在科学史上,人们往往指出这分裂现象的另一背景。直到最近时期,科学还不很分开,只要唯一而且同一的人就可以治一切的科学。因此,人们就非常地感觉得它的一致性。科学所由成的那些特别真理并非很多的,也非性质很不相同的,所以人们容易看见那把它们连合成为唯一而且同一的系统的一种关系。科学方法的本身既是很普通的,互相没有很大的分别,所以,种种方法所从分歧的公共出发点还被人们看得到。但是,到了科学的工作渐渐起了专门化的时候,每一学者就渐渐把自己关闭在一个小范围里,非但专研究一种特别的科学,而且限于那科学的问题当中的一类。孔德已经埋怨说在他的时代,"学者社会里很少有人的理会力能够包罗唯一科学的全体,而其实科学还只是大全体的一部分罢了。大多数的学者已经自限于研求一种有定的科学里的一个若干大小的片段,并不很管这些特别工作与那'实在认识'的普通系统的关系了"②。但是,科学既被分割为许多许多的细别研究,已经不复形成一个连带的全体了。这谐和性与一致性的缺乏,其最好的证明

---

① Cauwès: Précis d économie politique, Ⅱ, p39。

② Cours de Philosophie positive, Ⅰ, p27。

也许就在乎一种很多人相信的学说。大家以为每一特别科学自有它的绝对价值，又以为学者只应该从事于专门的研究，不必管这些研究是否有用，是否适宜于什么地方。斯各弗尔先生说："这智识上的分工很能令人担心，我们生怕一种新的亚历山大主义重来，以致一切科学又有一次新的破产。"①

二

这些事实的严重状态的成因乃在乎：自从分工超过了发达程中某一限度之后，人们有时候看见分工的必然的结果。依人们说，在这情形之下，个人埋头伏案只管自己的工作，限于自己的活动的特别范围，于是成了孤立的；他不复感觉得有些人在他身边工作，而且合作一件东西；他甚至于不想及这是共同的作品。由此看来，假使分工的制度再发达了些，岂不变了社会涣散的一个源泉吗？孔德说："一切任何的分解作用势必倾向于形成了一种相当的涣散作用，人类工作的根本分配不免引起了个人分歧的某种相对限度，这些分歧乃是智识上的分歧，同时也是精神上的分歧，其所组合的影响力量必须同时有一种永久的纪律补救，才好不停止地提防或阻止他们的不谐和的发达。实际上，就一方面说，社会的职务的分开，很能使个别的努力有很可幸的发展，因为非如此就不成功；但就另一方面说，这分工作用却自然而然地倾向于窒闭了全体的心灵而且深深地妨碍人类的进步。就道德的观点上说，每个人虽则这样地与群众有密切关系，同时他又自然地被他自己的个别活动力所转移，这个别活动力常常唤起他私人的利益，以致他仅能模糊地看见公众的利益与私人的利益之间的真正关系……因此之故，同是一种制度，它虽能令普通的社会发达而且扩大，同时又在另一外观之下快要把社会分解成为许多不相粘连的团体，甚至于似乎

---

① Bau und Leben des socialen Körpers, IV, p113。

不是属于同一种类了。"①爱斯丕那先生差不多也是同样的说法。他说:"分工作用就是分散作用。"②

　　由此看来,分工制度凭自己的本质施行一种分解力;尤其是在职务十分专门化的时候这种力量越大。但是,孔德在他的原则里并不曾断说应该把社会归复到他所谓普通时代,换句话说就是归复到社会所从出发的同质的而且无差别的状态。职务的分歧性是有用的,而且是必需的;但是,一致性也是一样地不可少的。一致性既不能自然而然地从分歧性里生出来,所以人们就该当心使它实现,而且维持着它。这么一来,社会的机体里就该有一种特别的职务,由一个独立机关代表它。这机关就是国家或政府。孔德说:"以我看来,政府的社会作用乃在乎充分地阻止或提防那意见上、情感上、利益上的根本分散的势所必然的倾向,因为这种倾向乃是人类进步的原则的本身的不可免的结果,假使那分散作用能够毫无障碍地向自然的路途进行,就终于不免阻止了社会的进步,一切重要的关系都不行了。在我的意思,这见解就是纯粹的政府的抽象而且首要的理论的第一基础了。所谓纯粹的政府,须经过最高尚而且最完全的科学发展的,换句话说就由全体对于各部分所起的普遍的反动为表征;这必然的反动,起初是自然而然的,后来却变为常规了。实际上,我们分明地知道防止这样一种分散作用的唯一的真法子乃在乎把这必要的反动建立为一种新的特别职务,令它能够很适宜地干涉社会经济界的种种的职务的平常的执行,好教人们不停止地念及全体,而且感觉到共同的连带关系。"③

　　政府对于社会全部是怎样的,哲学对于诸科学也就该是怎样。科学的分歧性既倾向于破坏科学的一致性,就该有一种新科学担任把那一致性重新建立才行。细别的研究既使我们看不见了人类

---

①　Cours, Ⅳ, p429。

②　Sociétés animales, conclusion, Ⅳ。

③　Cours de Philosophie positive, Ⅳ, p430—431。

知识的全部,我们就该建立关于研究学问的一个特别系统,好把那全部重新找着,而且把它弄得非常显明。换别的话说就是:"应该把普通科学的研究也认为一种大大的专门学问。我们希望有一班新学者曾经受过相当的教育之后并不从事于自然哲学的任何一门,却去就种种不同的科学的现状去研究,专一地从事于确定每一科学的精神发现它们的关系与连带性,又如果可能的话,从事于把种种科学的固有的原理总揽成为少数的共同原理……这么一来,科学里的分工尽可以推行而无丝毫的危险,那种种不同的人类知识需要把分工推行怎样远都可以了。"[①]

固然,我自己也说过[②],政府机关跟着分工制度发达,并非对重作用,却只是一种机械式的需要。在各职务分配得很细的时候,各机关是有很密切的连带关系的;甲机关所受的影响也就影响及于乙机关,于是社会的种种事件更容易引起普通的注意。同时,因为片段模型消灭了之后,它们也更容易分散在同一经纬或同一机关的全区域上。根据这两种理由,在指挥机关更有这种现象,因为指挥机关常常施用它的活动力,所以活动力就跟着容积发达了。但是它的活动范围并不扩张得更远些。

然而我们须知,在这普通而且浮浅的生活之下还有一种内的生活。这是一套的机关,它并不完全对于前者是独立的,然而前者不干预的时候它也能施行作用,甚至于是不知不觉地做去的至少可以说在常态是如此。这些机关是不受它的作用的支配的,因为它离它们太远了。政府并不能时时刻刻去规定经济界各市场的种种条件,规定物品的价目与服务的报酬,比较出产物的消费的需要等等。这一些的实施问题引起了许多许多的细节,与许多特别的情况有关,只有最近的人们才能认识。再说一个更有力的理由:如

①　政府与哲学相提并论,并没有什么可怪的,因为在孔德看来,这两种建设是互相不能分离的。他的心目中的政府,如果不先建设了实证哲学,政府乃是不可能的。

②　见本书卷一第七章第三节。

果那些职务不自相适合,政府也不能令它们相适合或令它们很谐和地互助。由此看来,如果像人们所说,分工有涣散的结果,那么,它在社会的范围就该能自由发展而无所阻,因为这上头并没有什么可以阻止它的。但是,有组织的社会也像一切的机体一般地是有一致性的;这一致性的成因就在乎诸分子的自然的同意。这一种内的连带性非但像高等中央的支配力一般地是必要的,而且它甚至于是必需的条件,因为所谓中央只是把它变了面目表现出来,而且使它变为神圣的东西,譬如脑筋并不创造机体的一致性,却只表现它,使它尊崇。人家说全体对于部分必须反动,但先须这全体存在才行;换句话说就是诸分子先须互相发生了连带关系,然后那全体才认识了自己而以全体的资格去反动。这么一来,在工作渐渐分开的时候,应该就有一种渐进的分解作用发生,而这作用并非发生在甲点或乙点上,却是在社会的全范围里,但其实人们却注意到社会的集中作用一天比一天更强。

　　但是人家会说我们用不着管这些枝节。遇必要时,只消唤起了“全体的精神与共同关系的感觉”就行了,而且这一种行为只有政府有施行的资格。这话是真的,但如果合作不能自己实现,政府的行为太普通了,怎能保证社会种种职务上的合作呢? 实际上,问题在什么地方? 在乎使各个人觉得自己还不够,使他觉得他是他所属的全体的一分子吗? 但是,这样的一种意象太模糊了,太抽象了,而且凡是复杂的意象都是时有时无的,决没法子抵抗那些强烈的、具体的印象,因为那些印象乃是我们各人身上的职业活动力所唤起的。由此看来,如果职业活动力的结果是像人家所说的,又如果充满我们的日常生活的那些职务倾向于把我们从我们所属的团体里拉开,那么,这样的一种理会力既渐去渐远,又仅仅占了意识的一小部分,决不足以拉住我们的。若要我们真的感觉得着我们的隶属状态,就先须这感觉它是持续的;若要这感觉是持续的,先须它与每一特别职务的作用发生了连带关系才行。但是到了那时

候,专门化的结果却不会如人家所说的了。若说,政府的行为的目
的在乎维持各职业之间的道德上的一致性吗? 又若说"社会的情
感渐次地集中于同一职业的个人们之间,因为各阶级的风俗与思
想并不充分地相同,所以这些情感渐渐与别的阶级不生关系了"①,
政府的行为的目的在乎阻止这种倾向吗? 但是这种道德上的一致
性并不是用强力可以取得的,也不是违反事物的自然所能取得的。
职务上的分歧性引起了道德上的分歧性,是没有什么可以防止的,
而且,在前者发达的时候,后者也不免发达的。再者,我们晓得这
两个现象并行地发达为的是哪儿个理由。所以那些团体情感渐渐
变为不能阻止人们所认为分工所产生的离心倾向了。这一则因为
在工作越分开的时候那些倾向越增加;二则因为团体情感的自身
也变弱了。

　　根据这同一的理由,哲学渐渐变为不能保证科学的一致性的
了。在一个人同时研治种种不同的科学的时候,当然能够获得必
要的知识以建立科学的一致性。但一到了科学渐渐专门化的时
候,这些大综合已经不是别的什么,只是提早的普遍化罢了;因为
科学所应该包括的种种假定、种种规律、种种现象,多极了,所以人
类的智慧对此渐渐没有充分的确切的认识了。李波先生说得好:
"我们可以提出一个有趣的问题:哲学乃是世界的普通的理会作
用,但是到了某一天,那些特别的科学变为太复杂了之后,已经不
能令人窥见它们的底细,于是那些哲学家只好研究一些最普通的
结果,那么,他们的知识势必是很浮浅的了。到了那时候,哲学会
变为什么东西呢?"②

　　固然,人们也还颇有理由去说如果一个学者只晓得把自己关
闭在专门的学问里头,不肯从事于一切外界的观察,这乃是过分的
骄傲。但是我们可以断说若要对于某一科学有一种颇正确的观

①　Cours de Philosophie positive,Ⅳ,p42。

②　Psychologie allemande,Introduction,p ⅩⅩⅦ。

念,就须先把那科学实验过,说俏皮一点儿就是须在其中生活过来才行。这因为实际上那科学所确定地表现了的几个论点并不就完全包括了一门科学。在这已经实现了的现有科学之外还有另一种科学,这另一种科学乃是具体的、灵活的,有一部分还不被人认识,还待人探求。在获得了的结果之外,还有种种的希望、习惯、本能、需要、预觉等等;这些都是很隐晦的东西,不是言语所能形容的,然而又是很有权威的东西,有时候它们竟驾驭学者的全生命。这一切还算是科学:这甚至于是更好的科学,是大部分的科学,因为如果把已经发明了的真理与那些尚待发明的真理相比较,则已经发明的实居少数;再说,若要得到已经发明的真理的全意义,若要懂得真理的结晶,就须趁那科学还在自由状态的时候,换句话说就是在它未在确定的形式之下固定以前,先把科学的生活仔细观察一番才行。否则我们只能得到它的字面,却得不到它的精神。每一种科学自有它的灵魂,是在学者的意识里生活着的。这灵魂只有一部分成为一个形体,表示一些可感觉的形式。那表现它的种种程式既是普通的,也就容易是可以转移的。至于意识里那另一部分并没有形象露在外面,就不相同了。在这另一部分里,一切都是个人的,都是须待个人的实验然后可以取得的。若要参加其间,就须从事工作,置身于种种事实的跟前。依照孔德的意思,若要科学的一致性得到保证,只须把种种科学方法弄成一致就够了[①];然而那些科学方法恰是不容易统一的呢。科学方法乃是各种科学本身所固有的,我们不能把它们从已经成立了的真理的体内抽出来另加编纂,所以除非我们自己去实验它们,否则不能认识它们。然而我们须知,从今而后,一个人是不能实验许多科学的了。由此看来,这些大大的普通化只能得到事物上的大略而已。再者,如果我们想到那些学者在从事于发见它们的真理——甚至于是最特别

---

① Op. cit., I, p45。

的——的时候他们的工夫是多么慢,是多么耐心地提防,那么,我们就可以明白那些临时发见的科学方法对于他们只有很微的力量了。

但是,无论这些普通哲学性的价值如何,科学决没法子在这上头取得它所需要的一致性。普通哲学固然很能表现各科学之间的共同之点,例如规律、特别方法等;但是,除了一些相似点之外还有许多相异点是有待乎综合的。人们常常说"普通"是有力量包括它所省略的许多个别事实的,但这乃是不确当的话。它只能包括那些个别事实所有的共同之点而已。然而我们须知,世界上决没有两种现象是相同的,哪怕是很简单的现象也有与别不同的地方。因此之故,一切的普通论点想要支配一种科学的时候,势必漏了一部分。要在同质的而且非个别的一个程式里头把种种事物的分别不同的本性及具体的特征都融为一炉,这是不可能的。不过,在那些相似点超过了相异点的时候,它们就足以综合那些这样凑近了的意象;细节的不谐和已经在全体的谐和里消灭了。反过来说,在那些相异点渐渐变为众多的时候,那黏合性就变为不很固定的了,就需要别的方法去固定它了。我们试想一想:各种专门科学增加得多么厉害,所有定式、定律、定理、假定、手段、方法等等,都是分而又分的,所以我们就该懂得:一个简短的程式——例如进化律——是不足以综括那些富有复杂性的现象的了。纵使那些全部观察是适合于现实的,它们所表现的部分比之它们所未表现的部分实在不算一回事。由此看来,我们决不能用这方法就把那些实验科学的孤立状态改转了。滋养各种科学的那些细别研究,与这样的一些综合研究之间,实在有一道很大的鸿沟。这两种知识之间所赖以维系的绳子太细了,太松了,因此,如果那些专门科学仅仅能在包括它们的那一种哲学里认识它们的相互关系,那么,它们所得的感觉就始终是太模糊的,不会发生效果了。

哲学好像科学的团体意识;到了工作渐渐分开了之后,团体意识也渐渐减小,在哲学与科学也是这个道理。

三

　　孔德虽则曾经承认分工制是连带性的一个源泉,但他似乎不曾看见这连带性乃是固有的,而且渐渐替代了社会相似性所产出的那一个连带性。因此之故,他看见了在各种职务很专门化的时候社会相似性很倾向于消灭,他就以为这消灭状态是一种病态,以为专门化过度之后就危及于社会黏合性,于是他就说有时候分工发达的结果生出了无秩序的种种事实就是这个缘故。但是,我在上文既然证明了团体情感的衰弱乃是常态的现象,我就没法子把我此刻所研究的现象说是变态的现象的原因了。在某几种情形之下,有机的连带性还不完全是它所当然的样子,但这决不是因为机械的连带性已经失了若干地盘,却是因为有机的连带性的种种存在条件还不曾完全实现罢了。

　　实际上,我们晓得:随便在什么地方观察,我们总同时遇见一种充分发达的规定,是足以确定各种职务的连带关系的①。若要有机的连带性存在,单靠有了一系统的互相需要的机关就普通上能感觉得着它们的连带性还不够,还须预先确定了一种方式,令它们依这方式去互助,纵使不能在种种遭遇里都如此,至少须在最常遇的情况里是如此。否则它们就要时时刻刻有新的斗争然后能得到一个平衡;因为若要取得这平衡性的条件就须靠一番摸索的工夫,而在摸索的过程中,每一分子对待另一分子,与其说是助手,不如说是敌手。由此看来,这些冲突就会不停止地发生,而且假使双方的责务在每一特别情形之下必须完全重新论定,那连带性岂不是空虚的了吗?人们会说还有契约。但是,先说,一切社会关系并不都能有这种法定的形式。再说,我们晓得契约本身是不够用的,还

---

①　看卷一第七章。

要先有一种规定,像契约生活一般地扩张而且渐变复杂才行。还有一层,凡是以此为来源的那些关系都是属于短期间的。契约只是无定期的停战,只能暂时把双方的仇敌行为停止了而已。固然,一种规定无论是怎样明确,总不免留下许多不谐和的余地。但是,若要社会生活里没有斗争,这并不是必要的,甚至于是不可能的。连带性的作用并不在乎取消了竞争,只在乎改良竞争罢了。

再者,就常态说,这些规律的本身就挣脱了分工的范围;它们只是分工的一种延长。当然,假使它所使接触的只是些个人们,他们仅仅为着交换他们个人的效力而暂时联络一下子,那么,任何的规定作用都不会发生。然而实际上它所使接触的乃是一些职务,换句话说:就是一些确定的行为样法,而这些样法在某某环境里是重复的,是雷同的,因为它们的来源就是社会生活里那些恒久而普通的条件。由此看来,这些职务互相间所生的关系就不免达到了同一的固定程度与同一的规定程度。世上有些样法互相起反动,而因为与自然界适合的缘故就往往重复而成为一些习惯;至于习惯渐渐有了力量的时候就渐渐变为一些行为上的规律了。过去是预先确定了将来的。换句话说,世上有些权利与义务为习惯所造成了之后就终于变为强迫的了。由此看来,规律所造成的并不是连带机关所在的互属状态,它只依照某某地位而用一种确定的而且可感觉的样法去表示那状态罢了。同理,脑系并不能像人家所说支配有机体的进化,却是有机体的进化的结果①。脑网似乎只是各器官之间互相交换的刺激作用与动作之波所由的过程;这是生命为自己而掘的一些运河,始终只循着同一的方向流去,而神经节不过是许多运河的交切线而已②。世上有些伦理学家因为不认识这现象的外观,以致怪分工制不能产生真的连带性。他们在这上头只看见了一些特别的交换,一些暂时的组合,没有过去,也没有

① Perrier:Colonies animales,p746。

② Spencer:Principes de biologie,Ⅱ,438 et suiv。

将来,个人是放任给个人自理的;他们没有看见这固定作用的慢功夫,也没有看见这些关系的经纬渐渐自然地织成,而且把有机的连带性弄成了永久的了。

然而我们须知,在上文所陈的许多情形之下,这种规定若非不存在,就是不与分工发达的程度相当。今日已经不复有一些规律去规定经济企业的数目,而且,在工业的每一门类里,人们并不能把出产量规定到恰恰与消费的水平线相当。但是,我并不想在这事实上引申出一种实施的结论,我也不主张一种限制的法规是必要的;在这里,我们用不着掂播利害的重轻。只有一层是真的,这就是:因为没有一种规定,就不容许各种职务之间有很规则的谐和了。固然,经济家说,在必要时,这谐和会自己成立了的,因为物价有高低,于是随着需要的多少而出产量就自然而然地会增加或减少了。但是,无论如何,若要谐和像这样成立,势必经过了许多次平衡性的中断,以及若干时期的扰乱。再者,职务越趋专门化,这些扰乱自然也就越趋频屡;因为在一种组织越复杂的时候,人们越感觉得需要一种更扩大的规定了。

直到现在,资本与工作的关系在法律上仍是一种不确定的状态。工役的契约在我们的法律里只占很小的位置;尤其是当我们想到工资关系的复杂与歧异的时候,更认为非加以规定不可。再者,这一层我们用不着多说,因为现代各民族都感觉到这种缺憾,而且努力以求补救了①。

科学方法的规律之于科学,恰像法律上与风俗上的规律之于人类的行为;科学方法指挥学者的思想,恰像法律驾驭人类的举动。然而我们须知,每一科学虽则有它的方法,但它所实现的秩序却完全是内部的。研治一门科学的学者的步骤受那方法的支配,却不是外界与学者的关系受它支配。世上很少规律是同时支配种

---

① 这一段是在 1893 年写的。自此之后,关于工业的条文在我们的法律里已经占了更重要的地位了。这可以证明那缺憾是多么大,而且还不能说是已经补救了呢。

种不同的科学的努力，以求达到一个共同目的的。尤其是在伦理学与社会学里是如此；至于数学、物理、化学，甚至于生物学，它们相互间似乎并非完全不发生关系的。但是，那些法学家、心理学家、人类学家、经济学家、统计学家、言语学家、历史学家，各有各的研究，竟像他们所研究的互有分别的各类事实各自成为独立的世界似的。其实那些事实乃是互相衔接的；所以那些相当的科学也该是互相衔接的才是道理。因此之故，人们就说科学界里起了混乱状态。就普通科学而言，这话未免太过；但若就这些有定的科学而言，这话却是真的。实际上，这些科学令人好像看见一个许多不相连接的部分所集成的全体，而诸部分是不互相合作的。由此看来，它们所以成为不一致的全体者，这并不因为它们不充分地感觉着它们是相似的；只因为它们没有组织罢了。

所以这各别的例子只是同一种类分出来的花样；在这一切情形之下，分工如果不能生出连带性，这就因为各机关的相互关系还不曾受规定，因为它们还在无法律的状态里。

然而这无法律的状态是从哪里来的呢？

一个许多规律的合体既是各种社会职务之间自然而然地积成的相互关系所取的一个形式，申说起来，我们就可以说凡在连带的机关充分地接触或充分地延长的时候那无法律的状态乃是不可能的。实际上，在互相接触的时候，它们在每一情况之下都很容易知道互相需要，于是也就很强烈地而且永久地感觉到互相连属的关系。根据同一的理由，它们互相间很容易发生交换作用；因为容易，所以交换也就成为频屡的；又因为是有规则的，所以它们自然地渐渐互相使成有规则；再借着时间的力量，固定的作用就渐渐完成了。末了再说：因为在有了小小的影响就双方都感觉得着的缘故，所以这样成立的那些规律也带有那影响的痕迹，换句话说就是那些规律预先料定了平衡性所需的条件，甚至于把细则也确定了。但是，反过来说，如果二者之间来了一层隔膜，就只有某种强度的刺激能够从甲机关传至乙机关。关系既少，就不常常重复，因此也就不能确定，所以每次都有些新的摸索。动作之波所遵由的运河掘不起来，这因为这些波的本身已经是时有时无的了。至少可以说，虽则有些规律终于能够成立了，但它们还是很普通的，很模糊的；因为在这些条件之下只有种种现象的最普通的轮廓是可以确定的罢了。假使两方虽有充分的接触，而这接触是最近才发生的，发生不久又没有了，那么，其结果也与从来没有接触的一般①。

　　就最普通说，这条件是顺着自然的力量而实现了的。因为若要一个机体里的两部分或数部分分担一种职务，势必先须那些部分有了若干接触性才行。再者，在工作分开了之后，各方面既互相需要，自然也就倾向于把它们的距离缩短。所以在我们越上溯动物阶级的时候，越见各器官互相接近。斯宾塞先生也说高等动物的器官之间的空隙比下等动物的小了许多。但是如果有了例外的情况的助力，事情尽可以是另一样的。

　　在我们所研究的一种情形恰恰就是如此。当片段模型非常显明的时候，有若干不同的片段，差不多也就有若干经济市场；因此之故，每一市场总是很有限的。生产者既与消费者十分相近，就能够很容易明了他们所应该满足的需要范围之大小。由此看来，很容易成立了一个平衡，而生产也自然而然地有了规定。反过来说，到了有组织的模型渐渐发达的时候，片段的交融就引起了市场的交融；一个市场差不多包括了整个的社会。市场甚至于扩张到了本社会之外，倾向于变为世界商场；因为在片段之间的疆界渐渐消灭了的时候，各民族之间的疆界也渐渐消灭了。结果是：每一工业所供给的消费者散居于全国，甚至于全世界都有。这么一来，就没

---

① 但是，在有一种情形之下，虽则有了充分的接触，也可以发生无法律的状态。这就是：为着要成立一种必要的规定，做了一番改革，而这改革却是社会的结构所不能胜任的；这因为社会的可型性并不是无限的。当它到了极限的时候，纵使是必要的改革，也是不可能的。

有充分的接触了。生产者非但眼光顾不到全市场，连思想也管不到全市场；他不能想象市场的界限，因为市场已经可以说是无界限的了。自此之后，生产没有标准，没有规律，只能胡乱摸索；而在这摸索的过程中，那标准不免向左或向右溢出轨道了。因此之故，就有了循环的经济恐慌来扰乱经济上的职务。破产乃是那些局部的狭小的恐慌的发展，大约也是这同一原因的一个结果。

在市场扩大的时候，大工业渐渐出现了。然而我们须知，大工业的结果在乎改变工资两方的关系。脑系的疲劳，加之以大集合的传染力，就把工人们的需要增加了。机器的工作替代了手工；大工厂替代了小工场。工人好像进了军队里，整天到晚离开家庭；他们常常是与雇用他们的人离开而生活的。这些工业生活的新条件自然需要一种新组织；但是，改革既是非常之快的，互相冲突的种种利益还不曾有时间得到它们的平衡性呢①。

末了，伦理学与社会学所以有上文所说的状况者，因为它们是最后才进了实验科学范围内的。实际上，只从近百年来，这些现象的新园地才有了科学的搜寻。学者们依着他们的自然的嗜好，各释了这新园地的一角。他们散处在这广阔的地面之上，直到现在，还是互相远离，感觉不着连合他们的那些关系。但是，只要他们从出发点渐推渐远，终有一天他们会互相接触，于是就势必认识了他们的连带关系。这么一来，科学的一致性自然会成立；这并不是某一程式的抽象的一致性，因为它太狭小了，包括不了许多事物；却是有机的全体的活的一致性。若要科学成为一个，并不必要它把全身容纳在同一而且唯一的意识里（而且这是不可能的），只要研治科学的人们觉得他们在协力从事于同一的工作就行了。

―――――――

① 但是我们不要忘记了一层：如本书下章所说，这冲突状态并非完全由于这些改革的迅速，却有一半是由于斗争的外的条件太不平等了。时间对于这原因是没有影响的。

　　上文所说,把人们所责备于分工的罪过的最大一项的基础已经推翻了。

　　人们往往怪分工制度把个人弄成机械,以致减少了他的个性。实际上,如果他不知道人们所需要于他的工作有什么用途,如果他不把任何目的连属于工作之上,他就只好循例做事以图塞责了。他天天重做同样的动作,过的是有规则的单调生活,不觉得有趣,也不懂得是什么。这已经不是活着的有机体里一个活着的细胞,因为细胞是不停止地颤动而与其他邻近的细胞接触的,它对它们发生了影响,然后轮着它适应它们的影响,于是随着环境的需要而扩张、收缩、弯曲、改变。现在的工人何尝如此? 他只是一个无生气的机件,由外力迫着他动摇,始终只向同一方面而且依照同一方式而动作。当然,无论我们对于精神上的理想如何,看见了人类的自然变坏到了这地步;也不能无动于心的。如果伦理学的目的在乎改良个人,决不能让人们把个人破坏到这地步,又如果伦理学的对象是社会,也决不能让社会生活的源泉干涸,因为这祸害非但危及经济上的职务,而且危及一切的社会职务,无论怎样高尚的也不能在例外。孔德说:"人家往往在物质界里痛惜工人们一辈子只纯然从事于制造刀柄或扣针的头,这固然是痛惜得有理;但是,若就健全的哲学而言,其实我们也该在智识界里痛惜人类的脑筋永远专用于解决几个方程式或把几个昆虫分类:无论就前一种情形或后一种情形而言,精神上的结果不幸都是非常相似的。"①

　　人家有时候提倡一种救济方法,说是对于工作者所应得的特别的专门学识之外应该给他们一种普通教育。但是,人家归罪于分工的坏结果纵使有若干可以因此得了补救,而这毕竟不是一个预防的方法。分工并不因为人家把一种普通教育放在它的前头就会变了性质的。固然,工作者能够欣赏艺术、文学等,这都是好的;

---

① 　Cours, Ⅳ, p430。

但他整天到晚被当做一个机械,这岂不是仍旧是坏的? 再者,这两种生活太相反了,还有什么法子调和而由一个人把它们兼收并蓄呢? 譬如一个人看惯了广寞的天涯与全部的风景,把美丽的普通事物都熟识了,一旦从事于一种特别的工作,把自己关闭在狭窄的界限之内,还能够耐烦吗? 由此看来,这样的一种救济方法若把专门工作弄成无害的,同时就它弄成不可忍的,因此,差不多是不可能的了。

然而有一说可以免除争端。原来事实与人们所说的恰恰相反:分工所以生出这种结果者,并非它的自然的结果,却只由于一些变态的例外的情况罢了。若要它能发达,同时又不在人类意识里发生这样可悲的影响,我们并不必把相反的作用去调剂它;只须使它是它自己,不容外界有什么来变化了它的性质就行了。因为就常态说,每一特别职务的作用并不在乎个人把自己紧紧地关闭在那职务里,却要他常常注意到邻近的那些职务的关系,认识了它们的需要,认识了忽然来到的一些变迁等等。真正的分工非但不要工作者整天到晚埋头伏案,而且要他常常注意到他的合作者,影响到他们,又受他们的影响。由此看来,这并不是一个机械,因为工作者并不是不见方向而重复他的动作;他晓得他的工作有什么用处,他的工作的目的是被他看得颇清楚的。他觉得他本人是有用的。为着这个,并不必要他在社会的天涯里包揽了很大的一部分,只要他看得见,懂得他的动作是有一个目的的,就够了。自此之后,他的活动力尽管怎样专门,怎样单一,总算是一个有意识的人的活动力,因为他的动作是有了一种意义的了,他自己是知道的了。假使那些经济家不仅仅把分工认为增加社会生产力的一种方法,又假使他们曾经看见它是连带性的源泉,那么,这分工的主要的表征还会埋在黑暗里吗? 分工的制度还会被人家这样冤枉吗?

第二章　　强迫的分工

　　但是,有了一些规律还是不够的;因为有时候规律本身恰是弊害的原因。在阶级斗争就是这个情形。阶级的成立就形成了分工的组织,而且这是很严密规定的一种组织;然而它却往往是不和睦的一个源泉。下等阶级既不满意或不复满意于习俗或法律所给予他们的任务,于是他们垂涎那些他们所不能得到的任务而努力设法从那些现任的人们的手里抢了过来。因为有了这种工作分配的方式,许多内战就从此发生了。

　　在有机体里,我们绝对看不见像这类的情形。固然,在病势发作的时候,有机体里种种不同的经纬就战斗起来,损害别的经纬以求滋养自己。然而从来没有一个细胞或一个器官除了自己的任务之外还求僭占别的任务的。理由乃是:机体的每一元素都是机械地趋向它的目的的。它的组织与它在机体里的位置已经确定了它的职分;它的工作只是它的自然的结果。它尽可以不称其职,但它却不能占取别的器官的职务,除非这别的器官自己放弃,例如上文所说的很罕见的替代作用才有这种情形。至于社会里就不然了。在社会里,偶然的可能性更大了;在个人的遗传的能力与他所尽的社会职务二者之间有一个很大的距离;前者并不直接地须要引起了后者。这空间是给人们摸索的,给人们辩论的,其间还有许多原因可以使个人的性质改变了自然的方向而造成一种病态。因为这种组织是更有弹性的,所以它也是更弱的,更易受变化的。固然,我们并不是一生下来就预先注定是担负某种特别的任务的;但我们却有若干嗜好与若干能力限定了我们的选择范围。如果我们的嗜好与能力不被注意到,以致我们的日常事务不停止地触犯它们,那么,我们就会痛苦起来而求一个方法去消除我们的痛苦。然而我们须知,方法没有别的,只有把已成的秩序变更,做成一个新秩序来。为着要分工制能生出连带性,并不是人人各有他的工作就够了的,还须这工作与他相宜才行。

然而我们须知,在我们所研究的例子里,这条件还不曾实现。实际上,自从有了阶级之后,非但不能产生连带性,有时候还产生了些很痛苦的冲突;其所以如此者,因为连带性所依附的那些特别职务的分配并不与自然的才力的分配相应,再说确切些,就是已经不复相应了。尽管人们怎样说[1],决不会完全由于模仿精神以致下等阶级终于希望得到上等阶级的生活的。严格地说,模仿自身还不曾得了解释,因为它还有待乎其他的事情。原来模仿只在已经相似的人物当中才是可能的,而且须在相似的限度之内才是可能的;在不相同的种类之间就不能有模仿了。精神上的传染也像肉体上的传染:必须在顶先有了可染性的地方然后传染才能发生。若要各种需要由甲阶级传至于乙阶级,先须原始时代借以分隔两阶级的那些相异点消灭了或减小了才行。先须社会里起了大变化,结果是乙阶级的人们变为有能力负担当初他们所不能负担的任务,同时,甲阶级也失去当初那种高超状态了。当罗马的庶民开始与贵族争宗教上与行政上的职务的光荣的时候,这并不完全为的是要模仿贵族,却是因为庶民们变得更聪明了、更富裕了、人数更多了,于是他们的嗜好与他们的志愿当然也就起了变化了。自从有了这次的变化之后,全社会里,个人们的能力与人家指定给他们的活动范围已经不相称了,只有强迫的力量能令他们系属于他们的职务,而这强迫力有时候强些,有时候弱些,有时候是直接的,有时候是不很直接的。因此之故,只能有一种不完善的而且受扰乱的连带性了。

由此看来,这结果并不是分工的必然的结果。这结果之产生只在一些十分特别的情况之下,换句话说就是在分工受了外界的强迫的时候然后生出这结果来。如果它纯然顺着内部的自然,没

---

[1] Tarde:Lois de l'imitation。

有一点儿什么来妨碍个人们的意向,那么,其结果一定是不一样的。实际上,在这条件之下,个人的性质与社会的职务之间一定会发生一种谐和,至少可以说在平均的情形是如此。原来在争工作的时候,如果没有什么可以不合理地妨碍或依助那些竞争者,那么,谁的能力适宜于哪一类的活动力,谁就争得到哪一类的职务,这是不可避免的趋势。在那时候,确定分工方式的那一个唯一的原因乃在乎人类能力的殊异了。顺着自然的力量,工作的分配一定是依照能力的,因为若要依照别的方式,决没有这个理由。这么一来,各个人的组织与各个人的地位二者之间自然而然地产生了一种谐和。人家会说这始终还不足令人类满意;说还有些人的志愿超过了他们的能力。这是真话;然而这是一些例外的情况,也可以说是病态。就常态说,一个人实现了他的自然就觉得幸福;他的需要是与他的才力成正比例的。所以,在有机体里,每一器官只要求某数量的滋养料,只要与它的资格相当就够了。

由此看来,强迫的分工乃是我们所知道的第二病态模型。但是,我们不要把"强迫"一字的意义误解了。所谓强迫者,并不是全类的规定;恰恰相反,如上文所说,分工是缺少不了规定的。甚至在种种职务依照预定的规律而分开的时候,那分配作用并不一定是强迫的结果。在加斯特制度之下,在依照社会的自然而建立的时候,就是这种情形。固然,这种制度并不是随时随地都是无私的。但是,当它在一个社会里施行得很有规则而且不被反抗的时候,至少就大体说乃是它表现那些职业上的才力分配的不变的方式了。因此之故,虽则那些工作在某限度内是受法律分配的,而每一机关却自然而然地尽它的职务。直到了那种规定不复与事物的真自然相适合之后,它在风俗里已经失了基础,就只好靠着强力维持,于是强迫的作用才开始了。

反过来说,我们可以说分工须是自然的,而且在自然的限度之内才能产生连带性。但是,所谓自然,非但指没有明显的或正式的强力而言,而且各人所固有的社交力的自由发展也须没有妨碍——间接的也不行——然后可以谓之自然。非但不用强力把个人关进了某某确定的职务里,而且属于任何性质的障碍物也不能阻止他们在社会里占有一个与他们的能力相当的位置。简单说一句,若要工作是自然地分开的,先须社会的组织里那些社会上的不平等状态很确切地表现自然界的不平等状态才行。然而我们须知,若要达到这地步,只须人类的自然不被外界的任何原因抬高或降低了价值就可以了。由此看来,完善的自然只是另一事实的结果与其另一形式,而这另一事实就是:斗争的种种外的条件里的绝对平等。这完善的自然并不在乎借着混乱状态而自由地满足人们的好或坏的倾向,却在乎一种周到的组织,在这组织里没有一点儿外物来抬高或降低他们的价值,于是每一社会的价值都有了正确的估价。人家还可反驳说,甚至在这些条件,还有的是斗争,于是就不免有战胜者与被征服者,而被征服者苟非受了强迫,决不肯甘心认输。但是,这种强迫与那种强迫不同,除了同名之外,二者之间毫无关系;原来在纯然的强迫里连斗争也是不可能的,人们是甚至于不许争持的。

真的,这完善的自然,无论在哪里都不算是一种已经实现了的事实。无论在什么社会里,这自然性总是不能不混杂一些什么的。加斯特的制度所以能与人们的能力的自然相当者,这只是说大略而言,是粗浅的观察罢了。实际上,遗传性的作用决不能达到这样确切的程度;所以,甚至在遇着一些有利于它的外的条件的时候,儿女们也不能完全重演父母的行为。在定律里始终不免有些例外,因此,也就有些情形乃是个人们与被分配给他们的那些职务不相谐和的。在社会渐渐发达的时候,这不谐和的事实渐渐增多,直到了范围太窄,以致被冲破了为止。当加斯特制度在法律上消灭了之后,幸亏社会里还有许多成见存在,它还能生存于风俗之中;某一类的人们受了某种优待,另一类受了某种不良的待遇,这都是与他们的价值没有关系的。末了，甚至在过去的痕迹完全消灭了之后，只要还有财产的遗传，就足令斗争所在的那些外的条件变为十分不平等；因为这种遗传可以把一些利益给予若干人，而这些利益却不一定与他们的个人价值相当。就说现代的最开通的民族，还有若干职业是完全不公开的，或为没有承受遗产的人们所难取得的。由此看来，在纯粹的状态里，分工并不表现这平等的表征，假使我们不在别的地方注意到：在我们渐渐上溯社会的等第的时候，那片段模型渐渐在有组织的模型里消灭了，而且那些不平等状态也渐渐变为平等了，那么，我们还似乎不应该把这特征认为常态的呢！

　　实际上，自从分工制成立了之后，加斯特制渐渐衰败，这乃是历史上的定律；原来加斯特制既是与那家族政治的组织有关系的，它势必跟着那种组织退步才是道理。它所生出来的成见在它消灭后还能存在，但这并不是永远存在，而是渐渐消灭了的。公众的职务渐渐地自由公开，人人都可以担任，并不必要有财产的条件。甚至于这一生出来就富或就穷的状态所产生的不平等情形虽则不必完全消灭了，至少也可以说是减轻了些。社会尽量地努力把这不平等情形消减，用种种方法把那些处在太吃亏的地位的人们救了出来。它觉得它不得不把自由的地位让给一些有价值的人们，而且它承认个人所不该处的下等地位是不合理的。但是有一层更可以证明这种倾向，这就是：现代的人们相信各公民之间的平等性一天会比一天更大，而且照理也是应该更大的；这种信心已经传播得很远了。这样普遍的一种感觉决不能说是一种纯粹的幻想，原来它在混沌的方式之下还能表现实际的若干外观。再说一层，分工的进步恰恰相反，乃是表示一种与时俱不平等的性增；所以民众的意识所认为必要的平等性就只能如我所说的一种，换句话说就只是斗争的外的条件里的平等性罢了。

　　再者，是什么把这平等作用弄成必需的，这是很容易懂得的事情。实际上,上文已经说过,外界的一切不平等都可以累及有机的连带性。这种结果对于下等社会并没有很可惜的地方,因为下等社会里的连带性是以共同信仰与共同情感为保障的。事实上,分工所生出来的种种关系无论可以紧张到什么程度,既然不是这些关系最能把个人紧紧地连系于社会,所以社会的黏合性并不会因此就有了危险。从被违逆的志愿里生出来的不安状态并不足令受痛苦的人们反对弊害所从来的社会,原来他们所以要维持连带性者,并非因为他们在那上头发见了他们的职业活动力发展所必需的地域,却只因为他们把他们所从生活的许多许多的成法与信仰都收到眼底来了。他们所以要如此,因为他们的整个内的生活都与此有关,又因为他们的一切信心都需要如此,而且这既是道德与宗教方面的基础,他们就觉得这是神圣的了。私人的侵犯与关于世俗的侵犯显然是太轻了;意识状态既从这样的来源里取得了一种非常的力量,决不会因此就被动摇。再者,职业生活既是不很发达的,这些侵犯的事情也就只是时有时无的了。根据一切这些理由,这种侵犯是不很被人们觉得的。所以人们很容易从此养成了习惯,觉得这些不平等状态非但是可以原谅的,而且是自然的了。

当有机的连带性变为占优势的时候,恰恰产生相反的情形;因为那连带性一松,社会关系的生气的部分就受影响了。先说,在这些条件之下,特别的活动力之运用方式差不多是持续的,假使活动力受了阻挡,就时时刻刻会生出些痛苦来。再说,团体意识既然变弱了,这样发生的那些冲突状态就不能像那样完全消失了。共同情感所赖以把个人连系于社会的力量已经不是从前那种力量了;那些破坏的倾向既然没有了同样的对重,就比较地容易出头了。从前的社会组织有一种超绝的性质,好像对于人类的利益另是一个高超的范围,后来渐渐失去这性质了,社会的组织不复有从前那种反抗的力量,同时它也就被攻击得很厉害了;它既是人类的作品,就不复能像从前一般地反对人类的恢复权利运动了。恰在波涛变为更激烈的当儿，那阻挡波涛的堤岸就被动摇了：由此看来，那波涛的自身也就更是危险的东西了。因此之故，在有组织的社会里，分工的制度势必不得不渐渐接近我在上文所说的那理想的自然。社会所以努力——而且应该努力把那些外界的不平等状态尽量消减者，这非但因为这事业是好的，而且因为社会生活的本身就与这问题有关系。若要社会能自维持，先须其所由成的诸分子都是连带的，而诸分子的连带性也只能在这条件之下成立。所以我们可以预料在有组织的模型渐渐发达的时候这公道的事业一定变为更完善。在这方面所已经实现的文化无论是怎样重要，比之将来成就的文化，大约只是一个小引子而已。

斗争的外的条件里的平等非但是帮助各个人摆脱他的职务的一种必要的东西，而且若要把各职务互相连系，亦非此不可。

实际上，契约关系的发达势必是跟着分工而发达的，因为分工是离不了交换的，而且这交换的条约必须经过法律的手续才行。换句话说，有机的连带性有一种重要的变相是我们可以称为契约的连带性的。固然，若说种种社会关系都可以归在契约上头，这是不对的，因为契约还有所待于其他的事物；然而有一些特别关系的来源却是在个人们的意志中的。世上有某一类的"同意"是在契约里表现的；但在高等的人类当中，更能表现普通同意的一个重要原动力。所以在这些社会里契约的连带性必须受了保护，不致被任何的事物动摇了才好。为什么呢？在不很进化的社会里，契约的连带性尽可以不固定，还不致有大不方便的地方。其理由在上文已经说过了，但是，当它是社会连带性里的一个主要形式的时候，它如果有了危险，社会团体的一致性势必同时有了危险的。由此看来，契约的本身在普通生活里渐渐占了重要的地位的时候，从契约生出来的那些冲突也就渐渐变为严重。因此之故，有些原始社会并不干预人民的契约以求解决契约问题①,至于文明的民族的契约法却一天比一天增加了。然而我们须知,契约法的对象并非别的,只在乎保障各种职务的有规则的合作,使它们由这方式而发生连带关系罢了。

但是,若要达到这种结果,并不是由公众的权力监视着订约的两方,使他们恪守契约就够了的,还须他们自然而然地依照契约行事才好——至少可以说在平均的情形是如此。假使人们遵守契约仅仅为的是强力或为的是怕强力,那么,那契约的连带性岂不是很没有定期的吗?纯然外界的事物决不能好好地隐蔽了那些冲突,因为冲突太普通了,决不是永远能够阻止的。但是,人家会说:若要使这危险成为不足畏的,只须使人们自由地同意于契约就行了。这是真的,但难关并不因此就能打破。这自由的同意是从什么地方成立的呢?口头的或成文的同意并不是同意的充分证据;一个人尽可以被强迫而后同意的。由此看来,先须没有了这强迫作用才行;但这强迫作用又是从哪里来的呢?强迫并不仅仅在乎直接施用强力,因为直接的强力已经同时把自由剥夺了。譬如我以死威吓某人以求取得一种契约,这无论在道德上或在法律上都是不生效力的;同理,假使我为着要得到一种契约而利用某人的困难的境地,这境地固然不是我造给他的,但终不免迫着他不能不对我让步,否则,就有死的危险,这种契约怎么能生效力呢?

在某一社会里,每一交换品在某一时间内总有一种确定的价值,我们可以把它叫做社会价值。这价值所表现的就是那物品所包含的有益工作的数量;这话的意思非但指那物品所曾经花费了的全工作而言,而且指那能产生社会上的有益效果的那种力量所占的部分而言,换句话说就是能适应一些常态的需要的那种力量。这样的一种数量虽则不是可以数学计算的,但它还算是实有的。

①　参看 Strabon(p702)。再者,我们在《圣经》前五卷里也看不见契约的规定。

它变化的时候所依照的主要条件甚至于很容易被我们看见；总而言之，这乃是那物品产生的时候所费的必需的劳力的总数，这是它所满足的需要的强度，也是它所满足的范围的大小。在事实上，这平均的价值乃是在这一点的周围变动的；若是要他离了这一点，除非受了变态的原因的影响，但在此情形之下，公众的意识对于这脱离状态多少总有几分强烈的感觉。一种物品的价值与它所已费的劳力及它所贡献的利益是不相等的，但是民众却觉得这种交换是合理的了。

　　有了上面一个定论，我们就可以说若要契约充分地被人们同意，先须双方所交换的功劳有同等的社会价值才行。实际上，在这些条件之下，各人取得了其所希望的东西，而以其所给予的东西为还报，于是双方的东西都有了价值。由此看来，这契约所证明的双方意志的平衡性是自己发生而且自己维持的，因为它只是那些东西的本身的平衡性的结果而且是另一形式罢了。它实在是自然而然的。固然，有时候我们让了东西给别人之后还希望多取得些别人的东西，我们的野心是无限的，除非双方的野心对消，否则是不会消减的。但这强迫作用在乎阻止我们满足那些出轨的野心，比之不许我们有法子取得我们的工作上的正当报酬的那一种强迫作用大不相同，这是不容混淆的。前者只存在于健全的人群里，唯有后者值得叫做"强迫"；只有它弄坏了同意。然而我们须知，在我刚才所说的情形之下，这种强迫作用是不存在的。反过来说，双方交换的价值如果不能成为对重，就须一些外力投在天平上，然后得了平衡。不是甲方受了损害，就是乙方受了损害；所以若要双方的意志能相适合，先须某一方受了直接或间接的压迫，而这压迫就形成一种强力。总说一句，若要契约的强制力是完全的，单靠它是表现了的赞成的对象还不行，还须它是公平的；假使只由口头上赞同，就不是公平的契约了。单靠一个主观的状态的自身决没法子生出那连系的能力，因为那连系能力乃是由协约生出来的，至少可以说，若要"同意"

有这效用,先须它自身寄托在一种客观的基础之上才行。

　　若要这同价作用成为契约的规律,必要的而且充分的条件乃在乎把双方缔约人安置于相等的外的条件里。实际上,事物的估价是不能从事物的本身去确定,而是从交换里生出来的,所以必须那些交换的个人们在令人估量他们的工作价值的时候没有别的力量,仅仅有从他们的社会价值里取得的力量才行。这么一来,事物的价值就与其所贡献的功绩及其所耗费的劳苦确切地相当;因为别的能使事物价值变化的原因已经被除去了。固然,事物价值不相等始终弄成人们在社会里的地位不相等;但这些不平等的状态在表面上看来似乎是外的,其实不然,因为它们只把内的不平等状态表现到外面来罢了,所以它们对于价值的确定并没有别的影响,其影响只是在各种价值之间建立一种分等的办法,使其与社会职务里的分等并行。如果某几个人在别的来源里接受了若干另加的力量,事情就不会相同了,因为这另加的力量的结果势必移动了平衡的立足点,而这移动作用显然是与事物的社会价值不相关的了。一切的高超力量对于缔约的方式都是有影响的,所以如果这方式不由个人们的人格及其对于社会的功绩里生出来,交换上的道德条件就被它弄成假的了。譬如社会里的甲阶级为着生活的缘故,不得不为人效劳,而且不管是任何的代价;同时,乙阶级却不必效劳,这因为幸亏乙阶级能支配某种财富,但这财富却不一定是从社会的高超力量里生出来的。所以这么一来,乙阶级就给甲阶级定下了不公平的法律了。换句话说,有了一生出来就富或就穷的人们,势必就有不公平的契约。再说一种更强有力的理由:当社会地位的本身也是遗传的而且法律里包含有一切种种的不平等性的时候,事情越发是如此的了。

　　不过,只要有一天那些契约关系还不很发达而且团体意识还强的时候,人们还不十分感觉得不公平。契约既少,不公平的情节就少发生的机会,尤其是还有共同信仰,所以不公平的契约的效力很微。社会不因此受痛苦,因为它并不因此而有危险。但是,到了工作渐渐分开,社会信仰渐渐薄弱的时候,那些不公平的契约就渐渐变为不可忍受的了,因为它们所从发生的那些环境重新出现得更频屡了,又因为它们所唤起的情感已经不像昔日一般地完全由相反的情感去调剂了。关于这一层,我们在契约法的历史上可以找得证据;从前缔约双方很不平等的那些协议已经渐渐被契约法取消了它的一切价值了。

在原始的时候,契约无论是怎样取得的,等到确定了形式之后,一定有强制的力量。同意甚至于不是契约的初因。双方意志相合并不足以使双方相连结;而且形成的那些关系并非直接从这同意里生出来的。若要有契约存在,先要——而且只要——履行了若干仪式,宣告了若干言语。至于条约的性质之确定却并不由于双方的意向,而由于其所用的形式①。同意的契约直到比较地新近的时代才出现②。这在公平的道路上算是进了第一步了。但是,在很长的时期内,那同意虽则足以使条约有效,却尽可以是很不完全的,换句话说就是用强力或诡计取得的。颇久以后,罗马的法官对于被诡计或强力所害的人们才准予控告。然而若非以死威胁或以身体的刑罚迫从,则所谓强迫在法律上还是不算数的③。关于这一点,我们现代的法律就严了些。同时,单方的损害,如果是依手续证明了的,也与那些在某种情形之下能破坏契约的原因同等看待④。譬如一切的文明民族都拒绝承认高利贷的契约,岂非为的是这理由吗?实际上,因为这种契约之成立,必须甲方的

---

① 看罗马法里的 Verbis,litteries et re。参看 Esmein:Etudes sur les contrats dans le très ancien droit français,Paris,1883。

② Ulpein 把"同意契约"看做 juris gentium 的(L. V,7 pr.,et §1,De Pact.,Ⅱ,p14)然而我们须知,一切的 jus geutium 却一定是在民律之后的。看 Voigt: jus gentium。

③ 看 L. 3,§1,et L. 7,§1。

④ Dioclétien(古罗马王,242—313)决定凡售价比实价低了一半者,那契约即当取消。至于我们的法律却只在不动产之变卖里允许不公平条约的取消。

缔约人完全受乙方宰割才行。再者，共同的道德更严格地处分种种不公平的契约。在这一类契约里，甲方是被乙方侵略的，因为甲方是最弱的，而且他的辛苦得不到公平的代价。民众的意识很恳切地要求人们在互相效劳的场合里谨守相互间的义务，至于其所承认的只是协约里一种很狭小的强制形式，因为那些协约并不能完全适应一切公理的基本条件。民众对于违犯协约的人们很能宽待，不像法律那样严厉。

经济学家们的功劳在乎首先指出社会生活的自然的性质，说明强迫作用适足以使社会生活走出了自然的轨道；就平常说，这生活并非成于外界的强制，却成于内部的酝酿。在这一点上，他们对于伦理学实有很大的贡献，不过，可惜他们误认了那自由的性质。他们把自由看做人类的成分，以为这是个人的观念里所固有的，所以他们似乎觉得自由完全是自然的状态里已经有了的，与社会毫无关系。依他们看来，社会的影响对于自由无所添加；社会所能做而且该做的只在乎把自由的外的作用规定了，好教并立的自由不至于互相伤害就行了。但是，如果社会的作用不被严格地围困在一些界限里，它就会侵占了那些自由的领域而把这领域削减了。

然而非但说一切规定是强迫作用的产物的话是错的，而且自由本身还是"规定"的产物呢。它非但不与社会作用相冲突，而且是由社会作用生出来的。它不算是自然的状态的固有性；恰恰相反，却是社会对于自然的战利品。当然，人类就体力说是不平等的；各人的外的条件或优或劣，至于家庭生活本身也就有产业的遗传与其所生出来的种种不平等。由此看来，在社会生活的一切形式中，最与自然原因发生密切关系的莫若家庭生活，然上文说过，一切这些不平等状态都是对于自由的一种否定。严格地说，自由的成因乃在乎把那些外力隶属于社会力量之下，因为这么一来，社会力量才能自由地发展。然而我们须知，这种的隶属作用恰是自然界的反面①。所以这种作用之实现乃是渐进的,须待人类渐渐超出事物之后才能替事物造成规律,剥夺了事物的偶然性、非理性、变态性。换句话说就是须待人类变成了社会的,然后那隶属作用才能实现。因为人类除非另创一个世界,使这世界里的自然受他们制御,否则他们是不能逃脱自然的支配的。而这另创的世界就是社会②。

由此看来,最开化的社会的责任乃在乎从事于"公道"的建立。事实上,社会很感觉得须要向这一方面走,这是上文所证明了的,也是我们每天的经验所能证明的。下等社会的最高理想乃在乎创造或维持一种共同生活,尽量使它成为强烈的生活,好教个人被吸收在里头;同理,我们的最高理想却在乎把我们社会关系常常弄得很公平,好教一切对于社会有用的力量的自由发展都得了保障。不过,当我们一想到自从千百年以来大家都满意于一种不完善的公理,我们就不免自问我们的最高愿望是否由于一种无理性的不耐烦。若说是未来的常态的先兆,安知不是现在的常态的失轨?总之,我们自问我们的理想所提示的弊害所需要的救治的方法是在乎满足那弊害呢还是在乎攻治它。本书前数卷所论,对于这我们所萦心的问题已经有了切实的答复。这些倾向乃是最需要的,因为它们是社会的结构里所发生了的种种变化的必然的结果。既然片段模型消灭了,有机模型发达了,有机的连带性渐渐替代了相似性所生的连带性,所以那些外的条件就非变为一律平等不可。有了这代价,然后职务可以谐和,因此才有生活可言。古代的民族为着生活的缘故首先需要共同的信仰,同理,我们呢,我们需要公

---

① 我当然不是想要说社会是超出自然的范围之外的。我所谓自然界只是指人们所谓自然的状态所生的自然现象而言,换句话说就是受了有机心理或生理上的原因的影响的自然现象。

② 看本书卷二第五章。因此我们更可以明白自由契约的本身是不够用的;除非幸亏有了很复杂的一种社会组织,否则自由契约还是不可能的。

理。而且我们可以断定,支配社会进化的那些条件将来势必仍旧是这些条件,而这需要一定是一天比一天更厉害的了。

第三章　另一种变态的形式

现在只剩下另一种变态的形式须待叙述。

我们往往看见,在某一商业里或某一工业以及其他企业里,各种职务是那样分配,以致不足供个人的活动力的发挥。若说在这上头关于力量的损失是很可惜的,这是显然的事实,但我们对于这现象的经济一方面用不着多管。最能令我们注意的却是伴着这浪费力量的现象而发生的另一事实,换句话说就是这些职务里或大或小的无秩序状态。实际上,我们晓得,在一个行政机关里每一职员如果不能从他的职务里充分地发挥他的活动力,于是他们相互间就不能相投,各种工作都是零碎的,换句话说就是连带性松弛了,不黏合状态与无秩序状态出现了。在下帝国时代(15世纪的罗马),各种职务分而又分,至于无极,然而其结果却是一种真正的紊乱状态。由此看来,分工到了极点却成为很不完善的积分。这是什么缘故呢? 人们很容易倾向于回答说其所缺少的乃是一个支配机关。但这一个解释是不能令人满意的,因为这病态往往恰是统治权所造成的呢。所以若说消除这弊害,并不是有了一种支配作用就够了的,还须这支配作用在某一方式之下施行才好。这一种方式是我们所晓得的。一个聪明而有经验的领袖首先就注意于取消那些无用的职务与分配那些工作,使每一种工作都有人充分地从事,然后增进每一工作者对于职务的活动力。等到工作在经济上整顿好了之后,秩序自然会同时回复了。这样弄到这地步呢? 这因为人们在起初的时候把事情看错了。如果每一职员有了一种很确定的工作,而且切实地把工作做完,那么,他势必需要一些邻近的职员,于是他就不能不感觉到与他们的连带关系。只要工作是专门的就好了,管它是大是小? 又何必管它是能否吸收他的时间与力量的呢?

　　其实恰恰相反,这些都不可不管。实际上,就普通说,连带性对于各专门部分的职务活动力乃是有很密切的关系的。职务的活动力一变,连带性跟着也变。当职务萎靡的时候,哪怕它们专门到了极点,还是互相不投机,不能充分地感觉它们的互属关系的。试举几个例子,这事实就显然可见了。在人体里,"窒息作用可以阻挠血脉,不许它流遍那些血细管,有了这阻碍,跟着就有充血症与心的停止作用;在几秒钟之间,全个有机体都发生了一种大扰乱;到了一分钟或两分钟之后,那些官能都停止运行了"①。由此看来,呼吸对于整个的生命有很密切的关系。但是,在一个青蛙的体里,呼吸尽可以停止许久而不至于发生任何纷扰,这因为它的血从它的皮肤里透气就够了,甚至于是因为它虽则完全缺乏了可呼吸的空气,而它的经纬里还蓄积着一些氧气,也就足以应付了。由此看来,蛙的呼吸官能与其机体里的其他官能之间实有一种独立性,因此也就有一种不完善的连带性,因为没有了前者的帮助的时候后者还可以生存。这结果的原因乃是:蛙体里的器官活动力比不上人体的强,所以它不像人类一般地需要把氧气换新,而把燃烧所致成的炭酸排去。同理,哺乳类需要很有恒地吸收些养料;而就平常说,它们的呼吸的节拍也显然是一样的,它们的休息期并不长;从另一方面说,它们的呼吸官能与滋养官能以及接触官能等都是不停止地互相需要的而且是整个机体所需要的,需要得这么厉害,所以其中一个停顿了许久之后决不能不危及其他官能,更不能不危及普通生活了。反过来说,蛇类却隔了长时间才吸收养料,它们的活动期与休息期是相离很远的;它们的呼吸在某时期内很是显明,但有时候却几乎是没有的,换句话说就是它们的各官能相互间并没有很密切的关系,所以互相离散了也没有什么不便。理由乃是:

----

① Spencer:Principes de biologie,Ⅱ,p131。

它们的器官活动力比不上哺乳类的强。蛇体的组织的耗费既小，它们就不很需要氧气；损伤既不大，它们就不常常须要补救，至于它们追逐掠夺食物的种种动作也是如此。斯宾塞先生也说我们在无机的自然物里也找得着同样的现象的许多例子，他说："试看一个结构复杂的机器，其中各机件乃是不很相适合的，或是因久用而松弛了的；当它快要停止动作的时候，我们察验它一番，则见它在将休息的当儿有若干不规则的动作：有几个机件先停，却因其他机件继续动作而重新又动作起来，后来到了其他机件停止动作的时候又轮着它成为它们重新动作的原因。从另一方面说，当那机器的节拍变化得很快的时候，各部分的原动作用与互相感受的反动作用都是有规则的，而一切动作也都是分配得很好的；但是，等到速率渐减的时候，就有若干的不规则的状态发生，而那些动作就分配得不适宜了。"①

　　职务的活动力的一切发展都形成了连带性的一种发展，这因为若要一个机体里的种种职务能够变为更活动的，就须它们同时变为更持续的。我们试特别审察一个职务看。它既然缺少了其他职务的协助就不能有任何的动作，所以若非其他职务的出产更多，则它自己的出产也不能更多；然而若要其他职务的出息增高，也须它的出息先受了反响而增高了才行。在一个职务里，任何活动力的增加都能使各连带职务里那些相当的活动力同时增加，因此，在这一个职务里的活动力跟着又重新增加一次；但是，除非这职务变为持续的，否则这事情是不可能的。固然，这些反响并不是无限地发生的，但到了某时期那平衡性就重新成立了。如果筋与脑增加工作，它们势必需要更丰富的养料，于是胃就供给它们的养料，但胃也势必更须运动它的官能才行；然而若要胃的活动力增加，先须胃里有更多的物料以供消化，而若要得到这些物料，又非重新耗费

---

①　Spencer:Principes de biologie, II, p131。

筋力与脑力不可。一种更大的工业的出产势必需要更多的资本，这资本变为许多机器而成为不动产；但这资本为着能够支持，为着能够补偿损失，换句话说就是支付租价，势必需要更大的一种工业的出产。在一个机器里，使一切部分活动的那一种动作更快的时候，这动作是不断的，因为它不停止地从甲部至乙部，更由乙部到丙部。总之，它们互相牵引。再者，如果这非但是单独的一个职务变为更活动的，而是一切职务同时变为更活动，那么，每一职务的持续性越发增加了。

这么一来，它们更有连带关系了。实际上，它们既是更持续的，于是它们就更继续地发生关系，而且更继续地互相需要。所以它们更感觉得它们是互相隶属的了。在大工业的御宇之下，如果工人们晓得和协地行事，则资本家越发是隶属于工人们的；因为罢工一起，生产既停，资本也无法维持了。然而工人们也更不容易罢工，因为他们的工作增加，需要也跟着增加了。反过来说，当活动力较小的时候，需要就是时断时续的，各职务之间所赖以联络的种种关系就是如此。他们只不时感觉着他们的连带关系，而这连带性因此也就松弛了些。

由此看来，如果分配下来的工作不大，而且不够，那么，那连带性的本身非但更不美善，而且还缺少了若干要素，这乃是自然的道理。譬如在有些企业里，工作分得太厉害了，每一工作者的活动力都被降低，不能达到平常该达的程度。这么一来，那些不相同的职务太不持续了，所以不能确切地相适合，也不能常取一致行动；人们所看见的不黏合状态就是从这里来的了。

但是，必须先有了一些例外的环境，然后把分工弄到这地步。就平常说，分工发达的时候，职务的活动力势必同时而且在同一限度之内发达。实际上，迫着我们更趋专门的那些原因也就是迫着我们更加工作的原因。在竞争者的数目在全社会里增加了之后，在特别的职业里也就增加；于是斗争更厉害了，也就需要更多的力量然后能维持这种斗争了。再者,分工的本身也倾向于把那些职务弄得更活动些,更持续些。许久以来,经济学家们曾经说过这现象的理由;下面就是他们所述的主要的几点:(1)当工作不分开的时候,人们必须不停止地起动,从这职业走到那职业里去。有了分工,则可免浪费这些起动的时间;依马克思的说法,"分工能使工作紧张"。(2)分工能使工作者的才艺发达,而职务的活动力就很巧妙地增进这才艺;这么一来,就不至于以时间为踌躇摸索之用了。

美洲社会学者加烈曾经把分工这种特征显得很分明,他说:"在单独的土人的动作里足没有持续性的。为着生存之故,他不能不有求适合环境的力量,同时又被迫而走遍很辽阔的地面,缺乏食料,他往往有死亡的危险。甚至在他取得食料的时候,他还迫不得已而停止他的搜求,寻思关于他的住处的必要的变迁,把他的食料、住所与他的本身,都搬到另一个地方去。到了那另一地方,他迫不得已,又轮流做厨子、做裁缝……因为没有人造的灯火的缘故,夜里的时间于他毫无用处;就说白昼吧,他能不能利用他的时间,还是完全关系于天气的好坏的。末了,他终于发见了一个邻人①,于是他们之间就有了交换;但是,他们二人在岛中所占有的部分既不相同,于是他们不得不相接近,活像他们要耷麦不能不求助于石头一般……再者,当他们相遇之后,为着确定交易的条件,就发现了好些困难,因为他们二人所希望交换的物品并不能如意地供给。譬如那渔人有了好机会,捕得了许多鱼,但是那猎人偶然有了好运气,也得到了一些鱼;在这时节,那猎人所需要的只是果子,而那渔人却没有果子。我们晓得,相异然后能相助,现在既少了这相异的条件,在相助作用里就发生了一种障碍是不容易解决的了。

但是,经过了若干时期之后,财富与人口都发达了,社会的活动里显然有了文化的进步;自此之后,丈夫帮妻子的忙,妻子帮丈

---

① 当然,这不过是陈述的一种语法。在历史上,事情决不是这样过去了的。一个人决不会在偶然的一天里发见了一个邻人。

夫的忙,父母与子女也互相帮忙,而子女相互间也有了交换;某甲供给鱼,某乙供给肉,某丙供给麦,至于某丁却把羊毛制成毡毯。每进一步,我们总注意到社会的活动迅速了许多,同时,人类的力量也增加了。"①

再者,事实上,我们可以观察到:在工作渐渐分开的时候,也就渐渐变为更持续的了。野蛮的禽兽的工作乃是时断时续的,当它们被某种紧急的需要所驱迫的时候,它们才为满足这需要而工作。在纯然耕收的社会里,到了不良的时令,工作几乎是完全停止了的。在罗马,有许多许多的节日与忌日,工作因此中断②。到了中世纪,停工的日子还很多③。但是,人们渐渐向前进,工作也渐渐变为有恒的职务,是一种习惯,甚至于可以说,如果这习惯养得充分地牢固了,还成为一种需要呢。但是,假使工作还像昔日一般地时断时续,这习惯决不会成立,而那相当的需要也不会发生了。

由此说来,分工之所以能成为社会黏合力的一个源泉还根据着一个新理由,是我们所不能否认的。上文说过分工所以能使个人们发生连带关系者,因为它把各人的活动力限制的缘故;但现在看来,非但因为它能限制活动力,而且因为它能增加活动力。只因为它增加了机体的一致性,同时它就增加了机体的生命。至少可以说,在常态上,这两种效果当中发生了一种,另一种决不会不跟着发生的。

---

① Science sociale, trad. franç., Ⅰ, p229—231。

② Marquardt: Röm. Stattesverwaltung, Ⅲ, p545 et suiv。

③ Levasseur: Les Classes ouvriéres en France jusqu'à la Révolution, Ⅰ, 474 et 475。

结　论

一

现在我们可以把本书开端所提出的实践问题解决了。

如果说世上有一种行为的标准，其道德中的特征是没人反对的，这标准就在乎把团体模型所有的主要表征都实现在我们个人身上。在下等民族里，这行为标准达到最高限度。在那一类的社会里，人生的第一责任乃在乎模仿一切的人们，无论在信仰上或在实施上都不容有一点儿个性。至于比较地进化的社会里，必要的模仿行为已经少了些；但是，如上文所说，还有若干种是不可不遵的，否则便造成了我们的道德上的过失。固然，刑律里的罪恶的种类已经少了许多；但罪人所以为社会攻击的对象者，只因他与我们不相似：关于这一点，古今是一样的。同理，那些被认为不道德的行为，虽则事情还严重，但相异性并不深，所以罪恶也就减等。当"共同的道德"命令人类好好地做"人"的时候，这"人"字便包含本字的一切概念，换句话说就是须具有人类的意识里的一切思想与一切情感：由此看来，措词虽略有不同，其所表示的行为标准岂不是一样的吗？固然，如果我们专就字面看来，所谓"做人"乃是做普通的人而不是做某一类的社会的人。但是，实际上，我们所该完全地在我们身上实现的"人类的意识"并不是别的什么，而是我们所属的团体的共同意识。所谓人类的意识，若说不是我们所最接近的情感与思想,还有什么可以组合成它呢? 我们要找榜样,不在我们身上找,就是在我们的周围找,难道还能在别的地方去找不成? 我们所以相信这团体的最高理想乃是全人类的最高理想者,因为这最高理想很抽象,很普通,以致我们似乎觉得推之于全人类都可以适合。但是,事实上,每一民族对于这所谓人类模型都另有特别的概念,而这特别概念就是从那民族的个别气质来的。每一民族都依照自己的想象去表现一个人类模型。甚至于那些道德家,他们以为凭着自己的思想力,可以免了环境的思想的影响,其实他们没法子做到这地步,因为他们已经被环境的思想浸透了,无论怎样做,他们在演绎之后所得的还只是环境的思想。因此之故,每一国家自有它的伦理学派,与它的个性是相当的。

从另一方面说,做文已经证明这标准的作用在乎提防共同意识的一切动摇,因此也就提防社会连带性的动摇;它若要有这功能,非先有一种道德性质不可。在最根本的团体情感被侵犯的时候,如果还宽容下去,社会就势必涣散;但若要抵抗这些侵犯,必须倚靠道德标准所系属的特别大力的反动才行。

然而我们须知,与此相反的标准却在乎令我们特别化,而其作用又恰恰与那标准的作用相同。它也是社会黏合的必需品,至少可以说,在社会进化到某时期之后是如此。固然,它所保障的连带性与上述那标准所保障的不同;但这连带性虽是另一种,却也是必不可少的。上等社会若要维持平衡,必先令工作分开才行;同类之互相吸引已经渐渐不足以发生这效果了。由此看来,在这两种标准当中,第一种既需要一种道德性质然后能施行其作用,第二种也一般地需要道德性质。这两种标准所适应的乃是社会的同一需要。只它们适应的方式不同,这因为社会的生存条件的自身已经不同了。所以我们用不着深究伦理学的第一基础,已经可以从甲标准的道德价值推想到乙标准的道德价值了。在某几点上说,二者之间确有冲突,然其所以如此者,它们的作用也并不在乎达到不相同的目的;恰恰相反,它们是同归于一个目的地的,只它们所走的道路相反罢了。还有一层,我们也不必在二者之间永远择定了一种,而排斥另一种;我们所应该做的乃是:在历史的每一时期内,对于甲乙两种各给予与它们相宜的地位就对了。

也许我们竟可以更说普通些。

实际上,因为题材的需要,我已经不得不把种种道德标准分类,而且把那些主要的种类一一陈述了。现在我们比开卷时更能看见——至少可以说猜着——它们的内的性质,不仅仅看见外的表征;而这内的性质乃是它们所共有的,可以用来确定它们。我在上文已经把它们分为两类:一类是压制性的制裁的规律,其中包含散漫的制裁与有组织的制裁;另一种是恢复性的制裁。我们已经看见前者表现那从相似性生出来的一种连带性的条件,而且我们已经把它叫做机械的连带性;后者表现否定的连带性[①]与有机的连带性的条件。所以我们就普通而言,可以说种种道德标准的特征乃在乎表示社会连带性里的根本条件。法律与道德乃是黏合物的总体,把我们互相连属,又把我们连属于社会,把人群造成一个黏合而且一致的集体。凡是连带性的来源的,凡是迫着人们顾及别人,除了自私心的冲动之外还把自己的动作支配到别的事物上的,都可以叫做道德;这些黏合物越多、越强,则道德越巩固。人们往往把自由去解释道德,这是多么不恰当;与其说道德寄托在自由上,倒不如说它寄托在隶属状态里。它非但不解放个人,不把个人从环境里提拔出来,而且恰恰相反,它的主要作用乃在乎把个人造成全体所不可少的一部分,因此,也就在个人的行动里剥夺了多少自由。真的,有时候我们遇见了些高尚的人,他们也觉得这隶属状态是不可忍受的。但这因为他们看不见他们自己所主张的道德所从来的源泉,这些源泉太深了。人类的意识对于人心的深处所发

———————————

① 见本书卷一第三章第二节。

生的境界乃是一个不良的裁判官,因为它不曾深入的缘故。

人们往往以为社会作用乃是与道德无关的一件事,或说它对于道德只有次要的影响,其实不然;恰恰相反,社会乃是道德的必要条件。所谓社会,并不是个人与个人并列,而个人们也不是各自带了固有的一种道德走进社会里来的;一个人所以成为有道德的,正因他在社会里生活,原来个人的道德乃在乎与团体发生连带关系,而且它是跟着这连带性变化的。如果你使一切社会生活消灭了,道德生活失了其所寄托的对象,也就同时消灭了的。18 世纪的哲学家们的自然状态,纵使不是反道德的,至少也是不道德的;关于这一层,卢梭自己也承认。再者,我们并不因此就回到那依照社会利益而表现道德的一种程式。固然,如果社会的诸分子不与社会发生连带关系,社会的本身就不能存在;但是,那连带性不过是它的许多生存条件当中的一个条件罢了。还有许多条件是与道德无关的,然而却是一样地必要的。还说一层,在道德所赖以成立的种种关系当中,尽可以有若干关系的自身是没有用处的,或它们的力量是与它们的效用程度不相称的。所以利益的观念是不能归入道德的定义里做一个主要元素的。

至于说到人家所谓个人的道德,如果是指全部的义务而言,而且个人是那些义务的主象,同时也是对象,那些义务只把他连属于他自己,因此,甚至于他独自一人的时候那些义务还是存在的;那么,这是一种抽象的概念,是与实际毫不相当的。其实道德无论在什么程度,只能为社交状态里所有,而且须待社会条件变化之后它才能有所变化。由此看来,如果人们自问:"假使社会不存在,道德会变成怎样?"这就是从事实里走出来,却走进了不可证实的幻想与无根据的假定里了。事实上,个人对自己的义务就是对社会的义务;这些义务是与某几种团体情感相当的,当侵犯者与被侵者同是一人的时候这些情感固不可侵犯,当侵犯者与被侵犯者是两个人的时候这些情感也是不容侵犯的,例如今日在一切的健全意识里都有尊重人格的一种强烈的情感,我们对己对人的关系里的行为都务求与此人格相合,人们所谓的个人道德的主要点完全在此。一切行为违犯了这情感必遭排斥,甚至在原动者与受害者同是一人也不免被人指摘。因此之故,依照康德学派的说法,凡有人格存在的地方我们都应该尊敬,换句话说就是无论对我们自身或对别人都须如此。因为无论在前一种情形或后一种情形之下,那以道德为对象的情感是一样地被违犯的。

然而我们须知,分工非但能表现我们所由确定道德的那一种特征,而且它渐渐倾向于变为社会连带性的主要条件了。我们在文化史里渐渐向前进的时候,那些把个人连系于家庭、连系于本土、连系于他从过去时代得来的传说、连系于团体的共同习惯等关系都渐渐松弛了。他活动了些,于是比较地容易变更环境,离了家人而到别处过一种自治的生活,他的思想与情感也就渐渐由他自己造成了。固然,一切的共同意识并不因此就消灭了;至少还剩有刚才我所说的人格的尊重:这在今日已经是万众心灵的唯一集中点了。但是,当我们想到社会生活的范围一天比一天扩张,其影响所及,个人的意识的范围也一天比一天扩张,所谓人格的尊重真不算一回事了!因为个人意识既扩大了,人类的智慧更充裕了,活动力更多花样了,若要道德仍旧是不变的——换句话说就是若要那把个人粘附于团体的力量与昔日相等,就先须把个人连结于社会的那些关系变为更强而且更多才行。由此说来,如果除了从相似性生出来的关系之外没有别的关系,则片段模型一消灭了之后道德就跟着逐渐降落了。人们不复像昔日那般充分地受牵制了;他们不复觉得周围有昔日的社会那种"有益于生活的压力",可以节制他们的自私心,而把他们造成一个道德的人了。这么一来,分工就有了道德上的价值。因为有了它,然后个人认识了他对于社会的连属关系;有了分工,然后社会有牵制与压制个人的力量。总说一句,分工既变了社会连带性的主要源泉,同时也就变为道德界的基础了。

　　所以我们可以说,在高等社会里,我们的义务并不在乎把我们的活动力在表面上扩充,而在乎集中它,使它专门化。我们应该限定了我们的涯际,选择一种有定的工作。把全身精力贯注;我们不该把我们造成一种完成的而且整个的美术品——美术品的一切价值都从自身抽出来,却不在乎对于社会的贡献。总之,社会的等级高到什么程度,人们的专门化就该扩充得远到什么程度,我们是不能另立一个限度的①。固然,在团体模型存在的限度内,我们应该努力把它在我们的身上实现。有些共同情感与共同思想,若少了它们,恰如人家所说的,我们不复成为一个人了。命令我们趋向专门的那标准乃是被那相反的标准所限制的。我的结论并不是说专门作用推得越远越佳,只是说需要多远就推到多远罢了。至于说到这相反的两种需要各该占多远,这须待经验而后能确定,我们是没法子在事前算定的。我们只证明了这一点就够了:前者与后者的性质并非两样的,再者,这义务一天比一天变为重要而且是强迫的,因为刚才所论那些普通的美德已经渐渐不足以使个人社会化了。

　　所以我们也怪不得民众厌恶万能学问的心理一天比一天显明,甚至于有些人太爱普通的学识,不肯把全身精力用于职业的组织里,也是为民众所不喜的。实际上,这因为他们与社会粘得不很紧,或可以说社会不把他们粘得很紧,所以他们逃脱了。正因他们感觉着社会的时候他们的情感里并没有相当的强烈性与持续性,

────────────

①　也许还有另一个限度,但我们不必论及,因为这限度只能说与个人的卫生有关系罢了。人们也许可以这样主张:在我们的有机心理的组织里,分工如果超过了某限度,就会发生扰乱的。我们虽则不研究这问题,然而不妨注意到:生理上的各官能所达到的专门化的最高限度似乎是不合于这种假定的。再说,甚至在社会的心理上的职务里,在发达史中,男女之间的分工不是已经达到最高程度吗? 妇女不是失了许多种的能力吗? 男子不是也失了许多种的能力吗? 然则在同性的个人们当中为什么不能也发生同样的现象呢? 固然,有机体要与这些变化相适合,非要经过些时间不可;但是,决不会有一天来到,这适合作用就变为不可能了的。

所以他们不认识那些社会分子所必须履行的一切义务。他们所注重的普通思想正如上文所说，是浮现的，所以不能十分把他们拉离了他们自身。当人们没有更确定的对象的时候，是不很顾及身外的，自私之心既深，就没法子超越了。反过来说，从事于一种确定的工作的人既有了职业道德上的千种义务，就不免时时刻刻感觉着共同的连带性了①。

<h1 style="text-align:center">二</h1>

但是，分工既把我们造成一个不完全的人，这么一来，岂不把个性削减了吗？这乃是人们往往责备于分工的一句话。

首先我们就该注意到：若说人类的发达向表面上进展比之向深处进展更合逻辑些，这乃是令人难信的话。范围较大的然而力量散漫的一种活动力，能比范围较小的然而力量较集中的一种活动力更优胜吗？做一个完全然而无价值的人，能比做一个专门然而较强旺的人更足贵吗？尤其是我们可以因此获得我们所失的东西，因为我们与别人合作，我们之所无，即他们之所有，他们就能补足。我们依照亚里士多德的原理，人类应该实现他们的人性。但这人性在种种不同的时代里并不永远是一样的，它是跟着社会改革的。在下等民族里，人们的天职在乎仿效伴侣，在乎把团体模型的种种表象都实现于一人之身；原来那时节人们把团体模型与人类模型相混，比今日尤甚。在更进化的社会里，人性就大部分说乃

---

① 在这一段议论里，可以演绎出许多实践的方法，其中有一种是与儿童教育有关系的。在教育里，人们始终以为人类道德的基础是由许多普通性造成的。但如刚才所说，事实完全不如此。人生于世，为的是在社会的机体里担任一种特别的职务，所以人们应该预先学会了怎样施行他们的职务才行。为着这个，固然需要一种教育，但同时人们所谓做人的道理也可以学会了。再者，我的意思并不是说应该预先教儿童学会了某种技术，但我们应该使儿童们喜欢那些有范围的工作与确定的目标。然而我们须知，这种嗜好与对于普通事物的嗜好大不相同，并不是用同样的方法所能唤起的。

在乎成为社会的一个器官因此，人类的天职就在乎尽器官的任务了。

再说一层，人类的个性非但不因专门学问的进步而受损伤，而且它还跟着分工而发展呢。

实际上，做一个人，就是做自治的一个源泉。由此看来，人们如果要取得这资格，必须他们身上有多少东西是他们自己的；这东西只属于自己，把自己形成个性，必须他们不仅仅是他们的种族与团体的普通模型的托身才行。人家会反驳我，说一个人一生出来就有了他的自由意志，已经足以成立他的个性了。但是，这引起了许多争端的自由，无论如何，总是形而上的、非个性的、不变的属性，决不能做各个人的善变的、经验的、具体的、个性的唯一基础。在两种相反的东西之间加以选择，这是很抽象的一种权力，个性决没法子建筑在这上头；非待这天赋的能力施行的时候有了与原动力相宜的一些目标与动机不可。换句话说，人类的意识里所有一切物材的本身也须有个别的表征。然而我们须知，本书卷二已经说过，在分工的本身渐渐进步的时候，这结果就渐渐发生。片段模型的消灭势必需要一种更大的专门化，同时又在包含个人意识的社会环境与支持个人意识的有机环境里把一部分的个人意识解放；经过了这双重解放之后，个人更变为自己的行为的独立主动者了。分工的本身也助成这一种解放，因为个别的性质在专门化的时候变为更复杂的了，因此，就有一部分不受团体作用与遗传作用的影响，原来这两种作用只能影响及于简单而且普通的事物罢了。

由此看来，人们有时候以为在未有分工以前人类的个性是更完全的，这真是一种幻想。固然，我们在外面看见了个人所包揽的事务是那般复杂，我们似乎觉得个人的发展是更自由的，更完全的。但是，就实际上说，他所表现的活动力并不是属于他的。这是社会与种族的作用施行在他身上而且借他而表现；他只是社会与种族所赖以实现的一个媒介而已。他的自由只是表面的，他的个性只是借来的。因为在某几点上看来，这些社会的生活是不很有规则的，所以人家遂以为新颖的才艺更容易出头，以为每人更容易顺遂自己的嗜好，以为在这等社会里大家更有自由耍花样的余地。但是，这话的毛病乃在乎不知道个人的情感在那里是很稀少的。制御行为的那些动机之运行虽不像今日这般有定期，但它们总不免是团体的，因此就是非个人的，而他们所引起的种种行为亦莫不如此。再者，上文说过，活动力在渐渐专门化的时候是同时变为更富裕而且更强烈的①。

由此看来，个别的人格的进化与分工的进化是属于唯一而且同一原因的。所以我们想要前者，就不能不要后者。然而我们须知，今日的行为标准乃在乎命令我们做一个个人，而且一天比一天更富于个性，这标准所带的强迫性质是谁也不否认的了。

再来一个观察，则分工之与我们的道德生活的关系密切到什么地步都可以明白了。

许久以来，世人摩挲着一个美梦：大家希望在种种事实里终于有一天实现那人类博爱的最高理想。各民族都希望一种极好的状况：战争不复是国际关系的法律；各社会互相间的关系都是和平地规定的，像现在已经实行的个人与个人的关系一般；全世界的人都合力做同一的事业，过同一的生活。这些希望固然有一部分是失了力量的，因为我们各有各的社会，各把各的社会的对象而另存希望的缘故；但是，这总不免还是一些很强烈的心愿，而且一天比一天更有力量。然而我们须知，若要满足这些心愿，非先使全世界人类成立同一的社会，受同一的法律支配不可。私人的冲突既然须靠那包括个人的社会的支配作用而后不会发生，同理，若要压制社会与社会之间的冲突，非有一个大社会把世界一切社会都包揽了不可。世上只有一种力量可以做个人自私心的节制机，这就是团

---

① 见上文。

体的力量;世上只有一种力量可以做团体自私心的节制机,这就是把一切团体都包括了的一个大团体的力量。

老实说,把这类话提出了这么一个大问题的时候,我们不能不承认这最高理想决不是明天就能完全实现了的。同存于世上的种种不同的社会之间,就道德上说,就智识上说,都有很多的殊异点,必不能在同一的社会里马上就像兄弟般亲爱起来。但是,同一类的许多社会都集合而为一体,这一层却是可能的;而且我们的文化很像就是向这一方面走的。我们已经看见:在欧洲许多社会之上还有一个社会凭着一种自然的趋势而倾向于成立,而这社会从现在起就稍为认识自己,而且开始组织了①。若说全人类的同一社会是永远不能成立的,这一层还没有证明②;至少我们可以说,将来势必有更大的社会成立,社会渐扩渐大,而我们的目的与我们相距也就渐近。这些事实,与我对于道德所下的定义并非自相矛盾;我们所以主持大同主义而且应该主持大同主义者,因为这样的一个社会正在这方式之下实现,而我们又与它有连带关系的缘故③。

然而我们晓得,若要更大的社会能够成立,非先使分工发达不可;因为如果没有职务上的更大的专门化,则那些更大的社会必不能维持它们的平衡;非但如此,而且有了分工,则竞争者的数目必增多,而那结果就能机械地发生了。就平常说,容积增加了之后,密度亦必增加,于是更容易有那结果了。所以我们可以提出下面的一段议论:除非在分工发达的限度内,否则人类博爱的最高理想必不能实现。二者不可得兼:如果我们不肯缩小我们的活动范围,

---

① 见上文。

② 没有什么可以证明这道德上与智识上的殊异状态在各社会里是应该永远维持着的。上等的社会一天比一天扩大,不很开化的社会因此就被吸收或被淘汰,所以无论如何,那殊异状态总倾向于减小的。

③ 所以我们对那社会应尽的种种义务并不超过那些把我们系属于祖国的种种义务。祖国乃是我们所属的而为现在实现的唯一社会。至于刚才所说的那社会只是一个理想国,能否实现还未可断定呢。

就只好放弃我们的美梦；如果要实现这美梦，就该完成分工的发达，并且依照上文所述的条件做去。

<h1 style="text-align:center">三</h1>

但是，分工虽则能产生连带性，却不像经济学家们所说的仅仅因为它就每个人造成了一个交换者①；而实是因为它在人与人之间创造了一系统的权利与义务，很有恒地把人们联络着了。社会的相似性产生了一种法律以一种道德以自卫，同理，分工也产生了一些标准，使和平的竞争有了保障，使分开了的职务得了整理。经济学家们以为无论如何，分工总可以生出一种充分的连带性，因此又主张人类的社会能够而且应该由纯然经济的合作而得了解决，这因为他们以为分工只能影响及于一些暂时的而且个人的利益。这么一来，估量那些冲突的利益，斟酌各方利益得到平衡所采的方式，换句话说就是确定交换的条件，这种种都只有个人是有权限的；而这些利益既是永远嬗变的，就没有永远规定的余地。但是，这一种观念，无论在哪一点上说，都是与事实不合的。分工并不把人与人聚会，却把社会的种种职务聚会。然而我们须知，社会是与社会上种种职务之施行有关系的：各职务合作得有规则与否，社会因之或变健全，或变病态。由此看来，社会之存在，与职务有关；而且职务越分开，则其与社会的关系越密切。所以社会不能让各职务存在一种不确定的状态里，再者，它们也自己确定了自己。所谓标准乃是这样形成的：工作越分开，则标准的数目越增加；如果没有这些标准，则有机的连带性是不可能的，或不完善的。

但是，有了些标准还不够，还要它们是公平的才行；若要公平，必须使关于合作的那些外的条件成为平等的不可。再者，如果我们记得团体意识渐渐减为个人的信仰，那么，我们就可以知道有组

---

① 这字眼是 Molinari 先生所用的，见 La Morale économique, p248。

织的社会的道德与片段社会的道德相比的时候,前者的特征乃在乎它是比较地合于人道的,因此也就是更合理的。它不为着要达到与我们无直接关系的目标而停止了我们的活动力;它不把我们造成最高理想力的奴隶,因为那些理想力是与我们的理想力不同性质的,它们走它们自己的路,并不顾及人类的利益。它只要求我们对同类很慈爱,很公平,好好地尽我们的本分,使各人尽其所长以就他的职务,结果乃是接受他的劳力所值的公平的报酬。形成这道德的那些标准并没有一种强迫的力量,不妨碍自由的观察;然而因为它们比较地更是为我们而设的,又在某种意义上说,是比较地更由我们做成的,所以我们对于它们就比较地更能自由。我们想要了解它们;我们不怕把它们变换。再者,我们不应该以为这样的一个理想太不够用,嫌它太近俗,太为我们的力量所能及了。所谓更高尚的理想,不在乎更超越人生,而在乎替我们免除了更广窦的远景。最重要者,不在乎它高出尘俗以至于与人世无关,而在乎它替我们的活动力开一个颇长的地面,而这地面却不是一朝一夕所能实现的。我们很晓得,若要建立一个社会,使每个人有他应得的地位,有他应受的报酬,人人自然而然地合作,造福于全世界,同时也造福于各个人,这种社会很难成立,非须经过很辛苦的工作不行。同理,一种道德比别的道德高尚的时候,并不因为它能更严厉地命令人们,也不因为它不受思虑的裁判。固然,它必须把我们系属于我们身外的某物;但它不必把我们关锁以至于使我们不能活动。

人家说得好[1]:道德——非但指学说,并指风俗而言——是经过了一次很可怕的病态的。上文所论,可以帮助我们了解这病态的原因及其性质。在最短的时间内,我们的社会的结构里曾起了许多很大的变化;这些变化超出了片段模型之外,而其速率乃是历史上空前的。自此之后,与这社会模型相当的道德已经退步了,在

---

[1]　Beaussire:Les principes de la morale,introduction。

我们的意识里留下了一块空地，然而新道德发达得不快，还不能上前递补。我们的信仰被扰乱了，传说已经失势了，个人的裁判在团体的裁判里得了解放了。但是，从另一方面看来，在狂飙里涣散了的种种职务不曾有时间互相投合，突然出现的新生活也未能完全地有了组织，尤其是可以说组织的程度还不能满足公平的需要，因为我们心里所唤起的需要更热烈了。事情如果是如此的，我们对症下药，并不在乎仍求那些成法与风俗复活，因为它们已经不能适应现在的社会条件了，若要它们再生活下去，岂不是表面的、人造的生命吗？我们应该做的，乃在乎停止了这无法律状态，在乎另找法子，把现在动作不调和而互相冲撞的那些机关弄到谐然地合作，又在乎把更多的公道加进它们的关系里，同时把为祸害之源的那些外界的不平等状况渐渐消除。由此看来，我们的不安状态并不像人家所猜的，以为是属于智识方面的事情；其实它有更深藏的原因。我们之所以痛苦，并不因为我们不复晓得把历来我们所实践的道德倚在学说的那一种概念上；而因为在道德的某几部分看来，这道德是被摇动的了，是不可救药的了，至于我们所必需的另一种道德却仅仅正在成立，我们所忧虑者，并不在乎祖先给予我们关于义务的传说上的解释已经被一般学者批驳坏了，我们也不想找某一种新哲学去对付他们的批评；但是，这些义务当中，有某几种已经不复与事物的真相适合，就不免产生了一种松弛状态，须待一种新的纪律渐渐成立，渐渐固定，然后这松弛状态才可以消灭。总而言之，现在我们的第一责任乃在乎为我们创造一种道德。这样的一种事业，决不是在作业室里所能静悄悄地立刻做到的；须待将来那些内的原因渐渐催迫，把它弄成必需的，然后它自然可以成就。但是，思考所能而且所该效力者，在乎指出我们所宜达到的目标。本书就只努力想做到了这一点。

关于言语的起源的新见解

[法] Vendryes[①]　著

　　言语的起源问题不是言语学上的一个问题，这话说起来，往往令人诧异，然而这却是真理。百年来讨论言语的人们，有一大半不晓得这道理，所以他们只弄得堕入五里雾中。他们最大的错误乃在乎从言语去研究言语起源问题，竟像言语的起源与族语的起源是混而不分的。其实不然。

　　言语学者所研究的乃是人类所说与所写的族语：他们追溯各族语的历史，应用着许多史料，越古越好，但是，他们尽管追溯得很远，其实他们只还是与一些已经很进化了的族语发生关系，而更古更远，还有许多族语乃是我们所不知道的。假使我们打算把现在的各族语相比较以达到证实某一种原始方言的目的，这就是一种梦想；在从前比较文法学的创始者也许有过这种梦想，然而人们老早就放弃了这念头了。

　　有些族语是追溯得古些的，有些是比较地不十分古的，欧洲近代的族语里头，有好几种的形式很老，甚至老到二千年以前。然而最老的族语——我们所谓母语的——就本身说，也没有什么算是原始的。那些族语无论与近代族语差别到什么地步，只能令我们

<hr/>

①　译者注：法国 Vendryes 为世界著名言语学家，现任巴黎大学教授。本文系从其所著《言语论》中译出。

知道人类的言语所受的种种变化；至于言语是怎样创始，我们是不能从某种族语里看得出来的。

关于这一层，就是在野蛮人类的言语里也看不出一点儿什么来。野蛮人并不是原始人，人们往往把他们加上了原始的名称，这是太过了的。他们有时候说的比我们的言语里的最复杂的话还更复杂；然而当他们说得简单的时候，我们自命为说得简单的人，还要羡慕他们呢。二者都像变化后的结果，而其出发点却不是我们所能知道的。所谓文明民族的言语与野蛮人的言语固然有区别，但是，与其说在表意上不相同，不如说在所表的意上不相同。所以我们若要晓得言语与思想的关系，很可以从野蛮人的言语去研究，至于言语的原始形式，就不是从野蛮人的言语里研究得出来的了。

也有人倾向于从儿童里研究，然而这也是枉然的。孩子们只能令我们晓得某种有组织的言语是怎样学得来的；至于言语发达的原始，却不是由孩子们可以给我们一个观念的。当我们观察一个儿童努力要把他所听见的成年人的话重说出来的时候，言语易受变化的种种原因，实在被我们知道了许多。然而儿童所说的只算是"借而后还"，他所支配的只是左右的人们所供给的原料，他所组合的字句都是从那些原料来的。所以他所完成的只是模仿，不是创造：一切的自然性都被排斥净尽了。至于他所掺进言语里去的进化部分乃是潜意识的；其原因在乎一种自然的懒惰性，说话说得一个差不多就算完了：他并没自创造力所生的一种意志。

由此看来，无论我们所知道的最老的族语里，或在野蛮人的言语里，或在孩子们所学的言语里，都研究不出言语的起源。言语学者的跟前只摆着成立了许久的一个机体，是千百年来几十代的工作所造成的，言语的起源还在他们的智识以外。实在说，言语的起源问题是与人的起源问题及人类的社会的起源问题是混而不分的，同时就是与人类的原始历史俱来的，人的脑筋渐斩发达的时候，社会渐渐成立的时候，言语也就渐渐创始，人类开始说话时所用的是什么形式,是我们说不出来的;唯有人类能言的那些条件可以由我们试为指定:这就是心理上的条件,同时也是社会上的条件。

人们所给予"言语"的定义,最普通的是:言语乃是一种符号的系统。然则言语起源的研究却是考求人类天然具有的符号是哪几种,又怎样应用那些符号。

所谓符号,凡一切象征,能使人与人的意思得以传达的皆是。符号的性质尽可以各不相同,所以世上有许多种的言语。一切感觉的器官都可用来创造一种言语。有闻得着的言语,有摸得着的言语,有看得见的言语,有听得见的言语。两人之间约定以某种举动表示某种意思之后,要表示这种意思的时候就施行这一种举动,而这举动就是言语。某一种香水洒在某一件衣服上,红色或绿色的手帕子搭在衣袋子之外,握手久些或不久,都可以成为言语的元素,只要那两个人约定把这些举动作为符号,去传达一种命令或意见就行了。

但是,在种种可能的言语当中,有一种是胜过其他各种的,因其所具有的表达方法有千变万化之妙。这种言语就是听得见的言语,或发音的言语。本文所论的就是这一种。有时候,听得见的言语是与看得见的言语相辅而行的,甚至于看得见的言语替代了听得见的言语。无论什么民族,他们的姿势多少总能辅助口语:他们的感触与思想固然由声音表示,同时也由他的脸上的态度表示出来。哑戏乃是一种看得见的言语。文字也是一种,其他一切的符号也归此类。

看得见的言语大约是与听得见的言语一样古的。我们绝对没有理由去相信甲古于乙,尤其是绝对没有法子证明甲古于乙。

今日所用的看得见的言语,有一大半只是从听得见的言语里转化来的。关于这一层,可以文字为例;其他各种信号,也是此理。譬如航海所用的信号就是把现在的言语里的字句变成看得见的东西。这些信号虽能代表意思,却丝毫不能告诉我们言语的起源是怎样的。甲种符号被采用,乙种不被采用,这完全是约定俗成;而且这乃是武断的哟,只不过因为某几种条件预先令人不能不如此约定罢了,这类的言语,确实是人造的言语。

有一种看得见的言语却是自然的。在某几个野蛮民族里,除了听得见的言语之外,还有所谓手语。这手语并不是文明民族说话时所用的手势,却是一种手势的系统,仅仅凭着这些手势就可表达意思,像文字一般。这是一种草创的言语,然而它与它的用处:(1)双方距离很远的时候,声音达不到,手势还可以看得见;(2)尤其是不会把语音去惹起在场的人们的注意。中学生们在自修室里便往往用这方法去做秘密交通的勾当。所以手语的起源,很有些求实用的意思。但是,在野蛮民族里,往往是女人用手语,这又引起另一种解释了。两性间的言语上有区别,这乃是宗教上的一个原因。男人所用的语句既然禁止女人用,她们就不得不用一种特别的语句,她们就不得不创造一个语句,而创造的最方便的法子就是以手势替代了声音。手语之保存,可以把口语被禁止一个理由解释。但是,无论手语的起源如何,它只是口语的代用品,不能离开口语而独立的。

聋哑人的手语也是从口语变化来的。人们把普通人的言语的组织用手势去教他们,使他们相互间能够说话,而且普通人把所说的与所听见的写成文字之后,他们就能看得懂。这不过是感觉的变换,使我们能够交换他们的符号而已。

聋哑人的情形可以令我们联想到言语应用符号的初期,说起聋哑人,我们就可以自问:言语是从传授得来的呢?还是自然的本能呢?关于这问题,寻常的儿童是不能证明的。他们一生出来就与外界接触;未有发音以前,已经先听见环境的人们发音;到了他们能说话的时候已经是与社会密接的时候了。至于聋哑的人就恰恰相反,我们必须唤起他对符号的意识才行。聋哑的人因为残废的缘故,没有了解听得见的言语的能力,不至于像那些能利用耳朵的儿童们在孩子的时代就受那些能说话的人们的影响。然而须知他们是有眼睛的,还可以看见东西;所以言语是怎么一回事,他们是懂得的。若要解决这问题,除非那些先天残废的人们自始就与外界隔离,或把一个初生的人隔绝人群的一切影响,然后去研究他们的心理。但第二个假定一说出来就令人觉得是无理的。你把一些人与人群隔绝,禁止他们应用视觉听觉,他们不与外界交通,你却要他们在一个黑房子里运用他们的脑力,这事怎么做得到呢?

依希腊的历史家 Herodote 说,埃及王 Psammetigue 曾经做过一个新奇的试验。那埃及王原是佛里基人,他想知道佛里基人是否比埃及人先存在于世界,于是他把初出世的两个孩子放在另一个地方抚养,不许他们听见任何的言语。试验了几个月之后,那两个孩子因为肚子饿,要吃东西,于是他们说 bexus 这一个字,在佛里基语里是面包的意思。于是那埃及王,就断说佛里基语是最古的言语。我们从此似乎又可断定人类说话的能力乃是先天的,但是那埃及王的试验显然是不可信的,所以不能不从此抽出任何的结果来。

此外有各种试验,初看来很像可以做证据的。那些生而聋哑的人,与外界全无交通,就可以做试验,例如法国女子 Maric Heurtin、美国女子 Helen Keller,尤其是 Helen Keller 的事情很有趣,她能受颇高的教育,以致能看许多国的文学哲学作品,而且能以各国文字写出一些关于文学哲学的文章。在她的作品未受环境浸染的时候,我们很可从此得到些奇异的暗示。

然而 Helen Keller 的言语终是一种教育的结果。有一本书是叙述她的成功史的,说人们经过了许多无结果的尝试,然后能使她懂得符号的价值。到了懂得的那一天,从前把她与世界隔绝的那一块黑幕已经被扯破了,她的心中有了世界,知道了文字与事物的关系了。这一件事总算只是个人特有的事情。Helen Keller 不曾受

寻常的生活条件支配;她的情形当然是个例外。原始时代说话的
人类之了解符号,必与这可怜的瞎女子不同。一个变态的人,因为
残废而与外界断交通,她的言语的发达情形怎能代表常态的人群
的言语之进化情形呢?

　　言语是在社会里面造成的。在人类感觉有互相传达意思的那
一天,世上就有了一种言语。言语之发生由于人与人之接触;而这
些必须具有各种感觉机关,又必利用天然具备的种种方法以为交
际之用:如果没有口语,就用手势;如果手势不够,就兼用眼光。我
们所应该做的试验,若受那埃及王的暗示,就须把两个或许多孩子
放在一块儿,人人都完全不许受教育的影响,令他们不晓得言语是
什么东西。无论他们是属于哪一种族,除了受遗传的影响外,他们
必然自然地独创一种言语,而且这种言语决不是佛里基语。有了
需要,势必终于利用了器官。原始时代的言语应该是这样发生的。
言语是纯然的社会事实,自然以社会交际为根源。维系社会的种
种事物当中,言语是最有力的一种;有了社会团体存在,言语自然
会跟着发达了。

　　直到人类的脑筋有相当的发达的一天,有利用言语的能力之
后,言语终能产生,成为社会的一种事实。若要两人相互间能创造
一种言语,必须他们有创造言语的准备才行。言语的创造,与人类
的其他一切发明是同样的道理。人们往往辩论,以为人类的言语
在起源的时候是一种呢还是多种。这问题是没有研究价值的。在
人类智慧进步的时候,形成了文化上的一种求善运动,那时节,新
发明自然出现,而且是同时在许多点上的。古人说的好,一种新发
明像在空中的一件东西;它快要来的时候人们就觉得它来,好像
我们在秋天料定果园的熟果子快要堕地似的。

　　就心理学上说,最初的言语乃在乎给予符号一种象征的价值。
在心理学立场上,可以分得出人类的言语与禽兽的言语的区别。
世人往往把人类的言语与禽兽的言语认为相反的两种,以后者是

一种自然的言语，而前者却是一种人造的言语，换句话说，就是约定的言语。这意见是错了的，人类的言语并不比禽兽的言语更不自然，不过人类的言语乃是高等的，因为人类给予符号一种客观的价值之后，还能够借约定之力，使那价值变化以至于无穷。禽兽的言语与人类的言语的区别乃在乎对于符号的性质的鉴赏，狗儿、猴子、小鸟，都能使同类了解它们的意思；它们有的是呼声、歌声与种种姿势，都足以表示某种心理、状态，例如愉快、恐怖、希望、食欲等等。在那些呼声里头，有好几种很能适合于某几种特别的需要，所以我们差不多可以把它们译成人类的语句。但是，禽兽到底不能说出语句来：它们的呼声尽管怎样复杂，却不能把呼声里头各元素变化；而我们人类的语句里头的元素就是字，而我们的字却是可以变化的。在禽兽看起来，字与句子是没有分别的。还有一层：这字的本身——或称呼声或谓符号，随便怎样称呼都可以——就没有独立的客观的价值。所以这字就不是约定的对象，于是禽兽的言语就是不能变化不能进步的：我们不见得昔日禽兽的呼声与今日的有什么分别。鸟儿看见人的手上有些食物，它发生呼声，要人家给它吃；然而它的意识里并不知道它的呼声是个符号。在禽兽的言语里，符号与其所要表达的事情，乃是粘连在一起的。若要停止了粘连作用，要那符号对于它的对象具有一种独立的价值，必须先有心理的作用，而这心理作用就是人类言语的起点。

　　人类心理之发达，应该由人类学研究出一部分来。人类学告诉我们，洞居的人类的脑盖与猩猩类的脑盖是很相似的。就圣堂（Chspelleaux Saints）发现的脑盖研究，脑中司言语的部位特别狭小。所以我们就可以假定言语之发达是由于脑筋之自然进化。我们虽然可以为此假定，却不能无条件地赞成 Broca 的脑筋分部说。我们晓得，这学说已经渐渐不受人欢迎，普通人都不很信仰它，甚至有些新的研究家夸说 Broca 的学说已被打倒。我们最可责备他的，就是他把一个很复杂的问题看得太简单了。当他把脑筋的左边第三局部规定为言语部的时候,他只能给予一个很粗的估定;更不妥当的乃是:当他说脑筋里有些显然有别的大局部与精神里的各大局部相当的时候,他对于言语与思想的关系竟也有所误会了。我们如果猜想脑筋是按照文法的规划构造成的,把脑筋分为许多格子,以为言语中各部分之用,这就是大错误。言语中各事实的全体在脑筋中的位置分配之自由,出乎 Broca 的猜想之外,Broca 的理论的根据乃在乎暗哑的偶然现象,固然,在暗哑的起源,就普通说,大约总有一种"局部的损伤";但是,感觉神经效用之丧失,往往由于一种普遍的视听力的缺乏;再者,往往发生了些替代现象,于是受了损失的局部的职守往往是由邻近的局部代替了;还有一层,脑筋的组织是很细的,纵使损伤只有脑筋的左边第三局部,而在局部哪一点发生扰乱现象,还是没有一定的。总而言之,言语局部的学说虽可认为不容否认的,而分部的细节还待规定呢。

由此看来,我们对于史前人类学所供给的材料也须小心,不可胡乱加以引申。如果我们拘泥着那些说话,又像量度现代人的脑盖一般地去量度一个穴居的人的脑盖,那么我们很会弄到断定古人是暗哑的,这么一来,岂不把人类言语发达的起点推得太远了?但是有一层是可以相信的:穴居的人的脑筋一定不比我们的脑筋能适合于语言的能力;而且我们还可以想见他们的视听能力也比我们差了好些。

远古人类的脑筋,还不适宜于理解,然而言语却能以纯粹的情感为起点。在原始时代,言语大约是步行或工作的时候一种简单而有音节的歌声,或像禽兽快乐、痛苦、恐怖与有食欲的时候的呼声。其后那呼声带了象征的价值,就被人们看做一种记号,是可以被别人重说的;后来人们觉得这方便的法子是他们力所能及的,便利用它而与同类通达意思,提防或招惹别人的某种举动。在未成为理解的一种方法以前,言语大约先成为一种行为的方法,而且在人类所能具有的种种行为方法当中,这乃是最有效验的一种。

到了心中有了符号观念之后，唯有求这绝妙的发明之更发达；而发音机关之趋完善与脑筋之趋完善是同时并进的。在人类最初的团体的内部，言语之进行是顺着支配整个社会的那些规律的。特别是在团体的典礼里，各分子的颂圣的表示是非一致不可的。这么一来，呼声或歌声的元素有了一种象征的价值，人人都记着这价值，以为自己的用途。后来社会的种种交换日益增加，所以发音机关的应用也渐渐复杂，可以表现一切的感情与一切的思想，成为洋洋大观的了。

这一个假定虽没法子证明，却不是毫不近理的。我们由这假定可以懂得言语乃是人类活动力的自然产儿，是人类的器官能力适应社会需要的结果，我们只须从符号观念先着眼。有了符号的观念，一切言语都自然地发展，而且一天比一天分道扬镳了。

依本文前几段所说，假使我们要更讨论得明显些，要知道言语怎样分道扬镳，又要考求从那符号的呼声到现代千变万化的某种族语（例如英文、法文），其间共经过若干阶段，这就有武断的危险。人们以为一切言语都应该有一些基本部分与一些后起部分的分别，所以他们要求言语学家把言语中各部分分开，而且指出哪几部分是最先构造的。言语学家有时候也答复过他们。其实我们可以大胆地承认：没有一个答案是有价值的。关于这问题，想从可知走到不可知，乃是没有效果的事情。我们所知道的言语发达的原理未必适合于远古的言语，因为古人的心境的方向未必与吾人的相同。研究种种族语的结果，我们知道言语的发达的阶段并不是合乎逻辑而依着直线走去的。我们如果猜想在人类能用精神的时候已经按照 Port-Royal 的文法很有规矩地一步一步进化到现在，那就是一种错误了。

再者，在符号与所指的事物之间，在言语的形式与所表现的物质之间，绝对没有性质上的关系，只有遭遇的关系罢了。自古以来，人们都以为初民的言语始于把事物命名，换句话说就是始于创造一部"字典"。在法国 18 世纪，Brosses 先生想以字的意义去解释字的外形。他的研究的目的在乎考求声音的象征，以为有了这象征，古人才能创造文字。这种研究，在今日是令人失笑的。古人并不把事物命名，只是说话的人们相互间立了约，给予字句一种通行的价值，把字句当作交换意思的对象，这好像我们利用纸币一般。

在比较近些的时代，有些言语学家幻想出来一些理论，以为一切言辞，都从一种呼声演化出来，这呼声就像狗叫一般；又有些声音很像某事物，于是某声音就代表了某事物。这竟是古神学家的口吻！又有许多人争辩先有名词呢还是先有动词：动词是表示行为的，名词是表示事物的概念与其性质的。但是，名词和动词无论不同到什么地步，我们对于这文法上的两极也不必认为绝对相反的。狗叫的意思是"我的肚子饿"呢还是"请给我东西吃"呢？是"很好吃"呢还是"我已经吃完了"呢？不是这个，也不是那个，或者可说两个意义同时都有。我们可以把狗叫翻译为一个名词或一个动词、一个命令式或一个过去时都行。无论如何，狗叫与我们的最古的言语之间总有一个界限是不能填平的。

还有一个原因是助成研究言语的最初形式的，这就是从前人们往往把言语学与自然科学比较；地质学、动物学、植物学都被认为与言语学有类似的地方。这些不恰当的比较，便留下许多不妥当的理论。假使我们要找一种与言语学相类似的学问，就宁可在社会史里找去。言语之创立很像政治或法律的创立：言语原是人类的一种建设；不过言语的组织比政治的组织固定些，有些元素不像政治那般任人肯定或否定罢了。

原载《国民文学》1934 年创刊号

论著作事业

[德]叔本华　著

先说，著作有两种：第一种是为问题而著作的，第二种是为著作而著作的。第一种的著作家有了思想或经验，似乎觉得是值得传达给别人的；第二种呢，他们需要金钱，于是为金钱而著作。思想，只是他们的著作事业的一部分。我们可以承认：他们把他们的思想伸张到了可能的长度；他们也真的运用了思想，不过他们的思想是半真的、背理的、被迫的、不确定的；他们又往往表示不喜欢把话说尽了，所以似乎显不出他们的真相来。不过，他们的作品既是缺欠明显性与确定性的，不久他们就会露出他们著作的目的只在乎充篇幅了。有时候，很好的著作家也免不了这毛病，例如在列辛①的 Dramaturgie 里，甚至在约翰·保罗的许多小说里，有时候也如此。当读者觉得是这样的时候，最好是立刻把书扔开，因为时间是宝贵的。老实说，当一个著作家开始为充篇幅而著作的时候，就是欺骗读者，因为他借口说是有话告诉人家而后著作的。

究其实，为金钱或版权而著作，就是文学的破产。除非完全为问题而著作，否则没有一个人所写的东西是值得写的。假使文学的每一部分里都只剩有很少的书，然而都是杰作，那么，岂不是一件很值得赞美的好事！不过，如果著作可以换钱，这种盛事就永远不会实现的。金钱竟像是值得诅咒的，因为每逢一个著作家开始

----

① 列辛(1729—1781)，是德国的文学家。

为着赚钱而写文章的时候,无论如何,他是马上堕落了的。最伟大的人们的杰作,无一不是在无所为的时候或为利的念头很少的时候写下来的。西班牙的谚语说得好:"名誉金钱是不能在同一的皮来里发现的。"今日的文学之所以坏到这地步,唯一的原因就在乎人们著书去换钱。一个人需要金钱的时候就坐下来著一部书,而社会上的人们也够傻,所以去买它。这么一来,结果就弄成了言语的破产。

社会的人们有一种愚蠢的性癖,什么都不读,只爱读刚刚出版的东西,许多许多的坏作家就赖此以为生计——我的意思说的是日报的记者们。真的,"日报的记者",这名字再恰当没有了。老实说,这可叫做每日的工作者!

再说,著作家也可以分为三种:第一种是著作而不思想的。他们完全靠记忆与下意识的回想而著作,甚至于简直抄袭别人的书。这是人数最多的一类。其次就是在写的时候运用思想的,他们为著作而思想。这一类的人亦不在少数。最后说到第三种著作家,他们在未开始著作以前先就运用思想。这种人是很少数的。

第二种的著作家直等到要著作的时候才开始运用思想,这好像一个随意乱跑的猎人,大约不会猎得许多东西带回家去的。从另一方面说,那第三种——即最少的一种——的著作家很像围猎。被猎的禽兽在事前已被捕获,关禁在一个很小的空间里;然后让它们从这空间走到另一个空间,而这另一个空间也是包围住了的。这么一来,它们不能逃脱猎人之手;他用不着怎样做,只须瞄准而开枪——换句话说就是把他的思想写下来。在这一类的猎事里,一个猎人才能有所表现。

但是,在未开始著作以前,的确认真地运用过思想的人虽则已经很少了,而真能思想到问题的本身的,却更是少之又少。其余的人只想及那些关于这问题的书籍,与人们曾经说过关于这一类的话。这一类的作家,如果要思想得周到,必须把前人的思想作一种直接而有力的刺激剂。于是前人的思想就变了他们的问题,结果是他们常常受前人的思想的影响,严格地说,这并非自出心裁。至于前一类的作家却能为问题的本身所刺激而思想;他们的思想是直接达到问题的。在这一类作家当中才能产生永享盛名的作家。

当然,大家须知,这里我所说的只是做大题目的著作家,不是那做叙述白兰地制造术的著作家。

除非著者从自己的脑里——换句话说就是从自己的观察里——去把题材写下来,否则他的作品是不值得一读的。写历史的人以及其同类的作家,都是书籍的制造者、纂辑者,他们的题材是直接从书本里得来的;题材一直到了他们的指头,当它从他们的脑里经过的时候,甚至于不缴纳一点儿运费或受任何的检查,更不必说预备与覆校了。假使他们对于他们自己的书里的一切事物都知道了,他们这一班人是多么博学啊!结果是这些作家们说得很模糊,令人摸不着头绪,然而读者却徒然拼命运用他的脑力,以求懂得他们真的在思想些什么。其实他们什么也不思想。有时候可以有这种情形:他们所抄袭的书与他们的书的组织完全相同;这一类的作品,好像从一个模型里印出另一个石膏像;结果只得到一个不充分的轮廓,很难认识其本来面目,这就是安第奴斯的残留[1]。所以纂辑的东西,我们应该尽量少读。不过也难完全避免,因为纂辑的书之中有教科书,教科书之中又包含有小部分的历代集合的知识。

世人有一个莫大的误会:以为后出的书总是更正确的。以为最近的作品,无论如何,对于以前的作品总算是改良的;以为变化的意义一定是进步。这是不对的;只有真的思想家,有眼光的批评家,与认清题旨的人们——他们是不在此例的。

世界上这种害群之马到处都有:他常常注意到一切事情的发

---

[1]　安第奴斯,古之美男子,后世以为塑像的标准。

生,采取了思想者的成熟的意见,而努力要用他自己的方式去改善他们。(真的能改善吗?)

　　如果读书的人希望研究某一个问题,切勿专择关于这问题的最新的书籍来读,仅仅聚精会神在这上头,以为学问总是前进者,以为人家著新书的时候已经先把旧书读过了。是的,不错,他是先把那些旧书读过了,然而是怎样读过了的呢? 新书的作者对于旧书往往没有完全懂得,而且他也不很高兴考求旧书里的语句的真确的意义;于是他糟蹋了旧书,旧书里说得更好更明显的话倒反被他说得坏了些,糊涂了些,这因为在他以前的作者们是对于这问题有了真知灼见然后写了下来的。他们所说的那些最好的言语,最显明的解释,最有价值的注意点,往往被新的作者省略了,因为他不认识它们的价值,或不觉得它们的内容是那样的丰富,仅仅有那些表面的、无味的地方被他注意到而已。

　　一部很好的旧书,往往被几部很坏的新书排斥。这些新书原是为金钱而写的,却装着像煞有介事的样子,朋友方面也很替他们吹嘘。在学问上,一个人往往提出一些新鲜的东西来,令人注意到他。但是这所谓新鲜的东西的意思不是别的,往往只在乎攻击一些他所曾经接受的很正确的学说,为的是让他那些错误的观念可以立足。这种努力,偶然可以得一时的成功,然而不久又输着那旧而真确的学说胜利了。这些革新派,对于什么都不认真,只对于他们的宝贵的自我而认真:他们是以自我为前提;依他们想,显示自我的捷径乃在乎走偏锋。他们那贫瘠的脑筋自然倾向于否定的一条路,于是他们开始否认人们久已承认的真理——例如关于生活力,交感神经系,彼沙①对于情的功能与智的功能之间的分别;换句话说就是他们要我们回到粗疏的解剖学与其他相似的学问。这么一来,就弄到科学的演变往往是退步的了。

----

① 彼沙(1711—1802)为法国著名的医学家、解剖学家、生理学家,著有《普通解剖学》。

还有些翻译家,他们非但译书,而且修正原书的错处,这种人也可以归入上述那一种人之内的。我往往觉得这种做法是很无礼的。我向他们说:"请你们自己写一些值得翻译的书;别人的著作请你们不必管!"

读书的人,如果能够的话,应该读那些真的作家的著作,因为他们是发现或发明了些东西的;或者,无论如何,也应该读大家承认的专门的大师的作品。宁愿买旧书摊上的旧书,也比在新书里去读它们的内容好些。当然,增加些新发明乃是很容易的事情,所以学者在好好地研究过关于他的问题的种种基本学识之后,也该再求关于这问题的最新发明的知识。但是,在这里也和在别处一样地用得着下列的一个格言:如果一件东西是新的,它就往往不是好的;因为如果它是好的,它就只能在短时间内是新的。

一部书的名称,恰像一封信的信面所写的姓名地址;换句话说,书之所以要名称,主要的目的在乎介绍它给社会上关心于它的内容的人们。因此之故,书名该是显示意义的;既然以性质而论,书名该是短的,那么,就该求其简明而含义丰富,在可能范围内,最好用一个字去显示全书的内容。冗长的书名总是不好的;又如无含义的、暧昧而两可的,甚至于错误而欺骗的,都是坏的书名。后一种书名尽可以像误为的信面一般地受那不幸的命运。但是,最坏的书名乃是那些偷来的书名,我的意思是指别的书上已经用过的而言;一则因为这算是抄袭,二则最能令人深信著者完全没有一点儿新见解。一个人,如果他自己的见解不足以创造一个新的书名,就更没有能力给予它一些新的内容了。模仿的书名也与偷来的书名相伯仲,乃是指偷了一半书名的而言,例如我发表了我的论文论自然的意志(On Will in Nature),许久以后欧斯选特(1777—1851)写了一部书,叫做《论自然的精神》(On On Will in Nature)。

一部书不是别的,只是著者的思想的印影而已;而思想的价值,乃是寄托在他所思想及的事物,或他思想时所采用的形式之上的。所谓思想的形式,换句话说就是他思想及那事物的时候是怎样去思想的。

书中的材料是最复杂的;而书籍所牵连的许多好东西,被认为书中的材料者,也是很复杂的。所谓材料,我的意思是说在真正的经验的范围之内的一切东西;换句话说就是历史上的种种事实与自然界的种种事实。是就它们的本身而言,而且是从最广的意义而言的。就这方面说,书中的事物把它的特征给予那书;因此,无论书是谁写的,都可以是一部重要的书。

但是,就思想的形式一方面看来,一部书的特征是与著书的人有关系的。这书所论的事物尽可以是人人知道的,人人能谈的;但是,它的价值却在乎怎样去思想那些事物,换句话说就在乎思想的方式;而这方式乃是著者所独有的。从这一点看,如果这书是超卓无伦者,那么,著者也是超卓无伦的。这书之所以值得读,恰恰因为他所依靠材料的功劳很小;所以越是为普通人所知道,所常谈,越显得他伟大,例如希腊的三大悲剧家,他们的题材都是一样的。

因此,当一部书著名的时候,我们应该留心看它是为材料而著名,抑或为形式而著名;这是应该分辨清楚的。

为材料之故而成为很重要的书,尽可以是很平凡而浅薄的人写成的,因为只有他们是与这种材料接近的,例如描写远方的旅行,自然界罕见的现象,或种种实验;又如叙述著者所目睹的历史事件,或费了许多光阴,辛辛苦苦地特别研究那些原有的史料:都是这一类的书。

从另一方面说,凡是人人能谈或人人知道的地方,就一切都要看形式而定了。怎样去思想那些材料,其思想的方式就给予那书的全价值。在这种地方,只有真正超群的人才能产生些值得读的作品,因为如果是普通的人,就只能像别人一样地去思想了。他们固然也会产生他们自己的意思的印影,但是这印影所由来的原意乃是人人所具有的。

不过,民众还是比较地开心于材料,而不很开心于形式;恰恰因为这个理由,所以他们不能受到很高的文化。民众之表示偏爱材料,到了诗的方面,更闹笑话了;他们辛辛苦苦地去考求诗人一生的环境与种种真确的事迹,去证明他的诗中所感咏的由来;好,结果弄到那些事迹与环境反比诗的本身更为重要了。歌德本人的书读不读还不要紧,宁愿先读读那些论及歌德的书;他们宁愿很努力地去研究浮士德的故事,而不大注意到诗剧《浮士德》的原书。布格尔(1746—1794)说过:"关于李安诺拉到底是谁,这问题值得大家做一个很精深的研究。"我们觉得这话对于歌德算是完全实现了,因为我们现在有许多很精深的研究书籍是关于浮士德及这浮士德有关的故事的。这一类的研究仅仅是用功在诗剧的材料上面而已。这样地把材料看得比形式重要,恰像一个人得到了一只美丽的伊处斯干花瓶,不去欣赏它的模样与颜色,却去把那花瓶所由成的粘土与颜料作一种化学的分析。

利用材料以投合民众的坏倾向而希望成功,这一种尝试,尤其是在文学一门里最不应该,因为文学的价值是尽可以专靠形式去表现的;我的意思是说诗歌一类的作品。因为这些缘故,所以我们往往发现不少的诗剧家,他们专靠材料去充实他们的屋子。例如这一类的作家只要有一个人在任何方面是著名的,就不怕把他抬到戏台上去,至于那人的生活是否完全缺乏诗剧的情节,他们是不管的。有时候,他们甚至不等待直接与那人有关系的人们去世呢。

这里我所指的材料与形式的分别,在谈话里也适用的。聪明、辨别力、判断力、活泼,都是令人善于谈话的主要德性:由这些德性就形成了谈话的形式。但是,不久人们就要注意到他所谈及的材料;换句话说就是人们所能与他谈及的那些问题——他的智识。如果他的智识很小,他的谈话就没有什么价值,除非他在上述的形式上具有特别的美德。因为这么一来,除了人人所知道的人生与自然界的事实,他就没有别的话可谈了。恰恰相反,如果一个人缺乏形式上的美德,却当于智识,那么,这智识也能给予他的言论的价值。在这时候,那价值是完全寄托在谈话的材料之上的;西班牙的谚语说得好:"一个愚人知道他自己的事情,总比一个聪明人所知道别人的事情多些。"

廿三年十一月十六日译完

　　[译者附识]这是从叔本华(1788—1860)的《巴雷尔加》(Parerga)里面摘出来的一篇文字。英国桑德斯从这书里一共抽出九篇讨论文学的文章,译成一部小书,叫做《文学的艺术》(The Art of Litersture)。这一篇《论著作事业》就是从《文学的艺术》里转译出来的。其余的八篇,我也打算陆续译出来。

　　大家知道叔本华是德国的大哲学家,然而很少人知道他是一个超卓的散文家。他的母亲是有名的女小说家,而他本人的散文也就很值得赞美。桑德斯在《译者序》里说:"他真是少数的超群的大散文家当中最好的一个,德国可以为他而自负。"。我非但喜欢他所论的关于文学的艺术,而且我喜欢他谈及著作的道德。把这几篇东西介绍给中国人看,似乎是很有用处的。

原载《国民文学》1935 年第 1 卷第 4 期